indomada

Carina Rissi

indomada

Os laços inquebráveis do amor

UM LIVRO DA SÉRIE
perdida

2ª edição

Rio de Janeiro-RJ / São Paulo-SP, 2023

VERUS
EDITORA

Editora
Raïssa Castro
Coordenadora editorial
Ana Paula Gomes
Copidesque
Lígia Alves
Revisão
Manoela Alves

Projeto gráfico
André S. Tavares da Silva
Diagramação
Abreu's System
Imagem da capa
© Ilina Simeonova/Trevillion Images

ISBN: 978-85-7686-462-2

Verus Editora Ltda.
Rua Argentina, 171, São Cristóvão, Rio de Janeiro/RJ, 20921-380
www.veruseditora.com.br

CIP-BRASIL. CATALOGAÇÃO NA PUBLICAÇÃO
SINDICATO NACIONAL DOS EDITORES DE LIVROS, RJ

R483i

Rissi, Carina
Indomada : os laços inquebráveis do amor / Carina Rissi. - 2. ed. - Rio de Janeiro : Verus, 2023.
(Perdida ; 6)

Sequência de: Desencantada
ISBN 978-85-7686-462-2

1. Ficção brasileira. I. Título. II. Série.

21-71875 CDD: 869.3
CDU: 82-3(81)

Camila Donis Hartmann – Bibliotecária – CRB-7/6472

Revisado conforme o novo acordo ortográfico.

Para Adri e Lalá

Esperava, com o tempo, ser sensata e ajuizada;
mas que pena!, que pena!, era obrigada a admitir
para si mesma que ainda não era sensata.
— Jane Austen, *Persuasão*

Prólogo

Admirando a maneira como os raios de sol cintilavam nas gotículas de orvalho penduradas nas rosas polpudas, eu caminhava pelo jardim em frente à casa, me deliciando com o perfume da primavera carregado pelo vento. Parei diante da roseira e me inclinei para inspirar o aroma de uma das flores. No momento em que meus dedos tocaram a pétala aveludada, ela se desprendeu, flutuando no ar por um instante e então caindo em um zigue-zague até se aninhar na grama verde brilhante. Ao atingir o solo, o tom da pétala instantaneamente se alterou do mais intenso rubro para um ressequido marrom-alaranjado, que se espalhou pela grama drenando a cor, o viço, até se transformar em um triste e espetado tapete amarelo. Retrocedi alguns passos, observando o cinza assustador tingir minhas unhas, avançar para as mãos e subir pelos pulsos.

— O quê...? — Alarmada, chacoalhei os braços e sem querer esbarrei em outra flor. Mais uma pétala se soltou. E então muitas.

Girei sobre os calcanhares pronta para correr, mas minha saia enroscou em um dos galhos agora seco. O tecido também começou a empalidecer. Agarrei minha roupa, puxando-a num frenesi tresloucado. O problema foi que, quanto mais eu forçava, mais depressa o cinza se espalhava pelo vestido.

Elevei o rosto, pronta para gritar por ajuda, porém minha voz ficou presa na garganta ao avistar meu marido a três passos de mim, me observando de um jeito tristonho. Por que Ian ficava ali, parado, sem fazer nada? Por que não vinha me socorrer?

Incrédula, assisti a Ian me dar as costas e se afastar ao mesmo tempo em que eu era arrastada pelo galho da roseira...

— Não! — Abri os olhos, o coração ameaçando cavar buracos por entre as costelas.

Foi só um sonho ruim. Só um sonho muito ruim.

— Ian, tá acordado? — Tateei os lençóis à procura do corpo quente do meu marido. Em vez disso, toquei apenas tecido frio.

Trêmula, afastei os cabelos do rosto e me estiquei para acender a vela sobre a mesinha de cabeceira. Sem querer esbarrei em alguma coisa, que tombou no chão com um baque surdo. A chama explodiu no aposento, tingindo de dourado o tecido estampado em tons de verde e lilás do dossel da cama, a poltrona cor de aveia, a penteadeira em arco onde mais livros se empoleiravam, assim como a cômoda e a escrivaninha atulhada de cadernos. O vestido azul-claro continuava pendurado no mancebo, o delicado perfume de lavanda se misturando ao aroma pungente de nanquim. Eu me curvei para apanhar o livro que derrubara, desenhando o título em alto-relevo com a pontinha do indicador, e quis chorar.

Então não tinha sido só um pesadelo.

O desespero e o terror profundo se manifestaram em meu corpo como uma dor física nauseante.

Me abraçando ao volume, desci da cama, parando diante da janela para observar a lua alta no céu iluminando a paisagem. Esperei avistar minha filha saindo do bosque, caminhar em direção à casa, um sorriso nos lábios. Contudo, nada se movia lá fora, as folhagens estáticas como se o ar tivesse cessado. Nem mesmo os pássaros noturnos se arriscavam em um voo ou um canto. Era como se o mundo prendesse o fôlego.

Eu prendia.

Já a teriam encontrado àquela altura?, eu me perguntei, pressionando o exemplar de *A princesa prometida* contra meu coração assustado. Ela estaria bem? A salvo? Por que ninguém mandara notícias ainda?

Se ao menos houvesse um meio mais eficiente de procurá-la. Poxa vida, se os carros já tivessem sido inventados em 1852 — ou o celular — eu não estaria ali agora, sem nada a fazer além de rezar e aguardar por uma pista do paradeiro da minha filha.

Com o livro contra o centro do peito, ainda queimando com as batidas irregulares, cerrei as pálpebras bem apertado.

— Por favor, ajude — supliquei em voz alta, não pela primeira vez. — Por favor, ajude minha filha como fez comigo.

Como das outras vezes, tudo o que obtive foi silêncio. Nada de luzes, explosão mágica, nada de nada. Apenas o mais absoluto vazio.

Aninhei o livro sobre o travesseiro e apanhei a vela antes de sair do quarto de minha filha, atravessando o casarão a passos rápidos. Eu precisava de um pouco de ar ou acabaria enlouquecendo. Ignorei a porta do meu quarto — meu e de Ian — e a claridade sob o painel de madeira ao passar por ela, indicando que o homem ali dentro também estava acordado. Fui tomada pelo desejo desesperado de me juntar a ele e me encolher em seu colo. Já não era mais assim.

Mais cedo naquele dia, ele me acusara de abandoná-lo outra vez, mas não era verdade. Ian me abandonara primeiro.

Não me surpreendi ao chegar à cozinha e divisar a figura magra meio encurvada diante do fogão, a touca encobrindo a careca lustrosa. Parecia intrigado com o fato de a chaleira continuar fria sobre a chapa do fogão a lenha. Especulei quanto tempo levaria para ele perceber que na fornalha havia apenas cinzas.

Do alto de seus oitenta anos, seu Gomes tinha uma saúde invejável. Por infelicidade, o mesmo não podia ser dito da visão, e era inteligente não tocar no assunto. O orgulhoso mordomo, que havia muito tempo eu considerava um avô querido, era bastante sensível quanto à catarata avançada e se recusava a se aposentar ou aceitar os óculos que Lucas aviara para ele. Ao menos seu Gomes não fizera um carnaval quando sugerimos que ele e Madalena voltassem a viver na casa principal. Dessa forma Ian e eu podíamos tomar conta deles, já que ambos haviam demitido todos os seis ajudantes contratados para auxiliá-lo nas tarefas da casa.

Eu me recostei na longa mesa de madeira e descansei a vela no tampo, observando o idoso, ainda mais esquálido dentro do roupão grosso listrado, abrir o guarda-louças à procura de uma xícara e sair de lá com uma molheira.

— Quer ajuda, seu Gomes?

Ele girou, espremendo os olhos em minha direção, o nariz franzido, e abriu aquele sorriso enrugado que eu tanto adorava.

— Ah, sra. Clarke, não é necessário. Tenho tudo sob controle. — Apanhou mais uma peça (uma pequena tigela).

— Nenhuma notícia ainda? — especulei por mera formalidade. Eu já sabia a resposta.

E ali estava ela, aquela expressão pesarosa.

— Lamentavelmente não, senhora. Imaginei que também não conseguiria dormir.

— Tá tudo silencioso demais esta noite. — Passei os braços ao redor do corpo.

— Não no meu quarto. A senhora minha esposa ronca que é uma beleza.

Um ruído semelhante ao de um trator velho necessitando com urgência de reparos penetrou a cozinha, confirmando a história.

— Quer seu chá com açúcar ou puro? — ofertou.

— Eu acho que preciso de alguma coisa mais forte.

Ele arqueou uma das sobrancelhas totalmente brancas e foi educado em não fazer nenhum comentário. Antes que eu pudesse pegar a garrafa de vinho do porto na cristaleira, ele tateava uma prateleira alta ao lado da mesinha de apoio de ferro, um cotovelo esbarrando em uma caçarola pendurada no suporte suspenso. Ao arrastar as pantufas de camurça forradas de pelos para a mesa, tinha um cálice de cristal e uma garrafa de azeite nas mãos.

— O patrão também está acordado. Recusou tudo o que eu ofereci. Pobre homem. — Ele sacudiu a cabeça, me servindo um cálice do óleo. — Eu só o vi prostrado dessa maneira uma vez, mais de duas décadas atrás, após a senhora desaparecer da vida dele sem nenhuma explicação.

Puxei a cadeira e me acomodei, mantendo a vista fixa na chama da vela, a mente viajando para duas décadas antes, quando eu fora forçada a retornar ao século XXI — aquele em que nasci— e passara o tempo todo procurando um jeito de voltar para Ian. Ainda me lembrava da dor, do desespero, da impotência...

Balancei a cabeça.

— Não posso pensar nisso agora, seu Gomes. Não enquanto não tiver notícias da minha filha.

— Ela também é filha dele. Minha querida, vou repetir o que eu disse ao seu marido ainda há pouco. A senhora acabou encontrando o caminho de volta. Ela é sua filha, e vai fazer o mesmo. Ela vai voltar para casa. Confie nisso.

Eu esperava que ele tivesse razão, porque não sabia o que seria de mim se ela não... Meu Deus, eu nem conseguia pensar na possibilidade.

— Devia falar com seu marido — ele sugeriu. — Ele precisa tanto de você neste momento quanto você dele, Sofia.

— Não é tão simples. Não mais.

Com um suspiro, ele arrastou a cadeira, antes de se abaixar nela com um gemido prostrado.

— Sabe o que eu aprendi em todos esses anos com a minha Madalena? Nós nos apaixonamos pelas pessoas e pelas falhas delas. — Sua mão encarquilhada e áspera encobriu a minha. — Ele é humano e, como o restante de nós, passível de cometer erros. Sei que está habituada a enxergar seu marido como se fosse um deus. Só não se esqueça de que ele é apenas um homem tentando fazer o melhor que pode.

— Ele me machucou, seu Gomes. De verdade.

— E você nunca o feriu?

Mordi o lábio inferior, irritada por ele ser tão sábio.

Apoiando-se no meu ombro para ficar de pé, ele me apertou com gentileza.

— Boa noite, sra. Clarke.

— Boa noite, seu Gomes. Valeu pelo azeite.

Ele parou de andar, me observando por sobre o ombro.

— A senhora continua dizendo coisas que eu não compreendo. — Abanou a cabeça antes de me deixar sozinha com meu azeite.

Observei o líquido viscoso como se pudesse avistar no fundo do cristal a solução para os meus problemas. É óbvio que eu sabia que não encontraria nada ali.

Talvez porque seu Gomes tivesse sugerido, talvez porque fosse o que meu coração implorava incessantemente, eu me levantei com um impulso e disparei para fora da cozinha, correndo pela casa sem me dar chance de pensar no que fazia, indo para onde eu queria estar.

Contudo, ao me plantar diante da porta do nosso quarto, a mão pronta para bater, eu vacilei.

Falar com Ian — estar com ele — era o que eu mais desejava. Ou o que metade de mim queria, pelo menos. Sim, eu estava louca para abrir aquela porta, me aninhar no abraço reconfortante do meu marido, me sentir segura de novo e ouvi-lo dizer que tudo ficaria bem. O problema estava na outra parte minha... a machucada e ferida de morte, ainda soluçando sobre os cacos do que restava do meu coração.

Recolhi a mão, dando um passo para trás. Cheguei a andar por dois metros antes de o *clique* sutil da maçaneta reverberar pelo corredor escuro.

— Sofia. — A voz de Ian espiralou no ar e veio me abraçar. — Alguma notícia?

Prendi o fôlego antes de me virar para o homem que eu amava iluminado por um feixe de luz bruxuleante que escapava do quarto. Ele ainda estava vestido com as roupas da noite anterior, embora o casaco e a gravata tivessem sumido. Ele deixara os primeiros botões da camisa desabotoados, as mangas enroladas até a altura do cotovelo, o cabelo da cor de nanquim em uma bagunça devido às inúmeras vezes que correra uma das mãos por ele. Ian sempre fazia isso quando estava nervoso ou tenso.

Era de esperar que após vinte e dois anos ao seu lado eu já estivesse acostumada aos efeitos de sua presença, mas não. Eu ainda sentia tudo: os tremores, as palpitações, o fogo nas entranhas. Mesmo naquele instante, machucada a ponto de não conseguir respirar, ele ainda me deixava fora de órbita.

— Não. Nenhuma notícia ainda — respondi.

A angústia nublou sua expressão e eu desviei o olhar para meus dedos entrelaçados na altura da barriga. Não ia suportar se ele também desmoronasse.

— Não vamos perder a fé. — Ouvi o farfalhar de suas roupas conforme ele chegava um pouco mais perto. — Alguém deve aparecer com novidades a qualquer momento.

Ian ficou em silêncio por tanto tempo que tive de espiá-lo. Parecia esperar a visão se ajustar à semipenumbra, e, assim que aconteceu, meu marido escrutinou cada linha em meu rosto, o maxilar endurecendo diante do que via.

— Você parece exausta — constatou, melancólico. — Devia tentar descansar um pouco.

— Não consigo. Sou assombrada por pesadelos toda vez que fecho os olhos.

Estendendo o braço para afastar uma mecha dourada que me caía na lateral do rosto, ele a enroscou atrás da orelha com o mais delicado dos toques.

— Eu quis dizer que devia descansar um pouco aqui, em nosso quarto. Comigo. — Sua voz baixou várias oitavas ao acrescentar: — Me deixe tomar conta de você, Sofia.

— Como fez nos últimos vinte anos? — ironizei. — Ou podemos chamar o que fez pelo nome real: uma grande mentira.

Ele soltou um suspiro magoado, a mão caindo ao lado do corpo.

— Eu não contei tudo o que sabia, não é o mesmo que mentir. Ou não contei o que pensava que sabia. Não passava de deduções. Como eu poderia ter certeza? Antes de você, eu não sabia que coisas como Alexander existiam.

— Antes de encontrar você eu também não sabia! — retruquei, furiosa. — Mas ele existe. Sabe o que eu mais odeio? Lembrar do seu sorriso toda vez que eu notava sua inquietação e perguntava o que estava acontecendo, e você me respondia "não é nada", quando na verdade era tudo. Você quebrou a promessa que me fez tantos anos atrás, de nunca mais guardarmos segredos um do outro. Você a quebrou... — Minha voz falhou. Limpei a garganta. — Ainda não sei se o que mais me machuca é você ter me enganado todo esse tempo ou a descoberta de que é capaz de mentir para mim sobre um assunto tão importante.

— Sofia... — Ele tentou me tocar.

Eu recuei.

— Você não tinha o direito de esconder de mim, Ian. Mesmo se não tivesse certeza, mesmo se fossem apenas suspeitas, devia ter me contado, dividido o medo comigo, me alertado.

Consternado, ele pressionou a ponte do nariz entre o polegar e o indicador.

— Inferno, Sofia! E de que isso serviria, além de que ambos teríamos passado as últimas duas décadas sem dormir?

— Eu teria preferido isso a ficar no escuro. — Empinei o queixo, lutando para manter sob controle a umidade em meus olhos. — Por mais que a verdade doa por um tempo, a mentira dói muito mais e para sempre. Você é tão pai dela quanto eu sou mãe, e não tinha o direito de esconder de mim algo dessa proporção. Droga, você é meu marido! Meu amante, meu melhor amigo. Pensei que eu fosse tudo isso para você também.

Meio fora de si, ele esfregou o rosto com as duas mãos.

— E você é! Pelo amor de tudo o que é mais sagrado, não pode duvidar disso. Tudo o que eu fiz foi tentar protegê-la do pavor de algo que podia nunca acontecer.

— Só que aconteceu! E agora nossa filha sumiu do mapa, e nem eu nem você podemos fazer merda nenhuma, porque você decidiu "não contar tudo o que sabia", droga! — Perdi a batalha, e as lágrimas desceram pelas minhas bochechas.

O pomo em sua garganta convulsionou conforme ele engolia grosso, e abriu os braços para me abraçar. Eu me afastei, testemunhando a dor se assentar em cada célula dele.

Merda. Apesar da angústia e fúria que me atravessavam o peito, a última coisa que eu queria era magoar Ian.

— Olha, acho que agora não é o melhor momento para discutirmos qualquer assunto. — Massageei a têmpora latejante. — Não até nossa filha voltar pra casa.

— Tem razão. — Ele me encarou, a determinação pulsando na maneira como trincava o maxilar. — Mas saiba que eu não vou desistir de nós assim tão facilmente.

Depois de me observar por mais um instante, ele deu a volta e retornou para o quarto, deixando a porta escancarada; um convite para que eu me juntasse a ele. Meus pés se rebelaram, loucos para segui-lo; ameacei cortá-los caso não estacassem. O medo do que poderia ter acontecido à nossa filha, a raiva e o rancor que eu sentia com as mentiras de Ian... Havia coisas demais acontecendo dentro de mim.

Envolvi os dedos ao redor dos pingentes pendendo entre os seios, no relicário que guardava os retratos de minhas filhas ainda crianças, e o elegante I que ganhei de Nina pouco antes de abandonar toda a modernidade dos anos 2010 e voltar para Ian. Como eu queria falar com minha melhor amiga. Mesmo sem saber nada sobre ela nas últimas décadas, eu ainda a sentia por perto, e nem era pelo fato de minha primogênita ter o mesmo nome e apelido da garota que estivera ao meu lado nos momentos mais difíceis da minha vida no século XXI.

Eu não podia ouvi-la, porém ainda existia um jeito de Nina me escutar. Uma pequena brecha nas regras que eu quebrara durante os últimos vinte e dois anos.

Fazendo a volta, retornei ao quarto de Ana Laura. Em vez da cama, fui vasculhar a pequena escrivaninha, revirando as gavetas até encontrar papel e um grafite pela metade. Puxei a cadeira e me acomodei, me conectando à amiga que deixei no mundo em que nasci.

Querida Nina,

Preciso de ajuda. Eu queria muito que fosse possível a qualquer momento uma ponte se abrir entre seu mundo e o meu. Eu sinto sua falta, minha amiga. Escrever faz com que eu te sinta por perto, e, se eu fechar bem os olhos, quase posso ouvir sua voz aqui comigo. E preciso mais do que nunca te ouvir.

Te escrevo porque ficar parada, sem fazer nada, vai acabar me enlouquecendo.

Ian e eu estamos... Ah, eu não sei o que estamos. Eu ainda o amo com a mesma loucura que me fez abandonar tudo o que conhecia para viver com ele no passado. E sei que ele me ama com a mesma intensidade, ou até com mais, de vinte anos atrás. O problema é que meu marido me magoou tão profundamente que me sinto como um nervo exposto e partido, sobretudo agora que minha filha... Deus, eu nem consigo escrever!

Eu sei melhor do que ninguém que muitas vezes a vida apresenta desafios insuportáveis — deixar você para trás foi um deles, minha amiga. Esse tempo todo tentei proteger minhas filhas do mundo, como qualquer mãe, preparando as duas para abrir as asas e desbravar o mundo sozinhas.

Puta merda, tudo sempre foi mais fácil quando elas eram pequenas e minha preocupação se resumia a um joelho ralado (no caso da Nina) ou a conseguir um livro novo sobre a vida dos anfíbios (no caso da Analu). As coisas no século XIX são difíceis para uma garota, e elas não são o que podemos chamar de garotas tranquilas.

Eu sei. Quase posso ouvir sua risada. Sendo minhas filhas, nada nelas seria tranquilo, né? Eu meio que esperava por isso; até porque, enquanto cresciam, elas deram mostras de que não vieram ao mundo pra brincadeiras. Principalmente Marina. Eu passei esse tempo todo me preparando pra me preocupar com ela. Afinal sua xará é uma espécie de flautista de Hamelin, só que, em vez de ratos, Nina atrai problemas por onde passa. Todo tipo de problema.

Não me liguei que devia ter ficado de olho na Ana também. Infelizmente, minha caçula descobriu do jeito mais difícil que sob o céu azul infinito existe um abismo.

No fim das contas, não adiantou nada eu ter passado uma vida toda tentando poupá-las da feiura do mundo. Eu não tinha como saber que não ia adiantar nada, porque algo estava vindo no caminho de uma delas, impiedoso e com o mesmo poder de destruição de um furacão.

Ian sempre soube de tudo. E nunca me disse uma palavra a respeito. E agora minha filha sumiu, e eu não consigo respirar. É como se meus pulmões se recusassem. Tento pensar que eu ensinei a ela tudo o que sei, e que seja lá o que esteja acontecendo ela vai conseguir sair dessa, mas não consigo parar de sentir esse aperto no peito e...

Senti a visão embaçar, uma lágrima manchando a última linha, mas não me importei. Eu não via nada além de memórias se desenrolando em minha mente, do dia em que tudo começou a dar errado. Não fazia tanto tempo. Foi no aniversário de vinte anos de Ana, no mês anterior, e, ainda assim, parecia ter acontecido em outra vida. Uma vida em que Ian e eu ainda partilhávamos a mesma cama, não havia segredos entre nós — ao menos eu pensava não haver — e minha filha estava segura.

É melhor se sentar em um canto confortável, minha amiga, e talvez queira pegar uma bebida — sei que eu vou precisar —, porque esta vai ser uma conversa muito, muito longa.

1

Eu me lembrava daquela manhã em todos os detalhes. Fomos acordados por Isaac de madrugada — uma égua entrara em trabalho de parto e as coisas se complicaram. Ian foi socorrer o animal, e eu saí da cama sem esperar que o sol despontasse no céu para me preparar para mais um dia na fábrica. Uma remessa de xampus e sabonetes precisava ser despachada para o porto. Quanto antes eu resolvesse, antes poderia voltar para casa e aproveitar o aniversário da minha caçula. O aniversário de vinte anos de Analu. Vinte!

Era um choque toda vez que eu admirava minhas meninas agora tão adultas, tão diferentes quanto o dia e a noite, e de alguma forma tão parecidas. Marina era pura efervescência, com os cachos pretos indomados, o queixo bem desenhado dos Clarke, casando com seu gênio arredio. Já Ana Laura se assemelhava a uma brisa suave, cabelo loiro em um tom amanteigado, os traços delicados como todo o restante dela, porém a determinação estava lá, na maneira como as sobrancelhas se arqueavam toda vez que abria a boca. Havia tanto de Ian nelas. Muito de mim também. Mas eram as partes que elas mesmas moldaram conforme cresciam que mais me fascinavam. Meu coração estava repleto de um amor incondicional por aquelas duas jovens mulheres, e mal podia esperar para vê-las traçando os próprios caminhos — ainda que pensar nisso me assustasse como o diabo.

Limpa e vestida, saí do banheiro onde antes era o quarto conjugado — ah, as pequenas alegrias que a água encanada e uma privada podem proporcionar — e me sentei ao toucador para puxar os cabelos em uma trança, avaliando minha aparência no espelho. Gostei do que vi. Os cremes faciais Infinito andavam funcionando, conjecturei, terminando a trança e apanhando uma colher para encaixá-la rente aos cílios, fazendo as vezes de curvex. As poucas linhas de expressão nos cantos dos olhos eram quase imperceptíveis. As ondas longas se mantinham comportadas graças aos tratamentos que eu vivia inventando na minha fábrica de cosméticos, e ela me deixava não apenas mais bonita, mas ridiculamente mais rica também.

Pousei a colher no tampo do toucador e me avaliei de todos os ângulos. Uma linha branca reluziu entre os fios trançados. Imaginei que fosse um fiapo solto da toalha, ou mesmo do lençol, mas não. Era meu pior pesadelo: um cabelo branco.

— Quem deixou você se enfiar aí?

— Desculpe. Eu pensei que não precisasse bater para entrar no nosso quarto.

Eu me virei em tempo de ver Ian atravessar o vão da porta, a camisa enrolada até os cotovelos, suja de terra e outras coisas que eu preferia não saber o que eram. Meu coração deu um pulinho, como acontecia desde a primeira vez que o vira. Com toda sua altura, Ian ainda fazia o tipo esguio, com músculos nos lugares certos. Nada havia mudado nesse departamento. As sutis mudanças eram perceptíveis apenas nas linhas suaves ao redor dos olhos, no maxilar, que endurecera ainda mais, nos malares mais distintos. Ele nunca estivera tão sexy. Eu nem sabia que isso era humanamente possível!

— Eu não estava falando com você. Era com isto! — Apontei para a minha cabeça.

Curvando-se, Ian apoiou uma das mãos no toucador para examinar mais de perto o local que eu assinalava.

— O que eu deveria ver? — Ele apertou os olhos.

— Isto! Este cabelo branco desaforado!

Ian riu.

— Foi esse fiozinho solitário que te deixou transtornada?

— Não é um fiozinho solitário. É um pesadelo ondulado anunciando que seus companheiros estão por vir.

— E...?

Atirei as mãos para o alto, e elas caíram sobre minhas saias com um estalo agudo.

— É fácil para você, que é homem e não tem nenhum ainda. E, mesmo se tivesse, ninguém ligaria. Ao contrário, as pessoas diriam que fica charmoso, que dá um ar mais refinado, blá-blá-blá. Agora, sabe o que dizem das mulheres grisalhas? Que são desmazeladas, desistiram da vida, não têm vaidade... É a coisa mais hipócrita do mundo.

— Concordo. — Ele sapecou um beijo em meus lábios antes de endireitar a coluna e ir até o aparador, derramando a água do jarro dentro da tigela de porcelana. — Por isso mesmo você deveria ostentá-lo com orgulho e anunciar ao mundo que faz as suas próprias regras, como sempre fez.

Droga, eu detestava quando ele usava minha própria lógica contra mim.

Girei na banqueta para observá-lo.

— Estou um pouco cansada disso, sabe? De matar um leão todo dia. Já não basta o que preciso ouvir de certos clientes idiotas. "Onde está seu sócio, sra. Clarke?" — imitei. — "Uma dama não pode ser a responsável por uma empresa de sucesso como essa, sra. Clarke. É óbvio que algum cavalheiro está por trás de tudo." "É muito espirituosa, sra. Clarke. Mas não me engana. Mande chamar o verdadeiro dono da fábrica." É um milagre eu ainda estar em liberdade.

Eu amava tudo a respeito do meu trabalho. As dores de cabeça com prazos, estoques, entregas, problemas no porto. Eu me sentia útil, viva e capaz. Apesar do orgulho que Ian sentia da minha conquista, eu sabia que comentários desaforados o perseguiam. Certamente sabia. Assim como eu também os ouvia, e até os empregados da casa. Às vezes eu me perguntava se não estava exigindo muito dele. Estávamos no século XIX, afinal.

A essa altura, Ian se sacudia todo com a gargalhada.

Fechei a cara.

— Você não vai rir quando for me visitar na cadeia por ter assassinado um dos meus clientes. Ou vários. Vai ver eles são os responsáveis por este cabelo branco enxerido.

Eu já podia prever o confronto com o meu mais novo fornecedor. Seu Rui Afonso, dono da fazenda Céu Azul e um dos maiores produtores de amêndoas da região, tinha falecido havia três meses, e sua viúva decidira vender a propriedade. Eu podia apostar que o novo fazendeiro, seja lá quem fosse, criaria caso por negociar com uma dama, como acontecera com todos os outros fornecedores da Infinito. Era meio que um padrão por ali.

— Minha linda esposa, é apenas um cabelo branco. — Ele sorriu, as delicadas linhas que eu vira surgir uma a uma ao longo dos anos se acentuando. — E, se quer saber minha opinião, você ficará linda com um cabelo platinado tanto quanto agora, com as mechas douradas. Você é a mulher mais estonteante que eu conheço. E não vai ser um fio branco... ou muitos que vão me convencer do contrário.

Era melhor ele estar falando sério, a menos que eu descobrisse uma maneira de tingir o cabelo sem me envenenar com chumbo ou ácido sulfúrico. Honestamente, era um mistério como as mulheres daquele tempo embarcavam em ideias tão absurdas e perigosas.

Pela visão periférica, captei o lampejo do fio intrometido no espelho. Bufando, escondi-o no meio de um gomo da trança e voltei a atenção para meu marido, e... Ah! Ian desabotoava a camisa suja.

Hora do show!

— Como foi o parto? — puxei conversa.

— Correu tudo bem, no fim das contas. Marina e eu conseguimos salvar mãe e filho. Temos um potro saudável e ávido por coicear alguém.

— Como Nina acabou no estábulo em plena madrugada?

Escorregando a camisa pelos braços fortes, ele a transformou numa bola e a usou para secar o suor empoçado no peito.

Era disso que eu estava falando!

— Ela me garantiu que escutou o lamento da égua — prosseguiu. — Eu diria que é pouco provável, contudo a ligação que ela tem com os cavalos... pode ser que tenha ouvido mesmo. — Deu de ombros. — Ela está limpando o potro agora.

— Madalena vai chiar se ela manchar outra camisa — pensei alto. — Storm deva estar bem orgulhoso da cria.

— Quase não cabia em si. Eu juro que ele sorriu enquanto assistia ao filhote tentar acertar a canela de Isaac. — Jogando a camisa no ombro, ele alcançou o sabonete, umedeceu-o e o girou entre os dedos longos. — A sra. Madalena me inquiriu a respeito do sabor do bolo para esta noite. Está desapontada por Ana Laura não estar mais entusiasmada com o baile.

— Madalena sabe que Ana não curte muito ser o centro das atenções, era esperado. Surpresa foi a Nina querer organizar o baile. Parece coisa da Damilola.

Enxaguando as mãos, ele as correu pelo cabelo, os fios pretos adquirindo um brilho azulado.

— É provável. Eu gosto muito da menina do sr. Amina. Fico feliz que ela logo vá fazer parte da família. Quem sabe ela consiga colocar um pouco de juízo na cabeça de Marina, já que nossa filha não costuma escutar ninguém.

Com as mãos em concha, ele se curvou sobre a tigela para lavar o rosto e salpicou várias gotas na nuca antes de friccionar o sabão nos braços até a altura dos cotovelos. Ao se endireitar, minúsculos diamantes de água escorreram pelo tórax, se escondendo na penugem escura.

Isso!

— Eu acho mais fácil a Nina conseguir arrastar a Lola para o lado sombrio da força — murmurei, hipnotizada pelo bailar das gotículas. — Ela não escuta nem o Sam, e isso diz muita coisa.

— Por falar no meu sobrinho, Samuel já mencionou quando retorna ao Brasil? Pelo que Lucas me contou na semana passada, ele já fez as provas finais. Imagino que tenha se saído muito bem, o que explicaria o fato de meu cunhado andar pela vila parecendo um pombo.

Ian puxou a toalha do suporte, secou o rosto e depois a esfregou pelo torso, atraindo minha atenção para o espetáculo dos bíceps se flexionando, o peito esculpido no estábulo se contraindo e relaxando, o estômago plano subindo e descendo devagar. Minha boca ficou mais seca que um cabelo descolorido vezes demais na ânsia de roçar os lábios em todos os lugares por onde a toalha passeava. E depois refazer o caminho com a língua...

Tá legal, o jovem Ian de vinte e um anos que eu conheci assim que caí — literalmente — em 1830 era de fazer o coração parar de bater. O Ian de agora ainda era, mas havia também um charme irresistível e sedutor, um convite ambulante ao pecado, e eu estava mais que disposta a me voluntariar para dar um rolê no inferno.

Meu marido notou que eu o comia com os olhos e jogou a toalha em algum lugar, um dos cantos da boca se elevando, as íris refletindo trovoadas prateadas conforme se aproximava da banqueta.

— Meu amor, eu sei que pretende chegar cedo na fábrica e voltar para casa o quanto antes. E nada disso vai acontecer se continuar me admirando desse jeito.

— Bom, eu estava na minha, toda inocente, terminando de me arrumar quando você começou a tirar a roupa. — Entortei o pescoço para ver seu rosto. — Tô desconfiada de que você esteja fazendo isso de propósito. Tá cansado de saber que eu me distraio fácil com esses seus... hã... predicados.

Achando graça, ele arqueou uma sobrancelha grossa.

— Predicados, Sofia?

— Eu sei. — Meus ombros arriaram. — Este século tá entrando nas minhas veias. Daqui a pouco eu vou me preocupar com o cardápio da semana e fofocar sobre os novos partidos para as nossas filhas. Me salva!

Rindo, ele me pegou pela mão e me puxou da banqueta para envelopar minha cintura com os braços. Meu corpo se colou ao dele de tal maneira que eu podia detalhar cada centímetro de Ian. E, ah, havia *muitos* centímetros para detalhar.

— Sabe o que estou pensando? — questionou com a voz rouca, enterrando o rosto no meu cabelo e fazendo algo totalmente indecente no meu pescoço.

— Que aquela ideia de intervenção médica vai ser necessária, no fim das contas?

Seu riso profundo fez cócegas em minha orelha.

— Eu estava pensando que você está vestida demais. — Ele recuou para escrutinar minhas faces lentamente.

— Como você faz isso? — suspirei, maravilhada.

— Isso o quê?

— Olhar para mim desse jeito, como se tivesse acabado de se apaixonar de novo?

O esgar de um dos cantos dos lábios acentuou as linhas finas ao redor dos olhos. A agitação dentro de mim enlouqueceu.

— Porque é o que acontece toda vez que olho para você. Me apaixono um pouco mais, não posso evitar. — Ele me capturou com um beijo.

O que eu podia fazer além de beijá-lo de volta? Ser beijada por Ian ainda era como morrer um pouquinho e tocar o céu. Não foi nenhuma surpresa acabarmos na cama, embolados como luzes de Natal.

Justo quando tudo o que me cobria era a fina chemise de algodão e as coisas ficavam realmente interessantes, alguém bateu na porta. E se repetiu outra vez, com um pouco mais de energia.

— Ian, a porta — gemi sob ele, me retorcendo com seu toque.

— Eu não escuto nada. — Ele pressionou os lábios famintos e impiedosos na curva de um dos meus seios, então desceu um pouco mais e foi *muito* difícil me concentrar em alguma coisa.

Tum-tum-tum!

— Senhores, eu sei que estão aí dentro — a voz da governanta passou por baixo da porta.

Cuspindo um palavrão, Ian deixou a cabeça pender sobre minha barriga. Beijou a pele sensível ao redor do umbigo antes de abaixar minha chemise até os quadris, rolar para o lado e correr uma das mãos pelo cabelo que eu tivera muito prazer em despentear. Precisou inspirar fundo algumas vezes tentando normalizar o fôlego. Acabou desistindo e ficou de pé. O problema foi que... humm... digamos que outras partes dele também estavam em posição de sentido.

— Deixa que eu vou. — Atirei o travesseiro para ele.

Pesquei o roupão florido pendurado na quina do espelho do toucador e passei os braços pelas mangas de seda, apertando o cinto em um nó. Espiei Ian na cama, meio enrolado tentando vestir o paletó, o travesseiro sobre os quadris. Eu ainda ria ao girar a maçaneta.

— Bom dia, sra. Clarke. A senhora... — Madalena examinou meu roupão, meu cabelo, que devia estar uma bagunça desgovernada, então espichou o olhar para um Ian parcialmente vestido, ainda corado.

A mulher se engasgou, virando-se para o corredor, a nuca ainda mais rubra graças ao contorno dos fios cinza-claros que escapavam da touca.

Eu também não estava exatamente confortável...

— Aconteceu alguma coisa, Madalena? — indaguei.

— Pois foi o que eu vim descobrir. A srta. Marina recebeu um recado da srta. Damilola. Entrou em casa apenas para trocar de roupa e depois saiu desabalada com aquela égua brava. Pensei que ela tivesse mencionado algo aos senhores, mas... suspeito que estavam muito ocupados. — Ela ficou ainda mais vermelha.

Estranho. Não o fato de Madalena corar. A governanta baixinha de curvas generosas enrubescia à menor insinuação de um palavrão. Esquisito era minha filha mais velha sair assim tão cedo. Nina costumava se enfiar no estábulo até a hora do almoço. Era raro se afastar da fazenda antes de terminar com os cavalos.

— O que o bilhete da Lola dizia? — Firmei o nó do cinto, que ameaçou se soltar.

— E aquela menina me conta alguma coisa, senhora?

Suspirei.

— Vou falar com Analu. Talvez Nina tenha dito algo a ela.

— Não vai ter sorte. A srta. Ana Laura também saiu. Foi cedinho para o consultório do dr. Lucas. Como de costume, recusou que Isaac a levasse na carruagem. Não é adequado que uma jovem na posição e idade de Ana Laura ande sozinha por essas estradas, nem que fique enfurnada naquele consultório o dia todo, lidando com vários tipos de doentes, incluindo os *cavalheiros* — enfatizou. — Minha Virgem Santíssima! Aquele local não é apropriado para uma dama.

— É óbvio que é, Madalena. Ana é muito boa com os curativos. Ela tem um talento natural para a medicina.

A mulher embrulhou as mãos no avental, bufando.

— Por que eu perco meu tempo tentando trazer a razão às mulheres desta família? Nenhuma de vocês escuta o que digo.

— Onde Marina pode ter ido a esta hora? — Ian questionou tão logo Madalena foi embora e eu encostei a porta.

— Não faço a mais vaga ideia. Será que aconteceu alguma coisa com a Lola ou com o seu Amina?

— É pouco provável. Marina teria nos procurado antes de sair se algo grave tivesse acontecido. Deve ter outro motivo. E, em se tratando da nossa filha mais velha, é questão de tempo até descobrirmos em que tipo de confusão ela foi se meter.

Eu quis discordar. Como jurei nunca mais mentir para ele depois de me envolver em uma pequena confusão que resultou na criação da minha fábrica de cosméticos, apenas mordi o lábio inferior.

— Espero que não envolva narizes quebrados de novo. — Já bastava a sra. Domingos me ameaçando com a sombrinha toda vez que nos cruzávamos pela rua da vila. A mulher não apreciou nem um pouco o novo desenho que Marina deu ao nariz do seu primogênito, depois de ele tentar beijá-la à força durante um baile.

Se recostando à cabeceira, meu marido abriu um sorriso amplo.

— De fato, Marina tem um belo gancho de esquerda. Limpo, preciso e eficaz.

— Você não devia parecer tão orgulhoso. — Mas eu mesma tinha dificuldade em manter a expressão séria.

— Um pai tem o dever de se orgulhar de uma filha que sabe se cuidar tão bem.

Cruzando os dedos atrás da nuca, a frente do seu paletó se separou, revelando o corpo mais lindo em que eu já pusera os olhos. Ian me admirou daquele jeito que fazia meus joelhos baterem e os pelos do meu corpo iniciarem uma animada *ola*.

— Venha para a cama, Sofia — proferiu a meia-voz. — Ainda temos um assunto a resolver.

— Temos, é? — Umedeci os lábios.

— Um assunto de extrema importância. — Esticando-se, ele me pegou pelo cinto do roupão e me derrubou na cama.

Nenhum de nós estaria tão distraído, livre e feliz se soubesse naquela época tudo o que estava por vir, conjecturei, piscando depressa conforme a lembrança desbotava e eu retornava ao quarto frio da minha filha.

Sim, foi na manhã daquele 15 de setembro de 1852 que meu conto de fadas começou a ruir.

Esfregando as costas da mão no nariz molhado, cravei o grafite no papel e permiti que outras lembranças me inundassem.

2

Você já me ouviu mencionar nas cartas anteriores que Marina é um livro escancarado. Minha primogênita nunca consegue esconder as emoções. Por mais que se esforce, elas estampam seu rosto nas caretas mais engraçadas. Qualquer pessoa que a conheça por mais de cinco minutos é capaz de decifrar o que sua xará está sentindo. O grande problema é que às vezes ela não consegue se entender. Ai, Nina, nem mesmo o mais renomado investigador consegue desvendar o que se passa na cabeça dela. Desconfio que nem ela mesma.

Com o vento soprando no rosto e o olhar fixo no sol correndo no horizonte, Marina Clarke se dobrou sobre o pescoço da égua marrom-avermelhada para que o ar não fosse uma barreira.

— Mais rápido, Amora!

A égua resfolegou uma resposta antes de se atirar em uma cavalgada rápida o bastante para deixar um rastro de poeira, fazendo o queixo de Nina bater e os cachos se libertarem do coque.

Esplêndido, ela fez uma careta.

Não foi nem um pouco fácil conseguir prender a volumosa cabeleira preta em um penteado (quase) comportado. Ela até usara forquilhas dessa vez, ora essa! Ainda escolhera o vestido cor de abóbora que a tia lhe dera no último Natal na esperança de fazê-la desistir das camisas e saias escuras — o que nunca ia acontecer. Como ela poderia aplicar emplastros, escovar os cavalos ou tentar adestrar um deles com tantos babados atrapalhando e se rasgando à menor pressão?

Era por situações como aquela que Marina costumava recusar as súplicas da irmã de ajudá-la com os penteados. Analu não compreendia que ambas perdiam tempo. Mas, porcaria, naquela manhã ela tentava se parecer com a dama idealizada pela irmã e a tia Elisa, ter uma aparência refinada — o que, segundo seu primo Samuel sempre afirmara, era tão provável de acontecer quanto o sol deixar de nascer um dia. Teria discutido se o melhor amigo não estivesse coberto de razão.

"E em outro continente", acrescentou, emburrada.

Por que Samuel não dava notícias? Por que ela não ouvira nada dele na última semana? O que todo aquele silêncio significava? Havia caído doente ou... Deus do céu, coisa pior?

Ou talvez ele apenas esteja muito ocupado fugindo das damas londrinas, uma vozinha muito irritante sussurrou em sua mente.

Se fosse possível, Nina adoraria socá-la — a voz sibilante, isto é. Não ia se deixar manipular por ela nem pelas coisas que tia Margareth escrevera sobre Samuel deixar um rastro de corações partidos por toda Londres. Era só a fantasia de uma idosa meio matusquela. Sam não era esse tipo de cavalheiro que se divertia partindo corações. Simplesmente não combinava com o caráter dele.

Mas, se ele não desse notícias até o fim daquela semana — Nina segurou as rédeas com mais firmeza —, ela iria até Londres saber por que ele não respondia a suas cartas. E era melhor o primo ter um motivo muito convincente para tanto silêncio, caso contrário ela daria a ele uma boa razão para ignorá-la.

Ao seguir o traçado da estrada e fazer a curva com ímpeto, Amora a forçou a abandonar as especulações sobre as últimas ações de Sam, e travar as pernas na barriga do animal para não se desequilibrar. O movimento fez a bolsa de couro presa ao cinto saltitar para a frente do vestido. Com um giro impaciente, Marina empurrou o acessório para o lado e tornou a examinar o horizonte. O novo ângulo dava uma pequena dianteira ao sol.

— Trapaceiro. — Tudo bem, ele podia vencer a disputa daquela vez, já que havia chegado à vila, de toda maneira.

O lugar mudara muito pouco nos últimos anos. Os prédios continuavam os mesmos desde que Nina era uma menina, mas agora havia uma quantidade imensa de novos comércios, e o número de moradores tinha triplicado na última década, em parte por causa da Infinito Cosméticos. Se a vila fosse um reino, sua mãe seria a rainha, Marina sorriu com orgulho. A fábrica não parava de expandir, e a necessidade de dobrar o número de funcionários atraía inúmeras famílias. A mãe contava que no início alguns maridos torciam o nariz quando as esposas conseguiam um emprego na fábrica, mas, ao verem a mesa mais farta, a compra de um sapato maior para o filho já não ser um problema, paravam de importuná-las. A maioria, pelo menos.

Ao descer de Amora na rua principal e prendê-la a uma árvore, captou um vislumbre da própria aparência na vidraça da sapataria. Com uma careta, levou as mãos aos cachos pretos parcialmente livres e os obrigou a voltarem ao penteado. Como Analu conseguia enfrentar o dia sem um único fio de cabelo fora do lugar ela nunca iria entender.

A mecha teimosa decidiu que preferia a liberdade em vez de ser torcida e aprisionada pelas forquilhas, e saltitou de volta para o ombro. Ah, ia ter que servir. Até porque Nina nunca conseguiria enganar ninguém, e não seria diferente com o tal senador que acabara de se mudar para a vila. Segundo dizia o bilhete de Damilola, o sujeito alugara a casa do sr. Estêvão da joalheria por tempo indeterminado, logo Marina não tinha tempo a perder com frivolidades, pois precisava esbarrar no sujeito pela rua *sem querer*. Até ela sabia que bater na porta de alguém sem nunca terem sido formalmente apresentados era malvisto — muito embora facilitasse sua vida, o que dificultava e muito mudar sua opinião a respeito de as convenções sociais serem uma grandíssima aporrinhação.

— Srta. Marina! Que felicidade vê-la! — foi dizendo o sr. Martin, da casa de carnes, acenando com o chapéu, uma gaiola se balançando na outra mão. — Minha querida, eu estava a caminho da sua casa. Estava certa quanto ao Sultão. Comecei a aplicar o óleo de amêndoas, como a senhorita recomendou, e as rachaduras no focinho estão se fechando como mágica.

— Fico feliz que seu cãozinho esteja melhorando, sr. Martin.

— Eu também. Não sei o que faria sem ele. Aqui, querida! Aceite meu agradecimento por cuidar tão bem dele.

— Ahhhh... — Ela ofegou ao ter a gaiola pressionada contra o peito. A galinha bateu as asas, querendo fugir do cárcere. — Não é preciso...

— Por favor, eu ficaria ofendido se não aceitasse. Dará uma bela canja.

Não se ela pudesse evitar.

Tão logo ele partiu, Nina introduziu um dedo por entre as hastes de ferro e tentou afagar a crista, mas a ave a bicou.

— Eu também estaria com o mesmo humor se estivesse presa. Mas você vai ter que esperar um pouco mais. Vou tentar não demorar.

Depois de prender a gaiola à sela, e sem ter exatamente um plano que não envolvesse um pouco de sorte, começou a perambular pela vila. Soprando para longe do rosto a mecha que lhe encobria o olho esquerdo, Nina respondeu a alguns acenos, matutando sobre ter uma justificativa na ponta da língua para sua descompostura, caso desse com o homem. Uma corrida desvairada para salvar um cachorro de um atropelamento? Ou seria melhor bancar a mocinha indefesa e alegar um ataque de um animal raivoso? Uma raposa ou quem sabe um lobo...

Ah, sim, ainda estou em choque, senador Chagas. Temo não ter me recuperado totalmente. Ah, sim! Seria maravilhoso acompanhá-lo até sua casa para um chá.

Humm... Podia funcionar.

Alcançando a pracinha central no instante exato em que os sinos da igreja badalaram nove vezes, Nina estudou as possibilidades diante de si. Qual seria o primeiro destino de alguém que acaba de se mudar? Buscar suprimentos, certamente, comidas e bebidas, mas um homem na posição do senador não teria meia dúzia de empregados para cuidar desses pormenores?

— Não sei se meus olhos me traem, ou estou diante de um anjo.

Girando sobre as botas de montaria — era necessário um evento muito importante para forçá-la a esmagar os pés dentro de um sapato delicado —, Marina quis gemer ao corresponder à mesura profunda de Jorge Coutinho.

O rapaz tirou do caminho a echarpe grossa de lã vermelha que a brisa soprara em seu rosto muito branco. Francamente, aquela primavera era uma das mais quentes da história. Aonde ele pretendia ir com aquela casaca de veludo verde?

— Senhorita, fui inspirado pela sua beleza novamente. Compus uma nova canção. Gostaria de ouvi-la?

Tanto quanto queria ser espremida dentro de um espartilho.

— É uma pena, senhor, mas terei que deixar tamanha alegria para outra ocasião. A modista está me aguardando. Lamento muitíssimo. — Se despediu e tratou de andar depressa.

Naturalmente, Coutinho estava distraído demais com o rubi preso à gravata para ouvir alguma coisa e correu para acompanhá-la.

— Apenas ouça, minha musa. — Limpando a garganta, ele deu um salto e bloqueou a passagem, abrindo os braços no meio da rua, como faria um cantor de ópera sobre um palco. — *Ó, doce, doce, doce dama. Por que não percebe que cá estou eu, rendido a seus pés, aguardando apenas um sinal de que tu também me queres? Serei seu nascente e poente, seu leste e norte, se me permitires a honra de ser seu consorte...*

Algumas pessoas passavam, arqueando as sobrancelhas, outras riam, e uma mulher baixinha parou para ouvir, a mão pressionada contra o coração.

Argh! Não era suficiente o aspirante a cantor constrangê-la diante de toda a vila com a cantoria. É óbvio que ele tinha que pedi-la em casamento também. O que acontece com o cérebro masculino, que interpreta todo *não* de uma mulher como um *sim*, ela receava nunca descobrir.

No entanto, dois podiam jogar aquele jogo.

— Que bela canção, sr. Coutinho — ela interrompeu a cantoria batendo palmas.

— Mas eu não terminei ainda...

— É realmente magnífica. Um dia será um artista muito renomado, estou certa.

Com uma mesura apressada, ela atravessou a rua a passos largos, a bolsinha quicando sobre o osso do quadril, conferindo a maior distância possível entre ela e o rapaz. Estava tão absorta ao passar em frente à porta da tabacaria que por pouco não atropelou o sr. Amina. O pai de sua melhor amiga apertou a caixa de charuto entre o peito e o braço para saudá-la com um largo sorriso. O problema era que o sr. Coutinho ainda a perseguia, de modo que, conforme ela fazia um não tão gracioso cumprimento ao astrofísico, o cantor se colou às suas costas dos quadris aos ombros. A colisão atirou os fios teimosos sobre os olhos dela. Irritada, Nina ergueu a mão para afastá-los ao mesmo tempo em que girava para afrontar o rapaz inconveniente.

Apesar de se ter em muito alta conta, Coutinho tinha estatura mediana, e, como Marina era alguns bons centímetros mais alta, seu cotovelo se chocou com toda a força contra o nariz do cantor. Ouviu-se um *crec*, então um grito antes de ele cambalear e tombar de costas no chão.

— Ah, me desculpe! — Ela se abaixou, vasculhando o interior da bolsa em busca de um lenço.

— Aqui, querida. — O tecido branco tremulou feito uma bandeira diante do nariz dela.

Erguendo o rosto para o homem alto e magro, ela o agradeceu com um aceno de cabeça.

— Desculpe-me, srta. Marina. — Delicados sulcos se atreveram a macular a pele negra ao redor da boca conforme o sr. Amina lhe dava um sorriso cheio de pesar. — Temo ter provocado o acidente.

— Não toque! — Coutinho choramingou, tomado de horror, quando ela se ajoelhou para examinar o estrago. — Acho que está quebrado. *Beu* nariz está quebrado! Nunca mais poderei cantar.

Como se ela tivesse tanta sorte...

Mas, pela maneira como o nariz aquilino apontava para a esquerda e o sangue jorrava pelas narinas em bicas, Coutinho tinha razão quanto à fratura. Ele precisava de atendimento médico. O sr. Amina chegou à mesma conclusão.

— Deixe-me ajudá-la a levar o rapaz até seu tio. — Sempre prestativo, se abaixou para encaixar as mãos fortes sob os braços do cantor.

— Nem sei como agradecer, sr. Amina.

— Sem *bovibentos* bruscos! — berrou Coutinho. — Eu posso estar com *heborragia* interna.

— Vamos fazer isso bem devagar. — O astrofísico, que ficara conhecido no mundo todo após inventar máquinas evaporadoras, espiou-a de rabo de olho, os lábios fartos pressionados firmemente em uma linha reta, e ainda assim ele sorria.

Também reprimindo o riso, Nina esperou o sinal do sr. Akin Amina e o ajudou a suspender o pesado Coutinho. Respingos vermelhos salpicaram o punho da camisa do cientista e a frente do vestido dela. E lá se ia sua tentativa de parecer elegante.

Por infelicidade, Jorge Coutinho também reparou nas manchas vermelhas no vestido cor de abóbora, e com um engasgo tombou para trás feito uma árvore oca, quase derrubando a ela e ao sr. Amina.

— Minha nossa — ela gemeu, tentando não ser esmagada—, como alguém com tão pouca estatura pode pesar tanto?

— Por favor, permitam-me ajudá-los.

Por sobre o ombro do sr. Amina, Marina avistou um rosto bronzeado de ângulos duros, os olhos levemente oblíquos, o cabelo ondulado e escuro. Ficou grata ao estranho tão logo ele removeu a carga de suas costas.

— O que houve com ele? — o recém-chegado quis saber, passando por cima do ombro o braço do cantor inconsciente.

— Uma comprovação da teoria do sr. Newton. — O sr. Amina abriu um daqueles seus largos sorrisos. — Dois corpos não podem ocupar o mesmo lugar no espaço. Vamos levá-lo ao consultório do dr. Almeida. Sou Akin Amina. — Fez um cumprimento elegante antes de apontar para a jovem. — E esta é a adorável srta. Marina Clarke. Agradeço a ajuda, senhor...

— Chagas.

— Chagas? Senador Augusto Chagas? — ela atalhou, atônita. Um senador não devia ser mais velho?

O rapaz deu um sorriso rápido, quase involuntário.

— Este é o meu pai. Sou Ricardo Chagas. É um prazer, srta. Marina. — Ele começou a se curvar, desajeitado devido à carga sobre os ombros, e alcançou a mão dela. Antes que os lábios fizessem contato, viu os salpicos rubros nos dedos dela, fez uma careta e apenas beijou o ar. — A senhorita já conheceu o senador?

— Ainda não tive o prazer... — E agora teria, prometeu a si mesma. — Mas ouvi os rumores sobre a chegada da sua família.

— Imagino que sim. Ao que parece, qualquer mudança vira um acontecimento num lugar simplório como este.

Ah. Um rapaz da cidade grande.

Algo no sujeito a incomodava — além da maneira depreciativa de se referir à vila que ela tanto amava, obviamente. Não tinha tempo para avaliar o que era, pois aquele era o momento de pôr em prática o truque da donzela indefesa para ajudar Ana Laura. Valia o sacrifício.

— O consultório fica na próxima quadra. O senhor é muito gentil em nos acudir. Não sabe como sou grata! — repetiu o que ouvia as outras jovens proferirem com frequência. Mas se recusou a bater as pestanas. Tudo tinha limite.

Sua interpretação rendeu um arquear de sobrancelha curioso do sr. Amina, acostumado com a falta de delicadeza da amiga da filha. Mas o astrofísico não fez nenhum comentário ao ajudar Chagas a arrastar Coutinho.

Indo na frente, ela não conseguiu deixar de sorrir. Era ainda melhor que um ataque de um cachorro raivoso. Agora tinha a desculpa perfeita para uma visita aos Chagas: agradecer a Ricardo pela ajuda "essencial", como mandavam os bons modos, e então pensaria em um jeito de ser apresentada ao senador e convencê-lo a considerar a possibilidade de criar uma lei que permitisse às mulheres terem acesso ao ensino superior.

Sua euforia durou pouco, entretanto. Apenas até entrar no consultório, e ser atingida pelo cheiro de ópio e a expressão do tio ao vê-la acompanhada por três cavalheiros, um deles inconsciente e vazando pelas narinas.

"De novo, Marina?", aquele apertar de sobrancelhas inquiriu.

— Foi um acidente, tio Lucas!— revelou ela, depois de agradecer aos cavalheiros pela ajuda, e vê-los partir. — Ele estava perto demais.

— Do seu punho?

— Do cotovelo, na verdade. Ele não é muito alto, sabe?

Apesar de os olhos castanho-esverdeados a censurarem, o cavanhaque com um toque cinzento emoldurou um sorriso, e assim ela soube que o tio não estava tão furioso quanto tentava aparentar.

Debruçando-se sobre a mesa de cirurgia, onde Coutinho arrulhava barulhos incoerentes, ela assistiu ao tio iniciar o trabalho. Até o ano anterior era o dr. Almeida quem comandava o consultório sozinho. No entanto, as dores intensas provocadas pela gota se tornaram veementes e frequentes, e Lucas assumira o consultório do velho amigo e tutor, ainda que sacrificasse suas pesquisas. Lucas Guimarães se tornara um médico reconhecido mundialmente após descobrir a existência de germes — causadores de doenças e outros males — e ainda perseguia o antídoto para eles.

— Você e sua irmã não deviam estar em casa, organizando os últimos detalhes do baile? — O tio dispôs sobre a mesa de apoio os instrumentos necessários para a cirurgia.

— Ana está aqui? — Ela saiu de perto da mesa para dar espaço ao médico, e foi se escorar no armário alto envidraçado.

— Foi trocar o curativo do dr. Almeida. Ele se queixa menos com ela. Era de esperar que um médico fosse menos resmungão quanto a... — Secando as mãos na toalha clara, ele se interrompeu ao ouvir a algazarra na entrada do consultório. Um segundo depois, um vulto castanho passou por Marina, saltitando.

— Papai, papai! Eu preciso ser operado! — O garoto de grossos cabelos espetados empinou o queixo, empurrando com o polegar a pontinha do nariz. — A Sarah enfiou o brinco da mamãe no meu nariz, ó!

— Enfiei nada! Foi você! — rugiu da porta uma cópia perfeita de Miguel, com longos cachos da cor de uma avelã presos em duas grossas tranças. — Eu não fiz nada, papai. Eu juro! Foi o Miguel.

O menino dirigiu um olhar mortal à irmã gêmea.

— Você me desafiou a enfiar o brinco no nariz, logo a culpa é mais sua do que minha.

— Não. Você disse: quer apostar que eu consigo enfiar o brinco no nariz e tirar de volta? Eu apenas não o impedi de fazer a burrice.

Uma das mulheres mais bonitas que Marina conhecia passou pela porta. O cabelo preto com reflexos azulados estava preso em um penteado elaborado, os olhos imensos ainda mais azuis, a barriga inchada de um jeito que Nina achou muito assustador.

— Eu sou a culpada. — Elisa soltou um suspiro, extenuada. — Por acreditar que vocês já eram grandinhos o suficiente para entrarem no meu quarto sem colocá-lo abaixo. Ou introduzir minhas joias dentro do corpo.

O tio se apressou em contornar a mesa para beijar a esposa.

Argh! Seus pais não eram os únicos a matá-la de vergonha com demonstrações de afeto em público, Nina considerou, preferindo esperar na antessala do consultório. Por pouco Rebeca não a atingiu em cheio. A mais velha das meninas Clarke Guimarães enfiou dois dedos por entre a aba do boné de cetim claro, conferindo se as mechas em um tom de mel escuro estavam no lugar, ao mesmo tempo em que analisava a prima com a testa franzida.

— Nossa! — exclamou a adolescente. — Deve ter acontecido algo muito importante, se você se deu o trabalho de usar um vestido. Você mesma fez esse penteado?

— Obviamente. — Nina revirou os olhos. — Beca, por que você está usando espartilho?

A adolescente tentou respirar fundo, mas a peça a impediu.

— Ele me faz parecer ter curvas. — Espiou o próprio decote, e suspirou com a falta de volume. — Mamãe disse que também demorou para encorpar, então ainda pode acontecer.

— Beca, você não devia se preocupar com esses assuntos. Só tem quinze anos.

— Para você é fácil falar. Precisa chutar os pretendentes do caminho se não quiser tropeçar neles. — Rebeca espiou a mesa de cirurgia e a massa disforme que era o nariz arroxeado de Coutinho. — Ou socá-los. O que este fez?

— Chegou perto demais. E gostaria de apontar que esses cavalheiros não estão atrás de mim, mas da fortuna dos meus pais.

O nariz salpicado de minúsculas sardas se enrugou.

— Nina, por acaso essa sua aversão a ser cortejada tem alguma relação com meu irmão?

— E por que seria? — Ela tentou manter a calma. Rebeca só tinha quinze anos. Não sabia o que dizia.

Brincando com o babado da saia, a menina foi se sentar na poltrona escura da pequena antessala.

— Bem... É que você e Samuel sempre foram tão ligados e... — Encolheu os ombros.

— Porque, além de meu primo, Sam é meu melhor *amigo* — frisou sob o batente que unia as duas salas.

— Não implique com sua prima, Rebeca. — Chegando por trás, a tia espalmou as mãos nos ombros da sobrinha. — Alguma explicação para ter quebrado o nariz desse rapaz, querida?

Fazendo sua melhor interpretação de culpa, Marina abriu bem os olhos ao fitar a tia.

— Dessa vez eu juro que foi um acidente, tia Elisa. Ele estava perto demais quando me virei. Se pensar bem, eu mal tive culpa.

Lutando contra o sorriso, Elisa abraçou a sobrinha pelos ombros, obrigando Nina a curvar o corpo para a frente e arranjar mais espaço para a barriga ampla.

— Pobrezinha. — Ela afagou as costas da sobrinha. — Pelo menos você não se feriu.

Era por coisas assim que ela amava tanto Elisa.

— Posso ajudá-lo a operar Miguel, papai? — Sarah soou empolgada dentro do consultório.

— De jeito nenhum! — Elisa voltou correndo para perto da filha mais nova.

Rindo, Nina foi se juntar a Rebeca no sofá.

— Não sei mais quanto tempo mamãe vai aguentar nesse ritmo — confessou Beca. — Os gêmeos nunca param de discutir! Tento ajudá-la como posso, mas nem eu consigo acompanhá-los. — A menina ajeitou as saias de modo a encobrir os sapatos.

Talvez eu devesse fazer o mesmo, Marina considerou por um instante, observando a ponta das botas enlameadas. E logo descartou a ideia. Já havia se arrumado o suficiente por um dia.

— Você parece chateada. Mamãe te contou, não foi? — Rebeca a fitou demoradamente, a tensão entre as sobrancelhas finas se aprofundando. — Papai queria esconder o assunto até Samuel explicar melhor e...

Alerta, Nina girou até ficar de frente para encarar o olhar esmeralda de Rebeca.

— Até Samuel explicar o quê?

A menina sugou os lábios até não serem nada além de um risco.

— Eu pensei que... humm... Ahhh! Acabo de me lembrar que preciso dar um recado ao papai.

— Nem pensar! — Marina se esticou para pegar a prima pela saia quando ela saltou do sofá. Rígida por conta do espartilho, a menina caiu de volta no assento. — O que Samuel precisa explicar? O que seu pai não quer que eu saiba?

— Bem... — A menina fixou a atenção na bolsinha de crochê se balançando em seu pulso. — Marina, você já cogitou a hipótese de Samuel permanecer na Europa? Ele conheceu gente nova em Londres, afinal.

— E...?

— E isso inclui damas.

Ora essa, obviamente que ela estava ciente da existência de damas em Londres. Todas bonitas, educadas e elegantes — ela perguntara à tia. Duas vezes. Mas daí a pensar que uma delas faria Samuel desistir da família era ir longe demais. Ele não conhecera ninguém especial. Nina saberia se ele tivesse conhecido.

— Ele jamais pensaria em um absurdo desses — Marina garantiu com um abanar de cabeça. — Assim que Samuel pegar o certificado de cirurgião, vai tomar o primeiro navio de volta para casa. Ele me prometeu.

— Não duvido que essa fosse a intenção do meu irmão ao embarcar para a Europa. Mas muito aconteceu nesse tempo em que ele esteve fora. Tia Maggie garante que há uma fila de damas atrás dele, que Sam desfila com uma moça diferente a cada noite.

— Tia Margareth está inventando coisas. — Como se Samuel tivesse tempo para essas bobagens!

Ele dedicava cada pensamento à medicina. Apesar de a tia ter descrito as jovens londrinas quase como seres celestiais dispostos na Terra pelo próprio Deus, duvidava que existisse ao menos uma à altura de Samuel. Inteligente, com um humor contagiante, um coração do tamanho de sua teimosia, e tão lindo por fora quanto por dentro, ele não se deixaria seduzir apenas por um rosto bonito e maneiras elegantes. Estava tão certa disso quanto de que qualquer cachorro alargaria os olhos e entortaria a cabeça diante de um osso.

Entretanto, a maneira como Rebeca se pôs a ajeitar as luvas de renda, as bochechas da cor de papoulas...

Num salto, Nina ficou de pé, a bile queimando o fundo da garganta. Não podia ser. Samuel não podia ter se apaixonado e decidido viver permanentemente em Londres e não ter dito uma palavra a ela. Ele não a trairia dessa maneira.

Com algum custo, conseguiu manter a voz estável o suficiente para inquirir:

— Ele escreveu para você, Beca?

— Não. Foi a tia Margareth — confidenciou a prima, ainda mais corada. — O mordomo dela encontrou um anel no paletó de Samuel, de uma joalheria famosa de Paris. Meu irmão deve ter esquecido no bolso ao voltar da viagem à França, no mês passado. Tia Maggie suspeita que ele vá pedir a mão da srta. Sally, a filha do reverendo Steventon. Eles se tornaram muito próximos nos últimos meses. Acredito que é por isso que ele não tem escrito muito. A esta altura, com o tempo que a correspondência leva para chegar, ele já pode ter feito o pedido à moça.

O ar pareceu evaporar do planeta, o chão se abrindo e engolindo as paredes, o teto, Marina, seu coração.

Uma mão delicada se enroscou ao seu braço.

— Eu sinto muito, Nina.

— E por que sentiria? — Ela recuou dois passos, afastando-se do toque da prima. — Não fui eu que fiz a bobagem de ficar noiva.

— Marina, não finja que não se imp... Nina!

Ela ouviu a prima chamar mais algumas vezes, o rangido das dobradiças, as botas pesadas esmagando o cascalho da estrada, o gemido do portão, sem registrar coisa alguma. Não conseguia enxergar nada além da traição de Sam.

Sabia que terminaria assim. Soubera disso no instante em que ele expôs seus planos de estudar em Cambridge. Ela e Samuel sempre foram como crina e nó; um não existia sem o outro. Não importava o tamanho do problema em que um deles se metesse, o outro sempre estaria ali para tornar tudo melhor. Ao menos até ele tomar aquele navio idiota rumo à Europa sete anos antes.

E agora Samuel pretendia se casar com uma inglesa de quem ela nunca ouvira falar? Teria uma vida separada da de Nina pelo Oceano Atlântico?

Ora essa! Seu melhor amigo fizera uma promessa antes de partir, jurou que voltaria. Samuel andava quebrando promessas.

E Nina, o nariz de rapazes.

Cega pela fúria, Marina não viu a esposa do padeiro acenar, tampouco o cumprimento elegante do boticário ao vê-la atravessar a rua para apanhar Amora e tomar o caminho de casa. Conseguiu manter as bochechas secas até adentrar a estrada, cutucando a barriga da bela puro-sangue com os calcanhares das botas. Seu queixo batia freneticamente com a cavalgada alucinada, o vento espalhando a umidade nas bochechas, o que restava do penteado caindo pelas costas. Por mais que acelerasse, a traição continuava a ultrapassá-la.

Como tinha sido idiota!

Samuel havia aprendido a viver sem ela, enquanto ali estava ela, ainda à espera de uma nova carta dele. Nunca lhe ocorrera uma vida sem Samuel. Em sua imaginação, eles estariam velhos andando pela vila de braços dados, rindo de alguma bobagem que um deles dissera. Em vez disso, seu melhor amigo ficaria na Europa para rir com uma dama cheia de não me toques que provavelmente nunca tivera um dos babados do vestido se desfazendo, nem se sujara com o sangue do cavalheiro a quem o nariz quebrara acidentalmente.

Distraída pela própria ira e os pensamentos sombrios, demorou a compreender o som de metal e cacarejos, até se lembrar da galinha e forçar Amora a parar. A égua titubeou, pressentindo que Nina ainda precisava de velocidade, de fugir dos próprios pensamentos, mas obedeceu ao comando.

Após desprender a gaiola da sela, Marina abriu a portinhola e esperou que a ave fugisse. Mas a pobrezinha continuou encolhida, ainda assustada com a cavalgada tresloucada.

— Desculpe. Eu não pretendia alarmá-la. Mas não posso levá-la para casa. A sra. Madalena não compreende minha maneira de viver. Você não estaria segura.

Como a ave continuava encolhida, Marina a ajudou a sair. Um pouco desorientada, a galinha arriscou alguns passos e cacarejos.

— Vá! E fique longe de humanos tanto quanto puder. Eles não sabem fazer outra coisa a não ser quebrar seu coração.

— Bom, eu contestaria essa afirmação, se você não estivesse coberta de razão.

Sobressaltada, Marina levou a mão à bolsa. Antes que sacasse o canivete — um presente do sr. Gomes pelo aniversário de quinze anos —, reconheceu o homem sobre o cavalo. Diogo Fontes a cumprimentou com um toque no chapéu e um belo sorriso de canto de boca.

— Estava me perguntando quando iria notar minha presença — disse ele.

— Desculpe, sr. Fontes. Estou distraída esta manhã.

— Eu percebi. Eu a cumprimentaria apropriadamente, mas sua expressão não é a de alguém que está tendo um bom dia. — Ele entortou o pescoço, fitando a ave, ainda parada à margem da estrada. — O que essa galinha fez para deixá-la nesse estado?

Secando as faces discretamente, ela deixou escapar um suspiro exasperado.

— Ela não compreende que estou tentando evitar que ela vire sopa. — *Também descobri que meu melhor amigo está prestes a cometer a pior das traições*, quase acrescentou.

— Realmente não me parece uma atitude adequada da parte dela. — O rapaz tentou conter o riso. — Muitos considerariam um desperdício de uma boa refeição.

— Não eu. Sou adepta do regime pitagórico.

Segurando as rédeas com apenas uma das mãos, ele usou a outra para afastar os fios claros do belo rosto quadrado. O olhar dela, no entanto, estava no tordilho preto sob ele. Era estupendo.

— Isso significa que a senhorita não come carne? — ele perguntou, aparvalhado, como se a ideia fosse absurda. — Nem mesmo peixe?

Porque peixe era um tipo de legume, ela quis revirar os olhos.

— Por que faz isso consigo mesma? — ele insistiu.

— Eu passo a maior parte dos meus dias cercada por cavalos desde que me entendo por gente. Esses animais se expressam com olhares, movimentos das orelhas, da cauda. Amora me compreende melhor que muitas pessoas. Ela sabe se estou triste, feliz, impaciente. Sempre consigo interpretar quando ela está entediada, nervosa, temerosa, disposta a uma cavalgada. É como se a minha alma e a dela se comunicassem. Logo, se minha égua tem alma, por que o gatinho de Analu, que passa a noite toda empoleirado na janela feito um guardião, não teria? Ou Storm, que segue meu pai para todo lado mesmo livre de guias? Por que ter alma seria uma exclusividade humana? Ao menos eu penso dessa forma e prefiro me abster de carnes. Não posso determinar que minha alma é mais importante que a de qualquer outro ser vivo. Não que minha governanta compreenda.

— É... um jeito curioso de viver. — Ele entortou a boca.

— Um jeito que não ofende nem machuca ninguém.

— Suponho que não. Para onde está indo, srta. Marina? — ele quis saber. — Terei enorme prazer em acompanhá-la e continuar esta conversa.

— Eu... — A recusa escorregou para a ponta da língua, mas ela tratou de engoli-la.

Alguns anos mais velho, talvez por volta de vinte e cinco anos, Diogo era bonito e gentil sem ser pegajoso como Jorge Coutinho, não estava atrás da fortuna que ela um dia herdaria — o nome Fontes era reconhecido no ramo do tabaco — e era muito bonito. Nada comparado a Sam, certamente, mas ele era interessante, à sua maneira mais arrumada de aristocrata. E, sobretudo, Diogo não pretendia viver na Europa. Se Samuel Duarte de Castro Soares podia ter uma noiva e um novo país, então ela também podia ter um novo melhor amigo.

— Obrigada, sr. Fontes. Adoraria ter a sua companhia.

— Excelente! — Ele deu um largo sorriso, e ela podia jurar ter visto Diogo ganhar mais alguns centímetros sobre a sela.

Encaixando a bota no estribo, ela subiu em Amora, que resfolegou um "Tem certeza de que é mesmo boa ideia?".

E como raios Nina poderia saber?

— Existe algo que eu possa fazer para melhorar o seu dia? — Diogo apertou um dos olhos verdes, devido à claridade. — Basta dizer, srta. Marina, e eu o farei.

— Se não estiver planejando me propor casamento, já me darei por satisfeita — brincou ela.

— Humm... Se tiver a gentileza de determinar o momento mais apropriado, eu ficaria muito grato.

Ela riu com gosto da piada. Ao menos pensou que fosse uma brincadeira, até se dar conta da expressão pesarosa de Diogo Fontes ao enfiar a mão no bolso do paletó e de lá tirar um saquinho de cetim verde-claro.

Nina parou de rir imediatamente.

3

Ian costuma brincar que Marina é como um corcel indomado enquanto Ana Laura se assemelha a uma rosa delicada. Isso porque ele não conhece um MacBook Pro. Minha caçula é um computador ambulante. Às vezes é até meio aterrorizante.

Era de imaginar que, como sempre está com a cara enfiada nos livros, Analu se mantivesse longe de confusão. Mas já diz o ditado: quanto mais delicada a rosa, mais afiados são seus espinhos.

Acho que Ian se esqueceu dessa parte.

Um beija-flor tremulou as asas pelo que um dia tinha sido uma bela roseira, mas agora não passava de galhos ressequidos. Diante da janela da casa amarela no centro da vila, Ana Laura parou de mexer a mistura dentro do almofariz e afastou a cortina da janela para poder observar melhor o passarinho investigar o arbusto de primavera seco, os talos marrons das margaridas, e ir se empoleirar no galho da tuia sem vida, piando revoltado.

Eu sei, amiguinho, Analu suspirou. *Também sinto falta delas.*

A sra. Letícia Almeida fazia o que podia, mas a mulher não tinha talento algum com flores. Esse era o hobby do marido, e, desde que a gota o impedira de se movimentar livremente, o belo jardim sofrera uma grande transformação, e agora tons de laranja e marrom dominavam a paisagem.

Talvez eu trabalhe nele esta tarde, ela tornou a mexer a mistura amarelada. Certamente não entendia nada sobre jardinagem, mas havia um livro na biblioteca dos pais sobre o tema. Além do mais, seria impossível deixar as flores em estado pior do que estavam.

Infelizmente não seria possível, se lembrou depressa, já que a irmã mais velha havia inventado um baile para comemorar seu aniversário. Ana sabia que deveria estar em casa fingindo empolgação. A questão era que ela realmente adorava ajudar no consultório, sobretudo cuidar do velho resmungão que odiava ser lembrado de sua condição de saúde.

Ainda na janela, ela viu a parelha de cavalos marrons estacionar diante das plantas ressequidas, então a cabine da carruagem se abrir. Ana sorriu ao ver a prima Rebeca saltar do veículo antes mesmo da parada total. Em seguida, vieram a tia e o gêmeos.

— Não sei como esses emplastros podem me ajudar — a voz emburrada do dr. Almeida a alcançou por trás.

Soltando a cortina, ela se voltou para o médico sentado na beirada da cama de cara amarrada.

— Na verdade sabe, sim, doutor. E se continuar a reclamar serei obrigada a chamar a sra. Letícia para me ajudar.

O homem estremeceu de leve.

— Por tudo que é mais sagrado, não faça isso. Me dê o unguento aqui, Analu. Eu mesmo aplico. — Ele fez um movimento com a mão para que se aproximasse. — Uma jovem como você devia estar se divertindo, e não perdendo tempo com um velho reumático.

— Ah, mas eu estou me divertindo. Gosto da sua casmurrice, doutor. Além do mais, se eu não ajudá-lo, quem vai me ensinar sobre a complexidade das articulações? — Conferindo com a pontinha do indicador se a massa estava lisa o bastante, ela se aproximou da cama alta. — O tio Lucas até tenta me ensinar, mas o consultório acaba por consumir todo o seu tempo. Só me resta o senhor.

— Não precisa me prestar favores para conseguir um pouco de conhecimento, sabe disso.

Com um sonoro suspiro, ela foi se sentar ao lado dele, equilibrando o almofariz em uma das coxas.

— Então me fale um pouco sobre essa doença que faz seus pés dobrarem de volume.

— A gota é um inferno, querida. — Espalmando as mãos no colchão, ele fitou o teto. — Uma inflamação das articulações, tendões, podendo chegar aos rins. Normalmente os sintomas são mais aparentes nas áreas mais exigidas, como pés, joelhos... Alguns pacientes, com o tratamento correto, conseguem diminuir os edemas e até fazê-los desaparecer por completo, se mantiverem uma alimentação adequada, pobre em gorduras, álcool, açúcares.

Ela sabia disso tudo. Devorara o volume sobre os males do sangue. Mas precisava que ele continuasse o assunto para que que seu plano funcionasse.

— E quanto às dores? — ela perguntou, fingindo confusão. — Não há nada a ser feito?

— Certamente há. Chá de bétula e emplastros de... — Ele baixou as sobrancelhas grisalhas ao relancear o almofariz que ela voltara a mexer. — Você é uma jovenzinha ardilosa, Ana Laura.

— Aprendi com o melhor dos mestres.

O dr. Almeida fez uma careta, mas um dos cantos da boca se elevou ao afastar os lençóis e suspender até a altura dos joelhos a barra dos calções longos. Então abriu um largo sorriso. Finalmente!

Mas a animação da jovem desceu para a sola dos pés, e ela tragou saliva à visão do calombo avermelhado no joelho esquerdo. O bom doutor precisava aceitar se tratar da maneira adequada, ponderou ao se ajoelhar entre ele e a mesa de cabeceira, onde deixara o chá de bétula esfriar e as tiras de curativo. A julgar pela velocidade com que os caroços se proliferaram pelos pés e agora começavam a subir pelas pernas, em breve ele já não seria capaz de caminhar sem ajuda. Já mal o fazia.

Concentrando-se na tarefa de aplicar o cataplasma da maneira mais gentil que pôde, ela sorria para os comentários do médico sobre a melhor maneira de usar a mistura, mesmo que já não precisasse de instruções.

Quando ela cobriu a pasta amarelada com as faixas e as prendeu com suave pressão, o cirurgião soltou um suspiro de puro alívio.

— Suas mãos foram feitas para cuidar, minha cara. — Ele inspirou fundo o aroma pungente de arnica.

— Crescer com Marina me forçou a aflorar o talento com curativos.

— É mais do que isso. — Ele deu uma batidinha no ombro dela. — Você nasceu para a medicina. Como Lucas, Samuel e este velho resmungão.

— É só uma fantasia, dr. Almeida. — Um pouco corada, um pouco constrangida, Ana puxou a barra dos calções até as canelas ossudas, encobrindo os curativos. — Não tenho o direito de sonhar.

— Quem disse?

— Todos os reitores para quem tio Lucas escreveu. Os que se dignaram a responder. O silêncio dos demais foi bastante eloquente, não?

Limpando as mãos no avental ao ficar de pé, Ana começou a recolher o material.

Ninguém estava disposto a infringir a lei e aceitar uma jovem na escola de medicina. Afinal fazia pouco mais de quinze anos que meninas haviam tido permissão para frequentar a escola primária, sem depender exclusivamente de tutores — exceto se a família assim quisesse.

Indo até a cômoda alta para guardar o material na caixa de curativos e dar privacidade para que o médico vestisse as calças, Ana estudou o próprio reflexo no espelho de moldura acobreada. Sua pele branca parecia ainda mais pálida, mas não havia muito a fazer. Ao contrário da irmã, tudo que Ana conseguia do sol eram sardas, bolhas e vermelhidão. Nem o vestido em um alegre amarelo ajudava, e a única coisa que trazia um pouco de cor ao rosto era a fita cor de água-marinha no pescoço.

Ao menos o cabelo estava bonito, se consolou, virando a cabeça para examinar as ondas em um dourado amanteigado presas no penteado que copiara de uma das revistas francesas de madame Georgette. Sobressaltou-se ao captar o reflexo de cachos muito pretos e tecido cor de abóbora. Ana correu para a janela a tempo de ver a irmã passar pelo portão.

Por que Nina viera ao consultório tão cedo? Ana franziu a testa. E por que batia em retirada como se as saias estivessem em chamas? Será que tinha acontecido alguma coisa em casa? Com o sr. Gomes ou a sra. Madalena?

Não, ela tratou de apaziguar seu coração alvoroçado. Se algo tivesse acontecido, a essa altura ela já teria sido informada.

Suas preocupações foram eclipsadas pelo cavalheiro montado em um cavalo passando diante da janela. Ele olhou diretamente para a casa, para Ana, e deu um sorriso tão belo que ela se convenceu de que só podia ter sido pincelado pelas mãos de um anjo bem-humorado.

Espalmando a barriga e o motim que se iniciava lá dentro, ela fez uma mesura educada e se afastou da vidraça, colando as costas nas cortinas pesadas. Céus, o espartilho não oferecia espaço suficiente para encher os pulmões de ar. Seus dedos procuraram a fita ao redor do pescoço. Mesmo depois de tanto tempo, ainda era capaz de sentir o toque dele. Se cerrasse as pálpebras, experimentaria o mesmo frisson de sete anos antes, naquela noite na quermesse, quando...

— E vai aceitar que meia dúzia de velhotes antiquados lhe digam o que fazer? — a voz do médico a forçou a recobrar o foco. — Ora, estou mesmo diante da filha de Sofia Alonzo Clarke?

Espiando para conferir se o rapaz já havia partido, ela se desencostou da parede e foi terminar o trabalho, encaixando o restante da gaze na caixa de curativos.

— Como mudar a opinião de alguém que não está sequer inclinado a ouvir, doutor? Além disso, eu me sinto útil ajudando no consultório, aprendendo com o senhor e o tio Lucas. É o bastante. — Ao menos era o que dizia a si mesma toda manhã ao sair da cama.

Ele estalou a língua ao se curvar para apanhar os chinelos. Acabou desistindo.

— Lamento ouvir isso, especialmente hoje. Fui informado sobre a chegada dos novos moradores. O novo inquilino alugou a antiga casa dos Estêvão. O coitado vem sofrendo com terríveis crises de enxaqueca e fugiu do movimento da cidade para tentar aliviar os sintomas com o ar puro do campo. — Ele vergou uma das sobrancelhas despenteadas. — Não vai me perguntar por que estou fazendo o papel de velho mexeriqueiro?

Depois de fechar a tampa da caixa e desamarrar o avental, ela dobrou a peça branca salpicada de pintas verde-amareladas, sorrindo para o médico.

— Eu imaginei que chegaria ao ponto em algum momento.

— E vou mesmo. — Puxando a bengala apoiada na cabeceira, ele deixou escapar um grunhido ao se levantar. — O sujeito é um conhecido meu. O nome dele é Augusto Chagas.

— Augusto Chagas, como o senador Augusto Chagas?!

— Quando meu sobrinho desistiu da medicina, foi Chagas quem o ajudou a entrar na carreira política. Pretendo visitá-lo esta tarde. Lucas deve me acompanhar. Dois médicos advogando a seu favor é melhor que um.

O quarto começou a rodar, e o avental parcialmente dobrado se amontoou ao pés de Ana Laura.

— O senhor e o meu tio pretendem...

— Rogar que ele interceda junto aos outros senadores sobre a possibilidade de damas terem acesso ao ensino superior, é exatamente o que nós pretendemos. — Descalço e com muita dificuldade, a bengala pontuando seu sacrifício, o médico mancou até ela. — Mas não quero criar falsas expectativas, minha querida. Existe uma grande possibilidade de Chagas me enxotar da casa dele apenas por tocar no assunto. Ele sempre foi muito conservador. Será uma batalha árdua.

Em outras palavras, ela não devia criar esperanças para não se decepcionar outra vez. Ainda assim, não pôde impedir a bolha de ar quente de se inflar em seu peito, e um sorriso tomar todo o rosto.

— Isso mesmo, querida Ana. Sorria. — Os lábios do idoso se espicharam com vontade, aprofundando ainda mais as linhas ao redor dos olhos. — E volte para casa e se prepare, para o caso de Chagas aceitar meu convite para me acompanhar ao seu baile de aniversário. A propósito, feliz aniversário.

Admirando o homem que se oferecera a lhe dar aulas de anatomia muitos anos antes, que sorrira com alegria e não com zombaria quando ela o informara de que sonhava um dia ser uma cirurgiã como ele, não conseguiu se impedir de abraçá-lo.

— Não sei como agradecer, dr. Almeida.

Rindo, o velho doutor deu duas batidinhas no ombro da jovem.

— Não pense que faço isso por você. Faço por mim. Se eu conseguir mandá-la para a escola de medicina, não vai mais poder me obrigar a tomar o chá de bétula toda manhã.

Ela ainda ria ao soltá-lo e deixar o quarto às pressas, atravessando a casa até chegar à porta de ligação com o consultório. Pretendia se despedir do tio e correr para casa, mas ele se ocupava com o nariz do filho caçula, e alguém resmungava algo incongruente sobre a mesa de cirurgia. Ao se aproximar, reconheceu o sujeito e a provável causa de aquele nariz agora lembrar uma batata.

Nina!

De imediato, Ana insistiu em ajudar o tio ao menos a limpar os instrumentos da cirurgia, organizar o armário de remédios e tinturas ou concluir o inventário do que precisava ser reposto. Mas Lucas fincou o pé, e delicada e educadamente despachou-a para casa.

Ana vibrava feito a corda de uma harpa ao seguir pela rua principal da vila, desviando-se de crianças atrás de um cachorro, da perfumosa barraca de pães recém-assados, acenando para um conhecido dentro de uma carruagem, sem realmente registrar nada. Como era possível que tivesse se preparado para aquele momento a vida toda, e agora que havia uma possibilidade real de estar diante dele não sabia como proceder?

Seria mais fácil se Nina estivesse comigo, não pôde deixar de desejar. Não havia coisa alguma que amedrontasse a irmã mais velha. Analu estava tão certa disso quanto de que o raio de qualquer circunferência podia ser encontrado ao se delimitar com uma reta suas extremidades. Mas não, Nina preferia quebrar o nariz de um rapaz. Outra vez.

De que maneira Ana poderia convencer o senador Chagas a interceder por ela no Senado quando ninguém mais estava disposto?

Não. Nada disso, ela suspendeu um dos lados da saia ao atravessar a rua. Era melhor se manter otimista. Teria os dois melhores médicos do mundo ao seu lado. Além do mais, o dr. Almeida era amigo do senador Chagas, devia contar para alguma coisa. Era nisso que iria se concentrar.

Estava a poucos metros do ateliê de madame Georgette quando ouviu alguém chamá-la.

— Ana. — Damilola descansou a sombrinha rendada no ombro, um dos lados da saia suspenso ao se apressar. — Estou chamando por você há duas quadras.

— Lola, me perdoe. Estou um pouco distraída esta manhã. Algo maravilhoso aconteceu. Ou pode acontecer. Não sei ainda.

Os olhos amendoados da amiga ficaram mais redondos ao espalmar o peito, o diamante sob a luva de renda fragmentando a luz em minúsculos arco-íris.

— Nina conseguiu? — a amiga ofegou.

— Conseguiu o quê?

— Ah! — Cravou os dentes no lábio farto, a sedosa pele marrom ganhando nuances avermelhadas. — Humm... é algo sobre o baile. Uma surpresa. É melhor que ela mesma explique.

Céus! Em se tratando da irmã, tudo o que Ana podia esperar era terminar a noite sem que um membro da guarda fosse solicitado.

— Pensei que atenderia o pedido de tia Cassandra e passaria o dia com ela — Ana comentou.

— Deus me livre! — Damilola puxou uma das longas tranças que pediam do penteado por sobre o ombro. — Eu sei que ela é sua tia-avó e avó de Tommy, mas, se ela não parar de me perseguir com a ideia de que eu me case com o vestido de noiva dela, vou acabar enlouquecendo. Não ria, Ana! Falo sério! Tommy não consegue dizer não para a avó, nem o sr. Thomas, a sra. Teodora e nenhum empregado. Eu sou a única a se opor aos caprichos dela.

— E por isso mesmo conseguiu o coração do meu primo.

A amiga entortou o pescoço para o lado, mordiscando a pontinha de um dos dedos da luva.

— Então não posso decepcioná-lo agora, não é mesmo? Além do mais, faltam apenas algumas semanas. Só preciso aguentar até lá. — Então a animação dela arrefeceu. — Mas estou preocupada que o sr. Marques não compareça ao meu casamento.

— Seu mordomo está se queixando de dores novamente?

— Ele não reclama, pobrezinho. Mas notei como lhe custou se locomover esta manhã. Estava mais agitado que de costume e se recusou a ir ao consultório quando eu sugeri, como sempre faz. Ao menos papai conseguiu convencê-lo a tirar o restante do dia de folga, mas sei que amanhã ele insistirá em cumprir as tarefas. Por isso eu seguia para o consultório, mas vi você e pensei que... Ana, você poderia dar uma olhada na perna dele?

Ana suspirou pesadamente.

— Sabe que eu não posso, Lola. Não tenho conhecimento clínico. Mal posso me considerar uma enfermeira. Eu só ajudo meu tio quando ele precisa, e mesmo assim sob sua orientação.

— Mas aprendeu muito com ele e o dr. Almeida. Além do mais, você é a única que o sr. Marques permite se aproximar sem praguejar. Por favor, minha amiga, hoje é seu aniversário e está atarefada com o baile, eu sei, mas não poderia ao menos falar com ele amanhã? Apenas para tentar fazê-lo mudar de ideia quanto a procurar um médico?

A preocupação genuína da amiga comoveu Ana. Verdade seja dita, ela também adorava o sr. Marques e seu mau humor constante.

— Está bem — concordou, vencida. — Posso ir agora, se quiser.

— Ah, não. Quero estar viva para meu próprio casamento. Marina me esganaria se soubesse que eu a distraí justamente no dia do baile que ela planeja faz um mês, e isso diz muito. Sua irmã nunca dedica mais de trinta segundos de atenção a nada que esteja do lado de fora do estábulo.

Ana deu risada, mas pela visão periférica viu alguém tentando atrair a atenção delas. Padre Antônio esperou uma carruagem passar para atravessar a rua a passos curtos, o corpo pendendo sobre o guarda-chuva que fazia as vezes de bengala. Estava acompanhado de um rapaz alto, o cabelo ondulado e escuro dando um ar ainda mais grave ao rosto anguloso. Ele fez um leve aceno para elas ao parar ao lado de Analu.

— Srta. Damilola. — O padre secou as gotinhas de suor sob o nariz na manga da batina preta. — Que bom tê-la alcançado. Me poupa a caminhada até sua casa.

— O senhor parece bem-disposto esta manhã, padre — comentou a jovem.

— Ah, minha cara, na minha idade, cada amanhecer em que consigo abrir os olhos é encorajamento suficiente para o meu bom humor.

O rapaz ao lado de Ana pigarreou, um pouco sem graça, e o padre tratou de fazer as apresentações.

— Ah, senhoritas, permitam-me apresentá-las ao sr. Ricardo Chagas. Ele e o pai acabam de se mudar. Senhor, estas são as srtas. Damilola Amina, de quem lhe falei, e Ana Laura Clarke, filha de Ian Clarke, um dos melhores criadores de cavalos, caso precisem de montaria.

As jovens retribuíram a mesura do sr. Ricardo, e Ana nunca soube como conseguiu tal façanha, pois estava diante do filho do sujeito que poderia decidir seu destino. Suspeitou de que o rapaz notara seu nervosismo, pois a encarou fixamente, e suas bochechas se transformaram em dois fogareiros. Ela não estava acostumada a ser admirada daquela maneira pelos cavalheiros.

O padre bateu o guarda-chuva em uma das botas, dando a Ana a desculpa perfeita para escapar do escrutínio de Ricardo.

— Srta. Damilola — o idoso foi dizendo. — Eu estava a sua procura, pois me lembrei de que durante a doença de sua pobre mãe o sr. Amina contratou diversos cozinheiros.

— Foram sete ao todo, padre. Papai tinha a esperança de que o tempero de um deles pudesse apetecê-la. — A voz da jovem diminuiu vários tons, o olhar se perdendo na saudade.

Mesmo ciente de que traria pouco conforto, se é que traria algum, Ana afagou o braço da amiga, preocupada que ela tivesse uma recaída e voltasse a se trancar no quarto, como fizera logo após a morte da sra. Fayola Amina. Então, corajosa como era, Ana acompanhou com um tremendo orgulho a futura prima aprumar os ombros e sorrir para os cavalheiros.

— Imagino que os Chagas ainda não tenham tido tempo de procurar uma boa equipe de criados. Não se preocupem. Farei uma lista com o nome de todos os empregados de que puder me recordar e a enviarei a sua residência, sr. Chagas.

O rapaz fez uma curta mesura.

— Eu agradeço a gentileza, srta. Damilola, pois, no que depender de mim ou do meu pai, morreremos de fome. — Ao se endireitar, voltou a atenção em direção a Analu. — Srta. Ana Laura Clarke, acaso tem algum parentesco com a jovem Marina Clarke?

— Ela é minha irmã. O senhor já a conheceu?— investigou cautelosa, sem saber ao certo o motivo.

Bem, mais ou menos.

Oh, por favor, que Marina não tenha se envolvido em nenhum novo incidente, ela implorou ao universo, muito embora seu sexto sentido rugisse que a probabilidade de Nina ser o próprio incidente era de 99,9%.

— Tive o prazer de conhecê-la não faz nem meia hora. Sua irmã é uma dama muito... — Ele elevou uma das sobrancelhas, procurando a palavra correta, ela suspeitou. — ... peculiar, eu diria.

Ah, céus!

— Marina é um espírito livre — ela saiu em defesa da irmã.

— Com um golpe de esquerda e tanto. Eu a ajudei a socorrer o pobre coitado que quis averiguar a potência daquele punho. Também conheci seu pai na mesma ocasião, srta. Damilola. Um homem muito distinto.

Os ombros de Ana Laura arriaram conforme o rapaz narrava o encontro com o sr. Amina e o acidente do sr. Coutinho. Se manter calma e esperar os cavalheiros se despedirem exigiu um tremendo esforço. E um ainda maior ao se separar de Damilola e encontrar uma cadência casual conforme se dirigia para casa.

Por que sua irmã não podia passar um dia sem se meter em confusão? Por que não podia manter as mãos quietas para variar? *Por quê?!*

Era melhor ter uma conversa séria com Nina. Descobrir o que a irmã havia dito ao filho do senador que deixara nele tamanha impressão, e se haveria esperança de contornar a situação. Então, após ajudá-la a escapar do sermão dos pais — certamente haveria um —, ela teria todo o tempo do mundo para torcer o pescoço de Marina.

Fantasiando dezenove maneiras diferentes de esganar a irmã mais velha, ela não reparou na larga carruagem encostada no meio-fio diante da casa de carnes, até o nariz se achatar contra uma gravata. Absurdamente sem graça, ela se descolou do cavalheiro com tanta pressa que acabou chutando a pequena bagagem aos pés dele.

— Ah, me perdoe, senhor. — Depressa, ela se dobrou para endireitar a mala.

Mãos grandes e fortes envolveram os pulsos de Analu e delicadamente a forçaram a se erguer

— Uma dama como você não deveria se curvar diante de ninguém.

As bochechas dela se acenderam feito uma lareira. Pudera! Ela não estava acostumada a ser tocada por homens altos cujo semblante trazia um alerta de "não se aproxime" — não que estivesse acostumada a ser tocada por homens de qualquer outro tipo.

Certamente ela estava ciente de que não era educado encarar alguém daquela maneira, mas, em sua defesa, nunca conhecera ninguém que exalasse... tamanha energia masculina, por assim dizer. O sujeito diante dela tinha o queixo triangular sombreado por uma barba curta, e não era possível definir se o cabelo escuro teria cachos ou cairia liso sobre a testa, pois ele o cortara tão curto que mal passava de uma penugem espetada. A cicatriz pouco acima de um dos supercílios tinha o formato de um meio sorriso jocoso e parecia rir dela.

Sem saber ao certo se era efeito do toque dele, da maneira que as íris da cor do aço se prenderam a ela... a única certeza que Ana ainda tinha era que seu estômago dava voltas feito uma bailarina, por isso achou prudente recuar alguns passos. Já havia colidido com o rapaz e chutado sua bagagem. Não precisava despejar o café da manhã no elegante traje de viagem também.

— Sinto muito, senhor — disse ela, sem graça. — Eu estava distraída.

— Eu é que peço desculpas. Gostaria de não ter interferido em sua trajetória. Me perdoe.

A exagerada gravidade no tom dele, aliada à mortificação pela colisão, a fez rir.

— Que tal concordarmos que sonhávamos acordados e um choque era inevitável?

Ele coçou a cicatriz com o polegar.

— "Aqueles que sonham de dia estão mais conscientes de muitas coisas que escapam aos que sonham apenas à noite."

Muito bem, ele tinha sua total atenção agora. Qualquer pessoa que citasse Edgar Allan Poe a tinha nas mãos.

— "Tudo o que vemos ou parecemos não passa de um sonho dentro de um sonho" — ela retorquiu, usando outro trabalho do autor.

A boca fina e larga se espichou nos cantos e, como milagre, a cicatriz rente à sobrancelha se apagou.

— Acredita em destino, senhorita? Pois suspeito que foi ele quem a trouxe para mim.

— Sendo franca, não gosto da ideia de algo ou alguém controlando minhas decisões. Acho um tanto indolente pensar que o destino possa ter alguma influência sobre elas, afinal cabe a mim a responsabilidade pelas minhas ações, assim como aceitar as consequências. Às vezes me pergunto se a humanidade não inventou o tal destino para justificar os próprios erros, creditando a ele o azar ou a sorte, dependendo do resultado.

Para Ana era difícil se recordar da última vez que conseguira ter uma conversa decente com um cavalheiro que não fosse o pai, o tio, o dr. Almeida ou o sr. Amina. Havia aprendido fazia muito tempo que externar suas verdadeiras opiniões resultava em sorrisos sem graça, olhares espantados — ou ofendidos, com alguma frequência — seguidos de desculpas esfarrapadas para deixá-la falando sozinha. Exatamente nessa ordem. Ela cravou os dentes no lábio inferior para impedir a tagarelice ao vê-lo arquear uma das sobrancelhas e se preparou para vê-lo inventar uma desculpa e bater em retirada.

Não estava nem um pouco pronta para o sorriso que ele lhe deu ao se recostar no veículo e cruzar os braços, relaxado.

Ahhhhhh!

E agora, o que deveria fazer? Continuar falando ou deixar que ele preenchesse o silêncio? Nunca chegara tão longe antes.

— Ou talvez — ele replicou — você só esteja esperando uma prova concreta da existência de algo muito além de sua compreensão.

Sem saber onde colocar as mãos, Ana optou por uni-las na altura da cintura. A bolsinha pendurada no pulso balançou feito um sino.

— Pode ter alguma razão. Eu tenho o péssimo hábito de questionar tudo o que desconheço.

— Pobres elfos... — Ele estalou a língua. — Devem estar de coração partido ao ouvirem você agora.

— Duvido muito que eles existam. Mas quem sabe eu esteja enganada e um dia desses acabe tomando chá com uma fada.

— Uma ideia perturbadora. — Os olhos cinzentos faiscaram, como se risse de algo. Então ele se desencostou do veículo e se abaixou para envolver os dedos na alça da mala de couro marrom. — Estou um pouco perdido, senhorita. Procuro a propriedade dos Romanov, mas o cocheiro não conseguiu encontrar o caminho. Estamos perambulando faz duas horas sem chegar a lugar algum. Acaso conhece o local ou poderia apontar alguém que conheça?

— Sei onde fica. — Ela explicou o caminho da mansão ao homem, que por sua vez transmitiu a informação ao cocheiro. Como ambos pareceram perdidos, não teve alternativa a não ser se oferecer para guiá-los até a rua que levava à estrada correta.

Ao contrário do que ela temia, o cavalheiro não insistiu para que ela entrasse no veículo. Em vez disso, entregou a valise ao condutor antes de segui-la a pé pela rua a passos vagarosos, mantendo as mãos nos bolsos da calça.

— Estive lá uma vez — ela puxou assunto. — O jardim dos Romanov era encantador. Talvez não seja mais tão exuberante agora quanto na época em que visitei a propriedade. A casa está fechada desde que Lady Catarina retornou à Rússia.

— Não será um problema. Tenho algum conhecimento em plantas.

— O senhor é botânico?

— Apenas um entusiasta.

Surpresa, Ana se pôs a avaliá-lo outra vez. Pelas roupas de bom corte e tecidos nobres, não devia ser um jardineiro. Ele a flagrou espionando, e as linhas finas entras as sobrancelhas ficaram mais proeminentes.

— Você parece espantada. — Ele achou graça.

— Perdoe-me. — Suas faces arderam. — É que não conheço muitos cavalheiros interessados em algo mais que corridas ou armas.

— Eu não sou exatamente o tipo de homem que você conhece.

Não, ela pensou quando o olhar metálico e direto se cravou em seu rosto sem desculpas ou evasivas. *Definitivamente não é.*

Enrubescendo de alto a baixo, ela desviou a atenção para a bolsinha.

Ao ouvir um suspiro desaminado, se atreveu a espiá-lo por entre as pestanas e ficou em dúvida se a conversa o divertia ou o consumia. Um pouco dos dois, definiu, se estivesse lendo a expressão dele corretamente.

— Jardinagem me ajuda a acalmar a gritaria em minha mente — ele explicou um tempo depois. — As cores, os perfumes, os formatos... Há tanta beleza nas plantas, tanta vida. Bem, não em todas. Tive o desprazer de conhecer uma espécie em uma viagem. A flor tem quase o dobro da sua altura, se assemelha um pouco ao copo-de-leite, mas ao florescer tem o mesmo diâmetro da sua saia. E exala um terrível odor de carne podre.

Aquilo capturou a atenção dela.

— Nunca ouvi nada a respeito de uma planta com perfume de... de...

— Cadáver. — Ele observou a ponta das botas bicolores, e um dos cantos da boca se arcou. — Este é o nome: flor-cadáver.

Ele chegou para o lado para dar passagem a uma mulher empurrando um carrinho de bebê, e fez um cumprimento educado. A mulher corou, tocando a lateral do pescoço. Alheio ao efeito que seu sorriso incitou na dama, ele retomou o passo e o assunto.

— É originária de uma das ilhas das Índias Orientais chamada Sumatra. Um lugar muito interessante, de fato.

Intrigada com o sujeito que viajava pelo mundo, mencionava elfos e Edgar Allan Poe em uma mesma conversa e não se ofendia ou se intimidava com a curiosidade dela, Ana desejou ter mais tempo com ele, descobrir ao menos seu nome, se pretendia ficar na vila por uma longa ou uma curta temporada. Mas haviam chegado à bifurcação que ele e o cocheiro procuravam.

— Basta seguir reto por esta rua — ela indicou. — Ela termina na estrada que leva à propriedade dos Romanov.

— Fico muito grato, senhorita. — Mas a diversão em seus traços duros foi substituída por algo semelhante a pesar. — Peço que me perdoe por me intrometer em seu caminho. Eu não tinha alternativa, acredite. — Com uma mesura profunda e um toque no chapéu, ele subiu na carruagem que os acompanhava de perto e bateu a porta.

Ana continuou observando o veículo se afastar, o perfil duro e de alguma maneira doce enquadrado na janela ser eclipsado por madeira brilhante conforme o veículo dobrava a esquina, e sentiu uma estranha... não exatamente ligação com o rapaz, mas uma espécie de melancolia, talvez.

Abanando a cabeça, riu consigo mesma. Devia estar realmente desesperada por atenção se sentia falta de alguém que acabara de conhecer.

Vinte minutos depois, Ana subia as escadas de casa, encontrando no sofá a irmã, que ergueu os olhos ao ouvi-la entrar.

— Você viu um fantasma? — demandou Marina.

— Talvez veja o seu em breve. O que deu em você para bater no sr. Coutinho?

— Eu não bati. Acertei-o com o cotovelo por acaso! — a irmã se defendeu. — Tenho uma grande novidade para te contar. Eu...

— Nada disso. Não vai conseguir me distrair e me fazer esquecer o assunto — atalhou, deixando a bolsinha sobre a mesa de apoio, e arrastou as saias para perto da irmã. — Nina, você não pode continuar batendo nos pretendentes dessa forma. O sr. Coutinho ainda está na mesa de cirurgia.

— A culpa foi mais dele do que minha. — As bochechas dela inflaram ao soltar o ar com impaciência. — Você sabe que ele tem o péssimo hábito de se aproximar demais. Mas admito que me diverti um pouco com os gritinhos. E essa nem foi a parte mais engraçada.

— E qual foi a parte mais engraçada, Marina? — a voz do pai trovejou pela sala.

As duas se viraram ao mesmo tempo. Ah, não. Pela maneira como o pai baixou as sobrancelhas, Ana teve certeza de que ele ouvira parte da conversa, e não estava nem um pouquinho contente.

Porcaria. Ela tinha que pensar em alguma coisa, e rápido! Mas, antes que pudesse formular uma linha de pensamento, sua irmã estragou qualquer chance de absolvição ao abrir a boca.

— A parte mais engraçada foi o sr. Coutinho cair desmaiado ao ver o próprio sangue — contou ela, e Ana gemeu.

Por que ao menos uma vez na vida a irmã não podia conservar a boca fechada?

Contornando a poltrona, o pai se plantou diante da filha mais velha. Marina foi forçada a entortar bem o pescoço para defrontar-se com a fúria que ele lhe dirigia.

— Por favor, me diga que você não foi a responsável por isso, Marina — ele exigiu.

— Eu não fui, pai! Não percebi que ele estava atrás de mim quando me virei e atingi o nariz dele com o cotovelo. Eu estava atônita demais com o pedido de casamento.

— O sr. Coutinho a pediu em casamento? — Ana ofegou.

Céus! Não devia ter impedido a irmã de contar a grande novidade poucos minutos antes. Será que ela havia aceitado?

Suas especulações foram rapidamente esquecidas conforme seu pai pressionou a ponte do nariz entre o polegar e o indicador e deixou um áspero suspiro escapar.

— Marina, pelo amor de Deus. Você quebrou o nariz do rapaz por ele ter pedido sua mão?

— Bem, se você tivesse ouvido a música que ele compôs para mim, também teria batido nele. A voz de Coutinho é uma verdadeira... Ai, Analu! — Sua irmã a olhou feio ao sentir a cotovelada nas costelas.

Fique quieta, Ana tentou transmitir com o olhar. *Não piore as coisas.*

Mas já era tarde demais, Ana se deu conta, conforme os ombros do pai começavam a tremer. Ele estava chorando?!

Antes que ela pudesse averiguar, o riso trovejou pela sala, sobressaltando-a. Ana se permitiu respirar aliviada. Se o pai podia rir, o pior havia passado. Isto é, se não tivesse visto sua mãe passar pela porta abraçada a um calhamaço de papel, e parado para examinar a cena.

— O que é tão engraçado? — Ela analisou cada um dos rostos.

— Bem... — Ana mordeu a bochecha. — Aconteceu um acidente, mamãe.

— Chamado Marina. — Seu pai continuava a gargalhar. — Ela quebrou o nariz do rapaz depois que ele lhe propôs casamento. Está enganada, Marina. *Essa* foi a parte mais engraçada.

— Ian! — Olhando feio para o marido, Ana acompanhou os ombros da mãe arriarem ao amontoar os papéis na mesinha de canto e então vir se sentar perto das filhas. — Nina, a gente já conversou. Não pode socar todo cara que se interessar por você, por mais que seu pai se divirta com isso. — Ela o fulminou e em resposta recebeu um encolher de ombros nem um pouco arrependido.

— Mamãe — Ana tentou impor alguma suavidade na voz —, foi apenas um lamentável acidente. O sr. Coutinho tem o péssimo hábito de andar colado às saias das damas. Poderia ter acontecido com qualquer uma de nós. Nina realmente não teve culpa dessa vez.

— Não tive mesmo. — Marina ficou de pé e ajeitou a bolsinha na cintura. — Mas não precisam mais se preocupar comigo e com os rapazes me perseguindo pela vila. Resolvi tudo de uma vez por todas.

O riso na sala cessou. Ana sentiu um calafrio perpassar a espinha ao ver a expressão determinada da irmã.

— Resolveu tudo de que maneira? — indagou Ana, subitamente alarmada.

— Não sei se estou pronto para ouvir a resposta. — Seu pai gemeu.

— Somos dois. — Sua mãe também encrespou a testa, um furinho surgindo bem ao centro. — Nina...

Para impedir a mãe de continuar, a mais velha das jovens Clarke ergueu a mão direita, onde um enorme anel de rubi dançava frouxo.

— Ninguém mais vai me incomodar. Estou noiva.

Por um instante, tudo o que havia era silêncio. Até os pássaros lá foram detiveram a cantoria. Atônita não chegava nem perto de descrever o que Analu sentia. Suspeitou que o mesmo acontecesse com os pais. Mas foi sua mãe a primeira a se recuperar.

— Noiva?! — O queixo dela quase se desprendeu das articulações.

— Noiva de quem?! — o pai exigiu ao mesmo tempo.

Confusa, Ana buscou a mão da irmã, analisando mais de perto o belo rubi engastado ao largo aro dourado.

— Não compreendo — balbuciou. — Nina, você aceitou o sr. Coutinho no fim das contas?

— Deus me livre, Ana! Eu não me casaria com Coutinho nem que ele fosse o último homem da face da Terra. Mas ele não foi o único a me propor casamento esta manhã. — Ela se virou para os pais. — Encontrei-me com Diogo Fontes a caminho de casa. Ele fez o pedido e eu aceitei. Ele virá mais tarde para...

Ana via os lábios da irmã se movendo, mas não chegou a ouvir uma única sílaba. O pulso martelava insistentemente em suas orelhas, abafando tudo.

— Ana Laura, você está abatida. — O pai tocou o cotovelo dela delicadamente. — Está se sentindo mal?

— Estou bem, papai. Eu... apenas me expus muito ao sol. Está um pouco abafado hoje. É melhor eu me deitar um pouco. Com licença.

Praticamente correndo da sala, sem notar a confusão nos três rostos, ela foi se refugiar em seu quarto. Porém, o esforço para manter as emoções sob controle escapou de seus dedos ao fechar a porta. Com uma das mãos espalmada no painel de madeira, usou a outra para tocar a fita de cetim ao redor do pescoço. Ela agora a queimava.

Agitada, puxou uma das pontas do laço, a tira brilhante dançando no ar antes de cair no piso amadeirado conforme a lembrança da noite em que ganhara aquela fita inundava sua mente.

Uma terrível tempestade derrubara o telhado da igreja e parte da torre do sino. Seus pais, com os tios e outros moradores da vila, organizaram uma quermesse para arrecadar fundos. Enquanto os adultos ajudavam com as comidas, as crianças e os adolescentes se misturavam nas barracas de jogos. Sam ainda estava pela vila na época, e obviamente Marina e ele disputavam quem tinha a melhor pontaria na barraca de tiro ao alvo. Ana se distraía na banca de chocolate quente quando avistou Diogo Fontes pela primeira vez. Sozinho e tão deslocado quanto ela sempre se sentia, aceitou a sugestão de padre Antônio de apresentá-lo à vila, já que ele e o pai haviam se mudado fazia poucas semanas. Naquela noite ela se esforçou como nunca para manter alguma conversa, mas as palavras lhe fugiam, sobretudo quando o garoto mais bonito da vila mirava aqueles olhos esverdeados ou sorria em sua direção, produzindo um borbulhar incessante no estômago dela. Ao final da noite, após ele se divertir na barraca de argolas e escolher como prêmio a fita de seda verde-azulada, Ana imaginou que ele a usaria no cabelo, na época longo, mas...

— Para selar nossa amizade. — Ele a contornara para prender a fita em seu pescoço. Por um instante sublime, os dedos dele resvalaram na pele sensível da garganta dela, apresentando-a a uma espécie de frenesi até então inimaginado.

Desde então, aquela inquietação se repetia a cada novo encontro com Diogo... na igreja, pelas ruas da vila, em bailes e jantares, em suas fantasias — e Analu tinha muitas. A maior e mais ambiciosa delas era um dia atravessar a igreja em um belo vestido branco com a fita verde-água adornando o pescoço, para dizer "aceito" ao homem a quem amava em segredo desde que tinha treze anos.

Ela sentiu um puxão nas saias; Bartolomeu tentava escalar seu vestido. Escorregando para o chão, ela aninhou o bichano agitado contra o peito, e afundou o rosto no pelo morno, extravasando a dor que esmagava seu peito. Aquela fantasia nunca ia se concretizar, pois Diogo pedira não a ela, mas Marina em casamento.

E a irmã tinha dito sim.

4

Foi um choque saber do noivado. Não parecia se encaixar. Tá, Marina não é muito tradicional para este século, e nem é culpa minha. Bom, talvez seja... Sempre deixei minhas filhas livres para fazerem as próprias escolhas, e Marina segue essa norma ao pé da letra. Minha mais velha herdou do pai o amor pelos bichos, e, se este século não fosse tão estúpido, na certa ela seria uma veterinária renomada ou uma zootecnista fodona. Nem é coisa de mãe; até Ian se espanta com a maneira como ela compreende os animais. Uma carreira não seria um empecilho...

Tudo bem, tem razão, essa parte não é verdade. Qualquer mulher que tente trilhar o próprio caminho sem ajuda enfrenta todo tipo de olhar e gracinhas por aqui. Mas na época não cheguei a me aprofundar tanto assim na questão. Eu me preocupava com o fato de Marina estar noiva de um rapaz cujo nome eu nunca ouvi minha filha pronunciar antes. Na verdade, ela nunca tinha demonstrado interesse por nenhum dos caras da vila antes. Para ela, nenhum deles era educado o bastante, inteligente o suficiente, engraçado como deveria. E mesmo assim aceitar Fontes. Por quê?

Em meio a tudo, havia o problema da fábrica e eu me sentia como

Interrompi o fluxo contínuo do grafite, lendo a frase inacabada sem saber exatamente como me expressar. Como eu me sentira na noite do baile de aniversário de Analu? Preocupada, é óbvio. Irritada, com certeza, e a festa ainda nem tinha começado.

Verdade seja dita, eu já estava estressada antes de Marina mencionar Diogo Fontes. Um documento fora entregue na fábrica por um advogado da cidade. O comprador da fazenda do seu Afonso havia herdado os lucros e dívidas, e alegava existir um antigo débito da Infinito.

— Só pode ser um engano — eu disse ao advogado de cujo nome já não me recordava, distraída por seu bigode. Era tão longo que o homem parecia ter engolido metade de uma andorinha e engasgado com o rabo. — Ou alguma brincadeira de péssimo gosto. Essa fábrica trabalha no azul há décadas, mesmo com as aplicações.

— Garanto que não se trata de uma brincadeira, tampouco de um engano. Meu cliente decidiu conceder alguns dias para que a senhora providencie a quitação da dívida.

— Que sujeitinho bacana.

Minha ironia se perdeu no sr. Andorinha, que alisou a gravata cheia de babados.

— De fato, ele é a própria benevolência.

— Quem é ele? — exigi. — Se quer mesmo que eu acredite que este papel tem alguma validade, preciso saber pelo menos o nome de quem me inventou uma dívida.

Ele enfiou os indicadores nos pequenos bolsos do colete.

— Lamento, mas não estou autorizado a dar essa informação.

— Ah. — Comecei a enrolar o papel até se tornar um canudo. — Então você quer que eu acredite que este documento não é uma piada, sem nem me dizer o nome da pessoa que está me cobrando por uma dívida que já foi paga? Acha que eu tenho cara de idiota?

— Recomendo que consulte seu advogado, senhora. Ele irá assegurá-la da veracidade do documento. Preciso informar que, caso não tenha como quitar a dívida em espécie ou com títulos ao portador, meu cliente aceitará esta fábrica como pagamento.

— Olha só, meu senhor, eu estou bastante ocupada no momento. É melhor tentar aplicar esse golpe em outro trouxa.

O rabo de andorinha se separou conforme sorria.

— Compreendo que esteja em choque, por isso não vou levar a mal suas ofensas. Ainda vai se dar conta de que não se trata de um golpe. Voltarei a procurá-la. Sugiro que tenha providenciado o montante.

Então ali estava eu, sentada diante do toucador, terminando de me aprontar para o baile de aniversário de Ana, ao mesmo tempo em que examinava o documento à procura de algo que indicasse uma possível fraude, mas sem conseguir capturar uma linha que fosse, já que, desde que Marina anunciara que iria se casar, tudo o que havia em minha mente era: *Que raios Nina tá fazendo?!*

Ser mãe é um trabalho em tempo integral.

Entrando no nosso quarto sem fazer barulho, Ian me encontrou ali e me beijou no pescoço, me sobressaltando.

— Perdoe-me. — Ele pressionou os lábios na minha boca. — Pensei que tivesse me ouvido chegar.

— Desculpa. Estou distraída. — Girei na banqueta para ficar de frente para ele. — Não consigo entender o que Marina está fazendo. Ela nunca mencionou Diogo antes, e agora está noiva dele?

— Gostaria de ajudá-la, mas não posso. Faz tempo que desisti de entender as ações da nossa filha.

Soltei um pesado suspiro, tornando a observar o papel sobre o toucador.

Espremendo-se na banqueta, ele puxou as pernas da calça ao se acomodar ao meu lado.

— Desconfio de que Marina não seja a única responsável pela sua tensão. Tem alguma relação com esse documento?

— Tem. — Bufei, entregando o papel a ele. — O novo dono da Céu Azul mandou um advogado na fábrica esta tarde. Ao menos é o que o seu Andorinha diz ser. Como eu paguei a dívida faz décadas, tô desconfiada que se trata de um golpe.

Beliscando o lábio inferior, Ian correu os olhos pelas linhas.

— É um documento válido, Sofia, apesar de alguns erros gramaticais.

— Que ótimo.

Interrompendo a leitura, os olhos pretos de ônix se arregalaram até ficar do tamanho de pires.

— Por que não está alarmada? — Ian inquiriu. — A quantia que ele pede é exorbitante.

— Eu guardo todos os documentos que a Infinito já emitiu. — Dei de ombros. — Seja de fornecedores ou clientes. Vou encontrar os recibos de quitação e esfregar na cara daquele advogado. Também já vou começar a procurar um novo fornecedor de óleo de amêndoas, pois de jeito nenhum vou negociar com um sacana como esse novo fazendeiro. Só que uma carga enorme de xampu e condicionador precisa estar no porto em duas semanas, a caminho de Lisboa. Vai ficar corrido.

Abrindo os braços, Ian me puxou para seu peito e beijou meu cabelo.

— Sabe que estou sempre pronto para ajudá-la, como seu advogado e como seu marido.

— Valeu. — Recostei a cabeça no vão entre o ombro e o pescoço, brincando com os botões pretos da camisa branca, a mente vagando em outra direção. — Ian, você reparou que Analu não está muito animada com o noivado da Nina?

Minha cabeça acompanhou o subir e descer de seu peito conforme ele respirava fundo.

— Eu também notei. Mas desconfio que a melancolia dela tenha mais relação com as mudanças que estão por vir. Marina vai se casar, mudar de casa, ter novas responsabilidades. A separação será inevitável e dolorida para ambas. Foi assim para mim e Elisa, e nós moramos a dez minutos de distância um do outro.

— Acho que Marina não se deu conta disso ainda.

— Elas ficarão bem, depois de alguns ajustes. — Ele beijou a pontinha do meu nariz, mas no fundo do seus olhos eu avistei algo obscuro, uma sombra indistinta e sem nome que se parecia demais com temor.

No entanto, fui levemente distraída quando sua boca se vergou nos cantos.

— Você trocou o perfume?

— Estou testando uma nova fragrância à base de essência de pimenta rosa, framboesa e rosa-selvagem. Ainda não consegui pensar em um nome.

— Humm... deixe-me ajudá-la. — Curvando-se sobre mim, uma mão serpenteou pela minha cintura, me forçando a arquear as costas. Ian resvalou o nariz ao longo da minha garganta. — Que tal inebriante? — Refez o caminho com a língua e eu estremeci, amassando a frente da camisa ao agarrá-la. — Ou absolutamente delicioso — murmurou em meu ouvido.

— Não sei. Acho que ainda não é isso. É melhor continuar tentando. — Fechei os olhos, arqueando as costas.

Infelizmente fomos interrompidos pelo sr. Gomes, que bateu na porta anunciando a chegada dos Fontes.

A testa de Ian se alojou em meu ombro. Com um suspiro, resmungou:

— Muito bem, vamos acabar logo com isso.

— Por favor, seja bonzinho e se comporte. Não esqueça que Marina o escolheu, seja pelo motivo que for.

— Esse, meu amor — ele se endireitou, os olhos relampejando —, é o único motivo pelo qual Fontes ainda respira.

Tudo bem, meu marido estava brincando. Mas eu ia ficar de olho nele, apenas por garantia.

Ao assisti-lo deixar o quarto ajeitando um dos punhos da camisa, os ombros eretos dentro do paletó modelado à perfeição, o cabelo preto meticulosamente penteado, ele mais parecia um astro de Hollywood em noite de Oscar. Eu teria suspirado se não fosse aquela sombra estranha ainda embaçando seu olhar. Não era a primeira vez que eu me deparava com ela. Vez ou outra ela fazia uma aparição, me deixando confusa e preocupada com o que estaria acontecendo com ele. Ian quase nunca demonstrava vulnerabilidade, medo, dor.

Naquela noite eu me convenci de que a sombra era apenas preocupação de pai, o sentimento agridoce de ver uma das filhas soltando sua mão para caminhar sozinha. Era como eu me sentia também.

Ignorei meu sexto sentido, que pulsava em vermelho em minha mente, insistindo que eu ficasse atenta, pois havia mais por trás do véu soturno.

Eu devia ter confiado nele — no meu instinto.

Piscando algumas vezes, senti a umidade descer pelas bochechas, me arrancando das lembranças. Estudei o papel a minha frente, a frase inacabada, em que uma lágrima havia pingado, um ponto-final deslocado e borrado. Secando as bochechas com as costas da mão, posicionei o grafite e deixei que as palavras fluíssem novamente.

... eu me sentia como se alguma coisa terrível estivesse prestes a nos alcançar, tensa, em guarda, aterrorizada com a possibilidade de que algo ameaçasse tudo aquilo que eu mais amava.

E ele veio, mas não da direção que eu esperava.

5

Não era apenas o que eu avistei no fundo dos olhos de Ian e não conseguia decifrar que me deixava com a sensação de estar me equilibrando em uma corda bamba usando salto alto. Analu estava infeliz. Sua alma transparece no olhar, mas eu raramente consigo interpretar seu silêncio. Tanta ponderação me preocupa. É como se ela guardasse tudo apenas para si, e isso nunca funciona.

Queria ter percebido antes quanto ela sofria calada...

Em pé no centro do quarto, Ana Laura se virava de um lado, depois do outro, examinando no espelho alto da penteadeira se tudo estava onde deveria. Daquela distância, a estampa de minúsculas rosas verde-claras no fundo cor de pérola se mesclava, transformando a saia em camadas em ondas do mar. O cabelo claro caía em cachos ao redor do rosto em formato de coração, adornado por fitas peroladas. Mas nem a boa aparência conseguia apagar o véu cinzento de seu olhar.

Uma bolota peluda se esfregou em seu tornozelo. Ana se abaixou para aninhar o gatinho na curva do braço.

— O que eu faço agora, Bartô?

Erguendo os olhinhos desalinhados, o gato miou antes de rolar em seus braços e exibir a barriga. Bartô emitiu um *prrrrrr* quando Ana deslizou os dedos pelo manto de pelos, e ela desejou estar tão despreocupada quanto o bichano. Como poderia enfrentar aquela noite, se apenas pensar em estar no mesmo ambiente com Diogo Fontes lhe causava um embrulho no estômago? Como poderia ocultar sua agitação de Marina? Caso a irmã descobrisse o motivo pelo qual ela desejava chorar até os olhos murcharem, Ana morreria. Magoar Nina não era uma alternativa. Nunca seria.

Por isso só restava se manter afastada da irmã e do noivo tanto quanto pudesse, não apenas naquela noite, mas até conseguir sufocar os próprios sentimentos. De que maneira conseguiria tal feito ainda era um mistério, afinal não tinha uma única lembrança que não incluísse a irmã. Em seu primeiro dia de aula de francês... No dia em que caiu sobre as roseiras e se rasgou por inteiro. Quando tirou o primeiro B e chorou por horas de tanta frustração... Quando suas regras vieram. Seu primeiro baile. Lá estava Marina.

Uma batida a fez se virar para a porta. A cabeça do pai despontou entre o painel e o batente.

— Eu... ah... só queria verificar se estava pronta. Os Fontes acabaram de chegar. Estou indo falar com Diogo, mas... — Seu pai a avaliou por um instante. — Posso entrar?

— Fique à vontade, papai.

Caminhando pelo quarto, as mãos nos bolsos da calça, ele a examinou do penteado ao vestido verde-claro com contas se balançando nas mangas.

— Imaginei que demoraria um pouco mais para isso acontecer. — Ele deixou escapar um suspiro pesaroso.

— Isso o quê?

— Você e sua irmã se tornarem adultas. — Parou ao lado da filha e fez uma carícia na pequena mandíbula de Bartolomeu, que imediatamente se transformou em geleia morna. — Você esteve calada o dia todo.

— É apenas ansiedade por conta do baile. Marina se esforçou para organizá-lo. Quero que tudo saia como ela planejou.

Nem um pouco convencido, seu pai tornou a examiná-la com cautela.

— Está sendo difícil para você, não é?

— Estou muito feliz por Marina, papai — ela se apressou.

— Eu nunca afirmei o contrário. — Um dos cantos da boca dele se espichou de leve. — Ana Laura, todo mundo teme mudanças. O desconhecido, o incerto. Mas nem sempre mudanças são ruins. Muito do desconhecido pode ser magnífico. Sua mãe, por exemplo. Antes dela, minha vida era um ciclo de nada infinito. Então ela me deu tudo o que eu queria e ainda não sabia. Uma vida feliz ao lado dela, de você e da sua irmã... Você e Marina sempre estarão perto o bastante para segurarem na mão uma da outra. Não existe obstáculo que consiga romper os laços construídos sob os alicerces do amor.

— Espero que tenha razão. — Havia tanto acontecendo dentro dela...

— E quando eu não tive? — Com uma careta engraçada, ele se curvou para beijar os cabelos de sua caçula. — Feliz aniversário, filha.

Quando voltou a ficar sozinha com Bartolomeu, Ana acomodou o gatinho molenga sobre a poltrona, espanando os pelos pretos do traje. O gato saltou para o braço da mobília e foi se ajeitar na almofada lilás no parapeito da janela, a cauda empinada se movimentando em um vaivém inquieto. Ana riu de leve Seu gatinho tinha problemas de identidade e pensava ser uma temível pantera, passando a noite toda alerta diante da vidraça, pronto para estraçalhar com os dentinhos qualquer possível ameaça.

Ao terminar de limpar o vestido, ficou de frente para a penteadeira, se examinou no espelho uma última vez, conferindo se não havia mais nada fora do lugar, e foi para a porta. Ao abri-la, deu de cara com Marina, que passou por ela sem pedir licença.

— Credo, Ana! Você está tentando transformar seu quarto em uma biblioteca? — sua irmã resmungou, pulando uma pilha de livros ao lado da cama, que não coubera sobre a mesinha de cabeceira. — E depois a mamãe diz que a desordeira sou eu. Honestamente, você devia ser a organizada desta família.

— Você sabe que eu estou no *meu* quarto, não é? E que posso deixá-lo como eu quiser?

Revirando os olhos, Marina se sentou na banqueta abraçada a um retângulo pardo.

— Acabei de encontrar papai no corredor. Ele está indo falar com Diogo e daqui a pouco os convidados vão começar a chegar, mas antes eu queria dividir uma ideia com você. Como o tio Lucas confirmou que o senador aceitou o convite para o baile, o que acha de embebedarmos o sujeito antes de contar a ele sobre o seu desejo de estudar?

Céus, Nina!

— Me diz que está apenas brincando e que não pretende realmente embebedar o senador para conseguir alguma coisa. — Massageando a testa, Ana se sentou na beirada do colchão. Quem iria proteger a irmã de si mesma?

— Obviamente eu não faria isso. — Marina atravessou o quarto, se jogando na cama com uma das pernas dobrada, de modo que as botas de montaria enlameadas ficaram visíveis. — Mas digamos que um garçom decida passar pelo senador com muita frequência...

— Nina...

— Está bem, não vou dizer nada ao garçom. — Soprando alguns fios que escapavam do rabo de cavalo simples, Marina fez uma careta. — O que importa, no fim das contas, é que você tenha uma chance de falar com ele. Meu plano até que deu certo, mais ou menos.

— Você tinha um plano?!

Marina fechou a cara.

— Assim você me ofende, Analu. É evidente que eu tinha um plano. Lola me escreveu esta manhã contando a novidade a respeito do senador. Eu precisava tentar alguma coisa. Socar Coutinho não fazia parte do plano, antes que pergunte, mas acho que foi coisa da providência divina, porque eu estava disposta a perambular o dia todo pela vila até esbarrar no senador. Em vez disso, topei com o filho dele, e, mesmo que o baile não forneça o momento certo para abordarmos sua ida para a escola de medicina, podemos ir à casa deles amanhã e agradecer a ajuda do sr. Chagas Junior. Aí você conquista a simpatia do pai dele e teremos um aliado. Tomara que o senador seja menos esnobe que o filho. — Mordiscou a unha do polegar.

Um amor desmedido inundou o peito de Analu.

— Nina... você é...

— Sua irmã preferida. Eu já sei. Feliz aniversário! — Ela estendeu o retângulo amassado.

Sorrindo de leve, Ana deslizou um dos dedos pelo pacote torto.

— Foi você quem embrulhou, não foi?

— Naturalmente — bufou Nina. — Vai, abre. Me diz se eu acertei. Você cita tantos filósofos que é difícil acompanhar. Desculpe se me confundi. Sam acredita que, mesmo se eu tiver me equivocado, você vai gostar, já que adora qualquer pessoa da Grécia Antiga. Eu queria entender o que você vê nessas histórias de pessoas mortas há séculos.

— Você saberia se se desse o trabalho de ler. — Puxando a fita de cetim branca, Ana abriu o pacote com cuidado para não estragar o embrulho e ofegou ao correr a ponta do indicador sobre as letras douradas na lombada do exemplar. — Sinésio de Cirene!

— É o sujeito certo? — a irmã especulou, insegura.

— É, sim. Ele foi pupilo de Hipácia, uma grande matemática da Grécia Antiga. Não há muito sobre ela; tudo o que sabemos vem de Sinésio.

Comovida com o gesto da irmã, olhando bem dentro dos olhos cor de chocolate ao leite, Ana concluiu que o plano de se manter afastada de Marina nunca passara de uma fantasia medíocre e desesperada. Ela jamais conseguiria ficar longe de Nina. Esperou de todo o coração que seu pai estivesse certo e que, não importava como a vida delas se desenrolasse, uma sempre estivesse perto o bastante para segurar a mão da outra. No que dependesse de Analu, nada ficaria entre elas — nem seu próprio coração.

— Não sei como agradecer, Nina. — Sua voz embargou.

— Bem, você vai ter um tempinho para pensar nisso, afinal meu aniversário é só em janeiro.

Sim, e até lá Ana daria a Marina o que ela mais precisava naquele momento: uma irmã.

Com extremo cuidado, equilibrou o livro sobre o travesseiro para ler antes de dormir e pegou a irmã pela mão, forçando-a a se levantar. O vestido oliva acentuava a beleza bronzeada de Marina, deixando os grandes olhos castanhos ainda mais misteriosos, fazendo Ana pensar em uma tarde ensolarada de outono. Foi com alívio que notou a ausência do cinto de couro e da bolsinha inseparável. Mas ainda faltava alguma coisa.

— O que pretender fazer com o cabelo? — indagou Ana.

— Eu já fiz. — Nina virou a cabeça de um lado para o outro para que ela pudesse ter uma boa visão do rabo de cavalo mal feito. — Achei que ficou ótimo.

Ana mordeu o lábio; não queria magoar o orgulho dela.

— Bem... ficou mesmo, se hoje fosse uma ocasião corriqueira. Mas é meu aniversário. E a noite em que seu noivado será anunciado. Então creio que precise de algo mais elaborado.

— Ah, não, Ana. Eu já estou usando um vestido. Não é o bastante?

— Esse vestido não tinha um pequeno ramalhete no decote? — Se lembrava de ver um ao abrir a caixa.

— Eu... humm... arranquei ao vestir. Foi sem querer, juro. — Mas o sorriso a desmentia.

— Eu não vou insistir que o prenda de volta ao vestido se me deixar cuidar do seu penteado. E amanhã iremos à modista. Se eu não intervier, é provável que você entre na igreja no dia do seu casamento com essas botas velhas.

Com um firme movimento negativo de cabeça, a irmã começou a recuar, as palmas erguidas na altura dos ombros.

— Não, não, não. De jeito nenhum. Madame Georgette vai agir como sempre: reclamar que não uso espartilho e crinolina, dizer que eu devia limpar as botas com mais frequência, e que eu não tenho cabelo, mas uma *crinière*.

— Ela não terá tempo para críticas. Vai estar distraída demais pensando na pilha de moedas que seu enxoval irá render para se preocupar com a forma como arruma o cabelo.

Entortando a sobrancelha, Marina beliscou a cintura da irmã e foi se sentar diante da penteadeira, mais animada.

— Por que não usou a fita verde? — sua irmã perguntou, observando-a no espelho. — Ia combinar mais com esse vestido.

— Ah... eu... eu a perdi.

— Sinto muito, Ana. Sei como a adora. Posso ajudá-la a procurar mais tarde, se quiser.

— É só uma fita, Nina.

Desviando o olhar para a fita que prendia a cabeleira preta, Ana deixou a cascata de cachos escorrer pelas costas e ombros da irmã antes de começar um novo penteado. Elas ficaram caladas por algum tempo.

Ou tanto tempo calada quanto Marina Clarke era capaz de aguentar.

— Sempre imaginei que, de nós duas, você seria a primeira a se casar. Nenhum cavalheiro jamais despertou seu interesse?

Sem que pudesse evitar, a imagem de Diogo se curvando em sua direção, os lábios prontos para recebê-la...

— Não. — Apanhando a escova, Ana empurrou a antiga fantasia para um canto escuro da mente e se concentrou no que fazia.

— Por que você está ficando vermelha? — Marina franziu o nariz.

— Não estou!

— Está sim! — ela objetou, girando na banqueta. — Ana Laura Alonzo Clarke, você já se apaixonou?

— Que ideia, Nina!— Mas suas faces sapecaram ao se dobrar para alcançar a caixinha de forquilhas.

A mão levemente calejada e bronzeada da irmã mais velha se prendeu ao seu pulso.

— Se apaixonou, sim! E não me contou nada! Quem é ele? Eu conheço? Ora, é óbvio que conheço. Convivemos com as mesmas pessoas.

Tudo em Ana se retraiu, as mãos, os dedos dos pés, seu coração. Ela queria continuar negando, mas a irmã a encarava daquela maneira perfurante e identificaria a mentira antes que concluísse a sentença.

— Está bem, eu me apaixonei — confessou, mortificada, fingindo examinar as forquilhas. — Foi há muito tempo, e ele nem sabe que eu existo. É melhor assim. Não passa de uma paixonite boba que tem data para terminar.

— Você é a jovem mais bonita da vila inteira. Se esse sujeito ainda não percebeu, só pode ser atoleimado da cabeça. Eu poderia ajudá-la a...

— Nina, por favor, pare! — Ela cerrou as pálpebras com força, não suportando assistir à empolgação da irmã ao se oferecer para ajudá-la a atrair a atenção de Diogo. — Tudo o que quero é esquecer que isso um dia aconteceu, então eu gostaria muito que você também esquecesse o assunto.

— Ah, eu não posso. É a primeira vez que minha irmãzinha se apaixona. É divertido demais para deixar para lá.

Vamos ficar bem, Ana jurou em silêncio. Tudo o que precisava fazer era afogar os sentimentos e apagar Diogo do coração. Tinha até o casamento da irmã para expulsá-lo de lá de dentro, para o bem das duas. Como faria isso — ela espiou a gaveta do toucador, onde trancafiara a fita de cetim verde para todo o sempre —, não fazia a menor ideia.

— Não se preocupe, não vou forçá-la a me contar quem ele é. — Nina se voltou novamente para o espelho, um sorriso malicioso teimando em entortar a boca. — Até porque eu posso descobrir a identidade dele sozinha.

Por favor, meu Deus, não permita que isso aconteça, Ana implorou enquanto tornava a trabalhar nos cachos de Marina.

6

Na noite em que o noivado foi anunciado, Marina parecia... Ah, minha amiga, é mais fácil descrever o que sua xará não parecia: uma noiva feliz.

Uma das vantagens de estar noiva, Nina deliberou, escondida atrás de um dos buquês de rosas brancas iluminado por castiçais, espiando a irmã receber os cumprimentos do sr. e sra. Moura, era ter acesso ao vinho sem se preocupar com o que diriam no dia seguinte. Além disso, beber era melhor que corresponder aos cumprimentos de tantas pessoas a todo instante. Suas bochechas já estavam doloridas.

Sua irmã não estava muito melhor, ela logo notou, bebericando o vinho. Apesar do esforço que Ana fazia, Marina a conhecia bem demais para saber o que aquela cortina cinzenta sobre as íris azuis significava.

Por que Analu demonstrava tanta aversão cada vez que se aproximava de Diogo? Ao aceitá-lo, Nina tinha certeza de que a irmã aprovaria sua escolha, afinal sempre dera a impressão de ter o sr. Fontes em alta conta. Por certo Analu não podia estar imaginando que iriam se separar por conta do casamento, não é? Pois não tinha intenção alguma de se afastar da família, como certas pessoas, que faziam promessas e as quebravam na primeira oportunidade.

Samuel que ficasse onde quisesse! Ela não se importava. Não precisava que ele admirasse o trabalho que conseguira realizar na casa, a sala convertida em salão de baile decorada com arranjos iluminados. Até se lembrara de pedir aos empregados que as janelas fossem limpas. O sr. Gomes e a sra. Madalena tinham feito exatamente tudo como ela pedira — em outras palavras, ouviram as orientações de Elisa, já que Nina e a mãe eram tão boas em organizar festas quanto em seguir regras. De toda forma, a casa estava pronta para receber a visita de algum membro da realeza.

Então por que tinha a sensação de que faltava alguma coisa ou de que algo estava fora do lugar?

Observando a mão direita, Nina movimentou o anular de forma que as luzes das velas atingiam o imenso rubi e produziram um milhão de estrelas vermelhas. Era uma bela joia, e tudo o que ela queria era atirá-la pela janela. Qual era o seu problema?

— O que faz aqui sozinha, minha pérola? — Diogo passou um braço pela cintura da noiva.

Argh! Marina precisava falar com o noivo a respeito de ele continuar a chamá-la daquela maneira tola e de a lista de narizes quebrados sofrer um acréscimo.

— Eu só estava descansando um pouco. — Discretamente se colocou fora do alcance do noivo. Não era porque oficializavam o compromisso que daria liberdades a ele.

— Você conseguiu algo realmente especial esta noite. Tudo está perfeito.

À primeira vista, ela mordeu o lábio. Faltava algo.

Falta Sam, admitiu a contragosto.

Ora essa! O melhor amigo devia estar naquela sala bem ao seu lado, comemorando a nova idade de Ana, e garantindo a Nina que não estava cometendo um erro ao aceitar Diogo. Sua fúria começava a tomar outra direção, porém. Sam nunca ficara tanto tempo sem escrever. O que estava acontecendo?

— Não sei se já me recuperei da conversa com seu pai. — Diogo enfiou o dedo no colarinho da camisa para afrouxá-lo um pouco. — Mal me lembro do que respondi. Ele pode ser bastante intimidador quando quer, não?

— Assim que conhecê-lo melhor, vai descobrir que é apenas fachada. Papai é um homem justo e tranquilo.

— Com um talento invejável para a doma dos cavalos. Quem dera eu pudesse dizer o mesmo.

Aquilo despertou o interesse dela.

— Algum problema com seus animais? — Ela tomou mais um gole de vinho.

— Uma das éguas pariu dois potros. A fêmea é muito pequena e a mãe a rejeitou. O cavalariço acredita que vamos perdê-la.

— Não necessariamente. Já aconteceu com alguns animais do nosso estábulo. Uma vez foram duas meninas e uma delas era tão miudinha que não tinha altura suficiente para mamar. Aí meu pai me ensinou a alimentá-la com uma mistura de leite, água e farinha de milho. Hoje ela é a égua mais forte que temos. Você já a viu comigo. Amora é minha preferida. Irei visitá-lo amanhã e demonstro como preparar a papa.

Três longos vincos se formaram na testa do jovem Fontes.

— Acaba de me ocorrer que minha esposa passará mais tempo nos estábulos do que na sala de visita.

— Isso é um problema?

— Só tenho que me acostumar com a ideia. — Coçou a têmpora.

Era melhor Diogo se acostumar depressa, ela pensou e engoliu o restante do vinho. Caso contrário teriam sérios problemas. Nem a tia-avó Cassandra, com seus berros e ameaças de enviá-la para um convento, conseguira fazê-la desistir dos cavalos. O estábulo era sua vida, onde se sentia ela mesma, sem regras de etiqueta a seguir ou alguém para julgá-la.

— Minha pérola. — O noivo a tocou no braço. — Eu posso lhe fazer uma pergunta? Um pedido, na verdade. Creio que seja costume oficializar o noivado com um beijo.

Ah.

— Eu não saberia dizer, senhor. Este é meu primeiro noivado.

— E será o último. — Apanhando a taça vazia da mão da noiva, Diogo tocou o queixo dela delicadamente. — Posso?

Ela fingiu examinar o salão por entre as folhagens do arranjo para ganhar tempo. Não tinha certeza se queria beijá-lo. Tudo estava acontecendo tão depressa... Mas desconfiou de que um beijo teria que acontecer em algum momento, afinal os pais viviam com as bocas grudadas — para seu eterno constrangimento, era bom adicionar. Era melhor tirar aquilo do caminho de uma vez por todas.

O sorriso de Diogo se alargou ao vê-la assentir, e, um pouco bruscamente, ele a puxou pela cintura. Fingindo cerrar as pálpebras, ela o espiou por uma fenda estreita, se preparando para o momento em que os lábios se uniriam e ela seria inundada por sensações estranhas e maravilhosas. Só que... em vez de luzes brilhantes, falta de ar e tremores, tudo o que sentiu foi gosto de assado com morangos.

Mas...

Ao recuar, Diogo tinha uma cara engraçada, logo ela devia ter feito sua parte corretamente. Então por que nada em seu corpo estava fora de controle?

— Ah, minha pérola, como ansiei por esse instante.

Marina foi salva de dar uma resposta quando alguém gritou o nome dele. E ainda se fazia a mesma pergunta ao vê-lo retornar ao baile, seu riso se misturando à música, enquanto ela continuava imóvel atrás do enorme arranjo, sentindo... absolutamente nada.

Apoiando-se no pedestal de mármore que sustentava as belas flores, Marina tornou a examinar a joia no anular. Onde estavam os arrepios no estômago, a algazarra em sua mente? Sim, havia sido breve, quase um roçar, mas mesmo assim... Por que as mãos continuavam estáveis e não havia nenhum comichão na pele?

O rubi se distorceu em um borrão confuso conforme sua mente viajava para uma noite de 1848, para um beijo muito diferente, onde ela descobrira que se abandonar às emoções podia ser uma fraqueza maravilhosa.

E um erro colossal.

As chuvas castigaram a região durante todo o verão, obrigando Marina a ficar em casa, o pior pesadelo de uma garota de quinze anos. Por isso, quando os temporais finalmente deram uma trégua, ela não hesitou em ir para o estábulo selar uma montaria, ansiosa para saber se Samuel estava tão entediado quanto ela. Eles raramente ficavam tanto tempo longe um do outro.

Quer dizer, desde que Sam completara dezoito anos ele andava um tanto distante, era bem verdade. Antes sempre disponível, agora o tempo dele se dividia entre a preparação para o ingresso na escola de medicina e auxiliar o pai adotivo no consultório, de modo que quase não restava nada para ela. Nina odiava que ele estivesse indo em direção à vida adulta tão depressa e a deixasse para trás.

Ela se preparava para selar Amora — uma égua jovem por quem se apaixonara no instante em que o animal se equilibrara sobre as próprias patas pela primeira vez e seu primeiro ato foi tentar acertar a canela de Nina, mesmo sendo pouco maior que um beagle — e não desconfiou de que o melhor amigo tivera a mesma ideia e viera ao seu encontro.

Samuel a flagrou apertando a barrigueira ao redor da égua. Ao cair nas íris castanhas e seus halos dourados rente às pupilas, Nina teve certeza de que o sol nasceu dentro do estábulo. E deixou escapar um suspiro. Seria possível ele ter crescido alguns centímetros na última semana? O cabelo estava mais longo, certamente, com cachos pretos saltando em diversas direções, alguns caindo sobre as sobrancelhas grossas. Ela teve que enroscar os dedos na guia da égua para se impedir de empurrar os fios para longe do olho dele. O colete xadrez que ele combinara com as calças cinzentas e as mangas da camisa enroladas até a altura dos cotovelos, revelando um bom tanto da pele marrom acetinada... De fato, ele já se parecia com um aspirante a médico. Obviamente seu amigo não usava gravata. Sam fugia delas com o mesmo desespero com que ela evitava os espartilhos.

— Você tinha que estar procurando problemas para se meter — comentou, divertido. — O que mais eu deveria esperar?

— Na verdade eu estava indo até a sua casa. — Ela conferiu se a sela estava firme. Amora resfolegou, recuando até bater a rabeira no cercado. — Não aguento mais ficar trancada. Podemos fazer alguma coisa? Qualquer coisa que envolva ar puro?

O sorriso largo que ela tanto amava e de que tanto sentira falta nos dias anteriores se insinuou por entre uma barba fina. Restava muito pouco do garoto que conhecera. Mais um ano e Sam seria um cavalheiro por cuja atenção as damas se estapeariam nos bailes.

O pensamento a deixou de mau humor.

Samuel, ao contrário, sorriu.

— Você devia estar tentando montar essa égua? — Ele se recostou na cerca, cruzando os braços. — Ainda não terminou de amansá-la. Sabe que é um animal genioso. Feito a dona.

Preferindo ignorar a alfinetada, ela permaneceu ao lado de Amora para que a égua se acostumasse com seu cheiro.

— Não esperava menos de uma cria de Storm. Mas acho que já consigo lidar com ela. Estamos começando a nos entender, não é, menina? — Deu um tapinha gentil na pelagem avermelhada. A égua sacudiu a cabeça, apagando a última meia hora que Nina gastara escovando a crina e soltando os nós. — Soube que Lola nos convidou para acompanhar a família dela à casa no lago? A sra. Amina não anda bem de saúde. O sr. Akin tem esperança de que uma mudança de ares possa ser benéfica para a esposa. Eles também convidaram sua família.

— Rebeca me contou. — A expressão descontraída se apagou. — Mas não poderei ir.

Como no último ano inteiro, ela quis berrar, quando o convidava para fazer algo interessante.

— Por que não? — Nina encaixou o pé no estribo e arriscou subir.

Amora tornou a reclamar e a marchar para trás, por pouco não a prensando contra a cerca. Desistir não era um termo com o qual Marina Clarke tivesse alguma intimidade, e, em um momento de distração do animal, ela subiu em uma das tábuas e saltou para a sela. Ah, como o mundo era lindo dali de cima...

Não que a égua concordasse, como sua tentativa de empinar e derrubá-la logo deixou evidente.

— Nina, é melhor descer. — A voz de Sam tinha uma nota de tensão. — Amora está ficando agitada.

— Só estamos nos acostumando uma à outra. Por que não vai ao lago? Vai ser divertido, Sam. Você pode tirar uma folga de três dias dos estudos, por certo.

Ele esfregou o pescoço daquela maneira que fazia quando ficava nervoso. Ora essa...

— Nina, eu preciso te contar uma coisa.

— Se for para me dizer que a srta. Clarice Herbert está apaixonada por você, nem se dê o trabalho. — Ela se concentrou em enrolar os dedos nas guias. — Notei o fascínio dela por você no último domingo, durante a missa.

— Não seja ridícula. A srta. Clarice é uma criança.

— Clarice e eu temos a mesma idade. — Empinou o queixo, ultrajada.

— Exatamente. — Sam deu um sorriso torto, e, se aquela não fosse a primeira vez que conseguia subir em Amora sem tomar um tombo, teria saltado sobre o amigo e ensinado a ele um golpe ou outro de "criança". Em vez disso, ela o fulminou. — Me perdoe. — Sam espalmou as mãos. — Não vim aqui para brigar.

— O que veio fazer, então?

Tomando fôlego, ele subiu em uma tábua para se empoleirar na cerca, mas os ombros ficaram imediatamente rijos, deixando-a confusa. Ao menos até ele começar a falar.

— Uma carta chegou ontem. Uma resposta afirmativa de uma escola de medicina. Eu fui aceito...

— Meu Deus, Sam, isso é maravilhoso!

— ... em Cambridge — adicionou com um uma longa exalação. — Lucas me levou para conhecer o prédio quando estivemos em Londres e visitamos a tia Margareth. É uma das melhores escolas do mundo.

— Sei de tudo isso, você já me contou mais de mil vezes. Mas ela fica na *Inglaterra* — enfatizou, para o caso de ele ainda não ter se dado conta do detalhe.

Mas, pela maneira como o primo continuou a observá-la com algo próximo de... argh!... pena, não restava dúvida de que ele já sabia.

O estábulo pareceu encolher conforme ela compreendia o que ele estava tentando dizer. As rédeas escorregaram de suas mãos subitamente trêmulas. Amora se aproveitou da distração e saiu em disparada pelo cercado, corcoveando. Travando as pernas na barriga do animal, os dentes batendo, Nina se reclinou para recuperar as guias, que saracoteavam na areia. Antes que pudesse alcançá-las, o animal deu um violento corcoveio. Nina sentiu o impacto com a areia áspera um segundo depois de Samuel gritar seu nome.

Teria dito a ele que estava bem se não estivesse com a boca cheia de terra, ou se o braço esquerdo não latejasse feito o diabo. Mas o outro funcionava bem, e, ao se erguer sobre o cotovelo e cuspir bolotas de lama, viu Samuel correndo em sua direção, agitando os braços para espantar a égua.

— Me deixa ver esse braço. — Ele fincou os joelhos na areia, os dedos longos apalpando a clavícula e toda a extensão do braço da amiga. — Dói?

Muito, o coração dela gritou.

Com um empurrão fraco, ela afastou a mão dele.

— Você está cogitando ir para Londres? — Seus olhos pinicaram, e nada tinha a ver com a humilhação da queda, ou os grãos dentro das pálpebras.

— Eu enviei a carta de confirmação da matrícula esta manhã. — Deixando os braços caírem ao lado do corpo, ele fechou os olhos, mortificado.

Havia muitas coisas que Marina queria fazer naquele instante. Gritar com ele e despejar todos os impropérios que conhecia — e, ah, eram muitos —, e depois... depois bater nele ou qualquer outra coisa que o fizesse experimentar a mesma agonia que ela provava.

Samuel devia ter notado quanto a ferira, pois chegou a arriscar algumas palavras, mas acabou engasgando. Por fim, enfiou a mão no bolso e de lá tirou uma margarida torta parcialmente despetalada.

— Me desculpe. A última coisa que eu quero é magoar você. — Estendeu a flor, o que era um tremendo atrevimento da parte dele. Sam sabia muito bem que margaridas eram as preferidas dela.

— Será uma batalha perdida, se você insistir nessa ideia de ir para a Europa. — Atirou para longe a florzinha, que já tivera dias melhores. No fim das contas, ela e a margarida tinham algo em comum. Agora ela sabia como era se sentir quebrada, despedaçada e esquecida num montinho de areia estéril.

Ou muito em breve saberia, se Samuel levasse adiante aquela ideia.

— Eu tenho que ir, Nina — ele disse simplesmente.

Bufando, ela se ajoelhou na areia, mantendo o braço latejante dobrado junto ao tórax.

— Por quê? Existem boas escolas no Brasil. Tome seu pai como exemplo! Tio Lucas descobriu as bactérias que nos deixam doentes, e ele estudou aqui perto, na cidade.

— Está esquecendo que ele viveu na Itália por alguns anos. Lucas se sacrificou para alcançar seus objetivos.

— Você não precisa se sacrificar. — Ele não estava ouvindo o que ela dizia?

Muito além de aborrecida, Nina ficou de pé, um chuvisco marrom salpicou suas botas. Samuel também se levantou, estapeando os joelhos da calça.

— Não é permanente, Nina. Vou voltar assim que concluir o curso. Só preciso me afastar por uns tempos.

E foi aí que ela compreendeu. O baile de debutante de Damilola, a briga...

Aproximando-se até estar a trinta centímetros dele, ela arqueou o pescoço para poder olhá-lo nos olhos.

— Isso tudo é por causa do que aconteceu no début de Lola, no mês passado, não é? Sam, todo garoto da sua idade se mete em confusão. Você estava apenas tentando me defender. Ninguém o culpou por nada.

— Exceto eu mesmo. — O sorriso dele era tudo menos alegre. — Mas não foi por isso que escolhi Cambridge. Essa é uma oportunidade única. Qualquer aspirante a médico mataria para ter uma chance como essa.

— Você não pode estar pensando em viver em outro continente por *anos*. Ficar longe de nós por tanto tempo...

— Eu já me decidi — ele atalhou bruscamente. — Farei um ano preparatório para me habituar com o idioma. Embarco para a Europa em 26 de dezembro.

Mas isso era dali a duas semanas!

— Não será fácil deixar tudo o que eu mais amo para trás — ele prosseguiu, inflexível —, mesmo que apenas por um período. Por isso vou precisar do seu apoio. É importante, Nina.

Ferida, lutando contra as lágrimas, ela passou os braços ao redor do corpo e o encarou, esperando que sua raiva pudesse feri-lo fisicamente.

— Eu pensei que nossa amizade também fosse.

Marina passou por ele seguindo para a saída do cercado. Em três largas passadas, o primo a alcançou, segurando-a pelos ombros.

— Diabos, Nina, não aja como se você não importasse para mim. Pensa que não será um verdadeiro inferno acordar e saber que não verei seu rosto naquele dia? Nem no seguinte e em todos os outros? — Ele trincou a mandíbula. — Mas eu tenho que ir!

— *Por quê*? — Uma lágrima traidora lhe escapou. Ela secou com as costas das mãos a areia impregnada na pele, arranhando a bochecha. — Por que você precisa ir para o outro lado do mundo?

Mostrando um sorriso melancólico, ele apanhou a umidade que descia pelas bochechas da amiga com a pontinha do polegar.

— Talvez um dia eu possa te explicar, Nina.

— Então, nesse dia, talvez eu consiga te perdoar por me abandonar.

Afastando-se do toque dele, a garota o contornou e o deixou no estábulo. Samuel não a chamou, não pediu que o ouvisse nem tentou explicar coisa alguma. Também não a procurou outra vez naquele dia, apenas deixou que ela se fosse, como se já se retirasse de sua vida, desistisse dela.

Somente quando estava na cama e a casa toda adormecida é que ela se permitiu chorar. Não ficou muito tempo sozinha, porém.

A porta se abriu no meio da madrugada, o círculo dourado da chama da vela contornando a silhueta de sua irmã adolescente.

— Ouvi você chorar. — Analu apoiou o castiçal na mesinha de cabeceira antes de se enfiar debaixo das cobertas com a irmã, deitando a cabeça na beirada do travesseiro. — Samuel não está indo embora para sempre. Ele prometeu voltar. Você mesma disse.

— E se esse *um tempo* virar *todo o tempo*? E se ele gostar tanto da Inglaterra que nuca mais queira voltar pra nós? E se ele conhecer pessoas novas e se tornar amigo delas e... ficar com elas para sempre?

Separando um dos cachos escuros da irmã, Ana começou a trançá-lo.

— Samuel não vai colocar outra pessoa em seu lugar. Você é a Nina do Sam, assim como ele é o Sam da Nina. Não quer que ele seja feliz?

Ela se sentou, secando o nariz na manga da camisola de dormir.

— É tudo o que eu mais quero, Ana! Mas por que ele não pode ser feliz aqui?

Plantando as mãos no colchão, sua irmã se arrastou pelos lençóis, recostando-se na cabeceira.

— Se a situação fosse inversa, se você estivesse de partida, como acha que Samuel reagiria?

— Ele não teria que se preocupar com isso, Ana, porque eu nunca deixaria a vila.

— Numa situação hipotética!

Alardeando sua irritação com uma resfolegada áspera, Marina secou o nariz na manga novamente.

— Ele ficaria devastado, mas não me diria nada — admitiu a contragosto. — Porque sabe que isso me machucaria. Sam ia me apoiar tanto quanto possível, mesmo sofrendo em silêncio.

A voz de Analu era doce e cuidadosa ao sussurrar:

— E como acha que ele se sente agora, sabendo que você está miserável por conta da decisão que ele tomou?

Amedrontado. Perdido. Culpado.

As palavras ficaram entaladas em sua garganta. No entanto, a irmã as compreendeu ainda assim.

— Sei que está consternada, mas Sam também está sofrendo. Deixar você também vai feri-lo.

Cerrando as pálpebras com força, Nina buscou conforto em Ana, deitando a cabeça sobre as pernas da irmã mais nova.

— Por favor, Analu, eu não quero mais falar sobre ele. Podemos só... não dizer nada?

E, porque aquela era Ana Laura, não pediu mais explicações e voltou a brincar com seus cachos, retomando a trança inacabada. A caçula não a julgou, apenas a deixou chorar até as lágrimas se esgotarem.

Depois disso, a espera pelas festas de fim de ano se transformou em uma tormenta. Cada dia mais próximo dos feriados encurtava a distância entre Samuel e Londres e aumentava a distância entre eles. Nina não o vira nesse período. Fugia de qualquer oportunidade de um encontro acidental tanto quanto Bartolomeu fugia de um banho.

Mas ela não pôde fazer muito quanto à noite de Natal, e ao fato de a família toda se reunir na casa dos Guimarães para comemorar a data, e também para se despedir de Samuel. Nina aguentou quanto pôde durante o jantar, fincando a vista em qualquer coisa que não fosse o ex-melhor amigo. Não conseguiria olhar para ele sem cair no choro, por isso se obrigou a continuar à mesa até a sobremesa ser servida. Aí inventou uma dor de cabeça, se desculpou com os tios e avisou aos pais que iria esperá-los em casa. Isaac a levaria e retornaria mais tarde para apanhá-los. No entanto, ao chegar ao estábulo, notou que Isaac estava acompanhado, e, pela maneira como ele sorria para a babá dos gêmeos, Nina achou injusto o cocheiro ter que sacrificar sua noite especial apenas porque ela estava triste, de modo que tomou o rumo de casa a pé.

Enquanto ela caminhava pela propriedade guiada apenas pela luz da lua, havia duas Marinas dentro dela. Uma apavorada com a ideia de Samuel conhecer outras pessoas na Inglaterra, e uma dessas pessoas a substituir. Também não suportava pensar no dia seguinte. Não se recordava de uma vida sem ele.

Já a outra Marina se autoflagelava com os chicotes da culpa. Sam era seu melhor amigo, e em vez de acolhê-lo ela lhe dera as costas. Pior de tudo, em seu desespero por perdê-lo Nina acabara perdendo-o antes do tempo, numa tentativa egoísta e desajeitada de sobreviver à separação. No fundo da alma, ela sabia que não havia uma maneira menos dolorida de perder Samuel. Ele era metade dela. Não é possível perder metade de si mesmo sem agonizar.

O chiado das águas do riacho a fez parar. Não havia percebido que seguia pela margem. Fitando as águas escuras, o coração bateu tão rápido e tão alto que amorteceu todos os outros sentidos, por isso não percebeu antes que estava sendo seguida.

Num impulso, ela apanhou um galho do chão e se preparou para o confronto.

— Não ataque. Sou eu.

Em vez de um bêbado de beira de estrada, ela encontrou o belo perfil de Samuel banhado pelo luar.

Saindo das sombras, ele pressionou a boca em uma linha dura, as mãos pendendo ao lado do corpo, os olhos vítreos com lágrimas não derramadas.

Se ela não o abraçasse naquele exato instante, temia que seu coração pudesse realmente parar de bater.

Nina começou a correr; Sam a encontrou na metade do caminho. Os braços se estreitaram, segurando-se um ao outro com tanto desespero que ela ouviu a própria pulsação se misturar a dele.

— Me d-desculpe! — Ela enterrou o rosto no peito magro, afogando-se no delicioso perfume de notas amadeiradas, limão e Sam. — Eu não queria ter fugido esta noite. Nem nas outras. Eu só... Eu não sei como... eu não sei como...

— Eu também não sei como, Nina. — A voz dele se quebrou ao abraçá-la com mais vigor e pressionar a bochecha em seu cabelo. — Não sei como te dizer adeus.

Então não diga!, ela quis implorar, pressionando a orelha contra o coração dele, também descompassado. *Por favor, não vá. Fique comigo!*

Entretanto, porque já havia errado demais com ele, o que saiu de sua boca foi:

— Eu queria que a Europa ficasse logo depois da vila.

Ele riu de leve, e mesmo assim ela ouviu lágrimas em seu timbre grave.

— Eu vou te escrever todos os dias — ele prometeu.

— Não minta. Você o-odeia escrever.

— Não vou odiar se esse for o único recurso para me manter perto de você. — Ele se curvou para murmurar em seu ouvido. — Não é para sempre, Nina. Eu prometo.

Fechando os olhos, ela desejou ser capaz de absorver o toque de Sam, o calor que ele emanava, as batidas do seu coração.

— Eu vou sentir sua falta todos os dias — admitiu num fiapo de voz. — Não me lembro como é não ter você por perto.

Encaixando o indicador em seu queixo, Samuel incitou que ela olhasse para cima. Quando Nina o atendeu, percebeu que seu rosto não era o único molhado.

— Mas eu me lembro como era minha vida antes de você. Não existiam risos nem cores, apenas um cinza frio. Você mudou isso. Você coloriu meu mundo. Por favor, não chore. Você fica parecida com uma garota quando está chorando — zombou, acariciando o emaranhado de nós que o cabelo dela havia se tornado.

— Hoje eu não ligo. Pensei que você nunca mais fosse querer falar comigo.

— O problema é que eu não consigo não falar com você, sua tola. — Ele se curvou para apanhar com os lábios a gota que descia pela bochecha dela.

Naturalmente, Nina pretendia devolver a implicância com outra, mas movimentou a cabeça no momento errado. Seus lábios acidentalmente resvalaram nos dele. Foi breve, apenas um átimo de segundo, mas o suficiente para aplacar a dor que a castigava. Sam se endireitou depressa, sem graça. Já ela se manteve imóvel, as mãos ainda agarradas à camisa dele, enquanto sentia o estômago tentar trocar de lugar com os pulmões. Curiosa e surpresa com o repentino e discreto alívio produzido pelos lábios do amigo, especulou o que aconteceria se ficassem tão juntos que eles mesmos não pudessem distinguir quem era quem.

Marina não parou para pensar no que fazia; ficou na ponta dos pés e grudou a boca na de um perplexo Sam. E então houve luzes brilhantes, cores que ela nem sequer sabia da existência, um fogo denso e abrasador queimando-a por dentro e por fora.

Ah, sim, a dor estava indo embora!

Meio experimental, ela entreabriu os lábios, e, quando sua língua esbarrou na de Samuel, a dor estourou como um bolha de sabão, sem deixar nem mesmo um eco. Ela se sentia inteira outra vez, e mais viva do que nunca.

Ele enterrou os dedos em sua cintura, o calor da pele ardente perpassando a camisa e a *chemise* de algodão, queimando-a como ferro. Em um cantinho da mente, Marina se perguntou o que ele estaria pensando, se tentava compreender o que ela estava fazendo — gostaria muito que o melhor amigo pudesse descobrir e lhe contar , pois naquele momento era incapaz de decifrar os próprios atos.

No entanto, a pressão em sua cintura aumentou e, muito cedo, ele a afastou.

— Nina, não. — O tom rouco de Sam a arrepiou de alto a baixo.

Então a voz dele agora também lhe causava tremores?

Com alguma distância entre eles e a névoa cintilante se esvanecendo, ela respirou fundo para recobrar o juízo, sincronizando seu peito com o do amigo, mas o dele também subia e descia com dificuldade, a expressão de... O quê? Surpresa? Confusão? Desespero?

E foi aí que ela se deu conta do que havia feito. Samuel a analisava com atenção, e ela não fazia ideia do que o próprio rosto revelava. Um vermelho febril, a julgar pela quentura sob a pele. Confusão, por certo, já que tentava entender o que tinha se apoderado dela. O que *ainda* a assaltava e demandava que voltasse a beijá-lo.

Ah, isso não era bom...

Trêmula, tocou a base do pescoço e tentou sorrir.

— Eu... Me desculpe, Samuel. Não sei o que deu em mim.

— Está tudo bem. — O olhar dele nunca deixou o seu. — Você está confusa. É apenas uma menina, afinal.

Ela fitou os botões abertos da camisa para que ele não visse como a feria a insinuação de que ainda era criança. Não havia nada infantil nas sensações que se agitavam em todas as direções dentro de seu estômago. Que diabos era aquilo?

Quis muito perguntar, implorar que o amigo a fizesse entender o que estava acontecendo dentro de si mesma, e ouvi-lo garantir ao seu coração assustado que não acabara de arruinar a amizade mais preciosa que ela já tivera com um ato impulsivo e impensado. Mais que tudo, ela queria que Samuel soubesse que não era mais uma menina.

— Você é o único cavalheiro da vila que ainda pensa em mim dessa forma — garantiu, ainda encarando o pequeno V na base do pescoço largo. — De toda forma, foi só um beijo bobo. Por favor, esqueça o que aconteceu.

— Eu... Nina... — Ele correu uma das mãos pelo cachos, parecendo sufocado.

Por favor não diga!, o coração dela implorou. Não diga o que está pensando. Ela não suportaria ouvi-lo dizer que fora um erro, ou, pior ainda, que as coisas entre eles seriam diferentes.

E se desesperou que o melhor amigo pudesse ter lido suas emoções, pois, com um suspiro exasperado, ele disse:

— Vou te levar para casa antes que seus pais percebam que veio sozinha nesta escuridão.

Ela assentiu, e foi um verdadeiro suplicio. O silêncio entre eles era inquietante, assim como os desejos dentro dela. Marina queria chegar depressa em casa e pôr um fim àquela tortura. Queria nunca chegar ao destino para que pudesse ter Samuel por perto mais um tempo.

Inevitavelmente, ela se viu diante das escadas da própria casa, e do momento que tanto temia.

— Bom... — Ele colocou as mãos nos bolsos da calça.

— Bom... — Nina baixou o olhar para as mãos. — A que horas você parte?

— Pego a diligência pouco antes do amanhecer. O navio deixa o porto ao meio-dia.

Ainda fugindo do olhar do melhor amigo, ela tornou a balançar a cabeça.

— Tome cuidado enquanto estiver longe. Tente não se meter em confusão sem mim. Eu consideraria uma traição imperdoável. Ah, e não esqueça de me contar, caso dê de cara com um monstro marinho. — Esplêndido. Agora ela fazia graça.

Muito bem, Nina.

Sem conseguir enfrentá-lo, ela fez um aceno rápido e começou a subir as escadas. Uma mão grande e quente segurou seu pulso antes que ela alcançasse o segundo degrau.

— Nina...

— Não, Sam, por favor. — Abanou a cabeça freneticamente, sem se virar. — Não vou suportar.

— Eu não pretendo usar a palavra que começa com A. Só queria dizer boa-noite. E até amanhã.

Você não estará aqui amanhã, ela piscou depressa.

Como se lesse seus pensamentos, Samuel subiu os degraus e deu a volta até que o sorriso agridoce era tudo o que ela podia ver.

— Eu sempre estarei por perto, Nina — ele prometeu a meia-voz. — Você vai ver.

Ora essa, ali estava ela de novo, dominada pela ânsia de colar a boca na dele mais uma vez.

Como sempre acontecia, Sam a salvou de cometer uma grande estupidez e envolveu uma das mãos em sua cintura, apertando-a de leve. Muito consciente do toque, e da maneira como os dedos dele se recusavam a soltá-la, Nina cerrou as pálpebras bem apertadas quando os lábios quentes se demoraram em sua testa, desejando ser capaz de capturar o tempo, aprisioná-lo na palma da mão e não deixar que a vida seguisse.

Mas o tempo não é refém de ninguém, faz suas próprias regras, irrefreável, sempre em frente, sem nunca olhar para trás, e lhe escapou por entre os dedos.

As emoções à flor da pele eram demais para ambos, e se desprenderam um do outro ao mesmo tempo. Os olhos molhados de Samuel encontraram os dela, e assim permaneceram, prolongando o momento, furtando mais um segundo, um instante.

Foi ele quem quebrou o contato, esfregando o nariz nas costas da mão.

— Até amanhã, Marina.

Sem olhar para trás, ele desceu os degraus. Nina permaneceu onde estava, ainda de costas, o vento soprando gelado em seu rosto empapado. Não suportou assisti-lo partir.

Na manhã seguinte, ela tinha toda a intenção de não sair da cama. Corria o risco de chorar por qualquer coisa que a fizesse se lembrar de Samuel — e tudo a fazia se lembrar dele. Sua vida agora seria uma triste e infindável manhã nublada; ela odiava dias chuvosos.

No entanto, perto do meio-dia, Rebeca surgiu como um raio de sol.

— Sam me pediu para entregar para você. — A menina estendeu uma carta.

Ávida, Nina se sentou na cama e leu o que ele havia escrito. Sam não mencionou o beijo ou qualquer coisa que remetesse à noite anterior. A narrativa tampouco era uma despedida. Ele contava sobre o momento em que se apaixonara pela medicina, muitos anos antes, quando Lucas salvara a vida de um sujeito, vítima de um acidente de carruagem. Algo despertou dentro dele, dizia Sam, ao descobrir que mãos humanas podiam ser também um instrumento de cura. Ele queria aquilo mais que tudo, poder ajudar a quem não tinha esperanças. Mal podia esperar para começar. Em vez de um até breve ou um adeus, ele se despedia com um "Até amanhã, Nina".

Ela ergueu os olhos para Rebeca, questionando.

— Ele escreveu muitas cartas nas últimas semanas — revelou a prima, examinando o vestido pendurado no mancebo. — São todas para você. Parecia um lunático, a madrugada inteira acordado. Quando vou poder usar um desses?

— Quando crescer mais um pouco. Onde estão as outras cartas? Me dê logo, Beca!

— Ah, não posso. — As marias-chiquinhas se balançaram sobre os ombros conforme a menina negava com firmeza. — Devo entregar uma carta por dia até que você receba algo vindo de Londres. Sam foi muito específico quanto a isso. E, se por acaso eu não seguir as instruções, vou ficar sem presente quando ele voltar. — Soltou um suspiro dramático. — Nós duas vamos precisar de paciência.

7

Me convenci de que a tristeza que eu via em Nina era um reflexo do que acontecia com Analu, mesmo que uma vozinha insistisse em sussurrar que eu estava olhando apenas para a superfície, e havia muito, muito mais nas profundezas.

— Posso me esconder com você?

Sobressaltada, Nina por pouco não derrubou o arranjo ao se voltar para a mãe, cujas bochechas estavam coradas, refletindo um pouco da cor do vestido de cetim em um intenso tom de vinho, que dava a suas ondas douradas um reluzir acobreado. Marina nunca deixava de se espantar com a beleza da mãe. Ou a sua coragem.

Chegando para o lado, a moça indicou as duas cadeiras recostadas à parede e esperou que sua mãe se acomodasse. Os sapatos vermelhos de tecido grosso e encardido que ela tanto amava escaparam pela barra do vestido ao esticar as pernas e cruzar os tornozelos, as íris castanhas, no mesmo tom dos olhos de Nina, cravados na filha.

— O que foi? — Marina esfregou a bochecha. — Está sujo?

— Não, tá adulto. Sua irmã brincou com seu cabelo, né? — Sua mãe tocou um cacho que se balançava sobre as orelhas.

— Era isso ou usar um vaso no decote do vestido. Aceitei o menos constrangedor. — Massageou o couro cabeludo dolorido.

— Não, deixa assim. — Sua mãe a fez parar de tentar destruir o penteado. — Você está tão linda que mal acredito que fui eu que gerei você. Só pode ser coisa dos Clarke.

— A maioria das pessoas diz que eu me pareço um pouco com você.

— Sei disso, Nina. — Ela soltou um suspiro desanimado. — Às vezes isso me apavora.

O comentário deixou a garota alerta, por isso se acomodou no assento ao lado da mãe.

— Você parece preocupada, mãe.

— Eu só estava pensando... Tem certeza, Nina? Tem certeza de que Diogo é o que você realmente quer? — Interrompendo-se de olhos arregalando, ela caiu na gargalhada. — Ai, meu Deus, é como se eu tivesse voltado no tempo. Eu fiz essas mesmas perguntas pra minha amiga Nina quando ela me contou que ia pedir o Rafa em casamento.

Fugindo do olhar atento da mãe, Nina puxou uma linha solta da manga curta do vestido.

— E qual foi a resposta dela?

— Que não se tem certeza de nada quando se está apaixonada. Só fui entender o que ela quis dizer depois de conhecer seu pai. Não importava que não pertencêssemos ao mesmo mundo, que existissem obstáculos intransponíveis. O amor não compreende o impossível. Por isso eu estou preocupada, Nina. Diogo é o que você realmente quer? Tipo, cem por cento certeza?

— Eu gosto dele. — Fitou o rubi imenso na mão direita. — Diogo é divertido na maior parte do tempo. E tem um estábulo incrível. Ele ganhou numa aposta o tordilho mais bonito que eu já vi. Me pergunto quem foi o idiota que apostou um cavalo, como se fosse um objeto qualquer.

O riso da mãe a aqueceu por dentro.

— Agora consigo acreditar que esteja encantada por ele. — Contudo, a expressão dela murchou. — Mas você está infeliz, filha.

Ficando de pé, Marina foi até o vaso e fingiu ajeitar algumas flores.

— Só estou preocupada com Analu. Ela ficou triste com o noivado. Pensei que ela gostasse de Diogo. Mas agora... não sei mais o que pensar.

Mesmo com as vozes, os risos, o tilintar de taças, Marina sentiu a mãe se aproximar antes mesmo de as mãos delicadas recaírem sobre seus ombros e forçá-la girar.

— Meu amorzinho, acho que o problema pode não ser Diogo, mas você. Analu teme te perder, Nina.

— Isso nunca vai acontecer. Eu já pensei em tudo. Vou vir para casa todos os dias ou ela vai para a dos Fontes... Nada vai mudar. Ana nem vai perceber que não vivo mais aqui.

— Para a sua casa — corrigiu sua mãe com delicadeza. — A casa dos Fontes logo será a sua casa, a sua família. Talvez Ana não se encaixe nela da forma que você espera.

A mãe estava errada. Casar com Diogo e viver na vila iria permitir-lhe manter-se perto da família. Ia funcionar. Tinha que funcionar. Ela já havia perdido Sam. Não suportaria perder mais ninguém.

— Eu não queria ter crescido, mãe.

— E quem é que quer? — Abriu o sorriso divertido que Nina via com frequência ao se examinar no espelho. — Mas não fique tão preocupada. Seu pai e eu fizemos um bom trabalho com vocês duas. Estamos ansiosos para que vocês comecem a conduzir a própria vida. Tenho certeza de que será um espetáculo grandioso.

Escondendo o olhar da mãe, Nina o fixou novamente na joia antiquada e ostentosa em sua mão.

— Eu tenho medo de me perder pelo caminho — confessou baixinho.

Mas sua mãe ouviu e a puxou para o aconchego de seu peito.

— Isso não é necessariamente ruim, filha. Eu precisei me perder de tudo o que conhecia para descobrir quem eu era, o que eu realmente queria. Não se preocupe tanto com o caminho. Aprendi que é a jornada que mais importa. Meio parecido com entrar numa montanha-russa. Vem a subida, a descida e você fica apavorada com a ideia de ser arremessada para fora do carrinho e cair daquela altura, mas em um canto da mente sabe que vai chegar ao fim do passeio em um pedaço só.

Honestamente, Marina um dia gostaria de entender como a mente da mãe funcionava e se aquele tipo de metáfora tinha algum propósito além de confundir. Se preparou para perguntar o que "montanha-russa" significava, mas sua mãe a beijou na bochecha, soltando-a.

— Apenas pense no que eu disse, Nina. O noivado foi anunciado, mas não significa que você precise levá-lo adiante se não tiver certeza de que é o que realmente quer.

Assentindo e absurdamente grata por ter nascido naquela família, com os olhos embaçados, todas as defesas no chão, fez a pergunta que a atormentava desde que o noivo a beijara.

— Mãe, podem existir inúmeros tipos de beijo? Um ser bom e o outro... humm... nem tanto?

— Com certeza.

— Verdade? — *Ah, graças aos céus!*

— Existem diversos tipos de abraços, sorrisos... Com o beijo não é diferente. O que diferencia um beijo bom de outro não tão bom assim é a pessoa a quem se beija, como você se sente em relação a ela. Por que está pensando nisso?

Marina encolheu os ombros, dando um peteleco em uma rosa branca do arranjo.

— Apenas curiosidade sobre algo que Damilola comentou outro dia — improvisou.

— Entendi. — Mas a diversão que se manifestou no rosto dela insinuava: "Não acredito em uma palavra do que disse".

Nina voltou a ficar sozinha com seus pensamentos — um lugar de onde queria escapar mais do que qualquer coisa. O beijo não lhe saía da cabeça. Mas, infelizmente, não eram os lábios do noivo a ocupar cada canto de sua mente. Samuel nunca mencionara o beijo em nenhuma de suas cartas, de forma que ela também tentava não pensar no assunto, mas se perguntava por que, mesmo depois de tantos anos, ainda sentia o toque de Sam incrustado em sua pele, o calor dele se impregnando em cada centímetro de seu corpo, o formigamento nos lábios, o gosto dele. Dizia a si mesma que havia memorizado tantos detalhes porque fora seu primeiro e único beijo. Mas agora... Ora essa, por que Diogo não despertara nenhuma daquelas sensações nela?

Por sorte, foi resgatada de seu inferno pessoal com a chegada da irmã.

— Coma. — Ana entregou a ela uma enorme taça de delicados profiteroles. — Sabe que fica embriagada com facilidade.

— Você ainda não é médica para me dar ordens desse jeito. — Mas enfiou um doce na boca. Era o seu favorito. O de Sam também, se lembrou, melancólica. — O senador ainda não apareceu?

— Não. Talvez ele não esteja se sentindo bem-disposto por causa da viagem. Afinal foi um problema de saúde que o trouxe à vila.

Ana espiou o centro da sala por entre o arranjo, roçando de leve os dedos no pescoço nu. Seguindo a direção do olhar dela, Nina avistou os pais dançando logo atrás de Diogo, os olhares travados, os dedos unidos feito um novelo de lã.

— Argh! — Abocanhou outro profiterole. — Eles podiam fingir que não se amam tanto pelo menos em público. É embaraçoso.

— Podia ser pior. — Ana sorriu de leve. O primeiro daquela noite, Nina reparou. — Mamãe podia estar grávida, como a tia Elisa.

— Deus me livre! Não sei o que me apavora mais: pensar em mamãe grávida ou a ideia de ter um bebê em casa. Não que eu não te ame, Ana — se apressou para não magoá-la. — Mas nós crescemos juntas. Bebês são coisinhas dependentes e assustadoras. Os potros mal nascem e já ficam de pé sem ajuda. — Então, porque queria que Ana e o noivo estreitassem os laços, um plano começou a se desenhar em sua mente. — Terei problemas com isso.

— Com os potros?

Ela deu um olhar comprido a Analu.

— Com Diogo. Acabei de descobrir que ele espera que eu abandone o estábulo. — O que não era mentira, se consolou.

— Ah. — A irmã mais nova voltou a contemplar por entre as flores os casais que se divertiam com a quadrilha. — Basta fazê-lo compreender que não se trata de um capricho, mas de um dom natural que a faz muito feliz. Ele vai entender.

— Se eu tivesse a sua oratória, talvez funcionasse. — Suspirou teatralmente. — Sabe que sou péssima com argumentação. Sempre acabo gritando ou ameaçando quebrar o nariz de alguém.

— Com alguma frequência, as duas coisas. — Sua irmã pescou um docinho de dentro da taça e mordiscou, achando graça.

Deixando outro suspiro espiralar pelo ar, Nina rezou para que Ana Laura não entrevisse suas intenções.

— Pois é. Meu casamento nem aconteceu ainda e já está fadado à catástrofe!

— Não seja boba, Nina. Apenas converse com seu noivo. Você não teve problema algum em contar ao Samuel que o estábulo é o lugar onde se sente mais feliz no mundo.

— Sim, porque Samuel é meu melhor amigo e me conhece melhor que qualquer um. Além disso, eu não pretendia me casar com ele. — Não fora de sua imaginação, pelo menos. Sam povoava todas as suas fantasias juvenis, incluindo aquela em que ele a esperava do lado direito do altar. Mas para que mencionar o assunto? — E se... — Cravou os dentes no lábio inferior. — Não, não. Não posso pedir que você faça isso.

— Que eu faça o quê?

Os olhos de safira lampejaram, ansiosos, como Nina sabia que aconteceria. Teve que morder a bochecha para se impedir de sorrir, e continuou com sua melhor interpretação de alguém em profundo sofrimento.

— Bem... Ana, e se você me ajudasse a convencer Diogo de que eu não serei feliz de outra maneira que não seja cuidando do estábulo?

— Eu?! — a irmã ofegou, recuando até bater as costas no arranjo. O pedestal ameaçou tombar, mas Marina foi rápida e o firmou antes que um acidente acontecesse.

— E por que não? Você sempre sabe o que dizer, se expressa muito melhor que qualquer pessoa que eu conheço.

Ana Laura agitou a cabeça freneticamente.

— Não é verdade. Você mesma mencionou mais cedo que não entende metade do que eu digo. Suspeito que Dio... que o sr. Fontes também não entenda. Eu seria inútil.

Se Ana se apavorava com a ideia de estar em qualquer lugar perto de Diogo, a situação era ainda pior do que Marina imaginava. Muito bem, ela tinha que se empenhar mais.

— E é verdade, não entendo mesmo, mas apenas quando você menciona coisas como Bhaskara. E não estou me referindo àquela equação horrorosa, mas ao matemático indiano.

Um sutil esgar fez os lábios da caçula apontarem para o teto.

— Então você estava prestando atenção...

— De vez em quando eu escuto. — Marina deu de ombros. — Por isso acho que você seria a pessoa ideal para abordar Diogo. Poderia mencionar o assunto como quem não quer nada, preparar o terreno para que mais tarde, quando eu falar com ele, o encontre mais receptivo e eu não termine gritando ou enfiando o anel da mãe no cérebro dele.

E, se tivesse um pouco de sorte, Ana perceberia que Diogo era um bom sujeito e se encantaria pelo futuro cunhado. Era um bom plano...

... para o qual Ana não estava nem um pouco disposta a colaborar, ora essa.

— Nina, por favor, eu não posso fazer isso. — Ana se abraçou a taça de doces, meio pálida. — Este é um assunto que deve ser discutido por vocês. Somente vocês dois!

— Você não consegue gostar dele, não é? — perguntou, de chofre. — Não precisa fingir. Eu sei que não aprova meu noivo.

— Isso não é verdade! Dio... o sr. Fontes é muito gentil e educado, e eu o amaria pelo simples fato de amar você. Amá-lo como meu futuro irmão — se apressou, corando violentamente. — Mas não posso interferir nessa questão. Diz respeito a você e ele.

Está bem, ela mordeu o lábio. *Novo plano.*

— Tem razão. — Com um gemido longo, Nina apanhou a taça de doces das mãos da irmã e foi se abandonar na cadeira que sua mãe ocupara instantes antes. — Eu mesma preciso falar com Diogo. Ele vai compreender se eu explicar do jeito que fiz com o Sam. Que é maravilhoso poder acompanhar esses animais magníficos desde o primeiro momento, ainda no ventre da mãe. Que o parto não é tão nojento quanto parece, apesar de ser um pouco desconfortável quando precisa de intervenção. Não é minha parte favorita enfiar o braço inteiro dentro da...

— Não! — Analu gritou, os olhos arregalados do tamanho de ferraduras. — Não conclua essa frase, por tudo que é mais sagrado!

— Por que não? — Mordiscou um docinho. — Você mesma sugeriu que eu explicasse a Diogo do mesmo jeito que me expressei com Sam. E foi assim. Inclusive até demonstrei a maneira correta de introduzir a mão no canal da vag...

— Está bem! — Tapando os olhos com as mãos enluvadas, a irmã inspirou fundo. — Está bem, eu explico tudo ao seu noivo. Você venceu! — Ergueu as mãos em rendição, embora fuzilasse a irmã mais velha. — Apenas pare de falar sobre esse assunto no meio de um salão de baile.

Ora, quem poderia ter adivinhado que as regras sociais a ajudariam ao menos uma vez na vida?

— Pare de sorrir. — Com certa rispidez, Ana puxou a taça de profiteroles das mãos de Nina. — Só farei o que me pede porque não quero que nada atrapalhe sua felicidade. Nem você mesma. E você será a responsável por fazer minha cama toda manhã até o fim do mês.

— O mês todo? — Ela parou de sorrir imediatamente. — Não é um tanto exagerado?

— É tudo ou nada, Nina.

— Está bem, eu concordo.

Honestamente, Ana Laura Alonzo Clarke sabia ser cruel quando queria.

Quem visse Ana contornar o arranjo alto e se encaminhar para o extremo oposto da sala, onde Diogo conversava com Tommy, pensaria que ela passara a tarde toda no sol sem nenhuma proteção. Pobrezinha. Certamente Nina se sentia culpada por pedir à irmã algo que ela mesma poderia resolver. Mas não conseguia pensar em outra maneira de aproximá-la do noivo, e precisava que eles se tornassem amigos, para que Analu visse o cunhado como uma extensão da família.

Deixando seu esconderijo, Nina avistou Damilola rindo de algo que a futura sogra dizia. A amiga a viu ao mesmo tempo, um sorriso discreto elevando as bochechas. Tocando o braço de Teodora Clarke para murmurar alguma coisa, a jovem se pôs a andar. Nina sorriu quando o primo abandonou Ana e Diogo no meio do diálogo para correr atrás da noiva. Pudera! Diversos cavalheiros solteiros se curvavam meio encantados conforme Lola abria caminho. No entanto, Tommy teve que parar na metade do percurso para não atropelar a avó.

— Lola, nunca esteve tão parecida com sua mãe — Nina comentou quando a amiga estava perto o bastante.

Os olhos de moça ficaram opacos por um instante.

— Foi o que o sr. Marques me disse mais cedo. Uma parte de mim ficou esfuziante, mas a outra... Às vezes quase desejo que papai se encante por alguém. Não suporto vê-lo tão triste assim, Nina. Ele ainda está de luto, mesmo depois de todo esse tempo. E cada ano que passa vejo mais de minha mãe em mim. Fico preocupada em magoá-lo, lembrando-o de como somos idênticas, mas apenas eu continuo aqui.

— Acredito que seja o oposto. Que você o lembre que sua mãe não se foi por completo.

— Assim espero. — Sua amiga a examinou de alto a baixo, e então tocou uma das muitas camadas do tecido brilhoso verde-oliva — Quem foi a feliz alma que conseguiu convencê-la a se vestir como uma dama esta noite?

— Analu escolheu o vestido. Pelo menos me livrei do vaso que vinha com ele.

A amiga começou a rir, mas se virou quando alguém a chamou alto o bastante para superar a música. A mulher ligeiramente encurvada abria caminho por entre os convidados com a bengala.

— Tia Cassandra, precisa de alguma coisa? — ofereceu Nina. — Um pouco de ponche, quem sabe?

— O que eu preciso é que essa jovem — apontou a bengala para Damilola — crie juízo e concorde em usar o meu vestido no casamento. Meu neto acabou de me contar que você optou por outro.

— Eu pretendia comunicar à senhora amanhã. — A amiga manteve uma expressão suave. — Espero que não seja um problema, senhora.

Se Cassandra Clarke fosse uma chaleira, esse seria o momento em que se poria a apitar.

— Se é um problema?! Ora essa, meu vestido é uma peça belíssima, confeccionada com o mais caro tafetá francês! Se Deus tivesse me abençoado com filhas, elas teriam se regozijado na mais perfeita alegria por terem a honra de usar aquele vestido! Não é mesmo, Marina?

Puxando pela memória a última visita que fizera à tia-avó e como foi difícil escapar da idosa, que teimava em enfiá-la dentro de um vestido tão gigantesco que eram necessárias duas pequenas banquetas para sustentar as laterais das saias, Nina reprimiu um tremor e tentou sorrir.

— De fato, é uma peça... humm... única, tia Cassandra.

— Mas não é boa o bastante para essa jovem! É o que ela acaba de afirmar.

Mantendo a calma, Lola abriu um sorriso acanhado.

— Não é verdade, sra. Cassandra. Eu apenas quero homenagear minha mãe. Escolhi usar o vestido de noiva dela para receber o seu querido neto como marido.

Sem argumento, a idosa bateu a bengala no chão com mais força do que qualquer um imaginaria para alguém de aspecto tão frágil e arrastou os sapatos para o outro lado do salão, tornando a bater em algumas canelas que se atreviam a bloquear a passagem.

— Ela ainda vai me enlouquecer, eu juro — Lola resmungou ao ficarem sozinhas novamente.

— Ninguém nunca disse que ser uma Clarke é fácil. Aguente firme. Faltam poucas semanas agora. Sei que você tem o que é necessário para vencer tia Cassandra.

— Nem o exército de Napoleão conseguiria vencer sua tia. — Interessada, Damilola pegou a mão da amiga para examinar a joia com mais atenção, um sorriso de apreciação curvando os cantos da boca. — Um pouco fora de moda, mas combinaria com o vestido de Cassandra.

Puxando a mão, Marina recuou um metro.

— Nem pense nisso! Não vou me fantasiar de sofá no dia do meu casamento.

Desta vez, Lola gargalhou.

— Quem imaginaria que Marina Clarke finalmente aceitaria um candidato! E nem assim o sr. Coutinho tira os olhos de você. Pobre rapaz. Tão jovem e já de coração partido. Orgulho ferido é mais provável, afinal a reputação dele foi abalada depois que a notícia de que foi nocauteado por uma dama se espalhou pela vila. Mesmo que a dama em questão seja você.

Marina revirou os olhos.

— Foi um acidente, eu já expliquei.

Bem-humorada, Damilola ignorou o comentário com um gesto de mão.

— Sabe, eu não esperava que aceitasse uma proposta tão cedo, Nina. Sendo honesta, imaginei que seu casamento só aconteceria depois que seu primo retornasse ao Brasil. Parece que eu estava enganada.

Tentando expulsar a dor de cabeça que insistia em lhe perfurar o crânio, Nina massageou as têmporas.

— Completamente enganada. Samuel e eu somos bons amigos, e primos. Além disso, ele não pretende voltar ao Brasil. Permanecerá em Londres em definitivo.

Espalmando a mão no centro do peito, Lola ofegou.

— Ah, não, Nina. Lamento muito. Por que não me contou antes?

— Eu só soube esta manhã. Está tudo bem.

— Marina, como pode estar tudo bem se você está prestes a chorar?

Piscando algumas vezes, ela tocou a bochecha, se dando conta da umidade que ameaçava escapar.

— Deve ser o pólen. Flores me fazem espirrar.

— Tem certeza disso? Eu poderia jurar que a razão das lágrimas que tenta bravamente conter tem outro nome.

— Damilola, por favor, esqueça Samuel, está bem?

Mas Damilola não era uma mulher de aceitar *não* como resposta.

— A questão não é se eu consigo esquecer Samuel. — O belo rosto da futura prima se contorceu em algo semelhante a compaixão. — É se você consegue, Nina.

Sem que Nina a invocasse, a voz da mãe penetrou seus pensamentos.

Tem certeza de que é isso o que você quer?

Foi salva de seguir por aquele caminho nebuloso ao ser abordada pelo futuro sogro, trazendo duas taças de vinho, o largo bigode grisalho se espichando sobre o sorriso.

— O que damas tão belas fazem relegadas ao canto de um salão de baile? — o sr. Edgar entregou as bebidas às jovens.

— Estamos recuperando o fôlego, sr. Fontes — Nina improvisou, aceitando a gentileza.

— Espero que já esteja recuperada, minha cara, pois este velho adoraria ter a honra de conduzir a futura nora pela próxima quadrilha. E depois será a sua vez, srta. Damilola. Afinal muito em breve você se casará com o primo de minha nora, de modo que também será da família.

— Mal posso esperar, sr. Edgar. — Lola fez uma delicada reverência e se afastou.

Todo galante, Edgar Fontes ofereceu o braço em L, e Nina retribuiu com uma mesura delicada que reservava para as ocasiões em que queria impressionar, permitindo que ele a impelisse para o centro da sala. A dança estava prestes a começar quando ela avistou dois homens à porta. Ricardo Chagas examinava o local de maneira altiva, enquanto o pai se ocupava com o relógio de bolso.

Ah!!! Esse era o momento que tanto esperava!

— Hã... Sr. Fontes, temo ter que adiar nossa dança. Estava esperando pelo senador Chagas, e ele acaba de chegar. E preciso muito falar com ele.

— Decerto posso esperar que resolva seu assunto com o novo vizinho. Temos tempo.

Agradecendo com uma mesura apressada, ela usou os ombros para abrir caminho por entre as dezenas de convidados curiosos com a personalidade que acabara de chegar, e se espichou na ponta dos pés, vasculhando todo o salão.

Onde raios estava Analu?

8

Eu já mencionei um milhão de vezes que odeio bailes, né? Não é só porque dá uma trabalheira lascada e a casa fica revirada do avesso por conta de algumas horas de festa. O problema é que alguma coisa sempre sai errado. O baile de aniversário de Ana só serviu para comprovar minha teoria.

— O ponche está delicioso — comentou Diogo Fontes, rodopiando com Ana Laura pelo salão. — Você provou, srta. Ana?

— Ah, sim. É um dos muitos talentos da sra. Madalena. — Atenta ao relógio alto no fundo da sala, Ana se perguntou como o tempo podia se arrastar daquela maneira.

Era a primeira vez naquela noite que ficava assim tão perto de Diogo Fontes. Desviar-se dele não fora tão penoso quanto imaginara, até Marina obrigá-la a quebrar a promessa que fizera a si mesma de se manter longe do noivo da irmã.

No entanto, uma coisa era ficar perto de Diogo e tentar ocultar seus sentimentos. Outra, completamente diferente, era estar tão junto dele que as respirações se misturavam. Pior ainda, seu corpo não diferenciava certo de errado, e uma tempestade trovejava no peito dela, eletrificando cada nervo, cada centímetro de pele, sobretudo as partes em que ele a tocava.

Se a música não terminasse logo, ela faria um grande espetáculo no próprio baile de aniversário, vomitando bem no meio do salão. Como aquela noite poderia ficar pior?

— Temos uma boa biblioteca em casa — ele puxou conversa depois de alguns minutos intermináveis de silêncio. — Estou certo de que gostará muito de desbravá-la.

— Ah... é... é muita gentileza pensar nisso, sr. Fontes.

— E como não pensaria? Quero que você se sinta bem-vinda na nova casa da sua irmã.

Raios, por que ele tinha que ser tão atencioso? Não percebia que assim dificultava e muito ela deixar de amá-lo? E como poderia conviver com aquele sentimento, se em breve ele seria seu cunhado?

O olhar do rapaz se prendeu em um ponto além dela, e Ana o sentiu ficar tenso.

— Pensei que sua irmã estaria mais animada esta noite. Ela parece triste.

De fato, Nina tinha uma expressão de dar pena, e Ana desconfiava saber o motivo. O único que fazia a luz da irmã se apagar...

— É apenas o cansaço — improvisou. — Ela foi muito requisitada a noite toda.

Girando-a delicadamente, Diogo assentiu e sorriu. Os lábios dela se espicharam em resposta; não conseguiu contê-los. E imediatamente se censurou. Não devia sorrir para o noivo da irmã.

— E quanto à senhorita? Também não aparenta estar feliz. Quase não dançou. Não me diga que nenhum dos cavalheiros foi capaz de atrair sua atenção.

— Não preciso da atenção de cavalheiros para estar feliz, sr. Fontes. Gosto da minha própria companhia. — Ela empinou o queixo.

Ele pressionou os lábios em uma linha fina, e ainda assim pareceu sorrir.

— Perdoe, me. Não quis ofendê-la. Eu apenas me preocupo com a senhorita.

Não me diga esse tipo de coisa, ela fincou o olhar na pequena pérola do alfinete da gravata. *Por favor, seja menos maravilhoso e me ajude a esquecê-lo.*

Foi com um alívio nunca sentido que Ana ouviu os aplausos marcando o final da dança.

Estava feito. Havia sobrevivido ao encontro com Diogo, mas estava muito próxima de perder o controle, por isso, tão logo o noivo da irmã a levou para perto de uma janela, ela se dirigiu para o corredor e escapuliu da casa o mais depressa que pôde.

Ou tentou, já que Marina surgiu do nada e bloqueou o caminho com o corpo.

— Ele está aqui! — a irmã foi dizendo, esbaforida. — O senador acaba de chegar.

Céus!

— Nina... — ela tocou o ponto pulsante no pescoço —, temo não ser o melhor momento para...

— A vida não espera até que nós estejamos em nosso melhor momento para acontecer — atalhou ela, estendendo a mão para afofar um cachos sobre seu ombro. — Pronto. Agora está impecável de novo. Tente se manter calma. Se por acaso você não conseguir, coce a orelha e eu o distraio.

Alarmada, Ana riu.

— É exatamente essa possibilidade que me paralisa. A ideia de você tentar distraí-lo.

— Serei boazinha. — A irmã deu uma piscadela. — Vamos! Depressa! O dr. Almeida está apresentando o senador ao papai e à mamãe. É a nossa chance!

Enroscando o braço ao da irmã, Marina começou a rebocá-la para a entrada. Se percebeu que se mantinha ligeiramente à frente, como uma espécie de escudo, não fez nenhum comentário. Mas Ana notou, e seu peito foi inundado por uma sensação morna, rapidamente suplantada pela culpa.

Como pôde sorrir para Diogo daquela maneira?

— ... melhorando a cada dia — dizia o senador ao dr. Almeida quando elas se juntaram ao grupo. — Me sinto dez anos mais jovem esta noite, Alberto.

— Se eu me sentisse dez dias mais jovem, já me daria por satisfeito. — O médico suspirou, sonhador, fazendo todos rirem.

Exceto o senador Chagas, Ana constatou, desconfortável com a maneira como o político mais largo que alto avaliava seus pais. Mais especificamente sua mãe.

— Almeida mencionou seu belo estábulo, sr. Clarke. — O bigode largo torcido nas pontas se espichou. — Estou ansioso para conhecê-lo. Há tempos procuro a montaria perfeita, mas nunca cheguei nem perto.

O cotovelo de Marina atingiu Ana nas costelas. Ao se virar, Ana deu de cara com uma taça de vinho e o nariz da irmã apontando repetidamente para o político.

Tomando a bebida dela com uma expressão reprovadora, Ana a entregou ao pai, que... argh! ... a repassou ao senador.

— Tenho excelentes animais, que podem atendê-lo bem — disse ele. — E a seu filho, naturalmente.

— Ricardo prefere o faetonte. Não sei onde errei com esse garoto. — Sem perceber que o filho estava desconfortável, o homem se voltou para a anfitriã. — Então esta é a famosa sra. Clarke, a dama por trás da Infinito Cosméticos. Pensei que fosse mais velha.

A expressão surpresa de Ana combinou com a de sua mãe.

— Eu não fazia ideia de que o senhor já tinha ouvido alguma coisa a meu respeito, senador — comentou, preocupada.

— Sua fama a precede, minha cara. Ultimamente seu nome é tudo o que escuto.

O senador ocultou o sorriso atrás da taça, e Ana teria tentado entender o que aquilo significava, mas teve que corresponder ao sutil cumprimento de cabeça de Ricardo. E foi ele quem tratou de apresentar ela e a irmã ao senador.

— Essa batalha já está ganha — Nina se inclinou para sussurrar em seu ouvido depois que as formalidades foram trocadas — se o senador estiver encantado por você a metade do que o filho dele está. O coitado vai se afogar na própria baba se não fechar a boca.

— Não seja tola — Ana retrucou sem movimentar os lábios. — Ele só está sendo gentil.

— Encarar alguém dessa forma é rude, e até eu sei disso.

De fato, ela começava a ficar desconfortável com o escrutínio.

— Senador — o dr. Almeida apoiou a bengala na mão direita para dar um pouco de alívio à perna —, este encanto que é Ana Laura nos auxilia no consultório. Tem tanta habilidade que às vezes me esqueço que ela não tem formação acadêmica.

As sobrancelhas eriçadas do senador quase se uniram.

— Ela o ajuda nos curativos? Uma jovem *solteira*?!

Ah, nada bom, Ana se encolheu.

Os olhos do médico se voltaram para ela, também alarmados. Mas seu mestre logo tratou de ocultar a preocupação com um sorriso sutil e voltou a se dirigir ao velho amigo.

— O profissionalismo dessa jovem é inigualável, Chagas — retrucou o bom doutor, fazendo Ana corar. — Eu tenho esperanças de que, em nome de nossa velha amizade, você possa ajudá-la... e outras damas, certamente... a ingressarem na universidade.

O senador alisou o bigode, percorrendo Ana com o olhar. Ela se endireitou numa reação reflexa. O que ele procurava?

Seja lá o que fosse, não deve ter encontrado, pois começou a gargalhar.

— Alberto, meu velho amigo, ainda não perdeu o senso de humor. Quase me convenceu de que falava sério.

— Eu não estou brincando, senador — o médico mais antigo da vila retorquiu

Descrente, o senador parou de rir e encarou os rostos, um de cada vez — apenas o dos cavalheiros, e Ana sentiu uma pontada incômoda sob a camada de mortificação. Seu sonho não era uma piada.

— O senhor está de acordo com isso, sr. Clarke? — O maxilar do político endureceu ao confrontar o pai da jovem.

— Não estaríamos tendo esta conversa se eu e Sofia não estivéssemos de acordo. Vejo em Ana Laura as mesmas qualidades que vejo em meu cunhado, meu sobrinho e em Alberto. Ela tem um dom natural para a ciência. Não existe dúvida alguma de que ela será uma cirurgiã competente e aplicada, pois tem o que é preciso para ser uma excelente profissional: paixão. Minha esposa e eu gostaríamos muito de obter o seu apoio junto ao Senado.

A garganta dela doeu ao ouvir o discurso do pai. Ana sempre soubera que ele a apoiava, mas nunca o vira demonstrar tamanho orgulho. Teria o abraçado se o senador não tivesse vertido o conteúdo da taça em um único gole e depois estendido o cristal a ela, que, confusa e um tanto trêmula, a apanhou.

— Perdoe-me pela franqueza, sr. Clarke. — O senador Chagas enroscou os dedos nos passantes da calça, ajustando-a à cintura larga. — Mas o senhor deve estar tão fora de seu juízo quanto meu amigo Alberto.

Ofendida e irritada, Ana se preparou para argumentar, mas Ricardo se inclinou levemente em sua direção.

— Deseja mesmo ir para a escola de medicina, srta. Ana Laura ? — perguntou, boquiaberto, e ela se limitou a assentir.

— Seja razoável, Chagas. — O dr. Almeida suspirou. — Ao menos considere debater o assunto com seus pares no Senado. É tudo o que peço.

Ana chegou para o lado a fim de dar mais espaço a mãe, que se colocou um pouco mais perto do político, sem parecer se dar conta.

— Olha, senador, não pode acreditar mesmo que o sexo dela determine suas funções cerebrais. Já passou da hora de alguém mudar essa ideia tosca.

— É mesmo? — O bigode se abriu conforme Chagas dava um sorriso presunçoso. — Então me diga, sra. Clarke, de que maneira isso pode ser verdade, se o cérebro feminino é mais leve que o masculino?

— Me deixe socá-lo? — Marina murmurou no ouvido da irmã, dedicando ao sujeito um olhar fulminante.

E foi aí que Analu se cansou de ser mera espectadora e decidiu falar por si mesma.

— De fato, o senhor tem razão, senador Chagas. — Ela endireitou os ombros, a voz mais firme do que teria suposto. — E, mesmo o cérebro feminino sendo alguns gramas mais leve que o masculino, os dois executam as mesmas tarefas com igual desempenho, como comprovou o dr. Franz Joseph Gall com o mapa da frenologia.

As sobrancelhas espetadas do sujeitos se uniram em uma só.

— A que tipo de leitura teve acesso, minha jovem?

— A todos os tipos que pude encontrar. — Ela se recusou a desviar o olhar.

— Onde vamos parar? — O político estalou a língua. — Uma jovem cabeça de vento lendo artigos acadêmicos!

Ana sentiu mais do que viu a mãe se aprumar.

— Está sendo grosseiro, senador. — A voz de sua mãe era cortante. Faltava muito pouco para Sofia Alonzo Clarke perder o controle. — Não se esqueça de que está na minha casa.

O problema era que o senador não era exatamente inteligente e, em vez de se calar, continuou com o ataque.

— E que reação esperava, sra. Clarke? Honestamente, eu não estava preparado para ouvir tamanho disparate. Se sua filha quer ajudar os doentes, pode fazer trabalho voluntário na paróquia, atuar como enfermeira ou cuidadora. Depois que estiver devidamente casada, naturalmente. Uma jovem solteira jamais poderia desempenhar tais tarefas. Feriria sua sensibilidade feminina.

Assim já era demais! Ana tomou fôlego e olhou no fundo dos olhos estreitos do senador Chagas.

— Lamento ter que discordar, senador. Não há sentido algum no que diz. Enfermagem e medicina não se distinguem nesse sentido. Se, como o senhor mesmo sugeriu, eu estou adaptada para uma função, por que não estaria para a outra?

— Isso aí! — sua mãe saiu em sua defesa. — Proibir o acesso de garotas ao ensino superior é um absurdo, assim como foi proibi-las de frequentar a escola primária. Esse erro já foi retificado, pelo menos.

— Sofia tem razão, senador Chagas — seu pai interveio. — A mudança vai acontecer em algum momento. É apenas questão de tempo.

— Por que não agora?— se animou o dr. Alberto. — Por que não você, Chagas? Meu amigo, você pode entrar para a história, ser lembrado como um herói, um...

— Um contraventor — o senador atalhou, brusco. — Esse é o nome para o que estão me pedindo. Que eu seja um contraventor. Me digam, como esta jovem poderia executar uma cirurgia, se expor a doenças, examinar os pacientes sem conhecer a anatomia masculina por completo? Acreditam que uma dama inocente não se impressionaria com o que veria e não poria vidas em risco? Na hipótese de a jovem Ana Laura ser uma dama inocente, decerto.

— Papai. — Ricardo corou violentamente. — Pode ser menos grosseiro, por favor?

— Diz que eu já posso socá-lo, Ana. Por favor! — Marina silvou entredentes.

Preocupada com a postura da mãe, que tinha arreganhado os dentes e parecia prestes a arrancar o pescoço do senador, Ana não respondeu à irmã, mas envolveu os dedos nos dela, por garantia.

Por sorte Ian Clarke conhecia bem a esposa e a abraçou pela cintura, mantendo-a colada à lateral do corpo.

— Respire, Sofia — ele murmurou nos cabelos dela.

Mesmo que não tivesse sido dirigido a ela, Ana resolveu seguir a sugestão do pai. Mas o ar desapareceu daquele canto da sala quando seu pai encarou o senador, o rosto bonito transformado em pedra.

— Cuidado com o que diz, senador Chagas. — A voz dele era baixa, calma, o que tornou tudo ainda mais ameaçador. — Sou tolerante para muitas coisas, mas ofensas à honra de um membro da minha família, em minha própria casa, não estão entre elas.

— Pois então compreenda de uma vez por todas o que eu digo, sr. Clarke. Há uma razão para que mulheres não se aproximem da universidade. Uma mente delicada como a delas não suporta tanta informação. Veja as escolas de primeiras letras. As meninas têm muito menos lições que os garotos. Elas precisam do mesmo grau de educação? Tal não creio. Para elas, acho suficiente a nossa antiga regra: ler, escrever e contar. Não sejamos excêntricos e singulares. Deus deu barba ao homem, não à mulher.

— Ah! Entendi! — Um brilho homicida tingiu de vermelho o rosto da anfitriã. — Então o senhor assina documentos com os bigodes.

O senador fingiu não ouvi-la e se dirigiu ao grupo.

— Meu conselho é que todos vocês caiam em si e parem de perder tempo com sonhos infantis e inapropriados. A jovem será mais bem aproveitada em um salão de baile.

— *Agora* eu posso socá-lo. — Marina trincou a mandíbula.

— Nina, por favor — Ana implorou, mas até ela chegava ao limite e debatia internamente se começava a chorar ou saía correndo.

— Nunca escutei nada mais nojento de uma vez só — cuspiu Sofia fuzilando o político. — E olha que eu já escutei muita merda desde que me mudei para cá.

A essa altura, nenhum deles percebia que eram o centro das atenções e que até mesmo a música havia cessado.

— Sra. Clarke, seu linguajar não é apropriado para um salão de baile, mas para as docas.

Um rugido sobressaltou Ana. Alarmada, examinou a mãe, enrolando os lábios sobre os dentes ao mesmo tempo em que os punhos de Nina se abriam e fechavam ao lado do corpo. Ricardo estava vermelho, fitando os próprios sapatos, e o dr. Almeida parecia a ponto de bater no amigo com a bengala. Contudo, abismada, Analu percebeu que o rugido não vinha de nenhum deles, mas do fundo do peito de seu pai.

— Sr. senador, creio que esteja na hora de partir. — Seu maxilar parecia pronto para pulverizar mármore. — Pretende fazer isso sozinho ou prefere que eu o ajude? Nada me daria mais prazer agora, eu garanto.

— Não se incomode, sr. Clarke. Eu já estou de saída.

— Mas... — Ricardo contemplou o pai, já se encaminhando em direção à porta, e então de volta para Ana. — Eu sinto muito, senhorita.

Assim que os dois deixaram a casa, um suspiro coletivo se ouviu por todo o salão.

— Argh! Sujeitinho asqueroso — Sofia resmungou, de cara feia. — Me lembra meu ex-chefe. Você devia ter me deixado arrebentar o nariz dele, Ian.

— Acredite, estou fazendo um esforço hercúleo para me convencer a não ir atrás dele com o mesmo propósito, meu amor — ele replicou entredentes.

Encarando os sapatos, a raiva e a frustração se embaralhando em uma combinação perigosa que ameaçou escapar pelos olhos, Analu murmurou:

— Me desculpem. É tudo culpa minha.

— Ana, não! — Sua mãe veio abraçá-la pelos ombros. — Nunca seria sua culpa esse filho da... ele ser um idiota.

— Se eu não tivesse esse sonho tolo de ir para a escola de medicina, um homem como esse jamais teria entrado em nossa casa e a ofendido, mamãe.

— Como se ele fosse o primeiro idiota que cruza meu caminho. Ou o último. — Sua mãe a abraçou mais forte. — Eu não me importo que ele me ofenda. O que me deixou fula da vida foi ele menosprezar esse seu cérebro.

— Sua mãe tem razão, filha. — O pai veio apertar a mão trêmula da caçula. — O senador não foi dotado com inteligência ou bom senso, e isso de forma alguma é sua culpa.

— O culpado sou eu — grunhiu o dr. Almeida, indo se sentar na cadeira ao lado do relógio, as mãos segurando o cabo da bengala com tanta força que os nós dos dedos estavam brancos. — Eu enchi Ana de expectativas.

— Eu mesma fiz isso, doutor — ela rebateu, piscando rápido. Havia se esquecido de que alguns sonhos eram proibidos. De certa forma, o senador tinha razão. Estava na hora de parar de desejar o impossível.

À beira das lágrimas, ela se afastou da família e correu pela sala ignorando os chamados, evitando os olhares curiosos e penalizados. Nina a alcançou antes que tivesse a chance de deixar o recinto, enganchando o indicador em seu mindinho.

— Você não vai deixar que um sujeito desprezível como o senador te faça desistir — a irmã rugiu. — Eu não vou deixar. *Nós* não vamos deixar, nem que para isso... — Ela se calou quando o sr. Edgar Fontes parou ao lado dela de braço dado com Damilola.

— Minha nora adorada, agora que já me deliciei com a companhia da srta. Damilola, podemos ter aquela nossa dança? Não vai deixar seu futuro sogro esperando, não é?

— Sr. Fontes, eu adoraria. Mas preciso de apenas um... — Nina observou o salão em busca de uma desculpa. Já retornava a atenção ao homem quando algo na entrada a fez ofegar e espalmar a barriga, e Ana quis chorar.

O que era dessa vez?

Agora que Ana prestava atenção, havia uma agitação geral, sorrisos e correria. Então, seja lá o que tivesse deixado sua irmã com a expressão de quem avistava um fantasma, não devia ser nada grave. Não se virou para ver o que era. Não precisava de uma dose extra de agitação; a que a devorava por dentro já era suficiente. Aproveitando-se da distração da irmã, ela se apressou casa adentro, na intenção de se trancar na sala de música até conseguir controlar as emoções. Entretanto, a sra. Madalena e o sr. Gomes estavam ali, debatendo algo relacionado à circulação das bandejas, de modo que ela passou por eles e escapou pela porta lateral, acenando quando a governanta a chamou. Seguiu diretamente para o caramanchão; ninguém se arriscava na parte mais escura do jardim, e ali ela teria a privacidade de que precisava para se recompor. Já havia feito de si mesma um espetáculo durante a discussão com o senador. Não precisava de um ápice grandioso envolvendo lágrimas também.

Nunca deveria ter concordado em abordar o político. Deveria ter previsto a reação dele — e uma pequena parte dela previra. Poucas pessoas detêm a coragem necessária para lutar pelo que acreditam. A história era repleta de nomes de indivíduos que resolveram traçar o próprio destino, em vez de *enfeitar salões de baile*, pensou com rancor ao passar pelas roseiras. E nunca acabava bem: Hipácia de Alexandria fora torturada até a morte por manter a crença na ciência. Joana d'Arc, a guerreira que ajudara o exército francês a vencer diversas batalhas, mais tarde acabou na fogueira sob a acusação de feitiçaria... Havia tantos exemplos, e ainda assim ela tinha sido estúpida o bastante para sonhar. De certo modo, sua frustração era descabida, mas ali estava, no amargo no fundo da garganta e no vermelho se sobrepondo a sua visão.

"Deus deu barba ao homem, não à mulher."

Argh! Ela queria atirar alguma coisa nas roseiras espinhosas. O cérebro cento e trinta gramas mais pesado do senador, preferentemente.

Furiosa e frustrada, ela seguiu em frente até deixar a iluminação da casa e se abrigar na solitária pérgola. Quando apenas sombras a envolviam, incapaz de aguentar mais um instante, ela afundou no banco frio, buscando alívio em um grito raivoso, sentido, quebrado.

Quando iria parar de se portar como uma tola?

— Existe uma pesquisa em relação ao grito e à dor. Acredita-se que as duas ações entrem em conflito no cérebro, de modo que ao liberar o grito não resta tanto espaço à dor, e ela diminui. — Um lenço imaculadamente branco lhe foi estendido.

As franjas de conta nas mangas tilintaram ao pular do banco, o olhar dela acompanhando a extensão do braço, o torso largo dentro de um colete cor de vinho tinto ou marrom — ela não pôde ter certeza na escuridão. Contemplou a largura dos ombros dentro do paletó cinza, a gravata branca perfeitamente amarrada ao redor do pescoço e então o rosto parcialmente perdido nas sombras. Contudo, a outra metade do perfil era banhada pelo bruxulear suave de alguma lanterna não muito distante, e foi o bastante para que visse a claridade se empoçar na lateral da testa, um pequeno lago dourado sorridente acima de íris de metal líquido.

— Você! — ofegou ao reconhecer o rapaz que atropelara na vila naquela manhã.

O sorriso dele, antes apenas um repuxar de lábios, agora se distendeu com vontade.

— Ainda não acredita em destino, senhorita?

9

Então, o tal senador era exatamente o tipo de cara do século XIX: um idiota que se acha importante demais. Eu devia saber, afinal lutava com aquele tipo todo dia, e talvez por isso mesmo quisesse tanto ir atrás dele e fingir que a sua cara era massinha de modelar.

Mas o senador foi completamente apagado da memória de todos nós com a chegada de um penetra.

— Querida Nina. — Damilola se esticou na ponta dos pés para examinar o que acontecia na entrada. — Se o que me contou mais cedo é verdade, das duas uma: ou eu exagerei no ponche, ou o cavalheiro que acaba de chegar é uma miragem.

Por mais que Marina piscasse, o homem do outro lado da sala, parado diante da porta, não desaparecia. Não era um produto da imaginação, tampouco, já que alguém tinha parado para cumprimentá-lo com um abraço espalhafatoso.

Não, o rapaz que beirava dois metros de altura, elegantemente vestido com calças justas, um colete preto sobre a camisa acentuando os ombros generosos que ela desconhecia, era de carne e osso. Os cachos apertados que antigamente caíam na testa agora apontavam para o teto, em contraste com as laterais tão aparadas que era possível capturar um delicado vislumbre do calor da pele marrom. As sobrancelhas estavam mais grossas, e o queixo pontudo ganhara a companhia de uma barba curta emoldurando a boca carnuda.

Seu coração tropeçou uma batida antes de desatar a pulsar furioso em seus ouvidos, ao vê-lo sorrir para alguém. Nina conhecia aquele sorriso a vida toda. Sonhara com ele quase todas as noites nos últimos sete anos.

Sam!, seu coração suspirou.

Como se fosse capaz de ouvi-lo além da distância, acima da música e do falatório, as íris castanhas com toques dourados se voltaram em direção a ela e ali permaneceram. Tudo dentro dela se sacudiu, se iluminou e estremeceu.

Não, não era uma fantasia. Samuel estava mesmo ali, a pouco menos de três metros!

O primeiro impulso de Marina foi correr e se atirar nos braços de que sentira tanta falta, inspirar o delicioso perfume que permeava suas melhores lembranças, ouvir aquela voz acetinada. O problema é que a emoção a paralisou da cintura para baixo.

— É óbvio que ele daria um jeito de estragar tudo — alguém resmungou.

O sr. Edgar Fontes, pelo tom grave; Nina não chegou a verificar. Continuava refém dos olhos castanhos translúcidos como os topázios imperiais de seus brincos. Era melhor os pulmões voltarem a trabalhar, ela ponderou, conforme a sala começou a rodar.

Mas onde raios estava o ar?

— Sam! Ah, meu Deus, Sam!— a voz da tia explodiu em algum lugar. — Lucas, o nosso menino voltou para casa!

Marina quis dizer à tia que Samuel definitivamente não era mais um menino, não apenas porque quase alcançava os limites do batente ou por causa da maneira como os malares marcavam o rosto endurecido, aparando qualquer resquício arredondado da adolescência. Era o jeito como a encarava, direto, firme, sem rodeios. Não era mais o olhar de um garoto, mas o de um homem.

Entreabrindo os lábios, Nina deixou escapar uma exalação trêmula, sua pele se aquecendo sob o escrutínio de Sam. Ele também analisava as mudanças pelas quais ela passara desde a última vez que se viram? Tocando o pescoço repentinamente febril, ela esperou que ele ainda pudesse reconhecê-la. Não havia mudado muito, exceto por alguns centímetros em altura e nas curvas que se desenhavam no corpete do vestido. Fez um agradecimento mental por Ana ter insistido em ajudá-la com o penteado.

Ele gostava do que via?

A expressão cinzelada não revelava nada, mas a maneira como aqueles olhos ardiam...

O encantamento foi quebrado quando alguém se chocou contra seu melhor amigo, abraçando-o com entusiasmo. O tio Lucas, concluiu ela, pela cor e comprimento do cabelo.

— Minha nossa! Samuel sempre foi um rapaz bonito, mas agora... — Damilola abriu o leque e o agitou diante do rosto.

Se a boca estivesse funcionando, Nina teria lembrado a Lola que ela estava noiva de seu outro primo e não deveria se entusiasmar com esse. Mas, honestamente, como poderia recriminá-la? Quem não notaria Samuel? Quem seria capaz de fugir do magnetismo que ele exalava, de não ficar refém do belo e largo sorriso ou de não se perder nas profundezas dos dois topázios ambarinos? Evidentemente que a amiga seria cativada por ele. Assim como metade do salão, se deu conta com certo atraso.

Ainda assim, ela desejou pegar Samuel pela mão e correr com ele para bem longe de Lola. De qualquer outra moça.

— Srta. Marina? — A mão áspera do sr. Edgar Fontes acariciou seu antebraço, atraindo a atenção dela para o homem que a mantinha de pé. — Está tremendo, querida. Gostaria de uma taça de vinho?

E como, em nome de Deus, ela poderia beber alguma coisa se nem sequer conseguia respirar?

Antes que se envergonhasse diante de tantas pessoas e desmaiasse feito uma das mocinhas dos romances que sua irmã adorava, reuniu controle o bastante para inventar uma enxaqueca, pedir licença à amiga e ao futuro sogro e se retirar do salão. Conseguiu chegar à porta da biblioteca antes de as lágrimas gordas rolarem pelas bochechas, tateando às cegas em busca da maçaneta. Em vez de metal frio, seus dedos capturaram uma mão grande e quente. Ela não precisou se virar para saber que aqueles dedos longos e elegantes estavam atados a um braço igualmente comprido, que um dia fora esguio e agora estufava a manga do paletó. Não precisava que o ar espiralasse ao seu redor e o delicioso perfume masculino inundasse suas narinas. Não era preciso nada disso para que seu espírito reconhecesse o de Sam. Mas Nina girou sobre o próprio eixo ainda assim, abismada que tivesse que entortar o pescoço para poder encarar o melhor amigo.

Samuel soltou um longo suspiro e enfiou a mão livre dentro do paletó, para em seguida apertar um lenço delicadamente nas bochechas dela.

— Seus olhos estão molhados como na última vez em que eu os vi — disse ele, tristonho. — Eu torcia por um sorriso desta vez.

Estremecendo com o contato, um pouco distraída com o jeito como a chama das velas acentuava o âmbar dos olhos dele, ela sorriu.

— Por que não me contou que viria? — sussurrou e ainda assim a voz tremeu. — Por que não me escreveu nas últimas semanas avisando que embarcaria para o Brasil?

— Eu pensei que seria mais interessante fazer uma surpresa. Tenho minhas dúvidas agora. — O olhar dele passeou por cada linha do semblante dela, como se o desenhasse com os dedos. — Eu diria que está brava. Mas você está sempre brava comigo por algum motivo.

— Eu pensei que nunca mais o veria. — Erguendo uma das mãos, ela a descansou no peito de Sam, para se assegurar de que ele era real e não desapareceria feito uma bolha de sabão. — Que você nunca mais fosse voltar para casa.

Chegando tão perto que as pernas dele foram engolidas pelo insignificante volume das saias que ela usava, Sam delineou com as costas do indicador a linha do maxilar dela.

— E como eu suportaria ficar longe de você tanto tempo assim? — A voz dele desceu várias oitavas, ficando mais rouca e profunda, arrepiando-a por inteiro.

Ela não resistiu e inclinou o rosto em direção ao toque quente e energizante. Não havia distância, ausência ou tempo no sorriso que ele abriu — de olhos, boca, alma. Sam voltara para ela.

Cega de saudade, Nina não se importou em quebrar o decoro — não que se importasse em qualquer outro momento — e se esticou na ponta dos pés para enrolar os braços ao redor do pescoço do melhor amigo, desesperada por mais contato, para estar mais junto dele, para sentir os dois corações batendo no mesmo ritmo. O dele também cavalgava ao abraçá-la pela cintura com tanto ímpeto que os pés dela perderam o contato com o chão.

Encaixando-se no peito rijo repleto de relevos desconhecidos, a barba curta espetou a garganta dela de um jeito inesperado.

Ainda é Sam, ela garantiu a si mesma, e para provar afundou o nariz em seu pescoço e inspirou fundo, embebendo o corpo e a alma com a essência pura do melhor amigo.

— Eu senti muito a sua falta — Sam murmurou em sua orelha.

— Houve dias em que eu pensei que não fosse aguentar de tanta saudade. — Então ela gemeu. — Eu não devia ter dito isso. Você vai ficar insuportável.

— Vou fazer o meu melhor para não permitir que a notoriedade me suba à cabeça — ele brincou, e ela riu.

Riria até mesmo de uma piada pior. Seu Sam estava em casa, como prometido. Como ela poderia não rir e sorrir até as bochechas doerem?

Como aquele era Samuel e sempre cuidara da virtude dela melhor que ela própria, devolveu-a ao chão, embora os braços permanecessem ao redor de sua cintura. As íris castanho-claras tornaram a investigar suas feições, cada linha e curva nova, redesenhando-a em sua memória, ela desconfiou.

— Você mudou — acusou ele, apertando as sobrancelhas.

— Você também!

— Eu gostei. — O sorriso que ele abriu fez o sol nascer em plena noite, bem no centro daquele corredor.

— Eu também. — Ela escorregou a mão pela gravata preta.

Enfiando o dedo na abertura do colarinho, Sam fez uma careta.

— Não se empolgue. Eu ainda odeio essas coisas e evito tanto quanto posso. Mas precisava de uma para embarcar. Ao menos tia Margareth me convenceu disso.

Fungando, ela o examinou mais atentamente, notando que o traje elegante era na verdade uma roupa de viagem.

— Você veio direto do porto?

— Desculpe, não me ocorreu trocar de roupa. — Ele comprimiu os lábios. — Eu tinha pressa em ver você. Suspeitei que estaria aborrecida pela falta de correspondência.

Bem... não mais. Não havia espaço dentro dela para nada além de uma felicidade desmedida.

— Tia Margareth veio com você? — ela especulou.

— Eu tentei convencê-la a me acompanhar, mas ela se recusou. Rebateu que pretende morrer em Londres e ser colocada para o descanso final ao lado do marido e do filho.

— Ah, meu Deus, eu não sabia que ela estava adoentada.

— Não está. — Ele exibiu uma coleção de dentes brancos perfeitamente alinhados. — Aquela mulher tem mais saúde que você e eu juntos.

E então silêncio. Quase um minuto inteiro.

Desde quando ela e Samuel não sabiam o que dizer um para o outro?

— Então... sua noiva veio com você? — Nina tentou puxar conversa.

Ele arqueou as sobrancelhas grossas. Ela também estava perplexa por ter tocado no assunto. Andava evitando pensar na noiva de Samuel desde que Rebeca mencionara sua existência. E, como a pergunta provava, andava falhando um bocado.

— Tia Margareth encontrou o anel no seu paletó e contou a novidade para Rebeca — justificou.

Balançando a cabeça, Sam fez uma careta.

— Tia Maggie é uma senhorinha muito enxerida.

Naquele instante, o coração dela encolheu e murchou. Esperava que o retorno dele significasse que não havia nenhuma noiva londrina e Sam seria só seu outra vez.

— Essa é apenas uma visita, não é? Você não veio para ficar. — Não foi uma pergunta.

Trazendo para perto do rosto as mãos ainda unidas, Sam se concentrou no rubi no anelar da amiga.

— Então o que eu ouvi na vila é verdade. Você está noiva.

Marina pensava conhecer todas as expressões do melhor amigo, mas aquela era nova, impossível de interpretar.

Depressa, ela puxou a mão e a escondeu atrás das costas. Não queria que Samuel dedicasse muita atenção à joia. Era o que ela estava tentando fazer desde que o anel fora parar em seu anular.

— Inacreditável, não é? — Riu, nervosa.

O amigo que ela conhecia e amava teria adicionado um comentário ácido que a faria rir. Mas este Samuel, bem-vestido, imponente e muito alto, apenas deu um sorriso educado, observando-a em silêncio por vários minutos inquietantes. Com o coração batendo na garganta, ela se deu conta de que Sam não mudara apenas no exterior. Havia partes dele que ela já não conseguia ler, como se existisse uma lente turva entre eles. E Marina não sabia como removê-la.

— Meu caro Samuel!

Ambos se viraram em tempo de ver Diogo Fontes se apressar pelo corredor, uma taça em cada mão.

Esplêndido! Nina franziu os lábios.

— Seu retorno não poderia ser mais oportuno, não é, minha pérola? — Seu noivo ofereceu uma das bebidas a Samuel. — Agora a família de Marina está completa. Se soubéssemos que estava a caminho, teríamos adiado o anúncio para a próxima semana. Sei como minha pérola o estima.

Uma sobrancelha grossa se arqueou para ela.

Minha pérola?, Sam parecia inquirir.

Argh! É óbvio que o noivo iria constrangê-la diante do primo com aquele apelido meloso.

Estendendo o cálice para ela, o noivo encaixou a mão em sua cintura. Samuel não perdeu um único movimento. Discretamente, ela saiu do alcance de Diogo.

— Parabéns, Fontes. — Samuel ergueu o copo em um brinde. — Espero que esteja ciente da sorte que tem. E de que não deve magoar minha prima, já que tirei nota máxima nas cirurgias de amputação.

Diogo piscou algumas vezes.

— Não leve a sério o que Samuel diz. — Nina deu um olhar enviesado ao melhor amigo, que apenas encolheu os ombros. — Ele é um grande gozador.

Seu noivo abriu um largo sorriso, que nunca lhe chegou aos olhos.

— Você me contou, minha pérola. — E para Samuel: — Foi uma pena ter ido para a Europa pouco tempo depois de eu e meu pai nos mudarmos. Ao menos agora teremos a chance de estreitar laços, pois seremos primos. O que acha de me acompanhar em uma pescaria um dia desses, doutor?

— Não. — Mas foi Nina quem exclamou.

— E por que não? — Diogo a olhou com surpresa. Sam também estava interessado na resposta.

Ora...

— Porque... Humm... — *A ideia de vocês dois juntos me faz querer gritar.*

Quer dizer, ela queria que Samuel gostasse de Diogo, obviamente. Afinal como poderia ser feliz se o marido e o primo não se entendessem? Ao mesmo tempo, imaginou que fosse acontecer o oposto. Sam sempre desdenhara de todos os seus pretendentes e...

Ah, espere!

— Porque Samuel vai enfrentar uma infinidade de visitas! — ela improvisou. Parecia convincente. — Parentes, amigos... Não vai ter tempo livre por um longo período. É isso.

"Você mente muito mal", Samuel pareceu dizer com aquele entortar de sobrancelhas, que ela preferiu não compreender e conferir se a saia estava lisa o suficiente.

— Bem, o convite está feito, doutor. — Alheio à troca de olhares, Diogo segurou o cotovelo de sua noiva. — Minha pérola, sei que você e seu primo devem ter muito assunto a pôr em dia, mas chegou o momento do brinde a Ana.

— Ah. Eu... ahhhh... — Não. Não. Não. Não podia se afastar de Sam ainda. Mal tinham trocado meia dúzia de palavras...

Ao que parecia, o primo não se sentia da mesma maneira.

— Não se atrase por minha causa, Marina. — Ele entregou a bebida intocada a Diogo. — Tenho que cumprimentar algumas pessoas. Analu, por exemplo. Ainda não a vi.

— Mas... — Sem conseguir pensar em uma justificava para permanecer ao lado dele, ela permitiu que o noivo a arrastasse de volta para o baile. No entanto, sentiu o arrepio na pele à medida que se afastava e soube, sem precisar averiguar, que o olhar de Samuel a seguia.

10

A chegada de Sam transformou o baile. Houve sorrisos, cumprimentos e tantos brindes que Lucas começou a trocar as pernas. Eu mesma já estava um pouco alta, e Ian implicou comigo, dizendo que, sóbria, eu já sou um ímã para a confusão, e ele tremia só de pensar no que poderia acontecer se eu estivesse bêbada. Apesar de achar que ele está enganado — não quanto a eu estar bêbada; ah, eu estava! —, não posso negar que os problemas me perseguem com certa freqüência. Não é engraçado o que se pode transmitir no DNA?

Da parte mais escura do jardim dos Clarke, sob um teto de rosas trepadeiras, Ana Laura fitava o homem que quase atropelara naquela manhã, observando-a do centro do caramanchão. Ele enfiou as mãos nos bolsos da calça, numa tentativa de acalmá-la, talvez.

Não que tenha funcionado.

— Perdoe-me, senhor. — Ela se levantou do banco, secando as bochechas com a ponta dos dedos enluvados. — Não o vi aqui. Pensei que estivesse sozinha.

Lentamente, sempre mantendo três metros de distância, ele circulou pelo caramanchão, parando nos limites da cobertura para admirar as rosas-vermelhas entrelaçadas a uma das vigas da pérgola.

— Em um baile raramente se consegue ficar sozinho por muito tempo. Ainda assim, uma pessoa pode se sentir a mais solitária de todas.

Se ao menos ele soubesse...

— Vou deixá-lo com seus pensamentos. — Ela suspendeu um dos lados da saia e fez uma mesura.

Soltando o ar em um sopro áspero, ele girou o pescoço e sorriu, um tanto melancólico.

— Soaria muito estranho se eu pedisse para não fazer isso?

— Não estranho. Mas muito inapropriado.

Ainda com as mãos escondidas nos bolsos, ele caminhou devagar, espiando-a por entre os cílios escuros.

— Talvez não soasse tão inapropriado se visse a situação como uma boa ação. Veja bem, meus pensamentos são o último lugar em que quero estar agora, então você estaria me salvando de mim mesmo. Que tal? Menos inapropriado, senhorita?

— Eu... não tenho certeza.

Os olhos dele pareciam sorrir ao se colocar diante dela.

— Prometo não especular por que chorava. Estará a salvo de mim. Poderemos fugir de nós mesmos juntos, afinal nada mais aflitivo que tentar puxar conversa com um completo estranho. Só preciso alertá-la, caso decida ficar, que estou um pouco irrequieto esta noite, logo existe uma boa chance de eu dizer bobagens.

Ana sorriu, reconfortada por ele também se sentir desconfortável ao tentar entabular um diálogo com uma estranha. Além disso, a humilhação à qual o senador a submetera ainda ardia em seu peito. Voltar para o baile e enfrentar a família e os amigos era a última coisa que desejava.

O bom senso ordenou que ela tomasse o caminho de casa. Entretanto, não fora seu bom senso que garantira pouco tempo antes que aceitar uma dança com Diogo seria inofensivo?

Inspirando fundo algumas vezes, ela esperou que o perfume adocicado das rosas a tranquilizasse um pouco. Antes que pudesse se decidir, seus pés tomaram a dianteira e a levaram de volta para o banco. Muito bem, podia se distrair com um pouco de conversa por algum tempo — não seria insensata a ponto de permanecer na companhia de um cavalheiro por mais de dez minutos.

O rapaz também soltou o ar com força, parte aliviado, parte... Ela não conseguia compreender completamente. Triste, talvez.

— É pacífico aqui. Quase se podem esquecer os problemas. Fizeram um belo trabalho. — Ainda de pé, ele tornou a admirar as vigas da pérgola, estendendo a mão para tocar uma das rosas. — Você tinha razão. O jardim dos Romanov está tão vivo quanto uma pedra.

— O antigo jardineiro ainda vive perto da propriedade. Se quiser, posso avisá-lo de que o senhor precisa de seus serviços.

— Agradeço, mas, como expliquei antes, prefiro eu mesmo cuidar das plantas. É um dos pouco prazeres que me restaram. Posso? — Apontou com o queixo para o banco.

Um pouco irrequieta, Analu concordou, e, com movimentos deliberadamente lentos, ele veio se juntar a ela, conservando-se tão distante quanto o banco estreito permitia.

— E você? — Descansando um dos tornozelos no joelho, ele batucou os dedos no cano curto da bota de couro branco e preto, observando-a com a cabeça inclinada. — Tem algum prazer?

— Livros. — Ela afofou as saias. — Leio tudo o que posso, especialmente os relacionados a ciências. Gosto de saber como tudo funciona.

— Uma mente curiosa, eu me lembro.

A visão de Ana se ajustava à parca iluminação e enxergou um meio sorriso. Ficava bem nele.

— Não creio que seja possível julgar meu caráter com base em um rápido encontro acidental — ela objetou.

— Dois encontros agora. E sou bom observador.

Esticando as pernas conforme se reclinava no encosto do banco, os braços cruzados na altura do peito, as mãos desaparecendo na dobra das axilas, ele a percorreu com o olhar, do alto de seu cabelo preso num penteado elaborado até os sapatos de cetim despontando sob a saia.

— Você tem alguma vaidade — expôs ele —, mas não é sua prioridade.

A audácia dele e a falta de trato social a fizeram corar.

— E como chegou a essa conclusão? — Ana se empertigou, numa reação reflexa.

— Seu penteado está um pouco desfeito, assim como um dos laços do sapato. Logo, você tem alguma vaidade, mas não é ela quem a guia, já que sujou o vestido de baile com tinta. Imagino que tenha feito algumas anotações de última hora...? — Ele indicou com o queixo uma pintinha preta em um dos babados da saia estampada verde-clara.

Piscando depressa, ela tateou o penteado e se irritou ao descobrir um cacho solto. Não pôde fazer muito quanto à mancha no vestido. Julgava ter sido cuidadosa ao anotar algumas questões que pretendia discutir com o dr. Almeida na manhã seguinte.

— Seu temperamento é doce — continuou ele, em um tom confiante —, mas se provocada é como evocar o apocalipse.

Pensando na maneira como o senador a tratara havia poucos minutos, ela riu sem humor algum.

— Está equivocado. Eu nunca sei como responder a uma provocação. Não no momento em que ocorre. Passo dias pensando no que deveria ter dito, mas aí de que me adianta?

— Vamos ver. — Ele coçou o queixo, ainda a investigando. — Também é um pouco cética, obviamente. As regras norteiam seus passos, e se assusta sempre que infringe uma, como agora. Está tensa por estarmos sozinhos neste jardim pouco iluminado. E... — Elevou um dedo quando ela abriu a boca para contradizê-lo. — ... vai dizer que estou equivocado, mas no fundo está se questionando como diabos eu sei de tudo isso.

Ela riu outra vez.

— Lamento desapontá-lo, mas não estou tão impressionada quanto supõe. Tudo o que disse é um tanto genérico, pode se encaixar a qualquer pessoa.

— E aí está o ceticismo! — Ele deu um sorriso convencido.

— Não é ceticismo, apenas uma constatação, e posso fazer o mesmo.

Virando-se no banco, ela o examinou com atenção. E ficou um pouco aparvalhada por constatar como aquela luz o favorecia. Ele era realmente bonito, de um jeito bruto e incomum.

— O senhor é fascinado por plantas — começou ela —, e suspeito de que as rosas sejam as suas preferidas, pela maneira como as admira. Ao contrário do que afirma, o senhor se distrai com facilidade. Estava perdido em pensamentos ainda agora. Desconfio de que o mesmo tenha ocorrido na vila, quando nos esbarramos; havia se distraído com alguma coisa ou alguém. Deve ter sido dessa maneira que ganhou sua cicatriz. — Ela abriu um sorriso largo. — E então, como me saí?

O comentário varreu a diversão do rosto dele, o olhar ganhando profundidade e, se ela estivesse lendo corretamente, também pesar.

— Assombrosamente, você conseguiu ser mais precisa do que eu gostaria. — Ele admirou a estrutura de madeira e as ramas verdes sobre eles. Com um agitar de cabeça, fez desaparecer a inquietação sombria e seu bom humor retornou. — Sabia que o primeiro relato de uma roseira vem da China, de quase cinco mil anos? Há quem garanta que a planta é quase tão velha quanto o mundo. Os românticos, como deve suspeitar.

— O senhor é um deles?

— Já fui, muito tempo atrás. Agora tudo me parece uma grande perda de tempo.

Ah. Então era isso que aquela sombra turva nas íris de metal significava: um coração partido. Sem conseguir explicar a si mesma, Ana sentiu uma forte ligação se estreitar entre eles.

— Quando esteve na China? — tentou aliviar o clima.

O rapaz deu um sonoro suspiro e um sorriso agradecido antes de se endireitar no banco.

— Faz muito tempo, e mesmo assim minha cabeça lateja como se tivesse acontecido ontem. Culpa do *baijiu*...

Para deleite de Ana, ele discorreu sobre os meses em que estivera no continente asiático, detalhando o mercado de chá e as fileiras de barracas a perder de vista, os trajes tão únicos confeccionados em seda finíssima. Descreveu também a experiência com um médico chinês e uma técnica de cura envolvendo agulhas após experimentar *baijiu*, uma bebida com alto teor alcoólico, que o derrubara.

A brisa soprou os risos e a música do baile para dentro do caramanchão, lembrando-a de que era hora de entrar. Mas agora que sua curiosidade fora despertada... Não estavam a sós havia tanto tempo assim, não é?

— Essa tal acupuntura foi mesmo eficaz? — ela inquiriu assim que ele encerrou a narrativa. — Como exatamente as agulhas podem curar? Tal técnica chegou a algum país ocidental? Onde posso ler mais sobre o assunto? — Mordeu o interior da bochecha ao notar a expressão aturdida tomar o rosto dele. Esperou que ele se levantasse e desse uma desculpa qualquer para fugir, como geralmente acontecia.

Em vez disso, ele sorriu.

— E aí está a mente curiosa, como eu disse. — Então saciou a fome dela de conhecimento e foi além, trazendo novos detalhes da viagem às Índias Orientais.

É bem verdade que o rapaz tinha uma maneira toda peculiar de se expressar. Era educado e usava o português com propriedade, exceto por algumas vezes, quando escorregava e um *tô*, *beleza* ou *cara* escapavam e faziam Ana sorrir e pensar na mãe, muito embora a maneira de se expressar fosse tudo que pudesse relacioná-los, já que o sujeito que discorria sobre as propriedades medicinais de algumas ervas era mais alto e masculino que a mãe. Especialmente masculino. Engraçado como ela nunca havia prestado atenção nesse detalhe antes. Fez uma anotação mental para explorar o assunto mais tarde e voltou a se concentrar no que ele dizia.

— ... o capitão adoeceu na viagem de volta ao Ocidente. — Ele esfregou o cabelo curto espetado. — De modo que, sem ninguém em condições para comandar o navio, eu me ofereci para assumir o leme, e foi assim que, em vez da Europa, chegamos às ilhas do mar do Caribe.

— Está inventando essa parte...

Ele tentou manter a fachada séria, mas acabou falhando.

— Estou. A mentira soa mais interessante que a verdade. Que é: ficamos em alto-mar por três semanas antes de aportarmos em Lisboa. A água potável precisou ser racionada, e era usada *apenas* na cozinha e para matar a sede. Ainda tenho pesadelos com o cheiro de oitenta homens sem banho por quase um mês. Tenho cá minhas suspeitas de que o inferno deve feder menos... — Estremeceu de leve. Então estalou a língua e ficou de pé, sem graça. — E aqui estou eu, falando sobre fedentina com uma dama e cumprindo a promessa de me comportar como um paspalho.

Desta vez ela também riu e se levantou, as saias raspando de leve no assoalho de madeira ao se aproximar dele. Apenas um pouco.

— Eu achei interessante. Estou farta de conversas civilizadas, sendo honesta, e fico aliviada por ter me contado algo que geralmente não chegaria aos ouvidos das damas, devido ao temor de ferir a "sensibilidade feminina" — escarneceu. — Muito obrigada por não me tratar com pedantismo, senhor...

— Alexander. — Ele fez uma mesura profunda. — E você é a encantadora e intrigante srta. Ana Laura Alonzo Clarke, a bela jovem com tendências colisivas.

— Essa palavra nem mesmo existe. — Suas bochechas queimaram. Normalmente os elogios eram dedicados à irmã.

— Mas deveria existir. "Suas ideias são colisivas com as minhas, meu senhor! Exijo uma retratação!"

Ela deu risada novamente e com certo atraso notou que tanto a fúria quanto a frustração que a levaram a fugir do baile haviam praticamente esvaecido, graças à ajuda de um completo estranho.

Cujo nome, ao menos, ela agora sabia. Já era alguma coisa.

— O senhor é amigo dos Fontes? — especulou.

Sem que as íris metálicas nunca a perdessem de vista, o rapaz chegou mais perto, a silhueta eclipsando a lua atrás de sua cabeça. Ana teve que inclinar bem o pescoço para olhar dentro daqueles seus olhos cinzentos.

— Não. Nem da sua família, como já deve ter concluído. O motivo da minha visita é outro. Eu estou aqui por causa da sua irmã. — A voz dele continha uma nota soturna. — Marina corre um grande perigo, Ana.

Parte dela ficou tentada a afirmar que não eram íntimos o suficiente para que se dirigisse a ela com tanta informalidade, mas ouvir o nome da irmã seguido da palavra "perigo" fez seu coração querer trocar de lugar com o estômago. Ela estava pronta para correr; chegou a suspender um dos lados da saia. Entretanto, Alexander foi rápido e deu um passo para o lado, bloqueando o caminho. Mesmo com a parca iluminação, a proximidade a atordoou.

— Não me refiro a este instante. Não é um perigo imediato. Porém não está distante. Você precisa me ajudar a ajudá-la — ele explicou. Como tudo o que ela fez foi continuar a encará-lo, ele inspirou fundo antes de anunciar: — Ana, esse casamento não pode acontecer.

E foi aí que ela, enfim, compreendeu. E soltou um suspiro agastado.

— Sr. Alexander, lamento muito que Marina não possa retribuir seus sentimentos, mas...

— Não estou interessado na sua irmã *desse* jeito — atalhou, veemente. — Escute, esse noivado representa um grande risco para a integridade física e emocional da sua irmã. Ela precisa pôr fim ao compromisso antes que o pior aconteça.

Os ombros dele tinham duas vezes a largura dos seus, a cicatriz na têmpora era uma lembrança de que aquele homem não era como os cavalheiros que conhecia. Tinha consciência de que ele poderia quebrá-la como um galho insignificante, caso desejasse. E mesmo assim ela endireitou os ombros, o nariz ficando a um suspiro do maxilar dele.

— Se pretende fazer ameaças, senhor, ao menos tenha a dignidade de ser direto. Fique longe da minha irmã, ou juro por Deus que vou testar a teoria de que todo Clarke já nasce com excelente pontaria, usando o senhor como alvo.

— Mas é óbvio que era *isso* que você iria entender... — Revirou os olhos. — E lá vem o apocalipse...

Preferindo ignorar o comentário, Analu tentou passar por ele.

— Ana...

— Srta. Ana. Não o conheço e nunca lhe dei tais liberdades.

Muito mais ágil do que sua constituição física dava a entender, ele a bloqueou de novo.

— Um total estranho terrivelmente charmoso? — A boca se estirou em um sorriso atrevido.

Ana começou a compreender a irmã. Quebrar um nariz parecia ser o antídoto para a raiva que fazia suas mãos tremerem.

Sem aviso a postura dele mudou, ficando sombrio.

— Está enganada em mais uma coisa. Não sou eu quem vai destruir esse noivado — anunciou em uma voz firme. — Vai ser você, Analu.

Aquilo já era demais.

— Não sei quem é você, nem tenho a intenção de descobrir. Não é bem-vindo em minha casa. Vá embora antes que seja forçado a partir. — Tentou contorná-lo, mas, raios, o sujeito não permitiu. — Me deixe passar, sr. Alexander.

— Acredite, se houvesse outra forma, eu jamais pediria algo tão doloroso para você. Mas é o único jeito. Você precisa...

— Alertar Marina e o sr. Fontes quanto às suas intenções. — Por entre a cortina de fúria, ela o fuzilou. — Sim, eu também pensava nisso. Agora, saia da minha frente.

Como ele não se moveu, ela perdeu a paciência e avançou sobre ele, empurrando-o com o ombro para fora do caminho. A franja de contas se prendeu ao botão do paletó dele. Dezenas de bolinhas reluzentes repicaram no piso de madeira. Ela não se importou e seguiu em frente. Andou apenas meio metro antes que a mão grande se encaixasse na sua.

— Por favor, Ana, escute...

— Srta. Ana Laura. — Puxou o braço, sem nenhuma cortesia. — Nunca mais se atreva a me tocar.

Soltando um sonoro suspiro, ele fitou o céu estrelado.

— Por que eu sempre fico com as mais difíceis?

Sem esperar mais um segundo, ela tratou de suspender os dois lados da saia, correndo pelo caminho de cascalho o mais rápido que pôde para a segurança da casa. O problema é que Alexander era como uma cólica da qual não conseguia se livrar.

— Seu pai vai precisar de um médico ainda esta noite — ele anunciou, andando de costas, o olhar preso ao dela. — Um corte na perna. Seriam cinco pontos se Lucas não estivesse tão bêbado. Samuel é mais metódico e preferirá seis para garantir que o ferimento não se abra.

Ah, então ele andara investigando sua família. Que esplêndido.

— O senhor é quem vai precisar de um médico se não parar de me seguir agora mesmo.

— Isso é sério, Ana Laura. Por que você não me escuta, cacete?!

A palavra não era estranha a ela — ouvia a mãe praguejar com alguma frequência —, mas ainda assim seu rosto e pescoço sapecaram, e ela parou de andar para confrontá-lo, esperando testar a veracidade da teoria de combustão espontânea.

— Pare. De. Me. Seguir!

— Me desculpe. Escapou sem querer, juro. — Correu uma das mãos pelo cabelo curtíssimo. — Eu não quis soar tão rude. Mas você precisa me ouvir. Marina está se condenando a um futuro tenebroso, e você é a única que pode salvá-la.

Ela camuflou o arrepio gelado que lhe subiu pela nuca, cruzando os braços. Mesmo que ele não passasse de um maluco apaixonado, despejando sobre ela aquela baboseira, ouvir que Nina corria perigo — mesmo que fictício — a deixou mais tensa do que pretendia demonstrar.

E ele notou.

— Não fique tão alarmada ainda. Existe uma boa chance de salvar Marina, se você me ajudar. Eu voltarei a procurá-la. Por favor, tente facilitar as coisas para mim, se puder.

— Pois tente me procurar outra vez e será a última coisa que fará na vida. — Ela tentou imitar a rispidez da irmã.

Afastando-se de costas, ele teve a desfaçatez de sorrir.

— Vamos ter que trabalhar essa sua desconfiança, Ana.

— Srta. Ana! — ela rugiu, mas ele já havia sido engolido pelas sombras do jardim. — Sujeitinho aviltante!

Totalmente lunático!, ela rangia os dentes ao subir os degraus da casa de dois em dois, mal registrando os sons que a cercavam.

Não, um lunático não, concluiu, se espremendo por entre um grupo de convidados parados na entrada. Um golpista era o que ele era! Alexander nem devia ser seu nome verdadeiro. Tudo o que ele adivinhara a seu respeito não passava do resultado de especulação na vila. Provavelmente fora informado de que pertencia a uma família abastada, e era a "inocente srta. Ana Laura". Devia tê-la julgado uma presa fácil.

Pois ela ensinaria a ele! Delataria seus planos a Marina e ao pai, depois faria um retrato de Alexander antes de ir à guarda fazer uma denúncia formal. Com aquela cicatriz na têmpora, não seria difícil identificá-lo.

Ainda espumava de raiva ao retornar à sala abafada, se esticando na pontinha dos pés à procura da família. Ah. Lá estavam seus pais, dançando outra vez. Marina também rodopiava nos braços do noivo, o nariz inchado e vermelho. Por que a irmã andara chorando?

— Espero que essa expressão insultada não seja por eu não ter avisado sobre o meu retorno.

Ana quase caiu de costas ao ver o primo e seu sorriso torto tão querido.

— Samuel! — Tomada de alegria, ela pulou sobre ele, abraçando-o pelo pescoço. — Meu Deus, Sam, é você mesmo?

— Não mudei tanto assim, não é? — Ele a empurrou devagar para examiná-la. — Que diabos, Analu. Quando você ficou mais alta que Nina?

— Três verões atrás, mas não mencione nada a Nina. Ela ainda se ressente com esses três centímetros a mais.

Então a menção à irmã fez seu cérebro voltar ao caramanchão, a exultação pelo retorno do primo querido arrefecendo. Como o tal Alexander adivinhara que Samuel tinha retornado?

Ah! Ele devia estar escondido no jardim havia algum tempo e ter visto Samuel chegar, então inventara todo o restante. Ana fez uma nota mental para procurar um penteado diferente, que não a deixasse com um ar tão inocente e vulnerável.

— Já falou com a Nina? — ela quis saber, encantada por vê-lo. — Ela deve estar exul...

O ruído de metal e vidro colidindo a sobressaltou. Ana espalmou a barriga, onde um sobe-desce nauseante teve início ao assistir ao empregado da casa se dobrar para apanhar os fragmentos do que um dia fora uma bela taça de cristal. Um dos cacos ricocheteou no chão e foi se alojar na perna do cavalheiro que conduzia a bela dama por uma valsa.

— Merda! — Samuel resmungou, abrindo caminho por entre os casais.

Seguindo o primo, eles alcançaram o pai dela no instante em que este se curvava para examinar a panturrilha. Preocupada, a esposa se abaixou, os dedos pairando sobre o ferimento.

— Ah, meu Deus, Ian! Tá bem feio.

Como se estivesse presa dentro de uma bolha de ar quente sufocante, o pulso martelando nas orelhas, Ana chegou para o lado quando o tio Lucas apareceu e Samuel foi falar com o empregado, gesticulando e apontando. Ela não conseguiu ouvir o que o primo dizia, a atenção pregada no líquido rubro empapando a calça preta de seu pai.

Lucas se agachou e oscilou, agarrando a parte de trás do paletó do cunhado para não cair sobre os cacos.

— Meu caro Ian — Lucas disse em uma voz arrastada —, *vozê zabe* que tem um caco espetado na perna?

— Estou ciente, Lucas — rebateu Ian, impaciente.

Não passava de um desastroso acaso, Ana disse a si mesma. Ninguém conseguia prever o futuro. Não havia razão para enlouquecer de vez por conta de uma simples e infeliz coincidência.

Puxando um lenço do bolso da casaca longa, Samuel ajudou o pai adotivo a se levantar e assumiu o lugar dele, fazendo um torniquete pouco acima da ferida.

— Não parece ter afetado nenhum tendão, tio Ian. Mas vai precisar de alguns pontos. Vou cuidar disso.

— Humm... eu diria *zinco* pontos. — Lucas oscilou para o lado.

Samuel negou com a cabeça.

— Duvido que meu tio vá ficar longe do estábulo por muito tempo. É melhor garantir que a ferida não se abra. Farei seis pontos.

Foi nesse momento que Ana decidiu que não haveria problema algum em perder a cabeça.

11

Mesmo que fosse só um corte na panturrilha, sem maiores consequências, ver Ian ferido mexeu comigo. Enquanto eu ajudava meu marido a chegar ao escritório, não sei ao certo se eu o carregava ou o inverso.

O problema das pessoas, pensou Nina, atravessando a casa com as saias suspensas até os joelhos, era a curiosidade. Havia sido uma luta conseguir se desvencilhar dos convidados e suas perguntas.

"Seu pai está bem?"

"Não vi o que aconteceu, mas parece realmente grave."

"É verdade que a perna terá de ser amputada?"

Como diabos ela poderia saber, se eles não lhe permitiam ir atrás de notícias?

Por sorte, Diogo teve presença de espírito e tentou acalmar os ansiosos por sangue, dando a ela a oportunidade de ir atrás da família. Seu coração bateu na garganta ao avistar Analu esfregando os braços do lado de fora do escritório do pai, andando de um lado para o outro.

— Ah, não. — Nina tropeçou nas próprias botas. — A perna vai ser amputada, não é?

— Credo, Nina! Foi apenas um talho! Mas papai precisou de uma sutura. Seis pontos. Precisamente seis pontos, feitos por Samuel, já que o tio Lucas está sem condições. *Seis* pontos — repetiu, irrequieta.

Nina soltou um suspiro aliviado. Ao menos ao que se referia ao pai; a sanidade da irmã era algo a ser questionado.

— Ana, o que você não está me contando? Se é uma sutura simples, por que você está assim tão tensa?

— Eu... — A caçula fechou os olhos, tocando as têmporas. — Aconteceu muita coisa esta noite.

— Sei disso. — Marina cruzou os braços atrás das costas e se recostou na parede. — E sinto muito pelas coisas horríveis que o senador disse. Ele não tinha o direito.

De súbito, Analu rejeitou a ideia com um sacudir de cabeça, as mãos subindo e descendo pelos braços.

— Ele só está cumprindo a lei.

— Não. Ele está sendo idiota. — Nina roçou um dedo pela cortina de contas na manga do vestido dela e ficou surpresa ao perceber que uma fileira havia se desfeito. — Mas não desista da medicina por causa dele. Até porque existem mil maneiras de o fazermos mudar de ideia. Podemos sequestrar a peruca dele, por exemplo, e devolver só depois que ele aceitar apresentar no Senado a proposta de mulheres terem acesso ao ensino superior. Eu tenho quase certeza de que aquele ninho ensebado é falso.

— Pare com isso. — Sua irmã ensaiou um sorriso. — Sei que não fala sério, só quer me distrair.

— Eu posso estar falando sério. Você sabe que não costumo pensar muito antes de agir.

Exaurida, Ana veio se encostar ao seu lado na parede fria, deitando a cabeça em seu ombro.

— Eu prefiro que você não trame planos que envolvam sequestros, Nina.

— Nesse caso, só me resta arrebentar o nariz do senador Chagas.

O riso de Analu repicou no corredor, mas logo ela voltou a ficar agitada, Nina não pôde deixar de notar ao vê-la pregar as vistas na porta fechada do escritório, como se tentasse enxergar além da madeira. Antes que Marina tivesse a chance de perguntar o que a deixava tão inquieta, a irmã disse:

— Imaginei que você estaria com uma expressão diferente com o retorno de Sam.

Eu também.

— Nós mal tivemos tempo de conversar. Esse reencontro não foi exatamente como imaginei. — Soprou o ar com força. — Ele está diferente.

— De que maneira?

Quem dera ela soubesse...

— Não consegui entender ainda. — Encolheu-se dentro do vestido desconfortável. — É como se eu ainda conhecesse Samuel e ao mesmo tempo não soubesse mais quem ele é.

A irmã ergueu os imensos olhos azuis.

— É natural que exista algum estranhamento entre vocês, afinal não se viam há sete anos. Tudo vai se ajeitar em breve.

Era bom Ana Laura estar certa, pois Nina não sabia como ficar perto desse novo Samuel sem se ressentir pelo distanciamento.

— Bem... Alguém precisa fazer as vezes de anfitriã e dar notícias. — Com outro suspiro desanimado, Marina se desencostou da parede. — Espero que as pessoas percebam que precisamos de descanso. Além disso, não quero dormir muito tarde. Prometi dar uma olhada na potrinha recém-nascida dos Fontes amanhã de manhã.

— Posso ir com você? Preciso ir até a vila. Preciso de respostas — sua irmã explicou, ansiosa.

Ansiosa demais, Nina reparou.

— A respeito de quê?

— Ahhhh... o sr. Amina. Tenho me arriscado na astrofísica, mas estou tendo dificuldade com alguns termos. — Retorceu os dedos na altura da cintura.

Naturalmente Marina sabia que ela mentia, mas, considerando o estado de agitação da irmã, desconfiou de que tudo que conseguiria arrancar dela seriam mais evasivas. Poderia descobrir a verdade no dia seguinte, por isso concordou em esperar por Analu de manhã e retornou ao baile, assegurando aos curiosos que, sim, seu pai estava bem e, não, não haveria amputação naquela noite — embora a ideia de arrancar algumas línguas a tenha divertido.

Não demorou para que os convidados começassem a se dispersar, de modo que trinta minutos depois só restavam meia dúzia de pessoas na sala. Lucas estava de pé — ou tentava se manter ereto — ao lado do vaso onde Marina se refugiara mais cedo, se gabando do talento de Samuel com a agulha para um enfadado sr. Edgar. Elisa se divertia ouvindo o marido, a mão subindo e descendo pela barriga redonda. A jovem Rebeca se largara na poltrona, roncando alto, e Nina estava de pé diante da janela tentando não demonstrar como a mão do noivo pressionando seu ombro a inquietava.

— Creio que há muito deseje nossa partida. — O sr. Edgar interrompeu Lucas, se içando da cadeira com um gemido. — Espero que o sr. Clarke se recupere o mais breve possível.

— Ora, papai, não ouviu o que o dr. Lucas acabou de dizer? O Royal Hospital fez uma oferta para o dr. Samuel em Londres. — Diogo ajeitou as lapelas do paletó, libertando a noiva, graças aos céus. — Isso faz dele um grande cirurgião.

— Não sei se mereço tamanha deferência.

O coração de Marina deu um pulo ao ouvir a voz grave do melhor amigo. Ela ficou espantada ao perceber como a presença dele preencheu o cômodo inteiro em uma onda impiedosa e imparável. Sam havia se livrado da casaca e da gravata, as mangas da camisa sob o colete preto enroladas até a altura dos cotovelos. E então havia muita pele marrom exposta, belamente esticada por tendões e músculos que ela jamais vira antes. Desviou o olhar antes que ele percebesse que ela corava.

— Mas tenho certeza de que meu pai vai se gabar assim que você der as costas, Fontes — comentou o primo, bem-humorado.

— Vou *mezzzmo*. — O pai dele escorou o cotovelo no pedestal do vaso alto e ergueu a taça. — Um brinde ao melhor *zirurgião de Cambrige... Cambride... Cabide...* Cambridge! O que tem de errado com minha língua?

— Brindes demais, suspeito. — Elisa riu de leve, esticando-se na cadeira para apanhar a taça das mãos do marido.

— Como papai está? — Marina interpelou o primo, ansiosa.

— Com um pouco de dor, mas finge que não. — Deu a ela um olhar enviesado que dizia "exatamente como todo Clarke que eu conheço", fazendo-a rir ao mesmo tempo em que o sr. Edgar resfolegava feito um cavalo chucro e se despedia apressado, sem esperar pelo filho.

— Perdoem-no — o rapaz disse, mortificado. — O cansaço deixa meu pai um pouco ranzinza. Ele não quis ser tão grosseiro. Boa noite, dr. Samuel. Até amanhã, minha pérola. — Curvou-se para dar um beijo demorado no dorso da mão dela e correu para alcançar o pai.

Indo até a porta, Marina assistiu aos dois homens se enfiarem dentro da carruagem estacionada diante da escadaria, incomodada com a maneira como Edgar parecia antagonizar seu primo mais adorado.

Não percebeu que Samuel se juntara a ela até ouvi-lo suspirar bem ao seu lado.

— Bom — ele cruzou os braços atrás das costas, atento à carruagem que começava a se afastar —, podemos concluir que seu futuro sogro não morre de amores por mim.

— Não sei o que deu nele. Ele é sempre tão educado. Deve ser o cansaço, como Diogo disse.

— Talvez...

Cravando os dentes no lábio inferior, aproveitou que Sam acompanhava a carruagem dos Fontes zarpar para estudar o belo perfil do melhor amigo, se esforçando para interpretar os sinais sutis. O que ele sentia, em que estava pensando?

Antigamente, ela não teria que se esforçar tanto. Eles não precisavam de palavras para se comunicar. Bastava um rápido olhar, um cutucão ou um arquear de sobrancelha. Agora, tinha a impressão de que, mesmo se ele utilizasse todo um dicionário, ela seria incapaz de compreendê-lo. Seria possível que ele também não conseguisse mais ler suas entrelinhas? O tempo que tinham passado afastados enfraquecera a conexão que tiveram desde o instante em que se conheceram?

Ou será que a distância não tinha nada a ver com o abismo que existia agora, e sim com aquele beijo impensado sete anos antes?

— Quer caminhar um pouco? — ele perguntou de repente.

Observando a tia tentar alinhar o marido na cadeira e Rebeca encolhida na outra, ainda roncando alto, ela concordou.

Não foram muito longe, apenas até o banco no jardim próximo da entrada. A brisa suave agitou os cachos de Marina, trazendo o perfume da mata e os cantos de uma coruja, cricrilares e coaxos. Normalmente esses sons acalmavam sua mente agitada, mas naquela noite ela só queria que eles se calassem para que pudesse ouvir a respiração de Samuel.

— Esse jardim parecia mais selvagem antigamente. — Todo cavalheiresco, ele a ajudou a se sentar antes de se acomodar ao lado dela, tão perto que se ela inspirasse um pouco mais fundo os cotovelos se tocariam.

— O mundo parecia mais selvagem antigamente. Ou talvez nós que fôssemos.

Ela encheu bem os pulmões — uma garota precisa respirar, não? —, e seu cotovelo roçou de leve no antebraço nu de Sam. Metade dela se perdeu no pinicar que disparou por sua pele e foi beliscar o coração. A outra metade ficou um pouco desapontada pelo aroma das flores camuflar o perfume dele.

Relaxado, os cotovelos descansando nos joelhos, as mãos pendendo entre eles, Samuel se virou para ela e sorriu.

— Você com certeza era selvagem. Ainda é, pelo que minha mãe me contou. Foram três narizes quebrados ao todo?

Nina mordiscou a unha do polegar.

— Em minha defesa, apenas dois deles foram propositais. O último foi um *terrível* acidente.

— E as pessoas realmente acreditaram nisso? — Entortou uma sobrancelha.

— Eu posso ser muito convincente quando quero.

— Acredite, eu sei. — Seu melhor amigo sorriu daquele jeito provocador de que ela tanto sentira falta.

Aí está ele, Nina reprimiu um suspiro. O seu Sam, sem aquela estudada polidez. A conexão que ela temia ter se partido para sempre sacolejou as pontas esfiapadas, e ela torceu para que conseguissem refazer o nó.

— Encontrou algum monstro marinho pelo caminho? — ela especulou, porque queria ouvir a voz dele.

— Nada outra vez. Foi só mais uma viagem entediante, como sempre é depois da primeira semana a bordo. — Ele se espichou no banco, cruzando os tornozelos. Havia tanto dele agora... — Imaginei que tia Margareth escreveria contando que eu estava a caminho. Nunca conheci alguém com mais disposição para a escrita que ela. Foi muito difícil deixá-la. De muitas maneiras, ela me lembra você.

— Porque tia Margareth é muito cativante e determinada? — arriscou.

— Irritante e com uma paixão inexplicável por confusão. — Ele a cutucou com o ombro.

— Estou me perguntando por que algum dia eu senti saudades suas, sabia?

— Porque eu sou o único que se atreve a dizer o que você não quer ouvir...? — provocou, com um elevar de sobrancelhas insistente.

— Como eu disse... estou me perguntando por que raios senti sua falta. — Ela revirou os olhos e ele riu. Um som rico e quente que fez uma revoada de borboletas levantar voo dentro dela. — Ela devia ter te acompanhado. Papai teria adorado conhecê-la pessoalmente.

— Ela jamais vai deixar a Inglaterra...

Sam se pôs a discorrer sobre as peculiaridades da tia-avó, que cochilava no meio do jantar ou de uma conversa, tudo dependia da companhia. Também falou dos saraus que ele frequentara, das óperas a que assistira e de algumas peças teatrais. Nina propositalmente não indagou sobre quem o acompanhava nos eventos. Era melhor assim.

Ele também explicou que a sociedade londrina tinha costumes engraçados, como desfilar seu poderio no Hyde Park pelas manhãs, nas boutiques da Main Street à tarde, e à noite se enfeitar e ir de baile em baile, ostentando tantas joias e penduricalhos que ele cismou ser uma espécie de âncora, caso a cidade inundasse por conta das chuvas intermináveis. Também se queixou do frio cortante de Londres e do cardápio — especialmente as sopas de tartarugas e enguias —, e mesmo assim havia algo mágico na cidade que o deixara de coração apertado ao retornar para o Brasil. Ela não gostou dessa parte.

Então Sam discorreu sobre a escola de medicina, os amigos que tinha feito, em especial um estudante americano, James McCune Smith, de quem se tornara muito próximo após se conhecerem em um simpósio acadêmico na França. Falou de como era lidar com a vida e a morte todos os dias e dos passeios que fazia todo fim de tarde à margem do Tâmisa, na esperança de não perder o juízo quando não conseguia salvar um paciente.

Naquela conversa, seu melhor amigo exprimiu tudo o que deixara de fora das cartas, e Marina o ouviu com um sentimento ambíguo queimando o peito. Evidentemente que estava feliz por tudo o que ele construíra. Mas havia uma emoção feia e amarga manchando seu contentamento: ele tinha uma infinidade de novas lembranças, e ela não fazia parte de nenhuma delas. Tentou se convencer de que o que importava era Samuel estar em casa outra vez, e agora teriam a chance de cultivar novas lembranças.

Isto é... até ele retornar a Londres para se casar com uma inglesa esnobe.

— Estou entediando você, não é? — Sam roçou dois dedos em seu antebraço. Sua pele se arrepiou em resposta.

— Você nunca me entedia. É só que ouvir você falar sobre o hospital e a escola me fez pensar em Ana. Ela tentou conseguir ajuda de um senador esta noite, para que as leis a respeito do ensino das jovens fossem revistas, mas ele rejeitou a ideia da maneira mais cruel possível. — Esfregando o pedaço de pele que ele tocara, mais quente que o restante do corpo, ela se pôs a narrar o confronto com o senador Chagas. Ao final do relato, Samuel comprimiu os lábios. — O que foi? — ela quis saber.

— Nina, eu conheci um cirurgião logo que cheguei a Londres. O dr. James Barry era íntimo de tia Margareth. Serviu no exército britânico por décadas. Ele era excepcional, foi o responsável pelo primeiro parto cesárea no continente africano em que mãe e bebê sobreviveram. Também adotou uma postura mais humana no exercício da medicina, especialmente para os doentes de lepra. Barry faleceu no início do ano passado. Ele havia deixado ordens à criadagem para que fosse enterrado com as roupas que estivesse vestindo no momento de sua morte, mas seu último desejo foi ignorado. E foi aí que descobriram.

Ela se inclinou mais para o primo.

— Descobriram o quê?

— Que James Barry na verdade nasceu Mary-Ann Bulkley. Londres ficou em polvorosa com a novidade. Tia Margareth era uma das mais entusiasmadas. Ela se orgulhava muito da coragem do dr. Barry. Não se sabe ao certo o que aconteceu para que ele assumisse outra identidade, outro sexo. O que eu sei é que a morte dele foi uma grande perda para a medicina, e a parte que mais me entristece é pensar que o dr. Barry pode ficar conhecido como "a mulher que se fingiu de homem", em vez de se tornar famoso pelo talento grandioso como cirurgião.

Nina sentiu como se o peito estivesse repleto de água. Seu melhor amigo deve ter percebido a angústia que a história lhe causou, pois afagou seu ombro.

— Ei, não, Nina. O que eu quis dizer com toda essa história é que Ana não deve ser subestimada. Ela é uma moça perspicaz, corajosa, e, se ir para a escola é o que ela realmente quer, vai acabar descobrindo um modo.

— Eu não sei, Sam. Não consigo parar de pensar na expressão no rosto dela ao ouvir o ataque cruel de Chagas. — Suas mãos se abriram e fecharam. — Nunca odiei alguém com tanta força.

— Cultivar ódio só vai atrair mais ódio — ele disse baixinho. — Esqueça o sujeito por ora. E me conte tudo o que não pôde colocar nas cartas.

E o que ela poderia contar? Sobre o nascimento de um potro?

— Não aconteceu tanta coisa assim. — Enrolando o indicador na renda do decote, começou a torcê-la. — Não vivi uma grande aventura, afinal.

— Nina, você está *noiva* — ele enfatizou com um olhar penetrante.

Ela não percebeu que impunha mais força do que o tecido suportava até ouvir um *reeec*. Nina espiou a renda, agora solta sobre um dos seios. Que esplêndido.

— Não é nenhuma aventura, Sam. — Tentou ajeitar o pano, mas só conseguiu abrir mais o rasgo. Ah, que fosse! — Só o que todos esperavam que acontecesse.

— Com outras jovens, pode ser. Com você, é *a* aventura. — Então mirou as mãos, cujas palmas ele esfregava lentamente. — Pensei que não estaria vivo para testemunhar este momento.

Por que todo mundo dizia isso a ela?

— Tinha que acontecer em algum momento, não é? — apontou, irritada.

O primo ignorou seu humor e devolveu a questão com outra.

— Como soube que era Fontes a pessoa que queria ter ao seu lado para o resto da vida?

— Mas eu não... — Ela mordeu o lábio, petrificada com a resposta que por pouco não escorregou para a ponta da língua.

Quer dizer, ela não havia pensado em um futuro *tão* distante como "o resto da vida". O casamento, os arranjos que precisariam ser feitos, e aí... acabava. Não tinha refletido ainda sobre como seria a parte do *depois*. E não estava certa se queria se permitir tal análise.

Como Samuel continuava esperando uma resposta, ela, sem uma para dar a ele ou a si mesma, se armou de um artificio que costumava empregar sempre que se sentia acuada.

— Bom, ele tem um cavalo bonito — brincou.

A risada baixa e levemente rouca que escapou de Samuel soou mais como... um lamento?

— Não foi o que eu perguntei, Nina.

Ela sabia disso.

— Por que eu aceitaria o compromisso se não gostasse do noivo? — Ela se esquivou. — Aliás, por que todo esse interrogatório?

De súbito, ele se endireitou no banco, absurdamente sério.

— Só quero me certificar de que você está feliz.

— É óbvio que estou, Sam. Você voltou para casa.

Metade dela queria ignorar o assunto tanto quanto pudesse. Se ele não pronunciasse as palavras, então Nina poderia continuar fingindo que não era real. Mas sua outra metade já não suportava mais não saber, e foi essa parte que se apoderou de sua boca.

— E você, quando soube que a tal inglesa era a pessoa que queria ao seu lado para o resto da vida? — Tão logo as palavras escaparam, desejou poder engoli-las. Não queria ouvi-lo se derramar em elogios sobre a srta. Perfeição. Só de pensar no assunto já sentia uma vontade incompreensível de chutar alguma coisa. Alguma coisa *inglesa*.

O cascalho estalou conforme Samuel se levantava e perambulava, antes de parar para admirar uma das roseiras em flor.

— Foi quando ela sorriu para mim pela primeira vez — ele acabou dizendo, de costas para ela. — Foi... paixão fulminante, daquelas a que os poetas dedicam toda uma vida.

Que esplêndido. Ele se tornara um tolo apaixonado.

— E por que ela não o acompanhou ao Brasil? Seus pais devem estar loucos para conhecer a srta. Magnífica — ela escarneceu.

Por sobre o ombro, ele lhe atirou um meio sorriso insolente.

— Por que tenho a impressão de que você não gosta dela?

— E como posso desgostar de alguém de quem nunca ouvi falar? Você *nunca* me contou sobre ela — acusou.

Com uma expressão indecifrável, ele voltou para perto da amiga.

— Acredito que você saiba a resposta. — Os olhos castanho-claros capturaram os dela. — Já que nunca mencionou seu envolvimento com Fontes.

Ora essa, era completamente diferente. Ela não sabia que ia ficar noiva até Diogo fazer o pedido. Também não fazia ideia do motivo de seu coração ter ficado do tamanho de um grão de poeira ao ouvir Sam confessar seu amor pela noiva, nem de seus dedos formigarem, desesperados para tocá-lo nos mesmos lugares aos quais a luz do luar tinha acesso. E o quadro se agravou conforme arqueou o pescoço para enfrentá-lo, consciente como nunca de cada célula, cada centímetro de Samuel.

O que estava acontecendo com ela?

Por sobre a cabeça dele, avistou um risco prateado cortar o céu.

— Ei, Sam, veja! Uma estrela cadente! — Saltou do banco, apontando. — Rápido, faça um pedido.

Dando um passo para trás a fim de ver melhor a estrela errante, Samuel sorriu para o céu, distraído, e acabou colidindo com a lateral de seu corpo. Ele não se afastou. Tampouco ela fugiu.

Cerrando as pálpebras com força, se deliciando com o calor que ele emanava, Nina ficou tentada a implorar que a estrela clareasse seu coração e lhe permitisse desvendar o que acontecia lá dentro. Fazer certa dama inglesa sumir também foi um pensamento muito tentador.

Mas Analu precisava mais de ajuda naquele instante, por isso Marina suplicou à estrela que iluminasse o caminho da irmã.

Ao soerguer as pálpebras, percebeu que Samuel a encarava com um meio sorriso ofuscando o firmamento acima deles. O zumbido dentro dela ficou mais ruidoso, a ponto de ela temer que Sam pudesse ouvi-lo.

— O que você desejou? — não resistiu a perguntar a ele.

— Ainda ter os dedos dos pés quando esta noite acabar.

Como ela arqueou as sobrancelhas, ele deu um daqueles seus sorrisos. Por um momento, ela se esqueceu de como se respirava.

— Venha cá, Nina. — Ele estendeu a mão.

Marina não precisou de um segundo convite para se atirar nos braços dele, estranhando o novo encaixe graças à diferença de altura. Samuel tornou tudo ainda melhor ao envelopá-la com um dos braços, a mão livre buscando a dela antes de começar a guiá-la por uma valsa. Em um canto da mente, ela desejou ter passado menos tempo no estábulo, ou ter usado um dos inúmeros cremes que a mãe trazia da fábrica. Um pensamento realmente estranho de se ter, especialmente porque se distraía com a sensação maravilhosa de ser tocada e abraçada pelo melhor amigo.

Também não se importou com a falta de música. Já havia toda uma filarmônica dentro dela, e, ao que parecia, Sam era o maestro, como ficou evidente quando a puxou para mais perto e pressionou o rosto contra seu cabelo, inspirando profundamente.

Fechando os olhos bem apertado, Marina sentiu o toque reverberar pelo corpo inteiro, notando com muito atraso que a inquietação que sentira nas últimas semanas havia desaparecido.

Muito bem, em algum momento ela teria que enfrentar *aquele* assunto, se permitir uma análise mais profunda dos próprios sentimentos e então lidar com a complexidade do que quer que encontrasse. Mas não naquela noite, não naquele jardim, não enquanto Samuel a mantinha tão junto ao corpo que quase não conseguia distinguir o que era ela e o que era ele. O silêncio entre os dois se acentuou, mas dessa vez era diferente, sem constrangimento ou tensão, como antes. Havia apenas serenidade e aquela sensação mágica de estar junto de alguém cuja alma a nossa conhece, e ambas se encaixam e respeitam.

— Senti sua falta, Sam.

O peito dele se expandiu com uma longa respiração.

— Eu também, Nina. Nem imagina como — ele murmurou em sua orelha, enviando um arrepio para sua coluna.

Em outro momento, prometeu a si mesma. Refletiria sobre o assunto em outro momento. Naquela noite só queria aproveitar o tempo a sós com ele e se embriagar com o êxtase que era estar novamente nos braços de Sam.

12

Foi naquela noite que meu conto de fadas começou a ir por água abaixo, ainda que na época eu não tivesse me dado conta disso. Não completamente, embora os sinais estivessem todos lá. Deve ser a isso que o ditado se refere, sobre o pior cego ser aquele que não quer ver.

Eu não quis ver, minha amiga.

Quer dizer, eu conseguia ler os sinais de Ian enquanto Sam suturava a perna dele. Mesmo que meu marido me olhasse nos olhos com uma expressão tranquila, quase animada, enquanto a agulha perfurava sua pele e ele me garantisse que mal sentia dor, e eu sabia que ele mentia. Não era como se eu esperasse que ele sempre me dissesse a verdade a respeito de tudo. Eu mesma cansei de dizer a ele que me sentia bem quando no fundo tudo o que queria era uma aspirina para amansar uma dor de cabeça.

Não é a esse tipo de mentira bem-intencionada — se é que isso existe — que me refiro. É aquele tipo grande, que abala a confiança, ameaça derrubar as estruturas de tudo aquilo que se julgava sólido. Naquele noite, foi isso o que Ian fez...

Soltei um suspiro, endireitando a coluna, e encarei o papel de parede florido do quarto de Analu, o grafite suspenso sobre o papel.

Eu devia ter ficado mais atenta. Em minha defesa, não sabia que Ian era capaz de mentir para mim sobre assuntos sérios com tanta naturalidade. Quer dizer, ele já tinha feito isso, pouco depois do nosso casamento, quando temeu que um tipo de maldição estivesse matando jovens recém-casadas, quando na verdade era um problema científico, a respeito de metal atrair raios. Na época, nosso casamento quase não resistiu, porque eu também andava escondendo coisas dele. Desde então, juramos nunca mais ocultar nada um do outro, e eu cumpria o juramento. Acreditei que ele fizesse o mesmo.

Depois da sutura, eu o levei para o quarto e o ajudei a tirar as roupas sujas e limpar o ferimento, evitando olhar para os nozinhos pretos em sua pele. Madalena apareceu quando eu tentava convencê-lo a se deitar e acomodar a perna sobre a pilha de travesseiros.

— Eu trouxe uma gemada, patrão. — A mulher de curvas generosas, um pouco encurvada devido à idade, depositou a bandeja sobre a mesa de cabeceira. — Usei vinho do porto. Precisa se fortalecer, já que perdeu sangue.

Estremeci assim que o cheiro da gemada me acertou o nariz. A bebida e eu não éramos muito chegadas desde que Madalena me obrigara a tomá-la todas as manhãs durante as gestações de Marina e Ana Laura, e meu estômago dizia um "ah, não, obrigado" antes de devolver tudo.

Achando graça, Ian esfregou a nuca e se sentou na beirada do colchão.

— Sra. Madalena, eu mal perdi duas gotas de sangue.

— Todo cuidado é pouco. — Ela enrolou as mãos no avental. — Minha irmã conhece um cavalheiro que conheceu uma dama que era prima de um rabino. O pobre coitado bateu com a cabeça ao cair da escada e perdeu apenas um pouco de sangue. Foi para cama e na manhã seguinte estava mortinho!

Ah, as lendas do século XIX. Eu nunca ia me cansar delas.

— Provavelmente teve relação com a pancada, e não com a perda de sangue — garanti a ela, apanhando mais dois travesseiros no baú e os acrescentando à pilha. Depois tentei empurrar Ian em direção à cabeceira. — Mas é mais fácil tomar logo a gemada do que discutir, Ian. Vai por mim. Tentei de tudo na gravidez e não consegui me safar.

A idosa empinou o nariz, ofendida.

— Mas deu à luz duas meninas fortes e saudáveis feito bezerros, e sobreviveu para reclamar da minha gemada.

Revirei os olhos, para a diversão de Ian. Ao menos ele acabou seguindo meu conselho e tomou o líquido em um só gole.

— Os senhores precisam de alguma coisa? — A governanta apanhou o copo vazio. — Talvez um caldo. Posso preparar um bem encorpado em um quarto de hora.

— Nem pensar, Madalena. — Eu a segurei pelos ombros e da forma mais gentil a acompanhei até a porta. — Vá descansar. Já devia ter ido dormir, se tivesse me escutado e deixado que os novos empregados cuidassem de tudo.

— E deixar que a nova cozinheira faça o que quer na minha cozinha? Veja bem, sra. Clarke, eu agradeço muito que queira me arrumar uma ajudante, mas realmente não preciso. Me sinto um pouco insultada que pense que já não sou capaz de organizar esta casa. E, para provar que ainda sou capaz, gostaria de comunicar que demiti a nova cozinheira. Boa noite.

— Boa noite, Madalena. — Soltei um suspiro e fechei a porta depois que ela saiu. — E lá vamos nós mais uma vez procurar novos ajudantes.

— Que a sra. Madalena e o sr. Gomes vão demitir assim que tiverem a chance. — Ian se acomodou melhor no colchão, recostando-se na cabeceira escura. — Acho que se tornou uma espécie de jogo para os dois.

— Não duvido.

Me arrastando para a cama, puxei a fita que prendia minha trança. A dor de cabeça não cedeu. Talvez porque a inquietação que tomava conta de mim não tivesse origem no penteado, e sim na minha filha mais velha. Eu tinha passado grande parte do baile observando Marina, sobretudo enquanto interagia com Diogo Fontes. E a única vez que minha filha reluziu feito um brilhante foi ao avistar Samuel parado diante da porta.

Se não bastasse, a lembrança da decepção e resignação no semblante de Analu ao ouvir o senador desfiar desaforos ainda tingia minha visão de vermelho. Ela jamais admitiria, mas estava mais ferida do que tentava demonstrar.

Empurrei a pilha de travesseiros para que Ian acomodasse a perna, pensando se havia algo que eu poderia fazer por Ana, além de passar com meu faetonte sobre o senador. Me contorci para tirar das casas os botões nas costas do vestido, mas não fui muito além dos três primeiros.

— Droga — bufei.

Esticando o braço, Ian me puxou pela saia. Caí sobre seus quadris.

— Ei, cuidado. Sua perna...

— Está perfeitamente bem — ele atalhou, trabalhando para soltar os gomos da trança. — Mas você não. Ainda é o senador?

— Também. Mas não apenas ele. Por que eu tenho a sensação de que a Nina ficou mais empolgada com a chegada do Sam do que com a atenção do noivo?

— Samuel e ela sempre foram muito ligados. É natural que ela esteja eufórica.

Encolhendo as pernas, eu me arrastei pelo colchão para me encaixar em seu peito, apertando o ouvido em seu coração, que acelerou levemente.

— É, mas ela não devia se sentir assim também com relação ao Diogo? Eu não entendo, Ian. Se ela tem dúvidas, por que levar o noivado adiante?

— Pode estar equivocada. Marina tem uma maneira muito particular de sentir. Ela não costuma externar os sentimentos para o mundo, apenas para a razão do seu afeto.

Não exatamente, pensei com meus botões teimosos. Nina nunca teve problemas em demonstrar seu amor por Samuel, e isso me deixava bolada. E muito desconfiada.

Prostrada demais para tentar solucionar o problema, puxei o cabelo sobre o ombro ao sentir os dedos de Ian trabalharem nos botõezinhos em minhas costas.

— Ainda não acredito em tudo o que Chagas disse. — Esfreguei o couro cabeludo para fazer a tensão diminuir. — Pensei que pra ser senador precisasse de, no mínimo, um pouco de bom senso. Pelo visto, ser um idiota é o bastante.

— Infelizmente, Chagas é tudo aquilo que eu mais temia. Um homem que gosta do mundo como é e não vê necessidade de mudanças. — Seus dedos paralisaram por um breve instante, de modo que arqueei as costas para ver seu rosto e a expressão preocupada que endureceu seu queixo. — O que ele quis dizer sobre ouvir seu nome com frequência?

— Também não entendi porcaria nenhuma. Talvez algum conhecido dele seja cliente da Infinito, ou ele tenha conversado com alguém na vila, vai saber. Eu nunca quis tanto esganar alguém na vida, e olha que eu trabalhei com o Gustavo, que era um pé no saco com S maiúsculo.

Suas bochechas se inflaram ao soprar o ar com tanta força que meu cabelo sacudiu de leve.

— Por mais que eu odeie admitir, Chagas só está cumprindo a lei, meu amor.

— E de que servem a leis se não para serem quebradas?

Rindo, ele deixou a cabeça pender para trás, apoiando a nuca na cabeceira.

— E eu que pensei que elas existissem para evitar o caos...

— Detalhes... — Eu me curvei para beijar sua garganta e tornei a me encolher feito uma bola em seu peito assim que senti o vestido afrouxar ao redor do tórax. Passei os braços pelas mangas, o corpete se enrolando sobre a saia. — De todo jeito, eu não desisti de ajudar Analu. Não posso ficar só assistindo, sem fazer nada. Quer me ajudar a bolar um plano?

Ele me deu um sorriso curto que nunca lhe chegou aos olhos.

— Sofia, talvez seja melhor nós... — Estalando a língua, ele esfregou a testa como se quisesse arrancar a própria pele. — Inferno.

Fiquei alerta imediatamente. Qual era o problema agora?

— O quê? Talvez seja melhor nós... o quê?

Delicadamente, ele afastou algumas mechas para longe do meu rosto e as enroscou atrás da orelha, a expressão grave como fazia tempos eu não via.

— Não me entenda mal — começou, cauteloso —, mas talvez fosse melhor esquecermos o assunto. Apenas por uns tempos. — Ele pressionou o indicador em meus lábios quando tentei descartar aquele absurdo. — Escute, eu quero que Ana Laura estude tanto quanto você quer. Mas esta noite tivemos um vislumbre dos desafios que ela vai enfrentar se seguir por esse caminho. A atitude do senador é um reflexo do que nossa filha terá de professores, colegas de turma, até mesmo possíveis pacientes.

— Ela pode aguentar, Ian! Eu sei que pode. Ela é mais forte do que todos imaginam.

— Eu sei que ela pode, mas a que custo?

No fundo das íris de ônix, vi algo que me atormentou profundamente. Ian estava puto com o senador Chagas. Mas também...

— Ah, meu Deus. Você tá aliviado com a recusa do senador — balbuciei, em choque.

— Não é isso. — Ele amparou meu rosto com as mãos em concha. — Esta manhã você me disse que estava exausta de ter que matar um leão por dia. Ana terá de matar uma dezena deles a cada hora. Não estou dizendo que ela deva abandonar a ideia, apenas deixar o assunto de lado por uns tempos, até pensarmos em um jeito mais efetivo de mandá-la para a escola de medicina, sem que o custo seja tão alto para ela. Eu vou... Não sei. Estudar um pouco mais sobre o assunto, talvez. O senador Chagas não é o único a quem podemos recorrer. Podemos proteger Ana, Sofia.

A maneira intensa como discursava...

A relação que Ian tinha com nossa caçula era diferente da que mantinha com Marina. Desde sempre, ele entrava em pânico quando Analu ficava doente, tinha um joelho ralado, subia numa árvore atrás da irmã.

— Ian, quando vai me contar por que se preocupa excessivamente com Analu? Poxa vida, ela nunca nos deu motivo para isso. Sempre foi atenciosa, amorosa, obediente até demais.

— Eu sei de tudo isso. — Ele esfregou o rosto com as duas mãos.

— Então qual é o problema? Por que você age como se a qualquer momento algo terrível pudesse acontecer com ela?

— Eu... É só... — Ele soltou uma áspera exalação e então riu. — É apenas preocupação paternal e o desejo delirante de que o mundo não machuque nossa filha. Não me dê atenção. Ainda penso que as nossas meninas têm cinco anos e que eu preciso salvá-las do bicho-papão.

Sim, tinha muito de preocupação de pai, eu mesma tinha as minhas. No entanto, havia mais. Um medo exacerbado que nunca lhe permitia parar de pensar — e temer — que algo estivesse prestes a acontecer. O que Ian sabia e eu não?

— Venha cá, meu amor. — Envolvendo as mãos em meus quadris, ele rolou para cima de mim, e, vergonhosamente minhas preocupações foram soterradas pela euforia de ser beijada por ele.

Olhando para trás agora, entendi que aquela era sua maneira de me distrair. Uma maneira muito eficiente, aliás, e ele sabia disso.

Se ao menos ele tivesse aberto o jogo naquela noite... Escapei da lembrança enquanto o papel de parede florido do quarto de Analu entrava em foco. As coisas entre nós seriam diferentes agora se não tivéssemos chegado a ponto de dormir em camas separadas e uma de nossas filhas não tivesse sumido do mapa.

Esfreguei os olhos antes de me debruçar outra vez sobre a carta.

Pelo menos não fiquei muito mais tempo na ignorância, minha amiga...

13

... e teria compreendido tudo antes, se não estivesse tão preocupada com o coração das minhas filhas. Quando os filhos crescem, os pais tentam se convencer de que eles estão prontos para o mundo. Mas seja sincera, Nina: quem de nós realmente tá pronto?

Ainda era cedo demais para existir algum movimento na vila. Três senhoras conversavam diante da banca de pães, um menino brincava com um cachorro mais atrás, uma empregada varria a calçada mais à frente, outros companheiros de trabalho carregavam caixas e pacotes, uma ou outra carruagem sacolejava nos paralelepípedos.

Um dia comum, Marina pensou ao saltar após Isaac manobrar o veículo diante da casa dos Amina. Ana Laura veio logo depois, muito atenta às calçadas.

— Está procurando alguém? — Nina ajeitou o ângulo da bolsa de couro sobre a saia azul-marinho.

A irmã a encarou, um pouco corada, e fez que não.

— Só estava verificando o tempo. Devemos ter um belo dia de sol.

— Vai chover. Os cavalos acordaram agitados. — Ela soprou a mecha encaracolada que o vento insistente lançara em sua boca. Mas fechou a cara ao avistar o senador Chagas na outra calçada. O sujeito teve a ousadia de tocar o chapéu em um cumprimento rápido ao passar por elas.

Seguindo-o com o olhar, Nina desejou que sua raiva pudesse atravessar a rua, e se enrolar ao pescoço do sujeito até os olhos saltarem das órbitas.

— Estou tão arrependida de não ter arruinado o nariz desse sujeito quando tive a chance — resmungou.

— Não é um pouco cedo para tramar um ataque? — Mas não foi sua irmã quem indagou.

O pulso de Marina disparou ao reconhecer a voz grave e seus tons de veludo, e ela girou sobre os calcanhares para enfrentar o belo sorriso do melhor amigo. *Apenas respire,* ordenou a si mesma.

— Na verdade é tarde. É o que eu ganho por ser tão sensata — disse, mal-humorada, e o sorriso dele se alargou ainda mais, mandando sua pulsação para as orelhas. Ora essa... — O que faz aqui, Sam? Pensei que passaria a manhã no consultório.

— Eu estava a caminho — ele apontou com o indicador para o imenso colorado de crina clara sob a sombra de uma árvore —, mas vi vocês e decidi me desviar um pouco do caminho. Aconteceu alguma coisa para que estejam assim tão cedo na vila? Planejando uma fratura nasal? — gracejou.

— Prometi a Diogo que tentaria ajudar uma potrinha que foi rejeitada pela mãe — ela explicou. — Estou otimista que ela vá aceitar a papa. Ana vai visitar o sr. Amina e falar sobre astronomia e outros assuntos incompreensíveis.

Sua irmã arqueou uma das sobrancelhas delicadas.

— Estudar o universo e os astros não é incompreensível — rebateu Ana —, e até você se vale desse conhecimento no estábulo, com o que chama de estação de monta. As éguas ficam mais receptivas no início da primavera por causa da maior incidência de luz. E isso acontece devido ao posicionamento da Terra em relação ao Sol. O cultivo utiliza o conhecimento do cosmos da mesma maneira. E é imprescindível para a navegação, obviamente.

Nina revirou os olhos. Se havia algo que ela odiava mais que ser forçada a usar sapatos de salto, era dar o braço a torcer.

Já Samuel se divertiu com o comentário de Ana e gargalhou.

— Então você continua sendo a mesma sabichona de que me lembro. — No entanto, ficou sério subitamente. — Marina me contou sobre seu encontro com o senador, Analu. Sinto muito pelas coisas horríveis que ele disse.

— Não sinta, Sam. — Ana Laura passou um dos braços pela cintura. — Eu já esperava tal reação.

— Mesmo assim, sei como deve estar se sentindo mal. Um senhor abastado e de boa família costumava visitar o hospital a cada duas semanas para acompanhar uma possível recaída de pneumonia. Se o médico residente fosse eu, ele perguntava pelo verdadeiro médico e se recusava a ser tratado por um "enfermeiro" — enfatizou.

Sentindo as dores do primo, Nina sentiu o calor furioso subir para o cérebro.

— Mas por que raios ele pensava que você fosse o enfermeiro?

Seu amigo se limitou a encolher os ombros.

— Quem pode saber? "Julgue um homem pelas suas perguntas, não pelas suas respostas." A máxima nunca fez mais sentido para mim.

Dando um gritinho, Ana Laura empurrou Nina para fora do caminho ao se atirar sobre o primo.

— Ah, Samuel, como senti sua falta! — Ela o abraçou bem apertado. — Sabe quando foi a última vez que ouvi outro ser humano citar Voltaire?

Rindo, ele soprou os fios loiros que atacaram seu rosto.

— Ana, você precisa arranjar amigos que leiam mais. — Por sobre a cabeça dela, Samuel piscou para Marina.

— Nem me olhe assim. — Ela espalmou as mãos na altura dos ombros, se afastando um passo. — Não quero ficar igual a vocês dois, citando gente morta no meio da rua.

Achando graça, Ana se desprendeu do primo e conferiu se o vestido e o penteado estavam no lugar, antes de dizer:

— É melhor eu entrar, mas... Sam, não foi apenas a astrofísica que me trouxe à casa dos Amina. O mordomo deles tem tido dificuldade para se locomover, e tem acontecido cada vez com mais frequência nos últimos tempos. Mas ele se recusa a ser examinado.

Ouvir aquilo surpreendeu Marina. O mordomo da melhor amiga, com sua constituição física mirrada, era uma das pessoas mais amáveis que Nina conhecia.

— E por que ele se recusa? — ela quis saber. — Tem algum tipo de fobia a médico?

— Creio que sim. — Ana abriu os braços, desanimada. — É difícil determinar, já que o sr. Marques se nega até mesmo a tocar no assunto. Enxotou o dr. Lucas e o dr. Almeida em todas as vezes que o visitaram e insistiram em um exame. Eu andei pensando que... talvez... — Ela espiou o primo por entre as pestanas longas.

— Se ele me aceitaria? — ele concluiu.

— Ao menos espero convencê-lo disso, se você estiver disponível.

— A qualquer hora, Ana. Sabe onde me encontrar.

Agradecendo com entusiasmo, Analu combinou de encontrá-los mais tarde no consultório e então passou pelo portão da casa dos Amina.

Todo galante, Samuel dobrou o braço em L e o ofertou a Nina. Examinando o braço sob a manga cinza — forte e torneado, não que ela devesse se prender a esses detalhes —, ela foi assaltada pela urgência inexplicável de sair correndo. E de se pendurar naquele membro poderoso e nunca mais soltá-lo. A lembrança da noite passada e das coisas que acordaram em seu íntimo ao estar tão perto dele estava fresca. Era sensato se esquivar.

Mas quando foi que ela agira com sensatez? Para manter o padrão, encaixou os dedos na curva do cotovelo e deixou que ele a conduzisse pela calçada, especulando se o amigo também sentira o dia ficar muito mais quente de uma hora para outra. Pararam apenas para Sam atirar uma moeda ao rapazote recostado na parede da mercearia e pedir que ele levasse sua montaria até o consultório.

— Os Fontes ainda vivem na mesma casa, próximo ao centro? — perguntou ele ao voltarem a andar, dando um cumprimento de cabeça a alguém que passou por eles, e que ela não chegou a ver, pois estava ocupada demais pensando em uma desculpa para prolongar o tempo juntos.

Por sorte, tinha uma dentro da bolsa. *Obrigada, mamãe.*

— Sim. Mas se importa de visitarmos o sr. Bregaro antes? — Tentou manter a ansiedade longe da voz. E quase conseguiu. — Preciso despachar uma carta da mamãe para...

— A tal Nina, a amiga de quem você herdou o nome — ele lembrou, admirado. — Sua mãe ainda escreve para ela, após todos estes anos?

— Sem falhar uma única semana, mesmo que a Nina não tenha respondido nenhuma. Às vezes penso que ela possa estar morta e mamãe se recuse a aceitar.

Por que tudo nela parecia mergulhado em óleo quente? Por que sua boca estava mais seca que um deserto? Aquele era Sam, seu melhor amigo no mundo, ora essa! Seja lá o que estivesse acontecendo, devia parar. Estava quase certa disso.

— Ou pode existir outro motivo que a impeça de escrever de volta. — Ele mantinha o olhar à frente.

— Está tentando justificar a ausência de notícias de Nina ou a sua própria? — ela alfinetou, para impor algum limite.

Sam pressionou os lábios carnudos em uma linha apertada e pálida.

— Quer dizer que ainda está brava comigo.

— Como você se sentiria se eu parasse de escrever de repente, e ninguém desse notícias minhas? O que iria pensar?

— Humm... — Ele deliberou por alguns instantes. — Que você encontrou uma ocupação mais interessante?

Se não gostasse tanto da bolsa de couro na cintura, teria adorado utilizá-la para apagar a petulância daquele sorriso. Por isso deu um olhar enviesado a Samuel e tentou se desprender dele.

Naturalmente ele não permitiu, dobrando um pouco mais o braço.

— Mais interessante que a escrita! — complementou, achando graça. — Eu não deixei de escrever porque encontrei coisa melhor para fazer. Escrever para você era o momento mais importante do meu dia. Mas decidi retornar de última hora e, na pressa para voltar logo ao Brasil, não ponderei que meu silêncio seria fonte de preocupação. Eu só não quis perder um segundo que fosse. Tinha pressa em rever minha melhor amiga.

— *Hunf!* — foi sua resposta brilhante.

Mas a irritação cedeu um pouco, para divertimento do primo, que ainda ria ao chegarem ao agente dos correios, e ela teve uma desculpa para romper o contato. Graças aos céus, pois o sobe-desce no estômago — frio na subida, fervente na descida — a estava deixando enjoada.

O sr. Bregaro a recebeu com animação e alertou Nina de que havia uma correspondência para sua mãe. Valentina de Albuquerque Navas Alonzo, ela leu nas costas da carta. Também havia algo para Sam. Avaliando o remetente por um breve instante, ele rapidamente escondeu a carta no bolso do paletó. Mas não depressa o suficiente para que ela não reparasse na quantidade de carimbos e na letra de Sally Steventon, que, a julgar pela grafia perfeita, tivera aulas com algum monge escriba. E mesmo assim ela não sabia que Sam continuava lutando com a letra escrita?

Muito tempo antes, Nina ouvira a mãe explicar à tia que o nome da dificuldade de leitura de Sam se chama dislexia, uma desordem no aprendizado muito mais comum do que se imaginava. A essa altura, a dislexia era quase imperceptível — o que Samuel se propunha a fazer e falhava? Ainda assim, a tal Sally não sabia que o alinhamento à esquerda tornava a leitura mais natural para ele? Ela não o conhecia nem um pouco? Não se importava com seu bem-estar?

Nina teria antipatizado com a moça mesmo se a correspondência não tivesse pregado um largo sorriso no rosto do melhor amigo ao deixarem a casa do sr. Bregaro. Perdida nos sentimentos conflitantes, demorou para notar que eles seguiam por um caminho diferente do que haviam tomado na vinda, até ele reduzir o passo e parar diante da casinha amarela para observar um garotinho rechonchudo brincar com soldadinhos de madeira no gramado bem aparado, sob o olhar vigilante da mãe, sentada na varanda com um bordado esquecido sobre as saias.

De começo, Marina não compreendeu por que Samuel parou para assistir à cena ordinária. Então reconheceu o imóvel, que poucos anos antes não passava de ruínas decadentes. Era naquelas paredes, sob o novo reboco e a tinta, que estavam encrustadas as piores lembranças de Samuel, disso ela tinha certeza.

Após a morte dos pais biológicos, de quem Samuel pouco sabia, o menino ainda era muito pequeno quando sua tutela caiu nas mãos do único parente vivo: o irmão da mãe, um demônio chamado Jeremias Duarte. Sam só se viu livre do tio quando conheceu Elisa e Lucas, que se apaixonaram pelo garotinho tanto quanto o menino por eles. Pouco depois, Lucas conseguiu sua guarda permanente.

Mas Duarte retornou à vida dele quando Samuel estava para completar dezessete anos. Um advogado o procurou para anunciar que o único parente vivo tivera o fim que merecia em uma briga na taverna e, além da casa, deixara uma infinidade de dívidas. Ela lembrava de os tios se oferecerem para quitá-las, mas naturalmente Samuel era orgulhoso o suficiente para fazer tudo do seu jeito e vendeu a casinha nos limites da vila.

Seu melhor amigo nunca falava da vida antes de Elisa e Lucas, e Nina agradecia. Já havia ódio demais em seu coração contra o monstro que deixara as cicatrizes em seu primo mais querido. As piores marcas, ela sabia, ficavam do lado de dentro, e Sam raramente as mostrava a alguém, mesmo a ela. Uma das raras ocasiões em que ele permitira que Nina vislumbrasse a extensão do que o monstro fizera com ele acontecera poucos meses antes de sua partida para Londres, no baile de debutante de Damilola.

Aos quinze anos, com idade suficiente para frequentar bailes, Marina se julgava adulta o bastante para tomar tanto vinho quanto pudesse toda vez que os pais se distraíssem. Foi naquele baile que ela se deu conta de algo surpreendente: os rapazes gostavam dela.

Os pais estavam na companhia da sra. Amina, cuja aparência esplendorosa quase apagava a lembrança da doença que a deixara de cama por duas semanas.

Bebericando vinho parcialmente escondida atrás de uma escultura alta na sala dos Amina, os olhos dela avaliaram as possibilidades para a próxima dança — havia uma fila de cavalheiros à sua espera. Avistou o primo Tommy junto aos músicos, uma expressão aparvalhada ao admirar Damilola valsando com o pai. Nina mal podia esperar que Lola estivesse sozinha para contar a ela!

— Você devia parar de beber. — Samuel se aproximou por trás sem que ela notasse e parou ao seu lado, observando os casais rodopiando pela ampla sala. — Já está um pouco alta e dançou com metade do salão.

Aborrecida, ela encarou seu perfil.

— Eu tenho idade suficiente para saber o que devo ou não fazer, Sam. Sabe de uma coisa? Você é o único cavalheiro neste salão que ainda me vê como uma menina. E eu não sou mais uma garotinha.

Virando-se, ele mirou as íris castanhas com toques de ouro e baixou as sobrancelhas.

— Seu comportamento diz o contrário.

Furiosa e um pouco embriagada, ela elevou o queixo.

— Eu não preciso de seus conselhos.

Porque estava irritadíssima com a intromissão dele, Marina aceitou tantas danças quanto pôde e bebeu todo o champanhe que conseguiu arranjar, até a sala começar a girar e a bebida em seu estômago subir para o cérebro. Desejando que as paredes parassem de rodar e temendo vomitar em seu par, abandonou o sr. Jorge Coutinho no meio da dança e correu para o jardim. Ficava mais perto que a sala das damas. O problema foi que o aspirante a músico teve a péssima ideia de persegui-la e segurá-la no terraço lateral antes que pudesse descer as escadas e encontrar um arbusto.

— Minha querida dama, se me queria apenas para você, devia ter dito antes. — Ele a forçou contra a murada áspera, prendendo-a com o próprio corpo. — Eu pensava a mesma coisa.

— Sr. Coutinho, é melhor me soltar.

— Vi como me olhou durante a dança. Creio que estou perdido de amor, minha deusa. Neste exato instante, estou possuído pela inspiração, e preciso conhecer o sabor desses lábios...

O bafo de bebida que ele exalava fez a bile subir pela garganta dela, que se arrependeu de não ter dado ouvidos a Samuel. O champanhe agia não apenas em seu estômago; ela não foi capaz de encontrar a própria força para empurrar o rapaz. Ora essa!

— Estou falando sério, senhor. — Ela tentou abrir caminho com a lateral do quadril. — É melhor me soltar.

— Você ouviu a dama, Coutinho. Solte-a.

A música alta e as vozes abafavam outros sons, de modo que ninguém dentro do salão notou o tom ameaçador no timbre de Sam, parado dois degraus abaixo. Ao menos a mente encharcada de bolhas de Marina concluiu que não.

O desaforado Coutinho abriu um sorriso jocoso, mas teve o bom senso de recuar, de modo que ela se viu livre para tropeçar escada abaixo. E corou ao ser amparada pelo primo. Esperou um "eu avisei". Mas Samuel estava ocupado demais direcionando a raiva ao rapaz que tentou agarrá-la.

— Da próxima vez, espere a permissão da dama, em vez de encurralá-la — ele alertou, espalmando as costas dela para ajudá-la a descer os degraus restantes da escada.

Faltavam apenas três degraus quando Coutinho resolveu abrir a boca.

— Qual é o seu problema, Samuel? — o rapaz gritou. — Porque você não pode tê-la, ninguém mais pode?

A veia pulsando na têmpora de Samuel a deixou preocupada. Mas o primo só continuou a descer a escada, o olhar à frente.

— Ela não é o anjo que você pensa, meu caro! Pela maneira como flertou comigo e com todos os cavalheiros do baile, me surpreenderá se amanhã ela ainda tiver alguma reputação. Sua prima nasceu para agradar os cavaleiros.

Marina podia estar bêbada, mas seus ouvidos funcionavam bem, por isso parou de andar. Teria muito gosto em mostrar a Coutinho que mentir podia ser muito dolorido. Girou sobre os sapatos de salto e... Ahhhh... Não foi boa ideia, definitivamente. O escarcéu em seu estômago explodiu na garganta, e tudo o que ela teve tempo de fazer foi se debruçar na amurada. Enquanto temia colocar até os pulmões para fora, ouviu ao longe o urro e um grito, então baques surdos seguidos de mais gritos. Quando tudo o que restava dentro dela era vergonha, Nina tirou uma das luvas e limpou o rosto. E então viu os dois rapazes trocando socos no terraço.

Ou um deles distribuir golpes. Tudo o que Coutinho fazia era tentar deter o punho de Samuel usando o nariz.

Meio trôpega, ela subiu as escadas aos pulos e tentou arrancar o primo de cima do sujeito. Teria o mesmo êxito se tentasse dar asas a um cavalo usando a força do pensamento. Sem alternativa, ela se interpôs entre os dois, e, ah, céus, Samuel já tinha o punho pronto...

— Sam, não!

Ele ficou imóvel de imediato. O mais puro horror desfigurou o semblante dele, e ela saltou para trás, cambaleando.

Coutinho se aproveitou para retornar à segurança da casa; ela não podia se importar menos. O que a preocupava era a maneira como Sam tremia de alto a baixo, a raiva nos olhos castanho-claros longe de ser saciada, e algo muito semelhante a nojo, porém infinitamente pior, crescendo em seu rosto ao fitar as próprias mãos salpicadas de vermelho. No instante seguinte, ele corria.

— Samuel... — Ela saltou os degraus de dois em dois. — Sam!

Suspendendo as saias, Nina tratou de segui-lo, praguejando em voz baixa por ninguém nunca ter mencionado como era difícil se manter em linha reta sobre os seixos usando sapatos de salto alto. Mas ouviu a porta envidraçada da estufa bater com força. Não que uma porta fechada significasse algo para ela — sobretudo se Samuel estivesse do outro lado —, por isso foi entrando, esperando a visão se ajustar à semipenumbra.

O suspiro áspero e exasperado repercutiu dentro da pequena estufa, dificultando que ela seguisse o som da voz dele.

— Nina, eu quero ficar sozinho — Samuel disse tão baixinho que ela precisou apurar bem os ouvidos.

— Por quê? — Se ela sentia em cada terminação nervosa que ele precisa dela?

Como o melhor amigo não se dignou a emitir nenhum som, ela circulou pela estufa, se desviando dos vasos pendentes e da grande bancada de trabalho, até avistar a figura perdida nas sombras das prateleiras mais altas. Suas saias chiaram contra as pedras ásperas ao parar bem atrás dele.

— Por que você nunca me escuta, inferno? — Ele socou a bancada. Ferramentas de jardinagem e vasos resmungaram.

— Eu escuto quando me pede coisas razoáveis. Ficar longe de você não é nada razoável. Por que está se escondendo de mim?

— O que você acha?

O desespero em seu tom a fez vacilar. Não havia iluminação além da fornecida pela lua e filtrada pelo teto de vidro. Ela não era capaz de ler seu perfil, mas a maneira como ele curvava os ombros...

— Sam...

— Sabe o que eu vi em seu olhar? — ele atalhou entredentes, sem se virar. — Medo, Nina. O mesmo terror que me paralisava quando Duarte chegava em casa tarde da noite completamente bêbado. Eu me vi refletido nos seus olhos. Eu vi o rosto de Duarte.

— O *quê*?! Não! — Ela o contornou, se espremendo entre ele e a bancada e esperando que houvesse luz o bastante para que ele lesse sua expressão corretamente dessa vez.

No entanto, Sam tentou escapar.

— Sam, você não ia me machucar. — Ela o segurou pela manga do paletó. — Você nunca me machucaria de propósito.

Os olhos castanhos perderam o dourado, embaçados por um tipo de pavor que ele nunca lhe permitira enxergar.

— Como pode ter tanta certeza? O mesmo sangue que circula em minhas veias também corria nas de Duarte. E, como dizem, o fruto nunca cai longe da árvore. — Ele engoliu com dificuldade.

— Você não é *nada* semelhante àquele crápula! Nada, Sam! — proferiu, enfática. — Você só ficou furioso pela mentira de Coutinho.

— Como acontecia com Duarte toda vez que eu abria a boca. — Fez uma careta, enojado.

— A situação é completamente diferente! Você enfrentou um rapaz da sua idade, do seu tamanho!

Rejeitando a ideia veementemente, ele começou a se afastar.

— Só me deixe sozinho, Nina.

Rapidamente, ela foi atrás dele, tropeçando no caminho graças aos estúpidos saltos.

— Escute bem, Samuel. A única maneira de me forçar a ficar longe de você agora é se você fugir. E mesmo assim eu vou tentar te encontrar, porque você não é nem um pouco semelhante àquele verme espancador de crianças. Você é justo, gentil, leal, inteligente... meio metido a espertalhão, é bem verdade. Eu pretendia mencionar como você ficou intragável nos últimos tempos, acreditando ser muito adulto apenas porque agora crescem pelos na sua cara, mas arruinaria a minha argumentação, desconfio. — Tentou brincar e conseguiu o que queria: um arremedo de sorriso. Foi o bastante para que ele parasse de andar.

Ótimo!

Ignorando o aviso no olhar dele, Marina dizimou a distância que os separava e o abraçou pela cintura, pressionando o rosto contra o peito ossudo.

— Você não é como ele — garantiu, baixinho. — Você nunca será como ele.

De começo, Sam se manteve ereto feito uma tábua, a respiração curta, o coração retumbando nos ouvidos dela. Então, como se o contato fosse tudo de que precisasse, ele começou a relaxar gradativamente, e soltou um longo suspiro penoso.

— Eu não tenho tanta certeza, e isso é o que me assusta. — Ele a envolveu em um delicioso abraço apertado. — Às vezes sinto essa coisa crescendo dentro de mim. É furiosa e violenta, e eu tenho muito medo de um dia perder o controle sobre ela.

— E por que acha que é o único a se sentir assim? Eu luto com o meu lado mais assustador com frequência. A diferença é que você tem se saído muito melhor que eu. Não se espante se eu ficar de castigo assim que estiver a uma distância razoável dos meus pais, e eles souberem que andei bebendo.

O timbre de Samuel ainda detinha uma nota amarga ao questionar:

— O que acontece se você estiver enganada?

— Ah, não estou. O castigo é uma certeza incontestável — brincou.

O riso dele ecoou pela caixa torácica magra, atravessou ossos, pele e foi se assentar no centro do peito de Marina, que fechou os olhos e deixou escapar um suspiro de alívio.

Então, porque sabia que não era sobre a bebedeira que ele inquiria, apoiou o queixo em sua gravata e vergou o pescoço, caindo diretamente nas íris, agora escurecidas.

— Não estou enganada, Sam. Você é a pessoa mais forte e corajosa que eu conheço. É a minha pessoa preferida no mundo inteiro. E sempre vou estar do seu lado para lembrá-lo disso.

Curvando-se, ele apertou a testa contra a dela e fechou os olhos.

— Promete?

— Pela minha vida, Sam.

* * *

Mesmo depois de tantos anos, a memória ainda fazia os olhos dela queimarem.

Piscando repetidamente, Nina escapou da lembrança e voltou para a pacífica rua da vila, e a casinha que Samuel ainda admirava. Tudo o que ela desejava era fazê-lo esquecer aquela parte do seu passado, por isso vestiu um sorriso.

— Então, onde você conheceu a srta. Sally?

Apartando a vista da pequena casa — finalmente! —, Samuel arqueou uma sobrancelha.

— Você não me diz nada sobre sua noiva. — Ela apenas deu de ombros. — Tenho que usar meus próprios métodos.

— Você não devia espiar minha correspondência. — Duas sobrancelhas grossas a censuraram.

— Eu não devia fazer diversas outras coisas — admitiu. Ele estava sendo evasivo apenas para irritá-la? Pois estava conseguindo. — Esse é o verdadeiro nome dela ou apenas o apelido? Sally soa meio bobo para uma mulher adulta.

Cruzando os braços, ele deu um daqueles seus sorrisos de canto de boca que faziam o coração dela dobrar de tamanho e ocupar tanto a caixa torácica que era difícil respirar.

— Tanto quanto Nina? — provocou.

Fuzilando-o, ela recomeçou a andar. Samuel a acompanhou de perto, os lábios selados por alguns instantes, até que ele suspirou.

— Sally é o verdadeiro nome dela — seu primo concedeu. — Eu a conheci na casa de tia Margareth. Ela é filha de um reverendo, e há algum tempo é a dama de companhia da tia Maggie.

Ah, que ótimo. Então a tal noiva era ainda pior do que ela previra: educada e enfadonha.

Muito bem, ela estava sendo implicante com alguém que nem sequer conhecia ainda, e sabia disso, reconheceu ao se desviar de um grupo de crianças que brincava de cabra-cega no final da quadra. Porém, a constatação não mudava o fato de que ela não gostava de Sally Steventon e ponto-final.

Uma gota gelada atingiu seu nariz. Outra acertou seu olho esquerdo. Então muitos pingos desceram do céu com mais cadência e intensidade.

— A igreja não está muito longe. — Samuel tirou o paletó e gentilmente o abriu sobre a cabeça dela. — Vamos!

Ambos estavam sem fôlego ao subirem os degraus alagados da igreja, rindo, numa cena tão semelhante ao tempo em que as coisas entre eles eram mais simples que a garganta dela se fechou, e por isso não notou a poça sob o arco da entrada. A bota dela deslizou pelo pequeno lago. Samuel se esticou para agarrá-la pela parte de trás da saia, mas não havia mais tempo, e os dois se embolaram nos ladrilhos. O ar desapareceu de seu peito quando o corpo pesado de Sam a esmagou.

Cuspindo um impropério, para em seguida pedir perdão — afinal estavam num templo sagrado —, ele rolou de cima dela e a ajudou a se sentar, os dentes cravados no lábio inferior polpudo.

— Você está bem? Eu a machuquei?

— Estou bem, mas, se você rir, eu juro que vou te afogar na pia batismal — ela ameaçou com um gemido. Um dos ombros doía, nada muito desconfortável. Já o traseiro... era melhor não levar a atenção naquela direção.

Apesar disso, Nina não devia se preocupar com zombarias. Tudo o que havia no rosto de Samuel era tensão ao ajudá-la a ficar de pé e acomodá-la no banco de madeira escura. Marina sufocou um guincho. O traseiro latejava demais, mas mencioná-lo a Sam dentro de uma igreja pareceu errado até para ela.

Ainda de pé, ele separou as pernas ao estacar diante dela, muito atento a cada uma de suas reações.

— Você está machucada — afirmou, sem dar margem a réplicas.

— Foi apenas um tombo. Tantos anos enfiada no estábulo treinaram meu corpo. Estou mais que habituada a fazer alguma estupidez que resulte em hematomas.

— Eu me lembro disso.

De cara feia, ela empurrou para o lado a fivela do cinto que lhe perfurava a barriga. A bolsinha se chocou contra o encosto do banco com um *ploc.*

— Você deveria responder: "Não diga besteira, Nina. É óbvio que você não costuma fazer nenhuma estupidez".

— Mas eu estaria mentindo, e nós dois juramos nunca mentir um para o outro. — Cruzou os braços. — Como se sente realmente?

Essa era a pergunta que ela também andava se fazendo. O que ela estava sentindo quando ficava a sós com Sam?

— Estou bem. — Devolveu a ele o paletó agora ensopado, e puxou a fita que prendia os cachos pesados em um rabo de cavalo já parcialmente desfeito, sacudindo a cabeça de modo que os fios molhados saltitaram pelos ombros e costas.

Uma expressão semelhante a fascínio surgiu no rosto do melhor amigo. Esperou que ele implicasse com sua aparência desmazelada. Em vez disso, Sam esfregou a boca, subitamente interessado no mosaico do piso.

— Talvez seja... humm... — Ele estendeu o paletó, a vista colada ao chão. — Seja melhor... hã... vestir. Você está... hã...

Por que ele estava corando?

— Estou o quê? — Abaixando o olhar, precisou de um rápido exame para que, pela primeira vez na vida, ela lamentasse não usar espartilho. Tanto a camisa branca de viscose quanto a chemise de cambraia estavam ensopadas, coladas ao busto com um véu diáfano, deixando entrever os mamilos em riste apontando para o melhor amigo. — Ahhh...

Absurdamente sem graça, puxou de volta o paletó e passou os braços pelas mangas, gemendo ao movimentar o ombro esquerdo. Aquele que, com o traseiro, absorvera grande parte da queda.

A reação de Samuel foi imediata; ele se dobrou sobre ela, uma das mãos encaixando-se na parte de trás dos joelhos para girá-la no banco até os pés tocarem os mosaicos do corredor central, mantendo-a onde queria.

Não que ela planejasse fugir. Mas, caso tentasse, não iria muito longe, admitiu, se perdendo no diâmetro dos bíceps sob a camisa úmida. Sam era uma muralha agora.

— Com licença. — Ele serpenteou uma das mãos hábeis por baixo do paletó, investigando as costelas, a clavícula, o ombro.

Enquanto ele estava distraído com o exame clínico, ela se embriagou com o perfume impregnado no paletó, ao mesmo tempo em que o admirava à luz do dia. O colete xadrez em tons de vinho ficou ainda mais escuro devido à umidade, a camisa branca grudada na pele desenhando cada saliência e reentrância dos braços fortes. Gotículas reluziam como diamantes em seus cachos pretos, e as íris castanho-claras, roubando o cintilar dos vitrais, estavam fixas em algum ponto atrás dela. Decerto Nina compreendia Sally Steventon. Era uma batalha perdida não se apaixonar por Samuel.

Não que ela estivesse apaixonada! Não estava nem um pouco apaixonada pelo primo e melhor amigo, e nunca estivera. Se agora ela o analisava com tanta atenção, era porque o compromisso com Diogo Fontes lhe conferia maturidade suficiente para admirar um belo homem ao se deparar com um.

Interrompendo o exame, Sam se pôs a enrolar as mangas da camisa até a altura dos cotovelos, revelando muita pele marrom aveludada, as gotículas desenhando caminhos aleatórios. Nina tremeu na ânsia de capturá-las com a ponta dos dedos. Ou com a pontinha da língua.

O noivado também fornecia a ela a maturidade para desejar lamber um homem lindo.

Entretanto, foi Samuel quem voltou a tocá-la, averiguando com os dedos quentes a pele sensível de sua garganta. Se antes apenas a presença dele perturbava seu juízo, o contato dos dedos nus em sua pele a arremessou em um novo nível de excitação, e ficou muito preocupada com a possibilidade de começar a relinchar e exibir os dentes.

Sam tocou um ponto particularmente sensível na base do seu pescoço, e fez uma careta quando ela se encolheu. No instante seguinte, seu amigo se curvou sobre ela, alinhando os rostos. Se ela esticasse a língua só um pouquinho poderia lamber o lábio inferior suculento.

— O que está fazendo? — Vergonhosamente sua voz tremeu.

— Sua pulsação está instável. Preciso verificar suas pupilas.

— Seu pulso também estaria diferente se alguém o cutucasse e ignorasse quando diz que está perfeitamente bem.

Por que Samuel tinha que ser médico? Por que *ela* tinha que experimentar todas aquelas sensações desvairadas?

Resistindo à urgência de praguejar em pensamento, ela encarou a gravata... que não estava ali. Pior ainda, Sam deixara os dois primeiros botões abertos, e um trecho de pele muito convidativo estava exposto.

Por favor, Senhor meu Deus, não permita que eu relinche. Não me deixe relinchar agora!

— Olhe para mim, Marina — ele pediu a meia-voz.

Naturalmente, ela foi estúpida o suficiente para atendê-lo. E se sentiu feita de vapor quando o hálito dele acariciou sua face, os dedos longos se espichando pelo seu pescoço.

Foi inconsciente. Marina não decidiu deitar o rosto em direção ao toque dele; só queria senti-lo melhor, encharcar-se com o calor que ele oferecia. O movimento instalou um pequeno V entre as sobrancelhas de Samuel, mas não durou mais que um átimo. Seu olhar mudou, o médico se retirando afugentado pelo fogo denso, profundo, que consumiu os topázios quase por inteiro. Agora Nina sabia qual seria a sensação de comer uma colmeia.

Seu coração confuso cavalgava como se aquela fosse a corrida de sua vida ao estar assim tão perto dele, e parou de bater quando Sam umedeceu os lábios e cravou o olhar em sua boca, os dedos em sua nuca se contraindo de leve.

Fazia muito tempo que ela aprendera a ler os olhares de Samuel. Pensava conhecer cada um deles, mas aquele... aquele era novo, e o corpo dela reagiu de maneira inusitada. Esquentou a ponto de arder, tremeu de dentro para fora, as mãos frouxas e frias buscando apoio ao redor do pescoço largo.

Me beije, Sam, seu coração segredou. *Por favor, me beije.*

Foi aí que ela começou a desconfiar de que Sam podia mesmo ouvir as coisas que seu coração indomado andava sussurrando, pois a soltou de súbito e se ergueu, afastando-se até bater o traseiro no encosto do banco oposto. Correndo os dedos instáveis pelo cabelo, a respiração saindo em lufadas pesadas, ele olhou em qualquer direção que não a dela, o que era bom, pois Nina não fazia ideia do que o próprio rosto exibia ao compreender que seu melhor amigo percebera sua intenção de beijá-lo. E, em vez de esbravejar "Que raios está fazendo de novo?" — ou beijá-la primeiro, por que não? —, ele se afastou para evitar o constrangimento de proferir em voz alta que não estava interessado, como fizera sete anos antes.

Mas apenas por um instante...

Não. Ela estava fantasiando. Ficou muito evidente pela postura dele e a forma como os olhos dardejavam, em busca de uma rota de fuga.

— Eu... hã... — Sam pigarreou — não encontrei nenhuma fratura ou torção. Mas coloque um pano frio no ombro, para evitar um possível inchaço.

O silêncio eletrizante, uma força física brutal, recaiu sobre os fundos da capela. Foram salvos do momento desconfortável com a chegada repentina de padre Antônio. O velho pároco, ensopado do chapéu à batina sob o arco da porta, bateu a bengala em uma das botas enlameadas.

— O Senhor poderia ter me alertado sobre esta chuva. Sabe que meus ossos já não aguentam. — Então viu que a capela não estava vazia e se animou. — Ora, se não é Marina Clarke e o pequeno Samuel! Já nem um pouco pequeno — comentou o padre, os olhos se arregalando gradativamente à medida que se aproximava. Ao parar ao lado do rapaz, o sacerdote se firmou na bengala para arquear as costas e ver seu rosto. — Meu filho, o que deram para você comer em Londres?

— Sopa de enguias, padre — disse Samuel, ainda fugindo do olhar dela.

O sacerdote não percebeu o clima tenso e riu ao cumprimentá-lo com tapinhas estalados nas costas. Depois de garantir a Marina que sua aparência era boa — padres também se valiam de mentiras convenientes, descobriu ela —, analisou o par que formavam, assentindo para si mesmo.

— Um belo casal, de fato. Eu estava esperando que me procurassem. Soube do noivado. Me deem apenas um minuto e vou apanhar o caderno de cerimônia. Eu sempre soube que vocês dois ficariam juntos! Ah, se sabia!

Os amigos se entreolharam e então desviaram o olhar imediatamente.

— Padre Antônio, o senhor não compreendeu — contestou Samuel, sem graça.

— O senhor se confundiu. Nós vamos nos casar, mas não um com o outro — ela tentou ajudar, corada.

Mas o padre fez um gesto com a mão antes de desaparecer na estreita porta lateral do altar.

Tão subitamente como começou, a chuva perdeu a força e então deu uma trégua. Marina deduziu que era melhor partirem antes que o padre retornasse para marcar o casamento. Entretanto, como desconfiara, Sam havia traçado um plano de fuga.

— Eu já me demorei demais. Preciso ir para o consultório. — Ele coçou o nariz, fitando a ponta das botas sujas de lama.

Forçando-se a caminhar o mais naturalmente possível, Nina o acompanhou até o lado de fora da igreja, onde se despediram rapidamente e seguiram em direções opostas. Os pensamentos dela se atropelavam ao se afastar da capela — de Sam — sem ver por onde ia, e só percebeu para onde suas pernas a levaram ao ouvir alguém chamar seu nome.

— Minha pérola! — Diogo desceu as escadas da própria casa, saltando os degraus de dois em dois. — Me perdoe por tê-la feito vir a minha casa neste aguaceiro! Pobrezinha, está ensopada! — Mas o noivo franziu o cenho ao reparar no paletó masculino que ela vestia.

— É de Sam — explicou depressa. — No esbarramos na rua.

A notícia não o agradou nem um pouco. Mas Diogo foi gentil ao não fazer nenhum comentário.

— Venha. Entre. Vou providenciar uma xícara de chá para aquecê-la. — Espalmando uma das mãos nas costas da noiva, ele a levou para dentro.

Um calafrio percorreu a espinha dela ao parar no hall de entrada escuro, e o noivo tentar apanhar o paletó sobre seus ombros. Fez que não, fugindo das mãos dele. Por que o toque do noivo tinha um efeito tão oposto ao de Samuel?

Suspeitou de que Diogo notou sua agitação, pois duas linhas se formaram entre as sobrancelhas.

— Minha pérola, você não me parece bem. Existe qualquer outra coisa que eu possa fazer para lhe trazer um pouco de conforto?

— Sim. Preciso que me beije.

Se Nina tivesse pedido a ele que se transformasse em uma ferradura, o rapaz não estaria mais perplexo.

— Nos deixe a sós. — O olhar dele se prendeu em alguém atrás dela. O mordomo, talvez. A voz do noivo estava baixa ao voltar a falar. — Minha pérola, repita o que disse.

— Preciso que me beije, Diogo.

Ele não esperou nenhum outro incentivo e avançou para ela, um pouco bruto e desajeito. Então Marina fez exatamente a mesma coisa que sete anos antes, seguindo cada passo, gesto e suspiro à risca. Se esforçou e tentou de novo e insistiu um pouco mais quando tudo o que sentiu foi gosto de ovos e torresmo.

Com um suspiro, recuou até bater as costas no aparador. Alguns objetos sobre ele resmungaram. Ela não se deu o trabalho de descobrir o que era.

— Nossa! Isso foi... — Diogo alisou a gravata, um tanto abobalhado. — Minha nossa!

O noivo chegou a murmurar mais alguma coisa, mas ela não ouviu. Como poderia, se todos os seus pensamentos se voltavam para a perturbadora descoberta de que os beijos do noivo não tinham nenhum efeito sobre ela? Ao contrário do toque de Samuel, que transformara seu mundo em uma chuva de estrelas cadentes.

Ah, ela estava com sérios problemas...

14

Por isso naquela manhã eu fingi ser adulta e fui para a fábrica procurar a porcaria dos recibos, da mesma maneira que fingia acreditar que minhas filhas estavam seguras. Sou uma idiota ou o quê?!

Os vapores das panelas sobre o fogão a lenha preenchiam de calor e perfume a luminosa cozinha dos Amina. A jovem cozinheira continuava a mexer o cozido, enquanto a atenção de Ana Laura estava no homem de meia-idade magricela, a pele branca normalmente rosada refletindo um toque cinzento, sentado de cara amarrada em uma das cadeiras da mesa redonda, fingindo não precisar de cuidados médicos.

— Eu agradeço a visita, srta. Ana Laura. — O mordomo ficou de pé. — Mas as preocupações da menina Damilola são desnecessárias. Minha saúde está perfeitamente boa. Não preciso de um médico.

No entanto, a dor acentuou as rugas ao redor da boca do homem conforme caminhava. Mal tirava a perna esquerda do chão ao andar, Ana reparou, lançando um olhar preocupado para Damilola, sentada do outro lado da mesa.

— Nem eu sou uma cirurgiã, sr. Marques — ela se apressou, recostando-se ao guarda-louça de braços cruzados. — Mas o senhor está mancando mais que o habitual. Precisa ser examinado. Meu primo acaba de voltar de Londres e se ofereceu para visitá-lo aqui mesmo. Não terá que ir ao consultório.

— É só o meu reumatismo. Piora em dias frescos ou chuvosos. Um chá de manjerona vai resolver. — Ele foi vistoriar o conteúdo das panelas, dando um aceno de apreciação para a cozinheira.

— Se chás fossem tão eficientes, ninguém adoeceria na Inglaterra — insistiu Analu. Por que ele tinha que ser tão turrão?

— Nem existiria a necessidade de médicos — ajudou Lola, ficando de pé para oferecer o braço ao mordomo. E ficou frustrada quando ele alterou a rota. — Por favor, querido sr. Marques, escute Ana Laura e permita que o dr. Samuel o examine. Sei que está sofrendo. Faz dois dias que o senhor não sai desta casa para nada. Não há motivo para continuar assim. Além disso, meu casamento se aproxima. Não consigo pensar que estará em uma cama quando eu disser *sim* a Tommy Clarke. Preciso que esteja por perto.

— E estarei, querida. Não perderia esse momento por nada. — O mordomo conferiu o bule de chá sobre a mesa e franziu o nariz adunco, puxando um lenço do bolso para poli-lo. — Mas, como eu disse, estou perfeitamente bem. Nenhum cavalheiro vai chegar a meio metro de mim.

Então esse era o problema?

— Não será um cavalheiro — Ana insistiu —, mas um médico. O gênero é irrelevante, sr. Marques.

— Se não é relevante, por que a senhorita não foi aceita em uma escola de medicina ainda? — Satisfeito com o brilho da peça, ele a deixou sobre a mesa e cravou os olhos inquisidores em Analu, que pressionou os lábios, vencida.

Damilola atirou as mãos para o alto quando o mordomo baixinho escapuliu da cozinha.

— É como falar com as paredes, Ana — reclamou. — Não sei mais o que fazer para convencê-lo. Tentei de tudo. De drama, dizendo que já perdi minha mãe e não posso perdê-lo também, a ameaças de arrastá-lo ao consultório à força ou demiti-lo. E sabe o que ele me respondeu? Que prefere passar fome a ser submetido a um exame. Não sei mais o que fazer! Ele está piorando a cada dia.

Tão frustrada quanto a amiga, Ana foi abraçá-la, esperando confortar a elas duas.

— Há um tônico que pode ajudar a fortalecê-lo — sugeriu Analu —, mas, Lola, é apenas isso. Não vai curá-lo. Ele precisa ser avaliado por um médico, e tenho certeza de que nenhum cirurgião se sujeitaria a examinar um paciente sem seu consentimento, exceto em caso de vida ou morte.

— Se ao menos mamãe estivesse aqui... — A jovem suspirou. — Ela era a única capaz de dobrar o sr. Marques.

A conversa foi interrompida com a chegada de Tommy.

— Não sabia que viria tão cedo. — Lola ofereceu as mãos ao noivo, já pronto para beijá-las. — É uma grata surpresa.

Depois dos cumprimentos trocados na sala de visitas, Ana esperou o primo ir se sentar em uma das poltronas para se acomodar no sofá maior.

— Eu não deveria ter vindo — confessou ele à noiva. — Preciso ajudar papai com alguns arrendatários, mas quem consegue se concentrar com vovó Cassandra por perto? Ela só fala no maldito vestido. Estou quase aceitando eu mesmo usá-lo, apenas para que ela esqueça essa história.

Ana deu risada, ganhando do primo um olhar enviesado.

— Ria enquanto pode, prima. Não se esqueça de que ela é sua tia-avó e não vai desistir tão cedo da ideia de que alguém use o vestido. — E para a noiva: — Podemos nos esconder na confeitaria pelo resto do dia, por favor?

Indo se empoleirar no braço da poltrona, Lola afagou o cabelo vermelho do noivo.

— Podemos fazer o que quiser. Eu o protegerei da vovó malvada.

Quando ele esticou o pescoço para beijar a pontinha do nariz de sua noiva, Ana percebeu que estava sobrando e tratou de se despedir, avisando que enviaria o tônico para o sr. Marques depois que falasse com o tio.

Ela devia ir para o consultório auxiliar Samuel e o tio enquanto esperava Marina terminar com a potrinha dos Fontes, mas havia um assunto que precisava resolver o quanto antes, ou acabaria enlouquecendo. Precisava encontrar o sr. Alexander nem que para isso tivesse de ir a pé à propriedade dos Romanov, mas não voltaria para casa sem respostas. E, ah, ela tinha inúmeras perguntas. Ainda não havia descartado a possibilidade de ele ser um golpista. Entretanto, e se não fosse? E se Nina realmente estivesse em perigo? Precisava entender o que ele dissera, e, acima de tudo, o que ele não havia dito ainda.

Passava em frente à tabacaria quando a chuva desabou sem aviso, e ela correu para se abrigar sob o toldo estreito do estabelecimento.

Ao menos Nina estava protegida no estábulo dos Fontes, se consolou, esticando o braço para apanhar os pingos gélidos que gotejavam no beiral da marquise. Mas como, em nome de Deus, Ana poderia procurar Alexander sob aquele aguaceiro?

A cortina de água pesada turvava a rua, e a impediu de reconhecer a outra pobre alma em busca de abrigo. Ana chegou para o lado quando o cavalheiro saltou para a segurança da cobertura, pingos descendo do chapéu para o casaco azul do...

— Sr. Chagas! — ela arfou.

— Srta. Ana Laura! — Ricardo arregalou os olhos. — Acho que o destino gosta de mim, pois eu estava louco para encontrá-la. Preciso me desculpar pelos modos do meu pai ontem à noite. Havia maneiras mais gentis de recusar seu apelo. Espero que não pense que a grosseria é um traço da minha família.

Analu queria retornar àquele assunto tanto quanto cortar o dedo com papel. No entanto, punir o filho pelos pecados do pai seria injusto, como condenar a maçã por ter nascido em um galho torto.

— Não deve se desculpar pelas ações de outra pessoa além das suas próprias — ela acabou dizendo.

— A senhorita é a gentileza em pessoa. Será uma esposa muito adequada um dia, com essa cabeça boa.

A última parte deixou um gosto amargo na garganta dela. Estava certa de que Ricardo não fizera por mal, mas aos ouvidos de Analu o comentário era tudo menos um elogio. Não queria ser uma esposa adequada boa da cabeça. Podia ser mais, *tão* mais!

Se tivesse escolha, ela teria rido, se despedido e ido para longe do filho do senador. Mas a chuva apertou e ambos se espremeram contra a fachada da tabacaria, ensopados dos joelhos para baixo.

— Quem suspeitaria de que iria chover tão de repente? — Ricardo puxou conversa, batendo o chapéu na perna da calça para secá-lo um pouco. Alguns respingos atingiram o braço dela.

— A minha irmã suspeitou. — Ela secou os pingos discretamente. — Marina notou que os cavalos estavam um pouco agitados esta manhã. Eu tenho tendência ao ceticismo, mas, em se tratando de Marina e seu amor pelos equinos, aprendi que é melhor não duvidar.

— Sua irmã passa muito tempo no estábulo? — Ele puxou um pente do bolso, correndo-o pelas ondas castanhas. — Não me parece uma atividade adequada para uma dama.

— É adequada para Marina — devolveu sem rodeios.

O baque surdo de botas pesadas contra as poças a fez se virar e querer gemer. A pequena cobertura acima da janela da tabacaria mal acolhia a ela e

Ricardo Chagas. A adição de uma terceira pessoa era impraticável. Mas o cavalheiro de terno claro não se deu conta do detalhe ao se lançar sob a segurança seca do toldo.

Uma gota de chuva se desprendeu da estrutura do toldo acima deles e atingiu o recém-chegado na testa, exatamente sobre a cicatriz. Um calafrio subiu pela espinha de Ana à medida que a gotícula serpenteava pela marca e então rolava pela lateral do rosto, como se ele chorasse.

— Tem espaço para mais um, srta. Ana? — Tocando levemente o chapéu, Alexander deu a ela um sorriso provocador.

— Ah... sim. — Engoliu um arquejo com a maneira como as íris feitas de prata pura pareciam zombar dela. Depois de tudo o que ela dissera na noite passada, devia ter esperado outra reação?

Chegando mais para o lado até a saia ser comprimida pelas pernas dos dois cavalheiros, ela foi dominada pelo desejo urgente de que Ricardo Chagas se lembrasse de um compromisso inadiável e a deixasse a sós com o cavalheiro a quem pretendia interrogar e obter respostas, mesmo se tivesse que usar a força.

Partindo do pressuposto de que soubesse como fazer isso, ela tocou o pescoço, apanhando uma gotinha gelada que pingou do teto. Devia ter prestado mais atenção aos golpes que Marina tentara ensinar a ela quando eram adolescentes.

Para seu infortúnio, Ricardo apenas ficou de lado para analisar com atenção o recém-chegado, das botas bicolores úmidas ao traje cor de areia. Alexander não pareceu nem um pouco incomodado com o escrutínio; ao contrário, estufou o peito, segurando as lapelas do paletó.

— Eu sei. Eu fico realmente bem com essa cor, não é? — se gabou. Então voltou a atenção para a jovem. — Senhorita, espero não estar sendo indelicado, mas tem consciência de que está ficando azul?

Sem esperar pela resposta, Alexander começou a tirar o casaco, que ainda respingava.

— É muita gentileza. — Ela tentou se esquivar, mas acabou batendo o ombro no peito do sr. Chagas. — Não é necessário. Estou aquecida o bastante.

— Eu jamais me perdoaria se você adoecesse.

Ricardo a segurou pelos ombros e a empurrou para trás, ficando cara a cara com Alexander, já puxando uma das mangas do paletó azul, sem notar que a deixara com meio corpo para fora da cobertura.

— Ela vai adoecer se vestir esses trapos ensopados — o rapaz se intrometeu. — Aqui, srta. Ana.

Nem tão gentil assim, ela empurrou Chagas para arranjar mais espaço, de modo que ele e Alexander ficaram nariz a nariz.

— Desculpe. — Alexander afastou com um gesto brusco o paletó que Ricardo oferecia a ela. — Mas a srta. Ana Laura não pode aceitar o paletó de um estranho. As pessoas podem fazer mau juízo. Sabe como é...

— E o senhor é um velho amigo, suponho.

Meio sorrindo, meio fazendo uma careta, Alexander coçou com o polegar a cicatriz.

— Eu diria que sim, embora alguns cavalheiros, dois em especial, tenham algumas observações quanto a essa afirmação.

— Curioso, não o vi no baile ontem à noite. — A voz de Ricardo subiu alguns tons. — Logo, não pode ser tão próximo assim da família Clarke.

Impaciente, ela se meteu entre eles, abrindo espaço com os cotovelos.

— Eu posso responder por mim mesma. — Olhou para um, depois para o outro. — Estou perfeitamente aquecida. Não preciso de nenhum paletó.

Emburrado, Ricardo cruzou os braços na altura do peito. Já Alexander calmamente fitou o toldo e franziu o nariz.

— Senhorita. — Ele envolveu os dedos em seu cotovelo. — Poderia chegar um pouco mais para a esquerda? Você também, meu senhor.

Ricardo o fuzilou.

— Estou perfeitamente bem onde estou.

— Você é quem sabe. — Ele deu de ombros e fez uma suave pressão para que ela se movimentasse. — Um pequeno passo, por favor, srta. Ana.

Incerta quanto às intenções dele, não teve alternativa diante da insistência e fez o que ele pediu.

— Sr. Alexander, eu não... — Ela arquejou quando Alexander a agarrou pela cintura e inverteu as posições, abrindo o paletó diante dela.

Ofegante pela ousadia, ela se preparou para gritar com ele, mas o *reeeeec* agudo seguido por uma imprecação a silenciou. Ana olhou para cima e encontrou o buraco no tecido verde-escuro, por onde uma cascata pesada jorrava, banhando o exato ponto onde ela estava havia apenas três segundos. Onde agora se encontrava um encharcado Ricardo Chagas.

— Maldição! — gritou o rapaz, sacudindo as roupas. — Este traje é novo.

— É melhor ir secá-lo antes que encolha — aconselhou Alexander.

Lançando um olhar fulminante a ele, Ricardo bateu o chapéu agora disforme na perna antes de deixar a marquise chapinhando pela chuva, para divertimento de Alexander.

Ana não fazia ideia do que era tão engraçado. Sua atenção estava no buraco no toldo.

— Como sabia que a chuva ia romper a estrutura? — ela inquiriu, atordoada.

— Física. — Ele deu de ombros. — Gravidade e massa, sabe como é...

Era um bom argumento. Mas ainda não explicava o acidente na noite anterior.

— Conheço o princípio fundamental da dinâmica e nunca poderia utilizá-lo para prever a quantidade de pontos necessários para fechar uma ferida que nem sequer fora aberta. Como sabia que papai se machucaria ontem à noite?

— Vai acreditar se eu disser que foi pura intuição? — ele gracejou. Como tudo o que ela fez foi continuar a encará-lo sem se atrever a piscar, ele suspirou. — Está bem. Eu sou capaz de fazer coisas que a maioria das pessoas nem sonharia, Ana. Eu consigo adivinhar o futuro.

E ali estava ele outra vez, se dirigindo a ela como se fossem velhos amigos. Em vez de perder tempo com recriminações que não a levariam a lugar algum, ela foi direto ao ponto.

— Não é possível prever o futuro. Acaso você convenceu um dos nossos empregados a fazer parte deste seu teatro? — Agora que parava para pensar, não parecia tão absurdo assim, exceto pelo fato de não conseguir imaginar um único nome que traísse a família daquela maneira. Raios.

Ele chegou mais perto, as sobrancelhas censurando-a.

— Ana, vamos resolver essa questão de uma vez por todas. Eu não sou um charlatão apaixonado por Marina tentando roubá-la de Diogo.

— O senhor há de convir que é uma explicação mais sensata e possível que adivinhar o futuro.

— Você, entre todas as pessoas, deveria acreditar mais no impossível. Do contrário, nunca vai conseguir um certificado de cirurgiã, Ana.

— Srta. Ana — corrigiu, pronta para questionar como ele descobrira seu desejo de trilhar o caminho da medicina. Então abortou a ideia. Metade da vila já sabia.

Correndo os dedos pelo cabelo curto, ele suspirou, agastado.

— Você não acredita em mim. Muito bem, Ana. Venha comigo.

— Debaixo desta chuva?

— Que chuva? — Ajeitando o chapéu, ele abandonou a proteção da marquise e saiu para... o ar limpo, sem um pingo sequer, como se alguém tivesse fechado as comportas do céu?

Ainda não prova nada, resmungou com seus botões, mas correu atrás dele pela calçada molhada, o peso da saia úmida dificultando que avançasse mais rápido.

— Eu não posso explicar algo que não tem explicação — ele proferiu quando ela o alcançou. — É como tentar explicar o vento. Você não o vê, mas sente no cabelo, na pele, batendo na janela...

— Na verdade, o vento é o movimento do ar em grande quantidade — ela apontou.

Grunhindo, ele olhou feio para ela.

— Poderia tentar não encontrar uma explicação para tudo até que eu termine? Como ela comprimiu os lábios, ele apontou com o queixo para o padeiro, que corria para a barraca revirada pela tempestade.

— Eu não faço ideia de por que aquele senhor está com tanta pressa para salvar o que restou dos pães, quando sabe que não sobrou nenhuma mercadoria. Mas eu sei que, em sua afobação, ele vai prender o dedo entre as caixas e começar a praguejar enquanto sacode o braço. Aí vai atingir a base da barraca, que está um pouco solta por conta da ventania, e ela vai tombar na vitrine da alfaiataria. Não haverá danos à janela, mas o alfaiate vai se irritar, e os dois vão começar uma discussão acalorada.

Atenta ao perfil cinzelado em granito, ela se convenceu de que os soldados espartanos tinham a mesma expressão grave antes de saírem para a batalha. Entretanto, deixou as especulações de lado e, boquiaberta, assistiu à cena se desenrolar entre os comerciantes, *exatamente* como ele detalhara.

— Não se preocupe. — Alexander se curvou para sussurrar em seu ouvido. — O bate-boca vai terminar numa mesa regada a conhaque e risadas embriagadas. Eles ficarão bem. Sempre ficam. Agora, o garotinho. — Discretamente indicou com o olhar o menino sapateando de poça em poça. — Ele acabou de ganhar aquelas botas. Também vai ganhar um castigo de duas semanas e um dolorido puxão de orelha.

Como ele descrevera, o pai do garoto deixou a alfaiataria com um pacote debaixo do braço, e procurou pelo filho. Ao vê-lo saltitando na água barrenta, marchou para ele, bafejando o charuto feito uma chaminé.

— ... se quer se comportar como um porco, então vai aprender a cuidar de um... — ele gritou, puxando o garoto pela orelha em direção à carruagem preta.

Muda de perplexidade, Ana tentou entender como aquilo. Como era possível que...

Tropeçando nos próprios pés, ela o fez parar de andar e o encarou fixamente.

— *Como...?!*

— Eu não sei. — Ele encolheu os ombros. — Chame de dom, maldição, o que preferir. É tudo a mesma coisa para mim.

Tornando a observar o garoto sendo arrastado pelo pai, ela estremeceu de alto a baixo ao se recordar do encontro no caramanchão e tudo o que ele dissera.

Marina, o nome martelou em seu coração.

Uma sombra arrepiante turvou as feições de Alexander.

— Eu sinto muito, mas não menti, Ana — ele disse, como se lesse sua mente. — Marina está trilhando um caminho perigoso que eu prefiro não detalhar. Mas vou, se você me pedir.

Pela maneira como o pomo na garganta dele subiu e desceu com rigidez, ela preferiu se manter na ignorância.

— Como posso impedir que aconteça? — Uma camada de suor gélido recobriu sua pele.

— Humm... Então... — Ele esfregou os cabelos raspados. — Você não vai gostar dessa parte.

— O que eu não gosto é de imaginar que algum mal possa estar esperando pela minha irmã bem depois da esquina. Não importa o que eu tenha de fazer, desde que Marina esteja segura e bem. Todo o restante eu posso aguentar. Apenas me diga como ajudá-la.

Assentindo, ele ofereceu o braço a ela.

— É melhor continuarmos esta conversa em outro lugar.

A preocupação com Nina a convenceu a apoiar os dedos na dobra do cotovelo e segui-lo pela rua. Não pôde adivinhar para onde seguiam até avistar o coreto ao lado da igreja. *Para termos privacidade*, deduziu conforme ele a ajudava a subir os três degraus

Lá dentro, Alexander recostou os quadris na madeira entrelaçada, e o cercado gemeu um protesto. Também pudera, com toda aquela altura e os ombros largos...

Em um canto de sua mente, ela ponderou se não devia temê-lo, afinal estava descobrindo que aquele sujeito não se assemelhava a nenhum outro. Por alguma razão desconcertante, não se sentia intimidada perto dele.

Não muito, pelo menos.

— Muito bem. — As bochechas dele se inflaram ao soprar o ar com força. — Você precisa impedir que Nina se case com Diogo Fontes.

A um suspiro de perder a calma, ela revirou os olhos.

— O senhor já me disse isso ontem à noite. E preciso avisá-lo: se está pensando que eu exerço alguma influência sobre Marina, é melhor rever seus planos. Ela nunca dá ouvidos a ninguém. Às vezes suspeito de que não dá ouvidos nem aos próprios pensamentos.

Os olhos cinzentos e incomuns faiscaram conforme exibia um sorriso sardônico.

— Então não restam muitas alternativas, não é?

E lá se foi a calma.

— Que raios isso significa?

A blasfêmia o pegou de surpresa, mas não o desagradou. De modo algum, notou ela, pela maneira como ele a observou, com ar respeitoso. No entanto, a aura ao redor dele se modificou subitamente ao proferir, em uma voz baixa e penalizada:

— Você já sabe o que isso significa, Ana. É inteligente o bastante para ter compreendido que, se Marina não pode ser convencida a desistir do noivado, sua única alternativa é fazer Fontes mudar de ideia.

— De que maneira posso aconselhá-lo, se mal consigo travar uma conversa decente com... — Enfim ela compreendeu por que Alexander mantinha uma postura defensiva, o rosto exprimindo algo muito próximo de pena. Ofegando, deu um passo para trás para se segurar em um dos pilares do coreto. — Não!!

— Eu avisei que você não ia gostar. — Ele coçou a nuca. — Eu gostaria que tivesse outra maneira. Sinto muito.

Abanando a cabeça freneticamente, ela se dirigiu para as escadas, as saias molhadas raspando nas folhas caídas trazidas pelo temporal. Entretanto, como se antevisse suas ações, Alexander se plantou no vão de entrada, impedindo-a.

— Ana...

— Eu disse não!

Nunca poderia ser tão desleal a Marina. A felicidade da irmã era mais preciosa que sua própria felicidade. Regra geral, elas sempre cuidaram uma da outra. Eram irmãs não apenas pelos laços sanguíneos, mas porque se escolheram também no coração.

— Eu já verifiquei todas as possibilidades — ele alertou, veemente. — Fazer com que Fontes se apaixone por você é a única saída. Mas que inferno, Ana, pare de me empurrar e me escute!

Desistindo de derrubá-lo escada abaixo, ela o enfrentou com uma fúria que até então desconhecia.

— Deve pensar que eu sou uma tola, não? A culpa é toda minha. Eu perguntei, eu o segui, e por um momento cheguei a acreditar no que me dizia.

— Eu não estou inventando, caramba. Nem tramando nenhum plano para ficar com Marina. Só estou dizendo que eu sei que essa é a única alternativa para salvar sua irmã do perigo.

Em meio à raiva e ao desespero, ela deixou escapar uma risada. *Ela* seduzir Diogo? Ora, se soubesse como fazer tal coisa, ele não teria proposto casamento a Nina.

— Marina não abriria mão dele — Alexander continuou —, ou de qualquer outra coisa, por nada neste mundo. Exceto por uma pessoa: você.

— O senhor é completamente lunático.

— Provavelmente. — Escondeu as mãos nos bolsos da calça. — Mas, nesse caso específico, só estou tentando ajudar.

— Saia da minha frente.

Ele suspirou, exasperado.

— Muito bem, me escute. O casamento de Damilola e seu primo tem forçado o sr. Amina a visitar a propriedade no lago. Ele não suporta estar naquela casa sem a esposa. Damilola também vai escolher não viver nela após o casamento. As lembranças doem demais. Por isso a propriedade será colocada à venda pouco antes da cerimônia. Fontes vai comprá-la, e Marina não vai se opor. Mas ela e o então marido não vão se entender. Em um passeio pelo lago, é quando acontece. Eles terão uma discussão acalorada. Marina vai ficar muito aborrecida e não vai esperar que o marido vire o barco e retornem à margem. Sua irmã não conhece tão bem aquelas águas, não sabe que é diferente do riacho, e sob a superfície existe uma floresta de algas. Ao mergulhar...

— Pare! Por favor! Chega. — Ela ergueu as mãos em súplica, piscando para escapar das imagens que ele pintavam em sua mente. — Não quero ouvir. Por favor, pare!

Visivelmente irrequieto, ele fitou as botas brancas e pretas salpicadas de lama.

— Me perdoe, Ana Laura. Eu precisava contar. Você pode escolher não fazer nada, mas eu não tenho essa alternativa.

— Não pode me pedir que eu seduza o noivo da minha irmã! Não entende? — Duas lágrimas gordas lhe desceram pelas bochechas. Ela as secou com dedos trêmulos. — Nina é tudo para mim. Eu não posso ser aquela que vai destruir sua felicidade. Ao contrário, eu sou aquela que a defenderia de tal pessoa.

Liberando a passagem, ele circulou pelo coreto, a atenção na folhas molhadas. Parou de andar e se virou para ela.

— Ana Laura, se o noivo fosse qualquer outro homem e não Fontes, você também hesitaria?

— Certamente. — Mas, para seu completo horror, ouviu a voz vacilar.

Em meio ao furacão que a sacudia em todas as direções, ela notou algo que a paralisou: Alexander conhecia seu segredo mais sórdido.

— Desculpe. Não faço por mal. — Ele soltou uma grande lufada de ar. — Se quer saber, o seu futuro também não será bonito. Você agora pensa que não existe dor maior que magoar sua irmã. Mas em poucos meses vai descobrir que existe, sim. Lamentavelmente, já não haverá mais nada a ser feito.

Em poucos *meses*? O futuro terrível que ele descrevera para Marina se tornaria realidade em míseras semanas?

Dando um aceno curto, ele começou a se encaminhar para a saída do coreto.

— Espere! — Os pensamentos dela rodopiavam a uma velocidade nauseante. — Por favor, sr. Alexander, espere.

Do segundo degrau, ele a observou por sobre o ombro, arqueando uma sobrancelha.

Inspirando fundo uma vez — e mais seis depois dessa — com o coração retumbando na garganta, ela murmurou:

— Mesmo que eu acredite que você não é um sujeito desesperadamente apaixonado tentando me manipular para separar Marina e Diogo...

— Não é o que eu estou fazendo — ele atalhou.

— ... mesmo que eu acredite em tudo o que diz — ela prosseguiu —, eu ainda não seria de muita ajuda. Não faço ideia de como seduzir um homem, muito menos o sr. Fontes.

O peito dele subiu e desceu ao exalar com força, e ele escalou dois degraus, os rostos ficando na mesma altura.

— É a coisa certa a fazer, Ana. — Com os dedos dobrados, ele apanhou a lágrima que tremulou em seu queixo.

Ela estremeceu com o contato inesperado, surpresa com a intimidade que ele demonstrava e, de certa forma, nem um pouco surpreendida.

— Nada me parece certo — confessou ela.

— Mas é. Acredite. E não será preciso fazer muito esforço com Diogo, afinal ele tem dois olhos.

Se não estivesse tão abalada, talvez tivesse rido da insinuação.

— Ele nunca me viu dessa forma, acredite.

— Verá, se você permitir. Terá uma boa chance para isso no casamento do seu primo. Não desperdice sua chance.

Seu cérebro começou a trabalhar depressa.

— Mas se... se o problema é o noivado, então... talvez pudéssemos tentar fazê-la olhar para outra direção. — Ela o admirou por um instante. — O senhor é bastante atraente.

Alisando as lapelas, ele abriu um sorriso debochado.

— Sabia que você concordaria que sou terrivelmente atraente. É o traje claro, não é?

Ela bateu o pé, ignorando-o.

— O que estou sugerindo é que você poderia se aproximar da minha irmã e...

— O quê? — Em duas largas passadas, ele estava de volta ao coreto, obrigando Ana a retroceder alguns passos. — Ter o nariz arrebentado como os outros que tentaram se aproximar de Marina?

Era um bom argumento. Raios.

— Quem sabe outra jovem possa capturar a atenção do sr. Fontes, então. — Meu Deus, ela realmente tinha acabado de sugerir que outra mulher roubasse o noivo da irmã?

— Talvez funcione. — Alexander ponderou por um instante e estalou a língua. — Mas talvez não. Você confiaria a vida da sua irmã a outra pessoa?

— Mas... — Seduzir Diogo?

Supondo que ela soubesse como fazer tal coisa, obviamente. Como agir pelas costas de Marina? Era imperdoável, desprezível, horrendo demais para que Ana ao menos cogitasse!

Penalizado, ele ergueu a mão para tocar a dela, mas recuou no último instante.

— Eu sei o que está pensando, Ana. Mas, da minha perspectiva, é algo semelhante à vacina que seu tio criou. Dói, mas salva de uma terrível... — Os olhos dele disparam em um ponto atrás dela, os lábios largos apertados em uma linha fina. — Eu preciso ir.

Um segundo depois, ele saltava os degraus da escada.

— Espere! — Ela se debruçou sobre a balaustrada.

— Não se preocupe, você não está sozinha. — Ele a espiou por sobre o ombro, o canto da boca se esticando lentamente. — Ah, e, Ana, conhecer o futuro pode ser a solução ou piorar ainda mais o problema. É melhor que este assunto fique apenas entre nós dois.

Com um toque de chapéu, ele começou a andar depressa e logo sumiu atrás de uma carruagem, cruzando a rua.

— O que faz aí sozinha, Ana Laura?

Petrificada, ela se virou rapidamente ao ouvir a voz do pai, que subia as escadas do coreto com o chapéu pendendo de uma das mãos.

— Papai! Eu... hã... estava... lendo — se apressou, abrindo e fechando as mãos vazias. *Que raios, Ana!* — Quer dizer, estava relembrando a história que acabei de ler.

Sem desconfiar de que estava sendo enganado pela própria filha, ele abriu um largo sorriso, e Ana quis chorar.

— Você é mais parecida com a sua mãe do que se dá conta — seu pai disse.

— Pensei que Marina é quem fosse. O cabelo e os olhos...

— No exterior e na rebeldia, Marina é toda Sofia. Mas sua bravura é herança da sua mãe, certamente. Nunca se esqueça disso, filha.

Então por que ela não se sentia nem um pouco corajosa naquele instante? Ao contrário, o bolo no estômago ameaçava expandir e tomar conta dela só de pensar na sugestão de Alexander. Se decidisse acreditar em tudo o que ele havia dito, isto é.

— Papai, crê que seja possível prever o futuro?

Indo se escorar na mureta, ele franziu a testa.

— Não sei. Talvez. É possível prever a reação das pessoas, e tentar adivinhar um futuro embasado nessas deduções, suponho. Por quê? Está tentando adivinhar o futuro de quem?

— O meu. — E não seria nada bonito, Alexander alertara.

Seu pai interpretou seu desespero como outra coisa e apoiou uma das mãos em seu ombro.

— Eu lamento muito por tudo o que o senador disse ontem, Ana Laura. Ele está equivocado em cada palavra. Eu queria muito poder lhe dar um mundo mais justo.

— Eu sei, papai, não se sinta mal por isso. Eu é que deixei meus sonhos ganharem asas e voarem alto demais.

— Ou sonhou no mundo errado. — Ele começou a sorrir, mas subitamente engasgou, a expressão perdendo a vida e... Aquilo nos olhos dele era pavor?

— O que foi, papai? Está se sentindo bem?

— Sim, estou. — Apesar da voz estável, Ana conhecia o pai bem demais para saber que aquela ruga na testa significava inquietação. — Só estou preocupado com um assunto relacionado à fábrica da sua mãe. Tenho uma reunião com o sr. Amina agora, mas posso acompanhá-la até o consultório.

— O sr. Amina pretende comprar alguns animais? — O pulso martelou em suas orelhas.

— Creio que não. Ele não explicou muita coisa no bilhete, apenas disse que queria conversar a respeito da propriedade no lago.

Céus!

— Ele pretende vendê-la? — *Por favor, diga que não. Por favor, não,* seu coração assustado implorou.

Mas o pai aniquilou qualquer esperança de que se tratasse de mais uma lamentável coincidência.

— Desconfio que sim. Os preparativos para o casamento da propriedade no lago têm trazido a Akin recordações da doença da sra. Amina. Não será nenhuma surpresa ele se desfazer daquelas terras... Filha, você está um pouco pálida.

— Deve ser a luz do dia nublado. — Ela espalmou o estômago, onde milhares de pedrinhas congeladas saltitavam em todas as direções.

Estava acontecendo. O futuro descrito por Alexander havia pouco já estava em pleno curso.

Meu Deus, Marina corria perigo!

15

Então, em vez de dar atenção ao que realmente importava, eu revirava minha sala na Infinito atrás do documento que provaria que o novo proprietário da Céu Azul tentava me passar a perna. Você deve lembrar que eu nunca fui uma pessoa organizada, né?

Mas no trabalho alguma mágica misteriosa acontece, porque realmente existe alguma ordem no meu caos. O problema era que existiam vinte anos de caos a ser vasculhado, e, acredite, eu fechei contratos pra cacete nas últimas duas décadas. Essa é uma das grandes desvantagens de viver em um mundo onde nuvem se refere somente à coisa fofa branca no céu.

— Merda! — praguejei ao esbarrar no tinteiro e a gosma preta ensopar a carta que eu escrevia. Afastei a pequena pilha, soprando na tentativa de salvar uma das páginas da carta.

Da janela, Bartolomeu miou baixinho, o rabo pendendo do parapeito em direção ao chão, se balançando em um ritmo constante, ainda de guarda. Tentei não pensar no que deixava o gatinho tão alerta e agitado. Teria sido mais fácil se eu tentasse fazer asas nascerem em minhas costas.

Por favor, esteja segura. Por favor, volte para casa, eu mentalizava, pressionando alguns papéis antigos para secar a bagunça, ignorando o pensamento de que talvez ela não pudesse voltar, porque não estava mais "em casa".

Passando um braço ao redor do corpo para deter o tremor, desejei que aquele abraço fosse o de Ian.

Não, eu me endireitei na cadeira. Não ia pensar nisso também.

Para tentar ocupar a mente, corri os olhos pela página, aliviada que a tinta tivesse manchado apenas o rodapé. Deixei a mente livre para voltar à manhã após o baile de Ana e meu desespero ao não encontrar os documentos que provavam que a dívida fora paga havia muito tempo.

Eu estava perdida entre caixas antigas e papéis amarelados quando minha assistente entrou e me encontrou sentada no chão do escritório de paredes amadeiradas, ilhada por um oceano de documentos.

— Sra. Clarke, creio que encontrei. — Anelize aninhava a pequena caixa de madeira na dobra do braço.

— Graças aos céus. — Pulei sobre as pernas e pisei em alguns documentos antigos na pressa de alcançar a caixa. Verifiquei os primeiros comprovantes e soltei um suspiro aliviado ao correr os dedos pela pequena pilha. Parecia que estava tudo ali. — Onde os encontrou?

— No depósito. Desculpe, devo ter deixado lá por engano. — A antiga ajudante de madame Georgette ficou vermelha.

— Para com isso. O que importa é que você encontrou, Anelize.

Ela assentiu, evitando meu olhar, e eu quase ri. Alguns anos antes Anelize sofrera um acidente a cavalo e fraturara o pulso. Bem que o dr. Almeida e Lucas tentaram deixar os dedos da costureira como antes, mas não foi possível, de modo que ela não tinha mais firmeza com as agulhas. Mas sua memória era quase fotográfica para os números, e, desde que a madame a dispensara, ela atuava na Infinito como meu braço direito. Ela não tolerava erros, sobretudo os seus.

— Mais alguma coisa, sra. Clarke?

— Não, obrigada. Você já foi de muita ajuda, agora é comigo. Não, espere, Anelize! A carga já foi para o porto?

— Sim, a carroça estava muito pesada e eu temi forçar demais os animais. Algum problema se o pedido do sr. Plínio for entregue amanhã?

— Não posso deixar justo o boticário na mão. Ele foi o primeiro a me incentivar a criar a Infinito. Peça para colocarem no faetonte. Eu mesma entrego.

A mulher de cabelo escuro assentiu, embora o olhar me recriminasse.

O faetonte foi carregado depressa, mas tive que esperar a chuva pesada passar antes de deixar a fábrica rumo à vila. Depois de visitar seu Plínio, eu consultaria o advogado responsável pela parte legal da fábrica. No caso, Ian. O diploma de direito do meu marido tinha saído da gaveta, afinal.

Eu empilhava as caixas na calçada ainda molhada diante da botica quando uma sombra se espichou em minha direção. Pensei que fosse seu Plínio, ansioso pela carregamento. Em vez disso, me deparei com a cara de raposa que acabou com meu humor.

— Sra. Clarke — o senador cruzou os braços atrás das costas —, me permita dizer que, a cada encontro com um membro da sua família, mais e mais surpreso fico. A senhora faz as próprias entregas?

— Apenas se meus funcionários estiverem ocupados com outras tarefas. O senhor sabe como é cansativo administrar um negócio lucrativo. — Sorri, descarada.

— Depois de tudo o que eu ouvi na noite passada, eu não devia estar tão surpreso. Mas confesso que nunca ouvi tamanha sandice em uma única frase. — O sujeito torceu a ponta do bigode, me medindo de alto a baixo daquele jeito grosseiro tão na moda no século XIX. — Sabe que uma dama deveria estar em casa a esta hora, cuidando do bem-estar da família. Seria aceitável, no máximo, que fizesse algum trabalho voluntário, desde que não induzisse à negligência familiar. Mas estou falando de uma dama, naturalmente.

Ponderei se em algum momento alguma rainha ouvira aquele tipo de baboseira ao assumir o trono. Era provável. Afinal idiotas existem em todo lugar e tempo.

— Desculpa, senador, mas o que te incomoda tanto? Que eu não dê a mínima pra sua opinião, ou que você não possa fazer nada com ela além de enfiá-la... goela abaixo?

— Não posso? — Uma das sobrancelhas desgrenhadas e a ponta do bigode se arquearam.

Apoiei a caixa sobre o para-lama — ou seja lá como se chamasse aquela parte do faetonte sobre o pneu — com mais força do que deveria. Os frascos de xampu tilintaram.

— Que raios está insinuando, senador?

— Ora, absolutamente nada, minha senhora. Apenas quero desejar sorte nos negócios. Tenho a impressão de que vai precisar. — Com uma mesura desaforada, ele seguiu pela rua.

Precisei de uma força de vontade hercúlea para não atirar alguns frascos nele.

Ao terminar de abastecer a botica e voltar para casa, eu ainda tentava entender o que o cretino quis dizer. Cheguei no momento em que Isaac encostava a carruagem e minhas filhas desciam. Não era surpresa nenhuma Marina ter a aparência de um poodle que caiu no lago — ela tinha tanto de mim. Mas Ana estar com o penteado quase se desfazendo me preocupou.

— Vocês tomaram toda aquela chuva? — Desci do faetonte, entregando as guias ao garoto que correu em minha direção.

Minha preocupação não era injustificada. Não é fácil viver em um mundo onde a palavra "antibiótico" não significa absolutamente nada.

— A chuva me pegou no caminho. — Nina se encolheu dentro do um paletó grande demais para seus ombros. — Vou devolver o paletó para o Sam depois de limpá-lo.

— Eu me escondi na tabacaria. — Ana corou.

Bom, era fácil entender o motivo de seu constrangimento ao analisar o estado da barra do vestido claro.

Fui apanhar a caixa com os recibos antes que o faetonte fosse levado ao estábulo. Ao retornar, Nina sacudia uma carta.

— Isto chegou para você. É de Valentina.

— Valeu, Nina! Espero que dessa vez ela conte sobre os planos de visitar a vila. Não a vejo desde que ela e Leon foram morar na Argentina, muito tempo atrás.

— Eu gostaria muito de revê-los. — Ana Laura abriu o botão das luvas e mordeu o tecido rendado, fazendo-o deslizar pelos dedos. — Quase não me lembro dela e do capitão Navas. Era muito pequena quando nos visitaram.

Começando a subir as escadas, Marina me espiou por sobre o ombro.

— Ainda não acredito que você se tornou amiga da mulher que era apaixonada pelo papai.

— Valentina é mais que minha amiga. — Só não sabia disso.

Fazia alguns anos que eu tinha descoberto que Leon Navas e Valentina de Albuquerque eram, na verdade, vovô e vovó.

Meu cérebro quase fundiu quando juntei os pontos, depois de receber uma carta de Valentina contando sobre a alteração de planos. O verdadeiro nome do capitão Navas, o espanhol esquentadinho e boca-suja com quem eu havia fechado um contrato longo para enviar minha mercadoria à Europa, na verdade era Leon Navas Alonzo, mas eu só soube disso muito tempo depois, quando ele e Valentina se apaixonaram. Na época em que eles estiveram pela vila, cheguei a cogitar a possibilidade de que eles fossem meus ancestrais, já que Leon e eu tínhamos o mesmo sobrenome e a história dele se assemelhava demais à da minha família: meu tataravô... trisavó... seja lá que geração fosse, saíra da

Espanha, conhecera vovó no Brasil, se apaixonaram e foram viver na Argentina. Mas, diferentemente de meus antepassados, Leon e Valentina seguiam rumo à Europa, onde pretendiam viver, e eu deixei a ideia maluca de lado. Até que Valentina me escreveu contando que haviam desistido da Espanha e iriam se mudar para Rosario, na Argentina. A mesma cidade de meus trisavós. E foi assim que eu soube como a história deles terminaria: teriam três filhos, que um dia também teriam filhos, e a coisa se repetiria até chegar a 29 de maio de 1985, o dia em que eu nasci.

Ian levou um minuto inteiro quando mostrei a carta a ele e expliquei como se interligava a minha origem.

— Quando penso que já posso processar tudo a seu respeito e nada mais vai me surpreender... — Ele esfregou o rosto antes de ler algumas linhas e cravar os olhos de ônix nos meus. — Você é tataraneta daquele espanhol e de Valentina?

— Não é incrível?

— E Valentina é, na verdade, filha de Lady Catarina Romanov, então significa...

— ... que ela e... Ah, meu Deus! O Dimitri! Eles fazem parte da minha árvore genealógica!

Ele massageou as têmporas outra vez.

— Acho que eu preciso de uma bebida.

Eu realmente gostaria de pegar mais leve com Ian, se pudesse. Afinal, por mais "moderno" que ele fosse, ainda era um cara do século XIX. Havia um limite até onde ele poderia aguentar.

Desde então, eu me perguntava qual dos filhos de Leon e Valentina se tornaria parte da minha árvore genealógica. Gregório, o mais velho, que já seguia os passos do pai dentro de um navio? Ou seria Pietro, o do meio, que adorava se meter em brigas e flertar com qualquer garota que desse condição? Ou será que minha genética vinha de David, o menino silencioso que vivia com os bolsos carregados de bolinhas de gude?

Ian apostava tudo em Pietro.

— Você não sente nem um pouquinho de ciúme de Valentina? — A voz de Marina penetrou meus pensamentos, me trazendo de volta para a escadaria da nossa casa.

— No começo, é óbvio que sim. Mas já faz tempo que não. — Apoiando a caixinha de madeira na cintura, terminei de subir os degraus. — Até porque, se eu fosse guardar algum ressentimento de cada mulher que se apaixonou pelo pai de vocês, teria que odiar a vila inteira. Não posso culpar ninguém por amar o Ian se eu mesma nunca tive a menor chance de evitar.

— Não sei se eu conseguiria não odiar alguém por amar o homem que eu amo — Marina pensou alto ao pisar no hall.

— Tudo depende de como se sente em relação a essa outra pessoa — Ana comentou, deixando as luvas no aparador, as bochechas vermelhas. — Pode ser mais fácil do que pensa, Nina.

Concordei com a cabeça, indo para a sala.

— Ana tá certa. Valentina é uma garota extraordinária, alguém que qualquer pessoa se orgulharia de ter na família. — E, ah, eu me orgulhava. Muito! — De todo jeito, nunca existiu aquela coisa entre ela e seu pai.

Ao me seguir, Marina parou atrás da poltrona e apoiou as mãos no encosto alto, franzindo o cenho.

— Que coisa?

— *Aquela* coisa! A força invisível que pulsa no ar, que faz tudo por dentro chacoalhar, esquentar e derreter. Aquela necessidade desesperada de estar muito junto de alguém. Aquela que você deve sentir quando está com Diogo. — Mas minha última frase soou como uma interrogação.

Por favor, fale comigo, filha.

Por um segundo, esqueci que eu havia parido um cofre.

— Ahhhhh, sim. *Aquilo!* Só não compreendi de imediato o que a *coisa* significava. Às vezes você usa umas expressões estranhas, mãe. Até para você. — Ela puxou a fita que prendia o rabo de cavalo, e uma cascata de cachos pretos escorreu por seus ombros e costas. — Eu preciso de um banho. Estou toda suja de lama e fubá. A potrinha dos Fontes teve dificuldade com a papa. — E foi para o quarto, parecendo exaurida.

Muito bem, se Nina não ia se abrir por bem, eu teria que inventar maneiras criativas de arrancar tudo dela. Pretendia debater o assunto com Ana, afinal talvez a irmã tivesse se aberto com ela, mas minha caçula parecia absorta ao dizer que iria para o quarto trocar de roupa e depois ler um pouco, num desânimo tão grande que odiei ainda mais o senador Chagas.

Eu tinha que ajudar minha filha a chegar à faculdade. Mas como, se a maior parte dos reitores era uma cópia do senador? Lucas havia esgotado sua lista de conhecidos e escolas, sem receber nenhum sinal que nos desse esperança.

Se eu tivesse só cinco minutinhos com o Google...

Eu ainda sonhava em botar as mãos em um celular — se é que essa ainda era a tecnologia usada para a comunicação no futuro — quando passei pelo escritório de Ian e o vi sentado no sofá de couro segurando uma boneca de pano encardida, alguns papéis esquecidos no braço do estofado. Ele estava tão absorto que nem me ouviu entrar, sobressaltando-se quando me sentei ao seu lado.

— Pensei que você ainda estivesse na reunião com o seu Akin. — Equilibrei a caixinha no braço da mobília.

Deixando a boneca sobre a papelada, ele me recepcionou com um beijo demorado.

— Cheguei em casa não faz muito tempo. O sr. Amina pretende se desfazer da propriedade no lago após o casamento de Tommy e Damilola e pensou que nós talvez estivéssemos interessados, já que Marina está noiva.

— E nós estamos interessados?

— É um bom investimento. Uma casa boa, com uma bela vista para o lago e para os jardins, muitos cômodos bem iluminados.

— Mas... — incitei.

— O estábulo é minúsculo. — Ele me deu um meio sorriso. — Não seria problema ampliá-lo, mas...

— Não é o tipo de lugar onde Marina seria feliz — ajudei. — Ian, não é mesmo. Ela me disse que planeja viver na vila depois do casamento. Acho que não quer ficar longe da gente.

Ele assentiu uma vez.

— Vou falar com Akin e declinar a oferta, então.

Eu me inclinei para ele, me encaixando na lateral de seu corpo.

— Morro de pena do seu Akin. Nem parece a mesma pessoa desde que Fayola morreu. É como se ele tivesse envelhecido vinte anos, não na aparência, mas na maneira de olhar.

— Ainda há quem duvide de que não se possa morrer de um coração partido. — Dando um suspiro pesado, ele deixou a nuca pender contra o encosto do sofá e entrelaçou nossos dedos.

— Quem sabe se ele se apaixonasse de novo um dia. Ele ainda é um homem muito bonito. Sempre achei ele a cara do Ne-Yo, especialmente quando usa chapéu.

Erguendo nossas mãos unidas, meu marido mordiscou a pontinha do meu polegar, e arqueou uma das sobrancelhas.

— Suponho que Ne-Yo seja alguém do seu mundo.

— Meu mundo é este aqui — garanti. — Mas, sim, ele é um rapper, um cantor do futuro que eu adoro. Você ouviu as músicas dele quando estivemos no século XXI. Onde encontrou a Rosinha? — Indiquei com o queixo a boneca que Analu arrastava pela casa quando era criança.

— Estava em uma das gavetas da sala de leitura. Fiquei um pouco saudosista. A vida era mais fácil quando nossas filhas eram pequenas e eu conseguia colocá-las no colo, impedir que o mundo fosse cruel com elas.

Ah. Eu devia ter adivinhado que ele também estaria preocupado com os reflexos do encontro de Ana e o senador Chagas. Quer dizer, eu sempre soube que Ian seria um pai incrível — ele era um marido, amante e amigo fantásticos, então nenhuma surpresa, certo?

Abracei meu marido pela cintura, me encolhendo em seu peito.

— Sabe de uma coisa? Não pensei que ser mãe seria tão complicado. Me pergunto como meus pais sabiam o que fazer, a coisa certa a dizer.

— Acho que tanto os seus pais quanto os meus fizeram exatamente o que estamos fazendo agora. — Seu polegar começou a desenhar círculos no dorso da minha mão. — O nosso melhor enquanto tentamos não demonstrar para as nossas filhas como estamos perdidos.

Eu senti, mais do que vi, a tensão tomar conta dele.

— Sofia... — Ele hesitou. — Às vezes se arrepende da decisão que tomou vinte e dois anos atrás? De viver aqui comigo?

Entortando o pescoço, eu me afastei ligeiramente para ver seu rosto.

— Por que tá me perguntando uma coisa dessas agora?

— Só responda, por favor. — Afastou com o mais delicado dos toques as ondas que me caíam pelo ombro.

— Não, Ian. Nem por um segundo, nem nos piores momentos que vivi neste tempo. Por que está pensando nisso?

Meu marido soltou uma longa lufada de ar.

— Só queria ter certeza de que você continua feliz com a maneira como a sua vida se desenrolou, ou se em algum momento imaginou algo diferente. — Sua voz diminuiu algumas oitavas ao acrescentar: — Você ainda escreve para Nina e Rafael.

— E sempre vou escrever, porque eu amo aqueles dois. O que não significa que eu me arrependi da escolha que fiz. Então minha resposta é não, nunca imaginei um destino que não incluísse você e nossas filhas. Este também é o meu século agora. Imaginei que soubesse disso. — Pressionei o indicador na linha apertada entre as sobrancelhas. — Então essa ruguinha não tem razão para estar aqui. A menos que ela não esteja relacionada a mim.

— Para mim não existe mais nada além de você. — Ele entortou o pescoço para me beijar de leve. — Como foi seu dia?

— Estava sendo bom até eu encontrar o senador agora há pouco na vila. — Bufei. — Ele foi tão idiota quanto ontem à noite. Acho que esse é o estado normal dele.

As grossas sobrancelhas quase se uniram.

— Ele a insultou novamente? — exigiu.

— Seria preciso que eu me importasse com a opinião dele para ficar ofendida. Mas o que ele fez foi... não sei direito... pareceu uma ameaça.

— De que maneira?

Encolhi as pernas sobre o assento para me aconchegar mais a ele, e meu All Star esbarrou na caixinha de madeira, espalhando os recibos sobre o tapete.

— Merda. — Eu me curvei para recolher os documentos antes que acabasse pisando em tudo.

Rapidamente, Ian se ajoelhou no tapete para alcançar os que foram para baixo do sofá, mas a atenção estava em mim.

— Como ele a ameaçou, Sofia? — insistiu.

— Pode ser só impressão. — Dei de ombros, amontoando os papéis em uma pequena pilha desordenada. — Mas era como se ele soubesse que eu estou com problemas na Infinito. Ou vai ver ele sabe mesmo. De toda forma, o problema com a Céu Azul acabou. Encontrei os recibos e posso provar que não existe dívida nenhuma.

— São estes?

Como murmurei um "ãrrã", ele se sentou no chão, escorando as costas no assento do sofá para examinar um deles. E depois outro, e aí mais um. Não gostei da expressão de Ian conforme passava de um recibo para o outro. Não gostei nem um pouquinho.

— Meu amor, estes são os documentos originais ou servem apenas para controle dos gastos? — Ele ficou muito sério.

Oh-oh.

— Os originais. Por quê?

— Não estão assinados pelo sr. Afonso.

— Deixa eu ver. — Apoiando uma das mãos no tapete, me ajoelhei para espiar o documento, atenta à data no cabeçalho. Novembro de 1831. — Ah. São da época que a sra. Herbert faleceu e eu tive pneumonia.

— A época em que eu estava à frente da fábrica? — Seus olhos quase saltaram das órbitas.

— Agora me lembro. Os Afonso procuravam a filha, que abandonou o marido e sumiu do mapa. Por que tá com essa cara?

— Sofia, sem a assinatura do titular, estes documentos não têm valor algum, exceto para comprovar que a dívida nunca foi paga.

— Mas foi paga. Lembro de que foi uma das primeiras coisas que fiz ao retornar à fábrica, depois de me recuperar da pneumonia. Verifiquei o livro-caixa e me certifiquei de que a contabilidade estivesse em dia. — Sentei ao lado dele, passando um documento depois do outro na esperança de que a assinatura do ex-fornecedor surgisse magicamente na linha pontilhada dos papéis. Havia mais de trinta sem assinatura. — Eles foram pagos, Ian.

A maneira como ele me observava fez minha pulsação disparar, e não de um jeito bom.

— Nenhum juiz vai acreditar que essa dívida foi paga — ele começou devagar — sem um comprovante ou testemunhas.

Pisquei algumas vezes.

— O que está dizendo? — Mas eu já sabia.

Ainda assim, prendi a respiração ao ver meu marido esfregar a nuca e voltar a estudar a papelada.

— Sofia, caso não tenha como comprovar que esses pagamentos foram efetuados, você terá que quitá-los de novo.

— Mas não eu tenho o dinheiro que o advogado pediu. Por mais que a fábrica esteja indo bem, o que ele pede é o faturamento bruto equivalente a dois... não, três anos!

— O novo proprietário deve estar ciente, por isso mencionou a fábrica no acordo apresentado pelo advogado.

Um arrepio me subiu pela espinha.

— Eu não vou entregar minha fábrica por uma dívida que não existe!

— Tem razão, não vai. Eu vou pagar essa dívida. Afinal a culpa é minha. Me perdoe, eu devo ter...

— Para com isso — atalhei. — Você cuidou muito bem da fábrica. Assim que retornei ao trabalho, vi os recibos sem assinatura. Fui eu quem decidiu não incomodar os Afonso naquele momento e deixar para lá. Eu sou a responsável, nem tente me convencer do contrário. Não vou deixar. O que eu preciso que você me diga agora é o que devo fazer.

Visivelmente abalado e contrariado, ele encheu os pulmões de ar.

— Precisa encontrar um modo de provar o pagamento.

— Ué, mas meio que já tá provado. Quem ia continuar fornecendo material para um cliente que não paga uma dívida de vinte anos?

— O novo proprietário pode alegar que o sr. Afonso temia nunca mais receber caso cortasse o fornecimento. — Massageou uma das têmporas. — Não prova nada, Sofia.

Merda.

— Tá, tudo bem. Quais são minhas alternativas?

— Descobrir se o sr. Afonso tinha algum livro-caixa particular, já que o da Céu Azul está em posse do novo proprietário, obviamente. Você precisa de qualquer coisa que comprove esses pagamentos.

— Senão...? — Tinha um senão. Eu podia sentir.

O pomo na garganta dele subiu e desceu, conforme engolia com dificuldade.

— Se a dívida alegada não for paga e o novo proprietário insistir na ação, você pode ser presa sob a acusação de estelionato.

16

Estelionato, Nina! Dá pra acreditar nisso?

À primeira vista, a ideia de Ian parecia boa. Só que, após a morte do seu Rui Afonso e a venda da propriedade, ninguém tinha notícias do paradeiro da viúva dele.

Enquanto procurávamos pela dona Gina Afonso, Ian e eu nos concentrávamos em encontrar alguma saída legal que não fosse ceder à armação de um vigarista (no caso de Ian) nem envolvesse desmembramentos (da minha parte, lógico). As semanas foram passando sem que nos déssemos conta, e, antes que eu pudesse ter contato com a família Afonso, o casamento de Tommy e Lola chegou...

O sol tocava a enorme construção de dois andares, transformando as altas janelas em espelhos. Bem na entrada, empregados se apressavam para receber os convidados, remover bagagens e fazê-las sumir de vista como mágica. Alguns dos recém-chegados paravam para admirar o esplendor do jardim diante da casa, outros até se arriscavam a descer as escadas e passear pela trilha de pedras douradas ladeadas por arbustos cuja poda lembrava uma gota.

Ou uma lágrima, pensou Ana Laura diante de uma das janelas do quarto de hóspedes dos Amina, observando Diogo Fontes perambular pela trilha em direção à pequena igreja, onde Damilola e Tommy trocariam os votos sagrados no final daquela tarde. Parou para admirar a paisagem próximo de um jardineiro debruçado sobre o canteiro de margaridas. A expressão do futuro cunhado era de total arrebatamento ao contemplar o imenso lago de águas escuras mais à frente.

Estava acontecendo, Ana estremeceu. Ela não podia mais tentar se convencer de que as previsões de Alexander eram apenas coincidências. O sr. Amina colocara a casa à venda, e, pela maneira como Diogo Fontes parecia encantado, faria uma proposta antes de deixar a propriedade. Exatamente como Alexander a prevenira.

Ela não o vira nem ouvira nada dele nas últimas semanas. Pelo que sabia, Alexander havia deixado a vila da mesma maneira meteórica como surgira.

Incapaz de assistir às previsões se confirmarem, ela se afastou da janela e torceu para que fosse possível fugir do destino que o vidente desenhara para sua irmã. E o papel que ela própria desempenharia naquela história.

Como, em nome de Deus, ela se aproximaria de Diogo? E, mais importante: como atrairia a atenção do homem a quem amara em segredo durante anos sem que ele ao menos percebesse?

— ... terminar com um refrescante *parfait* de morangos e espumante *rosé*. O que acha, Analu?

Virando-se para a noiva, perdida na cama imponente e entre as muitas camadas de tecido brilhante que usaria naquela tarde, Ana tentou se recordar do que conversavam.

— Você não ouviu uma palavra do que eu disse, não é? — Lola empurrou os tecidos de volta para a caixa e se levantou.

— Desculpe, Lola. Eu estou... A viagem me deixou um pouco extenuada. — Ela se acomodou no *récamier* de veludo em tons de açafrão e afundou as mãos nas dobras das saias, esperando que a nova prima não notasse quanto tremiam.

Infelizmente, a amiga era muito mais observadora do que Ana gostaria.

— O que está havendo? — A noiva veio se sentar junto dela. — E não me diga que não é nada. Não a vejo sorrir faz semanas.

Abatida, assustada e acuada, ela não encontrou energia para criar uma desculpa conveniente e ergueu os olhos para a amiga.

— Lola... se você soubesse que alguém que ama ia enfrentar um destino terrível, mas que existisse uma chance de evitá-lo...

— Eu faria o que fosse preciso sem pestanejar — atalhou.

— Mesmo que isso magoasse essa pessoa profundamente e fosse contra tudo aquilo em que você acredita, seus princípios?

Mordiscando o lábio polpudo, Lola puxou as tranças sobre o ombro e brincou com as pontinhas adornadas por contas douradas, ponderando.

— Eu agiria mesmo assim, Ana. Eu poderia conviver com a mágoa da pessoa que amo, até com o desprezo, mas nunca com minha própria consciência.

Parecia fazer sentido. Mas Ana não pôde deixar de se perguntar se Maquiavel não poderia estar enganado. Quando não há juiz a quem apelar, o que vale é apenas o resultado?

Seduzir o noivo da irmã e trair a confiança dela seria absolutamente hediondo, não importavam as circunstâncias. O fato de amar Diogo a colocava numa condição ainda mais mesquinha, pois parte do coração dela, tragicamente, ainda pertencia ao rapaz que em breve seria seu cunhado.

— Quem está em apuros? — Damilola questionou baixinho. — Sabe que pode confiar em mim.

— Sei, sim. E agradeço. Mas não é ninguém. — Ana forjou um sorriso. — Só estou tentando adivinhar as ações do personagem do livro que estou lendo.

— Você precisa se apaixonar logo, minha amiga. Viver um pouco fora dos livros.

Ana teria rido se conseguisse encontrar seu senso de humor.

Ou a vontade de viver.

Com uma piscadela, a noiva foi chamar sua camareira para preparar o banho de flores, óleos e sais, uma tradição na família Amina havia gerações. Mas pediu a Ana que voltasse mais tarde para ajudá-la a se arrumar.

Com tempo de sobra e o desejo de evitar *o* assunto tanto quanto pudesse, Analu resolveu procurar o sr. Marques. Entretanto, o mordomo não estava em seu posto, chefiando e organizando os preparativos da festa, o que lhe causou estranheza. Se havia algo que ele gostava era de dar ordens.

Depois de perguntar à jovem cozinheira pelo paradeiro do sr. Marques e ser informada de que ele havia ido para o quarto, ela se arriscou na área destinada aos empregados até encontrar a porta certa e então bater .

— Sr. Marques, é Ana Laura. Posso entrar?

O som de algo pesado tombando no chão a assustou, e ela agiu por impulso: abriu a porta e foi entrando. E corou violentamente dois passos depois com a visão do homem, de costas, passando às pressas a camisa pelos braços. Não rápido o bastante para cobrir a larga faixa no meio do tórax esquálido.

— Desculpe, senhor. Ouvi o barulho. — Ela se virou de imediato, batendo o pé no mancebo tombado no chão, e se agachou para pegar o paletó enroscado em um dos ganchos. — Pensei que o senhor tivesse sofrido um acidente.

— A senhorita deve parar de se preocupar tanto com este velho criado. — Apesar do tom cordial, a voz dele tinha uma nota de irritação. — Eu sujei o punho da camisa na travessa de molho e vim me trocar. Não posso dar mau exemplo à equipe.

Muito sem graça, a vista fixa na pequena escrivaninha ao lado da porta, ela estendeu o paletó. O mordomo o apanhou com um puxão ríspido.

— Posso ser de alguma serventia, senhorita? — o sr. Marques quis saber.

Espiando pelo rabo do olho, ela soltou um pesado suspiro aliviado ao vê-lo recomposto e se virou.

— Eu pretendia fazer a mesma pergunta, sr. Marques. Como andam as suas dores?

— Pioram sempre que alguém me lembra delas.

Dando um olhar severo para a própria vestimenta, ele foi até a escrivaninha e apanhou a escova de cerdas duras, esfregando-a nas mangas. Não passou despercebida a ela a maneira dificultosa como ele movimentava a perna doente.

— Tem alguns fiapos nas costas — apontou ela. — Eu o ajudo.

— Obrigado, querida.

Tentando ser o mais gentil que podia, ela fez o melhor que pôde para manter a boca fechada e limpar a peça, evitando a área onde avistara a faixa. Mas a preocupação a venceu.

— Sr. Marques, a doença está avançando, não é? Já chegou ao peito. Por isso o curativo.

O homem de pouco mais de um metro e sessenta se transformou em pedra.

— Se veio xeretar sobre minha saúde, perdeu seu tempo. Já disse que estou bem. — Ele se voltou para ela, os olhos chamejando ao tomar a escova de suas mãos sem aviso. — Vá procurar outro para oferecer sua caridade, srta. Ana Laura.

— Sr. Marques! — Ela corou com a grosseria. — Sabe que não é caridade. Eu me preocupo porque gosto muito do senhor.

— Então respeite minha privacidade e pare de me perseguir com essa ideia de procurar um médico. Farei isso se um dia julgar necessário. No momento, preciso voltar para meu posto. — Ele foi abrir a porta.

Mortificada e consternada, incapaz de enfrentá-lo, Analu retornou à cozinha e escapuliu pela porta dos fundos. Seu peito pesava, em parte pela teimosia do homem. E em parte porque o sr. Marques tinha razão quanto a ela ser enxerida.

Sua ideia era procurar um lugar isolado, por isso tomou a trilha de tijolos claros. Mas mudou de ideia ao avistar a última pessoa que desejava ver.

Raios. Havia esquecido que tinha avistado Diogo perambulando pelo jardim da frente. Antes que tivesse tempo de dar meia-volta e se afastar, o futuro cunhado a viu e abriu um largo sorriso.

— Exatamente quem eu queria encontrar. — Ele fez uma reverência perfeita ao alcançá-la. — Estava torcendo para ter a sorte de ter sua companhia esta tarde, srta. Ana Laura. O sr. Amina acaba de me dizer que esta propriedade magnífica está à venda, e eu adoraria ouvir sua opinião.

— A respeito de quê? — perguntou, embora soubesse a resposta. Alexander já havia contado duas semanas antes.

Diogo abriu os braços, contemplando a paisagem.

— Se sua irmã poderá ser feliz aqui. É um bom lugar para começar uma família, não?

Ana quis chorar conforme seu pior pesadelo começava a tomar forma. E ali, diante do belo jardim da casa em estilo francês, ela entendeu o que Lola lhe havia dito. Conseguiria conviver com a fúria e a raiva de Marina se fosse preciso, mas jamais poderia viver sem a irmã.

Não era preciso uma previsão para que Ana compreendesse que faria uma troca. Sua felicidade pela de Nina. Tentou se convencer de que não importava que Diogo fosse o herói romântico de todas as suas fantasias, que suas pernas tremiam e o coração chorava tão alto que ela mal ouvia o mundo ao redor. O homem diante dela não era apenas o sonho de um amor que jamais seria correspondido. Naquele momento ele simbolizava perigo, e ela já havia fugido do assunto por tempo demais.

Por isso soergueu as pálpebras, e vestiu no rosto um sorriso corajoso.

— Eu adoraria conhecer melhor a propriedade, sr. Fontes.

— Diogo — ele corrigiu, risonho. — Podemos nos livrar de tanta formalidade, já que em breve seremos irmãos. — Ofereceu o braço a ela.

Com o estômago revirando, as mãos suando dentro das luvas, ela aceitou a gentileza, e assim seguiram a passos lentos pela trilha de pedras douradas. Bastante empolgado, ele apontava e discorria sobre a beleza dos jardins, a conveniência de uma capela, a brisa fresca que vinha do lago.

— Então, o que me diz? — perguntou depois de um tempo, ao retornarem à trilha de tijolos amarelos. — Acredita que sua irmã seria feliz neste lugar?

— Bem... eu... não estou certa.

— Por que não?

Porque um vidente me contou.

— Bem, Marina não é exatamente fácil de agradar. — A mentira queimou suas bochechas. Mas, se conseguisse fazer Diogo desistir daquela casa, o problema estaria resolvido, não? Ela se animou um pouco mais. — Por exemplo, sabe onde minha irmã está agora?

Ele franziu a testa.

— Suponho que esteja se preparando para o casamento, cuidando da toalete?

— Ela está no estábulo, verificando como os animais estão depois da viagem, cuidando para que tenham comida e água, vistoriando as ferraduras.

Parando de andar abruptamente, Diogo a puxou de leve para o lado, desviando-os das ferramentas do jardineiro ajoelhado no canteiro de margaridas, cujo rosto o chapéu largo escondia.

— Bom Deus! — Ele pareceu sufocar com a surpresa. — Os Amina têm criados para esse serviço. Marina não sabe?

Foi a vez dela de ficar confusa. Quanto Diogo realmente conhecia a noiva?

— Com certeza sabe. — Ela resvalou os dedos em um arbusto esculpido. Não era tão macio quanto aparentava. — Mas ela jamais permitiria que outra pessoa tomasse conta dos cavalos. Papai também é assim; pode-se considerar um traço de família, suponho. O meu ponto é que esta propriedade é muito luxuosa e imponente, mas não tem o necessário para fazer minha irmã feliz: um estábulo enorme. É nele que ela passará a maior parte do tempo. Se realmente quer agradá-la, procure uma propriedade cujo estábulo seja maior que a casa.

Um pouco irritado, ele deu a ela um olhar inquisitivo.

— Uma casa menor que um estábulo? — caçoou. — Não posso viver em tais condições. Mas posso mandar ampliar o estábulo desta propriedade. Terreno é o que não falta. Eu o deixarei duas vezes maior se sua irmã desejar. Sim, farei isso!

Ora, bolas! Ela não contava com a generosidade e gentileza de Diogo.

— O senhor realmente ama minha irmã, não é? — constatou, o coração murchando silenciosamente dentro do peito.

— Como jamais pensei que seria capaz. Está decidido! Farei uma oferta ao sr. Amina antes de retornar à vila.

Então, só restava a ela mudar de estratégia e seguir o conselho de Alexander.

Por Nina, ela jurou em silêncio. *Tenho que fazer isso por minha irmã.*

O problema era que ela realmente não mentira quanto a não ter habilidade alguma no flerte, e, mesmo tendo lido um bocado de romances, ainda lhe escapavam as sutilezas da sedução. Como as pessoas sabiam o que fazer? Onde aprendiam? Ou simplesmente confiavam em seus instintos?

Concentrando-se, Ana tentou ouvir o que os próprios instintos diziam. *Fuja! Depressa!*

De muita ajuda, de fato...

Ignorando sua intuição para não perder a coragem, optou por se sentar no banco perto das margaridas e tentou puxar conversa.

— Sr. Fontes, o senhor gosta de... — Água? Oxigênio? O planeta Terra? *Argh!* — ... livros?

— Nunca me fizeram mal algum. — Apoiando uma das botas no assento, ele se curvou e descansou um cotovelo no joelho.

Se ele sorria daquela maneira, Ana ponderou, devia estar fazendo aquilo corretamente. Mais animada, ela tentou se arriscar outra vez, afinal o que poderia ser mais atraente que um belo intelecto?

— Não consigo imaginar um mundo antes de os fenícios inventarem o alfabeto — ela prosseguiu. — E, certamente, foi de muita ajuda o papiro dos egípcios. Sem eles não teríamos conhecimento de nossa própria evolução. Não é incrível que na Antiguidade tenha sido feito tanto com tão poucos recursos?

— Humm... Suspeito que sim.

— Uma pena que tanto tenha se perdido no incêndio da Biblioteca de Alexandria. Se os escritos tivessem sobrevivido, o mundo como conhecemos poderia ser completamente diferente. Quem sabe tivéssemos alguns de Hipácia.

Erguendo o chapéu, ele correu a mão pelo cabelo levemente úmido.

— Quem?!

— Uma grande filósofa e matemática da Grécia Antiga. Ela foi assassinada por uma ordem de fiéis por preferir manter suas crenças no neoplatonismo a ceder ao cristianismo, o que para mim soa como uma grande ironia, já que a base teológica da religião cristã parece ter sido inspirada no próprio neoplatonismo. O senhor já havia notado tais semelhanças?

— Ahhh... Sim... é óbvio que notei. — Encaixando o chapéu de volta ao lugar, Diogo tirou o pé do banco e se aprumou. — Acaba de me ocorrer que seria mais sensato falar com sua irmã antes de fazer uma oferta pelo imóvel. Até mais tarde, srta. Ana, e obrigada pela sugestão do estábulo.

E lá foi ele, fugindo como se estivesse diante do diabo em pessoa. Uma parte dela ficou frustrada. A outra metade, a que sempre seria leal a Nina, essa comemorou o encontro desastroso.

Tinha que existir outra maneira de salvar a irmã sem precisar traí-la. Precisava existir! Onde estava um milagre quando mais se precisava de um?

— Por favor, me diga que isso não era você tentando flertar. — A voz de barítono soou perto demais do ouvido dela.

Levantando-se tão rápido que a barra do vestido se enroscou em uma das ripas do banco, ela encontrou as íris metálicas perdidas nas sombras do largo chapéu do jardineiro.

A primeira coisa que ocorreu a ela foi como Alexander foi capaz de encontrá-la, mas mordeu o interior da bochecha. Se ele podia prever o futuro, a localização de alguém devia ser mais fácil do que respirar.

Enquanto ele saía do canteiro de margaridas e espanava os joelhos das calças escuras, sujos de terra e folhas secas sob o avental de jardinagem, ela especulou por que a todo momento ele mudava de personalidade, mas a resposta pareceu óbvia. Alguém com o dom de Alexander não teria sossego caso se espalhasse o boato de que ele poderia prever o futuro. Ana imaginou a horda de pessoas à porta dele, algumas com preocupações honestas, outras apenas tentando adivinhar o vencedor da próxima corrida.

— O que está fazendo aqui? — inquiriu ela, por fim. — Pensei que tivesse deixado a vila. Eu não o vi nas últimas semanas.

— Porque não precisou de mim. Mas, garota, você vai precisar de mais ajuda do que eu imaginei.

— Por que não diz algo que eu já não saiba? — Todo o sangue de seu corpo decidiu se concentrar nas bochechas.

Estendendo um pequeno buquê de margaridas a ela, Alexander observou os arredores antes de anunciar:

— Você só precisa de um pouco de prática. Eu posso lhe ensinar um truque ou dois.

— Perdoe-me, senhor — ela balbuciou, piscando rápido. — Devo ter ouvido mal, pois tive a impressão de que acabou de insinuar que eu pratique minha inexistente habilidade de sedução com você.

A cicatriz na têmpora se espichou para imitar o sorriso travesso pregado nos lábios.

— Não se preocupe. Prometo não me apaixonar, pequena. — Deu uma piscadela.

Assim já era demais!

— Nunca ouvi proposta mais indecorosa. — Ela empurrou o buquê contra o peito de Alexander. Espetacularmente rijo, reparou sem saber ao certo o motivo. Sacudiu a cabeça para recobrar o foco. — E isso diz muito, considerando que me pediu para seduzir o noivo da minha irmã.

Teria ido muito além se ele não tivesse aberto a boca e dito a única coisa que fez seu fluxo sanguíneo escorrer para a sola dos pés.

— Fontes já tomou a decisão, Ana. E não vai voltar atrás. Nem Marina, quanto ao noivado. Sozinho eu não vou conseguir ajudar a sua irmã.

— Mas... — Se constranger diante de Diogo Fontes não era o suficiente para um dia? Ela tinha que se envergonhar diante de todos os homens que cruzassem seu caminho?

Não, de jeito nenhum!

— Agradeço a oferta, sr. Alexander, mas prefiro fazer isso sozinha.

Enfiando as margaridas no largo bolso do avental, ele deu de ombros.

— Muito bem. A decisão sempre será sua. Mas, se mudar de ideia, basta seguir essa trilha. Ela termina em um jardim-labirinto. Teremos privacidade e sua reputação estará a salvo.

E o que, exatamente, ele pretendia fazer que exigia privacidade?

Ora, e por que ela perdia tempo pensando no assunto, se não iria procurar por ele de jeito nenhum?

— Por que está me ajudando, sr. Alexander? — Ana indagou antes que ele tivesse a chance de escapar. — Por que ter todo esse trabalho para me ajudar a salvar minha irmã?

— Que espécie de pessoa eu seria se não tentasse ajudar? — Levantando o chapéu em uma rápida mesura, ele foi se abaixar para recolher as ferramentas de jardinagem.

Bem que Ana tentou afastar os olhos da figura imponente. Não tinha percebido ainda como as tiras do avental se abraçavam à cintura estreita e dividiam a silhueta masculina de maneira interessante, enfatizando as costas esculpidas em V e alongando as pernas esguias que amparavam um traseiro redondo e...

Imediatamente, ela se virou de costas e andou depressa, as faces em chamas. Céus! Acaso tinha deixado o bom senso cair na estrada a caminho daquela propriedade? Desde quando ela reparava no formato de traseiros masculinos?

Devia ser a tensão do que iria enfrentar, se convenceu, inspirando algumas vezes para acalmar a pulsação. A ideia de se aproximar do noivo da irmã a entorpecia, logo comprometia todas as áreas de seu cérebro, incluindo a responsável pela razão. Só podia ser isso.

Decidiu ir para casa se arrumar, desejando como nunca desvendar o quebra-cabeça que era Alexander. Tirar da mente a imagem do belo traseiro firme já seria satisfatório.

Uma pena ela não ter obtido sucesso em nenhuma das duas batalhas.

17

E foi no casamento de Tommy e Lola que eu comecei a desenrolar o novelo embolado em que minha vida se transformou. Ou a me enrolar ainda mais a ele, não me decidi.

Amora mordiscou os últimos fiapos de feno dentro do cesto suspenso e resfolegou com indignação, batendo a pata no chão na esperança de que a humana empoleirada sobre seu almoço largasse o livro caindo aos pedaços e viesse acudi-la. O que podia ser mais importante que alimentá-la?

Marina não percebeu a irritação da égua e apenas estendeu o braço para alisar a pelagem escura brilhosa enquanto devorava as palavras de Jane Austen, tentando de uma vez por todas resolver o mistério que a mãe semeara em sua mente uma quinzena antes.

... seu aparecimento foi tão abrupto que Elizabeth não conseguiu impedir que ele a visse. De imediato seus olhos se encontraram e ambos coraram intensamente. Ele teve um forte sobressalto e por um momento pareceu paralisado pela surpresa: mas logo se recuperou, avançou em direção ao grupo e falou a Elizabeth, se não com impecável serenidade, pelo menos com impecável educação.

Humm... Então aquilo devia ser a tal "coisa" que a mãe mencionara ao tentar explicar por que Valentina e Ian Clarke nunca teriam funcionado. Se estivesse entendendo corretamente... ela relanceou o volume antigo de *Orgulho e precon-*

ceito que surrupiara da mesa de cabeceira da mãe, cujas bordas se enrolavam feito pétalas... a tal coisa sobrava ao sr. Darcy e Elizabeth Bennet.

Em vez de a descoberta apaziguar sua mente agitada, só conseguiu causar mais burburinho.

O fato de Marina não sentir o corpo queimar na presença de Diogo não significava que a tal coisa não pudesse existir entre eles. Do mesmo modo, sentir todo o corpo incendiar perto de Samuel não era sinal de que ela sentisse a coisa pelo melhor amigo. Afinal o que uma escritora inglesa saberia sobre sua vida amorosa?

— Isso é uma grande perda de tempo!

Pulando da pilha de feno, foi esconder o livro no alforje da sela de Amora, empoleirada em uma viga baixa, antes de apanhar o canivete e roçar a lâmina pela tira de tecido que prendia o almoço da égua. Amora relinchou um agradecimento quando o cesto estava abastecido e se pôs a comer. Marina aproveitou para escovar os pelos brilhantes, a crina embaraçada, a cauda inquieta. No entanto, o trabalho terminou muito antes de sua inquietação.

Pensou em escovar a parelha da carruagem dos pais, mas Isaac já havia feito isso. Sem mais nada a fazer, com um suspiro agastado, ela deixou o estábulo dos Amina e começou a voltar para a casa, seguindo a trilha de cascalho dourado. Talvez pudesse se ocupar na cozinha. Não entre as panelas, por certo, Deus a livrasse! Não queria incinerar a casa antes que a amiga e o primo se casassem. Mas poderia cortar lenha ou carregar algumas caixas de bebidas. A exaustão a ajudaria a sossegar a mente e o coração.

Já tinha uma boa visão da entrada dos fundos da mansão quando suas botas rangeram com a parada seca. O empregado recebeu as rédeas das mãos de mais um convidado — um que Nina andava evitando. Samuel tampouco a procurara, o que a fazia imaginar que tinham o mesmo plano, mas com propósitos diferentes. Ela ainda não decifrara o que aquele encontro na igreja significara. Tudo o que sabia era que uma sensação morna e elétrica se concentrava em seu peito sempre que se recordava de como estivera tão perto de Sam, do toque dos dedos dele, do desejo irreprimível de beijá-lo. Amigos não grudavam a boca uma na outra.

Ou será que grudavam?

Não, não grudavam, ela decidiu, e como prova se apressou em invocar a expressão de Samuel ao se afastar dela quando compreendeu suas intenções. A reação dele a entristecia e a enervava em igual medida. Não queria que ele se sentisse desconfortável em sua presença. Tampouco sabia como não ficar desconfortável perto dele.

Fosse lá o que estivesse acontecendo, sabia que precisava continuar a evitá-lo, ao menos até desvendar o mistério que era sua própria mente. Tudo o que ela desejava era que as coisas voltassem ao que eram antes de Sam partir para a Europa.

Antes daquele beijo, seu coração segredou.

Assim ela começou a recuar de costas, e teria corrido se o olhar de Samuel não tivesse se cravado em seu semblante, atraído por aquela conexão instantânea que existia entre eles desde sempre, como se não houvesse outra direção para ele. Não havia para ela.

Mesmo daquela distância, Marina viu o peito dele se expandir com uma inspiração profunda ao acenar e então avançar pela trilha de seixos brilhantes que o traria até ela.

Corra, sua mente gritou. *O mais depressa que puder!*

Não! Fique!, demandou seu coração. *Por favor, fique.*

O que ela realmente queria era que as vozes dentro de si se calassem. Ora essa, não queria magoar Samuel ao fugir dele sem uma desculpa — mesmo que fosse uma esfarrapada. Mas ficar e confrontá-lo, com todo aquele ruído dentro dela...

Ironicamente, a última pessoa em quem teria pensado providenciou a desculpa perfeita. Um risonho Diogo atravessava às pressas o gramado.

— Minha pérola, o que faz aqui sozinha? — Diogo fez uma careta para as saias da noiva, sujas de pelo de cavalo, terra e capim seco. — Pensei que estaria livre para me acompanhar em um passeio pela propriedade. Afinal você a conhece melhor que eu. Mas seu estado... Suspeito que deseje se limpar primeiro.

— Um pouco de sujeira nunca me incomodou. — Por sobre o ombro de Diogo, ela observou Samuel diminuir a velocidade, a testa vincada.

— ... aproveitar o tempo a sós para discutir com você um assunto de suma importância — dizia o noivo.

— Ãrrã.

Por que Sam não parava de andar? Por que continuava vindo diretamente para eles? Nina não o queria perto do noivo, porque... porque... Ora, por que ela precisava inventar uma justificativa? Não queria e ponto-final.

— ... o que acha da minha ideia? — ouviu Diogo indagar.

O tom urgente do noivo capturou a atenção dela. Ele a analisava em um misto de excitação e impaciência. A razão era um mistério para ela. Por isso, tentou pensar em uma resposta aceitável.

— Eu acho... — começou devagar — ... que é uma ideia excelente.

Marina teria ficado preocupada em ter feito papel de tola, pela maneira como o noivo se iluminou. Mas Sam continuava avançando e, se ela não se mexesse, em menos de trinta segundos os alcançaria.

— Hã... Por que não apresento a propriedade a você agora mesmo? Ainda temos algumas horas até a cerimônia. — Ela enroscou o braço no do noivo e praticamente o arrastou na direção oposta à do melhor amigo.

— Eu sabia que a ideia iria lhe agradar... — ele continuou falando. Marina sabia disso, pois Diogo não parava de gesticular nem dava descanso para os lábios, mas ela não ouviu uma sílaba sequer, apesar de manter toda a atenção no perfil do noivo. Tudo nela se concentrava em não ceder ao desejo de se virar para trás. Não seria capaz de enfrentar Samuel naquele momento. Mal conseguia confrontar a própria consternação que se afastar do melhor amigo lhe provocou.

Muito bem. Ela sabia que não poderia evitá-lo para sempre. Mas também não havia razão para apressar as coisas, não é mesmo?

18

Li em algum lugar que casamento sem um bom drama não é casamento de verdade. Olha, seguindo essa lógica, posso dizer que o casamento de Damilola e Tommy definitivamente foi de verdade. Ah, e como!

O quarto amplo de Damilola na casa de veraneio ficou pequeno para tantas mulheres. Eu me divertia observando as empregadas correrem de um lado para o outro, dispondo joias sobre o toucador, enquanto Elisa e Analu trabalhavam nas longas tranças de Lola, seguindo as instruções da noiva ao mesmo tempo em que ignoravam as de Cassandra Clarke e sua bengala impaciente.

Bem que eu me ofereci para ajudar, mas Elisa me atirou um franzir de sobrancelhas e pediu que eu tomasse conta dos pentes de ouro que adornariam o cabelo da noiva, como se eles fossem fugir a qualquer momento. Tá legal, eu realmente não era de muita ajuda nesse departamento. Nem Marina, também designada a tomar conta do longo véu laranja bordado com minúsculas pérolas da mesma cor disposto sobre a cama. Bom, pelo menos não nos mandaram sentar, como fizeram com Teodora.

— Não acredito que meu bebê vai se casar. — A ruiva assoou o nariz em um lenço bordado. — Tommy é só um garotinho!

Deixando os pentes no colchão, passei o braço ao redor de seus ombros, apertando-a de leve.

— Ele tá feliz, Teodora. Acho que nunca vi Tommy tão contente assim.

— Eu sei, mas se ao menos ele e Damilola aceitassem viver conosco... A cidade fica tão distante!

Mordi o lábio, espiando Cassandra Clarke na poltrona perto da janela, a bengala batendo no chão, feito um relógio muito irritante.

— Você se lembra de como foi morar com sua sogra — cochichei para minha amiga — logo no começo do casamento, né?

Minha intenção de acalmá-la teve o efeito contrário.

— Ah, Sofia, eu não sou nada parecida com a sra. Cassandra. — Ela arregalou os olhos inchados. — Já amo Lola como minha própria filha faz tempo.

— Eu sei. Mas tia Cassandra continua tão ranzinza quanto antes.

— Se não pior! — Teodora contou, consternada. — A nova obsessão dela agora é um bisneto. Tommy quase não fica em casa por conta disso.

— Pentes! — pediu Elisa.

Fiquei de pé, estendendo um deles a Ana, mas Marina se cansou de não fazer nada e interferiu.

— Eu faço isso. — Minha mais velha abriu espaço entre a tia e a irmã para prender o acessório no cabelo de Lola.

— Ai, Nina! — Lola se encolheu, tocando o couro cabeludo. — Está tentando fixar o pente no meu cérebro?

— Desculpe. Calculei mal o ângulo.

Com a maior delicadeza que pôde, Elisa apanhou os pentes de Marina e exibiu as adoráveis covinhas.

— Eu faço isso, querida. Já falou com Samuel?

E lá estava aquele olhar outra vez. Eu o vira todos os dias nas últimas semanas, toda vez que o nome de Samuel era pronunciado. Não que eu tivesse conseguido arrancar alguma coisa de Marina.

— Humm... não. Mas o vi o chegar mais cedo. — Minha filha esfregou as mãos na saia. — Se não vou ajudar com o pente, o que eu faço então? Porque o véu não vai sair voando.

— Poderia... — Os olhos de Elisa dardejaram em busca de uma atividade que sobrevivesse a Nina.

Mas foi Analu quem sugeriu:

— Por que você e tia Elisa não se sentam um pouco? Estou quase terminando.

Bufando, minha mais velha foi se empoleirar na janela, as botas sujas de lama aparecendo sob a barra do vestido. Sorri automaticamente. Nina aceitara usar o vestido de seda laranja que a própria Lola desenhara, mas se recusara a usar os sapatos. É incrível o tipo de coisa que se pode transmitir na genética.

Desci da cama para dar espaço a uma Elisa muito grávida. Minha cunhada precisou se apoiar no dossel para se acomodar no colchão.

— Parece que Sam não foi o único que acordou do lado errado da cama — revelou ela e então se voltou para mim. — Eles mal se viram nas últimas semanas. Será que se desentenderam?

— Quem dera eu soubesse. — Recostei-me ao dossel entalhado, roçando o indicador nos dentes de um dos pentes. — Toda vez que eu toco no assunto, ela arranja uma desculpa e se enfia no estábulo.

Cassandra bateu a bengala no chão, muito mais atenta do que dava a entender.

— Essa não é a pergunta certa, minha sobrinha — a mulher proferiu, altiva. — Por que eles não se entenderam ainda é o que deveria questionar.

— Ela pode ter alguma razão — riu Elisa, mas estava séria ao alisar um amassado no meu vestido cor de merlot. — Nenhuma notícia ainda sobre o paradeiro da sra. Afonso?

— Nada. Ian e eu escrevemos para todos os fornecedores, todos os conhecidos. É como se a mulher tivesse sumido do mapa.

— Vocês vão encontrar um jeito. Sei que vão.

Eu esperava que minha cunhada tivesse razão. Porque não ia entregar minha fábrica de mão beijada para um golpista, nem que para isso tivesse que fazer algo totalmente estúpido. Até já tinha pensado em uma ideia — muito errada e com sérias possibilidades de eu acabar em cana, mas se nada mais funcionasse..

O ranger dos dentes de Cassandra atraiu minha atenção. A idosa se levantou com a ajuda da bengala, arrastou os saltos pelo quarto e empurrou Analu para fora do caminho com o cotovelo para entregar algo brilhante à noiva. Um delicado colar de pérolas e diamantes.

— Sra. Cassandra... — Damilola começou, sem jeito.

— Escute, minha jovem! — A madeira sofreu com o impacto da bengala. — Você já fez a desfeita de não usar o meu vestido. Este colar está na família há gerações. Teodora usou quando aceitou meu Thomas. E você vai usá-lo para dizer *sim* ao meu neto. — Então a voz dura amoleceu ao adicionar: — Por favor.

Elisa, Teodora e eu nos entreolhamos.

— Ela disse por favor? — balbuciei, atônita.

— Estou tão perplexa quanto você. — Teodora franziu o nariz coberto de sardas.

As covinhas nas bochechas de Elisa fizeram uma graciosa aparição ao admirar Lola.

— Creio que tia Cassandra encontrou uma rival à altura.

Bam! Bam!

— Eu posso estar velha, mas não surda. — Ela ergueu o queixo, a pequena papada fina tremulando de leve.

Rindo, a noiva aceitou o colar da mão da idosa.

— Será uma honra para mim, sra. Cassandra. Não sei como agradecer sua gentileza.

— Sabe, sim. Basta providenciar meu bisneto esta noite.

Damilola baixou o olhar, sem graça. Analu percebeu.

— Hã... Nina, pode me ajudar com o véu? — Minha caçula cravou o último pente no penteado alto.

Nós todas ajudamos a abrir o tecido finíssimo do véu, e então Damilola estava pronta. E espetacular no vestido laranja com saias em camadas. As mangas longas se abriam como sinos nos punhos, com um tipo de renda delicada que eu nunca tinha visto. As presilhas adornavam seu cabelo como uma coroa, e as pontinhas das tranças que desciam do coque alto roçavam a cintura fina.

— Uau! — me ouvi exclamar, um pouco emocionada. Era como se Fayola Amina estivesse naquele quarto. — Lola, você parece...

— Uma rainha. — Teodora começou a abanar o rosto. — Ah, meu Deus, querida, você está deslumbrante!

— Estou? — Ela tocou o colar de Cassandra, depois o de contas largas, em um tom vivo de coral. — Não está demais?

Analu fez um último ajuste no véu.

— Está perfeita, Lola. Tão linda que temo pelo coração do pobre primo Tommy.

Sem alarde, Marina foi até a entrada do quarto. Retornou com um pequeno buquê de flores vermelhas cujas pétalas lembravam minúsculas borboletas. Fitas da cor do vestido da noiva e das damas de honra contornavam os talinhos.

— Ah, Nina! — A amiga espalmou as bochechas. — Onde as conseguiu?

— Roubei do labirinto, espero que não se importe. Eram as preferidas da sua mãe, não?

A noiva piscou algumas vezes para controlar a umidade nos olhos.

— Eram, sim. Obrigada, minha amiga. Significa muito para mim.

— Ah, não. — Marina recuou, a palma das mãos erguida. — Nada de choro. Sabe que fico desconfortável.

— Você vai ter que aprender a lidar com isso em breve. — Cassandra a cutucou na cintura com o cabo da bengala. — Bebês choram o tempo todo. Agora que está noiva, pode começar a pensar no assunto. Seria conveniente se meu bisneto tivesse um priminho da mesma idade para brincar.

Minha filha estremeceu, nos fazendo rir. Então Damilola pediu para ficar uns instantes sozinha. Um pouco preocupada com ela, esperei que todas saíssem e fechei a porta.

— Lola, eu... hã... estava pensando no que Cassandra disse, sobre um bisneto.

A garota ficou sem graça de novo.

— Tommy me alertou que esse era o novo propósito da sra. Cassandra. Mas creio que eu possa lidar com um pouco de pressão.

— Disso eu não tenho dúvidas, meu amor. O que eu estava pensando era se sua mãe... bom... se Fayola alguma vez falou com você sobre bebês.

— Não. — Ela mordeu o lábio inferior. — Mas Marina me explicou tudo.

Então, porque ela pareceu interessada demais no buquê, resolvi perguntar:

— O que exatamente a Nina te contou?

— Bem... que os bebês e os potros são concebidos da mesma maneira. — Sua pele marrom adquiriu um lindo tom avermelhado. — E me fez acompanhar a... humm... época de cruza para entender melhor. É... um pouco violento, não?

Revirei os olhos. É óbvio que Marina interpretaria tudo a sua maneira.

— Não exatamente, Lola. A menos que você queira que seja assim...

Depois de falar com ela sobre o que esperar naquela noite e recapitular os métodos contraceptivos disponíveis, eu a deixei sozinha e desci para o térreo. Encontrei Ian em uma roda de homens, e o sr. Akin abria uma espécie de xale retangular sobre o ombro do noivo, confeccionado com o mesmo tecido do vestido de Lola.

— ... bem-vindo à família, Tommy — anunciava o sr. Akin, batendo no ombro do rapaz, quando os alcancei.

— Não sabe como me sinto honrado neste momento, sr. Amina. Farei o impossível para nunca decepcionar a confiança que sua filha e o senhor depositam em mim.

— Tenho certeza disso. Afinal elas não são apenas enfeite. — Akin indicou o par de espadas pendurado na parede no fundo da sala, e Tommy ficou ainda mais pálido, para a diversão de Ian.

— Fique calmo — Thomas aconselhou o filho, achando graça.

Samuel entregou ao primo um copo generoso de conhaque.

— Beba tudo. Ordens médicas.

— Sam, você é o tipo de médico que eu aprovo. — O noivo verteu a bebida em um gole só.

— Lola está pronta, seu Amina — anunciei depois que as gargalhadas cessaram. — Está... humm... acho que tá rezando para a sua esposa agora.

— Imaginei que ela faria isso. — Ele se preparou para ir atrás da filha, mas foi interrompido por um ansioso Diogo Fontes.

— Sr. Amina — o rapaz parou atrás do pai da noiva —, sei que este não é o momento mais oportuno, mas preciso dar uma palavra com o senhor. Não levarei mais de cinco minutos.

Dei um cutucão nas costelas de Ian à medida que ele encarava o noivo da nossa filha de cara fechada. Teria dado outro em Samuel, se meu sobrinho estivesse mais perto.

— Não precisa tratá-lo como se ele fosse um criminoso toda vez que o encontra — cochichei ao meu marido assim que os dois homens se retiraram. — Ele só pediu Marina em casamento.

— Se ele não é capaz de lidar comigo, dificilmente sobreviverá a Marina.

Isso era verdade...

Eu me distraí um pouco com a maneira como o traje formal caía em Ian e o deixava... bom, gostoso pra caramba. Tive que me concentrar para lembrar por que eu o procurara.

— Ian, andei pensando. Não que seja correto, eu sei, mas existe a possibilidade de... digamos... alguém assinar aqueles recibos com uma letra muito parecida com a do seu Afonso?

Meu marido arqueou uma sobrancelha.

— Quer dizer, falsificar a assinatura do sujeito?

— Não. — Eu me encolhi. — Bom... mais ou menos. Eu sei que soa muito mal, mas a gente não consegue encontrar a sra. Afonso nem descobrir a identidade do safado que tá querendo roubar minha fábrica.

Ele encheu os pulmões de ar antes de começar:

— Como responsável legal pelos assuntos da Infinito, eu diria que é uma péssima ideia. Se for pega, além de responder por estelionato, você seria acusada de falsidade de documentos, e qualquer juiz entenderia o gesto como uma confissão de dívida e a colocaria atrás das grades por seis anos ou mais. — Ele correu uma das mãos pelo cabelo muito preto. — Como seu marido, eu suplicaria que, por favor, não faça isso.

— Saco. Eu desconfiei que não era uma ideia muito boa.

— Sei que esse assunto está consumindo você, mas eu vou encontrar uma saída, meu amor. — Ian me deu aquele sorriso torto que fazia tudo no mundo ficar melhor. — Eu prometo.

— Eu acredito em você. Só... queria encerrar esse assunto logo e...

— Sr. Clarke. Sra. Clarke.

Meu marido e eu nos viramos ao mesmo tempo. E meu humor foi parar no núcleo da Terra.

— Sr. Chagas — Ian cumprimentou Ricardo sem muito entusiasmo, ao mesmo tempo em que dei uma abaixadinha de má vontade.

— Sra. Clarke, me permita dizer que está esplendorosa esta tarde. — Verdade seja dita, o filho do senador pareceu sincero.

— Valeu. Não sabia que você e seu pai haviam sido convidados para o casamento.

Um pouco sem graça, ele alisou a gravata.

— Bem... recebemos o convite tão logo chegamos à vila.

Ian se forçou a sorrir.

— Suponho que seremos agraciados com a presença do ilustre senador esta noite.

— Não, senhor. Meu pai tinha alguns assuntos a resolver com o advogado. Algo a respeito de um negócio que adquiriu recentemente.

Que maravilha. Então o senador ficaria por perto por muito tempo.

— Que infelicidade ele não aparecer... — Meu rosto devia transmitir outra mensagem, pois o rapaz coçou o pescoço, baixando os olhos.

Bom, eu nunca fui dada a sutilezas mesmo.

— Senhores. — Limpando a garganta, o rapaz aprumou os ombros, mas ainda pareceu sem jeito. — Eu já me desculpei com Ana Laura quanto ao comportamento do meu pai, mas gostaria de fazer o mesmo com vocês. Lamento muitíssimo a maneira como ele os desrespeitou. Foi imperdoável.

— De fato, foi — Ian concordou, sério. Então relaxou de leve. — Mas fico aliviado ao saber que você não compartilha da opinião dele.

— Meu pai e eu raramente concordamos em alguma coisa. Ainda não tive o prazer de me encontrar com a srta. Ana Laura. Ela não veio?

— Está terminando de ajudar a noiva a se arrumar — contei. — Analu é uma das damas de honra.

— Ah! Ela é muito leal, não? E gentil. Jamais conheci criatura mais bondosa e amável.

Oh. Ele gostava de Ana? Ian também notou como o rapaz se derreteu ao falar de nossa caçula e imediatamente fechou a cara. Tratei de mudar de assunto antes que meu marido tivesse a péssima ideia de amarrar Ricardo a uma cadeira e começar a fazer um milhão de perguntas.

— Então, Ricardo, em que tipo de negócio o senador pretende investir? — comecei. — Será bom para a vila, mais empregos e tal.

— Eu não tenho muito conhecimento a respeito dos planos de meu pai. Ele nunca me deixa a par dos negócios da família. Acha que não sou interessado o bastante. Mas não é um investimento nas redondezas, disso estou certo. É algo sobre uma fazenda muito lucrativa com o cultivo de amêndoas. Não me recordo onde.

De imediato, Ian se voltou para mim com uma expressão alarmada.

— Amêndoas? — meu marido inquiriu, ainda me encarando.

Não! Só podia ser brincadeira...

— Também fiquei surpreso, sr. Clarke. Eu não imaginava que a noz pudesse render tanto dinheiro.

Aquilo não podia ser apenas coincidência. O senador era quem ameaçava me processar? Era ele o maldito covarde que se escondia atrás de um advogado para cobrar uma dívida já paga? Era ele o novo proprietário da Céu Azul, merda!

Meus punhos se fecharam, e, honestamente, não faço ideia do que teria feito se Ian não tivesse enrolado um braço em minha cintura e me pressionado com convicção contra o corpo.

Não que Ricardo tenha percebido.

— Bem, o noivo já está indo para a capela. Devo segui-lo ou vou acabar me perdendo. Com licença, senhores. — Com uma mesura, o rapaz correu para alcançar os homens, enquanto Ian e eu nos encarávamos, estáticos.

— Aquele... — comecei.

— Não aqui.

Me pegando pela mão, Ian me guiou casa adentro até encontrarmos um cômodo vazio. Acabamos na imensa e iluminada biblioteca do astrofísico. Meu marido fechou a porta com cuidado antes de se virar para mim.

— Então foi por isso que o canalha me ameaçou na semana passada! — Comecei a andar pelo cômodo atulhado de coisas que não cheguei a notar. — Foi o maldito senador quem comprou a fazenda do seu Rui. E, por alguma razão misteriosa, vai vir pra cima de mim com tudo.

Nunca me perdendo de vista, Ian enfiou as mãos nos bolsos e se aproximou lentamente.

— Não tenho certeza quanto ao motivo ser um mistério, Sofia.

— O que quer dizer?

— Meu amor, o senador Chagas é um conservador. O discurso que fez em nossa casa ilustrou bem a opinião que ele tem sobre mulheres que decidem desafiar as convenções sociais. E você representa tudo aquilo que ele mais teme: conquistou o sucesso sozinha, desacreditando o que Chagas tenta pregar.

— O que está tentando me dizer? Que esse processo que ele inventou é pessoal?

Ele assentiu devagar, os olhos preocupados nunca deixando os meus.

— Não acredito que seja algum problema de saúde que o trouxe à vila — continuou. — O senador tinha outro propósito: o de destruir o que ele vê como ameaça. Você.

Ah, meu Deus.

Não percebi que eu tremia de alto a baixo até Ian estalar a língua e me puxar para seu peito.

— Daremos um jeito nisso — ele assegurou em meu cabelo. — Encontraremos uma solução. Eu prometo.

Mas, por mais que ele tenha se esforçado para soar convincente, a maneira como seu coração pulsava rápido contra minha orelha me alertou de que nem ele mesmo acreditava no que dizia.

19

Quanto mais eu pensava nos argumentos de Ian, mais sentido fazia. O que me apavorava era a ideia de que aquele homem havia se dado tanto trabalho apenas para me desmoralizar e conseguir me afastar da fábrica, porque... bom... a sociedade já não via com bons olhos o que eu fazia, e ele era um senador importante. Como Ian e eu poderíamos vencê-lo?

Fiquei tão mexida com a descoberta que mal notei o que aconteceu no restante da noite.

Marina preferiria estar em qualquer lugar do mundo naquele instante... no ateliê de madame Georgette sendo torturada pela costureira para entrar em um espartilho, ou espetando os dedos com a agulha de bordar que ela nunca soube usar... Qualquer coisa seria preferível a estar no gramado dos Amina e ter que sorrir a todo instante quando tudo o que queria era bufar.

Era quase um sacrilégio se sentir miserável num cenário como aquele, em uma noite tão bonita. Bem no alto, lanternas de ferro e bandeirolas se balançavam em cordas grossas presas a estacas. Havia mais luzes pendendo dos galhos das árvores, nos arbustos, no centro da longa mesa, delimitando a área reservada para a dança, flutuando nas águas do lago, um pouco mais distantes. Buquês e castiçais traziam magia ao solar dos Amina, os convidados vestidos de acordo com a ocasião, exibindo joias e sapatos lustrosos, encharcados de perfume, provocando uma tremenda enxaqueca em Nina.

Não é para menos. Enfiou dois dedos por entre a escultura que eram seus cachos, tentando aliviar um pouco a pressão. Deveria ter percebido antes que Analu jamais a convidaria para ajudar na toalete. Quando se deu conta de que não passava de uma armadilha para embonecá-la, já era tarde demais. Era praticamente um milagre que se sustentasse na vertical com a quantidade de forquilhas que a irmã enterrara em seu crânio.

Ao menos conseguira escapar do espartilho, se consolou, tentando se sentir melhor. Mas de que jeito, se Analu perambulava por entre as mesas em um estado de agitação tão grande que até Marina começou a ficar nervosa? Seria possível que o sr. Misterioso estivesse presente?

Se a cabeça não latejasse tanto, Nina talvez desvendasse a identidade do rapaz. Soprando o ar com força, espiou por entre as flores e folhagens do arranjo gigantesco sobre uma coluna de mármore. Samuel ainda conversava com a srta. Clarissa Herbert. Ora essa, o que o primo dizia que divertia tanto a filha do dono da pensão?

Nina bebericou um bom gole de vinho. Aliás, um cavalheiro que estava noivo deveria dedicar tanta atenção e sorrisos a outra jovem que não fosse sua prometida? E o que Clarissa estava pensando, corando e batendo as pestanas daquela forma para um homem compromissado?

Não que Marina estivesse vigiando o primo ou procurado por ele. Decerto não, assim como ele também não viera falar com ela durante ou após a bela cerimônia que unira Lola e Tommy para o resto da vida. Mas era difícil ignorar o melhor amigo, já que ele era o cavalheiro mais alto naquele jardim. Os olhos dela eram atraídos para os dele naturalmente. Os seus e os da jovem pequenina ocultando um sorriso tímido atrás de uma taça de vinho, adicionou, azeda.

Como se pressentisse que era observado, Samuel ergueu o olhar subitamente, e Nina foi engolida pelas profundezas castanhas douradas. Depressa, ela deu as costas ao arranjo e procurou um ponto para fixar a vista. Damilola e Tommy parecia seguro. A visão dos recém-casados deslizando pela primeira valsa como marido e mulher, os olhares travados e os sorrisos abobalhados... Argh! Não, nem um pouco seguro.

— Por que está com essa cara? — Rebeca parou ao seu lado e examinou o traje de seda laranja. — Seu sapato está apertado?

— Apenas cansada, Beca. Foi um dia longo.

— Sua irmã não parece abatida. — A adolescente apontou para o lado oposto do jardim.

Sob a iluminação das lanternas suspensas no galho de uma árvore, Ana estava na companhia de Ricardo Chagas e movimentava a cabeça vez ou outra, a expressão educada, quase serena. Nina a conhecia bem demais para saber que aquela ruguinha sutil entre as sobrancelhas significava que algo a incomodava. Provavelmente o sujeito de cabelo ondulado que não calava a boca, supôs.

— Reparou como o sr. Chagas está encantado por ela? — Rebeca apanhou a taça da prima e tomou um golinho às pressas. — Aposto que pedirá a mão dela antes do fim do mês.

Observando mais atentamente o rapaz... Ora essa, Rebeca tinha razão. Ricardo não enxergava nada além de Analu.

— Pelo que vejo — a prima sete anos mais nova mordeu o canto do lábio inferior —, você não gosta nem um pouquinho da ideia.

— Eu não gosto do pai dele.

— O sr. Ricardo tem sido muito educado e gentil, Nina. Além disso, já parou para pensar que Analu talvez goste dele?

Não, porque a irmã estava apaixonada antes de os Chagas aparecerem na vila.

— Ana é sensata — Nina comentou, azeda. — Sabe que dar ouvidos ao coração é uma grande estupidez.

— Quem foi que a convenceu disso? — Rebeca brincou com a fita branca que pendia do penteado. — O seu noivo ou o meu irmão?

Marina pressionou os lábios para não gritar.

— Rebeca, esse assunto outra vez, não. Eu já pedi. — Ela começou a se afastar do arranjo e da prima.

Naturalmente, Beca não se deu por vencida. Era uma Clarke, afinal.

— Bem, eu não insistiria — a menina tropeçou nos próprios pés ao tentar acompanhá-la — se você parasse de encarar meu irmão e a srta. Clarissa com essa cara. Sam também está com o humor péssimo a semana toda, sabia? O que aconteceu com vocês dois?

Bem que ela queria saber.

Fingindo parar para admirar o bolo de cinco andares adornado por rosas-brancas, Nina espiou por sobre o glacê o ponto onde o primo e Clarissa *ainda* estavam. Sam sorria largamente para a moça delicada. *Argh!*

— Samuel não parece sentir minha falta. Nem de longe.

A cabeleira em tons de mel bloqueou a visão do casal. Marina voltou a atenção para uma desconfiada Rebeca.

— Marina Alonzo Clarke, é impressão minha ou você está com ciúme da atenção que o meu irmão dedica à srta. Clarissa Herbert?

— Que ideia, Rebeca! Não estou com ciúme de Samuel coisa nenhuma. — Não estava, não é? — Se esqueceu de que estou noiva de Diogo Fontes?

— Nem por um segundo. Mas, minha prima querida, eu acho que você, sim.

— Não diga bobagens...

— Então prove, Nina! — Saltitando, Beca a segurou pelos cotovelos. — Me diga em que direção está seu noivo. E não vale espiar!

— Ele está... está entre... — Onde o vira pela última vez mesmo? — Pare com isso, Rebeca. Eu não tenho mais idade para brincadeiras.

A menina assentiu consigo mesma, com uma expressão que Nina achou *muito* irritante.

— Viu? Você não sabe, como eu suspeitava. Pois esteve a noite toda ocupada em vigiar o meu irmão.

A ideia de enfiar o bolo na garganta da prima lhe ocorreu. Se estivesse com a boca ocupada, Rebeca não teria como atormentá-la. Mas Nina preferiu não causar uma cena e apenas bufou para demonstrar quanto aquela ideia era ridícula, antes de começar a se afastar da parte mais movimentada do jardim.

Ora essa, é óbvio que não se esquecera do noivo. Acaso o anel pesado no anular não era um lembrete? O fato de saber a localização de Samuel e a do noivo ser uma incógnita tinha uma explicação plausível. Ela precisava evitar Sam, logo era sensato mantê-lo sob vigilância. Não tinha nenhuma relação com a atenção exagerada que ele concedia à srta. Clarissa. E, para provar isso, ela se propôs conversar com a moça mais tarde e ser amável com ela. Desde que Clarissa não ficasse suspirando por Samuel, naturalmente. Apenas porque Marina nunca tivera paciência para esses assuntos.

Ah. Ali estava seu noivo, espremido entre tia Elisa e Teodora, ela constatou ao passar atrás de um dos bancos de madeira branca, próximo à entrada do jardim-labirinto. Tentando não atrair a atenção deles, ela foi até a longa mesa e pescou uma xícara antes de mergulhar a concha na poncheira de cristal.

Provando um gole à medida que fechava as pálpebras, se permitiu apenas apreciar as notas alegres que os músicos extraíam dos instrumentos, evitando pensar. Ela gostava particularmente do grave do violoncelo. Teria se mantido assim por mais tempo se um arrepio não tivesse disparado por sua espinha e se assentado na nuca. Não precisou se virar para saber que Samuel se aproximava. Ela sentia na pele o ar se mover entre eles, esquentando e encurtando a distância. Ele parou bem ao seu lado.

— Eu pediria uma dança se não soubesse que recusaria. — A voz grave e macia acariciou os ouvidos dela. — Por que não está dançando? Pelo que notei, pedidos não são o problema.

Desejando ser capaz de ocultar dele toda a sandice que acontecia dentro de si nos últimos tempos, Nina se ocupou em servir mais uma xícara de ponche. Mas, inevitavelmente, teve que se virar para ele e um suave suspiro lhe escapou dos lábios. Com um traje preto finamente cortado, os caracóis levemente bagunçados do jeito que ela adorava e o nó da gravata meio torto como de costume... ele roubou seu fôlego. Ora, essa!

— Essa é uma das vantagens de estar noiva. — Ela lhe entregou a bebida e bateu a xícara na dele, rapidamente se virando para a área onde os casais dançavam. Não estava fugindo, apenas sendo prudente. — Mas, se tem interesse em dançar, por que não convida a srta. Clarissa? Ela está bastante inclinada a aceitar qualquer proposta que você faça. — Sorveu metade do ponche em um único gole e sentiu, mais do que viu, Samuel arquear uma das sobrancelhas largas. — Soube que esteve ocupado a semana toda — continuou.

Pela visão periférica, ela acompanhou o primo abandonar a bebida na mesa.

— Minha chegada provocou certo alvoroço na vila, o consultório está lotado todos os dias.

— Especialmente de jovens solteiras tentando agarrar um marido, eu soube. — Tornou a tomar um gole da bebida adocicada. — Analu me contou.

Contornando-a, Samuel parou diante dela, forçando-a a encará-lo.

— Só querem especular. — Deu um meio sorriso. — Imagino que não sentiu minha falta, já que deve ter se ocupado com os preparativos do seu casamento. Para quando é mesmo?

— Ainda não marcamos a data.

Girando sobre as botas, ela tornou a se servir da bebida doce. Pretendia virar tudo de uma vez, mas os dedos longos e, ah, tão quentes de Samuel envolveram seu cotovelo.

— Nina. — As íris castanho-claras capturavam as chamas da lanterna e ardiam de uma maneira que ela nunca vira antes, mas que a deixou sem ar e muito consciente da mão ainda em seu cotovelo.

Desconfiou de que ele se deu conta da proximidade ao mesmo tempo, mas, em vez de recuar, Sam pareceu incapaz de soltá-la e correu a pontinha do polegar pela pele sensível acima da barra das luvas altas. Marina sentiu cada articulação e trama de nervos despertar e então pinicar. O desejo voraz de se grudar a ele de alto a baixo saturou o ar e a atingiu com a delicadeza de um coice.

Se ela ficasse na pontinha dos pés apenas para sentir mais de perto o perfume delicioso que ele exalava...

A providência divina resolveu dar uma mãozinha e impedi-la de fazer uma bobagem ao colocar o sr. Edgar Fontes em seu caminho. Samuel imediatamente a soltou, chegando um pouco para o lado, quase esbarrando com o braço na poncheira para dar espaço ao recém-chegado.

— Dr. Samuel! — A expressão do sr. Edgar era amistosa, mas havia um tom incômodo em sua voz. — Suspeitei que estaria perseguindo minha futura nora. Pelo que soube, você sempre se sentiu muito protetor com relação às primas mais jovens. É um belo traço de caráter, rapaz.

— Não foi um fardo pesado *persegui-las* — Samuel enfatizou com um abaixar de sobrancelhas. — Ao menos no que diz respeito a Ana Laura. — Deu uma piscadela para Nina, que não conseguiu engolir uma risadinha.

Franzindo as pestanas grisalhas, Edgar tentou manter a expressão leve.

— Bem, deve estar um pouco aliviado agora, doutor, já que a jovem e impulsiva srta. Marina não é mais sua responsabilidade.

Foi a vez dela de lutar contra uma careta e manter uma fachada educada.

— Eu nunca fui responsabilidade de ninguém, sr. Fontes.

— De toda forma, minha querida, seu primo deve estar empolgado. Afinal agora ele terá mais tempo para as próprias... ahhhh... diversões. Notei que as damas ficaram entusiasmadas com sua presença, doutor. Vá desfrutar da juventude, meu rapaz. Eu preciso mesmo ter uma palavrinha com minha futura nora.

Se Samuel percebeu a irritação que praticamente transformou as sobrancelhas dela em uma só ao ouvir o comentário a respeito de *damas entusiasmadas* e *desfrutar da juventude*, não deu mostras. Estava ocupado demais analisando o semblante de Edgar. Levou alguns instantes para que o amigo se virasse para ela e fizesse uma reverência educada antes de se afastar. Nina aguardou que os ouvidos do primo estivessem fora de alcance para encarar o sr. Edgar.

— Sr. Fontes, sabe que não sou dada a rodeios, por isso serei direta. Ninguém escolhe com quem vou me relacionar, exceto eu mesma.

— Minha querida! Foi essa a impressão que teve? Oh, não! Seu primo também, por isso ficou tão aborrecido? Que tragédia! — Edgar piscou repetidamente. — Me perdoe. Eu só estava pensando no bem-estar do rapaz. Vi que ele demonstrou particular interesse na jovem Herbert. Só quis lhe fazer um favor. Devo me desculpar com o dr. Samuel.

Como o futuro sogro demonstrava estar sendo sincero, Marina não pôde ficar — muito — chateada com ele, embora a insistência de que houvesse algum envolvimento romântico entre Sam e Clarissa encobrisse sua visão com um véu rubro.

— Talvez seja melhor deixar como está e evitar constrangimentos — ela aconselhou, por fim. — Não quero que nenhum mal-estar estrague este momento especial de Damilola e Tommy.

— Deve ter razão. Sua amiga exala contentamento e beleza. Seu primo é um rapaz de muita sorte. Não tanto quanto meu Diogo, certamente. — Deu uma palmadinha no braço dela.

— O que o senhor queria discutir comigo? — Nina tentou mudar de assunto.

— Bem lembrado! — Ele estalou os dedos. — Diogo me contou sobre seu entusiasmo com a compra desta casa. De fato, é uma construção à altura do meu filho.

A notícia fez o ponche que ela acabara de engolir querer fazer o caminho de volta.

— Diogo pretende comprar esta propriedade? — Espalmou o estômago. — Mas por quê?

— Para que você e ele comecem a própria família aqui... — O homem de cabelos platinados estreitou os olhos de leve. — Você não sabia?

Marina se limitou a negar com a cabeça.

— Eu não compreendo. Diogo me disse que discutiram o assunto esta tarde. Será que eu compreendi mal?

Ah, não! Então era sobre *isso* que o noivo discorria enquanto ela ocupava a mente com Samuel? Horrorizada, Marina contemplou o jardim iluminado, a casa dos *Amina*.

— Diogo e o sr. Amina já se acertaram? — perguntou em uma voz miúda.

— Pouco antes da cerimônia. Querida, está se sentindo bem? Sua cor não está boa.

— Eu... preciso visitar a sala das damas. Com licença, sr. Fontes.

A necessidade de escapulir dali era quase física, e ela deixou o pátio o mais depressa que pôde, parando apenas para apanhar a garrafa de champanhe que um dos empregados equilibrava sobre a bandeja. O garçom arqueou uma sobrancelha ao vê-la levar a garrafa à boca, mas abençoadamente não fez nenhum comentário sobre jovens solteiras se embebedarem em festas, de modo que ela prosseguiu pela trilha de cascalho, erguendo as saias ao saltar os degraus de dois em dois. Enfiou-se na primeira porta que encontrou aberta na lateral da casa. A biblioteca do sr. Akin.

Perfeito. Ninguém jamais pensaria em procurá-la em uma biblioteca.

Encostando a porta dupla envidraçada depois de entrar, tomou mais um gole da bebida. As bolhas explodiram em sua língua e pinicaram a garganta. Não era tão ruim no segundo gole. E melhorou muito no terceiro, especialmente porque ela sentiu as juntas se desprendendo do corpo em uma letargia quase profana.

Como o beijo de Sam.

— Saia da minha cabeça! — resmungou, arrastando-se para o coração da sala. Teve que se desviar de três lunetas de tamanhos diferentes e parou para observar uma engenhoca curiosa. Bolas de tamanhos e cores diferentes suspensas por hastes finas presas a uma torre de engrenagens. Dobrou-se para ver melhor a estrutura e acidentalmente esbarrou o joelho na manivela. As bolas suspensas começaram a girar ao redor da central, uma amarela gigantesca. Ah, uma maquete do sistema solar ou algo semelhante. Francamente, como um dia poderia chamar de sua a casa de um astrofísico?

Caminhou até o conjunto de sofás claros no centro da biblioteca, dispostos em frente às portas duplas envidraçadas. Dali tinha uma boa vista do jardim em forma de labirinto que o sr. Amina construíra para a esposa logo após comprarem a propriedade de veraneio, uma cópia perfeita do jardim onde haviam se encontrado pela primeira vez, em Paris.

Um refúgio perfeito para dois apaixonados. Ela tornou a verter outro longo gole da bebida gasosa, observando ao longe as águas saltitantes do chafariz no centro do labirinto, iluminado por fracas lanternas. Seria em um lugar como aquele que Samuel e Clarissa planejavam se esconder? Por isso conversavam tanto?

Pobre Sally. Estava sendo tão enganada quanto a própria Marina. Como Diogo podia ter comprado aquela propriedade sem falar com ela?

Isto é, sem falar com ela e ter absoluta certeza de que ela *ouvia* o que estava sendo dito. Sim, o lugar era magnífico... dezenas de acres de terra produtiva e uma bela mansão. Mas, em sua opinião, a casa era grande demais, o estábulo minúsculo, e o lago lhe dava arrepios na espinha, para não mencionar a distância da vila. Uma manhã inteira de viagem não era exatamente conveniente. Como ela poderia continuar adestrando os cavalos do estábulo da família se morasse ali? Viveria na estrada, indo e vindo, e...

— Tem certeza de que seu futuro sogro aprovaria? — A voz grave ecoou nas sombras das estantes.

Por pouco Marina não deixou a garrafa cair na pressa de se virar para as prateleiras enfileiradas e distinguir a silhueta alta emergindo da penumbra. Não era preciso claridade para que ela reconhecesse o jeito de andar, a maneira como o ar se movia ao redor dele, lhe dando passagem, reverenciando-o.

Ainda assim, ela implorou ao universo que a figura imponente fosse obra de sua imaginação, que o álcool tivesse alterado seu discernimento ou mesmo a feito perder as rédeas da imaginação após ser informada da compra daquela casa. Qualquer alternativa seria melhor que a resposta produzida em seu coração ao som da voz grave tão familiar.

No entanto, todas as suas esperanças estouraram como bolhas quando Samuel abandonou as sombras e cruzou o feixe de luz fornecido pelas portas envidraçadas.

Com o coração batendo na base da garganta, Marina encarou o melhor amigo a quatro metros de distância, absorvendo o brilho quase furioso nas íris de topázio, e um pensamento muito assustador fervilhou em seus miolos.

— Não sabia que a biblioteca estava ocupada. — Ela se levantou da poltrona imediatamente. — Não pretendia interromper nada. Vou deixá-los à vontade.

As saias abraçaram as pernas na pressa de se adiantar até a porta que dava para o jardim. Ela não sabia do que seria capaz caso o primo (que estava noivo, era bom alguém se lembrar disso) estivesse aos beijos com a filha do dono da pensão.

Antes que os dedos tocassem a maçaneta dourada, o corpo maciço de Samuel colidiu contra a estrutura de madeira, os vidros tilintando na estrutura.

— Que diabos você poderia interromper se estou sozinho? — Cruzou os braços.

O champanhe (ou talvez o corpo quente de Samuel) a deixou ao mesmo tempo entorpecida e energizada.

— Sendo assim, não acha que devia voltar para o baile? A srta. Clarissa deve estar sentindo sua falta.

A deliciosa mistura do perfume de Sam invadiu as narinas de Marina, e algo extremamente inapropriado aconteceu dentro do corpete do vestido. Como não usava espartilho, imitou a postura dele, segurando a garrafa pelo gargalo, e rezou para o melhor amigo não notar os mamilos em riste apontando para ele, como flechas à frente de um alvo.

— Nina, por que tanta insistência nesse assunto? — Abaixando as sobrancelhas, ele a analisou por alguns segundos. — Se eu não a conhecesse bem o bastante, diria que está com ciúme de Clarissa Herbert.

— *Pffffff!* — foi sua resposta brilhante. — Apenas penso que não é adequado alguém comprometido flertar tão descaradamente com uma dama que não é sua noiva.

— Ou poderíamos discutir sobre uma jovem, também de compromisso marcado, estar a sós com um homem que não é a razão do seu afeto em uma biblioteca escura, aplicando-lhe um sermão.

— Não estou aplicando sermão nem flertando. Se estou presa nesta sala é porque você está bloqueando a saída, logo não há razão alguma para recriminações. Para mim, pelo menos. Honestamente, Samuel, não acreditei em tia Cassandra quando escreveu contando sobre suas conquistas amorosas, uma acompanhante a cada noite. O quadro que ela pintava não se encaixa com o garoto que eu conhecia.

Apartando-se da porta, ele andou a esmo pela biblioteca e parou diante da engenhoca planetária.

— Talvez você o tenha inventado — Sam gracejou — e ele nunca tenha existido fora da sua imaginação.

— Parece ser o caso! — Praticamente chutando o piso de madeira, ela foi atrás dele. — Sabe o que eu mais detesto nesse tempo que você esteve em Londres? Antes eu sabia o que se passava na sua cabeça sem que você precisasse me dizer uma palavra. Agora você me diz muitas delas, mas eu sei que não é o que realmente se passa dentro de você. Eu não consigo mais lê-lo.

— Isso é bom, não é? — Os olhos de âmbar escuro relampejaram, mas não da maneira maravilhosa que Nina amava. Era uma espécie de ira contida a muito custo.

Ele estava furioso? Ele?!

Ha!

Sensatez nunca fora uma das virtudes de Marina, por isso ela não pensou duas vezes antes de contornar a engenhoca e ficarem nariz a nariz.

— Antes de partir para a Europa, você prometeu que nada ia mudar. E era mentira! Tudo mudou no segundo em que você pôs os pés para fora da vila.

— Está errada. — Ele se curvou para ela, e Marina teve que arquear as costa para continuar a encará-lo. — Tudo mudou antes de eu deixar a vila. E nem com um oceano inteiro entre nós você parou de me atormentar.

Normalmente o comentário receberia uma resposta igualmente atrevida. Mas ela só conseguiu enrubescer e ficar ainda mais irritada.

— Ah, agora eu atormento você?!

— Marina — Sam pressionou dois dedos na ponte do nariz —, você foi e continua sendo o maior dos meus tormentos.

Se já não estivesse sob efeito do champanhe, ela teria dado um belo soco nele e feito o melhor amigo experimentar a mesma agonia que aquelas palavras produziam em seu coração.

No entanto, a fúria parou de soprar conforme seus pensamentos se dispersavam em muitas direções. Para as cartas de Sam, tão breves e que quase não diziam nada. O jeito como ele ficara depois daquele beijo. A pressa em deixar a vila...

Talvez um dia eu possa te explicar, ele dissera após lhe contar sobre a admissão em Cambridge. Esse foi o verdadeiro motivo pelo qual ele decidiu se mudar para outro continente, não foi? Forçá-la a deixá-lo em paz de uma vez por todas. Em vez disso, Marina lhe escreveu tantas cartas que mais de uma vez foi convidada pelo sr. Bregaro a ficar para o almoço.

A vergonha, a dor e a mágoa se juntaram em um nó apertado na garganta, esmagando seu coração até ela não ser capaz de contê-lo e expeli-lo em um engasgo despedaçado. Ela devia ter notado antes. Mas o amor pelo primo a cegara, e ela inventara justificativas para encobrir a verdade que teimava em não aceitar: Samuel queria se afastar dela, e ela, muito tola, não permitia, porque a mera ideia de perdê-lo era excruciante.

Esfregando o rosto com raiva, Samuel suspirou.

— Não foi o que eu quis dizer. — Ele ainda estava irritado, mas nitidamente tentava se controlar — Nina, me desculpe.

— Não acredito nisso. Pela primeira vez em muito tempo suas palavras combinam com as suas ações. Eu é que devo me desculpar por ter demorado tanto tempo para entender que já não faço parte da sua vida.

— Não é nada disso. Não fuja de mim agora, inferno! — Dando um passo para o lado, ele a bloqueou quando ela tentou escapar.

— Não fui eu quem fugiu, Sam! — A raiva a sacudiu ao olhar bem dentro dos olhos dele. — Foi você! Para o outro lado da porcaria do mundo.

— E você nunca vai me perdoar por isso. — Ele chegou mais perto.

Marina deu um passo para trás. E mais outro quando ele continuou avançando até acabar presa entre o encosto da poltrona e um maciço Samuel.

— Você nunca entendeu, não é? — Ele inclinou a cabeça de leve, o olhar a perfurando, como se fosse uma castanha e ele tentasse quebrar a casca e espiar o que havia dentro.

— É difícil compreender quando alguém some sem explicação. Você sabe que nunca foi capaz de me segurar por muito tempo — alertou, sem fôlego. — Eu sempre escapo, então nem tente. — Mas antes não havia tantos músculos, então ela não tinha mais certeza de obter algum sucesso.

— Não estou segurando você, Nina. É livre para ir embora. — Ele estacou a um palmo dela. Marina não se moveu, porém. Sam sorriu. — A questão é que eu acho que você não quer ir a lugar nenhum, assim como eu também não quero.

— Você não faz ideia do que eu quero. — Mas, ora essa, sua voz vacilou.

Seu melhor amigo teve a desfaçatez de sorrir.

— Está errada ao afirmar que não faz mais parte da minha vida. Você foi e ainda é a coisa mais importante do meu mundo.

Com os olhos nunca deixando os dela, ele reduziu o espaço que havia entre eles a centímetros. Marina precisou se escorar no espaldar da poltrona às suas costas para não perder o equilíbrio, pois a boca dele estava tão perto... A dela já formigava.

Pensando na maneira distante como ele se comportava desde que retornara, nos sorrisos que dedicara a Clarissa Herbert ainda há pouco... Nina sacudiu a cabeça.

— Isso também não é verdade, Sam. Tia Margareth me enviou a cópia de um periódico científico com uma de suas teses, em que afirma que o éter etílico é mais seguro e eficaz como anestésico que o clorofórmio. Pedi a ela que me enviasse recortes de jornal com a repercussão e fiquei exultante com seu sucesso. Não que eu tenha ficado surpresa, você sempre foi genial. O que me surpreendeu foi saber do seu triunfo por outra pessoa. De você, tudo o que obtive foram silêncio e evasivas. O mesmo aconteceu em relação à srta. Sally. Você nem sequer me contou o nome dela. Sabe qual foi a primeira coisa que eu fiz depois de aceitar Diogo? — Apontou para o próprio peito. — Escrevi para você!

Ele correu uma das mãos pelos cachos curtos, rindo sem humor.

— Como se essa fosse a notícia pela qual eu ansiava.

— Eu pensei que fosse! — Ela empinou o nariz. — Acreditei que o que acontecia comigo era tão importante para você quanto as suas vitórias são para mim.

Por isso não diga que eu sou a coisa mais importante do seu mundo, se há muito tempo eu não me incluo nele.

A tensão entre eles vibrava com a eletricidade gerada pelo atrito. Marina não sabia o que esperava. Que ele garantisse que ela estava enganada? Que afirmasse que nada mudara nem nunca mudaria? Que ele nunca a abandonaria, não importava quanto amasse a tal inglesa, porque a amava mais e...

Espere. O quê?!

No momento mais impróprio possível, seu cérebro decidiu abdicar do controle e repassá-lo ao coração. Dentro dela tudo se misturava, afogando-a em sentimentos confusos: o retumbar, o alívio, o assombro, a dor, o desejo e a palavra que ela não se atrevia a pensar se embolando como um novelo.

Nina queria que ele... que ele...

A garrafa escorregou por entre os dedos frouxos da jovem e caiu em algum lugar — o chão provavelmente, já que ela sentiu a barra da saia se encharcar. Não poderia se importar menos. Não quando Samuel se curvava para alinhar os olhares.

— Começo a pensar que voltar foi um erro.

— Ainda pode ser corrigido. Volte para sua estúpida Londres e para sua noiva extravagante.

— Talvez eu faça isso — ele sibilou e permaneceu onde estava.

Tampouco ela recuou.

— Me chame se precisar de ajuda para fazer as malas. Prometo não fazer uma cena dessa vez. — Ao empinar o nariz, tudo o que ela pretendia era provocá-lo. Não contava que as chamas ardendo dentro de Samuel tivessem se modificado. Ardiam, impetuosas e violentas, alimentadas pelo rosnado selvagem, milenar, que vibrou no fundo da garganta dele.

Então havia fogo dentro dela também, queimando, inclemente, tudo o que encontrava pelo caminho, até explodir no centro do peito, formigando nos lábios, e não hesitou em corresponder ao chamado. Equilibrando-se na pontinha dos pés, Marina agarrou as lapelas do paletó de Samuel e o puxou para sua boca.

20

Você lembra como é ter vinte e poucos anos? A mente e o coração nunca escutando o que o outro diz? Pois é. A mente e o coração da Analu participavam de uma rave naquela noite.

Ao centro da longa área reservada para dança, Ana Laura mal ouvia o que seu par dizia. Sua irmã deixara a festa de casamento e se escondera em algum lugar da mansão dos Amina, o furinho que simbolizava confusão marcando a testa, o que a deixou irrequieta. Se estivessem em casa, Ana sabia que Nina teria fugido para o estábulo. Suor e força bruta sempre tinham sido o seu jeito de expurgar as dores e frustrações.

Por mais que se esforçasse, Analu não compreendia as ações mais recentes da irmã. Sim, Marina sempre fora uma caixinha de surpresas, mas a vira naquele estado agitado apenas uma vez, quando Samuel partira rumo à Europa. Agora o primo estava de volta, e, em vez de aproveitar cada segundo com ele, como antigamente, Nina o evitava. Será que tinham se desentendido? Seria esse o motivo pelo qual Nina tinha batido em retirada e deixado a festa?

— A senhorita não pretende fugir e me deixar plantado no meio do salão com o coração partido, não é? — A voz de Diogo Fontes penetrou seus pensamentos, trazendo a atenção dela de volta à dança.

— Jamais me passou pela cabeça, sr. Fontes. Só estou encantada com o cenário — improvisou, corando.

— De fato. Os Amina sempre tiveram muito bom gosto.

Deixando de lado a preocupação com Marina, ela se concentrou nos próprios problemas. No caso, tentar encantar Diogo Fontes e desafazer a má impressão daquela tarde. Mas como, em nome de Deus, ela faria isso cercada de casais e de olhares curiosos, se não havia conseguido abrir a boca no último quarto de hora?

— Espero que não pense que menosprezo sua opinião, mas fiz uma oferta pela casa — contou ele. — O sr. Amina e eu chegamos a um acordo esta tarde.

— Devo felicitá-lo, então.

Muito bem, não tem outro jeito, ponderou. Havia esgotado todas as possibilidades e não conseguira pensar em uma alternativa à estratégia de Alexander. Exceto se sequestrar a própria irmã e escondê-la em algum canto do mundo até Diogo estar devidamente casado contasse como alternativa. As chances de qualquer pessoa conseguir manter Marina presa eram as mesmas de tentar deter o curso de um rio utilizando dois gravetos. Logo, se Ana não era capaz de convencer Nina a desistir do noivado, só restava Diogo. Argh!

— Srta. Ana Laura, apesar de Marina ter demonstrado contentamento ao saber da compra desta propriedade, reparei que ela anda um pouco distraída nos últimos dias. — Ele hesitou, avaliando a melhor maneira de continuar. — Acaso sabe o que a atormenta tanto?

— Ela... humm... está sofrendo com... constipação intestinal. — *Muito bem, Ana!*

— Ahhhh. — Ele se concentrou em um ponto atrás da cabeça dela. — Pobrezinha. Devia tentar azeite. Sempre funciona comigo.

Fazendo um tremendo esforço para não sair correndo, ela tentou encontrar um assunto menos constrangedor.

— Sr. Fontes, conhece Hegel? — Parecia promissor. Livros sempre eram um bom aperitivo para uma longa conversa.

— Creio não ter tido a sorte ainda. Ele está aqui?

Honestamente, por que ela ainda tentava?

— Hegel é um filosofo alemão. Escreveu *Fenomenologia do espírito.* — Seus ombros arriaram. — Acho intrigante a maneira como ele afirma não existir uma verdade absoluta, que estamos em constante transformação por meio da contradição dialética... — Mordeu o lábio inferior ao notar que ele se transformou em uma pedra de gelo. Soltou um longo suspiro e resolveu apelar. — Fez um calor atípico na última semana, não é?

— Era exatamente o que eu pretendia dizer! — Ele soprou o ar, aliviado com a mudança de tópico. — Quem imaginaria uma onda de calor como esta no início da primavera? É bom para os negócios, porém. O tabaco se desenvolve melhor em climas mais quentes.

— Eu não sabia. Sendo franca, não sei quase nada sobre agricultura do fumo.

— Nem eu. — Abriu um sorriso desconcertado. — Repeti o que escuto o administrador dizer.

Pelo amor de Deus, era pedir demais que ele contribuísse ao menos um pouquinho?

Piscando algumas vezes, como via as outras jovens fazerem em bailes, ela tentou novamente.

— Depois de todo esse tempo, o senhor já se adaptou bem à vila?

— Sim, eu já não me imagino vivendo longe desta região. A tranquilidade faz bem à saúde de papai. Srta. Ana, perdoe-me, mas está com um cisco no olho, não é? Deixe-me ajudá-la. — Curvando-se de leve, ele soprou com força. — Melhor?

— Hã... sim. Obrigada.

Mortificada, ela fitou o chão pelo restante da dança. Como poderia ter a pretensão de proteger a irmã se não era capaz de salvar nem a si mesma? Talvez fosse mais realista reconsiderar a ideia do sequestro...

Raios, ela precisava de ajuda.

Suas bochechas ainda ardiam ao fim da dança e ao agradecer seu par, então tratou de sair à francesa, perambulando pela trilha de tijolos até encontrar a entrada do jardim-labirinto. Quando teve certeza de que ninguém lhe dedicava especial atenção, se aventurou no caminho de paredes verdes, um pouco assustada conforme penetrava a escuridão. Mais de uma vez deu de cara com um beco sem saída, e teve que recomeçar. Na pressa de encontrar o trajeto correto, calculou mal a distância até a cerca-viva e um dos galhos prendeu-se à manga de seu vestido. Ouviu um *rec*, o tecido escorregando frouxo pelo ombro. Porcaria. Nunca mais ia encontrar o caminho de volta, ia?

Concentrava-se em recordar a direção que a levaria de volta à festa quando avistou por entre a barreira de folhas a luz bruxuleante de uma lamparina. Mais algumas curvas e, enfim, chegou ao centro do labirinto. Ofegou com a beleza do chafariz central em estilo clássico, rodeado de vasos de flores coloridas tão pequenas e delicadas que mais pareciam borboletas prestes a levantar voo.

— São cíclames. — Alexander saiu de trás do chafariz em um traje de baile ajustado à perfeição.

Ele não se parecia com um convidado, tampouco com um jardineiro. O homem diante dela era único, uma pedra bruta se destacando entre as lapidadas. Ana repensou a ideia de procurá-lo. Alexander tinha aquele ar de mistério, e, apesar de não saber quase nada sobre ele, ela estava segura de que brincar com fogo era péssima ideia, e algo lhe dizia que ele era pólvora pura. No entanto, era tarde demais para recuar, percebeu ao vê-lo circular a fonte e se aproximar, três pequenas flores em uma das mãos.

— São nativas das ilhas do Mediterrâneo — elucidou, concentrado em trançar os finos caules. — Em alguns países do Oriente são conhecidas como a flor sagrada do amor. Presumo que seja pela resistência do tubérculo: cresce até no solo mais estéril.

— Acho que já ouvi falar dessa flor em algum lugar. — Segurou a manga junto ao ombro para aparentar alguma compostura. — Mas não me recordo onde.

As chamas da lanterna aqueceram ainda mais as íris prateadas.

— Provavelmente em *Os devaneios do caminhante solitário*. Rousseau adorava plantas.

Incapaz de esconder a perplexidade ao ouvir um filósofo ser mencionado e ninguém sair correndo, ela sorriu, um tanto atordoada com a maneira como a parca iluminação brincava pelos contornos angulosos e rígidos, tão incompatível com a malícia e diversão que marcavam a curva da boca. Até as orelhas levemente abertas caíam bem nele.

Ele é muito bonito, pensou ela. Não havia nada marcante na compleição de Alexander, exceto pela cicatriz. Nenhuma perfeição, de fato. Talvez por isso a imperfeita simetria funcionasse tão bem. Não era apenas um homem bonito, era interessante, intrigante. Um pouco perturbada, se deu conta de que queria saber mais sobre ele. Não só especular o dom da vidência que possuía ou compreender por que resolvera ajudar Marina. Ana queria conhecer o homem por trás de tudo isso.

— Então... — Ele terminou de trançar os talos das flores-borboletas e puxou o alfinete dourado arrematado por uma pérola preso à gravata. — Se mudou de ideia quanto a me procurar esta noite, só posso deduzir que as coisas saíram de controle.

Um pouco magoada e muito constrangida, ela o fuzilou.

— Você já sabe o que aconteceu, consegue adivinhar tudo o que se passa comigo. Se pretende se divertir à minha custa, terá que fazer isso sem a minha ajuda. Não vou me voluntariar para o papel de tola.

Fazendo uma mesura altiva (teria surtido melhor efeito se a manga rasgada não tivesse escorregado pelo braço), ela fez a volta.

Ágil feito um felino, ele bloqueou a passagem com o corpo.

— Ei, calma. Vamos resolver esse ponto de uma vez. Não consigo ver *tudo* o que acontece com você. Apenas o que eu preciso saber.

Graças aos céus por isso.

— É mais do que eu gostaria. — Como sempre, sua curiosidade sobrepujou o bom senso, e se ouviu questionar: — Por que vê apenas algumas partes?

Ele encolheu os ombros.

— É assim que funciona. Não fui eu que fiz as regras. Vejo apenas o necessário, as informações que preciso conhecer. Sempre que posso, tento ao máximo não olhar e reservar alguma privacidade à pessoa.

Ao menos isso. Entretanto, os pensamentos dela voaram em outra direção.

— Não é exaustivo o tempo todo ter acesso ao futuro de pessoas que você nem sequer conhece?

A cicatriz na têmpora entortou ao passo que suas sobrancelhas quase alcançavam a linha de cabelos raspados, como se aquela fosse a primeira vez que alguém lhe dirigia tal questão.

— Você se acostuma depois de um tempo. Não é tão ruim quanto parece. — Compenetrado no minúsculo buquê de borboletas, começou a costurar o alfinete por entre os talos trançados. — Eu poderia fazer um bom dinheiro nas corridas de cavalos ou na mesa de carteado, se quisesse.

— Isso seria trapacear.

— Por isso eu disse "se quisesse". Não costumo utilizar o que sei em benefício próprio... exceto uma vez ou outra. Sou humano, afinal. — Deu uma piscadela. Apesar da expressão divertida, havia tensão em seus ombros. Ele tentou ocultá-la ao observar as florzinhas engastadas no alfinete. — O que aconteceu para que viesse me encontrar? Não conseguiu se aproximar de Fontes?

— Antes fosse! — Ela atirou as mãos para o alto. A manga rasgada desceu mais um pouco. Bufando, segurou o tecido no lugar e relatou a dança com o futuro cunhado e a ridícula experiência de tentar entabular uma conversa com ele. Pela maneira como Alexander se dobrava às gargalhadas, preferiu deixar de fora a cuspida no olho.

— Meu Deus, Ana! Hegel? — Os ombros se sacudiam sem controle.

— Eu pensei que ele se interessasse por filosofia! — Gemendo, ela foi se sentar na beirada do chafariz, tomando cuidado para manter a roupa longe da água e os vasos a salvo dos pés. — Já sentiu como se falasse uma língua que ninguém mais conhece?

Parando de rir no mesmo instante, ele deixou escapar um suspiro pesaroso.

— O tempo todo.

Girando o minibuquê entre dois dedos, Alexander veio se sentar com ela, reservando certa distância entre eles. Não que fosse adiantar de alguma coisa caso ela fosse vista na companhia de um cavalheiro em um labirinto mal iluminado. As íris de metal buscaram o rosto dela.

— Não se sinta mal. Você dificilmente vai encontrar alguém com um intelecto compatível com o seu. E, por favor, considere isso um elogio.

— É difícil acreditar nisso se todos fogem de mim. — Ana inspirou fundo o ar úmido e perfumado. — Odeio que me olhem como se eu estivesse falando sobre técnicas de esquartejamento ou algo igualmente repulsivo, em vez de literatura, física, história.

— Bem, até agora não teve problema em conversar comigo. — Ele deu um sorriso torto.

— Um mistério que não consegui desvendar. Sendo franca, ainda espero que saia correndo a qualquer instante.

— Não vai acontecer, eu juro. — Ele lhe estendeu o minibuquê, mantendo a ponta do alfinete entre dois dedos. — Não se preocupe tanto com o que aconteceu com Diogo. Você só precisa de um pouco mais de prática.

Apanhando as florzinhas, ela as levou ao nariz e então brincou com uma das pétalas.

— Eu preferiria ouvi-lo dizer que não preciso trair minha irmã, porque encontrou outra solução para ajudá-la.

— Lamento, pequena, mas aí eu estaria mentindo. E, acredite, nenhuma dor é pior do que viver uma mentira. — O olhar dele se enevoou por um instante. Então abanou a cabeça e ficou de pé. — Muito bem, de volta ao trabalho.

— Ajudar Nina é seu trabalho? — Ela também se levantou.

Pela maneira como ele cerrou as pálpebras, parecia arrependido, como se tivesse dito demais. Parou para admirar as águas dançantes e levou a conversa em outra direção.

— Ana, eu preciso perguntar. Existe alguma possibilidade de que você esteja se sabotando para não ter que fazer o que é preciso por Marina?

— Não. Quero dizer, eu... — Desenhando com a ponta do dedo as curvas das pétalas brancas, ela desejou ser alguém diferente, mais impulsiva, menos hesitante. Alguém como Nina. — Está bem, talvez seja possível. O que eu devo fazer vai contra tudo em que acredito. Metade de mim está mortificada por eu ainda não ter feito nada. A outra parte se sente ainda pior por planejar fazer alguma coisa. Neste momento, sinto que sou feita de algodão por dentro. Seca, esfiapada, murchando à menor pressão.

— Compreendo mais do que você é capaz de entender. — O olhar dele perdeu o foco ao mirar as águas, viajando rumo a lugares que Ana não tinha autorização para conhecer. — Metade de mim sabe o que precisa ser feito. A outra se enfurece por nunca ter alternativa, um único instante só meu.

Curiosa, ela chegou um pouco mais perto.

— O que o impede de ter esse instante só seu? — perguntou.

— Minhas escolhas. — Alexander se encolheu, cutucando com o bico da botina bicolor um dos vasos de cíclame. — Para haver mudança, alguém tem que pagar o preço. Não vejo ninguém se voluntariando.

Sem entender a última parte, Ana esperou que ele prosseguisse. Os lábios largos chegaram a se mover para formar uma sílaba, mas, antes que as palavras escapassem, ele arqueou uma das sobrancelhas para ela.

— Você esqueceu de mencionar como é boa em distrair as pessoas. — Exibiu uma bela coleção de dentes brancos alinhados.

O coração de Ana pulou uma batida. Ninguém nunca lhe sorrira daquela maneira antes, como se ela fosse... algo realmente especial, admirável. Daquela distância, pôde admirar com mais atenção a beleza das íris incomuns e se maravilhou com as nervuras esbranquiçadas no fundo azul, raios dançando por um céu límpido.

— Muito bem — prosseguiu ele. — Se sua intenção é seduzir, precisa compreender a mente de um homem. Alguns de nós são conquistadores por natureza, outros preferem ser seduzidos a seduzir. Diogo se enquadra no último caso, embora finja para si mesmo se encaixar no primeiro grupo. Você vai ter que seduzi-lo e deixar que ele pense que a iniciativa foi dele.

— Não consigo entender a lógica. Se eu tenho de fingir ser alguém que não sou para conseguir a atenção de um cavalheiro, como é que sentimentos verdadeiros poderiam nascer? Não seria o mesmo que amar uma ilusão?

— E seu ponto é...?

Aparentemente nenhum, e Ana já não se espantou com o flerte desastroso, se para ser bem-sucedida precisava fingir ser alguém que não era.

— Ana, escute. Diogo se sente intimidado por você. Perto de você ele se sente... — correu uma das mãos pelo cabelo curto, buscando a palavra certa, ela suspeitou — ... menos viril, digamos assim.

— Está zombando de mim, senhor?

No entanto, a expressão circunspecta que ele lhe dirigia não parecia fingimento.

— Você é inteligente, bonita, consegue discorrer sobre qualquer assunto. Diogo tem um intelecto mediano e teme qualquer pessoa que o faça se sentir inferior.

Forçando-se a desviar a atenção das íris hipnotizantes, ela tratou de processar tudo o que Alexander dissera. E não se encaixava em nada no que idealizara do caráter de Diogo.

— Veja bem, Ana — ele seguiu dizendo. — Diogo gosta de mulheres inteligentes, mas não a ponto de superá-lo. Você deve fazê-lo acreditar que ele é quem está no controle, que a opinião dele é essencial para você. Não deve ser difícil. Pense nele como um saco de batatas.

Meio experimental, ela entortou o pescoço para o lado.

— Doces ou inglesas?

— Faz alguma diferença? — perguntou ele, impaciente.

— Eu não saberia dizer. — Ela abaixou a vista para o pequeno arranjo que segurava. — Não consigo diferenciar uma da outra se não estiverem cozidas.

— A batata-inglesa é a arredondada. A batata-doce tem o formato mais oval e ponta.

— É mesmo? Por que será? — Piscou algumas vezes, imitando as maneiras de Clarissa Herbert pouco antes, ao falar com Samuel.

— São de famílias distintas. A inglesa é da família das solanáceas, enquanto a doce pertence à das convolvuláceas e... — Então, ele finalmente viu o sorriso se espalhar pelo rosto da jovem e compreendeu o que ela estava fazendo. — Garota esperta. É exatamente isso. Agora imagine a cena. Estamos em um salão de baile, há música, risadas e conversa alta. Um conhecido quer apresentá-la a um amigo. — Ajeitou as lapelas do paletó. — Serei William Brum. *Conde* de Brum. — Ele fez uma mesura floreada. — Encantado, senhorita.

— Mas você não é um conde de verdade, é?

— E nós estamos em um labirinto de murtas. Não estrague minha diversão. Seja franca. — Apontou para o queixo, ficando de lado para que ela pudesse admirar seus traços. — Meu perfil foi talhado para a realeza, não é?

Não, se encaixaria melhor no papel de um general prestes a marchar para a grande batalha. Mas preferiu guardar a opinião para si. O ego dele já ameaçava tocar a lua.

— Na verdade, seu perfil me lembra o de alguém um tanto delirante — provocou.

— Essa machucou fundo, Ana. — Ele baixou as sobrancelhas, espanando as mangas do paletó preto, antes de endireitar a coluna. — Vamos lá. Consiga minha atenção.

Dessa vez a confusão dela era genuína.

— Perdão, como disse?

— Você precisa de prática. Pratique comigo. Não esqueça que eu sou um conde muito rico com ares de delírio. — Meio provocador, ele apoiou os punhos na cintura estreita e apontou o queixo em direção ao céu. — Vamos. Me seduza.

Delirante, sem dúvida alguma.

Contudo, ela realmente precisava de algum treino. Seria de alguma ajuda se o vestido não estivesse rasgado e se não se sentisse tão exposta. Sem alternativa, tentou fazer o que ele propôs.

— Vossa graça, espero que esteja gostando de sua estadia na região.

— É um tanto modesta para alguém de minha posição e gosto refinado. — Abanou uma das mãos. — Alguns diriam que sou um pouco extravagante por ter escolhido um local tão ermo para uma temporada de descanso.

— Eu *nunca* teria pensado no senhor como alguém extravagante — caçoou.

— O que está insinuando, minha jovem? Que sou um sujeito simplório? Ora, nunca fui mais insultado! E aí ele foge. — Alexander respirou fundo, abandonando a interpretação. — Tente ser mais objetiva. Ou pode tentar despertar o interesse dele enfatizando seus atributos.

— Mas você acabou de dizer que eu não devo ostentar meu intelecto.

Algo que Analu nunca considerara possível aconteceu: Alexander ficou sem graça.

— Não me referia a algo que não se possa admirar ou desejar tocar. — Ele coçou a cicatriz com o polegar.

Quente de indignação, ela segurou com ainda mais energia a manga rasgada para manter alguma compostura.

— Honestamente, eu devia começar a questionar minha própria sanidade. Só podia estar fora de mim ao vir encontrá-lo.

— Só apontei uma lei mais velha que o mundo. — Ele encolheu os ombros. — Sabe como o pavão seduz a fêmea? Ele abre o leque de penas coloridas e começa a dançar.

O rosto dela queimou ainda mais.

— Não sei se fico ofendida por ter sido comparada a um pavão ou com sua sugestão de que eu balance minhas penas em um salão de baile.

— Bom, eu tinha pensado nos seus olhos. São lindos e intrigantes. Mas talvez as penas funcionem melhor. Decerto atrairiam a atenção. — Ele se pôs a avaliar o cabelo claro preso em um penteado complicado. — Quanto a ideia a incomoda?

Em vez de se sentir ofendida, ela começou a rir quando, no fundo, queria chorar.

— Se chegou a essa conclusão, é porque sou um desastre, não é? — presumiu, desalentada.

— Não é.

Mantendo a atenção no minúsculo buquê, Ana começou a rodear a fonte.

— Sr. Alexander, estou me escondendo em um labirinto em um casamento para fugir da dança, já que não sei me portar como as outras jovens. — A manga ameaçou se desprender do traje. Ela gemeu, mortificada. — Não vamos esquecer que também destruí meu vestido.

Sem pressa, ele enfiou as mãos nos bolsos e se pôs a andar na direção contrária.

— Você se engana, Ana. Se refugiar neste jardim não é covardia. Essa atitude está ligada ao material do qual é feita. É amor. Mas, se o que a perturba agora é o rasgo no vestido... — Encontrando-a no meio do caminho, avaliou-a de alto a baixo e estalou os dedos. — Vou precisar disso. Com licença, senhorita.

Chegando tão perto que as botas brancas e pretas foram engolidas pelas saias dela, Alexander apanhou o minibuquê engastado ao prendedor de gravata. Ana oscilou ao vê-lo estender as mãos em direção à manga descosturada, sem pudor ou hesitação. Como ele não usava luvas, os dedos ásperos resvalaram em seu ombro ao unir as costuras e prendê-las com o alfinete adornado por flores. Um calor súbito e inquietante se concentrou nas bochechas da jovem.

— Não se mexa — pediu ele, cravando os dentes no lábio inferior. — Estou quase terminando.

Era bom ele se apressar, ela considerou. Mais um minuto e os dois teriam provas concretas de que, sim, combustão espontânea não era apenas uma teoria.

Ou talvez ela estivesse sob forte influência dos romances que lia. Mais um pouco e iria perder o equilíbrio ao sentir o perfume dele.

Se bem que... agora que pensava no assunto, Alexander tinha um aroma delicioso. Limão, cedro e algo tão fabuloso que ela não conseguia definir, mas deixava uma sensação engraçada em seu estômago.

— Aí está! — Finalizando o remendo improvisado, ele se afastou para ter melhor visão e assentiu, satisfeito. — *Bibbidi bobbidi boo*!

Analu piscou algumas vezes.

— Você diz as coisas mais estranhas.

— Acredite, já fui acusado de coisas piores. — Sorriu com malícia. — Mas o problema do vestido foi contornado. Quanto à dança... — Alisando a gravata, depois correndo os dedos pelo cabelo, Alexander se dobrou em uma meia mesura elegante e ofertou a mão a ela.

— O que está fazendo? — Ana balbuciou, encarando a palma a sua espera.

— Atendendo ao seu desejo.

Como Ana Laura não se atreveu nem mesmo a respirar fundo, ele tomou a iniciativa e circundou a cintura fina, puxando-a com um suave impulso para ainda mais perto. Ficaram tão próximos que o coração dela se assustou ao ouvir as batidas vigorosas no peito de Alexander.

— Posso ao menos saber com quem vou dançar? — indagou para se distrair do zumbido nos ouvidos. — O sr. Alexander ou o Visconde de Brum?

— Serei eu mesmo, para variar. — Começou a conduzi-la ao redor do chafariz.

Mesmo com a barreira das luvas de renda entre eles, Ana sentiu que tocava uma estrela: energia pura e quente fluindo para dentro de seu corpo. Começou a flertar com a possibilidade de cair desmaiada. Nunca estivera assim tão próxima de um homem. Nenhum de seus parceiros de dança se atrevera a ficar tão perto ou espalmara os dedos na parte nua acima do decote nas costas.

Apoiando-se no ombro largo, ela fez tudo o que pôde para se concentrar nos passos da valsa, e esquecer todas as coisas inquietantes em seu íntimo, em especial a vibração no estômago. Acabou relaxando um pouco diante da maneira surpreendentemente desajeitada como ele tentava conduzi-la. Alguns rodopios e a bota bicolor atingiu um vaso de cíclame.

— Desculpe, Ana. — Estalou a língua, insatisfeito. — Faz muito tempo que dancei pela última vez.

— Está fazendo um bom trabalho.

— Não é verdade, e nós dois sabemos disso. Mas eu e meu ego agradecemos a sua natureza gentil. — Com isso Alexander dizimou o ínfimo espaço que restava entre eles.

Ana Laura arquejou ao ter os seios comprimidos contra a muralha de músculos. Estava certa de que ultrapassavam (e muito!) os limites da educação. Entretanto, ele começou a cantar sobre caçar, se tornar amigo das caças e viver de grama. Em vez de o abraço atrevido provocar alarme e indignação, a voz aveludada e grave despertou nela uma quentura gostosa. Isso e o fato de que os dedos dele dedilhavam a pele nua acima do decote nas costas.

— Eu gosto da canção — ela comentou, corada. — Mas nunca a tinha ouvido.

— É de um lugar distante. Sou o único aqui a achar que estou pegando o jeito? — Abriu um sorriso diferente dos que ela vira até então. Livre, despreocupado, repuxando a cicatriz, que por um momento desapareceu por completo.

— Você é muito leve e ágil para alguém tão alto.

As sobrancelhas escuras e largas se abaixaram.

— Ana, não estamos mais praticando. Não precisa me adular.

— Não era o que eu estava... — As faces dela pareciam mergulhadas em óleo quente. — Eu não estava tentando...

— Ei, relaxe. — Riu de leve. — Só estou implicando com você, tentando quebrar o gelo. Lá vem o rodopio! — Ele a fez girar sobre o próprio eixo, antes de retomarem o compasso. — Quanto à minha habilidade na dança, devo dar os créditos a minha mãe. Era um dos três maiores prazeres dela. Caso esteja se perguntando, os outros dois eram fazer pão e ler. Meu pai era um péssimo dançarino, então cabia a um dos filhos diverti-la. — Ele deu um curto sorriso, absorvido pelas lembranças. — O jantar era sempre uma confusão de muitas pessoas falando ao mesmo tempo. Mas a casa ficava quieta depois, ao nos reunirmos em frente à lareira para ouvir meu pai ler em voz alta.

Não escapou a ela o emprego do pretérito imperfeito, nem o saudosismo que enfraqueceu seu sorriso, dando a ela a certeza de que memórias eram tudo que lhe restava dos pais.

— Sinto muito pelos seus pais. Quantos irmãos você tem? — se ouviu especular.

— Tinha. Éramos cinco garotos ao todo. Sou o único que sobrou.

— Sinto muito, sr. Alexander — murmurou ela. — Eu não sabia.

— Aconteceu há muito tempo. — Deu de ombros.

— Você... — Ela mordeu o interior da bochecha antes que a curiosidade a vencesse.

Entretanto, de alguma forma ele anteviu sua intenção e respondeu à pergunta não dita.

— Eu não pude prever. Na época não era como sou hoje.

Como sou hoje. Então nem sempre ele tivera o dom da vidência. O que mudara? E por quê? Gostaria de ter insistido no assunto, mas ele parecia perturbado o bastante.

— Que tipo de leitura seu pai fazia após o jantar? — tentou aliviar o clima.

Funcionou.

— De todo tipo. Meu pai era aficionado por livros, especialmente pelo trabalho de Pope, algo com que minha mãe nunca se conformou. Ela tinha adoração por Shakespeare. Seu predileto era *Romeu e Julieta*. Em seu último aniversário, encenamos a peça para ela. Me coube o papel do pobre Mercúrio.

— A verdadeira razão de toda a tragédia. — Analu assentiu firmemente. — Consigo entender por que ficou com o papel.

— Ai! Essa magoou. Magoou de verdade, Ana.

O vento carregou para dentro do labirinto o sussurro de conversas animadas. Olhando acima do ombro de Alexander e das paredes de folhas, avistou parte do telhado da mansão e concluiu que devia regressar para a segurança da festa. Já havia se distraído muito, e logo alguém daria por sua falta. No entanto, ao pesar as alternativas... Era muito egoísta almejar apenas um instante para si mesma, fugir da própria vida por mais alguns minutos?

Decidiu ficar, retomando a conversa sobre a peça que ele encenara para os pais. Sem que ela entendesse como, terminaram em uma discussão acalorada sobre a obra de Shakespeare. Analu, naturalmente, tomava partido da pobre Julieta, enquanto Alexander tentava justificar a inconstância de Romeu. Algum tempo depois, quando, enfim, concordaram que ambos os personagens tinham seu quinhão de culpa quanto ao trágico desfecho, ele a encarou com o cenho enrugado.

— Sobre o que falávamos antes desse debate literário?

— Desculpe, foi minha culpa. Livros são a minha perdição. Normalmente é assim que eu afugento as pessoas.

— Bom... Eu ainda estou aqui. — Alexander proferiu com mais intensidade do que o momento demandava, e ela sentiu uma absurda necessidade de vistoriar sua aparência no espelho.

Agora Ana tinha certeza de que estava mesmo imaginando coisas, pois teve a impressão de que as pupilas dele ficaram maiores, as narinas levemente dilatadas ao inspirar fundo. Fez uma nota mental: ler menos romances naquela semana.

A brisa tornou a serpentear pelos corredores do labirinto e veio brincar nas saias de Ana. Alguns fios soltos do penteado esvoaçaram diante de seu nariz. Em um gesto de reflexo, Alexander ergueu a mão que ainda aninhava a dela e delicadamente enroscou a mecha atrás da orelha, o indicador resvalando de leve no lóbulo sensível.

Algo dentro dela bateu asas. Alexander podia ouvir os batimentos alvoroçados em seu peito? O jeito que ele a admirava, tão direto, sem desculpas ou embaraço, era diferente do que já experimentara. Os cavalheiros da vila a reverenciavam a distância, como uma peça delicada em um museu. Alexander, ao contrário, olhava para ela da maneira como... bem... como um homem olha para uma mulher, ela constatou, surpresa, sugando uma grande quantidade de ar. No entanto, os pulmões não souberam mais o que fazer assim que as íris cinzentas se prenderam aos seus lábios.

Por que ela não se afastava? Por que estava elevando o rosto?

Um risinho feminino acompanhado de um murmúrio masculino se infiltrou pelo jardim. Alarmada, Analu pulou um metro longe de seu par. E ficou surpresa ao perceber que Alexander havia adquirido a mesma rigidez do chafariz de mármore.

— Nós praticamos o suficiente. — A voz dele saiu áspera. Ele pigarreou. — Boa noite, srta. Ana.

Srta. Ana?!

Antes que ela pudesse inquirir por que ele se dirigia a ela com tanta formalidade após ignorar de maneira atrevida todos os seus apelos, Alexander fez uma ligeira mesura e se encaminhou a passos largos para um dos corredores do labirinto.

Espalmando o peito, agitada, ela tentou se recordar do caminho que a trouxera ali, suspendeu um dos lados da saia e se orientou pelos sons da festa. Já conseguia enxergar as luzes da casa por entre as folhagens, mas a questão continuava a persegui-la. Ao encontrar a saída do labirinto, não se sentia pronta para enfrentar a conversa social. Como poderia, se sua mente se concentrava em uma única pergunta: o que havia acabado de acontecer entre ela e Alexander?

Se a mãe a visse naquele instante, não seria capaz de enganá-la, por isso julgou ser mais sensato ir para o quarto e dar a noite por encerrada. Caminhou pela trilha de tijolos e subiu as escadas saltando os degraus de dois em dois. Pretendia entrar, mas ouviu a voz da irmã ali perto. Talvez Marina a ajudasse a entender por que seu coração batia tão rápido e as mãos suavam tanto.

Parando diante da porta envidraçada, Analu espiou por entre as sombras do que parecia ser a biblioteca do sr. Amina. Marina estava ali dentro, podia ouvi-la. Ana chegou a girar a maçaneta dourada, mas congelou quando uma segunda voz ecoou pelo aposento. Apertando a vista, ela praticamente se colou ao vidro para vasculhar pela sala escura. E então, no canto perto do par de poltronas, avistou a irmã e o primo. E eles estavam...

— Ah, meu Deus! — ofegou.

21

A minha Nina sempre foi pura emoção. Minha amiga, existe jeito mais eficiente de se meter em problemas do que dar ouvidos ao coração?

Aquilo não podia estar acontecendo, uma pequena parte de Marina gritava, incrédula. Ela não podia estar beijando Samuel de novo! Mas que inferno, não tinha aprendido nada na primeira vez?

Bom, sim. Ela aprendera que beijar Samuel era o mais próximo que existia na Terra de tocar o céu.

Não, não isso!, sua consciência tentou alertar, mas mesmo ela (sua mente) se perdeu nos próprios argumentos, porque, ahhhh, nada era mais sublime que a boca do melhor amigo. E foi exatamente pensar no que Samuel sempre representara em sua vida que a despertou. Valia a pena arriscar a amizade de uma vida inteira por um beijo, por mais arrebatador que fosse?

Sim, sim, sim!, seu coração martelou.

Não..., sua consciência arriscou, soando como uma interrogação.

Ela estava confusa.

Não, decidiu. Não havia confusão o bastante para que arriscasse Sam. Eles sempre cuidaram um do outro. Ela iria protegê-lo a todo custo, ainda que precisasse protegê-lo de si mesma.

Por isso se forçou a se desprender das lapelas do paletó do melhor amigo e tentou recuar. Entretanto, Samuel enlaçou sua cintura, não permitindo que se afastasse um único centímetro. Ele estava...

Oh, sim! Samuel a beijava de volta! Não um beijo suave e carinhoso, um gesto benevolente para com alguém que intencionalmente havia ignorado todos os limites. Ao contrário, era faminto, urgente, quase selvagem. Presa entre a poltrona e o corpo maciço e quente de Sam, qualquer resquício de bom senso que ainda lhe restasse virou fumaça conforme os lábios se devoravam. Tudo dentro dela se iluminou, fervilhou e explodiu, sufocando o restante do mundo com o rufar da orquestra em seu peito, regida pela exigência possessiva de Samuel, pelos gemidos vibrando no peito largo. Ela queria mais. Tão mais!

Imaginou que Sam devia sentir o mesmo, pois enredou os dedos em seus cachos e se dobrou ainda mais, como se tentasse se esconder dentro dela. Nina aprovou; uma parte sua também buscava uma maneira de se abrigar no coração dele.

— Nina... — ele gemeu em seus lábios, as mãos dedilhando sua silhueta, lançando fogo em todas as direções.

E isso foi antes de ele a segurar pela cintura e equilibrá-la no encosto da poltrona. De imediato, ela passou as pernas ao redor dos quadris dele, arrancando outro rosnado de Sam, que prendeu as mãos na parte de trás de seus joelhos e se pressionou... Ah, céus!

Em um cantinho de sua mente, ela se preocupou com a possibilidade de dessa vez começar a relinchar. O restante dela se concentrava nas mãos de Samuel subindo pelas coxas, no zumbido alto em seus ouvidos, na maneira como a respiração de ambos, curta e áspera, se mesclava aos gemidos roucos. Em como tudo isso parecia tão certo, tão bonito. Nenhuma cavalgada, nenhuma corrida jamais proporcionara a ela tal exultação, a fizera se sentir tão viva. Samuel havia se transformado na energia vital que alimentava as batidas de seu coração.

Sem aviso, Sam se desprendeu dela, recuando, e Nina teve que buscar apoio na poltrona para se firmar sobre as pernas e não cair.

Quente e confusa, empurrou para longe do rosto os fios que a urgência de Samuel soltara do penteado, em tempo de vê-lo pressionar as costas contra uma das estantes, o peito subindo e descendo com dificuldade, o olhar faiscando mesmo na semipenumbra. Ele desejava voltar para junto dela, constatou, o baixo-ventre se contraindo. Então por que permanecia a dois metros de...

Toc-toc-toc.

— Minha pérola, está aí dentro?

Contemplando a porta, Marina sentiu sua deliciosa bolha de felicidade estourar, deixando-a consciente de que ela e Samuel não eram os únicos habitantes do planeta. E, pior ainda, se deu conta da existência do noivo pela primeira vez desde que entrara naquela biblioteca e vira Samuel.

Meu Deus, o que ela havia feito?

Se houvesse tempo, teria apreciado alguns instantes a sós para analisar os próprios atos — e os de Sam. Mas Diogo estava do outro lado daquela porta, e se entrasse na biblioteca não poderia ignorar a maneira como suas bochechas estavam afogueadas, o queixo sensível pela fricção da barba curta, os lábios inchados pelo beijo urgente. Não era necessário ser inteligente como sua irmã para compreender que o noivo a acusaria de ser leviana — o que ela tinha sido, porcaria! — e de enganá-lo com um homem compromissado — o que também era um fato, constatou, mortificada. Se aquela porta se abrisse, Nina sabia exatamente o que iria acontecer: Samuel vestiria sua armadura reluzente e viria ao seu socorro. Ele e Diogo terminariam aos socos no chão, no melhor dos cenários.

— Ele não pode nos ver juntos! — ofegou, tratando de empurrar os cachos soltos de volta ao penteado que Ana levara vinte intermináveis minutos para produzir.

A joia pesada no anular se enroscou em alguns fios, beliscando o couro cabeludo, uma punição que ela merecia, de fato. Beijar o melhor amigo outra vez, arriscar perder a amizade? Já não fora suficiente a agonia que enfrentara sete anos antes, quando ele partiu?

Pela expressão que endurecera os traços e ombros do melhor amigo, resquícios do desejo ainda brilhando em seus lábios, ela o sentiu ainda mais fora do seu alcance do que quando estava em Londres. Espalmou a barriga, temendo vomitar.

Samuel tinha uma expressão muito semelhante a... Ah, quem dera ela soubesse! Raiva? Frustração? Amargura? Aversão?

Então por que ele a beijara? Não havia nenhum vestígio de repulsa quando ele a atirara no encosto da poltrona e praticamente se achatara contra ela, isso era certo. Por que ele parecia querer fugir da própria pele? Agira por puro impulso ao corresponder ao beijo? A tia-avó estava certa ao afirmar que ele não passava de um sedutor, e só pretendera incluí-la em sua longa lista de conquistas? Ou teria sido por um motivo completamente inesperado e ocul...

A porta se abriu sem aviso, e Diogo foi entrando.

— Minha pérola! Aí está você. Eu a estou procurando há mais de um quarto de hora. Por que veio se esconder... — Finalmente vislumbrou o homem alto e imponente escorado na prateleira. E não gostou nem um pouco do que viu. — Estou atrapalhando alguma coisa?

Apesar do tom despreocupado, Nina apostaria que Diogo seria capaz de abrir algumas castanhas com os dentes, pela maneira como trincava o maxilar.

Ela ia realmente pôr o jantar para fora.

Já que tudo o que ela fez foi balbuciar algumas sílabas desconexas, Samuel veio ao seu socorro — seu cavaleiro de armadura.

— Marina teve um ligeiro mal-estar. Vim saber se eu poderia ajudá-la de alguma maneira.

Bem, não exatamente uma armadura brilhante, já que ele ainda vestia aquela fisionomia nauseada. Pelo menos serviu para que ela se agarrasse a uma desculpa, pois seu cérebro havia parado de funcionar por completo.

— É isso! — ela se animou. — O Samuel é médico!

Mesmo mexido, o melhor amigo entortou as sobrancelhas de um jeito irritante. Ao menos já não parecia a ponto de vomitar.

Diogo apenas piscou algumas vezes.

— Eu sei que o seu primo é médico — disse devagar. A agitação dela devia ter servido para convencê-lo ao menos em parte, pois o noivo se aproximou e a tocou no braço. — Como se sente?

O toque dele a fez se encolher — era frio, deslocado. E havia mais um problema: Diogo podia sentir o perfume de Sam em seu vestido, em seu cabelo, encharcado em sua pele?

— Estou bem. — Ela fingiu admirar a engenhoca do sr. Amina, enjoada por enganá-lo, e não apenas a respeito de seu bem-estar. Até porque ela não fazia ideia de como se sentia naquele momento.

Espere. Seria por isso que Samuel parecia tão revoltado antes? Lembrara-se da srta. Sally? Pois Nina havia se esquecido dela também.

— Está certa disso? — insistiu Diogo. — Parece um pouco febril. O que acha, dr. Samuel? Marina tem algum problema?

Enfiando as mãos nos bolsos da calça, ele colou o olhar no dela.

— Talvez, se considerarmos alguns fatores.

Se estivesse mais perto de uma das estantes, ela teria atirado um livro no primo. O que ele pretendia? Acabar duelando ao amanhecer?

O som de vidro e madeira estalando a fez se virar para a porta que levava ao jardim. A silhueta feminina familiar se enquadrou sob as luzes da festa. Ana?

— Eu consegui falar com Isaac, Samuel! — sua irmã foi dizendo em um fôlego só. — A carruagem está pronta, caso recomende que Nina vá para casa descansar. Ah, sr. Fontes, que bom que está aqui. Me poupa o trabalho de procurá-lo.

Admirando primeiro uma, depois a outra, Diogo se concentrou em Analu, um tanto desconfiado.

— A senhorita também estava nesta biblioteca?

— Até poucos minutos. — Ela anuiu. — Vi Marina a caminho da biblioteca e desconfiei de que houvesse algo errado. Por sorte, trombei com nosso primo no caminho.

Obrigada, Marina sibilou sem som algum, emocionada, em parte pelo gesto de lealdade escancarado, em parte porque detestava ver a irmã mentindo daquela maneira apenas para ajudá-la. Analu assentiu quase imperceptivelmente.

— De fato, foi mesmo uma sorte encontrar seu primo. — Diogo virou-se para o jovem cirurgião. — E então, o que ela teve, afinal?

— Uma queda de pressão — apressou-se Nina, para impedir que continuassem a mentir por ela. — Já melhorei.

— Que bom. — O noivo estendeu a mão para o primo da noiva. — Agradeço por cuidar de minha futura esposa, doutor.

A expressão de Sam se alterou, e *essa* Marina foi capaz de ler. Era desprezo, e não destinado a Diogo, mas a si próprio. Se por ter beijado a noiva do sujeito, por beijar uma moça que não era sua noiva, Nina não soube dizer. Mas seu amigo acabou aceitando o aperto de mão, antes de ir se plantar diante da porta lateral, mantendo-se de costas.

— Deseja ir para casa, minha pérola preciosa? — Diogo ofereceu, envolvendo sua mão. — Eu não me importo. Tudo o que quero é que se sinta confortável.

Fingindo uma súbita coceira na palma que ele segurava, sentiu as palavras de Diogo a atingirem com a força de uma marreta.

— Não quero atrapalhar o casamento de Lola e Tommy provocando uma comoção. Eu me sinto bem.

— Ao menos me deixe pegar uma taça de vinho para restabelecer suas forças. Fará bem a ela, não é, dr. Samuel?

Como Sam insistiu em ficar de costas, Ana Laura interveio outra vez.

— Vinho e um pouco de ar puro farão muito bem a Marina, sr. Fontes. Por que não a acompanha ao jardim?

Agradecendo a irmã com um aceno, Nina não esperou pela resposta do noivo e começou a empurrá-lo em direção à festa. Não fazia ideia de como Samuel reagira. Não sabia se teria registrado alguma reação, mesmo se tivesse olhado para o melhor amigo. A expressão de desgosto no belo rosto dele ao interromper o beijo não desaparecia de sua retina. Tampouco o anel da falecida sra. Fontes sumiu de seu anular. Por um instante, ansiou ser capaz de fazer a joia virar fumaça. Ou de merecê-la. Onde estava sua lealdade?

Bem aqui, seu coração sussurrou.

Ora, e o que ele sabia, além de insistir que regressasse para os braços do melhor amigo?

— Tem certeza de que está bem? — Diogo tornou a investigar ao saírem para o ar fresco da noite de primavera. — Suas mãos estão frias. Talvez seja melhor chamar seu primo...

— Não! — atalhou, depressa demais. Diogo a observou, sem entender. Ela tentou sorrir. — Não quero causar mais aflição do que já provoquei. Por favor, não vamos incomodá-lo de novo. Estou bem.

Por que não conseguia sentir pelo noivo todas as coisas maravilhosas que borbulhavam dentro dela naquele momento? Por que não era o toque de Diogo a lançá-la naquele frenesi vertiginoso? Por que não era ele o responsável por fazer o mundo dela explodir em mil cores brilhantes? Por que ela sentia o toque de Samuel tatuado em sua pele de maneira que não conseguia esquecer?

O noivo comprimiu os lábios e coçou o pescoço.

— Marina, preciso fazer um alerta. Você é muito inocente para pensar em algo do gênero, mas as pessoas são maldosas. Acho que não é uma boa ideia você e seu primo passarem tanto tempo a sós.

Ela estreitou os olhos.

— Está tentando me dizer com quem eu posso ou não conversar?

— Longe disso. Você pode fazer o que quiser da sua vida, por certo. Se estou tocando no assunto é porque me preocupo com o seu bem. Por isso preciso alertá-la sobre o que tal proximidade com o dr. Samuel pode causar a sua reputação. Você e seu primo são adultos agora, e não compartilham o mesmo sangue, já que ele é apadrinhado pelo seu tio.

— Meus tios não apadrinharam Sam — respondeu sem rodeios. — Eles o adotaram. Sam é tão filho do tio Lucas e da tia Elisa quanto Rebeca e os gêmeos.

— A diferença é que você e ele não partilham da mesma linhagem. Seu primo nem sequer conhece a verdadeira origem. Veja, minha pérola, não digo isso por mim — ele se apressou ao notar a fúria dela crescer. — Sabe que nunca vai encontrar ninguém que a ame tanto quanto eu. Tampouco quero que pense que a culpa é sua. São as pessoas que fazem mau juízo de tudo, especialmente de alguém sem maldade como você. — Levou a mão dela aos lábios e a beijou.

Marina se encolheu feito uma folha de dormideira.

O noivo não sabia o que havia acontecido entre ela e Sam instantes antes. Mas, ao sentir a boca de Diogo em sua pele e um desejo inexplicável de lavar a mão, Marina ficou muito ciente do que não acontecia entre ela e o noivo. *Ah, porcaria.*

Ainda não conseguira chegar a uma conclusão quanto aos motivos que levaram Sam a beijá-la daquela maneira tão apaixonada. Tédio, o prazer da conquista, pena... Mas, o que quer que fosse, alterava alguma coisa? Ao observar o belo rosto do noivo, Nina não sentiu absolutamente nada, e compreendeu algo que até então ignorara. Por mais que admirasse Diogo Fontes, ela não o desejava. Nunca desejou.

Marina necessitava de mais que tranquilidade; precisava de paixão, arrebatamento, arrepios no estômago. Agora que experimentara tudo isso nos braços de Samuel, não poderia se contentar com menos, independentemente de quais fossem os sentimentos do melhor amigo. Não conseguia mais se enganar. Nem continuar enganando Diogo.

Sem se dar tempo para pensar no que estava fazendo, ela tragou saliva antes de murmurar:

— Diogo, acho que nós precisamos ter uma conver...

— Ali está meu pai. Por que não se senta com ele enquanto pego o vinho para você?

— Mas eu preciso...

Um pouco bruscamente, ele a agarrou pelo braço e a arrastou pelo caminho de tijolos. Se não temesse estragar o casamento de um dos primos e de sua melhor amiga, ela teria ensinado a Diogo a maneira correta de tocar em uma dama. Quando deu por si, já estavam diante do homem de meia-idade que descansava as pernas em um dos bancos, o noivo totalmente alheio ao olhar furioso que Marina lhe dirigiu ao massagear o braço e a mancha avermelhada que os dedos dele haviam deixado em sua pele.

— O que faz aqui sozinho, papai? — Diogo inquiriu.

— Apenas apreciando uma bela noite pacífica. — Três vincos profundos marcaram seu cenho ao avaliar o rosto do filho e então a marca no braço da futura nora.

— Marina teve um mal-estar passageiro — explicou Diogo, apressado. — Eu a encontrei na biblioteca na companhia do dr. Samuel.

Edgar a avaliou com mais atenção. Por um segundo Marina pensou ter visto o homem trocar de cor, mas com a iluminação tão fraca não devia passar de ilusão de ótica.

— Ela insiste que está bem — Diogo olhou para os lados, esfregando o nariz —, mas desconfio de que seja apenas para me agradar. Faça companhia a ela enquanto apanho um pouco de vinho.

Ainda que o filho não tenha visto, pois já havia se posto a andar, o homem assentiu devagar.

— Onde está seu primo? — perguntou Edgar tão logo o filho desceu as escadarias e sumiu de vista.

— Creio que ainda esteja na biblioteca com a minha irmã.

— Foi ela quem a socorreu, então? — Ele não afastava a vista do pedaço de pele que ela massageava. — Diogo e seu primo se desentenderam?

— Por que se desentenderiam? — Agitou a cabeça, nem sim nem não, mas algo entre uma coisa e outra. — Eu não posso continuar com isso. Não consigo — balbuciou para si mesma, ficando de pé. — Lamento, sr. Fontes, mas preciso falar com seu filho.

— Marina, não faça isso. — Ele a agarrou pelo pulso com mais força que o necessário.

Quando ela olhou para os dedos em seu braço, Edgar a soltou.

— Quem consegue ter uma conversa civilizada em uma festa de casamento? — O homem deu um sorriso que estava a quilômetros de ser verdadeiro. — Deixe o assunto para outro momento.

— Perdoe-me, mas não posso esperar. Tenho que conversar com seu filho neste momento. — Muito embora o estômago girasse desconfortavelmente ao pensar no que estava prestes a fazer.

Com qual opção ela contava? Não podia continuar a enganar Diogo com relação a seus sentimentos. Era ainda mais cruel que colocar um ponto-final naquela história de uma vez. Tinha que explicar que não poderia fazê-lo feliz, porque queria muito beijar o melhor amigo... não com essas palavras, decerto.

Com um suspiro, ansiou que houvesse uma maneira de não magoar Diogo Fontes. Ana talvez pensasse em algo. Mas ela ainda não voltara para a festa. Marina teria que encontrar uma saída da mesma maneira que fizera ao aceitar Diogo Fontes: sozinha.

— Marina, por favor, me escute. — O homem se levantou do banco e pulou na frente dela. — Estou implorando que repense seus planos. Não é o melhor momento para... — Ele pressionou o peito, completamente sem cor. — Por favor... fique...

— Sr. Fontes! — Ela se preocupou ao vê-lo cambalear e tentou ajudá-lo a se sentar de novo, mas o corpo dele desistiu e Edgar desabou de joelhos a seus pés. — Ah, meu Deus, sr. Fontes! Acudam!

22

O povo do século XIX é muito chegado uma tragédia. Não podem ver ninguém passando mal que já começam a tramar o velório, e foi bom a Analu ter tido a ideia de levar o seu Edgar para dentro de casa sem fazer alarde. Os Amina estavam felizes, mas a ausência da Fayola perfumava o ar. Foi por isso que Ian e eu tratamos de ajudar o Akin a distrair os convidados enquanto o Samuel cuidava do seu Edgar.

A lua incidia bem no centro das águas espelhadas do lago, o que significava que a madrugada já avançava, Ana Laura concluiu, recostada a uma das janelas do corredor, no segundo andar. Marina reiniciara seu vaivém, indo até a porta para pressionar o rosto contra a madeira e tentar ouvir o que acontecia ali dentro, e então se afastar, bufando pela décima vez.

— Não fique tão inquieta — aconselhou Ana. — Samuel está cuidando do sr. Fontes. Ele vai se recuperar, acredite.

— Espero que sim. Quando o vi desmaiado, sem cor, pensei que... — A irmã empalideceu.

— Eu sei, Nina. — Endireitando-se, foi até ela e passou um braço por sua cintura, deitando a cabeça em seu ombro. — Eu também pensei quando o vi. Estou com pena de Diogo. Nunca o vi tão tenso, não que se esperasse algo diferente. Papai abriu um simples talho na perna e eu mal conseguia raciocinar. Imagine se...

— Prefiro nem mesmo pensar nessa possibilidade — atalhou a irmã, estremecendo, e Ana a apertou com mais energia. — Diogo vai precisar de apoio neste momento, não é? Seria muito cruel se, além da preocupação com a saúde do pai, ele tivesse que lidar com outros problemas.

— Creio que sim. — Analu endireitou o pescoço para fitar o rosto queimado de sol. — Por que está pensando nisso?

— Por nada. — Mas o jeito como Nina fingiu arrumar a manga do vestido dizia outra história. — Ana, como sabia que eu precisava de ajuda mais cedo?

Foi a vez de Ana Laura se concentrar em ajeitar o pequeno arranjo que prendia a manga rasgada de seu vestido.

— Ah, eu... passava pela biblioteca e ouvi sua voz. Parecia alterada. Ao me aproximar da porta, vi você e Sam... humm... conversando.

— E a conversa foi tudo o que você viu?

Procurando as íris de chocolate, Analu fez sua melhor imitação de espanto.

— Bem, estava mal iluminado... então sim. Por quê? O que eu deveria ter visto?

Como Ana odiava mentir para Marina! Mas o caso era que a irmã também mentia. Era dolorido ver como ela se atormentava, e fácil imaginar o motivo. Se havia algo do que Nina se vangloriava era a lealdade. *A lealdade dos Clarke*, gostava de dizer. Analu só conseguia imaginar como o fato de ter se rendido aos beijos de Samuel a consumia por dentro. Por isso apanhou a mão dela.

— Nina, sabe que está a salvo de mim, não é? Eu jamais a julgaria ou condenaria. Estou sempre aqui para ouvi-la. Apenas ouvi-la. — *Por favor, se abra comigo*. Irmãs não deviam ter segredos uma com a outra.

Em vez de uma resposta, Marina deu um peteleco nas flores que prendiam sua manga.

— Onde arranjou esse broche? Seu vestido está rasgado?

Protegendo as flores e a fenda esfiapada com a mão em concha, Ana recuou de imediato.

— Foi um acidente. Eu queria conhecer o jardim-labirinto. Estava um pouco escuro e não percebi que a manga tinha enroscado em um galho seco. Um dos empregados me arrumou o prendedor de gravata. — Está bem, talvez alguns segredos entre irmãs fossem aceitáveis.

— Empregado com um gosto muito refinado. — Comprimiu as sobrancelhas grossas e bem desenhadas ao avaliar o alfinete de ouro. — Vamos, Analu, me conte logo quem era o sujeito que estava com você no labirinto. Era ele? O rapaz que arrebatou seu coração?

— Foi um encontro casual. — Suas bochechas queimaram.

Com uma expressão vitoriosa, Nina cruzou os braços e apoiou o ombro no lambril de madeira clara.

— É difícil acreditar nisso com seus olhos brilhando dessa maneira. Não a vejo tão contente desde... Nossa, Ana, já faz semanas.

Decerto, Marina estava equivocada. Sim, Ana experimentara uma nova sensação sob o olhar penetrante de Alexander enquanto rodopiava em seus braços. Mas não significava que ele fosse o responsável pelo suposto brilho que Nina alegava ver em seu rosto. A música que ele cantara em uma voz grave e muito afinada ainda bailava por seus pensamentos porque... bem, por um motivo plausível. Ana só não se recordava qual era. O fato de admirar o talento de alguém não necessariamente implicava sentimentos de outra espécie, certo? Além disso, estar com Alexander não era nada parecido com o que acontecia dentro dela ao estar com Diogo — infelizmente, seu único parâmetro. Mas tinha que admitir que sentia uma quentura toda vez que se recordava da dança no labirinto. As íris de metal pareceram enxergá-la por dentro. Ela tivera tanta certeza...

E então ele fugira.

Com um suspiro, afastou o rapaz da mente quando Marina recomeçou a falar. E, francamente, Ana gostaria que a irmã tivesse mantido a boca fechada, depois do que ouviu.

— Ele a beijou? — Nina a espetou na cintura com o indicador. — Foi Ricardo Chagas? Por favor, que não seja o sr. Coutinho!

— Nina! Quer parar com isso? Foi um encontro acidental, eu já disse. Imaginei que o jardim estivesse vazio. Mas não estava, e eu retornei para festa.

— Se foi só um encontro acidental, por que não quer me dizer quem estava com você?

— Está bem! Eu conto, se você contar primeiro o que aconteceu entre você e Sam na biblioteca.

Emburrada, Nina tornou a encarar a porta e Ana a imitou, concentrando-se no problema a sua frente. Marina estava decidida a se manter calada acerca do beijo na biblioteca. Não tivera muito mais sorte mais cedo, ao interpelar o primo. E, ah, ela bem que tinha se esforçado para arrancar alguma coisa de Samuel. De começo, alguma parte do corpo dele, é bem verdade. Se ela não estivesse por perto e intervindo a tempo, só Deus sabia onde a reputação da irmã estaria àquela altura.

Havia muito tempo que ela amava Samuel como a um irmão mais velho. Mas não ia permitir que ele brincasse com Marina; ela não seria uma de suas conquistas. Sua irmã não merecia tal golpe. Não dele. Afinal ninguém no mundo — nem mesmo Ana — conhecia Nina como Samuel, ele sabia bem como encantá-la e se aproveitara disso para seduzi-la. Ana Laura tinha dito isso a ele.

— Eu não estava tentando seduzir Marina. Acredite, estou tão surpreso quanto você. — Ele bufara, afundando no sofá. — Inferno, pensei que tivéssemos deixado isso tudo no passado.

Um alerta barulhento retinira em sua mente. Furiosa como estava, ela ignorou o sinal e continuou a encarar o primo.

— O que quer dizer? — Ela piscara algumas vezes. — Essa não foi a primeira vez que... o que eu vi aconteceu entre vocês?

— Não, Analu. — Samuel fechara os olhos, apoiando a nuca no encosto alto da poltrona. — Não foi a primeira vez.

Certamente ela teria insistido que ele lhe desse mais detalhes, mas o pedido de socorro ecoara pela biblioteca, levando a ela e a Sam ao jardim, a um desfalecido sr. Edgar Fontes.

E ali estava Analu, encarando a irmã, um pouco ressentida pelo fato de Nina nunca ter mencionado palavra alguma a respeito de beijos com Samuel.

Levou mais um quarto de hora para que Diogo viesse abrir a porta. A maneira como ele comprimia as sobrancelhas provocou um calafrio em Ana. Marina não esperou que ele explicasse coisa alguma para entrar. Analu a seguiu a passos lentos, um tanto sem graça quando o noivo da irmã a acompanhou pela antessala. No quarto, o sr. Edgar estava esticado sobre a cama, um pouco mais corado. Do outro lado, Samuel recolhia os equipamentos que estavam sobre a mesa de cabeceira, e ela se apressou em ajudá-lo.

— E então? — Ana cochichou.

— Ele teve uma queda de pressão, o que ocasionou o desmaio. O sr. Fontes se queixou de dor no peito, dormência no rosto e esganadura na garganta, mas verifiquei os reflexos e acompanhei os batimentos cardíacos por quase cinco minutos. Me parecem normais.

— O que isso tudo quer dizer? — Nina especulou atrás dos dois.

Sobressaltada com a proximidade, Ana Laura chegou para o lado. Era impressão sua ou Samuel ficara tão rígido quanto as vigas do dossel ao ouvir a voz de Marina?

Pela primeira vez Analu se concentrou no assunto que fora forçada a abandonar graças à inquietude com relação a saúde do sr. Edgar. Mas agora estava atenta ao jeito como Nina enrubescia e brincava com os dedos, como Sam se mantinha de costas para ela, mas se movia involuntariamente, copiando seus movimentos. Nina pendia para a esquerda, ele se apoiava naquela perna. A irmã inspirava fundo, o peito dele subia e descia com mais vigor. Era como se partilhassem o mesmo corpo, o mesmo pulmão e cérebro, um só coração. Ora...

— Que, no momento — respondeu Samuel, continuando a organizar sua maleta —, a causa do desmaio ainda é incerta. Pode ter sido provocado pela agitação do dia, calor, fadiga. Ou pode ter sido um alerta. Como ele bebeu um pouco, quero voltar a avaliá-lo amanhã pela manhã.

— Então não é grave? — Marina quis saber.

Ana observou Samuel inspirar fundo antes de se virar. O peito da irmã parou de subir e descer imediatamente quando os olhares se chocaram. A tensão entre os dois era tão palpável que ela poderia moldá-la com as mãos, e se espantou que mais ninguém naquele quarto notasse.

O alerta que a sacudira mais cedo retornou com força, e pela primeira vez pôde dedicar atenção ao que testemunhara na biblioteca. Um frenesi se apoderou dela ao observar os dois frente a frente, e um pensamento inquietante atravessou sua mente. A irmã *nunca* fazia o que não desejava. E se Nina tinha beijado Sam naquela noite... e em algum momento do passado... e o nariz do primo não tinha uma fratura... Marina tinha *desejado* beijar Samuel.

— Ah, meu Deus!

Com algum custo, Nina se desconectou do olhar do primo e a fitou.

— O que foi, Ana?

Ela não conseguiu produzir uma resposta. Tudo nela se concentrava em uma só ideia. E se não precisasse seduzir ninguém para salvar Nina? E se alguém pudesse afastá-la de Diogo em vez disso?

— Eu... ahhh... — Uniu os dedos na altura da cintura e guerreou contra o desejo de estalá-los. — Vou procurar o cocheiro dos Fontes e deixá-lo de prontidão. Imagino que vão preferir voltar para casa bem cedinho.

Não percebeu que Diogo havia se aproximado e ouvira o final da conversa.

— Serei eternamente grato pela sua presença de espírito, srta. Ana. — Ele apanhou sua mão e beijou o dorso com intensidade. — Sim, partiremos o mais cedo possível.

O calor de seu toque percorreu toda a extensão do braço e se concentrou nas bochechas dela. Raios. Onde estava a *sua* lealdade?

Aborrecida consigo mesma, fez o melhor que pôde para ignorar o formigamento nas costas da mão e agir normalmente ao descer as escadas. Ao menos agora havia um fiapo de esperança do outro lado da parede espinhenta, garantia a si mesma. Alexander estava enganado. Havia uma maneira de salvar Marina sem que Ana tivesse que traí-la ao seduzir Diogo. Tudo o que tinha de fazer era unir Nina e Sam! Não seria tão difícil, a julgar pelo beijo a que assistira.

A excitação com a perspectiva de as terríveis visões de Alexander logo se apagarem era quase intoxicante. Ela não teria que trair a irmã!

Porque agir pelas costas dela é precisamente o oposto, não?, uma vozinha muito inconveniente chiou em sua mente.

Ora, é óbvio que pretendia sondar o terreno antes de agir, descobrir se sua intuição estava certa, e se existia alguma possibilidade de que Samuel fosse o milagre pelo qual andava implorando. Não era traição. Entretanto, havia um problema: como poderia descobrir se havia algo mais que uma longa e sólida amizade entre eles se ambos pareciam dispostos a fugir da resposta?

Não importava, ponderou ao atravessar a sala. Ela iria se ocupar com uma coisa de cada vez. No momento, iria saborear o alívio de ter encontrado uma solução e começar a planejar um modo de unir Marina e Samuel. Mas antes... saiu para o ar fresco da noite, friccionando o dorso da mão, onde poucos instantes antes os lábios de Diogo tinham pousado. Precisava descobrir uma maneira de fazer o formigamento em sua pele desaparecer.

23

Já reparou que sempre mentimos para as pessoas que mais amamos? Para protegê-las, para não magoá-las, por medo puro e simples... Não deveria ser o contrário? Mas a pior mentira não é essa; é a que contamos a nós mesmos. Às vezes mentimos com tanto empenho que esquecemos que fomos nós que inventamos tudo, e passamos a acreditar que a farsa é real. Por que a gente insiste nessa merda?

Soltei o toco de grafite como se ele me queimasse, e um risco preto em zigue-zague se embolou aos meus garranchos. Teria sorte se minha amiga conseguisse ler as últimas linhas. Eu mesma evitava olhar com a ideia maluca de que, ao me impedir de continuar escrevendo, conseguiria escapar das lembranças do maldito dia. Mas elas já se desenrolavam em minha mente sem que eu pudesse detê-las, a ferida latejante ainda aberta em meu peito.

Eu devia ter sacado que aquele seria um dia de merda, afinal o primeiro compromisso da segunda-feira era uma visita ao sujeito que tentava roubar minha fábrica. Ian e eu chegamos cedo à casa do senador. Fomos levados pelo mordomo à sala de visitas, e então esperamos. E aí esperamos mais um pouco. As cortinas vermelhas penduradas sobre as janelas me deixaram com uma vontade louca de me levantar do desconfortável sofá listrado e ir abri-las. O dia não estava quente, mas o tecido rubro pesado filtrava a luz, lançando uma aura agourenta pelo tapete florido e a cúpula sobre a mesa de centro, que protegia o arranjo de flores claras.

— Por favor, tente se acalmar. — Ian abriu a mão sobre meu joelho, impedindo que eu continuasse a sacudir a perna. — Demonstrar nervosismo não vai ajudar.

— Estou tentando ficar calma.

— Talvez seja melhor me deixar conduzir essa conversa, meu amor. — Um dos cantos de sua boca apontou para o teto, no qual (que surpresa!) havia mais rococós assustadores. — Assim me poupa o tempo de ter que libertá-la da sede da guarda.

— Se o senador resolver dar o ar da graça! — Batuquei as unhas na tampa da caixa de recibos. — Há quanto tempo estamos esperando?

Ian verificou as horas no relógio de bolso preso ao passante da calça, aquele que eu dera a ele em nosso casamento. Antes que ele me respondesse, o mordomo retornou, marchando como um soldado.

— Sua Excelência o senador Augusto Cândido de Pompeu Chagas.

O político entrou na sala, um dos braços dobrado sobre a barriga redonda, o nariz apontando para o teto, e fiquei esperando uma orquestra aparecer do nada para iniciar a "Marcha imperial" do Darth Vader.

Ian e eu nos levantamos, e juro que tentei engolir o riso. Meu marido me ofereceu apoio apertando minha mão, embora as ruguinhas sutis ao redor dos olhos indicassem que ele também tinha dificuldade em manter a fachada.

— Senhores, me perdoem pela demora. Como não esperava visitas, me pegaram no meio do café da manhã. — O senador abriu os braços, todo teatral, antes de indicar que nos sentássemos. Foi se ajeitar na poltrona listrada, de pernas cruzadas. — A que devo a honra deste prazer inesperado?

— Creio que já saiba, senador. — Ian tirou do bolso interno do paletó o documento que o advogado me entregara semanas antes. — Afinal seu advogado procurou minha cliente.

— Sua esposa, o senhor quer dizer.

— Cliente — corrigiu Ian, muito sério. — Estou aqui como representante legal da Infinito Cosméticos. Suponho que o documento redigido pelo sr. Raposo não passe de um mal-entendido. Esta dívida foi paga há mais de duas décadas.

— Não é o que o livro-caixa da Céu Azul diz. Mas acordei bem-disposto e vou conceder o benefício da dúvida. Afinal a irritação faz mal para o estômago. Me deixe ver os recibos que comprovam o pagamento da dívida, sr. Clarke.

O sujeito me observava com escárnio, e tive que fazer muito esforço para não dar ouvidos à ideia tentadora de apagar aquele sorrisinho usando a pesada caixa de madeira.

— Essa é a questão, senador — Ian prosseguiu, sem se deixar abalar. — Por isso estamos aqui. A suposta dívida se refere a um momento particularmente confuso da Infinito. Tanto minha cliente quanto a gerente da fábrica adoeceram. Lamentavelmente, a pobre sra. Herbert perdeu a batalha contra a pneumonia. Sofia se recuperou, mas ficou afastada dos negócios por algumas semanas. Eu assumi as responsabilidades com a ajuda de alguns funcionários, nos desdobrando para desempenhar o papel dela. Na mesma época, a família Afonso... bem, eles estavam à procura da filha.

Torcendo a ponta do bigode, o senador estreitou os olhos.

— E por que isso é do meu interesse?

— Porque foi essa a razão que me fez deixar para lá a assinatura dos recibos — me intrometi. Contei a ele que a filha dos Afonso saiu para visitar os pais e nunca mais retornou para a casa do marido. A família chegou a suspeitar de que se tratasse de um sequestro, mas, como ninguém pediu resgate, o marido e seu Rui concluíram que a jovem havia fugido com outro homem. — Foi um período muito difícil para os Afonso, senador. O seu Rui fingia que a filha não existia mais e evitava o assunto como podia. Desconfio de que seja por isso que ele nunca anotou o pagamento no livro-caixa. Não queria revisitar esse período. Mas a dívida foi paga. A dona Gina Afonso pode confirmar, já que foi ela quem recebeu o pagamento.

A poltrona estalou conforme o político se remexia para se inclinar de leve em minha direção.

— Se foi assim, por que ela não assinou os recibos?

— Na época — Ian ajudou —, o sr. Afonso mal parava em casa, em busca da filha desaparecida. A sra. Afonso preferiu não se meter nos negócios do marido, disse que ele assinaria quando tudo se acalmasse.

— Aí eu voltei à fábrica e não quis incomodar a família Afonso com burocracia. — Soltei um suspiro ao ouvir em voz alta minha idiotice. — Afinal o seu Rui e eu sempre fomos bons parceiros.

Apoiando um dos cotovelos no braço da poltrona, o político arreganhou os dentes.

— Se me permite uma observação, sra. Clarke, é precisamente por situações como a que acaba de descrever que mulheres são incapazes de gerir um negócio.

Sempre misturam razão e emoção. Um homem teria conseguido a assinatura independentemente da situação dos Afonso, se é que essa história mirabolante tem alguma verdade.

Abri um sorriso desaforado.

— Você se confundiu, senador. O político nessa história não sou eu.

Ao meu lado, Ian ficou rígido de alto a baixo.

— O sexo não determina a capacidade de alguém. Era eu à frente da Infinito nessa época. — A voz dele tinha um tom desgostoso. — Logo, o erro é meu, não de Sofia.

Mas é evidente que ele não me daria ouvidos e tomaria a responsabilidade para si. Por que Ian não conseguia compreender que me ajudara na fábrica da melhor maneira que pudera? Por que não entrava na cabeça dele que eu vira os papéis em branco e fora minha decisão não incomodar os Afonso com o assunto?

— Tentamos localizar a sra. Regina Afonso — meu marido trincou o maxilar —, porém não obtivemos notícias. Ao que tudo indica, ela se mudou sem dizer nada a ninguém.

— O que é muito estranho, pois a dona Gina adora uma conversa — pensei alto, me recordando da imigrante italiana grandalhona que tentara me explodir usando comida como arma quando nos encontramos pela primeira vez.

Batendo as mãos nos joelhos, o senador ficou de pé.

— Se esperam obter alguma ajuda comigo, estão perdendo tempo. Toda a negociação foi intermediada pelo meu advogado, como devem supor. Sou um homem muito ocupado para perder tempo com velhas tagarelas.

Ian e eu também nos levantamos.

— Não pretendemos incomodá-lo com o paradeiro da sra. Afonso — meu lindo advogado enfatizou. — Mas eu gostaria de analisar o contrato de compra, se for possível, senador Chagas. Talvez eu descubra o nome do advogado da sra. Afonso, e ele possa nos dizer para onde ela se mudou.

— O documento está com o sr. Raposo, então não será possível. Lamento. — Sorriu de um jeito que o contradizia.

O filho da mãe tinha o documento, da mesma forma que sabia que não existia dívida alguma. Comecei a ver tudo vermelho.

— Você não vai nos ajudar porque sabe que a dívida não existe. — Elevei o queixo. — Ainda assim, vai tentar tomar a minha fábrica.

— Só estou me apoiando nas leis, senhora.

Discretamente, Ian correu as costas do indicador pelo meu mindinho, me lembrando de que quebrar o nariz do senador podia não ser boa ideia. Eu tinha sérias dúvidas...

— Tudo o que queremos é resolver essa situação o mais breve possível — meu marido garantiu —, sem que seja necessário um confronto nos tribunais.

— É muito fácil, sr. Clarke. — Encaixando os dedos nos passantes da calça, ele a puxou para cima da barriga estufada. — Sua esposa só precisa provar que a dívida foi paga.

Trinquei a mandíbula.

— Não existe dívida alguma, e você sabe disso. Ninguém continuaria fornecendo por mais de vinte anos para um cliente inadimplente.

Sem se abalar, ele cruzou os braços atrás das costas.

— Ou talvez o sr. Afonso fosse um homem fraco. Entretanto, eu não sou ele, sra. Clarke. Não vai me comover com sua história. Consiga as provas de que não existe dívida. Caso não seja capaz, terá de pagar o que me deve.

— Senador, seja razoável. — Ian tentou trazê-lo à razão. — Não teríamos procurado o senhor se a dívida fosse válida.

— Tudo isso é por que você não suporta a ideia de que seja uma mulher à frente da Infinito, não é? — acusei, tentando atear fogo à peruca do homem com a força da mente. — Você espera que eu desista. Mas não vai acontecer. Se imaginava encontrar uma garotinha assustada, logo vai descobrir que eu sou a resistência.

Sem que os olhos de raposa jamais se desgrudassem dos meus, o senador passeou pelo tapete até parar diante de mim.

— Tudo o que espero, minha cara, é receber a soma que me é devida, nada mais. Agora, se me derem licença, tenho um compromisso inadiável com o alfaiate.

— Merda — resmunguei quando Ian e eu chegamos à calçada. — Eu sabia que contar com o bom senso desse embuste não ia adiantar.

— Não é verdade. Sabemos que ele está disposto a ir até as últimas consequências para cobrar a suposta dívida.

Abri os braços em um gesto que dizia: "Poxa, que alívio!"

— Ainda não terminei, minha esposa impaciente. — Ele sorriu de leve. — Agora sabemos que quem cuidou de tudo foi o sr. Raposo.

— E de que isso vai adiantar? Chagas deve ter previsto que iríamos atrás do advogado e dado ordens para não abrir o bico.

— É provável. Mas essa não é a nossa única alternativa. Uma vez que eu o encontre, será fácil identificar o cartório de registros mais próximo, e pedir para examinar o registro de venda.

Abanei a cabeça.

— E se o documento foi registrado em outro cartório, um mais perto da dona Gina?

O vento soprou uma das minhas ondas em meu rosto. Ian a afastou com o mais suave dos toques.

— É por isso que vou até a Céu Azul, meu amor. Sozinho. — Ele encaixou as mãos em meu rosto para me impedir de protestar.

Protestei mesmo assim.

— Ah, não, Ian! Nem pensar. Eu não posso...

— Sofia, apenas me escute. — Os olhos pretos intensos capturaram os meus. — Essa viagem pode não dar em nada, e, com o senador pela vila, não creio que seja boa ideia você se afastar da fábrica agora. Ele me pareceu disposto a tudo para conseguir a Infinito.

Eu queria contestar. A Céu Azul ficava muito ao sul, a mais ou menos cinco dias de distância. No entanto, eu conseguia entender sua linha de raciocínio. E ele tinha razão. O senador podia se aproveitar da minha ausência para tramar alguma maracutaia.

Soltei um gemido, deixando a testa pender em seu peito rijo.

— Eu odeio quando você fica longe por muito tempo. E por pouco também. Na verdade, qualquer tempo é uma tortura. Não consigo dormir sem você do meu lado.

— Também não consigo. Sinto falta do seu pé frio enroscado no meu. — Ele beijou meu cabelo, afagando meu braço. — Mas preciso corrigir o erro que cometi.

Endireitei o pescoço de imediato.

— Não diga isso de novo. Você fez o que pôde para me ajudar na Infinito ao mesmo tempo em que cuidava do estábulo, da casa, de mim e da nossa filha completamente sozinho. Eu decidi deixar o assunto pra lá. Foi uma falha minha, Ian, não sua.

— Uma falha que nunca teria acontecido se eu estivesse mais atento.

Argh! Tentei trazê-lo à razão enquanto Isaac nos levava de volta à propriedade, mas teria tido mais sorte se tivesse falado com uma carroça. Por que eu ainda perdia tempo?

Ao entrarmos em casa, encontramos nossas filhas à mesa tomando o café da manhã. Ana nos saudou com um sorriso largo. Já Marina parecia ter sido atropelada na saída de um estádio após uma tarde de clássico.

Eu ri.

— Pelas caras, o susto com o seu Edgar não foi o bastante para apagar a noite de sábado. Parece que se divertiram muito no casamento de Lola e Tommy.

Ian afastava a cadeira, mas parou no meio do movimento.

— O que está insinuando?

— Você já teve vinte anos, lembra? — Pisquei para ele.

Pela maneira como meu marido esfregou a testa e bufou, ele preferia não lembrar. Eu me sentei entre ele e Marina, me esticando para apanhar um pãozinho, ainda atenta ao sorriso de Ana.

— O que foi que eu perdi? — Mordi o pão doce. — Você parece um diamante reluzente esta manhã, Analu.

— Não posso ter acordado de bom humor? — Minha caçula se encolheu.

— Depende — grunhiu Nina, esmagando com a colher a fatia de laranja que flutuava em seu chá. — Você brilha tanto desde o casamento que está me dando dor de cabeça.

Ana apenas corou, tentando ocultar o rosto atrás da xícara. Realmente tinha acontecido alguma coisa. Eu estava me coçando para pressioná-la, mas achei melhor deixá-la à vontade para me procurar. Lembrava bem como era ter a idade dela e demorar para desvendar meus próprios sentimentos. Por isso me concentrei em Marina.

— Alguma notícia do seu Fontes?

— Não. — Praticamente atirou a colher no pires. — Nenhuma desde que Sam o visitou ontem. Diogo prometeu enviar notícias depois do novo exame esta manhã, mas até agora nada.

Ian se serviu de um pouco de café antes de dar à nossa filha mais velha um sorriso tranquilo.

— Não fique tão tensa — disse a ela. — A falta de notícias já é uma boa notícia. Significa que não houve piora. Seu noivo deve escrever assim que tiver o que dizer.

— É. — Lambuzei com geleia de amora um naco de pão. — Vai ver o Sam atrasou um pouco porque dormiu até mais tarde. Ele ainda não deve ter se recuperado do casamento. Meu sobrinho dançou com metade das garotas no sábado e deixou a outra metade suspirando. E acho que não só as solteiras.

— Sam está noivo, mãe! — Nina me fuzilou, e eu me surpreendi.

— E? Qual é o problema de dançar um pouco?

— Ah! — Ana exclamou. — Foi por estar noiva que você dançou com diversos cavalheiros, exceto o Sa... Ai, Nina! — Ela se dobrou de lado na cadeira para massagear a canela.

Ué... Olhei bem para Marina, a tensão em seus ombros, o rubor nas bochechas. O que eu tinha perdido?

— Você e Sam se desentenderam? — especulei.

— Não. — Ela espalmou as mãos na mesa, emburrada. — Por que o assunto é sempre o Samuel?

— Foi você quem o trouxe à mesa. — Ian soprou sua bebida e provou um gole. — Se está tão preocupada com o sr. Fontes, por que não procura seu primo? Ele é o único que pode tranquilizar seu coração.

Ana deixou escapar um risinho histérico.

— Nisso tem razão, papai. — Ela alisou o guardanapo aberto sobre as saias.

— Não pretendo procurar Samuel. — Marina empinou o nariz. — Ele anda ocupado no consultório, e eu tenho o estábulo.

Dei risada, batendo as mãos para me livrar dos farelos.

— Bom, ele anda mesmo ocupado. Elisa me contou que existe um curioso surto de gripe entre as garotas solteiras. Elas passam mais de uma hora detalhando os males para um paciente dr. Samuel. Mas, se é o Lucas no consultório, elas saram na hora.

As louças chacoalharam sobre a mesa quando Nina bateu as palmas no tampo e ficou de pé.

— Eu vou para o estábulo! Me avisem caso chegue alguma notícia dos Fontes.

— Eu vou... ler um pouco. — Ana se adiantou em seguir a irmã, exatamente como fazia quando tinha cinco anos.

Eu as observei deixarem a mesa, a mente girando atrás de uma hipótese mais maluca que a outra, sobretudo a respeito da reação de Marina toda vez que o nome do primo era mencionado. Seria possível que ela estivesse com ciúme?

— Esperem, por favor — pediu Ian antes que elas deixassem a sala de jantar. — Terei de me ausentar por algumas semanas.

— Por quê? — Marina quis saber. — Não me recordo de nenhuma venda que exija uma viagem longa.

— Não é sobre o estábulo. Apenas uma papelada antiga que quero verificar.

— Bem, vamos sentir sua falta, papai. — Ana Laura deu um sorriso triste. — Boa viagem.

— E volte logo — adicionou Nina. — A mamãe fica insuportável quando você está longe.

— Eu também fico, Marina. — Ele me deu uma piscadela antes de sorrir para as nossas meninas. — Sei que é pedir demais, mas será que vocês duas podem tentar não se meter em confusão na minha ausência? Especialmente você, Marina?

— Não posso garantir nada. — Ela revirou os olhos e deixou a sala com Analu em seus calcanhares.

Mal a porta foi encostada e Ian se voltou para mim.

— Você tem alguma ideia do que está acontecendo com essas duas?

— Ainda não, mas juro que vou tentar descobrir. — Estendi a mão para ele. — Não dá mesmo pra mandar alguém no seu lugar? Tô quase desistindo da fábrica, se o preço é a gente ficar longe.

Com um suspiro pesaroso, ele me puxou pela mão até eu estar devidamente encaixada em seu colo.

— Adoraria que tivesse outra maneira, mas não posso arriscar. Eu fiz a besteira e preciso corrigi-la.

— É como falar com as paredes! — gemi para o teto. — Na verdade a chance de a parede me ouvir é maior.

Rindo, ele beijou meu queixo.

— Melhor eu ir preparar Storm para a viagem. Quanto antes eu partir, mais cedo poderei retornar para você.

— Tá legal. — Sem nenhuma vontade, saí de seu colo. — Vou pelo menos cuidar da sua mala, já que é tudo o que eu posso fazer pra ajudar.

Meu marido ficou de pé e atirou um sorriso provocador em minha direção.

— Sobre isso... Seria possível incluir uma calça desta vez? — Arqueou uma das sobrancelhas.

— Não é justo! Eu esqueci da calça uma única vez e...

Eu pretendia terminar, mas ele me silenciou com um beijo e achei irrelevante tentar ganhar aquela discussão.

Enquanto Ian descia para organizar sua partida, eu pretendia procurar seu Gomes para me ajudar com a bagagem — ele não deixava detalhes como uma calça para trás, por exemplo —, mas ao passar diante da sala de música avistei Ana sentada ao piano, os dedos estáticos sobre as teclas, o olhar a quilômetros de distância.

— Pensei que estivesse com sua irmã. — Fui entrando.

— Ela ameaçou me amarrar com o avental depois que sugeri que ela usasse um no estábulo. — Brincou com algumas notas, respirando fundo.

Humm...

— Todos esses suspiros têm um nome?

— Não. Decerto que não. — Mas suas bochechas sapecaram. — Quer dizer... Mamãe, você já... — Ela agitou a cabeça. — Isso é bobagem.

— Ah, não. Não mesmo. Agora que começou, tem que ir até o final. — Arrastei uma das cadeiras estofadas para perto dela e me sentei. — Você nunca teve receio de me perguntar coisa alguma, e isso inclui coisas que eu não sei, tipo pontos de bordado e dobraduras com fita.

— Bem... — Ela ficou ainda mais vermelha. — Mamãe, você já se sentiu febril por dentro ao estar perto de alguém? Eu li isso num livro! — apressou-se, mirando as teclas pretas e brancas. — Mas é possível alguém se sentir assim? Consumida pelo fogo e pelas luzes? Biologicamente falando.

Ah, Ana...

— Sei exatamente como a sua *heroína* se sente — enfatizei.

Depressa, ela levantou o rosto.

— E o que fez para que isso parasse?

— Eu me casei com ele. — Brinquei com um dos cachos pálidos que caíam em cascata por seus ombros. — Só que nunca parou. Ainda me sinto queimar por dentro toda vez que seu pai sorri para mim.

— Ahhhhh!

Eu queria que ela dividisse comigo o que trazia tanta aflição, mas minha caçula parecia evitar contar o que sentia até a si própria. Tomando fôlego, me preparei para ter a conversa que vinha ensaiando desde a noite de sábado, depois de ver a maneira como ela admirava Diogo Fontes enquanto dançavam e desconfiar ter encontrado o motivo pelo qual ela fugia do noivo da irmã com tanto desespero.

— Analu, o amor nem sempre é conveniente. Às vezes a gente se apaixona por alguém cujo coração já pertence a outra pessoa. Você se sente perdida, uma parte morre, e parece que não vai sobreviver. Mas aí você aprende que é mais forte do que pensava, e o amor não correspondido abre espaço para coisas novas. Coisas maravilhosas até. Foi o que aconteceu comigo quando me abri. Encontrei seu pai.

Ela percebeu que recuou de leve na banqueta ou foi um gesto inconsciente?

— Por que está me dizendo essas coisas, mamãe?

— Eu só queria que você soubesse que... — *O quê?* — Que eu estou aqui se quiser conversar. Para tudo e a respeito de qualquer assunto, sem julgamentos. Eu tô aqui pro que precisar de mim. Você sabe disso, né?

Assentindo uma vez, ainda evitando contato visual, seus dedos começaram a trabalhar no piano, encerrando a conversa.

Com um suspiro, beijei seu cabelo perfumado e me dirigi para a porta, deixando a música me preencher e me ajudar a pensar. Eu desconfiava de que Analu sentisse alguma coisa por Diogo Fontes. Se apenas atração, uma paixonite ou amor para valer, não fazia ideia ainda. Tudo o que sabia era que minha caçula estava sofrendo, e alguma coisa rolava com Nina ao ouvir sobre o interesse que Sam provocava nas outras garotas. Eu teria rido se não estivesse tão preocupada com o coração das minhas filhas. Os séculos passam, as novidades e a tecnologia estão em constante mudança, mas as emoções humanas permanecem as mesmas desde que o primeiro primata se firmou sobre as duas pernas. E que bagunça elas — as emoções — podiam criar.

Como eu poderia ajudar minhas filhas? Devia me meter ou deixar que elas pedissem ajuda? Ou ser uma simples espectadora e esperar que...

Estaquei sob o batente ao perceber que cantarolava com as notas que minha caçula extraía do instrumento. Apurei os ouvidos, acompanhando a canção, rezando em silêncio para que a melodia se alterasse, que subisse ou descesse, diminuísse o tempo ou... qualquer coisa. Em vez disso, ela continuou num crescente, me levando de volta ao quarto apertado do alojamento da faculdade e à época em que minha melhor amiga estourava meus tímpanos com a discografia completa de sua banda preferida toda vez que ela e Rafael brigavam.

O chão se transformou em fumaça e ameaçou me engolir, uma camada de suor pegajosa recobrindo minha pele. Não sei como me movi. Em um instante eu estava sob o arco da porta e no seguinte afastava Ana do piano, como se as teclas estivessem embebidas em veneno.

— Onde ouviu essa música? — Meu coração pulsou furioso na base da garganta.

— Mamãe, o que...

— Onde você ouviu essa música, Analu? — Minha voz falhou.

— Foi no casamento de Tommy e Lola. Por que está tão alarmada?

Porque a banda Nirvana nasceria em mais ou menos cento e quarenta anos. Não podia estar acontecendo! Não de novo.

— Filha — umedeci os lábios trêmulos —, eu estava no casamento e em momento algum ouvi essa música.

— Talvez não estivesse prestando atenção ou...

— Acredite, eu teria notado. — Eu a segurei com mais energia. — Isso é muito importante. Onde escutou essa música? Quem tocava ou cantava?

— Acho que foi um dos... humm... empregados. — Mordeu o lábio inferior. — Mamãe, eu...

— Homem ou mulher? Descreva como a pessoa era.

— Não lembro muito bem, estava meio escuro. Mamãe, o que está acontecendo? Você parece... — Ela disse mais alguma coisa, mas eu já não ouvia. O *tum-tum-tum* ensurdecedor não conseguia abafar o zumbido em que meus pensamentos se transformaram.

Por que alguém estava ali? Por que, se minha fada madrinha havia prometido que eu nunca mais seria levada a qualquer lugar, que nada retornaria para me assombrar? Por que aquilo estava acontecendo, então?

Não, não, não!

Não me lembro de ter dito alguma coisa, apenas de sair correndo, o coração batendo no ritmo de minhas passadas. Ao passar pelo cercado do estábulo, ouvi um *reeeec* agudo e algo me deslocar para trás. Trombei com tiras de madeira ásperas.

— Merda! — Forcei a saia presa ao prego de uma das ripas, aumentando ainda mais o rasgo. Quem se importava? Minha fada madrinha estava ali! Ou enviara alguém para me pegar.

— Sofia, o que você está tentando f... — Ian surgiu de dentro das baias. Bastou um rápido exame para compreender meu horror, e em menos de uma piscada ele estava ajoelhado ao meu lado, desenroscando o tecido da tábua antes de se endireitar e me encarar. — Por que está chorando?

— Ela está aqui! — Enterrei o rosto em sua camisa. — Ou mandou alguém. Não sei por quê. Eu não quero voltar, Ian. Meu lugar é aqui! Eu não vou suportar se...

— Mãe? — ouvi Nina chamar. — O que aconteceu?

Virando o rosto para o outro lado a fim de não preocupá-la, tentei secar as bochechas. Mas como, se mais e mais lágrimas continuavam descendo? Ian pediu a ela que nos deixasse sozinhos por um momento. Não sei o que minha filha estava pensando, mas imagino que tenha ouvido o pai, pois um instante depois meu marido encaixou a palma em meu pescoço e com o polegar me incitou a elevar o rosto.

Uma nuvem escura encobria seu olhar. Aquela que eu via com frequência nos últimos anos e em que nunca conseguira colocar um nome.

— Está falando da sua fada madrinha? — perguntou, pálido. Quando eu fiz que sim, ele prosseguiu. — Como sabe disso?

— Ana Laura. Ela ouviu um dos empregados cantarolar uma música do meu tempo no casamento da Lola e do Tommy. — Repeti o pouco que eu sabia, os pensamentos se atropelando de tal forma que não sei se aquilo chegou a fazer sentido. — Não sei o que eu fiz, Ian, mas só posso ter feito besteira se alguém retornou por mim.

Os dedos em minha mandíbula se contraíram de leve, as sombras nas íris de ônix ganhando força e se transformando em um ciclone impetuoso. E, ainda assim, tudo nele parecia a ponto de arrebentar.

— Sofia... — Ele engoliu em seco, o mais absoluto terror retorcendo seu tom. — Não creio que essa pessoa esteja atrás de você.

— E de quem mais seria? A menos que mais alguém... — Espera. Mais alguém do futuro poderia estar na vila naquele exato instante? Arrancado do próprio tempo e jogado no passado, sem saber como encontrar o caminho para casa? E por que não? Eu não devia ser a única pessoa no mundo que tinha uma fada madrinha, certo?

Antes que eu pudesse dividir com Ian a teoria maluca, porém cada vez mais possível, ele se desprendeu de mim e foi se escorar no cercado, a cabeça pendendo entre os ombros.

— O quê? — Eu me curvei, procurando seu olhar. — Ian, você sabe de alguma coisa?

Lentamente, ele se endireitou. A vida parecia ter deixado meu marido ao sussurrar:

— Ele está aqui por Ana Laura.

— Analu? — repeti, abobalhada. — Ian, não faz sentido nenhum. Ana não sabe nada sobre o meu passado. Por que você pensaria um absurdo desses?

Ele puxou uma grande quantidade de ar antes de, em uma voz alquebrada, disparar:

— Porque Alexander me contou.

24

Dizem que a mentira dói menos que a verdade. Eles estão certos, Nina. Não resta muito de mim agora.

Meus ouvidos não deviam estar funcionando direito. Ian não tinha acabado de dizer que Alexander, a fada madrinha que criou a maior confusão no passado envolvendo Elisa, estava atrás da nossa filha mais nova. Eu devia estar abalada demais e ter ouvido o nome errado. Só podia ser isso.

— Quando você diz Alexander, se refere ao sujeito que enviou Elisa para o meu tempo por engano? E que depois tomou um tiro daquela policial para nos dar a chance de voltar pra casa? *Esse* Alexander? — Minha voz saiu aguda demais.

Ian nem mesmo piscou ao assentir devagar. Um arrepio glacial enregelou meu peito. Eu nem mesmo sabia se o rapaz havia se recuperado ou... Sacudi a cabeça com força.

— Eu... não entendo. Por que Alexander estaria aqui por Analu? Ele não é minha fada madrinha. Nem sua ou da Elisa... — O mundo começou a girar enquanto Ian se afastava do cercado, mantendo as costas para mim, e eu entendi o que seu horror significava. — É de Ana, não é? — murmurei, trêmula.

Seus ombros subiram e desceram com uma profunda e desolada respiração, e enfim ele se virou. O que eu avistei em seu rosto me fez dar um passo para trás e buscar apoio em uma das tábuas para não desabar.

— Não... — Minha voz mal tinha som.

Entretanto, Ian me ouviu e esfregou o rosto com as duas mãos.

— Ele me disse há algum tempo que esperava por ela. A ida de Elisa para o futuro foi um acidente, eu é quem deveria ter encontrado a máquina do tempo. Alexander interveio para me ajudar a salvar sua vida, pois ele tinha interesse pessoal na sua recuperação. — Seu olhar ficou vago ao reviver a lembrança. Piscou algumas vezes antes de mirar meu rosto. — Você se curou, e, nove meses depois, Ana Laura nasceu.

Ainda não fazia sentido! Por que Ana iria precisar da ajuda de uma... Ai, meu Deus!

— A faculdade — ofeguei. Para conseguir estudar, minha filha precisaria de um milagre. Ou da ajuda de uma fada madrinha. Meu estômago tentou trocar de lugar com os pulmões. — Ele pretende levá-la para o futuro para que ela possa seguir nos estudos.

— Foi a essa mesma conclusão que eu cheguei recentemente.

Meu marido se tornou um borrão distorcido. Ana seria levada para outro tempo, séculos à frente, ao qual eu não tinha mais acesso?! Eu não a veria se formar, se apaixonar, sofrer por amor, por uma frustração qualquer, ter filhos ou uma porção de gatos, uma vida feliz?

— Não! — Sequei o rosto com raiva. — Isso não vai acontecer. Ele não vai levar nossa filha para tão longe. Eu não vou permitir. A gente precisa tentar alguma coisa. Qualquer coisa, por mais idiota ou arriscada que seja. Não podemos esperar de braços cruzados que alguém tire nossa filha da gente. Preciso de tempo pra...

Em meio à fúria e ao temor que relampejavam em meu coração, a palavra piscou feito um letreiro defeituoso em minha mente agitada. *Tempo*.

Observei Ian, meu sexto sentido gritando para que eu engolisse a pergunta, pois não ia gostar da resposta.

— Há quanto tempo você sabe disso tudo?

Soltando o ar com força, ele tentou me alcançar.

— Meu amor, você precisa entender...

— Há quanto tempo, Ian? — Eu me afastei, ficando presa entre ele e o cercado.

Pela maneira como ele esfregou a testa, o olhar dardejando em qualquer direção que não a minha, eu soube a resposta. Ainda assim, doeu ouvir a verdade em voz alta.

— Foi na noite do meu aniversário de vinte e três anos. — Ian abriu os braços, abatido. — Na nossa primeira vez fora de casa depois que você se recuperou da pneumonia. Alexander me procurou no teatro.

Comecei a tremer.

— Vinte e três anos... Você sabe há *duas décadas* que isso ia acontecer.

Observei meu marido, pela primeira vez compreendendo por que ele era tão protetor com nossa caçula, por que agia como se ela estivesse o tempo todo em perigo. Ian tinha me enganado. Não uma simples mentira boba de casal, como ocultar o valor da conta no bar ou a compra de uma bolsa. Ele mentira sobre o que ambos tínhamos de mais precioso: nossas filhas. Tentei engolir e não consegui.

— E você nunca me disse nada.

— Sofia, por favor, me escute... — Ele tentou pegar minha mão.

Escapuli de seu alcance, enchendo os tênis de areia áspera.

— Eu escutei, Ian. Durante os últimos vinte anos eu estive ouvindo. E tudo que você me disse foi porcaria nenhuma!

— Podia não passar de uma teoria. — Ele trincou os dentes. — Eu não tinha certeza alguma até agora, até você me contar sobre a canção que Ana tocava.

— Mas você sabia que existia a possibilidade. E não me deu a chance de tentar fazer alguma coisa para impedir que minha filha seja arrancada de mim!

Frustrado, ele se encolheu.

— Eu não sabia como contar! Inferno, Sofia. Você sabe como foi conviver com o medo esse tempo todo?

— Realmente não sei, porque você resolveu não me contar! — Meu tom subiu vários decibéis.

— Eu não queria que você passasse a vida se preocupando com algo que podia ser só um mal-entendido! O que você faria se estivesse no meu lugar?

Elevei o queixo para enfrentá-lo.

— Exatamente o que eu fiz quando ouvi Ana tocar a maldita música. O que eu sempre faço, Ian! Eu corri para você, porque sou uma idiota que pensava que, seja lá o que viesse em nossa direção, sempre resolveríamos tudo juntos. Você me enganou esse tempo todo. — Então minha mente começou a fazer as ligações de tudo o que ele me dissera nos últimos tempos, todos os fios soltos finalmente se encaixando. — Quando você me perguntou se eu tinha algum arrependimento, semanas atrás, não especulava como eu me sentia quanto à decisão que tomei, não é? Você buscava a opinião de alguém que tivera o destino modificado por uma fada madrinha. Você pensava em Ana.

— Sofia...

— Responda! — Passei os braços ao redor do corpo, tentando deter o tremor. — Você pensava em Ana, não é?

Uma lágrima me escorreu pela bochecha. Ian tentou apanhá-la com o polegar, mas eu me afastei. Sua expressão era a de alguém que tinha levado um soco no estômago. Ótimo. Que experimentasse na pele a mesma agonia que sua traição me provocava.

— Sim, eu pensava nela. — Ele correu uma das mãos pelo cabelo. — Eu tinha que estudar todas as possibilidades. Ela pode escolher ficar. Mas também pode escolher ir para seja lá qual for o caminho designado para ela.

E foi aí que eu compreendi. Ian tivera muito tempo para pensar no que poderia acontecer com nossa filha, estudar as possibilidades, pensar em um plano. E ele não pensara em nenhum. Não por ser um pai relapso, descuidado, desinteressado. Ao contrário, Ian chegava a beirar a neurose quando se tratava de nossas meninas. Eu podia enxergar a dor queimá-lo por dentro. Mas com a aflição havia outra coisa. Algo que me feriu mais que ter sido enganada por duas décadas, mais que todos os sorrisos que acompanharam cada mentira.

— Você tá de boa com isso. Com Alexander levar Ana pra outro tempo. — Não era uma pergunta.

Esperei que ele negasse, zombasse, dissesse que eu tinha perdido o juízo e que nada semelhante jamais tinha lhe ocorrido. Como tudo o que Ian fez foi ficar calado, uma veia pulsando na têmpora, obtive minha resposta.

— Meu Deus... — Comecei a me afastar dele.

— Sofia, se me deixar explicar... — Ele me alcançou antes que eu escapasse do cercado e segurou minha mão.

— Não! — Eu me desprendi dele. Não queria que ele me explicasse merda nenhuma. Queria me atirar sobre ele, socá-lo aos gritos e então me acabar de chorar. Em vez disso, sacudi a cabeça freneticamente e fiz a volta, disparando colina acima, as gotas salgadas manchando meu rosto.

Eu o ouvi chamar algumas vezes, implorar que o ouvisse. Mas como eu poderia se ele havia cometido a pior das traições? Meu marido estava disposto a permitir que uma fada madrinha arrancasse minha filha de mim. Ian não ia tentar impedir Alexander.

25

Nunca desejei tanto que você estivesse aqui, Nina.

A cauda do gato preto empoleirado sobre o tampo da escrivaninha zigue-zagueava de um lado para o outro, contente com os novos brinquedos. Sua humana preferida não parava de produzi-los. E ali vinha mais um, ele se animou, atacando o objeto barulhento. Definitivamente, era o melhor dia de sua vida.

Ana Laura riu da maneira ansiosa como Bartolomeu saltou sobre a bola de papel, cutucando-a com uma das patas até derrubá-la no chão e então sair para caçá-la. Seu gato passaria a tarde toda dormindo, refletiu, fitando a quantidade de papel destruído espalhado por todo o quarto.

Normalmente ela teria recolhido a bagunça, mas estava mexida demais com o estado em que a mãe a deixara. Sua mãe parecia ter visto um fantasma ou algo pior depois de ouvir a música — a canção que Alexander cantarolara para ela, a que ele garantira ser de muito longe, mas que a mãe tinha reconhecido com meia dúzia de acordes. Havia alguma possibilidade de Alexander ter nascido na mesma região que a mãe? Como era possível que ele tivesse deixado o lugar, se a mãe garantira ser impossível visitar sua terra natal? Ou será que não tinha a ver com geografia, mas com Alexander em si? Por que a música a abalara daquela maneira, a ponto de sair correndo aos prantos?

Meu Deus, eram tantas questões!

Sacudindo o papel para que a tinta secasse, Ana tornou a se concentrar no que estava fazendo e analisou criticamente o trabalho.

Querido Sam, por gentileza, poderia encontrar-me na igreja esta manhã?

Não. Marina nunca seria tão formal. Bufando, transformou o papel em outra bola e se assustou com o gato, que retomou seu posto no tampo da mesa, pronto para apanhar o novo presente. Agitando a mão para relaxar os músculos, ela apanhou a pena e tentou de novo.

Sam, pode me encontrar na igreja às 10?

Não estava ruim, mas faltava... Ah, sim! Deu uma boa esfregada com o pulso na tinta ainda fresca, produzindo borrões de todos os tipos, a marca da impaciência de Nina que acompanhava todas as suas correspondências e notas. Ana comparou seu trabalho com a carta que Marina começara a escrever para Samuel e nunca chegara a terminar, já que o primo tinha retornado. O resultado era bastante satisfatório.

Seria o suficiente para enganar Samuel?

O gatinho idoso miou alto.

— Não me julgue, Bartô. — Ela arriou os ombros. — Não estou orgulhosa do que estou fazendo. Se tiver uma ideia melhor, sou toda ouvidos. — Coçou o queixo peludo, ansiando que o felino pudesse mesmo sugerir um plano.

Verdade seja dita, imitar a letra da irmã era uma arte que a própria Nina forçara Analu a aprender ainda na infância, para escapar das tarefas de história. Mas iludir a professora era uma coisa; outra totalmente diferente era enganar Samuel. Depois de sete anos trocando correspondências, ele devia conhecer cada rabisco da amiga, não?

Ela estava se arriscando. Mas que opção tinha? Nina estava resolvida a se afastar de Sam depois do que acontecera entre eles na biblioteca dos Amina, o que reforçava a teoria de que havia mais que amizade entre eles. Se a irmã teimosa não estava disposta a admitir os próprios sentimentos, Ana ponderou, mordiscando a unha do polegar, o que lhe restava além de interferir?

Então por que o amargor inundou sua garganta e o novo plano ainda lhe parecia uma traição?

Ana foi forçada a deixar as especulações de lado quando Marina passou ventando pela porta, mas paralisou dois passos depois ao ver pedaços de papel por todo o quarto.

Ah, céus.

— Estou no quarto certo?

— Bartolomeu estava entediado. Tentei distraí-lo. — Guardou o bilhete no bolso do vestido. E ficou seriamente preocupada com a possibilidade de ele pegar fogo, pois sentiu o papel (e o rosto) arder feito brasa. — Por que está com essa cara?

Esquecendo a bagunça — graças ao bom Deus! —, Marina veio recostar os quadris na escrivaninha, os dedos batucando no tampo, sem se importar com os papéis que amassava ou com a tinta restante da ponta da pena.

— Sabe por que a mamãe está chorando daquela maneira? Cheguei a pensar que tivesse acontecido alguma coisa com o sr. Gomes ou a sra. Madalena, mas graças aos céus eles estão discutindo na cozinha sobre a temperatura correta do chá.

De imediato, Ana ficou de pé.

— Ela está chorando? — Analu espalmou o ponto ardente em seu tórax. Ah, não, era ainda pior do que imaginara.

— Não vai adiantar ir atrás dela. Papai me mandou para casa, eles queriam conversar a sós. Talvez ele consiga acalmá-la; é o único que consegue, afinal. Mas tenho uma suspeita. O papai ia viajar por causa de uns documentos. Não é relacionado ao estábulo, ou eu saberia. Será que a mamãe está com problemas na Infinito e não quer nos afligir? Ela anda tensa. — Nina apanhou um retalho de papel e começou a torcê-lo na pontinha do indicador. — Noite passada vi o papai no escritório debruçado sobre um livro de direito. Eu nem sabia que eles não eram apenas decorativos. Nunca vi o papai com um deles nas mãos antes. Você já?

Negando com a cabeça, ela se perguntou se não havia interpretado errado a reação da mãe mais cedo, e seu pavor não tinha a ver com a música de Alexander. Será que a canção apenas a lembrara de alguma dificuldade? Mas ela insistira tanto em saber a origem da canção...

— De todo jeito... — Nina abanou o papelzinho enrolado ao dedo para um atento Bartolomeu. — Não há muito o que nós duas possamos fazer, se ela não nos contar o que a deixou naquele estado. Espero que papai realmente a tranquilize. Ela estava tão aborrecida que meu peito doeu. Não gosto de ver a mamãe chorar.

Nem Ana suportava. Como poderia ajudá-la a... Interrompeu a linha de raciocínio ao se dar conta de que Marina brincava com um dos bilhetes falsos, e o coração quase parou.

— Hã... Talvez nós devêssemos fazer um bolo para a mamãe. Venha me ajudar. — Puxou o papelzinho do dedo da irmã e o atirou para Bartolomeu antes de empurrá-la para fora do quarto.

— Você se lembra que nós não sabemos fazer bolo e que a sra. Madalena detesta que se aproximem do fogão dela, não é?

— Não vamos cozinhar. — Umedeceu os lábios secos. — Mas podemos ajudar a lavar a louça.

Nina deu um olhar enviesado.

— Ah, entendi. Seu plano é *me* fazer chorar.

— A menos que você tenha outros planos. Como procurar o Samuel para saber notícias do sr. Edgar.

Parando de andar, a irmã ficou mortalmente séria.

— Ana Laura, por que raios eu faria isso? Já disse que não vou procurar Samuel. Não tão logo.

Sem saber se gritava com a irmã ou se começava a chorar, Ana preferiu tentar trazê-la à razão.

— Minha irmã, seja lá o que tenha acontecido entre você e Samuel naquela biblioteca, que a deixou assim tão apavorada ao pensar em encontrá-lo outra vez, vocês deveriam tentar resolver. Ignorar o problema não vai resolver nada.

É mesmo?, uma vozinha inconveniente sussurrou em sua mente. *Você não deveria estar resolvendo determinado assunto?*

Bem, sim, era exatamente o que ela estava fazendo naquele momento. Ser franca da melhor maneira que pudesse e aconselhar a irmã a ouvir o próprio coração. A honestidade é sempre o melhor caminho a seguir.

O problema era que Marina não estava nem um pouco disposta a ser franca, nem consigo mesma.

— Não existe problema, logo, nada a ser resolvido — garantiu Nina, erguendo o queixo, a marca registrada de sua teimosia. — Eu já expliquei que não pretendo procurar Samuel.

Está bem, Ana não ia conseguir nada pressionando a irmã. Nunca tinha funcionado, exceto para que Nina se retraísse ainda mais. Por isso optou por outra abordagem.

— Talvez seja mais sensato não incomodá-lo, afinal ele pode nem ter visitado os Fontes ainda. Mamãe tem razão, ele provavelmente deve estar exausto por ter participado de tantas danças no casamento. Não é difícil compreender o motivo de ele ter deixado metade das damas encantadas, não é? É raro encontrar tantas qualidades em um homem. Sam não tem receio de expor opiniões, conversa sobre qualquer assunto e consegue deixar qualquer pessoa à vontade. Além de ser um homem muito bonito.

— Não precisa enumerar as qualidades de Sam. Eu conheço cada uma delas, e até mais. — Nina travou a mandíbula.

Ótimo!

— Ei, não fique tão ofendida só porque fiz alguns elogios ao nosso primo. Se tivesse ouvido a srta. Clarissa depois que eles dançaram...

— Prefiro não saber — atalhou Nina, vermelha e não por constrangimento, Ana desconfiou. — Clarissa não devia fofocar sobre um homem comprometido.

— Por que está bufando?

— Não estou. — Mas a irmã bufou novamente. — Só não gosto que Sam vire o mexerico da semana. E, retomando sua ideia inicial, não vou poder ajudá-la com o bolo. Vou à casa dos Fontes em busca de notícias do sr. Edgar. Já esperei o suficiente.

Ciente de que a irmã arranjava uma desculpa para fugir do assunto, Ana ficou preocupada. Até quando Nina pretendia fugir de si mesma? Tocou o bolso, e o bilhete farfalhou no casulo de tecido. Se Samuel descobrisse sua farsa e contasse a Marina, ela estaria perdida, não apenas porque provaria em primeira mão a potência do soco da irmã. Seria forçada a retomar ao plano original de seduzir Diogo, e seu estômago se revirava do avesso só de pensar no assunto.

— Posso ir com você? — Ana se apressou. — Eu gostaria de ir à igreja rezar pela saúde do sr. Fontes. Afinal ele será seu sogro em breve.

— Vou selar Guloso.

— Ah, não, Nina! — Ela mudou de cor. — Não vou subir naquela besta de novo. Da última vez ele cismou em me derrubar e por pouco não conseguiu.

Sua irmã gargalhou.

— Guloso é o animal mais manso e doce que temos no estábulo. — Sacudiu a cabeça. — Honestamente, Ana, como pode ter tanto pavor dos cavalos é um mistério que eu já desisti de solucionar. Vou pedir a carruagem, então.

Com a desculpa de se arrumar, Ana aproveitou que a irmã foi esperar na sala para procurar um empregado e entregar o bilhete a ele, dando instruções de onde poderia encontrar Samuel. Conseguiu se aprontar em tempo recorde e encontrou a carruagem já estacionada diante da escadaria quando o pai entrou na sala. Bastou um rápido exame para que ela soubesse que havia algo errado. Muito errado.

— Papai, o que aconteceu com a mamãe? — ela foi perguntando. — Por que ela estava chorando?

— Vocês se desentenderam? — Nina especulou.

O grave riso melancólico instalou um calombo na garganta de Analu.

— Não sei se essa seria a palavra correta, Marina. Onde ela está? No quarto?

As irmãs se entreolharam.

— Eu não a ouvi entrar. — Nina pareceu preocupada. — E estou aqui faz um certo tempo.

— Também não cruzei com ela. — Ana apertou a bolsinha contra a barriga. — Pensei que ainda estivessem no estábulo. Papai, o que está acontecendo?

Inquieto demais para ficar parado, ele esfregou o rosto com as duas mãos e foi para a mesa de apoio no fundo da sala se servir de uma bebida. O líquido ambarino balançava dentro do copo à medida que ele parava diante da janela, os ombros enrijecidos.

— Nada com que vocês duas devam se preocupar. É apenas um desentendimento. Tem que ser — acrescentou em uma voz sem vida. — Vou visitar Elisa. Sofia deve estar com ela.

— Vamos com você — Ana se ofereceu.

— Não. — Respirando fundo, tentou aparentar tranquilidade ao fitar a caçula. — É apenas um desentendimento comum de casal. Está tudo bem. Mas, Ana Laura, preciso fazer um pedido. Um apelo, na verdade. Caso alguém que não faça parte do nosso círculo de amizades procure você, me avise, por favor.

— Por quê? — perguntou um pouco rápido demais.

— Não posso explicar agora. Apenas me informe caso alguém de fora da vila apareça, está bem? Isso é muito importante.

Ocupando-se em ajeitar a alça da bolsinha pendurada no pulso, ela assentiu uma vez, um par de olhos metálicos enigmáticos espocando em sua mente.

— De quem será que ele estava falando? — Nina inquiriu assim que estavam do lado de fora.

Ana apenas se encolheu. Muito bem. Odiava mentir para o pai e a irmã. Mas, caso contasse sobre Alexander, tinha a impressão de que o mistério que o cercava não seria desvendado, apenas ampliado, e ela queria respostas. Antes disso, precisava se concentrar em seu plano e rezar para que funcionasse. Com um pouco de sorte, seria bem-sucedida em sua estratégia de unir Sam e Nina, e os encontros com Alexander não seriam mais necessários. Analu não compreendeu por que tal constatação, em vez de aliviá-la, a deprimiu tanto.

26

A dupla traição de Ian me quebrou de uma maneira que eu nem consigo descrever. Como ele pôde? Tudo o que eu queria era me enfiar na cama, me encolher em posição fetal e nunca mais sair de lá. Mas Ana precisava de ajuda. Precisava de mim. Ian podia escolher aceitar fosse lá o que Alexander planejara para a nossa filha, mas eu ia lutar, nem que para isso tivesse que fazer algo realmente estúpido.

Por sorte, sou especialista nesse assunto.

— Saco! — Esfreguei o rosto e uma das gotas manchou o papel. Por que raios achei que escrever para Nina contando tudo o que acontecera nas últimas semanas seria boa ideia? Que espécie de masoquista eu era?

Se pudesse, eu teria mudado de ideia, queimado tudo o que havia escrito e não pensado mais no assunto. Mas Ana continuava desaparecida, e mexer com as lembranças é como entrar em um trem sem freio. Já não era mais possível parar. Em um átimo de segundo eu estava de volta à tranquila sala de música que Elisa decorara em tons claros, assistindo pela janela Miguel se pendurar em um dos galhos da árvore, enquanto Sarah tentava ler sob a sombra. A menina revirou os olhos quando seu irmão ficou de cabeça para baixo. O garoto roubou o livro e ela saltou no galho, o punho já armado. Suspirei, saudosa de tempos calmos assim.

Um copo contendo um líquido ambarino se balançou diante do meu nariz.

— Beba, Sofia — ordenou Elisa.

Cheirei a bebida e fiz uma careta. Mas engoli tudo em uma única talagada. Minha cunhada deu uma espiada nos filhos, que agora lutavam pela posse do livro, e gemeu antes de se sentar no recamier, apoiando as costas em uma larga almofada. A expressão irrequieta continuava ali desde que me ouvira despejar o que tinha acontecido aos soluços.

— Não acredito que meu irmão escondeu toda essa história por tanto tempo. — Elisa enrugou o narizinho arrebitado.

— Eu desconfiava que ele escondia alguma coisa, mas nunca suspeitei que pudesse ser algo tão sério. Não imaginei que ele fosse capaz de me enganar dessa forma.

— Acredita que a pessoa que Analu ouviu cantar era Alexander?

Fitei o fundo do copo vazio.

— Ian parece ter bastante certeza. Acho que ele não mentiu quanto a isso. Ele estava bastante apavorado.

— Pobre Ian... — Ela suspirou, afagando o barrigão.

Me esticando para deixar o copo na mesinha de apoio, direcionei um olhar enviesado a ela.

— Elisa, ele mentiu para mim por duas décadas. Escondeu que uma fada madrinha viria atrás da Analu. Pior de tudo, ele não pretende fazer nada para impedir Alexander de levar nossa filha para algum lugar e tempo.

— Ele pode ter uma justificativa razoável. — Mas nem ela mesma pareceu acreditar em tal afirmação.

— Se você soubesse que alguém iria aparecer e levar um dos seus filhos para um tempo a que você nunca terá acesso, que justificativa pareceria razoável? Você não ia tentar o impossível para impedir que acontecesse?

Em um gesto reflexo, ela espalmou o ventre inchado, compreendendo meu ponto.

— Então, entende? — prossegui, aflita. — Eu não posso não fazer nada. E odeio o Ian por não fazer alguma coisa.

— Minha querida irmã, não diga isso. Sei que está magoada com ele, mas, por mais que meu irmão tenha errado, sabe que Ian venera o chão que você pisa.

— Eu também pensava assim, até descobrir que ele mentiu pra mim esse tempo todo.

Uma pausa.

— O que pretende fazer agora? — Elisa me fitou, o cenho enrugado.

— Não sei. Pensei em falar com Ana, mas tenho medo de bagunçar a mente dela com essa história de viagem no tempo e fada madrinha. Acho que vou tentar... sei lá... descobrir onde Alexander está se escondendo. Quando ele esteve aqui para ajudar você, se hospedou na pensão, não foi? Talvez esteja lá de novo.

— Alexander é astuto, Sofia. — Ela puxou uma mecha que lhe caía no ombro e correu os dedos pelos fios pretos. — Duvido muito que repita os mesmos passos. Ele é muito bom em se esconder.

— Como ele é, Elisa? Acho que, de todos nós, você é quem o conheceu melhor.

Mordendo o lábio inferior polpudo, ela ponderou por um instante.

— Ele é... singular. Gosta de fazer as pessoas rirem, mas ele mesmo não ri muito. Não de verdade. Também é gentil e muito atencioso. E um pouco atrevido. Se não fosse por ele, eu e Lucas jamais teríamos nos acertado. Sou muito grata por tudo o que ele fez por nós. Meu marido discordaria, certamente. Ele nunca o perdoou pelo... bem... — ela ficou vermelha — ... pelo beijo roubado.

Ah. O que ela descrevia era um cara inteligente, ardiloso e que contava com um arsenal de magia. Que ótimo. Eu ia enfrentar o Gandalf.

— Sofia, volte para casa e converse com Ian — aconselhou minha cunhada. — Exponha seus sentimentos, ouça os dele. Vocês se amam. Sei que vão chegar a um entendimento.

— Dessa vez é impossível, Elisa. Nós dois queremos coisas diferentes para nossa filha. E, se Ian não vai me ajudar, vou ter que me virar sozinha. — Fiquei de pé.

Com alguma dificuldade, Elisa também.

— Sofia, por favor, não faça nenhuma bobagem.

Assenti, porque não sabia exatamente se mentiria ou não. Meus pensamentos estavam uma bagunça. Prometendo dar notícias mais tarde e pegando um cavalo emprestado, segui para a vila. Estremeci ao analisar as janelas abertas do sobrado cor de mostarda, as cortinas ainda cerradas. Eu queria entrar de novo naquela casa tanto quanto desejava depilar a virilha com uma pinça cega. Mas minhas ideias começavam a desanuviar, por isso ajeitei o vestido e empurrei a trança para as costas, me preparando para o que estava prestes a fazer.

Antes que eu passasse pelos portões baixos, alguém me chamou. Madame Georgette acenou com um lenço, correndo para me alcançar, não tendo muito êxito devido a amplidão das saias, a sombrinha quicando no ombro. Exceto pelo acréscimo de uma ruga aqui e outra ali, a costureira não mudara quase nada desde que nos conhecêramos, duas décadas antes.

— *Srra. Clarrke* — ela saudou com seu forte sotaque francês. — *Ma chérie*, estou *esperrando* sua visita ao ateliê. Temos que nos *aprressar* quanto ao vestido de noiva de *mademoiselle Marrina*. Não se *prreocupe*, eu já rabisquei o *trraje*. *Serrá très chic*! A jovem *Marrina* se *parrecerrá* com uma delicada rosa!

Uma rosa bastante espinhenta, que, eu começava a reconsiderar, não precisaria de um vestido no fim das contas. Ao ir para a vila eu tinha outras intenções, mas, já que a costureira estava ali, imaginei que especular poderia me ajudar.

Uma batida dolorida repercutiu em meu peito oco. Era como se eu tivesse viajado no tempo de novo, andando pela vila à procura de alguém. Só que dessa vez Ian não estava ao meu lado.

Não. Não é hora de pensar nele.

— Então, madame, como andam as coisas na vila?

— E como eu *poderria* saber, *chérie*? — Ela piscou algumas vezes, abrindo o leque com um sacolejo, e se pôs a se abanar. — Sabe que eu odeio *mexerricos*! Mas soube que *monsieur* Amina está com um *emprregado* doente. *Pobrre* homem! Não é fácil *parra* ele cuidar da casa sozinho. Se ao menos ele tivesse uma boa esposa... Mas nenhuma dama desta vila *parrece* encantá-lo.

Aquilo no rosto dela era despeito?

— Analu me contou sobre o sr. Marques. Ela pretende visitá-lo todos os dias, até que Damilola retorne da lua de mel.

— Sua menina é mesmo um encanto! Por isso tenho uma excelente notícia *parra* ela! *Terremos* um visconde na vila!

— Um visconde? — Meu sexto sentido esticou o pescoço. — Um rapaz com uma cicatriz perto da sobrancelha?

— *Crreio* que não. Uma das damas me contou que a casa dos Romanov foi alugada pelo visconde, mas ele ainda não chegou à vila. Mandou um *emprregado parra* ajeitar tudo, mas *parrece* que já foi *emborra*. Um visconde, *srra. Clarrke*! Imagine! Se ele tiver filhos, sua filha caçula pode conseguir um excelente casamento. O título de condessa *farria* jus a *mademoiselle* Ana *Laurra*.

— Ana não está procurando um noivo, madame Georgette.

— Pois *deverria*! Uma mulher independente não é vista com bons olhos. É condenada a uma vida de solitude. — Ela suspirou.

Eu a compreendia mais do que gostaria, por isso afaguei seu braço arredondado.

— É preciso muita coragem para desafiar as convenções, madame. E eu acho que você se saiu espetacularmente bem.

Os lábios pintados de vermelho se esticaram.

— E não é? — Ela girou a sombrinha. — Mas quem é o rapaz com a *cicatrriz* que mencionou? Acaso *esperra* uma visita?

— Eu... hã... sim! Um parente distante — improvisei. — Um... primo de terceiro grau. Ele disse que poderia aparecer qualquer dia, mas não tenho certeza de que saberá encontrar o caminho. Se por acaso vir alguém com essa descrição, poderia me avisar, madame Georgette?

— *Oui, chérie*! Se eu *encontrrá*-lo, eu mesma o *levarrei* a sua *prroprriedade*. — A fachada alegre foi sombreada, as linhas na testa se tornando mais visíveis. — *Srra. Clarrke*, perdoe-me pela *indiscrrição*, mas ouvi alguns boatos esta manhã que me *deixarram* angustiada. É verdade que a Infinito está com *prroblemas*?

— Onde ouviu isso?

— Em meu ateliê. Não me recordo quem fez o *comentárrio*. Uma das damas que ouviu do *marrido*, talvez.

Olhei de cara amarrada para a fachada do sobrado. Então o senador andava espalhando boatos para me intimidar? Gostaria de ter ficado mais surpresa. Mas algumas pessoas simplesmente não conseguem esconder quem são.

— Sua *fábrrica* corresponde a um terço da renda da vila. — A costureira estalou a língua. — *Serria* terrível *parra* todos os *outrros* comerciantes se ela fechasse as portas.

— A Infinito não vai fechar as portas. — Cerrei os dentes. — Isso eu garanto.

— Oh, *ma chérie*, como é bom ouvir isso. Esse povo fala demais. Demais!

Mais tranquila, ela se despediu e desceu a rua. Tratei de bater na porta do senador, rebatendo a sensação de vazio por não ter a mão de Ian na minha.

Três minutos depois eu estava na sala sufocante da família Chagas, e o mordomo me serviu um belo chá de cadeira. O senador levou uma hora para se cansar de brincar de "estou muito ocupado" e resolver dar o ar da graça.

— Ora, ora, sra. Clarke, que surpresa vê-la em minha humilde residência novamente. — Ele parou a meio metro de mim, me examinando de cima a baixo. — Encontrou a sra. Afonso, afinal? Ou veio pagar o que me deve?

— Eu não devo nada a você, senador. Podemos deixar a encenação de lado. Não vim suplicar para que aja com honestidade.

— Se veio para insistir na ideia absurda de sua filha ir para a universidade, saiba que não irei ajudá-la nem que se ajoelhe e implore. — Ele me deu um minúsculo sorriso. — Embora eu tenha de admitir que é uma ideia muito agradável...

Reprimi um tremor. Eu me recusava a demonstrar fraqueza diante do cretino.

— Foi mal frustrar sua diversão, senador. Não pretendo fazer nenhuma das duas coisas. Vim para negociar.

Ele ficou surpreso, mas rapidamente retornou à fachada de homem importante.

— A senhora não está em posição de negociar. Para tanto, precisaria possuir algo que fosse do meu interesse... — Ele me deu uma olhada que me fez querer sair correndo para entrar em uma banheira de água sanitária. — E não há nada em você que eu ambicione possuir.

— Nem a minha fábrica?

Enfiando os dedos nos passantes da calça, ele se balançou sobre os pés.

— Eu terei a fábrica, minha cara. Marque minhas palavras.

— Talvez esteja certo. Ou talvez não. — Sem esperar um convite, fui me sentar no sofá desconfortável. — Porque eu vou fazer tudo o que puder pra atrasar o processo, e pode levar anos até que você ponha as mãos imundas na Infinito. Talvez décadas. — Eu estava me arriscando nessa parte, mas tinha que dizer alguma coisa, não? — Vai perder um tempo valioso numa disputa judicial que pode nunca ter fim. Mas posso ignorar sua perseguição e vender a Infinito, se estiver disposto a pagar o preço.

Toquei a aliança no anular, desejando que, em vez do metal, pudesse tocar Ian, ouvi-lo se manifestar e afirmar que eu não estava fazendo uma besteira, que não importava se eu perdesse a fábrica que conseguira erguer do zero, apenas com ideias e sonhos. Que ele compreendia que eu podia viver sem a Infinito. Sem Analu, não. E que estava disposto a me ajudar.

Mas Ian me deixara sozinha. Lutaríamos em lados opostos naquela batalha. A raiva e a dor se misturavam em mim, por cada mentira seguida de um sorriso, por cada vez que eu perguntei a ele o que estava acontecendo e ele inventara uma desculpa para me afastar. Sobre o que mais ele mentira? O que mais ele tinha mantido em segredo para me "proteger"?

Não, pisquei, a visão embaçando. Eu não tinha tempo para pensar em Ian e em quanto do nosso relacionamento havia restado. Teria a madrugada toda para isso.

Tornei a me concentrar no senador. Finalmente tinha conseguido sua atenção.

Arqueando uma sobrancelha, ele caminhou pela sala antes de ocupar a poltrona e me encarar.

— Comece a falar, sra. Clarke.

27

E foi assim que saí em busca de um milagre, mas acabei me encontrando com o demônio.

Observando os afrescos no teto abobadado da pequena capela, Marina se perguntava se um dia tornaria a sentir o traseiro. A dormência começava a se espalhar pelas pernas agora. Remexendo-se no banco duro, bufou na tentativa de alertar a irmã de que era hora de partir — paciência e seu nome estavam em lados opostos no dicionário.

No entanto, Analu a ignorou e continuou ajoelhada diante do altar, rolando as bolotas de pérola por entre os dedos. O súbito ataque de fé da irmã começava a irritá-la.

Está bem, sua fonte de irritação tinha outras origens. O choro da mãe, a apreensão do pai, o sr. Edgar e seu ataque inoportuno... especialmente para o sr. Edgar, pobrezinho, tratou de adicionar, fazendo o sinal da cruz.

Quanto tempo ela deveria esperar até ser educado terminar o compromisso? Acabar com o noivado enquanto o sr. Edgar estivesse doente soaria cruel demais, sobretudo porque Diogo não a tratara com nada além de cortesia e adoração. No sábado, Sam afirmara não ter encontrado nada grave durante o exame. O desmaio podia ter sido uma simples queda de pressão. Nina passara todo o domingo e a madrugada anterior refletindo sobre o assunto e concluiu que dois dias eram mais que o bastante. Não que ela estivesse ansiosa para partir o coração de um bom homem como Diogo. Não queria magoá-lo, porém o beijo na biblioteca estava marcado a ferro em sua mente, em seu corpo e, pior ainda, em seu coração.

Passando uma das pernas sob os quadris, ela suspirou, desalentada. Não devia pensar em Sam e seus beijos, mesmo depois de falar com Diogo, afinal ele ia se casar com Sally. A reação dele ao beijo não deixara margem para fantasias. Samuel não sentira *a* coisa, apenas desgosto. Por isso ela precisava se manter longe dele tanto quanto pudesse. Sua mente e coração faziam barulho demais. Havia uma boa chance de fazer algo ridiculamente estúpido caso encontrasse o melhor amigo. Ainda mais estúpido, isto é.

Também tinha certeza do que Sam diria, e não suportaria ouvi-lo afirmar em voz alta que aquele beijo perfeito não passara de um momento de fraqueza.

— Analu, quanto mais pretende rezar? — Sua paciência chegou ao limite.

— *Shhhhh*. Estou quase terminando o rosário.

Bufando para não praguejar dentro da capela, piscou ao ver uma sombra se alongar pelo piso decorado, os passos firmes ecoando pela igreja vazia. Pensou que pudesse ser padre Antônio ou outro fiel, mas as botas pretas lustrosas pararam ao lado dela. Nina ergueu o rosto e seu coração suspirou.

Sam.

— Desculpe-me pelo atraso. — Se sentou ao lado dela, botando a valise entre eles. — O sr. Edgar me tomou mais tempo do que previ.

Ela pensou em explicar que não estava atrasado, pois não haviam combinado um encontro. Mas estar tão perto dele outra vez, sentir seu perfume e calor... teve que se sentar sobre as mãos para se impedir de tocá-lo.

— Como ele está? — Tentou manter o tom sereno.

— Melhor do que eu esperava. Um pouco agitado, mas não encontrei nenhuma enfermidade ao examiná-lo ainda há pouco. Por sorte, o desmaio não passou de um susto.

Então ela poderia ir adiante com o fim do compromisso, soltou um longo suspiro.

— Não sabe como fico aliviada ao ouvir isso.

O silêncio esmagador a fez desdobrar a perna. E depois cruzá-la. Seu melhor amigo também parecia incomodado, o olhar nas costas de Ana, que... ah, finalmente terminou suas orações.

— Samuel! — A irmã meio sorriu, meio corou.

E lá estava outra vez, aquele brilho de diamantes no rosto de Ana Laura. Nina precisava se lembrar de indagar Samuel a respeito da existência de doenças relacionadas aos humores. Analu andava oscilando entre a alegria plena e a mais absoluta apreensão naquela manhã.

— Ah, Sam, que bom encontrá-lo. — Ana abriu a bolsinha para guardar o rosário. — Eu prometi acompanhar minha irmã à casa dos Fontes, mas havia esquecido que garanti a Damilola que visitaria o sr. Marques todos os dias até que ela e Tommy retornem da lua de mel. Você está muito ocupado? Poderia assumir meu lugar?

Por que Ana parecia a ponto de cair desmaiada?

— Não preciso de companhia — Nina se apressou, incomodada. — Ninguém vai mudar os planos por mim.

— Você é o meu plano, Nina. — O primo sorriu, e realmente não deveria. Porque a maneira como ele a admirava a fez se sentir a coisa mais espetacular que já pisou nesta Terra. Mas então o semblante estava grave ao dizer: — Eu pensei que poderíamos conversar em um local mais confortável.

Metade dela estava desesperada para continuar junto dele, ouvir sua voz. A outra estava apavorada com a ideia de ficarem a sós e de querer beijá-lo outra vez. Era mais inteligente evitar a tentação. Já havia posto a amizade deles em risco antes. Bastava.

Por isso ficou muito surpresa quando sua boca se moveu por vontade própria e respondeu:

— É melhor que esteja pensando em um lugar mais interessante que a confeitaria.

O sorriso que Sam lhe deu produziu uma pequena pirueta em seu peito.

— Não se preocupe. A confeitaria nem passou pela minha mente.

Um pouco tarde, Marina percebeu que eles eram motivo de uma observação quase clínica. Ana Laura tentou disfarçar o interesse, de súbito desviando o assunto e inquirindo sobre a saúde do sr. Edgar. Ao ouvir a boa notícia, prometeu esperar por Nina no consultório após a visita ao mordomo dos Amina e praticamente correu para fora da capela. Então só restavam Marina e Sam, e a inquietude que agitava o ar ao redor deles. Deixaram a igrejinha em um clima desconfortável, caminhando até o final da praça, onde ele deixara a montaria. Seu amigo quis saber onde estava Amora, e, quando ela contou que haviam usado a carruagem para ir à vila, ele logo compreendeu o motivo.

— Ana. — Beliscou o lábio inferior, pensativo. — Tudo bem, meu pai não vai se incomodar se pegarmos o cavalo dele.

Enquanto seguiam para o consultório, o silêncio inquietante eletrizando o ar ao redor deles, Marina ficou sem graça ao cruzarem com o mordomo dos Fontes. Ela o cumprimentou educadamente e em resposta recebeu um par de sobrancelhas contraídas e uma mesura ligeira. Se convenceu de que não fazia nada de errado nem tinha coisa alguma a esconder, afinal Samuel era seu primo, ora essa.

Lucas ficou mais do que contente ao oferecer seu cavalo à sobrinha, e então Sam a guiou para a estrada. Curiosa, tentou adivinhar para onde Samuel a levava. A cidade era seu palpite. No entanto, na metade do caminho ele tomou a pequena entrada da taberna de beira de estrada. Uma leve euforia sacudiu o estômago dela. Nina sempre observava o local ao passar por aquele caminho, mas nunca se atrevera a entrar ali sozinha e Analu se recusava a acompanhá-la.

— Interessante o bastante? — Samuel desceu do colorado e não se ofereceu para ajudá-la. Ele a conhecia bastante bem para não ofendê-la com tal atitude.

Ajeitando a bolsinha na cintura, ela examinou a fachada desgastada e deprimente e se esforçou para esconder o entusiasmo.

— Do lado de fora, pelo menos. Preciso entrar para formar uma opinião.

E lá dentro era ainda mais excitante, o cheiro de gordura impregnado em cada canto, cavalheiros se empoleirando ao redor das mesas. Alguns liam o periódico, se arriscavam no dominó e outros apenas bebiam. Dois guardas discutiam sobre uma corrida perto da porta, outros três rodeavam a longa mesa de madeira, forrada de veludo verde, onde dois sujeitos empurravam com tacos finos e longos as bolas de madeira para dentro de buracos. As únicas damas presentes eram Nina e as mulheres de avental circulando pelo salão. Uma delas os levou a uma mesa sob uma janela fosca de gordura. Todo galante, Sam sorriu de leve ao afastar a cadeira para que Nina se acomodasse.

— São novos por aqui? — A jovem com o cabelo oculto por uma touca branca bateu as pestanas para Samuel.

— Pode-se dizer que sim. — Ele deu aquele seu sorriso que ofuscava o sol e a moça tocou o pescoço, corada.

Nina bufou alto o suficiente para que a garçonete recuperasse o foco e anotasse o pedido.

Então foi assim que ele deixou meia Londres apaixonada, ela pensou, azeda, ao ficarem sozinhos.

— Eu nunca deixei meia Londres apaixonada, Nina. — Ele baixou as sobrancelhas.

Ora essa! Ela havia dito em voz alta? Desculpando-se com um dar de ombros, fingiu admirar a mesa verde e o *poc-poc* que as bolas produziam. Pelo canto do olho, viu um ar de nostalgia curvar o cantinho da boca dele ao observar a vidraça encardida.

— Sabia que foi nesta mesma mesa que Lucas, Elisa e eu nos sentamos na primeira vez que viemos à taberna? Eu me senti muito culpado naquele dia. — Balançou a cabeça, rindo. — Não consegui comer tudo o que Lucas pediu.

Marina riu de leve.

— Eu me lembro. Você se queixou disso por vários dias.

— E como poderia não reclamar? Era comida boa indo para o lixo. Lembro de brincar bem ali. — Apontou para a árvore grande de casca cinzenta. Então a diversão foi morrendo conforme o olhar de topázio perdia o foco. — Naquela época tudo o que eu queria era ter a chance de continuar com eles. Pela primeira vez alguém me olhava e via... bom, *me* via.

A surpresa a fez piscar. Samuel raramente falava da parte mais cruel de sua infância.

— Não foi a primeira vez — ela corrigiu delicadamente. — Seus pais biológicos deviam olhá-lo da mesma maneira, se não com ainda mais encanto.

— Talvez. Não me recordo muito deles. — Ele fitou as mãos unidas sobre o tampo. — Quase nada, na verdade. Gostaria de me lembrar mais, de ter guardado uma parte da minha própria história.

A urgência de tocar o melhor amigo, oferecer conforto, preencher aquele vazio dentro dele a deixou trêmula. Em vez disso, porque Marina tinha sérias dúvidas quanto ao próprio autocontrole, seguiu uma estratégia que sempre funcionava entre eles.

— Bem, tenho certeza de que sua mãe tinha o mesmo olhar abobalhado da tia Elisa. Você deve ter sido um bebezinho fofo. Você ainda é fofo.

O comentário provocou o efeito desejado: Sam ficou revoltado.

— Fofo?! — repetiu, com uma careta desgostosa. — Tudo o que um homem deseja ouvir de uma mulher.

— O que tem de errado em ser fofo?

Recostando-se na cadeira, ele lhe dirigiu um olhar enviesado.

— Marina, bebês raposas são fofos. Bebês carecas e banguelas também. E gatinhos e cachorrinhos e qualquer outra coisa acrescida de *inho* — enfatizou com um muxoxo. — Fofo...

— Continuo não compreendendo seu argumento. Eu gosto de bebês raposas, gatinhos e cachorrinhos. E cabrinhas. Sabia que eu sempre quis ter uma?

Aborrecido, ele encarou o teto, oferecendo a ela uma bela visão do pescoço. Nina nunca havia percebido como essa parte da anatomia era bela. Largo, longo, com o pomo imponente sombreando a base... Ela queria muito pressionar os lábios naquele ponto. E lamber todo o comprimento. Quem sabe até mordiscar o cantinho do queixo e...

Ele se endireitou na cadeira e a flagrou olhando. Corada, Nina se concentrou no nó escuro no tampo de madeira. As bebidas chegaram, e por um momento ela teve esperança de que o clima descontraído pudesse retornar.

Isso porque não conhecia os planos de Sam.

— Marina, sobre o casamento de Tommy... — A voz dele diminuiu algumas oitavas, a cadeira estalando à medida que se remexia, como se o assento estivesse cheio de escorpiões.

— Por favor, não, Sam — ela atravessou, ainda encarando a mesa. — Eu sei o que vai dizer, e não é preciso! O que aconteceu na biblioteca dos Amina foi um momento de delírio entre duas pessoas alteradas por uma acalorada discussão. Não foi a primeira vez que cruzamos esse limite. Ou que eu cruzei, pelo menos. — Atreveu-se a espiá-lo, mas não conseguiu decifrá-lo. Sua expressão não devolvia nada. — Era isso o que pretendia me falar, não?

— É o que você queria que fosse?

Não. Ela queria ouvi-lo afirmar que o beijo o afetara de todas as maneiras, que também desejava beijá-la novamente, pois precisava dela mais que de ar. No entanto, mesmo que não houvesse um rubi do tamanho de uma cereja em seu anular, ainda existia Sally. Por isso, apanhando a caneca de cerveja, ela murmurou:

— Não quero que as coisas fiquem estranhas entre nós.

— E não ficarão. Prometo. — Ele assentiu uma vez, sério. — Agora coma um pouco antes de beber. Você nunca teve grande tolerância ao álcool.

— Sim, doutor — zombou, mas beliscou um pedaço de pão e o raspou na manteiga.

Comeram em silêncio por algum tempo, e ela o evitou o melhor que pôde, distraindo-se com a mesa verde e as bolas de madeira barulhentas. Sam notou seu interesse.

— Se chama snooker — ele explicou. — É muito popular na Inglaterra. Já experimentou?

— Ah, sim. Madame Georgette tem uma dessas no ateliê — caçoou.

— Você vai gostar. — Ele empurrou a cadeira para trás. — Venha, vou te mostrar.

Pegando-a pela mão, Samuel a levou para assistir mais de perto à partida dos cavalheiros, explicando as regras. Quando a dupla deu o jogo por terminado, Sam apanhou os tacos, estendendo um deles para ela.

Marina tremia de excitação enquanto seu melhor amigo se debruçava sobre a mesa acarpetada para organizar as bolas em uma espécie de triângulo. Ele deu as primeiras tacadas — certeiro e preciso, como ela sabia que seria. Seus movimentos não foram tão graciosos como os dele, muito menos precisos, e não chegou nem perto de atingir a bola. Mas aos poucos, seguindo as instruções de Sam, Nina foi pegando o jeito. Talvez porque ele tivesse rido mais que todo o tempo condensado desde que retornara ao Brasil, talvez porque as coisas voltavam a ser como eram antes de ele partir. Fácil (e imprescindível) como respirar. Ela mesma se flagrou às gargalhadas a cada tacada tosca, a cada vez que mandava a bola branca para fora da mesa. Naturalmente não ofereceu um desafio a Sam, mas o resultado que ele anotava na lousa pendurada na parede não era o que garantia a vitória. Fazê-lo sorrir era. Só percebeu que a clientela se aproximara para observá-los quando ela, enfim, acertou uma das bolas no buraco, e um grito coletivo a sobressaltou.

— Até que enfim! Podemos deduzir que a pontaria dos Clarke não passa de mito, afinal — alguém disse.

Ela ainda ria ao deixarem a taverna um pouco mais tarde e tomarem o rumo de casa.

— Não foi tão mal para uma primeira vez. — Sam segurava as rédeas curtas, mantendo um trote suave, sem pressa.

— Sam, eu acertei o pé de um senhor com a bola e o joelho de outro com o bastão. Ainda assim, espero voltar um dia. E atormentar meus pais para ter uma mesa dessas em casa.

— Não deveria dizer atormentar seu noivo?

Não terei mais um noivo, ela quase deixou escapar. Mas tratou de engolir as palavras que fariam Samuel se sentir culpado. Estava certa de que ele se atormentaria por ter retribuído o beijo.

Em vez de responder, ela encurtou as rédeas e se inclinou ligeiramente sobre o pescoço da montaria do tio.

— Posso não ter vencido você no snooker, mas ainda ganho numa corrida.

— Não sei se é boa ideia. — Ele enrolou as guias em uma das mãos. — Você bebeu um bocado.

— Quer dizer que Londres o fez perder a prática e o deixou molenga, não é?

— Veja bem, é muito difícil conciliar os estudos com o lazer e outras... Já! — Ele disparou sem aviso.

— Trapaceiro!

Descolando-se da sela para evitar o impacto, Marina travou as pernas ao redor do animal, mantendo a mesma inclinação que o pescoço largo e comprido, e saiu no encalço do melhor amigo.

Não conseguiu se impedir de abrir um largo sorriso. Não era apenas o vento batendo no rosto, a paisagem passando apressada. Estava aproveitando o momento sem pensar na chegada, pertencendo a um conjunto — amazona e animal —, uma poesia escrita com galopes e trotes. Aquele era seu lugar seguro, sobre a sela conseguia deixar o mundo todo para trás. Só encontrara a mesma proteção, a sensação de pertencimento, nos braços do homem poucos metros à frente.

Não por muito tempo, ela se inclinou mais, pareando os cavalos. Já podia avistar as primeiras casas nos arredores da vila.

— É o melhor que consegue fazer? — gritou para ele. — Trapacear?

— Cada um luta com as armas de que dispõe. Você não vai me deixar esquecer se eu não chegar na frente.

— Não vou mesmo. — Deu um sorriso radiante.

Um tanto abobalhado, Samuel piscou algumas vezes, as guias escorregando por entre os...

— Samuel, cuidado! — ela exclamou ao ver as rédeas dele escorregarem pelas pernas e o cavalo mudar de curso abruptamente em uma curva muito fechada. — Sam!

Mas já não havia tempo. O primo voou por alguns metros antes de aterrissar na grama alta e rolar.

Assustada, Nina deu o comando ao cavalo do tio e saltou antes que ele chegasse a parar, erguendo as saias na pressa de acudir o melhor amigo. Afundou os joelhos na grama e o ajudou a se virar, tateando o tórax à procura de ossos quebrados. Ignorou da melhor maneira que pôde como sua pele ganhava vida, ardia, queimava, exigia mais ao senti-lo sob a ponta dos dedos.

Ao se dar por satisfeita com o exame, soltou uma longa respiração.

— Não parece ter quebrado nada. Bateu a cabeça? Machucou alguma coisa?

— Além do meu orgulho? Creio que não. — Espalmando uma das coxas, ele se sentou e gemeu. — Ou talvez tenha. É possível fraturar o traseiro? Porque acho que não vou conseguir me sentar pelo restante da semana.

Se ele podia brincar, então não havia nada grave. Ela soltou um pesado suspiro.

— É o que acontece quando você é descuidado. — Ela o fulminou. — O que deu em você para soltar as rédeas daquela forma? Meu coração parou de bater ao vê-lo cair. Temi que fosse quebrar o pescoço.

Com uma careta, ele massageou a parte baixa das costas.

— Não seria má ideia no momento. Havia esquecido como um tombo pode doer. — Desceu a mão para o traseiro.

A preocupação retornou e ela o segurou pelos ombros, tentando girá-lo. Naturalmente, Samuel ofereceu resistência, encarando-a sem entender.

— Vire-se, por favor — pediu ela. — Me deixe dar uma olhada no seu traseiro.

— Absolutamente não! — Ele empurrou as mãos dela. — Já sofri humilhação suficiente por um dia.

Ora, ora, o dr. Samuel de Castro Soares estava corando?

— Você pode ter se machucado de verdade, Sam.

— Foi só a pancada. — Pescou algumas folhas que haviam se enroscado no cabelo, depois espanou outras do paletó. — Eu sou o médico, lembra-se?

— Sim. Também me lembro de que você preferia mancar a semana inteira a admitir que tinha se machucado. E pelo jeito isso não mudou. — Plantando as mãos na lateral da perna do melhor amigo, ela começou a empurrá-lo para o lado.

Não foi tão fácil quanto antigamente. Havia muito mais de Sam agora. Ele pesava o mesmo que um cavalo e resistia feito um. Sem que jamais entendesse como aconteceu, Marina de repente tinha as costas pressionadas contra a grama, o corpo pesado do primo mantendo-a no lugar.

— Pronto, agora me escute — ele murmurou, impaciente. — Não fique preocupada comigo. Eu e meu traseiro estamos bem. Por isso, eu gostaria muito que você parasse de pensar na minha... — Então deve ter se dado conta de que estavam unidos dos tornozelos ao peito, pois as pupilas se expandiram ao se prenderem no lábio inferior dela.

A respiração de Marina voou, o peito subindo e descendo no ritmo do galope de sua pulsação. O fio invisível que sempre existira entre eles os costurou em um nó apertado, envolvendo-os em um manto, enevoando o restante do mundo até tudo se resumir a eles dois. Até o mundo dela se resumir a Samuel.

Me beije, Sam, seu coração implorou. *Por favor, me beije.*

Como se realmente pudesse ouvi-lo — a seu coração —, Samuel mergulhou em sua boca.

Nina começou a queimar — realmente queimar —, a mente espiralando a toda a velocidade com a necessidade de estar ainda mais perto, se deixar sugar para dentro dele, fazer parte de Samuel, como ele parecia se incorporar aos seus suspiros, células, o pulso de seu coração. Por isso se agarrou ao pescoço dele, prendeu as pernas ao redor da cintura estreita e se espremeu contra o corpo maciço e quente. Sam deixou escapar um gemido grave, rouco, e intensificou o beijo com tanta vontade que ela estava certa de que sua silhueta ficaria estampada na grama. Inebriada, todos os pensamentos dela se reduziram a poeira brilhante ao sentir aquela parte dele, rija como granito, pressionando-a no ponto exato em que ela... ah, céus! Nina gemeu baixinho, tentando sugar tudo o que ele oferecia, disposta a dar tudo o que ele desejasse. Sua boca, seu corpo, sua alma, tudo o que ele quisesse.

Deduziu que fosse a reação errada e que de alguma forma — por experiência, talvez — Sam a compreendeu. De súbito, ele se afastou, deixando-a fria e desamparada.

— Maldito idiota! Estúpido!

Sentando-se, a pele carente do calor dele, Marina se abraçou enquanto ele praguejava, bufando entre uma imprecação e outra. A emoção cintilante provocada pela magia de estar em seus braços outra vez escorreu para a sola dos pés, deixando para trás nada além de mágoa.

— Você me beijou — ela murmurou, espanando os fiapos de grama das saias. — Você quis me beijar.

— Eu quis. Ainda quero, inferno!

Marina não sabia que reação esperar, mas certamente não imaginou avistar aversão no rosto do homem que acabara de beijá-la por iniciativa própria.

— Então por que está reagindo dessa forma? — indagou baixinho. — Apenas para me magoar?

Em um átimo de segundo ele se ajoelhou diante dela, tomando seu rosto entre as mãos.

— A última coisa que eu quero é magoá-la, Nina. Mas não sei mais como ficar perto de você sem... — O polegar desenhou o lábio dela. Sam a soltou de imediato. — Maldição! Eu preciso ir antes que faça uma besteira ainda maior. Consegue voltar para casa sozinha?

Ela empinou o queixo.

— Da mesma maneira que encontrei meu caminho sozinha nos últimos sete anos.

A petulância o divertiu, e Sam meio riu, meio gemeu. Por um segundo ela pensou que ele iria beijá-la novamente. Então ele correu os dedos pelos fios encaracolados e resmungou algo que soou como "maldito estúpido".

Ainda no chão, Nina o observou se levantar, mancar até o colorado e montar com alguma dificuldade.

— Eu também não sei mais como ficar perto de você — falou baixinho, passando os braços ao redor do corpo ao acompanhar com o olhar o melhor amigo desaparecer colina abaixo.

28

Parece que eu nunca aprendo.

O escritório de Akin Amina era uma profusa coleção de livros científicos, empilhados em prateleiras, mesas, sofás. Era como tentar escolher a estrela mais bonita do céu, Ana refletiu, um pouco tristonha. Teria adorado desbravar as estantes e explorar os títulos, mas sua visita tinha outro propósito. Um propósito em que ela falhava fazia três horas, suspirou desanimada enquanto o mordomo teimoso continuava a ignorá-la e seguia cortando os talos de lírios antes de enfiá-los em um vaso dourado.

— Sr. Marques, por favor, faça isso por Damilola — implorou Ana pela décima segunda vez. — Ela está muito preocupada, a ponto de me pedir para visitá-lo todos os dias. Aceite falar com um médico. Meu primo se prontificou a ajudá-lo no que for preciso. Fará tudo como o senhor desejar, para que se sinta mais confortável.

O homem esquálido não se deu o trabalho de desviar a atenção da tarefa e continuou a aparar os caules.

— Me sinto mais confortável sem um médico me cutucando. Srta. Ana, não me entenda mal, suas visitas me alegram, mas o assunto que a senhorita insiste em abordar me aborrece em demasia.

— Se permitir que Samuel o examine apenas dessa vez, prometo não aborrecê-lo nunca mais — ela arriscou.

Não foi surpresa alguma ele fingir não ter ouvido uma palavra e se dedicar a arrumar o arranjo. Homenzinho teimoso! Ela era a única a notar as gotículas de suor na testa dele, mesmo que o dia estivesse fresco? A palidez ressaltava ainda mais o rubor nas bochechas, os olhos vítreos levemente caídos, a perna doente nunca perdendo o contato com o chão. O que realmente consumiu Ana foi o forte odor purulento se sobrepondo ao perfume das flores. Ela pretendia insistir novamente, mas o mordomo ardiloso levou sua atenção em outra direção.

— Durante a festa da menina Lola, notei um rapaz especialmente interessado na senhorita. Me disseram que é filho de um político importante.

— O sr. Chagas estava apenas sendo gentil.

— Eu não esperaria gentileza de uma cria do senador Chagas. Tenha cuidado, srta. Ana Laura. Aquele homem não é o que parece.

— Não sabia que o senhor conhecia o senador.

— Ora, e não conheço. — Riu, secando a testa suada. — Trabalhei em uma casa onde o nome dele era mencionado vez ou outra. E não de maneira gentil. Já ouviu os boatos sobre sua mãe que estão circulando na vila? — Franziu o nariz adunco. — Estão dizendo que ela está em dificuldade e que a fábrica pode até fechar.

— Isso é um absurdo. — Mas a lembrança da mãe abraçada a um calhamaço de papel com a expressão meticulosamente congelada a fez tragar saliva. Nina poderia estar certa? A razão de sua mãe ter ficado tão abalada naquela manhã era a Infinito?

A preocupação com a mãe a deixou gelada como uma noite de inverno, por isso decidiu encurtar a visita e ir para casa tentar descobrir o que estava acontecendo. Antes de partir, tentou convencer o sr. Marques a se deitar e colocar a perna para cima, tomar um chá para aliviar as dores da febre. Com efeito, foi educadamente convidada a se retirar.

Ao deixar a casa dos Amina, Ana seguiu pela rua principal a passos rápidos. Havia prometido se encontrar com Nina e esperar que Isaac viesse apanhá-las. Mas seria boa ideia deixar seu pescoço tão ao alcance das mãos da irmã? Fazia mais de três horas que Nina e Samuel tinham deixado a igreja juntos. Eles podiam estar se entendendo naquele exato instante. Ou Sam podia ter descoberto a farsa do bilhete e Nina tramava um fratricídio naquele momento.

Distraída, dobrou a esquina e por pouco não tropeçou em Alexander, recostado na fachada da pequena livraria mordiscando tranquilamente uma maçã.

— Imaginei que a encontraria. — Ele fez um galante cumprimento.

Ana se obrigou a manter a calma. Depois da maneira como ele a deixara sozinha no labirinto, na noite de sábado, imaginou que não o veria tão cedo. Não pôde evitar tocar o cabelo para se certificar de que estava apresentável, porém.

— Devia dizer "eu *sabia* que a encontraria" — ela corrigiu. — Você sempre consegue me localizar.

— Isso é culpa desse seu magnetismo absurdo, não tem relação alguma com meus talentos.

Era a primeira vez que alguém a elogiava tão descaradamente. O coração dela saltou para a garganta, as bochechas acesas como brasas, e inesperadamente teve dificuldade em olhá-lo nos olhos.

Mas o ouviu rir, desanimado, e se atreveu a espiá-lo.

— Estou curioso. — Ele guardou a fruta mordida no bolso do paletó. — Você pretende me explicar por que está tentando unir Marina e Samuel, ou posso deduzir que é apenas o seu jeito de se livrar da tarefa de seduzir Diogo?

— Eu só quero que minha irmã esteja feliz e segura. Não tem nada de errado nisso. — Ela encolheu os ombros. — Você viu alguma mudança no futuro dela?

— Não — ele anunciou devagar. — Ainda vejo o mesmo destino, cada vez mais sólido.

Ainda não era o momento de se desesperar. Nina e Sam podiam não ter descoberto sentimentos mais profundos ainda, o que não necessariamente significava que não existissem, não é mesmo?

— Manipulá-los não é a solução. — Alexander ficou atipicamente sério.

— Não é o que estou fazendo. Só pretendo dar um empurrãozinho no que já existe entre eles. Ou no que desconfio existir. É muito diferente de manipulação. — Era diferente, não? — Mas, se eu estiver equivocada e tudo o que há entre eles é uma longa amizade, então retomarei o seu plano. Enquanto isso, pensei que você talvez quisesse me ajudar a uni-los. Não tenho muito conhecimento sobre o assunto. Na verdade, nenhum.

Uma larga sobrancelha arqueou. Aquela perto da cicatriz.

— Não está louca para se livrar de mim?

— Da situação que me apresentou — corrigiu. — Eu gosto de falar com você. Não preciso me afligir se vai fugir assim que tiver a chance, se vou deixá-lo desconfortável ou me constranger por ser quem eu sou. — Corou com a admissão em voz alta.

Soltando um pesado suspiro, ele manteve a atenção na ponta das botas.

— Também posso ser eu mesmo com você. Já não me lembrava mais como era isso.

Ao começar a compreender melhor os dons de Alexander, Ana estava cada vez mais convencida de que ele abria mão de ter vida particular para ajudar outras pessoas a salvarem as delas. Era altruísta e...

— Você é muito solitário, não é? — se ouviu indagar.

O olhar dele faiscou como na noite de sábado, ao dançarem pelo labirinto.

— Sempre esqueço que não posso relaxar um minuto perto de você, Ana.

Da mesma maneira inesperada que as centelhas surgiram, elas desapareceram. Alexander fixou a atenção em um ponto atrás dela, os cantos da boca apontando para o chão. Não demorou para que ela entendesse o motivo.

— Srta. Ana Laura! — Ricardo Chagas acenou diante da alfaiataria, esperando que uma carruagem passasse para atravessar a rua. — Que prazer inesperado. Eu estava mesmo querendo encontrá-la. — Virou-se mal-humorado para Alexander. — O senhor de novo. Creio que não tenhamos sido devidamente apresentados. Sou Ricardo Chagas.

— Inigo Montoya. — Alexander fez uma profunda mesura.

Ao ouvir o nome, Ana arqueou uma das sobrancelhas, e, naturalmente, Alexander preferiu ignorá-la. O oposto do que fez Ricardo, que cravou a atenção nela.

— A senhorita está indo para casa? Terei muito gosto em acompanhá-la. Estou disponível.

— Como se alguém ainda não tivesse entendido — resmungou Alexander, sorrindo debochado. — Sutileza não é seu forte, né?

As bochechas de Ricardo ganharam um tom rosado ao enfrentá-lo.

— Estou certo de que é um homem muito ocupado, sr. Montoya. Volte a seus afazeres e não se preocupe com a srta. Ana Laura. Eu cuidarei dela.

— Bem que você gostaria. — Ele não se moveu um único centímetro. — A dama já tem companhia, camarada.

— Talvez a dama prefira uma companhia mais adequada e seja educada demais para dispensar a atual.

— Ou talvez o outro cavalheiro não perceba que a dama tem tentado espantá-lo porque é atoleimado da cabeça.

Olhando de um para o outro, Ana queria muito ser parecida com a irmã e acidentalmente atingir o nariz de um deles. Ou dos dois.

— A dama tem voz e toma as próprias decisões — ela reagiu, em alto e bom som. — E decidiu que não precisa da companhia de nenhum cavalheiro. Tenham um bom dia, senhores.

Fazendo uma rápida mesura, foi para o outro lado da rua a passos largos e irritados. Já podia avistar a praça no fim da quadra quando ouviu alguém correr e diminuir a velocidade ao chegar mais perto.

— Que sujeito insuportável. — Alexander secou a testa na manga do paletó. — Fez bem em fugir dele.

Ela parou de andar e o fuzilou.

— Ele não é o único de quem estou tentando me livrar. Pare de me seguir, sr. Alexander, conde de Brum, Inigo Montoya ou seja lá qual for seu verdadeiro nome. Se é que ainda se lembra dele.

Ele arqueou uma sobrancelha. Bem, sendo franca, ela também estava surpresa. Odiava confrontos, e costumava engolir desaforos sem revidar. Mas ouvir os dois decidindo por ela, como se fosse uma boneca sem vontade própria, tirou-a dos eixos. Por isso retomou o passo, indo o mais rápido que podia até estar quase correndo.

Obviamente, Alexander continuou a segui-la.

— Inigo Montoya é um personagem de romance — ele explicou, um pouco ofegante pela curta corrida. — Buscar inspiração em livros é uma boa estratégia, já que foi assim que meus pais escolheram meu nome. Ana, espere. — Ele apoiou uma mão em seu braço.

Abismada com a inesperada energia que fluiu sob a pele, ela se deteve. Alexander também pareceu sentir e recolheu a mão, cruzando os braços atrás das costas.

— Eu não minto porque gosto, nem me divirto com isso — ele segredou. Como tudo o que ela fez foi fuzilá-lo, ele esfregou o cabelo curto. — Tá legal. Às vezes me divirto, como agora há pouco. Mas não com você, Ana. Jamais com você. Eu me chamo Alexander porque meu pai era apaixonado pelo trabalho de Alexander Pope.

— Não é muito inteligente escolher nomes de personagens de livros — revidou, incerta quanto a acreditar nele ou não. — Em algum momento vai encontrar alguém que tenha lido o livro e reconhecer o nome do personagem. Você vai se enroscar na própria teia.

— Como se fosse possível. — Ele achou graça, mas estava muito sério ao acrescentar: — Eu não pretendia ofendê-la ao espantar Ricardo. Só quis me livrar daquele sujeito porque... bom... eu não gosto do cara. — Deu de ombros.

— Não faça mais isso. Eu decido se quero ou não espantar alguém.

Solene — mas sem perder o ar debochado —, ele ergueu uma das mãos espalmada em uma promessa muda. Seguindo pela rua com mais calma, Ana tentava fazer o formigamento no braço desaparecer. O problema era que Alexander caminhava bem perto dela, e vez ou outra o cotovelo dele resvalava em seu braço, alimentando a dormência.

— Você deixou uma impressão e tanto nele — ele comentou algum tempo depois, desinteressado, ao passarem sob a copa de uma árvore baixa, e puxar uma folha longa no formato de uma asa de libélula. — Ricardo, quero dizer. Ele tem esperanças. Está planejando a melhor estratégia para pedir sua mão.

Ela piscou, espantada. Céus!

— Poderia não espionar meu futuro? Não fico confortável com a invasão.

— Mas não vê problemas em me pedir para espiar o da sua irmã. — Ele achou graça.

— É diferente! Ela corre perigo, eu não.

Ele não respondeu, apenas girou a folhinha entre os dedos, e então a cheirou.

— Aroeira-salso — anunciou com segurança. — Ótima para as vias urinárias.

— Como adquiriu tanto conhecimento em botânica? E não tente me convencer de que é apenas um entusiasta. Eu sou curiosa e sei muito bem que especificar a espécie de uma planta apenas pelo perfume é impossível. Você foi para a escola de botânica, não é? Mas não chegou a concluir o curso.

Um pouco embasbacado, ele piscou algumas vezes.

— Acho que é a minha vez de pedir que pare de espiar dentro de mim dessa maneira.

— Preciso tentar alguma coisa — ela diminuiu o passo —, já que sei tão pouco sobre você.

— Ao contrário, Ana. Você me enxerga muito mais do que eu gostaria ou permiti antes que qualquer pessoa visse. — O tom aveludado da voz e a maneira como ele se aproximou, a ponto de ela sentir o perfume do sabonete que ele usara naquela manhã, disparou um arrepio que começou nas plantas dos pés e terminou no couro cabeludo, eriçando tudo entre uma coisa e outra.

Uma parte dela questionou o que aquilo significava. A outra estava enfeitiçada pela forma como o metal nas íris cinzentas derretia. Ele a observou daquele seu jeito atrevido, procurando respostas em algum lugar no fundo de seus olhos, nas maçãs do rosto, nos lábios. Ela desejou não ter se sentido tão quente. Nem tão confusa.

Inesperadamente, ele quebrou o contato, a cicatriz na têmpora se aprofundando.

— Merda. — Pressionou a ponte do nariz.

Um instante depois, alguém parava o cavalo rente ao meio-fio e saltava. Samuel, ela percebeu, um pouco atabalhoada, ao procurar a irmã pela rua e não vê-la em parte alguma. Teria perguntado, se o primo não tivesse empurrado seu acompanhante contra a fachada de um dos prédios.

— O que você faz aqui? — Sam rosnou entredentes.

Em vez de se enfurecer, Alexander sorriu.

— Você cresceu, garoto.

— Sam, solte-o. — Ela tentou apartá-los. Tudo o que conseguiu foi incitar o primo a enrolar os dedos nas lapelas de Alexander. — Samuel, pare com isso. Onde está Nina?

— A caminho de casa. — Ele nem sequer piscou, o olhar fixo no rapaz que tentava esganar. — Não se atreva a se aproximar da minha prima outra vez ou, eu juro, vou concluir o que meu pai não conseguiu.

— Percebe a ironia? — Alexander perguntou a Ana e então se voltou para Sam. — Temos problemas, garoto. Sua prima acabou de me passar um belo sermão a respeito de quem toma as decisões por ela, e eu prometi não interferir de novo. Estou de mãos atadas.

Aproveitando-se de que o primo, enfim, lhe dirigiu a atenção, Ana conseguiu se interpor entre eles.

— Exatamente, Sam. O sr. Alexander não fez absolutamente nada contra mim ou minha honra. Ele é meu amigo, está me ajudando. Por isso gostaria que o soltasse.

— *Amigo?* — Sam escarneceu, ainda mais aborrecido. — Seja lá o que esse maldito tenha dito, não passa de uma armadilha, Analu. — E, direcionando a fúria a Alexander: — Ou não contou a ela que tentou seduzir Elisa?

— O quê? — Ela espalmou o sobe e desce em sua barriga.

Um som desgostoso escapuliu do primo ao fulminar Alexander.

— Por que estou surpreso? Afinal esperar alguma honestidade de um canalha é um caso perdido. — Dando um safanão, Samuel o soltou e o avaliou de cima a baixo, os cantos da boca apontando para a calçada. — Por culpa sua eu quase perdi minha família antes mesmo de poder fazer parte dela. Foi por sua causa que Lucas e Elisa se separaram, uma vida atrás.

Por um instante, ela se perguntou se seu primo mais sensato havia perdido o juízo. Se lembrava muito pouco da época em que os tios se desentenderam, e Elisa levara Sam para a casa da família, ficando com o irmão por algumas semanas. Analu era pequena demais para reter as lembranças. De toda forma, o primo não podia estar certo, já que Alexander aparentava ser pouco mais velho que o próprio Sam. No período da separação, ele mal era um garoto.

Preparou-se para trazer o primo à razão, porém Alexander falou antes.

— Eu fiz o que precisava ser feito para que seus pais pudessem chegar aonde estão hoje.

O quê?!, ela ofegou, piscando depressa.

Nem um pouco assombrado, Samuel estreitou os olhos.

— Foi com essa baboseira que conseguiu se aproximar de Ana Laura?

— Nós dois sabemos que está direcionando sua raiva à pessoa errada. — O tom de Alexander era sereno como um afago ao acrescentar: — Essa é uma batalha perdida, Sam. Não vai conseguir vencer, por mais que tente.

Dessa vez Ana avistou espanto no semblante do primo, mas ele logo tratou de disfarçar.

— Guarde suas baboseiras para alguém disposto a ouvi-las — cuspiu ele. — Por que voltou?

— Creio que não seja da sua conta.

— É da minha conta se você continua a importunar minha família!

Preocupada que um deles tivesse a brilhante ideia de introduzir punhos na conversa, Ana segurou o primo pelo braço, retrocedendo alguns metros.

— Alexander está aqui para ajudar minha irmã — confidenciou a ele.

A fúria que se abrasava no jovem médico subitamente se extinguiu com o sopro do nome de Marina, como Ana esperara.

— Que diabos Nina tem a ver com esse sujeito? — perguntou, sem entender.

Com um pouco de atraso, ela percebeu que a discussão acalorada havia atraído atenção, e as pessoas se amontavam no meio-fio para acompanhar mais de perto uma possível briga.

— Por favor, as pessoas estão encarando — cochichou ao primo. — Se vocês continuarem com essa discussão, vão me causar problemas. Prometo explicar tudo com calma mais tarde, Sam.

Se havia algo que seu primo jamais perdia de vista era a sensatez. Por isso, ao espiar os curiosos, fez uma careta e deu mais alguns passos para trás.

Alexander também notou a pequena plateia e franziu o nariz.

— Nos falamos depois, Ana. — Ele começou a andar.

Ah, não. Não mesmo!

— Você não vai a lugar algum até explicar algumas coisas — ela praticamente rosnou, apontando para a praça na quadra seguinte.

Esfregando os cabelos raspados, ele resmungou alguma coisa que ela não conseguiu ouvir. Mas caminhou alguns passos, esperando sob a sombra de uma árvore que ela se juntasse a ele. Antes que pudesse segui-lo, seu primo se meteu em seu caminho.

— Analu, esse sujeito não é o que parece.

— Não sou tão tola, Sam. Sei que ele esconde muitos segredos. Mas ele garante que Nina está em perigo, e até agora não me deu motivos para duvidar do que diz. Eu preciso ajudá-la como puder, e ele é o único que pode me explicar como. Tenho que ir com ele. — E definitivamente não devia, sobretudo com tantos olhares atentos. Contudo, ela tinha muitas perguntas, e dessa vez não descansaria até obter as respostas. — Prometo explicar depois. Tem minha palavra.

Contrariado, visivelmente preocupado, seu primo mais querido compreendeu sua urgência e chegou para o lado para lhe dar passagem.

Ao se juntar a Alexander sob a sombra da árvore, o rapaz a examinou rapidamente e logo percebeu que Samuel não era o único descontente.

— Devia escutar seu primo. — Coçou a cicatriz, atento à rua. — Já nos expus demais por um dia.

— Então é melhor se apressar e contar como se envolveu na história dos meus tios.

— Não tenho autorização para falar sobre o assunto.

— Imaginei que me daria uma resposta semelhante. — Endireitando os ombros, deu meia-volta.

Ana ouviu, mais do que viu, ele correr para acompanhá-la.

— É isso? — ele inquiriu, desconfiado. — Você vai aceitar a derrota assim, sem objetar?

— "A habilidade suprema não consiste em ganhar cem batalhas, mas em vencer o inimigo sem combater" — citou.

Ao tentar manter o compasso, Alexander tropeçou em um paralelepípedo.

— Não acredito que acabou de usar Sun Tzu comigo. — Gentilmente, ele tocou seu ombro e a fez parar. — Ana, eu não sou seu inimigo.

— Não. Mas se recusa a me dar a verdade, e vou buscar outra fonte. Afinal, pelo que Sam disse, você não é o único que pode me dar respostas.

— Mas que inferno, Ana Laura! — Abriu os braços, vencido. — Está certo. Eu conto a porcaria da história. Nada de procurar Lucas. Complicaria ainda mais as coisas para mim.

— Toda a história. — Ela ergueu um dedo em riste. — Sem evasivas, meias palavras ou analogias emblemáticas. Quero sua palavra de cavalheiro de que me dirá a verdade.

Resfolegando como um touro contrariado, ele espalmou uma das mãos no ar.

— Eu juro. Agora vamos para um canto mais reservado antes que eu me arrependa do que estou prestes a fazer.

Radiante por ter conseguido o que queria, ela o acompanhou de perto. Esperaria se afastarem do centro movimentado para começar o interrogatório. E nem um minuto mais! Ficou um pouco confusa ao alcançarem a pracinha e ele tomar a direção oposta. Caminharam por algumas ruas até chegarem a uma quase deserta, exceto pelo cavalo preso à árvore. Alexander foi desamarrá-lo, oferecendo a sobra da maçã que havia guardado.

— Você vai roubar esse animal? — Ela observou os arredores, esperando que a guarda aparecesse e a prendesse como cúmplice.

— Sua confiança em mim é alarmante, Ana. — Ele jogou as cordas para o lombo do equino. — A montaria está incluída no aluguel da casa. Suba.

Um pouco desconcertada e muito desajeitada, ela fez o que ele pediu, acomodando-se de lado na sela. Com um impulso elegante, Alexander se encaixou atrás dela, o peito largo pressionando seu ombro ao se inclinar para empunhar as rédeas. Se antes ela já achava a cavalgada um tormento, era porque ainda não havia experimentado estar sobre um cavalo envelopada por Alexander. Ele estava em toda parte; a respiração soprando em sua nuca, os braços travados ao redor de sua barriga, as coxas poderosas se moldando aos quadris.

Agitada e meio febril, Ana Laura não conseguiu prestar atenção a nada além das reações do próprio corpo e se espantou quando pararam perto do riacho. Ele a pegou pela cintura para ajudá-la a descer, e ela reconheceu o frondoso salgueiro pouco mais atrás, debruçando-se sobre o leito do rio. Estavam perto de casa. Era a intenção dele fazê-la se sentir segura em um ambiente familiar ou fora apenas uma casualidade?

Com Alexander nada era por conta do acaso, ela começava a desconfiar.

Conhecendo bem o local, Ana buscou a sombra do salgueiro-chorão. Ainda visivelmente incomodado, Alexander se abaixou para pegar um graveto e batê-lo na sola das botas, ganhando tempo. Sem jamais apartar a vista dele, Ana cruzou os braços, aguardando pelas respostas prometidas. Dessa vez ela não iria se distrair.

— Tudo bem, vamos acabar com isso de uma vez. — Ele desamarrou a gravata, afrouxando o colarinho. — As coisas não iam bem no começo do casamento dos seus tios. Havia um mal-entendido entre eles; quanto mais perto ficavam, mais se distanciavam emocionalmente. Precisei intervir porque o mal-entendido foi culpa minha. De Elisa também, que não devia ter mexido onde não era chamada. Mas essencialmente minha culpa.

— Por ter beijado minha tia?

Puxando a gravata por uma das pontas, ele a guardou no bolso do paletó.

— Não. Acredite ou não, essa foi a solução. — Esfregou o rosto, irrequieto. — O ciúme é um ótimo mecanismo para ajudar algumas pessoas a enxergar o que está por trás da cortina de indiferença. Foi o que despertou Lucas. Não pense que não tentei outras táticas antes de resolver apelar. Mas fui apenas um personagem coadjuvante nessa história, Ana. Só ajudei alguém que foi prejudicado pelos meus atos anteriores.

— Quais atos?

O sol tocou a pequena abertura entre as pontas do colarinho, revelando um pouco de pele, pelos escuros e um medalhão acobreado preso a uma fina tira de couro marrom. Ele a flagrou observando e rapidamente ajeitou a camisa para ocultá-lo.

— Como eu disse — prosseguiu, tenso —, Elisa se meteu onde não era chamada. Foi um equívoco que precisou ser corrigido.

Saindo da sombra do salgueiro, ela fez uma anotação mental para perguntar a respeito do medalhão mais tarde, e retomou o raciocínio.

— Sua explicação mais confunde que desembaralha alguma coisa. Como é possível ter ajudado minha tia? Você prometeu! — ela o lembrou ao perceber que ele buscava uma rota de fuga.

— Ana...

— Como poderia ter ajudado tia Elisa? — atravessou, impaciente. — A menos que eu tenha me enganado completamente a respeito da sua idade, na época da separação você ainda era um garoto.

— Tenho vinte e oito anos. — Com um suspiro áspero, ele chutou uma pedrinha que rolou pela margem e desapareceu nas águas do rio com um *glup*. — O tempo age de modo diferente em pessoas como eu. É questão de perspectiva. Para Samuel, eu estive aqui há dezessete anos. Para mim não se passaram mais que alguns meses. Eu... — Ele umedeceu os lábios, tomou fôlego e murmurou: — Eu posso transitar pelo tempo, Ana.

Ela riu sem humor.

— Cheguei a pensar que teria um pouco de consideração com meu intelecto. Devia ter imaginado que pretendia zombar de mim.

— Não estou rindo. — Seu tom soturno a atingiu como um golpe físico. — Na verdade, estou irritado. Logo a primeira pessoa para quem eu revelo do que sou capaz não acredita em mim.

— Talvez porque seja ridículo e impossível?

Abrindo os braços, ele a atirou um sorriso melancólico.

— Ainda assim, aqui estou eu.

Decerto ele não esperava que ela realmente acreditasse. Aprendera com o sr. Amina muitas leis da física para entender que viajar pelo tempo não era plausível. Porém não podia negar que Alexander tinha acesso ao futuro. E a reação de Sam pouco antes indicava que ao passado também. Céus! Seria assim que ele conseguia suas previsões? Visitando os tempos?

Sem convite, sua mente foi alagada com imagens da mãe deixando a sala de música com o rosto molhado após ouvi-la tocar a canção de Alexander. E se...

E se o lugar inacessível da mãe não fosse questão de espaço, mas de *tempo*?

— Mamãe teria uma reação parecida com a de Sam caso o encontrasse, não é?

— Por quê? — Folhas e gravetos estalaram conforme ele atravessava o curto espaço entre eles e se curvava sobre Ana. — Você mencionou meu nome a Sofia?

— Não! Mas... bem, tentei extrair do piano a música que você cantou no jardim. — Ela corou. — Tive a impressão de que a mamãe a reconheceu.

A enxurrada de blasfêmias que deixou sua boca teria provocado um ataque apoplético em padre Antônio.

— Por que você fez isso, Ana? — Resfolegou, esfregando o rosto com raiva.

— Porque eu gostei da canção!

Visivelmente frustrado, ele circulou pelo gramado, ainda praguejando. Parou à margem do riacho, mantendo as costas rijas para ela.

— Minha mãe reconheceu a música porque vocês dois se conhecem, não é? — Ela tropeçou em alguns galhos caídos ao dar a volta para encará-lo. — Meus pais se perderam um do outro... Foi você quem os ajudou a se reunir novamente! Você ajudou minha mãe e... — Ah, meu Deus! Ele também a beijara?!

— Óbvio que não, Analu! Ian me mataria se eu encostasse em um fio de cabelo da Sofia — ele garantiu, como se lesse...

Empalidecendo, Ana deu um pulo para trás, ofegante.

— Você consegue ouvir pensamentos?

Se estivesse por perto, Marina diria que a irmã se tornara um Dom Quixote e perdera a cabeça de tanto ler. De fato, Ana preferiria estar lutando contra um moinho a ter a confirmação de que o sujeito diante de si tinha acesso a sua mente.

Entretanto Alexander apertou os lábios em um pedido de desculpas silencioso. Apavorada com a possibilidade do que ele poderia ter ouvido, ela deu alguns passos para trás, as folhas estalando sob os sapatos delicados, impondo a maior distância entre ele e sua mente.

— Por favor, não fique tão agitada. — Espalmou as mãos. — Eu não consigo ouvir todos os pensamentos de todo mundo. Apenas aqueles que preciso ouvir.

— Está brincando comigo. Em que número estou pensando agora? — Ela ainda se afastava.

Naquele labirinto, enquanto dançavam, ele ouvira tudo o que se passava na mente dela? Pior, ouvira suas especulações sobre o traseiro dele?

Mas que inferno, pare de pensar. Agora!

— Você não está pensando em número nenhum. — Ele atirou o galho nas águas. — Mas na possibilidade de eu ter ouvido acidentalmente alguma coisa que você teria preferido manter apenas para si mesma.

— Pare! — Ela tapou a testa com as mãos para bloqueá-lo. — Pare com isso!

— Não estou ouvindo você agora. Só deduzi que sua mente seguiria por esse caminho. Eu não consigo ouvir todos os seus pensamentos. Apenas alguns, e cada vez com menos frequência. Neste momento, por exemplo, tudo o que escuto são zunidos. Consigo distinguir seu tom, mas não o que pensa. Esse seu silêncio tem acontecido com frequência. Me sinto envergonhado. — Cruzou os braços. — Eu juro que é a primeira vez que isso me acontece.

Analu não teve certeza se acreditava nele, especialmente porque Alexander abriu aquele seu sorriso malicioso que a confundia e aquecia em igual medida. Os pensamentos se atropelavam, impossibilitando que se mantivesse parada. Continuou andando de costas, os saltos afundando na terra úmida, esperando que a qualquer momento delicadas asas diáfanas brotassem nas costas dele.

— Como a ciência pode explicar seus talentos? — ela se ouviu questionar. — Quantos mais existem? Você mencionou antes algo sobre não ser da forma como é hoje, então deduzo que não tenha nascido com... Aaaaaaaaaahhhhh! — Parte do solo sob seus pés se desprendeu e ela se desequilibrou.

— Ana! — Alexander se esticou para agarrá-la, mas seria necessário que ele tivesse aquele par de asas mágicas para ser bem-sucedido.

Ela afundou na água barrenta e turva. A areia áspera no fundo do riacho amorteceu o impacto, invadindo os sapatos, quando tentou se estabilizar no solo arenoso. Antes que conseguisse encontrar apoio, duas mãos grandes se prenderam sob seus braços e a impulsionaram para cima.

— Eu te peguei! — Um encharcado e trêmulo Alexander a abraçou com veemência. — Eu te peguei, Ana! Você está segura.

— Com certeza estou — murmurou para a camisa dele. — A profundidade do riacho mal chega a um metro e meio.

Cravando as mãos nos ombros dela, temendo que se perdesse na correnteza ou coisa semelhante, ele se afastou. Por um segundo, Ana ficou encantada com a beleza dos cílios escuros molhados emoldurando as íris, ainda mais prateadas. O olhar, no entanto, estava tão confuso ao observar a água lamber a cintura dela, o cós da própria calça que Ana começou a rir.

— Não é engraçado. — Ele a soltou subitamente. — Nada disso é brincadeira!

Espantada, ela acompanhou Alexander cortar a água com duas largas braçadas, retornar à terra firme e remover o paletó ensopado. Pendurou-o na sela grunhindo alguma coisa ininteligível antes de se escorar no lombo do animal, a cabeça baixa, rebatendo os tremores que o sacudiam por inteiro. Foi aí que ela compreendeu: o que tomara posse dele de maneira tão violenta não era irritação, mas medo.

As bochechas dela ardiam ao sair da água, um dos sapatos submergindo na correnteza. Aprumando-se no terreno irregular, Analu removeu o outro par, abraçando-se a ele para reter o calor dentro dos ossos, e se aproximou lentamente do homem que lutava contra o próprio terror.

— Me perdoe. — Ela não ousou tocá-lo. — Eu não sabia que você tinha perdido alguém dessa forma.

— Tudo bem. — Ele ainda encarava o chão. — Não tinha como saber.

A dor que ele emanava fez a garganta dela doer. Ignorando o bom senso, ela delicadamente o abraçou pelas costas.

— Sinto muito, Alexander.

De imediato, ele se transformou em uma estátua de mármore. Um interminável minuto se passou antes de ele suspirar pesadamente, e se virar. Com medo de se mover e assustá-lo, ela se concentrou em inspirar e exalar devagar. Por fim, ele circundou com o braço a cintura dela.

— Me perdoe por ter gritado com você. Eu me descontrolei. É que... — *A lembrança dói*, a frase não dita ecoou dentro dela. — Inferno, pensei que tivesse deixado tudo isso no passado.

As íris cinzentas passearam por cada linha de seu rosto, e ela experimentou uma espécie de comunhão. O olhar dele baixou para seus lábios, o metal tornando a se liquefazer, provocando todo tipo de sensação: um calor com arrepios, eletricidade correndo na pele, como se ela houvesse aprisionado um relâmpago dentro das veias.

Lívido, ele a soltou, recuando vários passos até bater com as costas no cavalo, que se assustou e foi se refugiar do outro lado do salgueiro, o paletó úmido caindo na grama. Rindo um tanto alucinado, meio incrédulo, Alexander esfregou o rosto, como se tentasse arrancar a própria pele.

— Eu... hã... tenho outro compromisso. Você está a oito minutos de casa. É só seguir nessa direção.

— Sei disso. Alexander... — Ela tentou se aproximar.

— Não! — Ele saltou dois metros longe, as mãos espalmadas. — Estou todo molhado, não quero... — Então examinou as roupas dela, igualmente encharcadas, e fez uma careta. — Eu já me atrasei demais. Até logo, srta. Ana.

Srta. Ana outra vez? Ora...

Antes que ela pudesse piscar, ele foi atrás do cavalo, e então uma nuvem de poeira se ergueu ao sair em disparada. O que o assustara tanto? E por que, mesmo depois de ele ter partido, ela ainda sentia o elo entre eles se esticando sem nunca se romper?

Ainda se atormentava ao entrar de fininho em casa e se trancar no quarto, para se livrar das roupas sujas de lama. Soltava as amarras do espartilho quando a irmã entrou sem bater.

— Eu estava preocupada com você, Analu. Eu a procurei por toda a vila e... — Deparou-se com a lama nas roupas de baixo molhadas e arregalou os olhos. — O que aconteceu com você?

— Eu... caí no riacho quando fui apanhar algumas ervas para o sr. Marques. — Seu peito pesou não apenas pela mentira, mas por causa da vermelhidão que avistou no nariz da irmã. — Você andou chorando?

— Sabe que eu não choro. — Nina fungou. — Você se machucou na queda no rio?

— Nina, quando vai entender que não precisa mentir para mim? Eu sei que você chorou. O que eu gostaria muito que me contasse é por quê.

A irmã mais velha abriu a boca, e chegou a formar uma sílaba. Antes que a pronunciasse, soltou um longo suspiro e mudou de assunto, avisando que iria preparar um banho para que a sra. Madalena não visse Ana Laura tão descomposta e passasse um sermão. Dez minutos depois, Marina a fez mergulhar na banheira, e se acomodou no banquinho soltando os nós da cabeleira dourada com pouca sutileza.

— A mamãe já retornou? — Ana perguntou, se lembrando de que, raios, Alexander não terminara de explicar como ele e a mãe se conheciam. Não o deixaria escapar na próxima vez que o encontrasse.

Se o encontrar de novo, sua mente suspirou. Pela maneira como ele bateu em retirada, parecia pouco provável. Uma parte dela se permitiu acreditar que Alexander nunca fugiria, como os demais cavalheiros. Sua outra metade havia esperado tal reação. Afinal quando foi que Analu não afugentou um rapaz?

A questão era que, de todos os homens que botara para correr, Alexander era o que ela queria que ficasse. Por um instante, permitiu-se fantasiar ter encontrado alguém que verdadeiramente a compreendia e aceitava como era, uma ligação forte e poderosa a uni-los. E se ressentia pela maneira como ele a deixara falando sozinha.

Sua grande tola.

— Ela ainda não voltou. — Nina forçou a escova por entre os fios ensaboados. — Papai também não está em casa. Então talvez estejam juntos.

O vapor pesou no ar e acentuou o silêncio. Tudo o que Ana ouvia era a própria respiração e a fricção dos dedos da irmã no couro cabeludo. Deixou um suspiro escapar assim que Nina parou de tentar escalpelá-la. Pretendia zombar de toda aquela "delicadeza", mas percebeu que não tinha ânimo.

— Samuel me beijou — Marina confidenciou a meia-voz.

Ana se virou para a irmã tão depressa que a água ondulou e se elevou sobre a borda da banheira, respingando no piso.

— Cuidado, Ana! Vai molhar o banheiro inteiro.

— Sam a beijou? — Seus olhos quase saltaram das órbitas. — Um beijo de verdade?

— Sim. Pouco antes de me deixar sozinha na estrada. — A irmã depositou a escova sobre a mesa de apoio, o olhar a quilômetros de distância. — Ele está indo embora.

Não, não, não. Por que ele partiria, se havia beijado Marina e tudo se resolveria?

A menos que...

— Ele te disse isso? — questionou num fiapo de voz.

Ainda perdida em pensamentos, Marina fez que não, a umidade escurecendo ainda mais os cílios longos.

— Não foi preciso. Eu li no rosto dele. Samuel está indo embora outra vez.

Não. Seu plano não podia ter dado tão errado. Nina estava equivocada. Tinha que estar.

— Não pode ser verdade. — Se ela tentava convencer a si mesma ou a Marina, nunca teve certeza. — Por que ele iria embora, se beijou você?

— É justamente por ter me beijado que ele vai partir, Ana. Sam vai me salvar de mim mesma.

Não, Analu engoliu com dificuldade os espinhos do próprio desespero. *Ele vai partir por* minha *causa.*

29

Ao deixar o senador e voltar para casa, eu me sentia como um vaso furado em pleno deserto: sem propósito, fendido e fora do lugar. Fazia muito tempo que eu não me sentia assim. Na verdade, desde que escolhi Ian, duas décadas atrás.

Mesmo depois de tanto tempo, descobri que não é o tipo de sensação que se esqueça ou apague. O vazio, o sentimento de não se encaixar e de estar completamente sozinha em um planeta com sete bilhões de pessoas me acompanhava ao entrar em casa, apavorada não apenas pelo que havia feito, mas porque teria que enfrentar Ian, e eu não tinha certeza se estava pronta. O que acontece quando se trava uma batalha com a outra metade da sua alma? Quais as chances de sobreviver?

O sol estava baixo no horizonte, o crepúsculo pintando tons de rosa, azul e laranja no céu quando passei pelo pórtico abraçada a um calhamaço de papel. Meu corpo todo doía, e não era por ter passado a tarde toda na desconfortável cadeira do escritório do senador Chagas. Eu pretendia ir direto para o quarto me encharcar de vinho e com sorte perder a consciência antes da hora do jantar. Meus pensamentos se recolheram em um canto assim que um par de braços que eu conhecia a vida inteira me envolveram, ainda no hall.

— Graças a Deus! — Ian murmurou em meu cabelo. E eu permiti, porque era uma grande idiota.

Eu esperava que àquela altura ele estivesse longe, a caminho da Céu Azul. Mas nunca tinha passado disso: esperança. Eu sabia que ele não iria a parte alguma. Não do jeito que as coisas estavam entre nós. Por isso me separei dele, encarando os botões de sua camisa.

Seu peito subiu e desceu com uma pesarosa exalação.

— Eu a procurei em todos os lugares. — Ian não conseguiu afastar a mágoa da voz. — Fui até Elisa, Teodora, a fábrica, procurei na confeitaria, na igreja. Pensei que ia enlouquecer se você não voltasse logo para casa.

— Eu tinha um assunto importante pra resolver — falei para sua gravata.

— Mais importante que nós, Sofia?

Ferida e furiosa, ergui o rosto para ele.

— Não fui eu quem escolheu separar nossos caminhos, Ian.

— Nem eu fiz isso. — Trincou o maxilar. — Escute...

— Vocês estão brigando? — Marina surgiu sob a viga que separava o hall da sala principal.

Forjei um sorriso na base do puro desespero.

— Não é uma briga. Seu pai e eu temos uma divergência de opiniões. Só isso. Alguma notícia do sr. Fontes?

— Samuel afirmou que foi só um susto. — Um furinho apareceu entre as sobrancelhas arqueadas e grossas. — Vou visitá-lo amanhã.

Beijei sua bochecha e segui para a sala. Analu estava de pé atrás do sofá, as ondas úmidas caindo pelos ombros e costas, parecendo tensa.

— Eu já ia te procurar — falei para ela. — Queria te contar uma novidade.

— É sobre a fábrica? — Ela retorceu os dedos na altura da cintura. — Mamãe, o sr. Marques me disse algo esta manhã, um boato que circula na vila sobre a Infinito estar com problemas.

Engoli um gemido e os palavrões que me subiram pela garganta. O senador Chagas havia se cercado de todos os lados, não? Eu queria ir atrás dele e fazê-lo engolir a própria língua. Em vez disso, porque eu precisava de ajuda, ia entregar a Infinito ao crápula.

— Foi por isso que chorou mais cedo? — disparou Marina.

Evitando encarar Ian, tornei a sorrir.

— A Infinito nunca rendeu tanto. Nenhum problema nesse departamento. Não quero que se preocupem com isso. — Não sei se cheguei a enganá-las, por isso tratei de mudar de assunto e me dirigi a minha caçula. — Eu topei com o senador Chagas esta tarde. E você não vai acreditar: ele mudou de ideia quanto ao projeto de lei. Prometeu que vai apresentar uma proposta ao Senado para que as faculdades admitam garotas.

— O quê?! — Ian silvou logo atrás. Não me atrevi a olhar para ele.

— O senador mudou de ideia? — A esperança trouxe a vida de volta ao rosto de minha caçula, e meu coração triplicou de tamanho.

Era isso. Qualquer coisa valia a pena para colocar aquele sorriso no rosto de Analu.

— Como conseguiu fazê-lo mudar de ideia? — Nina arqueou as sobrancelhas, desconfiada. — Passou por cima dele com o faetonte?

— A ideia é tentadora. — Nina podia ser a cara do pai, mas o gênio, ah, era meu. — Infelizmente, não tenho nada a ver com a mudança de opinião do senador. Ele deve ter caído em si e percebido que estava perdendo grandes mentes por conta de uma lei arcaica. O que realmente importa é que agora teremos alguém lutando a nosso favor. Dessa vez acho que temos uma chance concreta.

Quase pude ouvir a descrença sussurrando no ar. Achei melhor sair dali antes que minhas filhas começassem a fazer perguntas e eu me enrolasse. Usando a desculpa do calor excessivo e de que o vestido estava me pinicando, fui para o quarto, mantendo o olhar longe de Ian.

Evidentemente, ele veio atrás.

— Pode ter enganado Ana Laura e Marina, mas não a mim. — Ele encostou a porta do quarto sem fazer barulho. — Como conseguiu convencer Chagas a apresentar o projeto no Senado?

— Isso é assunto meu. — Abri uma das gavetas da cômoda.

Aproximando-se, Ian a fechou com as costas ao se plantar diante de mim.

— Sofia, o que você fez? — indagou, preocupado.

— O que era necessário. Dei ao senador o que ele queria. Você pode aceitar que Ana Laura suma da nossa vida, mas eu vou lutar. Agora pode sair da frente da gaveta? Tive um dia dos infernos depois de descobrir que meu marido me enganou por vinte anos e quero vestir uma roupa confortável.

Imóvel, ele me observou por um minuto inteiro, as sobrancelhas quase unidas. Eu podia jurar ter ouvido o clique das engrenagens em sua mente se encaixando ao encontrar a resposta.

— Você vai entregar a Infinito a ele — falou sob a respiração.

Anuí, forçando a passagem com o ombro, e tornei a abrir a gaveta. Antes que eu pudesse apanhar algumas peças de roupa, ele enroscou o indicador em meu dedo mindinho, e me fez girar para enfrentá-lo. A eletricidade que existiu entre nós desde o primeiro toque me chacoalhou por dentro. Tentei ignorá-la do jeito que deu.

— Meu amor, a Infinito é o trabalho de uma vida inteira — falou com intensidade. — Não pode estar seriamente pensando em desistir dela. A fábrica é a sua vida.

— Não. — Saí de seu alcance e me abracei. — Nossa família é a minha vida. Não há limites que eu não cruze, regras que eu não quebre para mantê-la em segurança ou feliz.

Prostrado, ele me atirou um sorriso curto.

— Então você entende — proferiu a meia-voz. — Em parte, ao menos.

— Não, não consigo entender como não fazer nada e permitir que nossa filha fique nas mãos de um ser mágico com sérios problemas de personalidade, que pretende levá-la vai saber pra onde, possa ser considerado cruzar algum limite.

A dor acentuou as sutis marcas ao redor dos olhos de ônix.

— Mas é. O maior que já enfrentei depois de perder você uma vez.

Um zumbido ecoou pela minha mente, distorcido, mas ficando cada vez mais alto, insistindo em ser ouvido. Chacoalhei a cabeça para silenciá-lo.

— Já me decidi. Aceitei vender a Infinito para Chagas. Só vou esperar que ele prepare o projeto de lei para assinar o contrato. Se tem uma coisa que meu pai me ensinou, foi a nunca acreditar nas promessas de um político. Eu esperava que você pudesse analisar o documento de venda, me dizer se tá tudo certo e se não tem nenhuma pegadinha. Mas vou entender se não quiser me ajudar.

— Isso não é um negócio, é coerção. — Ele chegou mais perto; tive que elevar bem o rosto para poder encará-lo. — Chagas veio para a vila com o único intuito de destruir você, o que você simboliza.

Eu sabia disso. A reação do senador após ouvir minha proposta tinha sido a de um leão faminto diante de uma gazela frágil e doente. Mas tive o prazer de vê-lo se engasgar com a indignação ao apresentar meu preço, por acaso o valor que o advogado dele exigia que eu pagasse. Ha!

Olhei no fundo dos olhos do meu marido.

— Acha que eu não sei que ele quer me destruir? — Engoli em seco. — Mas ele é um senador importante, Ian. Pessoas como ele sempre conseguem o que querem, de um jeito ou de outro. Ele quer a fábrica e, por mais que eu lute, ele vai acabar conseguindo. Dessa forma pelo menos eu garanto uma maneira de Ana Laura se aproximar da universidade sem depender de Alexander e de magia. Ela não vai conseguir sozinha. Não aqui. Logo, a única saída é mudar este mundo. Estou disposta a pagar o preço que for necessário. Chagas vai apresentar um projeto de lei ao Senado pedindo que damas também sejam aceitas na faculdade.

— Não. — Ele começou a andar pelo quarto. Parou diante do armário e se virou. — Não vou permitir que você se sacrifique dessa maneira.

— Não estou pedindo permissão. É a minha fábrica. Minha decisão.

— Está se esquecendo de que tenho uma parte dela. — Cruzou os braços, me encarando com um ar meio desafiador. — Bem pequena, é verdade, mas me recuso a vendê-la a Chagas. Ou a qualquer outro — adicionou com um sorriso animado.

Tornei a abrir a gaveta da cômoda, puxando as primeiras peças que vi pela frente.

— Imaginei que diria algo parecido, por isso o senador concordou em ter você como sócio minoritário. — Joguei a pequena pilha sobre a cama antes de ir para o armário. — Aparentemente o problema dele é apenas com mulheres bem-sucedidas. Poderia me dar licença?

Meu marido foi da exultação à descrença em um milésimo de segundo.

— Não percebe que está sendo ingênua, Sofia? E que está prestes a cair em uma armadilha?

— Sou toda ouvidos se você tiver uma ideia melhor. Afinal você teve vinte anos pra pensar no assunto. Eu só soube de tudo esta manhã. Com licença. — Forcei a porta do móvel até ele sair da frente. — Preciso analisar o contrato de venda com muita atenção, já que você não vai me ajudar e o senador prometeu trabalhar no pedido do novo projeto de lei esta noite e apresentá-lo para mim amanhã à tarde.

Ian me encarou em silêncio, metade culpado, metade... bem, exasperado, facilitando as coisas para mim. Me abracei a dois vestidos e os coloquei com as outras peças. E só então meu marido se deu conta do que estava acontecendo.

— O que está fazendo? — Ele encarou a pilha de tecidos, uma veia pulsando na têmpora.

— Me mudando para o quarto de hóspedes.

Se eu ficasse naquele quarto, se dividíssemos a cama, Ian tentaria se desculpar, e, apesar do meu coração estraçalhado, cada fiapo e caco batia por ele. Eu estava machucada, frágil, e não pensava direito. Uma parte minha esperava que, ao ouvir sobre a venda da fábrica, ele mudasse de ideia, me ajudasse a fazer o senador e seus pares alterarem as leis, manter Ana longe de Alexander. Mas não, Ian aceitava a aproximação do sujeito que tinha feito a maior bagunça na vida de Elisa e Lucas... Tá, para me ajudar, é bem verdade. Eu era muito grata a ele por ter feito Ian conseguir aquele antibiótico. Mas também não conseguia esquecer a doença que por pouco não matara Rafa, e se Alexander era responsável de alguma maneira. Também não conseguia apagar da memória o desespero que vivi ao voltar no tempo pela segunda vez e enfrentar a possibilidade de nunca mais rever Marina, ainda bebezinha, sem pai nem mãe por perto. Não esqueci o pavor que senti ao perceber que era apagada da mente de Ian pouco a pouco, a dor ao pensar que para ele não restaria nem mesmo uma lembrança. Alexander simbolizava tanto salvação quanto destruição. Eu não sabia qual das duas coisas ele havia planejado para minha filha. Não ia esperar para descobrir.

Eu me abracei ao monte de roupas sobre a cama antes de enfrentar meu marido, que parecia acabar de ser atravessado por uma lança. Engoli em seco, agarrando os tecidos com mais força para não esmorecer.

— Eu vou manter esse cara longe de Analu a qualquer custo, Ian. Mesmo que o preço seja muito mais alto do que posso suportar.

— Metade de mim ordena que eu leve minhas coisas para o quarto de hóspedes e dê o espaço que você me pede. — Ele esfregou o rosto, como se a própria pele o incomodasse. Fiz o melhor que pude para não reconhecer a devastação girando como buracos negros, sugando toda a luz de dentro dele. — Mas eu lhe fiz um juramento. Nunca mais me colocar para fora do nosso quarto de boa vontade. Ao menos essa promessa eu vou cumprir. — Seu olhar ferido me atravessou. — Por favor, fique comigo, Sofia.

Não respondi. Não era capaz.

Apoiando as mãos nos quadris, ele baixou a vista para ao tapete, parecendo querer me dizer alguma coisa. Seja lá o que fosse, acabou desistindo, e se retirou do quarto, encostando a porta sem fazer barulho.

O clique suave ribombou dentro de mim. A dor e o desespero esticaram o pescoço, cravando as garras em meu peito. Abraçada às roupas, afundei aos pés da cama, as lágrimas turvando minha visão e descendo pelo rosto sem controle enquanto eu tentava muito não pensar em como minha vida tinha virado de cabeça para baixo em umas poucas horas...

O miado de Bartolomeu me despertou da lembrança. O gato continuava em seu posto no parapeito, a cauda badalando de um lado para o outro assistindo o céu ganhar contornos arroxeados e um discreto salpicado laranja. As sombras começavam a recuar. Lá fora, pelo menos. Dentro de mim a escuridão intensa sufocava qualquer fiapo de luz.

Por favor, esteja segura, mentalizei pela milésima vez. Novamente esperei que algo acontecesse, tipo minha filha se teletransportar magicamente para dentro daquele quarto. Quando não aconteceu, me concentrei na carta, que eu já não podia mais chamar de carta. Em poucas horas eu havia criado uma espécie de diário. Já não tinha nenhuma vontade de escrever, de lembrar e reviver o que estava por vir. Mas era preciso. Eu podia ter deixado algo passar, alguma informação que pudesse me dar uma pista do paradeiro da minha filha.

Mas Nina não precisava ouvir sobre a agonia que fora minha noite no quarto de hóspedes, a falta que eu sentia do pé de Ian aquecendo o meu, do peito grande e maciço encaixado nas minhas costas, do ronco suave ressonando em meu ouvido. Eu não conseguira pregar os olhos e tinha a impressão de que nunca mais ia conseguir dormir. Não apenas porque estava morrendo de saudade dele. Eu estava ferida, sangrando. Ironicamente, justo a pessoa que me ferira era a única capaz de afugentar a dor.

Eu sou uma idiota.

Ok, era melhor pular essa parte. Por isso, puxei pela memória a manhã seguinte ao meu encontro com o senador após fecharmos o acordo. Meu corpo todo doía, estranhando o colchão. Eu poderia ter aproveitado a noite insone para esmiuçar o contrato de venda, se não tivesse sido idiota e o deixado em nosso quarto. Mais de uma vez pensei em atravessar a casa e buscá-lo, mas Ian estaria acordado — ele também sentia minha falta, eu tinha tanta certeza disso quanto de que não é boa ideia usar calça branca em dia de chuva. O sol ainda não havia nascido quando pulei da cama e fui para a cozinha. Não queria enfrentar a sala de jantar — mais especificamente, a cadeira vazia à cabeceira. Ian e eu sempre tomávamos café juntos. Ana e Nina ainda dormiam, mas fiquei surpresa ao ser informada por Madalena de que Ian havia saído fazia algum tempo.

— Ele não disse aonde ia?

— Não. — Os saltinhos de Madalena repicavam no piso de linóleo com a delicadeza de uma britadeira ligada a uma caixa de som ao se movimentar pela cozinha preparando o café da manhã. — Eu me ofereci para passar o café, mas ele estava com muita pressa.

— Talvez tenha falado com o seu Gomes ou Isaac...

— Sra. Clarke, o patrão não disse coisa alguma ao senhor meu marido, nem a Isaac. Aliás, Isaac viajou.

— Para onde?

— Não sei. Ele não me informou. Saiu logo depois do seu marido. Desconfio que tenha alguma relação com a antiga preceptora dos gêmeos Guimarães. Ele se enrabichou por ela faz algum tempo. Presumo que ele tenha ido procurar a família da moça e formalizar o pedido. Eu posso ter um netinho nos braços em breve! Sei que não seria mesmo meu neto, afinal ele é filho da primeira sra. Gomes. Mas eu vi esse menino crescer, e o amava muito antes de me apaixonar pelo pai dele. — Dispôs o bule sobre a chapa do fogão a lenha, secou as mãos no avental e me encarou demoradamente.

— O que foi, Madalena?

Sem hesitação, ela atravessou a cozinha e puxou uma cadeira.

— Se quer minha opinião, minha querida, não é bom sinal depender de um empregado para descobrir o paradeiro do seu marido. Não devia ter se mudado para o quarto de hóspedes ou essa desavença nunca vai se resolver. Seja qual foi a razão pela qual ele a feriu, deve ter uma boa explicação.

— Ian ficaria orgulhoso se ouvisse sua demonstração de lealdade. — Dei um sorriso triste.

— Não é lealdade. É bom senso. Conheço Ian desde que ele chegou ao mundo. Magoar alguém não faz parte do caráter dele.

— Ainda assim, aqui estou eu, me esforçando pra não me enfiar na cama e nunca mais sair de lá. — Afastei o cabelo do rosto. — Eu só queria acordar e descobrir que tudo não passou de um pesadelo. Que Ian não mentiu para mim. Nem ficar me martirizando sobre o que mais ele pode ter escondido.

— Sra. Clarke... — A governanta pretendia continuar, mas algo atrás de mim chamou sua atenção e ela se levantou imediatamente. — Patrão, estou terminando de passar o café e...

— Não se incomode comigo, sra. Madalena.

Meu corpo reagiu a sua voz de imediato. Tomei fôlego antes de me virar. A barba por fazer e o cabelo meio indisciplinado, se curvando de leve sobre as orelhas, se enroscando ao colarinho, me contaram que ele estava com pressa ao sair. Eu amava esse Ian desalinhado. Mas foram as meias-luas arroxeadas sob seus olhos que apagaram a centelha dentro de mim. A urgência de me atirar sobre ele foi tão grande que me agarrarei à borda da mesa.

Ian analisou meu rosto atentamente, conferindo se tudo estava no devido lugar. Soltou um suspiro tristonho ao se aproximar da mesa e murmurar:

— Você parece exausta.

— Noite ruim. — Resisti à vontade de ajeitar o cabelo.

— Terrível. — Ele anuiu em concordância. — Podemos conversar em meu escritório?

Por fim notei a pasta de couro que pendia de uma de suas mãos.

Ah. Eu devia ter imaginado. Ele tinha ido procurar o senador. Irritada, me levantei com estardalhaço e atravessei a casa, esperando que fechasse a porta do escritório antes de começar a gritar com ele.

— Eu sabia que faria isso. Você vai tentar me impedir de vender a fábrica. E foi atrás do senador pra tentar melar nosso acordo. Se você se atreveu a pagar a dívida que não existe...

— Não procurei o senador para tentar impedi-la, por mais que vontade não me falte. — Calmamente, ele passou por mim e depositou o envelope sobre a mesa, apoiando uma das pernas no tampo ao me observar. — E, confesso, pagar o que ele pede e deixar essa história no passado me passou pela cabeça. Mas me dei conta de que, se fizesse isso, você jamais me perdoaria. Eu fui me apresentar a ele como seu representante legal.

Pisquei por quase um minuto inteiro antes de balbuciar:

— Você vai... me...

— Ajudar com a venda. Sim, eu vou. — Deu aquele sorriso de lado que eu tanto amava. Imaginei que a dúvida piscasse em verde neon em minha testa, já que ele prosseguiu. — Vou apoiá-la na decisão que tomar. Você parece surpresa.

— Bom, estou mesmo. Você não deixou qualquer dúvida quanto a ser contra a venda da Infinito.

— E sou. — Cruzou os braços. — Você está cometendo um grave erro, só não se deu conta ainda.

Abri os braços num "e então...?".

Endireitando-se, ele caminhou pelo escritório, o olhar no bico das botas.

— Mesmo que nossas opiniões divergissem, eu sempre estive ao seu lado. Pensei que soubesse disso.

— Eu pensava que sabia, até você esconder Alexander e não fazer nada para impedi-lo. — *Não, espera.* Esse não era o ponto. — Por que está fazendo isso, Ian? É um tipo de armadilha ou coisa parecida? Porque se for...

Eu me calei ao perceber o jeito que ele pareceu ficar mais alto, mais forte e imponente.

— Me fere e ofende saber que você pensa que eu seria capaz de tramar qualquer coisa contra você. Sabe por que vou ajudá-la. — Em duas largas passadas, ele estava a meio palmo de mim. — Eu compreendo como você se sente. Sei que pensa que escondi a verdade em benefício próprio. Mas está errada. Teria sido tão mais fácil dividir meus medos, minhas angústias. Mentir para você foi a coisa mais difícil que já fiz. Eu morri, Sofia. Morri um pouco a cada vez que tive de esconder a verdade. Mas, olhando para você agora... Eu teria feito qualquer coisa para evitar que se sentisse tão atemorizada assim. Qualquer coisa, por mais absurda ou errada que fosse.

— Você me... — Minha voz falhou. Limpei a garganta. — Me acha tão fraca assim?

— Ao contrário. Não sou forte o bastante para assisti-la sofrer por um único segundo que seja, que dirá vinte longos anos.

Pela primeira vez desde que eu ouvira a interpretação de Analu de "Something in the Way", parei para pensar em como deviam ter sido para Ian todos aqueles anos de silêncio, solidão e o mesmo pavor que eu experimentava agora. Ele sofria sozinho, e eu...

Não. Foi uma escolha dele. Uma escolha *consciente*. Eu não podia me esquecer nunca disso.

Tomando fôlego, ele esfregou o rosto e retornou para perto da mesa, meu marido saindo de cena para ceder o palco ao advogado.

— Examinei o termo de venda esta madrugada — contou. — A oferta de Chagas está muito abaixo do que a Infinito vale. Suponho que a barganha pela proposta no Senado esteja sendo considerada. — A pergunta soou como uma afirmação. Como concordei, ele arqueou uma sobrancelha. — Está ciente de que Ana Laura não vai reagir bem se souber que abriu mão da fábrica por ela.

— Posso inventar uma desculpa qualquer para justificar a venda. Não é apenas por ela. É por todas nós.

— Está subestimando a inteligência da nossa filha. — Devagar, ele foi até a janela. — Como seu advogado, eu a aconselho a rever o acordo. Há algumas cláusulas dúbias. Por exemplo, a que se refere ao fato de que nenhuma demissão deve acontecer. Imagino que tenha sido ideia sua.

Eu me encolhi.

— Não vou prejudicar ninguém com a minha decisão. Não seria justo. O senador concordou com a cláusula, mesmo a contragosto.

— O problema é que ela deixa margem para diversas interpretações. Não existe um prazo nem um número de funcionários. Fui procurar o senador e me ofereci para redigi-lo eu mesmo. — Ele me olhou por sobre o ombro. — Se você concordar.

— *Ele* concordou? — Minha voz saiu esganiçada.

— Como você disse, o senador Chagas tem problemas apenas com a autoridade feminina. — Afastou-se da vidraça para ir se sentar no sofá de couro preto. — Devo tentar elevar um pouco o valor da Infinito? Afinal é o trabalho de toda a sua vida.

Juntando as saias, eu me empoleirei no braço do estofado.

— Não estou em posição de exigir nada, Ian.

— Até que o documento seja assinado, você está, sim. — Então ele começou a falar de cláusulas e outros termos legais e eu me perdi um pouco. A familiaridade dele com as leis me deixou sem fala. Algum dia Ian deixaria de me surpreender? Eu sabia que ele devia ser bom nisso, afinal meu marido sempre me ajudava com os contratos da Infinito. Documentos simples, acordos de compra e entrega entre a fábrica e os fornecedores e clientes... nada que exigisse muita dedicação. Agora ele discorria como um grande jurista disposto a salvar o mundo — o meu, pelo menos —, me deixando abobalhada, esperançosa e... saco, excitada. Eu culpava o sr. Darcy da Bridget Jones por isso.

— ... o senador espera fechar o acordo antes do fim do mês — completou. — Desconfio que ele tema que você mude de ideia. Sendo franco, também é o resultado para o qual eu torço.

— Não vai acontecer, Ian — alertei. — Eu não vou mudar de ideia.

— Eu sei. — Ele suspirou pesadamente. — Por acaso já lhe ocorreu que o senador pode não estar agindo sozinho?

Essa era uma questão que eu andava evitando a todo custo.

— É, eu pensei — admiti, brincando com uma dobra na saia. — Ele parecia muito seguro de que os recibos não tinham a assinatura do sr. Afonso. Mas, honestamente, não consegui pensar em ninguém que pudesse estar fazendo jogo duplo. Quer dizer, sei que muitos clientes e até alguns fornecedores prefeririam negociar com um homem a lidar comigo, mas como eles teriam acesso aos recibos? Quanto aos funcionários da Infinito... Todos parecem bastante satisfeitos com o cargo que ocupam, com os salários e a carga horária. Não consigo pensar em ninguém que possa querer me afastar da fábrica.

Ele franziu o cenho.

— Um antigo funcionário, quem sabe? — sugeriu. — Alguém descontente por ter perdido o emprego?

— Não que eu consiga me lembrar, já que nunca demiti ninguém. Todos que deixaram a fábrica pediram as contas, pelos motivos mais variados. Gravidez, mudança, idade...

Um silêncio longo o suficiente para eu começar a suar recaiu sobre o escritório.

— Bom. — Ele se levantou. — Vou trabalhar no novo documento. Se precisar de mim, estarei aqui.

Entendendo a deixa, fui para a porta, sentindo que Ian me seguia com o olhar. Parei sob o batente e me virei a tempo de ver um raio prateado cruzar as íris de ônix.

— Você... humm... Obrigada. — Indiquei a papelada sobre a mesa. — Por cuidar disso para mim.

— Não há muita coisa no mundo que eu não faça por você, Sofia — sussurrou com intensidade.

Anuindo, fechei a porta com cuidado, mas podia jurar tê-lo ouvido murmurar:

— Me pergunto se existe mesmo alguma.

30

Tá, eu sei que era estupidez confiar que Ian iria me ajudar a vender a fábrica, já que agora eu sabia que ele podia mentir para mim sem demonstrar... muito. O problema é que uma parte minha ainda queria acreditar que tudo não passava de um engano, que eu podia confiar nele como antes. E quer saber? Acho que esse era o plano dele também. Por isso decidi focar toda minha energia em Analu e na possibilidade de que Alexander estivesse por perto, o que logo se provou uma grande estupidez. Onde raios eu estive estes anos todos para achar que era seguro deixar Marina por conta própria? Escondida numa das crateras de Marte?

Parada diante do sobrado de tijolos à vista, Marina espiou sua égua e se perguntou se não devia dar no pé. Os livros que Ana costumava ler — e que Nina lia às escondidas, mas jamais alguém a ouviria admitir o fato em voz alta — falavam muito sobre amor, mas nenhum deles ensinava como partir um coração. Seria aceitável terminar o noivado sem que o noivo fosse informado?

Você precisa fazer isso. Ela se forçou a passar pelo portão, seguir pelo caminho de pedras margeado por samambaias e girassóis e bater. No entanto, a porta estava entreaberta. Tomou fôlego. E mais uma vez. E outra ainda.

Ora essa, não seria fácil magoar Diogo. Metade dela queria evitar o momento pelo tempo que conseguisse. Mas a outra metade, aquela justa e sensata, sabia que já havia prolongado o confronto por tempo demais, por isso empurrou o painel e foi entrando. Se deteve dois passos depois ao avistar o homem alto e imponente que entregava o chapéu ao mordomo dos Fontes.

Sam, seu coração suspirou.

Verdade seja dita, ela cogitou escapar de fininho. Chegou a dar um passo para trás. No entanto, Sam virou o pescoço e os olhares se encontraram. Foi como mergulhar em uma fogueira; labaredas, calor, crepitares violentos. Ele deu um ligeiro aceno de reconhecimento e virou o rosto, como ela sabia que faria.

Tentando ocultar a tristeza, ela se forçou a aparentar alguma calma quando o noivo surgiu no hall para cumprimentá-los.

— Minha pérola! — Diogo se iluminou e Nina quis chorar. Ele não devia ficar tão contente. Dificultava muito para ela pensar em magoá-lo. Isso, e porque aquele não era o sorriso que ela queria, não eram os dedos que ansiava sentir ao redor dos seus. — Minha querida. Eu ia procurá-la. Meu pai está chamando por você.

A urgência dele a deixou alerta. Sam também se virou para ouvir melhor.

— Há algo errado com seu pai? — ele quis saber.

A expressão de Diogo desmontou.

— Entrem e lhes contarei tudo.

A intuição de Marina rugia para que desse meia-volta; não ia gostar do que Diogo diria. Mas ela se armou de coragem e o seguiu casa adentro, tentando muito não ouvir os próprios pensamentos e ignorar o perfume de Sam ao passar por ele. Sentou-se em um dos sofás de tecido brocado, de costas para o assustador busto de mármore com a cara do noivo, e tentou aparentar tranquilidade. Samuel ocupou o outro extremo do sofá, deixando um metro entre eles. O noivo então começou a explicar o que havia acontecido na noite anterior.

Sim, o sexto sentido dela estava certo. Não que a constatação a tenha feito se sentir melhor.

— Um ataque apoplético? — Samuel inquiriu a Diogo, muito confuso. — Por que não me chamou?

— Foi muito repentino. Por sorte o desmaio no domingo deixou meu pai um pouco saudosista, e ele quis ver o irmão. Agora que penso nisso, me pergunto se ele não pressentiu o ataque. Meu tio chegou no início da noite de ontem. O ataque aconteceu logo após o jantar. Foi terrível. — Ele estalou a língua, sacudindo a cabeça. — Por isso não o chamei, dr. Samuel. Talvez já tenha ouvido falar do meu tio. Dr. Hélio Fontes.

— Sim. Eu me encontrei com ele muito tempo atrás, na época em que meu pai apresentou sua técnica de esterilização dos alimentos. Ele era um dos membros do conselho de medicina.

— Ainda é.

Samuel ficou de pé.

— Eu preciso vê-lo, Fontes.

Marina especulou se o noivo notara a maneira como Sam segurava a alça da valise, apertando-a tanto que os nós dos dedos empalideceram. Samuel estava tenso, se pelo ataque ou por não tê-lo acudido ela não sabia dizer. Apenas pressentiu que devia acompanhá-lo. Ela deixou que os dois fossem na frente, sem registrar quase nada do segundo andar ou do quarto do doente... Não deu atenção ao vaso de flores secas sobre a mesinha de cabeceira, às cortinas pesadas que pendiam da janela e esvoaçavam com a brisa, ao dossel de tecido brocado sombreando a cama, ao cheiro de charuto misturado a algo mais doce. Nada disso se fixou em sua mente. Tudo nela se retraía, apertado em um nó frágil prestes a se soltar a qualquer instante à visão do homem pálido perdido entre os lençóis.

O sujeito com alguma semelhança com Edgar Fontes, só que mais corpulento, se afastou da cama ao ouvi-los entrar e veio cumprimentar Samuel. Diogo lembrava mais o tio médico que o próprio pai, ela se deu conta.

— Você deve ser o jovem dr. Samuel Soares — disse o dr. Hélio.

— É um prazer conhecê-lo, dr. Hélio. Já li alguns artigos seus sobre edemas cerebrais. O que aconteceu com o sr. Edgar? Ele estava bem ontem, quando o deixei.

— O pior, doutor. — Ele chacoalhou a cabeça, o cabelo grisalho e fino se eriçando. — Ainda bem que eu estava com Edgar, pude acudi-lo a tempo. O ataque deixou graves sequelas. — Espiou o sobrinho.

— Não entendo... — Samuel esfregou o pescoço. — Eu verifiquei os reflexos, a força dos membros, monitorei por quase duas horas à procura de fibrilação arterial. Não encontrei nenhuma anomalia.

— Você ainda é jovem. Vai aprender a identificar os sinais com o tempo.

Samuel encarou o colega de profissão, depois o homem na cama, e dessa vez Nina não conseguiu compreender o que o semblante dele lhe dizia.

— Creio que sim. E imagino que meus serviços não sejam mais necessários.

— Sim, eu cuidarei do meu irmão de agora em diante.

Perturbado, Samuel se despediu com uma mesura curta. A expressão dele dizia que precisava de um momento a sós. Ainda assim, Marina quis ir atrás dele, mas o noivo espalmou suas costas. A vontade de dar um passo para o lado e quebrar o contato era tão ferina que ela estremeceu de leve, porém permitiu que Diogo a levasse para perto da cama.

— Papai, veja quem veio visitá-lo. É Marina!

As pálpebras de Edgar tremularam. E então ele começou a chorar, os dedos titubeantes buscando os dela.

— Eu teria vindo antes se soubesse o que havia acontecido — ela murmurou, penalizada, se sentando na beirada do colchão.

Do outro lado da cama, o médico grandalhão bufou.

— É inaceitável que meu irmão esteja nesse estado — rugiu Hélio, fitando o sobrinho. — Me pergunto se estou fazendo a coisa certa ao permitir que o responsável por isso saia impune. Ele devia estar na cadeia.

De imediato, Nina ergueu o olhar para ele.

— Samuel é um médico competente — afirmou em tom duro. — Atendeu no Royal Hospital de Londres por mais de três anos e recebeu um convite para ser parte dos cirurgiões residentes. Se ele disse que não havia sinais antes do ataque, é porque não havia mesmo.

Se por conta da tal dislexia ou pelos traumas do passado, ninguém era mais dedicado e metódico que Samuel. Se ele não encontrara nenhum indício do ataque, era porque não havia nada a ser encontrado. Podia apostar que seu primo repassava naquele instante cada movimento e exame que fizera nos atendimentos ao sr. Edgar, questionando-se se poderia ter errado.

O doente se agitou na cama. Nina tentou tranquilizá-lo, apertando a mão encarquilhada, mas ainda enfrentava o dr. Hélio, cujas bochechas fartas se tingiram de vermelho.

Suspeitou de que o noivo percebera, pois suspirou, exasperado.

— Tio Hélio, por favor. Não seja indelicado. Sabe que não houve um responsável, logo não existe motivo para uma denúncia. Essa conversa tola está deixando meu pai agitado.

O médico e o sobrinho travaram uma discussão muda. Por fim, o cirurgião bufou e disse que ia buscar um chá para o doente, sem dirigir a noiva do sobrinho mais que um olhar rápido. Foi o bastante para que Nina visse o desprezo. Diogo não percebeu, aflito para apaziguar o pai.

Depois de um pouco de conversa sussurrada, o sr. Edgar se acalmou.

— Seu tio pretende denunciar Sam ao conselho de medicina? — ela cochichou ao noivo, quando o doente respirou fundo e cerrou as pálpebras.

— Lamento que tenha percebido, minha pérola. — Estalou a língua. — Eu insisti para que ele esquecesse o assunto. Meu tio é mais teimoso do que aparenta.

Então o dr. Hélio Fontes estava disposto a destruir a carreira de Samuel por não aceitar a ideia de que o ataque apoplético não pôde ser previsto?

Ora essa, qualquer conselho que tivesse acesso ao caso compreenderia o que Hélio parecia disposto a ignorar. Samuel seria inocentado, isentado... seja lá o nome para a ação que o eximiria da acusação de negligência. Contudo, Marina conhecia o poder destrutivo dos boatos. Se a capacidade de Samuel fosse questionada uma vez, quem confiaria em seus talentos?

Não, não, não. Aquilo não ia acontecer. Ela não ia permitir, nem que para isso tivesse que quebrar o nariz do dr. Hélio Fontes, e até ela sabia que era péssima ideia irritar ainda mais um dos membros do conselho de medicina. Mas que inferno!

— Não fique tão agitada. — Ele assegurou: — Eu prometo não permitir que meu tio faça qualquer coisa contra o dr. Samuel, não apenas porque é uma acusação absurda. Eu nunca consentiria que ele provocasse um mal-estar entre nossas famílias. Logo, meu tio não fará nenhuma denúncia contra o primo mais querido da minha esposa, nem que para isso eu tenha que ameaçar cortar relações. — Diogo apanhou uma das mãos dela e beijou o dorso.

— E isso o impediria? — Ela puxou a mão, coçando o braço.

— No mesmo instante. Sou o administrador de todo o patrimônio da família e o responsável por designar as partes dos lucros a cada membro — confidenciou, um pouco envaidecido.

Nisso ela podia acreditar. Afinal o dinheiro move montanhas... ou seja lá o que dizia o ditado.

— Você faria isso, Diogo?

— Por você? Sem pestanejar. — Indicou a cama com o queixo. — Ele vai dormir um pouco. Vamos deixá-lo descansar.

Limpando a mão na saia do vestido, ela acompanhou o noivo até a saleta naquele andar, se esforçando para ignorar o sentimento de perda e dor que se instalava em seu peito e o que simbolizava. Bem que ela tentou.

Diogo a fez sentar no sofá forrado de cetim vermelho, bem de frente para mais um busto aterrorizante com a cara dele. Honestamente... até onde ia a vaidade do noivo?

— Minha pérola, estou preocupado com relação ao futuro. Papai pode não se... — A voz dele falhou. Diogo pigarreou. — Sei que combinamos aguardar um pouco para decidir a data, mas não suporto pensar que papai possa não estar presente em nosso casamento.

— Compreendo — murmurou, entorpecida.

Puxando a mão dela com certa rispidez, ele a comprimiu de encontro ao peito.

— Se você e sua família não tiverem nenhuma objeção, eu gostaria de marcar o nosso casamento o quanto antes. Para este mês ainda, se possível.

E assim o dr. Hélio seria impedido de difamar o primo. Tudo o que ela precisava fazer para proteger Samuel era prosseguir com o noivado.

Não posso fazer isso. Não posso!

É mesmo?, sua mente rebateu, evocando uma antiga memória de si mesma aos seis anos, ao ver pela primeira vez as cicatrizes nas costas de Sam e ele lhe contar, com um misto de vergonha e desafio, que quem as provocara fora o próprio tio. Ao se deitar na cama naquela noite, ela pediu a uma estrela que apagasse a dor e sofrimento de dentro de Sam, e em troca jamais machucaria um ser vivo, abrindo mão de sua comida preferida: carne. Ela ainda mantinha sua parte no trato, mesmo agora. Durante a vida inteira sempre lamentara ser apenas uma criança quando Sam estivera sob os "cuidados" do asqueroso Jeremias Duarte, não ter impedido que a maldade se aviltasse sobre o melhor amigo. Mas agora, a poucos meses de completar vinte e dois, ela já não era uma menininha impotente. Era uma mulher diante da chance real de afastar o mal para bem longe de Samuel. Dessa vez ela podia fazer alguma coisa além de uma barganha com uma estrela.

Lutando contra a visão embaçada, fitou as íris esverdeadas de Diogo, resistindo à urgência de cair no choro. Não só porque aqueles não eram os olhos que ela queria nos dela naquele instante. Marina gostava de Diogo o bastante para que enganá-lo a respeito dos próprios sentimentos a ferisse. Ele não merecia. Tampouco ela ou Sam.

Ainda encarando Diogo, ela compreendeu que a vida não passa de uma grande sucessão de dores, com pequenas doses de alegria entre uma e outra.

* * *

Assim que acreditou ser educado partir, Marina se despediu do noivo, não sem antes ser forçada a prometer que visitaria o doente no dia seguinte.

Ao apanhar Amora e apontá-la na direção do consultório, ansiou que não houvesse um amanhã. Porque então ela teria que parar de fingir que estava tudo bem e aceitar o fato de que ia se casar com um homem a quem não amava. Um sentimento corrosivo esmagou seu peito e lhe fechou a garganta. Pela primeira vez na vida, odiou-se por ser tão impulsiva. Se ela tivesse parado para pensar antes de aceitar Fontes, nada daquilo estaria acontecendo.

Uma parte dela chorava, o anel pesando no anular tanto quanto sua consciência. Mas a outra metade sabia que tinha feito a coisa certa. O que não significava que não a ferisse. Doía tanto que ela mal conseguia respirar.

O consultório estava vazio àquela hora da manhã, e o tio aproveitou o sossego para fazer um inventário da cristaleira de medicamentos. Samuel trabalhava na bancada, esmagando algo dentro de um pilão com tanta força que a pobre bancada rangia.

— Espero que você consiga fazê-lo parar. — O tio deu dois tapinhas no ombro dela. — Eu me dou por vencido.

Encaminhando-se para a porta que interligava o consultório à casa do sr. Almeida, Lucas os deixou sozinhos. Samuel nem ao menos ergueu o olhar para ela, continuando a castigar a mistura. Marina se aproximou, mas não muito, e apoiou os cotovelos na bancada alta, espiando o conteúdo da tigela.

— Está fazendo tintura à base de porcelana? Porque é o que vai conseguir se não parar de socá-la com tanta força.

Mais daquele esmaga-esmaga.

Ela tentou de novo.

— Sam, compreendo que esteja frustrado...

— Frustrado não é bem a palavra — escarneceu, empregando ainda mais força. A porcelana não resistiu, partindo-se em três grandes cacos, a escura mistura viscosa escorrendo lentamente pela madeira. — Maldição!

Mal-humorado, ele apanhou os cacos e os atirou na lixeira antes de limpar a bagunça com a toalha.

— Eu não entendo — cuspiu por entre a mandíbula trincada. — A tontura de Edgar foi um alerta. Por isso meu primeiro prognóstico foi de um derrame cerebral. Eu investiguei com muito cuidado, primeiro na casa dos Amina. Novamente no domingo e ontem de manhã, com mais calma. Não havia fraqueza nos membros, formigamento, perda de sensibilidade em um dos lados do corpo. Também não encontrei alteração de visão, dificuldade na fala e deglutição, compreensão ou dor de cabeça. — Ao terminar com a bancada, transformou a toalha suja em uma bola e a atirou no cesto. — Não havia nenhuma alteração na pressão arterial ou ritmo cardíaco. Mas havia fadiga, feridas nos pés e um corte no braço, resultado de um acidente com o abridor de cartas na semana passada que já devia ter cicatrizado. Isso mais o desmaio me levou a crer que era um caso de diabetes.

— E talvez seja mesmo — disse ela, suavemente. — Um episódio não tem que estar ligado ao outro.

Irritado, ele foi se limpar no pequeno toucador no canto.

— Só que estão, Marina. Diabetes é um alerta para acidente vascular cerebral. E era minha função antever os sinais, mesmo os ínfimos. Diabos, onde foi que eu falhei? — Esfregou as mãos molhadas no rosto, como se tentasse acordar de um pesadelo.

Nina ficou de costas para a bancada, seguindo-o com o olhar.

— O ataque de apoplexia nem sempre dá sinais, e você sabe disso — disse com delicadeza. — Foi assim com vovó Laura, pelo que papai conta. Ou vai tentar me convencer de que a morte dela foi uma falha do dr. Almeida?

— É diferente. — O queixo dele apontou de leve para o teto. — Eu devia ter previsto.

— Ah. — Ela se desencostou da bancada e vagou pela saleta. — Acho que fiz confusão. Pensei que você tivesse passado todos esses anos em Londres estudando para ser um cirurgião, não um adivinho.

O comentário atrevido lhe rendeu um olhar enviesado e um suspiro em parte exasperado, em parte divertido. Samuel se recostou no tocador minúsculo, um silêncio estranho pairando entre eles. Desde quando Sam e ela ficavam desconfortáveis um na presença do outro?

Desde que se agarraram na biblioteca dos Amina, uma vozinha empolgada sussurrou em seu peito. *E ontem na estrada. Vamos fazer isso de novo!*

Abanando a cabeça para silenciá-la, Nina não conseguiu abafar os lampejos e rajadas violentas do beijo na campina, na tarde anterior. E isso foi antes de aqueles dois topázios imperiais se prenderem em seu rosto.

Mas que porcaria, ela queria beijá-lo de novo. Ansiava tanto por estar em seus braços novamente que o desejo se traduziu em tremores e arrepios. E era uma péssima ideia, estava tão certa quanto de que era idiotice se aproximar de um cavalo pela traseira. Porque, se Samuel a tocasse outra vez, se a abraçasse como fizera na tarde anterior, e as bocas se fundissem... ela não teria forças para se apartar dele nunca mais. E ela precisava se manter firme em sua resolução.

— Sam. — Ela engoliu o próprio coração — Eu preciso te dizer uma coisa.

A tensão se instaurou entre as sobrancelhas grossas conforme ele se aproximava dela, deixando a mesa usada em cirurgias entre eles.

— Eu também. Nina, eu decidi retornar a Londres. Dessa vez, em definitivo — acrescentou em tom grave.

Ela quis contestar, ao menos se surpreender. Mas já sabia que ele faria algo semelhante. Sam a protegeria de si mesma, como sempre fizera.

— Mas... mas e quanto a... — *a mim?*, quase deixou escapar — ... a sua família?

Seu melhor amigo em todo o mundo deu um arremedo de sorriso.

— Eles se saíram bem sem mim nos últimos anos. Além disso, a Inglaterra está a uma passagem de distância. Isso serve para você. — Ele desviou o olhar, as mãos desaparecendo nos bolsos da calça. — E para seu futuro marido, por certo.

A última parte a atingiu como um coice. Seu futuro marido. Diogo Fontes. Foi a vez dela de cravar os olhos no chão.

— Desconfiei que regressaria. Por causa da srta. Sally. Quando... — Sua voz mal tinha som. Ela pigarreou. — Quando embarca?

— Em algumas semanas, talvez. Ainda não me decidi.

Retorcendo os dedos na altura da cintura, ela assentiu, piscando rápido para impedir que as lágrimas denunciassem seu teatro. Devia se felicitar com a decisão do amigo, afinal ainda não compreendia o que andava acontecendo entre eles. Se ele estivesse do outro lado do mundo, Hélio Fontes não poderia lhe fazer mal algum. Ela devia se alegrar.

Então por que a cada segundo a respiração ficava mais e mais custosa?

— Por favor, agende sua partida para depois de 13 de novembro — disse por fim, fingindo animação. — Diogo e eu decidimos marcar a data. E não posso me casar sem que meu melhor amigo esteja presente. Queria que você fosse... minha dama de honra com Analu.

Ele continuou a encará-la, e Nina se esforçou para ler nas entrelinhas. Não conseguiu enxergar além da cortina que ele erguera.

— Vou ter que usar um vestido combinando com o de Ana? — inquiriu ele depois de um tempo, e ela deu um sorriso fraco. Desviando a atenção, ele esfregou a nuca. — Fico muito feliz por você, Marina. Que tenha encontrado seu caminho.

O elo que compartilharam uma vida inteira, aquele que Nina pensara ser forte e indestrutível, começou a esfarelar, enfraquecendo a ponto de se perder em uma névoa.

— Tudo vai se ajeitar agora. — Os lindos topázios se prenderam a ela, porém não devolviam nada. — É uma promessa.

Uma promessa que já nascia partida. Nada ia ficar bem. Ela ia se casar com um homem que não amava; Samuel, seu primo, seu melhor amigo, seu... Sam iria desaparecer de sua vida. Então, não, nada ia se ajeitar. Mas assentiu uma vez e fez o melhor para aparentar alguma serenidade. Samuel não desconfiou de que, por trás da imitação de sorriso, a alma de Nina agonizava e morria em silêncio.

31

Lembra que mencionei que Ana é muito parecida com Ian em diversos aspectos? Tirar dela qualquer informação, por exemplo, é parecido com tentar entrar num jeans dois tamanhos menor. Você se esforça, pula e rebola na esperança de que uma hora ele vá fechar, mas termina toda suada, com as coxas esfoladas e a bunda ainda de fora.

Ana terminou a toalete e se admirou no espelho. Humm... ainda parecia abatida. Talvez fosse melhor refazer o penteado, ponderou. Deixar um pouco menos formal.

O gatinho sentado sobre o tampo do toucador miou alto.

— Concordo, Bartô. Pareço meio rígida. Um pouco de cachos soltos, então.

Bartolomeu tornou a miar, dessa vez uma censura.

— Não estou protelando. Apenas quero ter um aspecto melhor. Não é nem um crime, é?

O felino continuou a encará-la. Está bem, ela devia estar no consultório àquela altura e cuidar dos curativos do dr. Almeida. O problema era que existia uma grande possibilidade de Samuel estar a sua espera para interrogá-la sobre Alexander. Deus do céu, o que ela iria dizer ao primo? Se falasse demais colocaria Marina em ainda mais perigo? Se não dissesse nada e Sam decidisse investigar por conta própria, poderia piorar o futuro?

Raios. Devia ter verificado com Alexander o que podia ou não ser revelado. *Se ele não tivesse saído correndo*, acrescentou, azeda.

Obrigando-se a deixar tudo relacionado a ele de lado, Ana se concentrou no novo penteado. Uma batida de porta estrondosa sacudiu de leve o espelho. Abandonando as forquilhas, ela correu para o corredor, temendo que a casa estivesse ruindo. Piscou ao ouvir coisas se quebrando dentro do quarto da irmã.

Alarmada, ela correu e foi entrando sem bater. Uma bota passou voando rente a sua orelha.

— Ei! — Olhou torto para a irmã mais velha, sentada aos pés da cama. — Não precisa me atacar. Basta me pedir para sair.

— Desculpe, Analu. Eu não ouvi você entrar.

— Por que está tão... — Então notou a vermelhidão na ponta do nariz. Em um átimo de segundo estava ao lado de Nina, afastando os cachos pretos de seu rosto. — Por que andou chorando?

— Sabe que eu não choro. — Tombou no colchão, e encarou o teto do dossel. — O pai de Diogo teve um ataque apoplético ontem à noite.

— Ah, não! Pobrezinho! — Ana se esticou ao lado da irmã, apoiando-se em um dos cotovelos. — Como ele está?

— Nada bem. Mal consegue balbuciar algumas sílabas e chora muito. Diogo está devastado.

Abrindo a mão sobre a da irmã, Ana fechou os dedos bem apertado.

— Sinto muito, Nina. Samuel está com ele agora?

— Não. O sr. Edgar escreveu para o irmão pouco antes de sofrer o ataque. O dr. Hélio chegou bem a tempo de acudi-lo. Vai cuidar dele agora.

A maneira como o olhar dela parecia perdido, vazio... Meu Deus, será que o estado do sr. Fontes era tão grave assim?

— Diogo teme que o pai piore — confessou Nina, sem entonação. — Decidimos marcar o casamento. Será em 13 de novembro.

De imediato, Ana se sentou,

— O quê? Não! Você não pode se casar com Diogo! — Afastou alguns cachos do rosto.

— E por que não? — A irmã se virou para encará-la sem emoção.

Ana pulou da cama, a respiração saindo aos trancos.

— Porque... porque... um noivado tão curto vai gerar falatórios! — improvisou. — Vão inventar que você está esperando um bebê!

— Eu não me importo. Só quero resolver essa história de uma vez por todas.

Não, nada parecia importar a Marina, ela percebeu com uma batida dolorosa. No entanto, Ana se importava, e muito, com a irmã.

— Samuel vai retornar para Londres em breve. — Tornou a fitar o teto, movimentando a bolsinha pelo cinto de um lado para o outro. — Quero me casar enquanto meu melhor amigo ainda está aqui. Ele tem que estar no altar comigo. Não vou conseguir dizer sim se ele não estiver do meu lado.

Os olhos de Ana quase pularam das órbitas.

— Você disse isso ao Samuel? — *Depois de beijá-lo?*, por pouco não acrescentou.

— Sim. Eu o convidei para ser o equivalente masculino da dama de honra. Ele aceitou.

Por um instante, Ana ficou na dúvida quanto a sacudir a irmã ou gritar com ela por ter sido tão estúpida. Preferiu tentar trazê-la à razão.

— Minha irmã, como pode se casar com Diogo se ainda ontem me contou que Samuel a beijou?

Erguendo-se sobre os cotovelos, Marina começou a desafivelar o cinto.

— Foi apenas um beijo, Ana.

— Não foi apenas um! Eu vi vocês na biblioteca! — Enfim conseguiu uma reação da irmã. — Tem algo acontecendo entre vocês dois. Como pode se casar com Diogo Fontes se está confusa?

— Eu não estou confusa. Sei exatamente o que devo fazer. — Estreitou os olhos. — E você não devia ter me espionado na biblioteca.

— Caso não se lembre, Diogo teria compreendido o que você e Sam fizeram se eu não tivesse interferido. — Espere. Estava se desviando do assunto. Ela se atirou na cama, as saias se inflando ao redor dos quadris. — Nina, por favor, não se case com Diogo.

— Me dê um motivo para isso, Ana.

Cansada do jogo de esconde-esconde, ela abriu os braços e, enfim, libertou o peso em seu coração.

— Porque um vidente me procurou e me alertou de que algo terrível vai acontecer se vocês se casarem. Algo terrível com *você*.

Atirando o cinto e a bolsa na poltrona, Marina riu sem vontade.

— Me diz que você não acreditou nessa tolice de vidência. Você é mais inteligente que isso.

Ah, que jeito educado de dizer que alguém é estúpido.

— Não é tolice, Nina, é a verdade! Sim, no início eu o julguei um charlatão, mas depois ele me deu provas. Provas que nem mesmo eu, que questiono e procuro justificativas para tudo, fui capaz de refutar. Ele *sabe*. Sabe mesmo.

Sua irmã desdenhou do comentário com um gesto de mão e ficou de pé.

— Certamente ele deu provas; é assim que esses golpistas conseguem suas vítimas. Sendo convincentes. Não é magia, Analu, é um truque.

Por quê? Por que Marina nunca ouvia ninguém?

— Nina, dessa vez é diferente. — Ela afundou as palmas nos lençóis. — Por favor, não acredite nele se não quiser. Acredite em mim e em meu desespero. Não precisa terminar o noivado. Apenas... adie a cerimônia por uns tempos. Por favor, minha irmã.

— Sinto muito, Analu, mas a data já foi marcada.

Não! Não! Não!

A irmã não podia antecipar o casamento. Ana Laura precisava de mais tempo, de ajuda, de um milagre! E, se Samuel pretendia retornar à Europa, a única alternativa seria voltar novamente para Diogo... Como o faria se apaixonar em uma quinzena, se não conseguira durante sete longos anos? Parte dela sugeriu procurar os pais, pedir ajuda. Mas, depois da reação da mãe ao ouvir a canção de Alexander, temeu causar mais problemas e perder tempo. Um tempo que ela não tinha mais. Só havia uma pessoa que poderia ajudá-la naquele momento.

Duas, na verdade, mas Alexander se recusava a auxiliá-la a unir Samuel e Marina.

Uma voz irritante sussurrou em sua mente que estava prestes a cometer um grande erro. E possivelmente tinha razão, afinal o que Ana conseguira naquela história além de uma sucessão de equívocos e de piorar a situação? Acaso seu bilhete para aproximar Sam e Nina não os afastara ainda mais?

Ainda assim, a consciência não era o bastante para impedi-la. O coração não é sensato. Ela deixou a irmã e foi apanhar o chapéu. No entanto, ao chegar às escadas em frente à casa, avistou o cavalheiro se aproximando. O semblante de Samuel estava esculpido em uma expressão serena ao desmontar do animal avermelhado, mas seus olhos estavam vazios, devastados. Como os de Nina.

Isso mais que qualquer coisa confirmou aquilo de que Ana desconfiava. Marina o ferira ao contar sobre o casamento. E, se ele se abalara tanto, só podia...

— Eu estava certo. — Ele entregou as rédeas a um empregado. — Você está fugindo de mim.

— Na verdade eu estava indo procurá-lo agora mesmo. — Ela se virou para espiar a casa, temendo que a irmã aparecesse, por isso sugeriu: — Quer dar um passeio comigo?

Samuel relanceou a mansão de maneira tão direta que Ana teve impressão de que ele era capaz de ver além dos tijolos. Então ele assentiu e lhe ofereceu o braço. Caminharam por um tempo pelo jardim, e terminaram no caramanchão. Ótimo. Teriam privacidade ali.

— Soube do ataque do sr. Fontes. — Ela ocupou o banco.

— Ainda estou tentando entender. — Com um sutil beliscão nas pernas da calça, ele se sentou ao seu lado. A madeira estalou com a adição do corpanzil. — Quanto mais penso, mais confuso fico. Não havia nenhum sinal, Ana. Eu juro.

— Sei que não. Nem o dr. Almeida nem o seu pai teriam feito um exame mais meticuloso. Talvez fosse para acontecer dessa forma.

— Pode ser que esteja certa. — Encarando as vigas cobertas de rosas trepadeiras, Sam expeliu o ar com força. — A medicina não é uma ciência exata, infelizmente.

— Marina também me contou sobre seu retorno a Londres — confidenciou, atraindo a atenção do primo. — Sam, você não pode se afastar dela agora. Nina precisa de você.

Ele arqueou uma das grossas sobrancelhas.

— E quem foi que a convenceu disso? Aquele sujeito traiçoeiro?

— Ele não é traiçoeiro. Alexander só está tentando nos ajudar. Acredita mesmo que eu me deixaria enganar sobre um assunto tão sério?

— Me perdoe, Ana, mas eu acho, sim. Você sempre prefere acreditar no melhor das pessoas. Se eu fosse você, não confiaria no que ele diz. Tudo o que esse homem faz é para o próprio benefício.

— Não é verdade. — Ela se levantou do banco circulando pelo tablado. — Ele não é assim. Ao contrário, Alexander é sensível, altruísta como ninguém que eu conheça, solitário...

— Dissimulado, manipulador, enganador — atravessou o primo. — Esqueci alguma coisa?

Mas por que todos tinham resolvido não lhe dar ouvidos?

— Você não o conhece como eu — rebateu ela. — Ele é doce, apesar de um pouco atrevido. Mas até isso cai bem nele. Alexander é...

O banco pareceu ferroar o primo, que saltou sobre as próprias pernas.

— Pelo amor de tudo o que é mais sagrado, Ana Laura, me diga que não está apaixonada por esse sujeito.

— Não! Obviamente que não. — Não estava, não é? A quentura em suas faces era pelo absurdo da insinuação. Apenas isso. — O que estou tentando dizer é que o que aconteceu no passado entre ele e seus pais está cegando você agora.

— Tem certeza de que o cego aqui sou eu? — As sobrancelhas dele quase se uniram. — Não sei que espécie de truque ele fez para ter a mesma aparência de antes, mas posso apostar que não é boa coisa.

As saias chiaram à medida que ela se aproximava para ficar cara a cara com o primo.

— Eu não estaria aqui agora, disposta a contar tudo o que sei, se não acreditasse em Alexander. Por favor, Sam, apenas me escute e tente não fazer julgamentos até eu terminar. Aí então decidirá se acredita em algo ou não.

Atendendo ao pedido, Samuel não disse uma palavra enquanto Ana narrava o primeiro encontro com Alexander, depois a previsão detalhada do acidente do pai, os pontos perfeitos de Samuel. Relatou também o jogo que ele fizera na vila, adivinhando com precisão assombrosa cada ato e gesto dos moradores. Ela tremia de leve ao contar sobre a venda da casa de veraneio dos Amina antes mesmo que o sr. Akin decidisse vendê-la.

— Ele sabia, Sam. — Ela suspirou ao fim do relato. — Nenhuma dessas situações foi sorte, coincidência ou acaso. Ele realmente conhece o futuro de Nina.

Virando-se para o fundo do caramanchão, ele contemplou o horizonte, a visão atravessando o jardim e se fixando no casarão.

— O que ele alega saber sobre o futuro dela? — indagou a meia-voz.

— Algo terrível. Nina e Diogo vão ter uma discussão pouco depois do casamento. Estarão em um barco, e aí minha irmã... — Ela tragou saliva. — Ela...

De imediato, ele se voltou para encará-la.

— Marina nada muito bem.

— Não em um lago repleto de algas. — Abriu os braços, desolada.

O primo mudou de cor. Ele começava a considerar a previsão de Alexander, não é?

Se havia algo que Samuel nunca soube fazer, era não cuidar de Marina, mesmo que ela não precisasse de ajuda. Ana contava com isso. Precisava que Samuel fosse aberto à ideia de que Alexander não era um charlatão e tentasse trazer um pouco de juízo a Nina, em vez de planejar seu retorno à Europa. Talvez o primo voltasse a frequentar a casa delas tanto quanto fosse aceitável — eles eram primos, afinal. O céu era o limite. E, com a proximidade, quem sabe a irmã finalmente compreendesse que ficar longe de Samuel a fazia perder as cores. Não as do rosto, mas as de seu mundo. Samuel era o sol de Nina.

— Por favor, Sam, me ajude! — Uniu as mãos em súplica.

— A sabotar o casamento da sua própria irmã, Analu? — Ele riu sem humor. — Você perdeu o juízo?

— Não é sabotagem. Tudo o que preciso é de mais tempo para pensar em como... como alterar esse futuro tenebroso. Você é o único a quem ela escuta... um pouco, pelo menos — corrigiu depressa. — Me ajude a convencê-la a adiar o casamento.

— Não. Não vou fazer isso. — Trincou o maxilar, dando um passo para trás. — Não posso.

— Por que não? Você sabe melhor que ninguém que é o único que exerce *alguma* influência sobre Marina.

Aflito, um pouco descrente, ele chacoalhou a cabeça com veemência.

— Não, Ana. O que me propõe é que eu me aproveite da confiança que sua irmã tem em mim para manipulá-la, para que você consiga o que quer.

Lutando contra as lágrimas, ela se encolheu ante as palavras dele.

— Não ache que me ofende. Pode pensar o pior de mim, se quiser. Eu vou ajudar minha irmã da maneira que puder, mesmo que pareça ou seja a forma errada.

Seu primo a observou pelo que pareceu um século inteiro antes de, um pouco desconfiado, indagar:

— Alexander tem algum envolvimento com esse seu plano, não é?

— Ao contrário. Ele tentou me desencorajar, porque acha que não vai funcionar.

— Não acredito que vou dizer isso. — Sam coçou a nuca, meio rindo, meio grunhindo. — Mas, se ele pode realmente prever o futuro, não seria sensato dar ouvidos a ele?

— Eu daria, se o futuro fosse imutável, coisa que ele mesmo admitiu não ser. Tudo depende de nossas escolhas, do aqui e agora. Nina ainda tem uma chance, ela pode fazer outra escolha. — *Ela pode escolher você.*

Samuel chegou a ponderar por um instante, mas tornou a negar com a cabeça.

— Tente falar com ela sobre o assunto. Explique tudo o que Alexander disse.

— Acabei de fazer isso. Ela me deixou falando sozinha. — Ana se abraçou. — Você é tudo que me restou.

— Eu... não posso, Ana. Não posso fazer isso com ela! — Ele correu os dedos pelo cabelo, bagunçando-o. — É justamente para me impedir de ir atrás dela que eu vou...

— Regressar à Inglaterra? — Ela arqueou as sobrancelhas. — É isso, não é? Você vai para outro continente para se impedir de enxergar o que sente pela minha irmã.

— Me perdoe. — Um brilho de determinação inundou seu belo semblante. — Mas prometi a mim mesmo que não iria interferir na decisão de Marina. E já falhei demais nessa missão. Sinto muito, mas não posso ajudá-la.

A silhueta do primo se dissolveu na cortina de lágrimas.

— Eu também sinto muito. — Porque, se ele não ia falar com Nina, tudo o que restava a Ana era fazer Diogo mudar de ideia, e, de uma maneira ou de outra, ela perderia a irmã.

Do centro do jardim, uma jovem acenou com os braços para atrair a atenção deles, antes de suspender um dos lados das saias e correr.

— Graças ao bom Deus! — a mulher foi dizendo, sem fôlego. Ana a reconheceu da cozinha dos Amina. — Fui até o consultório, mas a sra. Almeida me informou que o senhor seu pai está em outro atendimento, e o bom dr. Almeida não conseguiu sair da cama esta manhã. Me disse que poderia encontrá-lo aqui, doutor.

— Qual é a emergência, senhorita? — Sam entrou na pele do médico em uma batida de coração.

— É o sr. Marques. Ele precisa da sua ajuda. E da sua também, srta. Ana. O cabeça-dura se trancou no quarto. Por isso o patrão me pediu para buscar socorro. O pobre homem está queimando de febre, delirando, mal consegue andar sozinho.

— Você veio andando? — Ana quis saber. A jovem aquiesceu, respirando forte. Ela se virou para o primo. — Vou pedir a carruagem.

— Eu vou indo na frente — avisou Samuel, já saltando para fora do caramanchão.

Vinte minutos se passaram até que Analu e a cozinheira entrassem no sobrado dos Amina. Ana teve seus piores temores confirmados ao ver o primo e o dono da casa plantados diante da porta do mordomo.

— Pare com isso, Marques. — O sr. Amina bateu com força na porta. — Você precisa deixar o dr. Samuel entrar. Não me faça essa desfeita.

Silêncio.

— Já chega! — O astrofísico resfolegou. — A governanta deve ter uma cópia da chave.

O sr. Amina foi procurar a mulher. Mal ele sumiu de vista e Sam e Ana ouviram um ruído dentro do aposento, o estrondo de algo pesado tombando no chão.

Samuel agiu depressa, recuando dois metros antes de se lançar contra a madeira uma vez. Na segunda tentativa a porta se desprendeu do ferrolho. Ele foi o primeiro a entrar. E então estacar. Por que ele não se movia? Ana o contornou, o odor pútrido dentro do quarto a deixando enjoada. Mas foi a visão do corpo descarnado do sr. Marques, ensopado e nu, caído ao lado da banheira, que fez seu estômago se revirar e os joelhos perderem a sustentação. O mordomo ocultava a magreza com roupas largas, percebeu ao observar o corpo esquálido de aspecto frágil. De imediato ela se abaixou para ajudá-lo a se levantar, sem se importar com o fato de que a etiqueta exigia que ela deixasse aquele quarto imediatamente. Porém não havia nada frágil no empurrão que o sr. Marques lhe deu. Ana caiu sentada em uma poça de água.

— Saiam! Saiam todos! — gritou o doente, estendendo a mão para a toalha pendurada aos pés da banheira.

Sam se recuperou do que quer que o tivesse feito congelar e correu para a cama, retornando com um lençol para embrulhar o corpo pequeno. Por mais que Samuel tivesse agido depressa, não foi rápido o bastante para evitar que ela tivesse uma boa visão do que as faixas que vira no dorso do mordomo escondiam. E, enfim, entendeu o estarrecimento do primo. Também compreendeu que se enganara antes. Não havia feridas no peito do homem de meia-idade, como ela conjecturara.

Havia seios.

32

Como eu queria ser capaz de proteger minhas filhas da crueldade do mundo, Nina.

— Não! — Os olhos febris do sr. Marques se reviraram nas órbitas. — Só me deixem morrer com a dignidade que ainda me resta. Me deixem em paz.

— Eu sinto muito — murmurou Sam. — Mas não posso. — Embrulhou o mordomo com o lençol e passou os braços por baixo do corpo magro, carregando-o para a cama.

O ataque de fúria do doente ao ser tocado despertou Ana, que se obrigou a engolir o choque e a agir: passou a chave na porta e em seguida abriu a valise de Samuel aos pés da cama, dispondo sobre o colchão os instrumentos de que ele iria precisar.

A cama trepidou quando o sr. Marques... ou seria senhora? Ana abanou a cabeça. Não era hora de pensar nisso. Havia um doente muito necessitado de ajuda.

Por favor, que não tenhamos chegado tarde demais!

— Ana me contou de sua enfermidade. — A voz do médico era calma e baixa ao se sentar na beirada do colchão, mantendo alguma distância do doente. — Eu acredito que seja mais grave do que pressupõe. Preciso examiná-lo, está bem? — Ele estendeu o braço.

— NÃO! — O sr. Marques se encolheu e começou a tremer.

De imediato, Samuel se transformou em uma estátua, a mão pairando no ar a meio metro do ser humano frágil e aterrorizado. Algo devia ter feito sentido para ele, pois ofegou. O quê? O que estava havendo?

Ana acompanhou o primo tragar saliva ao observar o sr. Marques demoradamente.

— Eu não sou ele. — A voz de Sam tremeu e ele pigarreou. — Não estou aqui para machucar nem ferir ninguém. Você está a salvo. Eu não sou ele. Não sou o seu demônio.

— E o que sabe sobre demônios, rapaz? — O riso frio e um tanto alucinado do sr. Marques disparou arrepios gélidos pela coluna de Ana, conforme a compreensão a atingia com a força de uma explosão.

Oh, não. Isso não.

A maneira como Samuel cerrou os punhos sobre as pernas, o maxilar trincado com tanta força que uma veia saltou na têmpora, confirmou os piores temores dela. *Meu Deus.*

— Compreendo muito mais do que eu gostaria. — A voz de Samuel mal passava de um murmúrio. — Muito mais do que minha alma consegue suportar, mesmo agora que meu demônio está morto.

Duas lágrimas gordas escorreram pela pele ressecada quando o sr. Marques arregalou os olhos. Samuel assentiu uma vez, os ombros trêmulos, e, sem apartar a vista do doente, disse:

— Ana, poderia esperar lá fora, por favor?

Fitando um, depois o outro, ela percebeu que uma conversa silenciosa já se desenrolava entre os dois, por isso assentiu, embora nenhum deles tenha visto.

Uma hora se passou enquanto ela zanzava diante da porta. O sr. Amina vez ou outra vinha em busca de notícias, mas a inquietação o levava para longe rapidamente, graças aos céus. Analu não seria capaz de acalmar o dono da casa, já que ela mesma precisava de conforto. Seu coração se partia pelo sr. Marques e a vida que tivera, refém dos próprios demônios. Demônios que Samuel conhecia intimamente, e seu coração se quebrou pelo primo também, pelo que ele estaria ouvindo, o pesadelo que revisitava.

O sol já começava a se esconder no horizonte quando a porta tornou a se abrir. Sam estava composto, o médico assumindo o comando. O único indício de seu sofrimento pessoal era o profundo vazio por trás da cortina turva que erguera ao redor de si mesmo. Ao entrar no quarto outra vez, ela notou o roupão que o sr. Marques usava, os instrumentos empilhados sobre a mesa de apoio. Sam conseguira examiná-lo.

— Preciso de ajuda para drenar a úlcera — ele explicou.

Como já havia ajudado o tio uma vez, Ana sabia o que fazer e se prontificou de imediato, indo preparar o doente. Não pôde deixar de espiar o primo, que limpava os instrumentos de que precisaria para a cirurgia, o corpo tensionado. Ela sentiu um desejo incontrolável de abraçá-lo com força e repetir as mesmas palavras que ele proferira ao sr. Marques. *Você está seguro. Você está a salvo.*

Teria que esperar, pois o mordomo parecia ainda mais abatido, mais febril que antes. Ana fez tudo o que pôde para deixar o doente confortável. O ópio devia estar surtindo efeito, pois sua fúria havia desaparecido.

— Me perdoe, srta. Ana. — Suspirou assim que ela acrescentou um travesseiro sob a perna infeccionada. — Sinto muito por tê-la tratado mal nos últimos tempos. Creio que agora compreenda minha reserva.

— Por favor, não se desculpe. Mas gostaria que tivesse me dito a verdade. Eu teria entendido.

— Teria mesmo, querida? — Deu um fraco sorriso.

— Eu... teria tentado, pelo menos — admitiu, corando. — Me perdoe. É que eu nunca...

— Encontrou alguém como eu. Não se sinta mal. Eu mesmo, por muito tempo, tive dificuldade de entender o que era. Eu nasci...

Juntando as saias, ela se sentou na beirada da cama e apanhou a mão dele. Céus, estava tão fria.

— Não tem que me contar nada — Analu disse a meia-voz.

— Mas eu quero, srta. Ana Laura. Sinto que alguém precisa conhecer minha história, ou minha vida não terá valido de nada. — Então ele começou a falar do passado.

Seu nome de batismo era Emanuele, mas desde sempre odiava o nome, vestidos e bonecas. Nas brincadeiras de casinha, nem papai nem mamãe — Emanuele escolhia ser o cachorro. Era seguro. Toda vez que o pai ouvia Emanuele dizer que cresceria e se tornaria um belo homem, o sujeito lhe dava uma boa surra aos gritos de que deveria aprender a ser uma menina. Mas como, se Emanuele tinha certeza de que a adolescência seria transformadora e, tal qual uma lagarta em seu casulo, se tornaria um cavalheiro em breve? Esse foi seu grande sonho por muitos anos. Mas a decepção e o medo vieram aos treze: em vez de barba e ombros largos, os hormônios da puberdade trouxeram seios e sangramento. Emanuele começou a evitar os espelhos, o próprio corpo, ao trocar de roupas. Os bailes eram puro sofrimento, pois Emanuele não deveria ser uma jovem conduzida por um homem, deveria ser aquele que conduziria uma bela jovem. Passava tanto tempo na companhia dos cavalheiros que isso naturalmente lhe rendeu títulos pouco lisonjeiros. Ninguém compreendia que Emanuele não admirava os rapazes com os mesmos sentimentos que ouvia as moças descreverem. Não, em vez de beijos, Emanuele cobiçava um bigode vistoso, imaginando como ficaria no próprio rosto. Sonhava com um traje bem cortado que sufocaria os seios odiosos. O pai notou que havia algo errado e, com o falatório, suspeitou de que a reputação de Emanuele estivesse em risco. Então soube que um viúvo muito rico procurava uma esposa para cuidar do filho pequeno. Emanuele tinha quinze anos na época em que se viu com um anel no dedo e um marido. Sem saída, tentou mais uma vez se encaixar no papel que o mundo lhe designara e gostar das mesmas coisas que as mulheres. Mas um pássaro não consegue se impedir de ter penas, e foi na primeira recusa a se deitar com o marido que as surras começaram.

Samuel, ainda de costas, enrijeceu ao ouvir esse trecho. Ana deduziu que o sr. Marques também percebeu, pois a história deu um salto. Três anos após o casamento, o marido já não precisava de um motivo para agredir Emanuele; sua mãe sabia dos espancamentos, mas não podia ajudar. Emanuele era propriedade do marido, afinal. Em uma manhã, após sofrer com o ataque de fúria do cônjuge, Emanuele pensou que morreria. Mas sobreviveu, e só Deus saberia dizer como conseguiu se arrastar para o quarto. Foi então que encontrou um pacote sem remetente. Dentro dele havia um traje masculino e uma bolsinha com dinheiro. Emanuele não pensou, não quis saber quem era o anjo que lhe mandara a salvação. Apenas agradeceu e se enfiou nas roupas. Ao se examinar no espelho, pela primeira vez não odiou o próprio reflexo. No momento mais assustador de sua vida, foi quando Emanuele mais se sentiu a pessoa que deveria ter nascido. Manuel. Seu nome era Manuel. Sempre fora, em seu coração.

O sobrenome Marques veio depois, um empréstimo da dona da estalagem onde se escondeu por várias semanas, pagando a estadia com trabalho árduo. O que deveria ser provisório se tornou permanente, até que meses mais tarde a idosa descobriu seu segredo e o botou na rua. Manuel decidiu partir para a cidade em busca de um cargo, se misturando a tantos outros rostos. Conseguiu uma colocação em uma casa de família abastada. Começou na cozinha, ajudando em qualquer tarefa que aparecesse, mas os anos na alta sociedade e a educação que recebera o ensinaram a supervisionar, organizar, planejar eventos — a primeira vez que Manuel tirou alguma vantagem de Emanuele e assim se tornou um mordomo. Acabou na casa dos Amina. A sra. Fayola era muito observadora, porém. E um ano depois descobriu seu segredo.

— Em vez de me expulsar de sua casa — ele contou, emocionado —, a sra. Fayola tirou ela mesma as minhas medidas e as enviou ao alfaiate, pedindo um traje do meu tamanho. Foi a primeira vez que alguém me viu como eu realmente sou e me aceitou mesmo assim. É uma das lembranças mais bonitas que tenho.

Ana Laura secou o rosto, a garganta doendo conforme compreendia quanto ele sofrera, simplesmente por assumir quem era. Não era justo. Ninguém deveria ser punido por ser verdadeiro consigo mesmo.

— Eu sinto muito que tenha enfrentado tanto sofrimento, sr. Marques.

— Obrigado, querida. Mas, se pudesse voltar ao passado, eu não faria nada diferente. Exceto, talvez, uma última visita a minha mãe. Ela não me entendia, mas parecia se esforçar. Era mais do que eu podia esperar. — A mão frágil e fina se fechou sobre a dela, impedindo-a de umedecer o tecido na pequena tigela. — Pode fazer uma coisa por mim?

— O que quiser, desde que não me peça para mandar meu primo embora.

Mesmo sem forças, o mordomo ostentou um frágil sorriso.

— Conheço seu sonho, senhorita. Também conheço o mundo e como ele trata pessoas que não se encaixam em um padrão. Não deixe que o mundo destrua seus sonhos nem quem você é. Me prometa que não vai ceder.

A respiração dele estava tão fraca...

— Eu prometo, sr. Marques. Não cederei.

— Podemos começar? — Samuel se aproximou da cama, e Ana percebeu que ele também tinha os olhos úmidos.

— Sim, doutor. — O sr. Marques deu um arremedo de sorriso, suspirando, cansado. — Mas saiba que permito que me trate para lhe trazer alguma paz de espírito. Eu estou em paz comigo mesmo.

Então eles começaram a trabalhar. Ana ajudou a imobilizar o corpo frágil do mordomo para que Sam drenasse a infecção. Desligou-se totalmente dos gritos e continuou a abraçar o sr. Marques pelas costas, mantendo-o no lugar tanto quanto podia. Depois auxiliou Sam a cobrir a ferida com um emplastro, mantendo as compressas sempre frias na testa do paciente e ministrando um pouco de ópio para aplacar as dores. No entanto, nada surtia efeito; a febre não cedia, a pulsação cada vez mais fraca. A infecção havia atingido o sangue. Por mais que Samuel tenha aplicado todo o seu conhecimento, tudo o que a medicina moderna permitia, eles haviam chegado tarde demais. O sr. Marques se despediu do mundo pouco depois do anoitecer.

— Eu sinto muito por não ter entendido antes. Me perdoe! — Ela caiu de joelhos ao lado da cabeceira, os olhos e o peito em brasa, os dedos travados nos do sr. Marques. Então soltou a mão dele e secou o rosto. — Sam, temos que vesti-lo. Não podemos permitir que ninguém... — Mas as palavras desapareceram ao se virar para o primo e vê-lo apoiado contra a parede, a cabeça pendendo entre os ombros... Frustrado. Desolado. Enraivecido.

— Maldição! — ele esbravejou tão alto que o vidro da janela tremeu na estrutura.

Atarantada, Ana pulou da cama e tentou alcançá-lo. Seu primo foi mais rápido, e a maçaneta da porta colidiu com força contra a parede.

— Sam! — Ela chamou sob o batente, mas ele não olhou para trás.

* * *

Dentro da carruagem da família, Ana tentava encher os pulmões, mas o ar estava quente, saturado por sua própria tristeza conforme o veículo deixava a casa dos Amina para trás. Abriu a janela e recostou a têmpora na estrutura de madeira, inspirando fundo a brisa noturna, sem conseguir nenhum alívio.

Como poderia, se a sensação de que falhara com o sr. Marques era uma presença física dentro daquela cabine? Se perguntava se fizera tudo o que podia por ele, se não poderia ter insistido um pouco mais. E se condenava por não ter lido nas entrelinhas, não ter compreendido antes.

Ao menos o segredo dele estava seguro. Nem ela nem Sam jamais revelariam sua história, e o sr. Marques descansaria como ele mesmo, como quem nascera para ser. Não percebeu que voltara a chorar até o vento soprar uma lágrima em direção à orelha. Chorava pelo sr. Marques, por Samuel. E chorava por si mesma, pela impotência, pelo desespero, pelo que poderia ter sido, mas jamais seria.

Abriu a bolsa em busca de um lenço, mas o deixou cair no assoalho. Ao se dobrar para pegá-lo, os dedos tocaram algo duro e plano. Ergueu o objeto e o aproximou da claridade da janela. Alguém tinha deixado cair o pacotinho pardo. Já ia deixá-lo no assento, mas capturou um vislumbre do próprio nome no pedaço de papel branco. Ana não reconheceu a caligrafia elegante, mas não precisava de uma assinatura para saber quem era o remetente.

Curiosa, ela soltou o barbante e se espantou ao avaliar o livro, completamente diferente de todos os que ela já tinha visto. Não apenas em tamanho e peso, mas a capa curiosamente trazia uma série de gravuras coloridas. *A princesa prometida*, traçou com o indicador o título brilhante antes de ler o bilhete.

> *Eu sinto muito, Ana. Existem coisas que nem eu consigo prever. Gostaria de poder estar com você agora, abraçá-la e tomar sua angústia para mim. Só posso almejar que a leitura consiga, se não confortá-la, ao menos distraí-la por algumas horas.*
>
> *Seu A.*

— Eu também queria que estivesse aqui. — Ela fechou os olhos bem apertado, abraçando-se ao volume.

O vento penetrou a cabine e beijou suas faces molhadas, carregando um sussurro masculino. Uma canção, percebeu ao apurar os ouvidos. Alguém estava cantando ao longe.

Atraída pela voz baixa supreendentemente afinada — um toque de veludo nas notas graves, uma rouquidão nas mais baixas —, ela retornou ao posto na janela, ainda abraçada ao livro.

Permaneceu imóvel, apenas ouvindo a melodia entoada com emoção, uma combinação perfeita de melancolia inigualável e uma esperança desmedida. Por um instante, imaginou que a música espiralava para dentro de si e lambia suas feridas. Não soube precisar o momento em que a tormenta que a atirava em todas as direções se tornou uma ventania, uma brisa suave, e então parou de soprar.

Ela queria se prender àquela voz, viver nos acordes para sempre, mas inevitavelmente a cantoria terminou.

— ... *and the dream that you dare to, why, oh, why can't I?* — A súplica ressoou pela noite.

"E o sonho que você ousa sonhar... por que eu não posso?"

Por que eu não posso?, seu coração suspirou, a vila passando pela janela em um borrão apressado.

33

A verdade é que ninguém nunca está preparado para encarar a crueldade. Pensamos que somos capazes de aguentar... e aguentamos. Mas ninguém sai de uma batalha dessas sem ganhar algumas cicatrizes. Ou sem abrir antigas feridas.

— Estou feliz por padre Antônio ter disponibilizado a data que queríamos — Diogo disse ao ocupar o sofá da sala dos Clarke, deixando pouco mais de um palmo de distância da noiva.

O rangido de uma cadeira sendo arrastada por uma zelosa Madalena quase fez Marina rir.

— Se tivesse visto o efeito que a novidade teve na saúde de papai... — ele prosseguiu, animado. — Pensaria estar diante de um milagre! O sr. Akin e eu assinamos o contrato esta manhã. Ele me pediu alguns dias para remover os pertences que pretende manter. Mas logo poderemos visitar a nossa futura casa. Imagino que você queira cuidar pessoalmente da nova decoração.

Tanto quanto desejo me sentar em um cacto, Nina pensou, azeda.

— Tenho certeza de que você fará um excelente trabalho sozinho — tentou se esquivar.

Os olhos esverdeados brilharam com diversão.

— Fico comovido que confie em mim dessa maneira, mas fazê-la feliz é minha prioridade. Desejo que olhe para nossa casa e tudo lhe seja caro. Sei que não é adequado que viajemos sozinhos, por isso imaginei que sua irmã talvez queira nos acompanhar. Não é uma grande ideia, minha pérola?

Argh. Como ela ia se apaixonar por ele, se Diogo insistia em irritá-la com aquele apelido açucarado? Custava muito facilitar as coisas para ela?

A bile lhe queimou a garganta ante a adoração que o noivo lhe dirigia. Muito bem, a raiva não era contra ele, mas contra si mesma. Não merecia tanta devoção. Por que ela não podia simplesmente transferir para Diogo tudo o que andava sentindo por Samuel? Não era porque ainda não havia acontecido que nunca poderia acontecer. Sem dúvida, assim que parasse de pensar no melhor amigo e se concentrasse no noivo, veria as qualidades de Diogo e se apaixonaria por ele.

Não que estivesse apaixonada por Samuel. Toda aquela turbulência que sentia perto dele na certa tinha outra explicação.

Céus, precisava ter!

— Marina? — Dedos estalaram rente ao nariz dela.

Piscando algumas vezes, ela voltou a atenção ao noivo.

— Me desculpe. Estou um pouco distraída esta noite. Ana Laura devia ter chegado em casa faz tempo. Deve ter acontecido algo no consultório. — Não era uma desculpa. Estava de fato ficando preocupada. A noite já havia caído, e Ana geralmente retornava do consultório antes do jantar. Se a irmã não chegasse em casa na próxima meia hora, Nina iria atrás dela.

— Provavelmente é apenas um atraso em decorrência de algum doente de última hora. — Diogo se curvou em sua direção, um dos braços rodeando sua cintura.

Rapidamente ela fitou a cadeira... agora vazia. Onde diabos a sra. Madalena tinha ido?

— Um instante de privacidade, minha pérola — Diogo murmurou com um biquinho.

Depressa, ela saltou do sofá e correu para a janela.

— Acho que ouvi alguma coisa. Deve ser Analu.

Muito bem, Nina. Como raios poderia pôr em prática o plano de se apaixonar por Diogo se a ideia de beijar o noivo a fazia bater em retirada? Ela estava com problemas. Sérios e graves problemas.

Por sorte havia mesmo alguém na entrada. Ricardo Chagas passou pelo hall e retirou o chapéu, um buquê de gerânios amarelos pendendo ao lado do corpo.

— Perdoe-me por aparecer sem avisar a esta hora, srta. Marina — ele foi dizendo, todo sorrisos. — Mas pensei em fazer uma visita à srta. Ana Laura.

— Temo que tenha perdido a viagem, sr. Chagas. Ana ainda está no consultório.

— Que alma caridosa. Perder a noite para ajudar doentes.

Apesar de não ir com a cara do sujeito, o sentimento exposto no semblante dele a atingiu intimamente. Analu não fazia por mal, decerto. Nina duvidava de que ela tivesse percebido o real interesse do rapaz. Ainda assim, ele se machucaria mais e mais se ninguém o alertasse.

— Sr. Chagas, eu notei sua estima por Ana Laura. Gostaria de afirmar que será recompensado, mas o coração da minha irmã já foi preenchido.

A notícia não o abalou tanto quanto Nina pretendia.

— Alguém fez o pedido? — Algumas linhas se aprofundaram na testa larga. — Preciso me apressar. Sou um bom partido, sabe? Venho de uma família tradicional, com muito prestígio. Meu pai é um renomado senador, meu irmão é um padre muito respeitado e...

— Faz alguma diferença, sr. Chagas? — ela o interrompeu antes que enumerasse as próprias qualidades, e, considerando o sorriso presunçoso, ele julgava ter muitas. — Minha irmã ama outra pessoa.

— Mas ela ainda não aceitou nenhum pedido? — insistiu ele, trincando o maxilar.

Ora essa, aquilo não estava saindo como ela previra. Marina deu um longo suspiro desanimado.

— Não, sr. Chagas. Ninguém propôs casamento a ela, mas...

— Então nada está perdido!

Sem esperar pelo convite, ele atravessou a sala e se acomodou no lugar que instantes antes ela ocupava, para a contrariedade do beijoqueiro Diogo.

E não é que ela começou a simpatizar com o filho do senador?

Pretendia oferecer uma bebida ao recém-chegado, mas ouviu uma carruagem se aproximando. Dessa vez era Ana, constatou ao espiar pela porta. No entanto, o alívio de ver a irmã de volta durou apenas um átimo de segundo. Só até Analu descer abraçada a um livro, o rosto molhado. Em poucas e largas passadas, Nina a encontrou no meio da escadaria.

— Ana, o q...

— Cheguei tarde demais. — O lábio inferior tremeu. — Eu não pude salvá-lo, Nina. O sr. Marques se foi.

— Ah, não...

Apertando-a com força, Nina pressionou o coração contra o da irmã, esperando que ela entendesse que não estava sozinha. E jamais estaria. Como queria que fosse possível sugar para dentro de si toda aquela dor.

Uma sombra se espichou sobre elas antes de os dois cavalheiros passarem pela porta. Ambos tinham expressões muito semelhantes.

— Creio que este não seja um bom momento para uma visita — comentou Ricardo com pesar.

De imediato, Ana aprumou a coluna, secando as bochechas com a ponta dos dedos, e vestiu uma expressão corajosa. O coração de Marina se partiu em três ao assisti-la tentar se recompor para cumprimentá-los. Também não se lembrava de já ter sentido tanto orgulho na vida.

Por sorte, Diogo tinha bom senso, se despediu e os dois partiram. Nina levou a irmã para dentro de casa, chamando a sra. Madalena para pedir que preparasse um chá de erva-cidreira. Ao chegarem ao quarto, fez a irmã se deitar na cama, jogando o livro que ela agarrava como uma tábua de salvação em qualquer lugar. Pela primeira vez notou que o livro não era o único objeto que a irmã trouxera para casa.

Por que Ana está com a valise de Samuel?, especulou ela, ao acomodar a pesada maleta de couro na mesa de apoio.

Abruptamente Ana se esticou para agarrar seu pulso.

— Você precisa ir — murmurou, ansiosa.

— Não vou a lugar algum. — Marina se sentou no colchão e cruzou as pernas. — Goste ou não, vou ficar com você a noite toda.

— Não, Nina. A recusa do sr. Marques de ser examinado por um médico era... — Ana engoliu com dificuldade. — Ele foi vítima de violência. A ferida na perna foi resultado de uma surra muitos anos atrás. Não sei até que ponto ele se abriu com Samuel, mas nosso primo está sofrendo. Sofrendo de verdade. Ele até esqueceu a maleta na casa dos Amina.

Nina sentiu o chão se abrir sob seus pés.

— Sam estava com você? — Espalmou o peito. — Ele ouviu a história do sr. Marques?

Secando o nariz na palma da mão, Ana fez que sim.

— Samuel e ele conversaram a sós por um bom tempo. Não sei o que foi dito, mas vi o mesmo terror do sr. Marques refletido no rosto do nosso primo. Não consigo imaginar que tipo de inferno ele enfrenta agora. — Sua voz foi desaparecendo. — Ele precisa de uma amiga mais do que nunca, minha irmã. Ele precisa de você.

Com o coração pulsando nas orelhas, Marina agarrou a valise e suspendeu a barra das saias. Entretanto, os olhos inchados da irmã cimentaram o nó em sua garganta.

— Vá. — Ana tentou sorrir. — Eu estou bem.

— Você mente muito mal. — Seu coração se dividiu. Samuel precisava dela. Mas Ana também. — Não posso deixá-la sozinha.

— É impossível ficar sozinha nesta casa, Nina.

Comprovando o argumento, a porta se abriu com violência, e a mãe entrou. Uma rápida espiada para o rosto das duas e no instante seguinte comprimia a cabeça de Analu de encontro ao peito.

— Madalena me disse que você estava chorando. O que foi que aconteceu, meu amor?

— O sr. Marques não resistiu à infecção. — A irmã circulou com os braços a cintura da mãe. — Ele se foi, mamãe. Morreu porque eu não pude ajudá-lo a t-tempo! Ninguém pôde.

— Ah, filha! — A mãe soltou um suspiro pesaroso, pressionando o rosto no cabelo da caçula. Em meio ao abraço, Ana ergueu o rosto para Nina e sibilou um "Vá atrás dele".

Assentindo uma vez, ela se agarrou à valise e deixou o quarto praticamente correndo.

* * *

O sr. Baltazar tinha a expressão de que avistava um fantasma ao abrir a porta e dar de cara com Marina Clarke àquela hora da noite.

— Desculpe vir assim tão tarde, sr. Baltazar. — Passou por ele sem esperar por um convite. — Eu preciso falar com meu primo.

— Nina? — a voz da tia veio da sala.

A preocupação com o melhor amigo atingiu o extremo ao sair do pórtico, segurando as alças da valise com tanta força que os dedos protestaram conforme analisava a expressão dos tios, sentados no sofá. Era pior do que ela imaginara.

— Eu trouxe a maleta que Samuel deixou na casa do sr. Amina. Ana me contou sobre o sr. Marques — ela foi dizendo em um fôlego só. — Ele voltou para casa?

— Sim, mas não falou muito antes de se trancar no laboratório. — Lucas entrelaçou os dedos aos da esposa. — A morte do sr. Marques o abalou demais.

— Ele não quer falar com ninguém. — A tia abanou a cabeça, fechando os olhos.

— Eu não sou ninguém, tia Elisa.

Endireitando os ombros, ela passou direto pelas escadas, depois pela sala de jantar e seguiu pelo longo corredor até o laboratório, ignorando os protestos dos tios para que deixasse o primo se acalmar.

Sam não precisava de calma. Precisava de uma amiga. Precisava *dela*.

Por isso entrou sem bater, examinando a bancada bagunçada, a cadeira diante do imenso globo perto do telescópio, as prateleiras abarrotadas de livros mais ao fundo. Ela podia sentir a aura poderosa de Samuel encharcando cada centímetro do ambiente. Também provava no ar a tristeza dele, envenenando-o. Onde ele estava?

Entrando sem fazer barulho, deixou a pesada valise sobre a bancada e espiou o sofá de couro desocupado. Por uma fenda entre o móvel e a parede, entreviu um pedaço de perna. Dando a volta, encontrou Samuel sentado no chão, as costas apoiadas na mobília de couro escuro, os braços escorados nos joelhos dobrados, os olhos grudados ao teto. Ela quis chorar. Em vez disso, se abaixou ao lado dele.

Sam soprou uma impaciente lufada de ar.

— Eu devia desistir de pedir que bata na porta antes de entrar. E de pedir que me deixe sozinho. — Ele não moveu nenhum músculo. — Por que ainda perco meu tempo?

— Sinceramente, eu também não sei. Mas fico feliz que finalmente tenha entendido. — Encolhendo as pernas para o lado, ela também se encostou ao sofá, deitando a bochecha na cama quente que era o bíceps de Sam. — Sinto muito pelo sr. Marques.

— Eu não quero falar sobre isso.

— Nem espero que fale. — Com a ponta do indicador, acompanhou as rugas na manga da camisa, que ele enrolara até a altura do cotovelo. — Também não vou dizer coisa alguma, já que minhas tentativas de animar alguém geralmente têm o efeito oposto. Só quero ficar aqui com você, em silêncio. Pense em mim como um cão fiel.

— Um cão? — Ele meio riu, meio grunhiu, procurando a mão dela.

Por um segundo ela temeu que fosse afastá-la de seu braço. Em vez disso, Sam entrelaçou os dedos em um nó apertado.

Nina suprimiu um suspiro.

— Sinceramente — ela começou a explicar —, não entendo por que as pessoas pensam que é uma ofensa ser comparado a um cachorro. Cachorros são puros, devotados e amam sem pedir nada em troca. Ficam felizes sem nenhum motivo especial... uma borboleta, um punhado de folhas secas, uma tigela de comida ou uma poça d'água... Penso que o mundo seria tão mais bonito se os seres humanos agissem mais como cães.

Dessa vez ele riu, um som distorcido e oco, um fiapo de seu riso original, mas ainda era um riso. Nina o espiou por entre as dobras da camisa dele. Agora ele encarava a parede. O que ele via nela? Os próprios fantasmas ou os do sr. Marques?

Ela quis perguntar. Mas, porque ele estava ferido o bastante, apenas brincou com seu polegar, contornando a unha larga e quadrada que ele mantinha bem curta. Ela amava as mãos dele. Eram elegantes, com dedos longos talhados para a medicina, e ao mesmo tempo exprimiam força, virilidade.

— Eu era o único que podia salvá-lo — ele sussurrou algum tempo depois — Eu devia ter entendido assim que Ana Laura mencionou a recusa do sr. Marques em ser atendido. Devia ter imaginado que não era apenas um medo irracional, mas fundamentado em um trauma.

— Não pode se culpar por algo que o sr. Marques escondeu do mundo uma vida inteira. Ele fez uma escolha. Por mais penoso que seja entender, você precisa aceitá-la.

Samuel beliscou o lábio inferior, considerando. Era mais do que ela esperava naquele momento. Como conhecia seu melhor amigo melhor que a si mesma, ficou ali ancorada a ele, a cabeça ainda em seu braço, e desejou como nunca poder ver as sombras que o atormentavam, lutar contra elas, exterminá-las. Não poder protegê-lo era um pesadelo.

— Não consigo esquecer o olhar dele. — A voz de Sam diminuiu várias oitavas, a dor se desenhando em cada linha de seu belo rosto. — Era semelhante ao que o meu um dia foi. Como as vezes ainda é.

Aquela era a primeira vez que Samuel tocava no passado tão abertamente. Abalada, ela endireitou o pescoço e o observou, sentindo a antiga fúria desmedida escorrer pelas veias como veneno; mesmo morto, Duarte ainda era capaz de feri-lo.

Pensou que o amigo tivesse terminado o desabafo. Mas Sam estava se preparando, pois o que pretendia revelar não seria fácil de expressar.

Não seria fácil ouvir também, ela compreendeu de imediato.

— Ainda sonho com ele. Com cenas que eu não consigo apagar. — Sua voz não tinha entonação ao voltar a encarar a parede. — Sabe o que é pior do que a agonia das surras? A dor que provoca na alma. Ela pode ficar quieta por um tempo, mas sei que está lá, só esperando. Uma pessoa não consegue esquecer as humilhações, como é esquecer que é um ser humano, e passa a acreditar no que o agressor diz. "Burro. Imprestável. Não vale a comida que eu te dou. Devia me agradecer por cuidar de você. Seus pais preferiram a morte a cuidar de você. Ninguém mais lhe quer. Ninguém."

Cada palavra abria um rasgo no peito dela, até estar em carne viva, nervos expostos, sangrando. Queria dizer tanta coisa, mas qualquer palavra parecia imprópria, errada, vazia. Então passou o braço pela cintura estreita de Samuel e serpenteou pelo vão entre o braço dele e o joelho para pressionar a face contra o peito largo, ansiando ser capaz de ultrapassar pele, carne e ossos e aprisionar o coração de Sam em sua própria caixa torácica, não permitir que ninguém jamais tornasse a feri-lo. Ele conseguia sentir quanto ela o amava em seu silêncio, em seu toque?

— Foi Elisa quem restaurou minha dignidade. — O pomo em sua garganta tremulou. — Quando nos conhecemos, ela sorriu para mim, me viu, fez eu me sentir gente pela primeira vez na vida. Ela e Lucas me deram uma chance. E dediquei minha vida a provar que Duarte estava errado, a ser tudo aquilo que ele nunca acreditou que eu pudesse ser. — Deixou a cabeça pender nas costas do sofá. — Quando soube da morte dele, eu imaginei ter trancado a cadeado o meu inferno particular. Mas a verdade é que só encostei a porta. A cada criança que eu atendi em Londres, fosse por um resfriado ou uma dor de garganta, me flagrei procurando hematomas pelo corpo, cicatrizes antigas, um osso que calcificou errado depois de uma fratura não tratada. Duarte está morto, mas não de fato.

Naquele instante, quando o melhor amigo baixava a guarda e mostrava seu lado mais vulnerável, mais ferido, ela se sentiu tão pequena e insignificante que precisou inspirar fundo para controlar o choro. Sam nunca a perdoaria se chorasse por ele.

— Eu o vejo, às vezes. — Ela ergueu os olhos para ele. — O seu inferno particular. E nessas horas nunca deixo de me abismar com a sua bravura, Sam. Você é uma das pessoas mais fortes que eu conheço. Você teve que lutar contra quem deveria ter te protegido, amado e cuidado com a própria vida. E conseguiu sobreviver, apesar dele. Eu nunca serei capaz de expressar em palavras quanto eu admiro você, quanto o amo. — *Tão profundamente*, seu coração sussurrou.

Com olhares presos um no outro, Nina sentiu algo se desembrulhar dentro de si, um presente muito bem embalado por ela mesma. As fitas e o papel se rasgaram, revelando o conteúdo, e ela compreendeu por que andava tão irritável com Sam desde seu retorno. Porque ser admirado por outras mulheres a fazia querer arrastá-lo para bem longe delas. Por esse motivo não conseguia mais se entender. Porque amava Samuel tão ardente e violentamente que tentara se esconder sob uma cortina diáfana, embaçar a verdade, fugir dela tanto quanto pudesse, pois não suportava a ideia de que ele não retribuísse, de que tais sentimentos poderiam cimentar o fim da amizade mais preciosa que já teve.

Samuel era seu melhor amigo. Precisava dele como de ar.

Ele era também o amor de sua vida, se deu conta, em parte surpresa, em parte... nem tanto.

Marina o amou desde o primeiro instante, ainda que de maneira diferente na época. O amor amadurecera enquanto eles cresciam, até se tornar forte o bastante para que fosse insuportável para ela vê-lo partir, que sua ausência doesse além do que um coração pode aguentar, e a ideia de que ele fosse viver em outro continente e a esquecesse a ferira tão fundo que, em seu desespero para apaziguar a dor, aceitara outro homem, um curativo para o buraco em seu peito.

Era ele. Sempre fora Samuel em seu coração. Por que raios tinha levado tanto tempo para compreender o que sentia? Tudo em Samuel a atraía — mais que isso, a fazia feliz. Seu sorriso, seu cheiro, seu tom de voz, seu jeito de andar, de acreditar no mundo. Amava o jeito como ele bagunçava o cabelo quando ficava tenso, ou beliscava o lábio ao se sentir confuso. Amava até o jeito como ele entortava as sobrancelhas sempre que ela dizia algo estúpido. O coração dela se alegrava com a simples presença de Sam, na maneira como sua voz enrouquecia ao diminuir um tom, ou como os olhos cristalinos se abriam para sua alma — a dela sempre reconheceu a dele.

Enquanto se encaravam, algo maravilhoso aconteceu. Ela podia jurar que ouvia os pensamentos de Samuel se aquietarem, da mesma maneira que tinha certeza de que ele podia ouvir sua pulsação aos galopes.

Doeu compreender tudo isso. Doeu mais do que ela podia suportar, pois Marina não podia lutar por ele, não podia pedir que ficasse, esquecesse Sally e lhe desse uma chance. Ela tinha que protegê-lo de Hélio Fontes e, para isso, teria que desistir de Sam para sempre.

Alheio ao que acontecia dentro dela, Sam deu um sorriso enviesado e a impeliu delicadamente contra o peito.

— Eu também amo você, Nina. Venha cá.

Eu tenho que deixá-lo, seu coração sangrou. *Mas não nesta noite,* se aninhou mais a ele. Ainda não estava pronta para dizer adeus a Sam. Por isso ela fingiu outra vez. Não havia um mundo lá fora, uma noiva ou um médico fora de si disposto a exterminar a carreira do homem que ela amava, e nem ela se tornaria a sra. Fontes em poucas semanas. Também fingiu que as palavras que ele proferira não se referiam à amizade de uma vida inteira, mas correspondiam aos sentimentos que a queimavam por dentro. Mentiu com tanta veemência que, ao menos por aqueles preciosos minutos, ela foi dele e ele, seu.

Imaginou que em algum momento tivesse pegado no sono, pois a próxima coisa que se lembrava era de elevar as pálpebras ao som de uma corneta desafinada.

— Eu estava me questionando como você consegue roncar tão alto e continuar dormindo. — Sam arqueou uma das sobrancelhas. — Mas deixa para lá.

Depressa, ela se sentou, secando a baba no queixo. Havia uma pequena poça na camisa de Sam. Tentou secá-la com os dedos, e só o molhou mais. Argh.

Sempre a observando, ele deu um sorriso curto. Não era exatamente um sorriso típico de Samuel, de boca toda e ruguinhas ao redor dos olhos, mas Nina se contentou com o ensaio. Podia esperar pelo grande espetáculo o tempo que fosse necessário.

— É muito deselegante da sua parte mencionar a falha de uma dama, dr. Samuel.

— Não é uma falha. É uma peculiaridade. Você dorme como uma criança. É uma gracinha — escarneceu.

Ela o beliscou na cintura, e dessa vez ele riu. Ali estava, o sorriso de Sam! A tempestade dentro dele havia se dissipado, percebeu com alívio. Espreguiçando-se com vontade, descobriu algumas juntas que nem sabia que tinha. E de onde vinha o delicioso aroma de laranja?

Procurando em volta, avistou a bandeja sobre a cadeira, uma chaleira ainda exalando vapores.

— Minha mãe trouxe algo para comermos. — Ele preparou uma xícara e estendeu a ela. — Chá de laranja e canela, sem açúcar e...

— Beliscão! — Deixou a xícara ao lado do joelho e se apoiou em uma das mãos para apanhar o biscoito.

— Também são os meus favoritos. — Sam riu outra vez. Ele ficava tão lindo quando sorria...

Obrigando-se a parar de encará-lo, mordeu o docinho e, depois de engolir, disse:

— Na verdade, devia dizer que comida de maneira geral é o seu prato favorito.

— Está absolutamente certa. — Ele enfiou um beliscão inteiro na boca.

Rindo, Nina deu outra mordida no biscoito e gemeu ao sentir a goiabada se espalhar pela língua, o estômago roncando alto. Meio desorientada, relanceou a janela. A lua já não estava mais visível. Por quanto tempo havia dormido?

Sempre perceptivo, Samuel notou sua questão pairando no ar.

— Devia ir para casa — disse ele, a expressão subitamente distante. — Já passa da meia-noite. Seu noivo pode não gostar de saber que dormiu fora.

Encolhendo-se, ela fez uma careta. Não queria ser lembrada da existência de Diogo.

— Ele não precisa gostar. Não preciso da permissão dele nem de ninguém. Mas acho melhor enviar um bilhete para casa. Não quero preocupar minha família.

— Minha mãe já fez isso. — Uma mistura de contentamento e desesperança tomou conta dele. Por quê? — Para o caso de você continuar babando na minha camisa por muito tempo.

Marina pescou outro beliscão e mordeu.

— Deselegante! — resmungou de boca cheia, e foi a vez dele de rir. Ela poderia fazer aquilo a noite toda. Ouvir a risada grave e retumbante do melhor amigo.

Provando um gole do chá, ela estremeceu com o delicioso calor. Não passou despercebido a Samuel. Na verdade, ele estava muito atento a cada respiração dela.

— O chão está frio — ele constatou. — Pode se resfriar. É melhor ir se deitar. O quarto de hóspedes já foi preparado.

— Eu agradeço, mas vou ficar onde você estiver. — Soprou a bebida, inspirando o vapor adocicado. — Não importa que o chão esteja gelado, minhas costas estejam rangendo e eu não saiba dizer se ainda tenho um traseiro. Também não importa nem um pouco se bem às nossas costas existe um sofá macio e quentinho. Vou ficar aqui.

Como sabia que faria, Samuel tomou a xícara das mãos dela e a devolveu à bandeja antes de ajudá-la a se levantar, ficando cara a cara.

— Você tem um... — Ele roçou o polegar no canto do lábio de Marina, apanhando o farelo.

O contato rápido aniquilou o frio em seu corpo. E ela perdeu de vista sua lucidez ao vê-lo levar o polegar à boca e lambê-lo. Como um gesto tão simples podia ter um efeito tão devastador? Sam conseguia ouvir sua pulsação martelando na base da garganta e... um pouco mais para baixo?

Céus, era provável! Os olhos dele ficaram dois tons mais escuros à medida que as pupilas se dilatavam, e uma força física poderosa os envolvia e se estreitava.

Sem aviso, Samuel quebrou o contato, indo abrir a manta pendurada em um dos braços do sofá. Quando terminou, ficou ali de pé, sem jeito. Pelo menos ela não era a única que não sabia o que fazer com as mãos, se consolou.

Foi ele quem rompeu o clima inquietante. E Nina realmente teria preferido continuar naquele silêncio constrangido, conjecturou depois do que ouviu.

— Consegui comprar a passagem para Londres — ele contou, atento à reação dela. — Embarco em 13 de novembro.

— Mas é o dia do meu casamento.

— Eu sei. — Ele nem sequer piscou. — Sinto muito. Mas preciso ir.

Recuando alguns passos, ela acabou batendo os quadris na bancada.

— Por que está fazendo isso, Sam? Eu significo tão pouco assim para você?

— Ao contrário, Nina. — Esfregou a nuca. — Mas voltar ao Brasil foi um erro.

A traição a queimou no fundo da garganta.

— Foi mesmo! Devia ter permanecido na Europa, com seus jardins e palácios, e me abandonado de uma vez por todas, em vez de fazer isso aos poucos!

Em duas largas passadas, ele se avultava sobre ela, os ombros rijos feito mármore.

— Abandonar você? — ele escarneceu, plantando as mãos na bancada atrás dela. — Diabos, Nina, você não compreendeu absolutamente nada a meu respeito?

Presa entre os braços fortes, recusando-se a ceder terreno, ela empinou o queixo, enfrentando as labaredas que chispavam dentro do melhor amigo.

— Compreendi, sim! Que você perdeu seu coração em algum lugar da estúpida Londres!

— E você entregou o seu ao primeiro idiota que cruzou o seu caminho! — Um músculo pulsou em sua mandíbula.

— Diogo estava aqui para que eu pudesse dar meu coração a ele. Onde é que você estava, Samuel?

— Na estúpida Londres! — esbravejou, furioso. — Tentando esquecer você, inferno!

O vento que alimentava sua fúria parou de soprar de repente, e Marina piscou algumas vezes.

— O... O que você disse?

34

Por sorte existe um antídoto capaz de curar qualquer ferida. Você sabe do que eu estou falando, certo?

Marina se perguntou se havia algum problema com seus ouvidos. Era a única explicação que fazia sentido. De fato, Samuel não tinha acabado de revelar que fora para Londres a fim de esquecê-la. Esse tipo de coisa não acontecia fora dos romances açucarados.

— O que foi que você disse? — repetiu mesmo assim.

De imediato, Sam retrocedeu e contornou a bancada. Se sua intenção era colocar algo físico para romper a energia que pulsava entre eles, não teve sorte. Ao contrário, Marina a sentia ficar mais forte a cada segundo. E ele também, já que cuspiu um palavrão, segurando-se na bancada como se temesse ser arrastado. Aquilo no olhar dele era arrependimento?

— Eu tive um dia muito difícil, Nina. — Desviou os olhos para as próprias mãos. — Preciso de um pouco de descanso, e você também. É melhor ir para o quarto de hóspedes.

— Nem pensar! — Circulando a bancada alta, ela se encolheu para passar sob um dos braços fortes, enfiando-se entre Sam e a madeira. — Você disse que foi para Londres para tentar me esquecer. Foi isso o que disse.

— Marina... — Ele tentou recuar.

Ela o segurou pela parte da frente da camisa, e sentiu em sua palma o coração dele bater mais rápido.

— Você tem sentimentos por mim? — Ela umedeceu os lábios. — Do tipo que um homem tem por uma mulher? Como... Como...

— Amor. Desejo. Paixão. — Os olhos dele relampejaram. — Sim para todas essas coisas.

— Você... Você me ama desse jeito? — Zonza, ela relaxou os dedos.

Samuel não se moveu um único centímetro, porém. E um som que ela conseguiu traduzir como desespero vibrou no fundo da garganta do melhor amigo.

— Nina, eu a amo de todos os jeitos.

Piscando por quase um minuto inteiro, ela especulou se sua mente tinha perdido a conexão com o restante do corpo, pois não conseguia se mover, respirar ou pensar. Palavras ecoavam dentro dela incessantemente. *Amor. Desejo. Paixão. Eu a amo de todos os jeitos.*

Parecendo mais velho que seus vinte e seis anos, Samuel esfregou o rosto e apoiou os quadris na bancada.

— Eu a amo desde sempre, mesmo em épocas em que eu não sabia o que esse sentimento significava. Foi na puberdade que compreendi por que eu queria estar perto de você vinte e quatro horas por dia. Porque toda vez que outro garoto fazia você rir ou sorrir, eu sentia uma vontade irracional de arrancar o braço do sujeito. Porque sua risada fazia meu peito coçar, e quando você chorava eu queria arrancar meu coração, pois a dor era insuportável. Eu tive que ir embora para me impedir de fazer o que estou fazendo agora. — Abriu os braços, transtornado. — Arriscando perder você para sempre.

As palavras que a assombraram pelos últimos sete anos ressurgiram em sua mente.

"Talvez um dia eu possa te explicar", dissera Sam ao contar sobre sua partida para Londres. Ele havia ido para o outro lado do mundo porque a amava?

— Por que nunca me disse nada? — ela murmurou em um fiapo de voz.

— De que jeito, Nina? Eu não podia arriscar nosso relacionamento. A sua amizade era o que eu tinha de mais precioso na vida. O que eu ainda tenho — adicionou a meia-voz. — Pensei que a distância me ajudaria a enterrar esse sentimento. Nunca estive mais errado. Eu sonhei com você toda maldita noite desde que embarquei naquele navio, sete anos atrás.

Bem, ela também se encontrava em um inferno pessoal. Metade dela sabia que deveria se afastar de Samuel e protegê-lo. Mas a outra metade, a cada segundo mais desesperada e violentamente apaixonada, esta se recusava a abrir mão dele.

— Mas... — Sacudiu a cabeça. — Eu não entendo. Você vai se casar.

— Não, eu não vou. — Ele quase sorriu. Quase.

— Sam, tia Margareth encontrou o anel.

Espichando-se para arrastar sua valise pelo tampo, tirou de dentro dela um pequeno objeto.

— Esse anel? — Depositou no vão entre eles uma caixinha de couro marrom.

Atordoada, os dedos trêmulos, ela desengatou o pequeno fecho dourado e inspirou fundo antes de erguer a tampa. O anel mais perfeito que já vira descansava no cetim dourado. Ela o desalojou do casulo, acariciando com a ponta do indicador a fileira de brilhantes incrustada em todo o aro. O tipo de anel que ela teria escolhido.

— Mas... — Lambeu os lábios secos e ergueu os olhos para Sam. — Você me disse que estava noivo da srta. Sally.

— Nunca afirmei tal coisa. Você é quem fez deduções equivocadas. — Enfiou as mãos nos bolsos da calça, dando de ombros. — A srta. Sally é uma jovem admirável. Fiquei lisonjeado com os sentimentos que ela tem por mim, mas não pude retribuir. Ela sabia disso, fui objetivo desde o início. Nós nos despedimos como bons amigos. Eu não pensava em Sally quando comprei esse anel e também uma passagem para o Brasil.

Bufando, ela fechou a caixa e a devolveu na bancada.

— Mas que porcaria, Samuel! Por que me deixou acreditar que estava noivo?

— Orgulho ferido, amor-próprio. — Sacudiu a cabeça, fitando as botas marrons. — Mais provável que eu tenha usado o equívoco como um escudo para me impedir de ir atrás de você. E, como você e eu sabemos, não adiantou. Nada funciona, Nina.

Um tremor a sacudiu de alto a baixo quando ele se aproximou e acolheu seu rosto entre as palmas cálidas, parecendo tão destroçado por dentro que, se não a estivesse aparando, ela teria caído de joelhos.

— Agora entende? — indagou, urgente. — Não vou conseguir assistir você se entregar a outro homem. Eu conheço a dor física, Nina. E garanto que não é nada comparado ao que sinto ao pensar em você nos braços de algum sujeito. Se eu ficar, não vou conseguir me impedir de lutar por você até a última batida do meu coração.

O rosto dele se embaçou. Ah, agora ela estava chorando. Não que dessa vez se importasse. O que acontecia naquele instante era muito maior que seu orgulho, que ela própria, que o mundo. Por isso enlaçou os dedos em um dos punhos dele.

— Você não pode ir embora, Sam.

— Eu preciso. — Sua voz mal passava de um zumbido angustiado. — Não sei mais ficar perto de você sem querer tocá-la, sem desejar beijá-la, sem implorar que me escolha. E, agora que sabe disso, não vou suportar que me veja como o amigo inconvenientemente apaixonado, e nosso relacionamento se resuma a uma sucessão de hiatos e olhares constrangidos. Eu preciso ir, Nina.

Depressa, ela balançou a cabeça.

— É isso que estou tentando dizer. Você não pode ir embora porque eu também amo você de todos os jeitos. Sempre amei. Mesmo quan... — Ela não conseguiu concluir. Samuel capturou suas palavras com os lábios.

Havia luz, explosões e cores que ninguém jamais avistara antes. As bocas se devoravam, famintas, se procuravam, investigavam, tomavam posse. A necessidade de estreitar ainda mais o ínfimo espaço que os separava pareceu vital a ambos, e ela ficou na pontinha dos pés ao mesmo tempo em que Samuel espalmou seu traseiro e a empurrou para cima da bancada, encaixando-se entre suas coxas e... Ah, céus, ela não passava de um amontoado de pólvora prestes a explodir.

Mesmo que ela pudesse sentir cada pedacinho dele colado ao corpo, não resistiu a desbravá-lo com a ponta dos dedos e serpenteou as mãos por baixo da camisa. Desconfiou de que ele tivesse lido suas entrelinhas, pois Sam interrompeu as carícias apenas para puxar a camisa pela parte de trás do colarinho, atirando a roupa em algum lugar. A visão do corpo masculino nu da cintura para cima a deixou sem fôlego. As chamas das velas incidiam sobre a silhueta poderosa, criando sombras entre relevos e vales, a pele marrom aveludada ganhando tons dourados e acobreados. Incapaz de se conter, ela tocou os pequenos mamilos escuros, que corresponderam de maneira semelhante aos dela. Roçou os dedos pela discreta manta de pelos no tórax firme, o rio de cachos que cortava o abdome definido, contornava o umbigo e desaparecia no cós da calça. O pequeno calombo perto das costelas colocou um nó em sua garganta. Uma lembrança dos horrores que ele enfrentara. Curvando-se, ela o beijou bem ali, e desejou que pudesse beijar também as que ele escondia no coração. Com um gemido grave, Sam a puxou de volta para sua boca, comprimindo-a contra a muralha de músculos, e aprofundou o beijo de tal maneira que ela o abraçou com pernas e braços, desesperada para ser consumida pelo fogo que ele despertava com a língua. Equilibrada em uma fina teia entre a exultação e a loucura, ela pensou que desfaleceria ao sentir uma das mãos largas e quentes se fechar em concha sobre um dos seios, o polegar circulando um mamilo em riste por cima da camisa que ela vestia. Perdida demais naquele voo às cegas, murmurou alguma coisa ininteligível, enquanto ele puxava o tecido de dentro do cós da saia. Quem se importava? Ela podia tocar o céu se esticasse o braço, ser parte dele.

Ser parte de Sam.

Nunca soube como terminaram sobre o tapete diante do sofá, nem se deu o trabalho de especular. Como poderia, se Samuel se encaixava nela com tanta perfeição? Se ele havia encontrado o caminho por baixo de sua saia e explorava sua coxa, o contorno do quadril? Como pensar, se agora a língua dele explorava a orelha, desbravava sua garganta, enquanto abria os botões de sua camisa? A peça se abriu, e ele empurrou a chemise para fora do caminho para lamber a curva de um dos seios e então fisgar com os lábios em brasa o mamilo em riste. Ela suspirou em rendição e permitiu que a loucura a dominasse à medida que as roupas iam se amontoando no chão. Completamente nua, Nina não sentiu nenhuma vontade de se cobrir sob o exame lascivo e, ainda assim, arrebatado do melhor amigo. Samuel a conhecia como ninguém, e ela queria que ele a admirasse por inteiro, descobrisse cada um dos seus segredos.

— Por Deus, Nina. — Os topázios se transformaram em ônix ao dedilhar as costelas dela. — Você é tão linda que meu coração quase não sabe o que fazer. Não sabe se para, estoura ou dobra de tamanho.

Ela sabia *exatamente* o que ele queria dizer. Seu coração estava confuso, acelerando, pulando batidas e então tornando a voar ao descobri-lo aos poucos. Também estava ciente para onde seguiam ao enroscar os dedos nos cachos de Samuel e o trazer para sua boca. Saberia mesmo que a mãe não houvesse explicado o que acontecia entre um homem e uma mulher em uma cama — ou no tapete. Nina passara tempo suficiente no estábulo acompanhando de perto a temporada de monta. Sempre achara um tanto brutal e engraçado. Mas ela não estava rindo agora.

Bem, talvez um pouquinho, ao experimentar a barba curta resvalar em sua garganta. Sam grunhiu um resmungo que era metade riso e continuou a fazer coisas enlouquecedoras em seu corpo, e ninguém mais riu. Mas ela prendeu o fôlego quando tudo que a cobria era o próprio Sam, igualmente nu e encaixado entre suas coxas, aquela parte dele pulsando contra a mais secreta dela. E havia *muito* dele.

Naturalmente, Samuel notou sua perturbação e interrompeu o beijo para se escorar sobre os cotovelos.

— Ainda pode impedir que essa loucura aconteça — disse com a respiração curta. — Ainda podemos parar.

— Você pode?

A fome queimando nas íris translúcidas lhe deu uma resposta, que vibrou em seu baixo-ventre. A maneira como o olhar dele a devorava... já a fazia dele.

— Se for o que você quer — Sam acabou dizendo.

Um pouco trêmula, ela rodeou seu pescoço com os braços, as bocas a meros centímetros uma da outra.

— Não estou com medo do que vai acontecer, Sam. Eu quero isso mais do que quis qualquer outra coisa. Eu só... não sei bem o que fazer. Você... sabe?

— Sem dúvida alguma. — Mas as sobrancelhas quase se uniram. — Na teoria, pelo menos.

A surpresa a deixou sem fala. Sam riu, sem graça.

— Bom, eu tinha essa ideia estúpida de esperar por você. Não devia sorrir desse jeito. — Ele a beijou bem na pontinha do nariz. — Ou esta noite será um desastre completo, ou tremendamente espetacular.

— Você é tão fof...

Meio rindo, meio grunhindo, Samuel a beijou com nova urgência e abandono, levando-os a outro patamar. Ela já não sabia onde seu corpo terminava e o dele começava. Conforme ele a tocava, provocava, mordia e lambia, Nina experimentou uma sensação de... ausência, necessidade, agonia. Quando pensou que arrebentaria, Sam impulsionou os quadris e os uniu. A dor ao ser completamente preenchida foi logo suplantada pela ideia intoxicante e vertiginosa de que Samuel estava dentro dela. Era parte dela.

Sam não disse que a amava, tampouco ela o fez. Não foi preciso. Estava implícito nos dedos emaranhados, no encontro das bocas famintas, na maneira como os corpos suados se adoravam, reverenciavam-se mutuamente, nos olhares se atravessando. A energia se espalhou por ela rapidamente, lava fluindo em todas as direções, afogando-a até ficar pequena demais para aprisionar o oceano fervilhante. Marina arrebentou em um grito, que Sam engoliu, faminto, como se não suportasse a ideia de perder uma gota do que ela lhe oferecia. Ainda perdida naquele mundo de fogo e luzes, ela sentiu Samuel ainda mais fundo, mais rápido, até ele se abandonar em um gemido gutural e começar a estremecer. Entreabrindo os olhos, ela o viu arquear as costas, as veias do pescoço saltadas ao encontrar o próprio êxtase. Indefeso, vulnerável. Tão lindo. Tão dela.

Marina não estava pronta para ser inundada por uma emoção tão violenta. Também se rendeu à sensação de completude, pertencimento, devoção. Logo ela, que nunca se permitia a fraqueza de chorar na presença de outro ser humano, sentiu os cílios umedecerem ao envolvê-lo em seus braços e segurá-lo com força.

— Meu Deus — ele murmurou contra sua garganta, ainda convulsionando. Esperou a respiração normalizar um pouco antes de beijar a depressão na garganta dela e rolar para o lado. Mas a encaixou em seu peito, como se a mínima distância fosse imperdoável.

Marina concordava.

— Eu a machuquei muito? — ele quis saber, ainda ofegante.

— Não. Você nunca me machucaria, Sam.

O peito dele subiu e desceu com uma longa e aliviada exalação.

— Então... — Beijou o cabelo dela. — Um completo desastre?

— Tremendamente perfeito. — Ela sorriu de olhos fechados.

— Excelente. Me poupa o trabalho de ter de convencê-la a repetirmos tudo novamente.

Apoiando o queixo no peito rijo, a ponta do indicador brincando com os caracóis sedosos, ela perguntou:

— Então vai ter mais?

— Certamente vai. Só preciso recuperar o fôlego primeiro. — Ele respirou fundo algumas vezes e então assentiu para si mesmo, já rolando para cima dela. — Muito bem, estou pronto.

— Sam! — Ela deu risada, espalmando seu peito.

— O quê? Você já sabe que eu estou sempre faminto. Sou um homem que esperou vinte e seis anos para poder estar assim com você. — Ele a beijou de leve antes de morder seu lábio inferior. — Se descontarmos a infância e parte da adolescência, restam mais ou menos uns dez anos de fome insaciada. É muita coisa, moça. Não tenho tempo a perder. — Fingiu preocupação, e ela gargalhou outra vez.

Ele também ria ao serpentear um braço pela cintura dela.

— Venha cá, minha Nina. — E se curvou, beijando-a delicadamente.

Sua Nina.

Como sempre fui, foi seu último pensamento coerente antes de se perder em seu Sam.

35

O amor é a cura de todos os males, cicatriza qualquer ferida, cura qualquer dor. Mas e no meu caso, Nina? Ian e eu divergíamos quanto ao futuro de Analu. Um de nós precisava ceder, e eu não estava nem um pouco disposta a abrir mão de minha filha.

Se pelo menos na época eu soubesse que o futuro não era nada parecido com o que eu ou Ian...

Argh! Amassei a página e atirei na mesa. O gato miou do parapeito, interessado. Encarou a bolinha de papel, a vidraça e tornou a resmungar, lastimoso, ao colar o focinho de volta à janela. Ana ainda estava ao meu alcance?

Por favor, me ajude, mentalizei novamente. *Me ajude a encontrar notícias da minha filha.*

Eu só queria sentir o cheiro dela, tocá-la e ter certeza de que não estava ferida, de que ainda respirava. Me abraçando, virei o pescoço para a cama vazia. Parecia tão gigantesca sem Ana nela, tão diferente da noite anterior.

Vinte horas antes, eu me apoiara na cabeceira do dossel e acariciara suas ondas claras até minha caçula adormecer. A morte do sr. Marques havia sido um golpe duro para ela. O gatinho encolhido em uma rosquinha de encontro a sua barriga também estava desperto, pronto para socorrê-la caso fosse necessário.

Ouvi a batida sutil na porta, e então uma nesga de luz tremular para dentro do quarto, o rosto do meu marido iluminado pela vela.

Pode ir, Bartolomeu pareceu dizer, piscando para mim. *Eu cuido da nossa humana.*

Fiz um carinho na pequena mandíbula e desci da cama, saindo do quarto na pontinha dos pés.

— Como ela está? — ele questionou assim que encostei a porta.

— Machucada. É a primeira vez que ela se encontra com o luto. Ao menos consegui fazê-la comer alguma coisa. Dormiu não faz muito tempo. Vou passar a noite com ela, para o caso de precisar de mim.

Preocupado, ele anuiu uma vez.

— Elisa enviou um bilhete. Marina vai passar a noite com eles. Samuel também está abalado.

— Pelo pouco que Ana mencionou, acho que o sr. Marques foi vítima de violência doméstica. Deve ter atingido a parte mais vulnerável do nosso sobrinho. E de Ana. Ela se culpa por não ter compreendido antes.

Ian respirou fundo, correndo uma das mãos pelo cabelo preto, que adquiria um brilho azulado na parca iluminação.

— Ana Laura não pode se condenar pela decisão de outra pessoa. Ninguém pode responder pelas ações de outros, apenas as próprias.

— Tentei meter isso na cabeça dela. Tomara que eu tenha conseguido. Não suporto vê-la desse jeito.

— Nem eu, meu amor. — Ele fitou a porta, como se a visão pudesse transpassá-la. — Devíamos contar a ela sobre Alexander. Prepará-la, deixá-la em guarda.

Estreitei os olhos.

— Você mentiu pra mim por vinte anos e agora, assim do nada, quer contar pra nossa filha que fadas madrinhas não só existem como uma delas está vindo pegá-la?

A maneira como ele me admirou perfurou minha alma.

— Foi justamente por não suportar ver a traição em seu rosto que me convenci de que Ana Laura deveria saber. Não vou suportar perder vocês duas.

— Você não... — Mordi a língua para me impedir de continuar falando. Com tudo o que estava acontecendo, era tão fácil esquecer que nosso casamento estava uma bagunça. Que eu estava uma bagunça. Me abracei para me impedir de buscar conforto nele. — ... pensou direito. Pra justificar a chegada de Alexander eu teria que explicar a minha origem, e Analu já está enfrentando coisas demais com a morte do sr. Marques. Conseguiu falar com o sr. Akin?

— Sim. — Ele suspirou, exaurido, se pelo cansaço ou pela mudança de tópico não consegui desvendar. — Está desolado por perder um bom amigo. Me ofereci para ajudá-lo com o funeral, mas ele pretende esperar que a filha retorne. Damilola era muito ligada ao mordomo. Antes disso, fui à barbearia.

Examinei a cabeleira preta. Ué... Ele não cortara o cabelo, a barba já começava a sombrear seu maxilar. O que ele fora fazer na barbearia?

— O melhor lugar para saber as últimas fofocas é a barbearia — explicou ao perceber minha confusão. — Andei especulando sobre Alexander. Ninguém parece ter notado nenhum novo morador. Isso é, na possibilidade de Alexander ter decidido se assentar por essas bandas.

Era madrugada, eu não dormia direito havia dois dias, por isso demorei um pouco para fazer a conexão do que tinha ouvido. Mas as catracas em minha mente começaram a girar devagar, e então a toda a velocidade.

— Peraí. Por que você procurou notícias dele? Ian, você mudou de ideia? — Espalmei a barriga e o sobe e desce ali dentro. — Vai me ajudar a manter Ana longe dele?

Meu marido me encarou por quase um minuto inteiro antes de murmurar:

— Não mudei de ideia quanto a ele ajudar Ana. Sofia, por favor, entenda que estou aflito com a possível interferência dele, tanto quanto você — se adiantou, ao ver minha expressão desmontar. — Mas não consigo deixar de pensar na razão pela qual ele vai se aproximar de Ana Laura, ou por que ela vai precisar da ajuda de alguém como ele. E se estivermos deduzindo tudo errado? E se a ida para a escola de medicina não for o verdadeiro motivo por trás da vinda dele?

— O que mais poderia ser?

— Eu não sei. — Ele massageou o pescoço. — Ele me ajudou a encontrar Elisa, mas depois descobri que a verdadeira função dele era me ajudar a salvar você, quando adoeceu. E se nossa filha realmente precisar dele de um jeito que não conhecemos, pois ainda não chegou o momento? Sem ele eu teria perdido você, e Ana nunca teria nascido. Na verdade, sem alguém como ele você ainda estaria no seu tempo e os últimos vinte e dois anos da minha vida teriam tomado um rumo completamente sem sentido e... — Ele admirou a ponta das botas, mas não rápido o bastante para que eu não conseguisse ler seus olhos. E o que havia neles me atingiu diretamente no centro do peito.

Eu sabia que rumo seus pensamentos tomavam: corriam com os meus. Se não fosse por alguém como Alexander, nós jamais teríamos nos encontrado, e a vida feliz que construímos juntos nunca teria tido a chance de existir. Àquela altura eu estaria em algum lugar dos anos dois mil e alguma coisa, me tornando parte das paredes cinzentas de algum escritório, retornando no fim do dia para um apartamento solitário e uma samambaia morta havia meses. Uma vida sem sentido, sem Ian, sem as meninas. E Ian... Bom, eu vira o futuro dele em primeira mão. Ele teria se casado com Valentina e... Espera... Se ele se casasse com minha tataravó, o que aconteceria comigo?

— Ela tem o direito de saber — disse com urgência, me salvando do vórtice de pensamentos desconexos. — Você mesma me disse isso quando descobriu que eu escondia algo. Não cometa o mesmo erro que eu.

Massageei a têmpora, confusa, e quis dizer a ele que a situação era completamente diferente. Mas era mesmo? Eu pensava em Ana Laura ao tentar impedir que Alexander se aproximasse dela ou pensava em mim mesma, no desespero de apenas imaginar que minha filha pudesse ser levada para outro mundo, outro tempo, uma vida longe de mim?

Incapaz de enfrentar a verdade em meu coração — e no perfil de Ian —, fugi dela da melhor maneira que pude: mudando o rumo da conversa.

— Eu pretendo falar com os funcionários da Infinito amanhã. Os boatos estão se espalhando depressa. Acho que devo contar que vou vender a fábrica. Não quero que saibam por outra pessoa.

— Ah. — Ele se concentrou numa mancha imaginária no paletó. — Eu vou trabalhar no novo contrato amanhã. Estarei em casa a manhã toda. Ficarei de olho em Ana Laura.

— Não é isso. Eu queria que fosse à fábrica comigo — expliquei. A maneira como ele se iluminou e sorriu para mim me deixou toda quente. — Quer dizer... preciso que você esteja lá para me ajudar, caso alguém se exalte e as coisas saiam de controle.

Devagar, sem que o olhar nunca deixasse o meu, ele chegou perto o bastante para que seu cheiro produzisse todo tipo de coisa em mim.

— Não tem de me explicar o motivo, Sofia. Você ainda me querer por perto é tudo o que eu precisava saber. — Levou minha mão aos lábios, as íris de ônix faiscando aquele cintilar prateado. — Além do mais, sabe que é sempre um prazer lhe ser útil.

Então me deu um sorriso, *aquele* sorriso de Ian. Soltei uma respiração trêmula, meu corpo reconhecendo o toque, a sensação de sua pele na minha, daquela boca em mim. *Ah, caramba.*

— Boa noite, Sofia. — Ele começou a se afastar, e eu retornei à segurança do quarto de Ana, ligeiramente sem equilíbrio, confusa e com o peito latejando, chamando por Ian.

Nem ele nem eu sabíamos que aquela era a última noite em que toda a nossa família estaria sob o mesmo teto.

36

Então aconteceu, Nina.

Marina estava em um delicioso casulo, aquecida, segura. O corpo maciço de Samuel colado a suas costas a envolvia como um cobertor, o braço atravessado sobre seu ventre de um jeito protetor e um tanto possessivo. Era real demais para ser obra de sua imaginação — ela nunca fora tão criativa assim. Não queria se mover nunca mais. Uma pena que seu corpo tivesse outras prioridades.

Girando com cuidado para não acordá-lo, não resistiu a deslizar a pontinha do polegar pela barba levemente áspera. Sua pele pinicou com as lembranças deliciosas do que aquela barba era capaz de fazer com seu juízo.

Com muito cuidado, desenhou com a pontinha do dedo a curva do nariz, as sobrancelhas grossas e retas, os malares altos, o contorno da boca suculenta — a essa altura ela já não se deixava enganar por sua doçura. Estava muito consciente do poder incendiário que era capaz de evocar.

O prazer de poder tocá-lo, inspirá-lo, era semelhante a mergulhar nas águas frias do riacho em um dia escaldante de verão: arrepios contínuos, o retumbar ensandecido no peito, o desejo de nunca mais sair dali.

As pálpebras dele se ergueram de súbito, e ela deixou a mão cair entre eles. Rubra da sola dos pés ao couro cabeludo, procurou uma desculpa pelo atrevimento. Mas Sam se adiantou.

— É sério, Nina? Depois do que aconteceu nesta madrugada... todas as quatro vezes, gostaria de acrescentar... ainda restou algum acanhamento entre nós?

— Não, acho que não.

Agora ela conhecia cada detalhe dele melhor que o próprio corpo. E, para provar a si mesma que não havia motivos para esquivas, envolveu os dedos nos cachos amassados do melhor amigo e concluiu o que havia começado.

Assim que o beijo terminou, nenhum dos dois parecia ter a capacidade — ou o desejo — de se mover. Havia outros anseios, porém...

— Parece que faz um dia lindo lá fora. — Sam apoiou o queixo na testa dela, distraído e relaxado.

— Ah, sim. — Ela riu, também observando a janela. — Nuvens cinzentas e a promessa de trovoadas são sempre reconfortantes.

— De fato. — Ele mirou os dois topázios nela, ainda mais translúcidos naquela manhã. — Sabe o que eu estava pensando?

— Que eu devia ir embora antes que a casa toda desperte?

— Não. — Ele mordiscou a pontinha do polegar dela, a dobra na junção com o indicador, despertando todo tipo de sensação. — Eu pensei que podemos tomar o café da manhã aqui, depois falar com os meus pais e então ir procurar os seus. Podemos nos casar ainda esta... — Sua voz se perdeu ao circular com o dedo o rubi do anel. Seu espanto e sua confusão espelhavam os sentimentos dela.

— Ah, meu Deus! — Marina ofegou.

Sua bolha de felicidade estourou, e ela se recordou de que ainda havia um segredo entre eles. Um segredo que mudava tudo, e a enormidade do que havia feito a acertou bem na boca do estômago.

Saltando sobre as próprias pernas, ela revirou o amontoado de roupas espalhadas no chão. Encontrou a saia perto da bancada e tratou de vesti-la.

Como pôde se esquecer da existência do noivo? *Como se esqueceu de Hélio Fontes e a ameaça que ele representa?*, sua mente gritava ao pescar a camisa sobre uma banqueta, rapidamente começando a trabalhar nos botões... *Não, espere.* Não era a camisa dela, mas a de Samuel.

Ela trocou uma camisa pela outra, enfiando o tecido branco para dentro do cós da saia após vesti-la. Ora essa, por que nunca pensava antes de agir? Não poderia ter cedido aos desejos de seu coração e posto Sam em risco.

— Isso não podia ter acontecido. Não podia!

Ainda no chão, Samuel a observou, um véu indistinto sublinhando a expressão confusa.

— Do que diabos está falando? — Ele se esticou para pegar a calça e passou as pernas por ela antes de ficar de pé. — Você sabe tão bem quanto eu que nada nunca pareceu mais certo do que o que aconteceu esta noite. Nem chegou perto.

Ele tinha razão, e esse era o problema. Não pensara em nada mais na noite anterior, não pensara no que suas ações poderiam significar para ele.

— Por que está agindo como se a noite passada fosse um erro? — Ele fechou os botões e a encarou, magoado.

Raios!

— Eu não podia ter deixado as coisas irem tão longe — repetiu, incerta se tentava convencê-lo ou ao próprio coração. Onde raios estavam as botas? — Eu não podia, Sam. Não posso!

— *Por quê?* — Então a postura dele mudou. Ficou mais alto, mais forte, o maxilar apertado a ponto de ela se preocupar que poderia se partir em dois. — Você pretende prosseguir com o noivado, depois de tudo o que aconteceu entre nós?!

— Eu não *posso* romper o noivado. — Encontrou as botas debaixo do tripé da luneta. — Não posso ser a responsável pela sua destruição!

Samuel se aproximou, mas ela o empurrou para o lado. De guarda baixa, ele não conseguiu impedi-la de se lançar porta afora. E Nina tinha que correr. Se Samuel a alcançasse e a tocasse de novo, estaria perdida. Não encontraria forças para desistir dele.

— Marina, do que diabos você está falando? Marina! — Ouviu-o gritar às suas costas e um baque estridente ecoar pelo corredor. Será que ele tinha caído? Ficou tentada a espiar, mas seu bom senso finalmente resolveu dar o ar da graça e a obrigou a atravessar a casa.

Teria escapulido, se toda a família Guimarães não estivesse reunida na sala de jantar para o café da manhã... E, porcaria, muitos pares de olhos se grudaram nela, passeando pela desordem que eram as roupas, os cabelos emaranhados, as botas sujas junto ao peito.

Em vez de começar a gritar com ela, a tia lhe atirou um sorriso largo e continuou a comer. Seu marido, no entanto...

— Que diabos! — Lucas ficou de pé no instante em que Samuel apareceu na sala, nu da cintura para cima. Ao menos calçara as botas. — Inferno, Samuel. Ian vai me matar dessa vez.

— Por que o Sam pode ficar pelado na sala de jantar e eu não? — Miguel se queixou.

— Humm... bom dia, família. — Sam acenou, sem graça, e então voltou a atenção para Marina. — Eu vou atrás de você até o fim do mundo. Sabe disso.

O dono da casa resfolegou como um cavalo bravo, pegando a sobrinha pelo braço e a empurrando para uma cadeira.

— Samuel, vá terminar de se vestir, e então você e sua prima vão explicar direitinho o que aconteceu naquele laboratório.

— É desnecessário, papai. — Rebeca estudou a prima, depois o irmão mais velho. — Os dois deixaram tudo óbvio. Finalmente.

— Quando será o casamento, maninho? — Sarah bateu palmas.

Samuel bufou.

— Eu ainda estou tentando descobrir — respondeu, o olhar pregado em Nina. — Nós temos que conversar, Marina.

— E o que *você* sabe sobre esse assunto? — Lucas perguntou ao mesmo tempo, estudando a filha caçula como se tivesse nascido uma segunda cabeça na menina. — Vocês duas! — Apontou para Rebeca, que deu de ombros, se servindo de um pouco mais de chá.

— Sei o que a tia Sofia me contou — devolveu Sarah, orgulhosa. — Eu já tenho doze anos, papai. Sei de muitas coisas. — E então, para a prima, acrescentou: — Nina, por favor, você precisa se casar com o Sam. Ele fica insuportável quando você não está por perto.

Marina quis rir. E então, quase imediatamente, chorar. Ela também ficava insuportável sem Sam por perto.

— Sofia conversou com Rebeca e Sarah sobre *esse* assunto? — o médico mais velho arqueou uma sobrancelha para a esposa.

Elisa continuou a mexer seu chá.

— Não posso impedir nossas filhas de saciarem a curiosidade. Sofia é mais desenvolta que eu nesse assunto.

— Por Deus, Elisa! — Ele caiu na cadeira, afrouxando o nó da gravata.

— O que significa "muitas coisas"? — Miguel quis saber. — E por que o Sam vai ter que se casar com a Nina?

— Por favor — sua gêmea chiou, desolada —, quando formos para a vila, fique longe e finja que não me conhece. É o que eu vou fazer.

— Ué, mas como isso vai funcionar se nós temos a mesma cara?

A menina mordeu um pãozinho com raiva.

— Ainda não perdoei Deus por esse castigo. — Deu um muxoxo.

— Xiiiiu, vocês dois! — Rebeca dirigiu uma careta rígida aos irmãos menores. — Fechem a matraca. Isso é importante. Eu quero ouvir!

— ... educação que eu dei a nenhum de vocês! — esbravejou Lucas. — Especialmente a você, Samuel. Você vai falar com o seu tio imediatamente, e confessar o que fez. E reze para Ian estar longe do escritório e da caixa de pistolas que ele guarda no armário.

— Meu irmão não vai fazer mal algum ao nosso filho. — Elisa se meteu, então mordeu o lábio inferior. — Depois que se acalmar.

Céus, Nina não tinha pensado na reação dos pais. Pulando da cadeira feito um coelho assustado, já não suportando mais enfrentar a posição em que colocara Samuel, ela saiu a toda a velocidade, o coração aos berros ao ouvi-lo chamar seu nome.

Não podia parar, tinha que continuar em frente. O futuro dele dependia disso. Não pôde evitar dirigir seu ódio ao dr. Hélio Fontes. E ao sr. Edgar também, adicionou depressa. Se ele não tivesse adoecido, ela já poderia ter feito a coisa certa havia muito tempo. Em vez disso, se perdia em uma sucessão de erros graves que nem ela mesma conseguia se perdoar.

Sem convite, enquanto passava pela porta, a reação de Edgar Fontes à chegada de Samuel preencheu sua mente. Naquela noite, o comentário do pai de Diogo pareceu tão fora de contexto que ela imaginou que não fosse dirigido a Samuel, já que ele e o primo mal tiveram tempo de se conhecer antes de Sam partir para a Europa. Mas então, no casamento de Lola, a maneira como Edgar insistira para que ela ficasse com ele, não fosse atrás de Diogo a fim de anular o noivado, como se soubesse o que ela sentia... Por isso insistira tanto para que Samuel fosse dar atenção a outras moças?

Não, agora ela estava indo longe demais. Edgar não fingiria uma doença apenas para impedi-la de terminar o noivado. Como ele poderia conhecer suas intenções? Não, era apenas coincidência, concluiu do lado de fora da mansão dos tios. Avistou um empregado e cogitou pedir sua égua, mas o cavalariço teria que selar Amora primeiro. Levaria muito tempo, justamente o que ela não tinha. Por isso cortou caminho pelo bosque, os pés descalços empanados de terra se movendo velozmente. Não rápido o bastante, se lamentou ao ter as mãos fortes se enroscando em sua cintura antes que encontrassem a trilha para o riacho.

— Me solte, Sam! — As botas caíram no chão. — Me deixe ir. Por favor, me deixe ir embora.

Naturalmente ele a ignorou e a fez girar para poder ver seu rosto.

— Por que está fugindo de mim? — suplicou, em uma voz entrecortada.

— Porque se eu ficar nunca vou me perdoar. — Ela quis socá-lo por ser tão imprudente a ponto de amá-la. Mas acabou enterrando o rosto em seu peito. — Não posso destruir você, Sam!

— Do que diabos você está falando? — ele murmurou em sua orelha.

Então se transformou em uma estátua de granito, ondas gélidas emanando de seu corpo ao encaixar uma das mãos no queixo de Nina e incitá-la a elevar o rosto. Quando o atendeu, ela se deparou com o perfil esculpido por uma furiosa tempestade.

— Fontes está coagindo você a prosseguir com o noivado — Sam concluiu entredentes. — Ele ameaçou você.

Exigiu um esforço hercúleo tentar se desprender dele, não porque Samuel a segurasse com força, mas porque seu próprio corpo se rebelava.

— Fale comigo, inferno! — ele suplicou. — Me deixe ajudá-la.

Tola como era, ela ergueu o rosto molhado.

— A única maneira que tem de me ajudar é ficando longe de mim. — Porque ela não era forte o bastante para se manter longe dele. — Por favor, Sam, me deixe ir.

— Como, Nina, se eu nunca consegui durante todos estes anos? Como, se o que acontece com você eu sinto na minha própria carne, e sei que o mesmo... — Algo violento relampejou nas íris translúcidas e se espalhou para o resto dele, consumindo cada centímetro, cada célula, até Samuel se transformar em uma montanha de fúria. — Fontes não ameaçou você. Foi a mim. Ele está me usando como arma.

Incapaz de mentir, ela negou com a cabeça.

— Não é Diogo. É o dr. Hélio. Ele pretende procurar o conselho de medicina e denunciá-lo por negligência no caso do sr. Edgar. A única maneira de impedi-lo é eu me casar com Diogo, porque meu noivo, que eu apaguei da mente na noite passada, é um bom sujeito e não vai permitir que o traste do tio o persiga.

— O quê? — Ele a soltou, recuando vários passos, como se não confiasse em si mesmo.

— Agora entende? — suplicou em um fiapo de voz. — Se eu não me casar com Diogo, nada vai impedir o dr. Hélio Fontes de ir atrás de você e destruir a carreira brilhante que está construindo.

A fúria dele se abrandou; um pouco, pelo menos.

— Isso quer dizer que você não ama Fontes? — perguntou, receoso.

No momento mais inoportuno possível, ela começou a rir, um tanto histérica.

— Sam, eu só aceitei Diogo porque estava de coração partido, imaginando que você tivesse me esquecido. Sei que, se o dr. Hélio fizer a denúncia, o conselho ficaria do seu lado, pois não passa de calúnia. Mas também sei o poder destrutivo de um boato, sobretudo para um médico. Se suas habilidades forem descreditadas uma vez, nenhum paciente jamais voltará a confiar em você. As pessoas são muito ávidas em julgar, condenar, mas se esquecem de confirmar a veracidade dos fatos; é menos interessante que uma boa difamação. Não posso permitir que Hélio Fontes o destrua porque eu fui impulsiva e aceitei o pedido do sobrinho dele. Eu tenho que me casar com Diogo.

De todas as reações que ela esperava, ouvir Samuel rir não era uma delas. Onde raios estava a graça?

— Marina, eu não sei se a beijo ou a sacudo. Fontes não é o primeiro que encontro pelo caminho que tenta me destruir de algum modo. E como você sabe eu continuo aqui, de pé. Sei cuidar de mim mesmo. Já não sou mais um garotinho indefeso que precisa de proteção.

— Sei disso. Mas não pode esperar que eu assista à sua destruição de braços cruzados. — Ele nunca iria entender? — Eu tenho que fazer o que puder para impedir o dr. Hélio. É o que você faria, se ele estivesse tentando destruir minha reputação. Nós sempre nos protegemos. Isso não vai mudar agora.

— De fato, não vai mudar. — A teimosia endureceu o maxilar sombreado pela barba curta. — Você pode não aceitar se casar comigo, pode até me expulsar da sua vida para sempre, se assim desejar. Isso eu aceitaria. Mas não pode me pedir para vê-la se sacrificar dessa maneira e não tentar impedi-la. Você me conhece melhor que isso. — Fazendo a volta, ele começou a retornar para casa.

Era como ele havia dito: Nina o conhecia bem demais para saber o significado daquele trincar de queixo.

— Sam, o que você pretende fazer? — Correu para acompanhá-lo, ignorando as folhas e os gravetos lhe espetando a sola dos pés.

— Tratar de arranjar uma escolha para você. Vou arruinar minha carreira eu mesmo.

— O quê?! — Ela tropeçou nas próprias botas esquecidas no caminho. — Samuel de Castro Soares, pare de brincadeira e fale sério. — A questão era que ele não parecia estar com humor para zombaria.

— Não se aflija. — Deu um sorriso torto. — Tenho quase certeza de que sei como ganhar má fama sem arriscar a vida de ninguém.

— Sam!

Ele parou de andar e se virou para ela.

— Há uma coisa que você não entende. Posso conviver com um consultório às moscas. Posso me dedicar a alguma pesquisa ou... tanto faz, Nina. Agora, sabe com que eu não conseguiria viver? Sabendo que você se entregou a um homem a quem não ama numa tentativa heroica e atrapalhada de salvar minha pele. Não me peça para ficar de braços cruzados enquanto assisto *você* arruinar a própria vida. Eu a amo demais para não lutar.

— Seu grande tolo!

O amor dentro dela se ergueu com tanta força que a impulsionou para ele. Marina o beijou, simplesmente porque o que sentia por aquele homem era enorme demais para que conseguisse expressar com palavras.

O beijo terminou, mas ele se recusou a soltá-la, o que era perfeito. Ela não queria ir para nenhum lugar longe dele.

— O que faremos agora? — ela se ouviu perguntar.

— Nós cuidamos um do outro. — Ele resvalou os lábios na pontinha de seu nariz. — Mas, diabos, Nina, nunca mais fuja de mim daquela maneira. Doeu tanto que eu não conseguia respirar. Doía bem aqui. — Enlaçou os pulsos dela e os pressionou contra o centro do peito.

A luz do sol beijava o dorso desnudo, acentuando os preciosos tons ambarinos na pele marrom. Ela se perdeu em sua beleza por um instante.

— Por favor, me escute — ele prosseguiu, soturno. — Se Diogo for o que você quer, se ele é quem a fará feliz, então seguirei com meu plano e irei para a Inglaterra. A questão é que eu acho que o que você quer sou eu.

Marina começou a rir.

— Você é tão inteligente para alguns assuntos, mas em outros... francamente! Caso não tenha entendido ainda, você é o que eu quero, o que eu sempre quis e sempre vou querer. Pensei que você soubesse, sobretudo depois da noite passada.

— Bom, teria sido *bem* mais eloquente se você não tivesse saído correndo e me forçado a vir atrás de você praticamente nu. — Ele a trouxe impossivelmente para mais perto, os dedos se abrindo na base de sua coluna. — A noite de ontem foi o momento mais bonito de toda a minha vida, Nina. Foi... — Agitou a cabeça. — Eu não conheço palavras suficientes para sequer começar a explicar. Foi como se um sol tivesse nascido dentro do meu peito ou coisa semelhante.

— Foi o momento mais bonito da minha vida também.

Abrindo um sorriso tão lindo que os joelhos dela ameaçaram ceder, Sam começou a se curvar. No entanto, ela espalmou seu peito, impedindo-o de beijá-la. E, céus, como foi difícil se obrigar a tanto.

A confusão em Samuel se desenhou num franzir de sobrancelhas.

— Eu fiz uma tremenda confusão — explicou, consternada. — Apesar de o dr. Hélio ser um sujeitinho desprezível, Diogo não merece ser enganado dessa forma. Eu tenho que falar com ele antes que alguma coisa volte a acontecer entre nós.

Seu melhor amigo soltou um suspiro áspero e desolado.

— Tem razão, por mais que eu odeie admitir. Mas temos um problema. — Fez uma careta. — A cena que minha família presenciou ainda há pouco...

— Eu sei. Meus pais vão ficar sabendo o que aconteceu antes que o dia termine. Vou me explicar com eles.

— Se me der cinco minutos para colocar uma camisa limpa...

— Sozinha, Sam — ela atalhou. — Vou procurar meus pais e Diogo sozinha. Só me escute. — Pressionou um dedo contra os lábios dele ao perceber que queria contestar. E Nina esqueceu o restante do mundo ao sentir a boca macia e quente novamente em sua pele. O que ela ia dizer mesmo? Ah, sim! — Por favor, antes que me diga que metade da culpa é sua, quero dizer que não é verdade. Eu aceitei Diogo sozinha. E tenho que botar um ponto-final no compromisso da mesma forma. É a única coisa decente que ainda posso fazer nesta história. Me prometa que não vai se intrometer.

Tão logo ela libertou sua boca, ele deu ares de que iria protestar. Mudou de ideia no último instante, algo potencialmente estúpido incendiando seu olhar.

— Muito bem. — Ergueu a mão direita. — Prometo não interferir.

A escolha de palavras não passou despercebida a Marina. Tinha toda a intenção de interrogá-lo até descobrir o que ele tramava. No entanto, ele deu um sorriso, aquele que guardava só para ela. Talvez um beijo rápido não fosse tão prejudicial assim, ela ponderou, zonza. Quer dizer, que mal faria, depois de tudo?

Como de costume, Sam a protegeu de si mesma ao depositar um beijo casto em sua palma. Parecia torturado ao soltá-la e tomar o rumo de casa.

A tentação de segui-lo foi tão grande que ela deu um passo à frente. Mas tanta coisa precisava ser consertada — seu futuro inteiro — antes que pudesse estar nos braços de Samuel outra vez. Com um suspiro, ela deu meia-volta e se apressou em corrigir seus erros. E o primeiro deles foi encontrar suas botas. Onde diabos elas tinham ido parar?

— Está procurando por isto? — O par de couro enlameado caiu a seus pés com um baque surdo. Um segundo depois, alguém saía de trás da árvore.

— Diogo! — ela ofegou.

37

E sabe o que é pior, Nina? Eu nem sequer notei. Não no começo.

Paralisada de horror, Marina enfrentava Diogo Fontes, o coração pulsando na base da garganta. Havia quanto tempo ele estava ali, escondido nas sombras do bosque? Quanto ele vira e ouvira?

Tudo, concluiu pela forma rígida como a encarava.

— Soube da morte do mordomo esta manhã. — A voz dele era calma e tranquila ao caminhar ao redor de Marina. Um predador diante da presa, ela logo se deu conta. — Sabia que sua irmã tinha uma ligação com ele e fui prestar condolências, mas fui informado de que você não dormiu em casa. Sabe, quando lhe propus casamento, não tinha esperanças de que fosse aceitar. Metade da vila já havia tentado, e você recusou todas as propostas. Corria à boca pequena que sua recusa era por causa do seu primo. Ao me dizer sim, acreditei que estavam enganados, que não passavam de idiotas com dor de cotovelo. Mas o idiota nesta história fui eu, não?

— Não foi assim. Eu não sabia que tinha sentimentos por Samuel até ele retornar da Europa. Eu juro que não sabia, Diogo.

Os olhos dele faiscaram essencialmente de fúria ao deter o passo.

Muito bem, ela não fazia ideia de como começaria aquela conversa, mas já protelara demais.

— Eu sinto muito que tenha descoberto dessa maneira — murmurou, mortificada. — Eu pretendia ir a sua casa devolver o anel da sua mãe. Tentei falar com você antes, no casamento de Lola e de meu primo Tommy. Mas seu pai teve o mal-estar e depois o ataque apoplético, e eu... — seu rosto se incendiou — não tive coragem de magoar você. Já estava enfrentando tanta coisa. Me perdoe.

Ele riu, um som vazio e raivoso.

— Então preferiu manter o noivado por pena. Quanta generosidade — escarneceu. — Acha que não percebi? Pensa que não notei como se esquiva de mim? Acredita que não reparei no modo como se comporta perto daquele canalha, como sorri para ele? Como nunca sorriu para mim! — esbravejou. — Eu não sou estúpido, Marina.

Ela merecia a raiva, os gritos. Havia tratado Diogo da pior maneira possível.

A verdade é que não enganara apenas Diogo. Nina se enganara de propósito, primeiro ignorando o próprio coração e o que havia lá dentro. Depois ao fingir que poderia encontrar alguma felicidade na união com Diogo Fontes. Mas agora sabia que o amor não é conveniente, não se importa com anéis de rubi ou mesmo com a reciprocidade. O amor é incontrolável, indomado, inconsequente. E cruel, algumas vezes, como naquele momento. Machucava-a magoar Diogo, não ser capaz de corresponder a seus sentimentos.

— Sinto muito. Me perdoe. — Ela desengastou o anel do anular. — Lamento não merecê-lo. Tenho certeza de que um dia vai encontrar a mulher que seja digna de você.

Fitando demoradamente a joia que ela estendia, Diogo não fez nenhum gesto para apanhá-la. Em vez disso, soltou um pesado suspiro, cerrou as pálpebras e veio...

Abraçá-la?

Espere. O quê?!

— Perdoo sim, minha pérola. — Beijou seu cabelo. — Afinal você foi só mais uma vítima daquele conquistador. Façamos o seguinte. Vamos esquecer que tudo isso aconteceu e seguir com os nossos planos. Ficaremos bem em algum momento.

Ora essa, alguém ali havia perdido a cabeça. Estava quase certa de que não era ela.

— Diogo — se desprendeu dele delicadamente —, eu não vou me casar com você.

— Certamente vai. — Ele sorriu de um jeito que a assustou mais que tudo. — E vai esquecer seu primo assim que nos afastarmos daqui. Começaremos nossa vida longe e em paz.

— Não tem relação com Samuel. Tem relação comigo e com a maneira como me sinto. E o que não sinto. Eu... não amo você.

Em um movimento tão rápido que ela não previu, Diogo a segurou pelo braço, usando tanta força que Nina sentiu a carne se desprender dos ossos.

— Mas vai me amar! Você vai me amar, vai se casar comigo e vai gostar disso. — Ele a sacudiu com violência.

Um pouco zonza, Nina tentou usar a mão livre para se desprender. Só conseguiu intensificar mais o aperto, a ponto de o braço começar a latejar. Só lhe restou armar o punho e mirar o nariz. Diogo deve ter antecipado sua reação, pois se esquivou rapidamente. De guarda baixa, ela não teve tempo de fazer o mesmo, e a palma grande e ardida estalou em sua face. O tapa violento a derrubou no chão, e ela caiu de lado, sobre o braço latejante.

— Veja o que você me obrigou a fazer! — Ele se abaixou, tentando tocar seu rosto. Ela o chutou como deu, infelizmente, o ataque acertou seu joelho. Diogo enganchou os dedos nos cachos emaranhados, puxando-os em direção ao chão. — Pare com isso. Não me force a lhe ensinar bons modos novamente. Mantenha isso em mente quando estivermos casados.

— Não existe uma maneira de me forçar a subir ao altar e dizer *sim* a você. Nenhuma! — ela rugiu, tentando desvencilhar os dedos dele de seu couro cabeludo.

— Ah, você vai me aceitar sim, minha pérola, porque ama sua irmãzinha.

— Não meta Ana Laura nisso. Nunca mais pronuncie o nome dela! Me solte! — Ela continuou a chutá-lo e socá-lo, quente de indignação, vergonha, medo, humilhação.

Diogo abriu outro daquele sorriso aterrorizante.

— Ouvi boatos na barbearia esta manhã. Aparentemente, Ana Laura Clarke foi a responsável pela morte do mordomo dos Amina.

De súbito, ela parou de lutar.

— O quê?!

— É de conhecimento geral que ela o visitava com frequência, ministrava poções...

— Ana apenas servia alguns chás para aplacar as dores do sr. Marques e nada mais.

— Não é o que estão dizendo. — Ele deu de ombros. — Caso não saiba, exercer a medicina sem ter diploma é um crime gravíssimo, e uma absolvição nesse caso, com uma morte envolvida... Pobre Ana Laura. — Estalou a língua. — Tão frágil para ser trancafiada na companhia de bárbaros. Decerto sabe que damas e cavalheiros dividem a mesma cela na cadeia, não? E que a pena para tal crime é a forca?

Observando o homem cujo sorriso lhe causava arrepios, ela começou a transpirar. Era como se o visse pela primeira vez. E via! Quem era aquele homem cruel e violento, onde se escondera aquele tempo todo? Como um dia pôde confundi-lo com um bom homem? Como um dia pôde permitir que ele a tocasse? Entrasse em sua casa, se aproximasse de sua família?

— Naturalmente — ele prosseguiu, soltando seu cabelo e então acariciando-o —, tudo isso pode ser evitado se você se casar comigo amanhã, minha pérola.

— Não pode estar falando sério. Eu não o farei feliz. Eu não o amo. Na verdade, cinco minutos atrás passei a abominá-lo. — Ela tomou fôlego e empinou o queixo. — Eu me entreguei a Samuel.

Outro sorriso arrepiante.

— Eu ouvi vocês conversarem. Não vou deixá-la se esquecer de tal crime, acredite. E, se não a possuo aqui e agora, é porque não me contento com sobras. — Ele espanou fiapos de grama e folhas que se prenderam na manga do vestido dela. Nina se encolheu, acuada. — Me amar ou não é apenas um detalhe. Eu a amo o suficiente por nós dois, minha pérola. — E com isso ele a beijou com brutalidade.

Nina o mordeu com toda a força que pôde manejar, provando o gosto de sangue. Diogo se afastou e limpou a boca.

— Tenho a impressão de que vamos nos divertir muito amanhã à noite. — Sorriu para os dedos sujos.

— Por que está fazendo isso?

— Porque eu a amo. E um dia vai entender isso. Agora me diga, minha pérola. O que devo fazer? Esperá-la na igreja ao amanhecer, ou ir à delegacia denunciar Ana Laura?

Ela gostaria de uma terceira opção. Afogar Diogo Fontes em uma poça de veneno, por exemplo. No entanto, sabia que dessa vez nenhum plano mirabolante ia funcionar. Diogo estava resolvido a destruí-la de uma maneira ou de outra e usaria seu ponto fraco: Analu. Seu coração começou a murchar até quase secar, pois compreendeu que algumas vezes nós nos enganamos, fingindo ter alternativa apenas para não enlouquecer, porque no fundo sabemos que nunca houve escolha.

* * *

Sentada no banco diante das roseiras da propriedade dos Clarke, Ana Laura afagava o gatinho adormecido sobre as pernas, tentando ler o mesmo parágrafo sem conseguir apreender uma palavra que fosse. Os raios de sol não conseguiam penetrar a camada espessa de nuvens, drenando a cor das rosas do jardim. Ou talvez o problema fosse com sua visão. Ela não conseguia ver cores naquela manhã.

A presença da mãe durante toda a noite apaziguara um pouco seu coração. Pela manhã, brincara que já estava crescida demais para ganhar colo.

— Analu, ninguém nunca é grande o bastante para não precisar se esconder do mundo sob a asa da mãe — dissera ela ao beijar sua testa.

Sem concentração alguma, Ana fechou o livro no exato instante em que Marina surgiu de trás da casa. E estava uma bagunça e tanto. Ana notou as roupas amarrotadas, os cachos volumosos soltos se balançando sobre o decote do vestido, folhas secas presas aos fios. Ela se levantou tão depressa que o livro escorregou por entre os dedos lívidos e tombou no chão.

— O que aconteceu? — Ana exigiu ao alcançar a irmã. Bastou um rápido exame para detectar a larga mancha rubra na bochecha esquerda. — Você se feriu!

— Não é nada. — Puxou algumas mechas para encobrir a face. — Eu estava distraída, tropecei em um galho caído. Só isso.

— Por que veio andando? O que aconteceu com Amora?

— Eu... estava distraída, já disse, Ana. — Ela seguiu para as escadas na entrada.

Estranhando o comportamento defensivo da irmã, Ana correu para acompanhá-la.

— Como o Sam está? — especulou.

— Abalado, mas vai ficar bem. Sam é forte o bastante para vencer essas lembranças doloridas. — Um brilho irascível deixou os olhos dela em tom de café.

Estavam quase diante dos degraus quando Ana pulou na frente da irmã e a obrigou a parar.

— Então por que está com essa cara, Nina?

— Eu me encontrei com Diogo no caminho. — Ela encarou a joia brilhante no anular. — O sr. Fontes está piorando.

Ana se preparou para ser arrebatada pelas antigas fantasias. Em vez disso, a imagem que embaçou sua visão era um rosto marcado por uma cicatriz, sorrindo daquele seu jeito debochado.

De imediato, ela aprumou a coluna. O quê...?!

Não. Seus sentimentos não importavam naquele instante.

— Nina...

— Poderia me ajudar a escolher um vestido? — Marina atravessou.

— Para visitar o sr. Edgar? — arriscou, sem entender. Marina nunca se importava com o que vestia, exceto que lhe desse alguma flexibilidade. O que estava acontecendo?

— Não. Eu...

Ouviram o relincho de um cavalo. Ao se virarem para a entrada da casa, avistaram Ricardo Chagas entregando a montaria a um dos cavalariços.

— Me esqueci dele. — Marina fez uma careta. — Ontem à noite eu disse algumas coisas para esse rapaz na intenção de desencorajá-lo a seu respeito. Mas... humm... acho que só consegui aguçar um desafio dentro dele ou coisa semelhante. — *Sinto muito*, aquele apertar de lábios dizia.

Não houve tempo para explicações, pois Nina tratou de avançar pelas escadas antes que o sujeito as abordasse. Confusa, Ana recebeu os cumprimentos do rapaz, que batia o chapéu na perna da calça em um tique nervoso ao sugerir que caminhassem pelo jardim. Seu estado irrequieto se acentuou à medida que os minutos se passavam.

— Sr. Ricardo, se sente bem? — Ana perguntou alguns passos depois.

— Sim. Não! — Tornou a bufar. E então parou de andar. — A senhorita me aflige, e é a única que pode apaziguar minha alma. Decerto já percebeu que tenho muito apreço pela senhorita.

— Ah! — Céus. Ele não pretendia... Ele não estava mesmo pensando em...

— Eu também tenho uma boa fortuna — se gabou. — Seu rosto é suave, bonito, o que nos garantirá crianças apresentáveis. Sua voz também me agrada, e você vem de uma boa linhagem. Tem uma cabeça boa, o que significa que não vai torrar meu dinheiro em frivolidades. Confesso que ter uma esposa com uma profissão não era o que eu tinha em mente. Mas certamente será apenas um passatempo, não? Para quando não estiver ocupada tomando conta da casa e dos filhos que teremos. Se é tão importante para você, eu aceito que trabalhe. Meu irmão é padre, deve se tornar bispo em um ou dois anos. Ele ajuda em um hospital na cidade. Escrevi a ele contando seu caso, e ele consentiu que atue como enfermeira na ala feminina após nos casarmos.

Que maneira mais romântica de confessar o que sente.

— Eu nem sei o que dizer, sr. Chagas. — Tocou a têmpora, indecisa entre começar a rir ou ficar irritada.

— *Sim* é suficiente. — Abanou o chapéu. — Nosso casamento será benéfico para você em muitos aspectos. Veja, estou oferecendo não apenas casamento com um homem de estirpe e muitos privilégios. Essa é a chance mais próxima que terá de se aproximar da medicina.

Foi um golpe duro ouvi-lo, pois ela sabia que Ricardo tinha razão quanto aos estudos. Ainda assim, ela endireitou os ombros e se valeu do mesmo pragmatismo que ele lhe dispensara.

— Temo que minha resposta não vá agradá-lo, sr. Chagas. O que me propõe é exatamente o que eu já tenho: falta de escolha e conformismo. Devo ter passado a impressão errada ao senhor. Não sou um objeto de barganha. E nunca serei.

— Deveria explicar isso a sua mãe. — Ele tornou a bater o chapéu na perna. Como ela entortou o pescoço para o lado, ele acrescentou:. — Então não sabe que a sra. Clarke venderá a fábrica ao senador em troca de que ele apresente um projeto que a aproxime da escola de medicina? Não que vá sair do papel. Meu pai está articulando um projeto tão falho que dificilmente poderá ser apresentado. Assim sendo, eu sou sua única esperança.

A segurança que ele emanava, sem nenhum resquício de dúvida a respeito de qual seria a decisão dela — por acaso, a que ele queria —, teria ganhado uma resposta afiada. No entanto, sua mente se ocupava com outro assunto, a fúria a esquentando por dentro ao se lembrar da mãe anunciar o encontro com o senador ao acaso, no dia anterior, e a mudança de posicionamento do político. Ela só se esquecera de mencionar que se desfazia da Infinito Cosméticos, o trabalho de uma vida inteira, para comprar uma chance a Ana, não?

— Reflita sobre minha proposta — disse Ricardo, confiante. — Vai concluir que sou a melhor oferta que receberá.

— Não preciso de tempo para encontrar meu bom senso; eu nunca o perco de vista. — Ela estreitou os olhos. — Por isso não desperdice seu tempo com esperanças infrutíferas, sr. Chagas. Eu não me casarei com você.

— Você vai mudar de ideia. — Assentiu para si mesmo. — Sei que vai.

— Está se enganando. Eu nunca aceitaria um sujeito que pensa em mim como uma égua parideira de boa linhagem. Não estou à venda.

Com o orgulho visivelmente ferido, ele encaixou o chapéu na cabeça e começou a se afastar.

Um tanto trêmula, Ana correu para casa, mas não teve que ir muito longe para encontrar quem procurava. Sua mãe estava parada sob o arco da porta, observando Ricardo partir.

— O que ele veio fazer aqui? — perguntou.

— Me dizer que o irmão dele, que é padre, consentiu que eu faça trabalhos voluntários num hospital, caso eu me torne a sra. Chagas.

— Caramba, eu achava esse cara sem noção, mas não pensei que fosse tanto.

— Você é a pessoa mais indicada para discorrer sobre os sentimentos de Ricardo, mamãe. Afinal está agindo como ele. — Na metade da escada, Ana Laura cerrou os dedos. A mãe piscou, confusa. — Como pôde pensar em ceder a fábrica ao senador para me comprar uma vaga na escola de medicina? Acredita que eu consentiria com um absurdo desses?

— Não é isso. — Um furinho marcou a testa dela. — Eu só estou buscando uma oportunidade para você, uma chance.

— Sem se importar com o custo? — Ana subiu dois degraus. — E não me refiro à Infinito. Foi o meu orgulho que incluiu na barganha. A minha liberdade e a sua! Não percebe que, ao ceder ao capricho do senador, fomenta ainda mais tudo aquilo contra o qual eu venho lutando?

Abrindo os braços, sua mãe suspirou, desanimada.

— Filha, você sabe que suas chances são quase impossíveis...

— Foi você mesma quem me ensinou que o impossível é relativo. — Ana travou os dentes.

— Por favor, não me olhe assim, Analu. Só estou buscando a chance que este mundo teima em negar. Só queria que você tivesse uma oportunidade.

Ela não tinha compreendido ainda, não é?

— Não é uma oportunidade, mamãe. É coação, e isso eu já tenho. E o problema de aceitar coação é que o poder está sempre nas mãos do intimidador. Você vai vender sua fábrica para nada. O senador vai apresentar de propósito um projeto com tantas falhas e contradições que nem sequer será levado a sério! — esbravejou. A mãe piscou algumas vezes, a boca moldada em um *o* mudo. — Sabe o que mais me machuca, mamãe? Você me fez acreditar que é possível existir um mundo onde os sonhos triunfam. Mas não passou de palavras bonitas para consolar uma tola idealista! Eu esperava que o mundo me tratasse dessa forma. Mas nunca esperei que minha própria mãe o fizesse. — Sua visão embaçou. Antes que começasse a chorar, desceu as escadas às pressas.

— Não é nada disso, caramba... Ana! — A mãe chamou a suas costas. — Aonde você vai?

Quem dera ela também soubesse...

Ao passar pelo banco que ocupara instantes antes, parou para recolher o livro caído no chão. Um pedacinho colorido esmagado escorregou de dentro das páginas. Deixando o livro sobre o assento, ela deslizou a pontinha do indicador pelas delicadas pétalas prensadas, asas rosadas com pinceladas brancas nas pontas.

— Um cíclame...

A flor sagrada do amor, a voz de Alexander se embrenhou por seus pensamentos, o coração dando uma pirueta. E soube exatamente onde queria estar.

38

Eu estava tão focada na fúria de Ana ao descobrir meu acordo com o senador, na tristeza no rosto de Marina ao retornar da casa dos tios e se trancar no quarto, no abismo que existia entre mim e Ian, que me deixei cegar pela cortina de fumaça. Não vi que o verdadeiro perigo estava por trás dela.

Meus dedos protestavam, exigindo uma folga, mas eu os forcei a aguentar firme, o grafite correndo pelas páginas com um sibilo sutil, a mente regressando ao escritório de Ian.

Fazia tão pouco tempo, e ainda me pareceu um século desde que eu me sentara no sofá de couro preto sacudindo as pernas porque, se não mexesse alguma parte de mim, iria explodir feito uma lata de cerveja quente. Ian estava recostado à parede, bem ao lado do quadro apavorante que eu pintara com ele duas décadas antes, me observando de braços cruzados.

— Tá legal. — Joguei as mãos para o alto. — Pode dizer.

— Dizer o quê? — ele incitou delicadamente.

— *Eu avisei.* Sei que é o que está na sua mente agora. Manda ver. Eu mereço.

— Na verdade, estou tentando encontrar uma maneira de acalmá-la. — Devagar, ele veio se abaixar no sofá, os joelhos separados ao me encarar. — Eu jamais tripudiaria da sua dor, Sofia.

Empurrei o cabelo para longe do rosto.

— Mas devia. Eu magoei a nossa filha, e você tentou me avisar de que isso aconteceria. O senador não tinha o direito de contar nada ao filho. Não foi o que combinamos. Droga, eu devo ter inaugurado uma nova escala de idiotice ao ter confiado num político. Você tentou me alertar sobre isso também, e de novo eu não quis escutar. Por que eu acho que posso resolver minha vida sozinha?

Meu marido me deu um sorriso de canto de boca.

— Porque pode, a sua maneira.

— Ana nunca vai me perdoar. — Chacoalhei a cabeça. — Eu vi no olhar dela. Eu a magoei de verdade, Ian.

— Nunca é tempo demais. — Sua voz estava mais baixa ao adicionar: — Todos nós cometemos erros, mesmo guiados pelas boas intenções. Ninguém é perfeito, Sofia. Ninguém consegue ser.

A maneira como seu rosto se transformou me deu a certeza de que ele não falava só de mim. Uma nuvem sombria pareceu se abrir no teto da sala. Encarei meu par de tênis, que já havia visto dias melhores, e me perguntei como tudo podia ter dado tão errado em um espaço tão curto de tempo.

— Ana está furiosa comigo. O que significa que deixei o caminho aberto para Alexander, como você queria.

— Eu nunca desejei tal coisa. — Ele me deu um olhar ofendido.

— Mas não vai me ajudar a impedir Alexander. — Encolhi os ombros, ressentida. — Dá no mesmo.

— Não, não dá. E ainda espero convencê-la disso. — O sofá estalou conforme ele trocava de posição, apoiando os cotovelos nas pernas. — Ana Laura é sensata. Apenas precisa de tempo para assimilar tudo. Quando estiver pronta, estou certo de que irá procurá-la e você terá a chance de explicar seu ponto de vista.

Eu só não sabia de que maneira iria conseguir tal façanha. Como fazer Analu entender que o mundo não oferece oportunidades para pessoas como ela e eu, que tínhamos que escavar nosso próprio caminho, e que eu apenas tentei deixar o dela mais suave?

Recostei a nuca no encosto alto e encarei o teto.

— Eu nunca duvidei da capacidade dela. Nem uma única vez. É na capacidade deste mundo que perdi a fé.

— Me fere a alma ouvi-la dizer tal coisa — Ian falou baixinho. Tive que olhar para ele. A tristeza que ouvi em seu timbre também nublava seu semblante. — Foi você mesma quem me ensinou a nunca perder a fé, a acreditar. Não desista ainda, Sofia.

— Não estou desistindo, só... Eu não sei mais como lutar.

— Venha cá. — Ele passou os braços ao meu redor e me trouxe para seu peito. O alívio foi imediato, como se eu estivesse debaixo d'água por tempo demais e finalmente conseguisse encontrar a superfície. O coração dele iniciou uma corrida de encontro a minha orelha, pulsando cada vez mais rápido e violento. Cometi o erro de elevar o rosto. Seu olhar relampejava as faíscas prateadas, e meu corpo reagiu: pulso acelerado, calor, arrepios, um desejo insano de estar ainda mais junto dele. De estar dentro dele.

Devagar, quase temeroso, Ian afastou com o mais delicado dos toques as ondas douradas que me caíam no rosto e as enroscou atrás da orelha, o polegar roçando no lóbulo sensível.

— Eu sinto falta disso — sua voz estava áspera, profunda. — Do seu cheiro em minhas roupas, de encontrar fios do seu cabelo nos lugares mais inusitados do meu corpo. Mais que tudo, sinto falta de poder tocá-la.

Eu sinto falta de você todo, tive vontade de dizer. Mas nada havia mudado, não é?

Eu me desvencilhei dele com facilidade. Se ele quisesse, teria me mantido ali para sempre. Ian era duas vezes mais forte fisicamente, afinal. No entanto, aquele era Ian Clarke, e um dos motivos pelos quais eu era tão louca por ele era a maneira como sempre me deixava livre, me dava escolha.

Seus braços caíram frouxos ao lado do corpo.

— Você vai continuar fugindo de mim, não é? — ele perguntou, magoado.

Eu precisava. Ainda não sabia como interpretar o fato de meu marido não tentar impedir que uma fada madrinha se aproximasse de nossa filha. Estava confusa. Não ia mentir para ele. Nem para mim mesma.

— Eu queria poder agir diferente, Ian. Mas não consigo perdoá-lo por nem sequer tentar ajudá-la. Eu pensava que a gente lutava a mesma batalha. Só que eu descobri que estou sozinha. Desculpa, eu não consigo.

Lentamente, ele assentiu e ficou de pé, indo até a janela. Para que eu não visse a amargura e o desespero em seu rosto? Ou seria para que ele não visse tudo isso no meu?

— Você tem razão quanto a contar a verdade a Ana — admiti pouco depois, ganhando sua atenção. — Mas toda a verdade. Sobre mim. É a única maneira de fazê-la entender que eu nunca deixei de acreditar nela. Só estava tentando impedir que alguém a levasse para longe de mim. Não consigo suportar a ideia de nunca mais ver minha filha. Nenhuma mãe devia passar por isso. — Massageei o pescoço.

A tensão agia em meu corpo, esticando cada nervo e músculo até o limite, me deixando rígida, dolorida e a ponto de arrebentar. Obviamente, ele não deixou de notar.

— Você parece exausta. Volte para nossa cama, Sofia. Para dormir — se apressou, esfregando a boca. — Não precisa me perdoar, nem temer que eu vá tentar alguma coisa. Apenas venha descansar.

— Não posso descansar. Preciso me explicar com a Ana.

— O que pretende fazer agora? — indagou, um pouco mais composto. — Quanto ao senador Chagas?

— Não faço a menor ideia. Ele pretende me passar a perna. Se eu desistir da venda, tenho certeza de que ele vai correr para a justiça e tomar a Infinito na marra, então vou perder a minha fábrica de um jeito ou de outro.

Girando a aliança em seu anular, ele deu a volta na mesa e apoiou uma das pernas no tampo.

— A menos que eu venda o estábulo e consiga o montante que...

— De jeito nenhum! — atalhei, ficando de pé. — Primeiro porque não vou pagar uma dívida que não existe. Segundo, não vou cair na armadilha daquele cretino e, terceiro, não vou deixar que você venda o estábulo. Aquele lugar é a sua vida.

— Não, Sofia. Você é.

Meu coração estúpido ameaçou saltar do peito e se aninhar nas mãos dele. Eu quis perguntar. Questionar por que então ele fizera aquilo conosco. Mas tinha medo do que poderia ouvir, por isso me concentrei em uma mancha imaginária na camisa branca.

— Eu... ah... É melhor eu ir para a fábrica. Quem sabe Analu esteja menos irritada comigo mais tarde. Você pode me acompanhar?

Aprumando-se, ele fez menção de se aproximar. Me dar um beijo de boa sorte, como fazia todas as manhãs. No entanto, vacilou e acabou por enfiar as mãos nos bolsos.

— Sobre isso. Ontem você me disse que pretende falar com os funcionários a respeito da venda, que me queria por perto. Podemos adiar por mais uns dias?

— Por quê? Você tem algum compromisso esta manhã?

— Não. Mas tenho um pressentimento. — Encolheu os ombros, o olhar brilhando de leve. — Pode confiar em mim ao menos nisso? Me dê apenas mais alguns dias, por favor.

— Tudo bem. — Eu estava fugindo da tarefa, de todo jeito.

Comecei a ir para a porta, mas Ian agiu depressa e em um átimo de segundo estava ao meu lado, o indicador se enroscando ao meu mindinho.

— Ainda há pouco... quando mencionou que seu desespero para afastar Alexander da nossa vida é por temer que Ana seja levada para longe de nós... Isso é verdade?

— E o que mais seria, Ian?

— Eu só... Eu pensei... — Então meio riu, meio gemeu e sacudiu a cabeça. — Bom trabalho, meu amor.

Como se não houvesse aquele abismo entre nós, ele se curvou para beijar minha testa, se demorando um pouco mais do que minha força de vontade suportava, e abriu a porta do escritório para que eu passasse, pela primeira vez em muitos dias parecendo mais relaxado.

Então fui para a fábrica tentar ocupar minha mente. No entanto, em vez do efeito calmante que eu buscava, me encontrei com um sabor amargo. Os funcionários trabalhavam nas novíssimas geringonças a vapor, basculantes e envasadoras, esteiras movidas por correias e força a carvão. Fora um rebuliço quando o maquinário desembarcou na Infinito, e não demorou para se tornar atração turística. Foi preciso agendar horários para os grupos de curiosos e descrentes. Eu ficara tão orgulhosa na época, de mim mesma e dos homens e mulheres que me ajudaram a tornar a Infinito um sucesso.

Atravessei a fábrica e me dirigi ao meu escritório, um mezanino com vista para o enorme barracão. Comecei a subir as escadas, mas parei na metade dos degraus, admirando o trabalho de uma vida inteira.

— Sra. Clarke? — Anelize correu escada acima para me alcançar, abraçada a sua prancheta. — Está tudo bem, senhora?

— É lindo, não é? Quando um sonho sai do papel e tem cheiro, cores, sorrisos. Eu vou sentir falta disso. — Da rotina de escritório, de resolver perrengues e até dos idiotas que me julgavam incompetente por ter um útero. A verdade é que parte de mim adorava poder esfregar na cara deles como estavam enganados.

Minha assistente arregalou os olhos.

— Por que está falando como se estivesse se despedindo da Infinito?

— Não estou. — Também não estava desistindo. Só me sentia como o Superman que tinha engolido kryptonita.

Arfando, Anelize espalmou o peito.

— Oh, não! Os boatos que ouvi são verdadeiros, não são?

Sem me dar chance de responder, ela subiu o restante da escada aos pulos. Fui atrás na intenção de acalmá-la, mas a encontrei em meu escritório, andando de um lado para o outro diante da minha mesa, as bochechas molhadas. Um alarme agudo buzinou em minha mente.

Não. Não ela, eu mentalizava. Não Anelize, não a mulher em quem eu confiava a ponto de deixá-la no comando de tudo sempre que precisava me ausentar.

— Você contou ao senador sobre os recibos? — Minha voz tremeu. — É você quem está ajudando o senador Chagas a me destruir?

— Eu nunca faria nada para destruí-la, sra. Clarke! — Ela mudou de cor. — A senhora é meu exemplo, eu a admiro mais que tudo. Mas, sim, eu ajudei o senador! — Afundou o rosto entre as mãos.

— Uau. — Eu me escorei na mesa.

— Aquele sujeito me enganou! — Ela ergueu os olhos furiosos. — Me disse que estava à procura de um antigo amor, que a senhora negociava com a família dela e precisava do endereço. Me pediu que o ajudasse, e eu achei que não faria mal. Ele me deu o nome da propriedade, eu procurei os recibos e contei a ele que não havia assinatura nem endereço. Eu não sabia que ele era senador, muito menos que havia comprado a propriedade do sr. Afonso! — Ela se atirou de joelhos, agarrando minhas saias. — Eu nunca quis traí-la, sra. Clarke!

— Anelize, o que é isso, levanta daí!

— Juro pela minha alma condenada que eu nunca quis lhe fazer mal algum. Precisa acreditar em mim!

Segurando-a pelos cotovelos, eu a fiz sentar na cadeira diante da mesa. Esperei que ela se acalmasse um pouco antes de dizer:

— Tudo bem, eu acredito em você.

— De verdade? — Fungou, desolada. — Não vai me demitir?

— Não. O senador Chagas é o tipo de gente que não sabe fazer outra coisa além de dissimular. Acredito que ele foi capaz de enganá-la. Mas, por favor, não faça algo parecido sem falar comigo antes, está bem?

— Oh, minha senhora, eu não mereço a sua misericórdia! Eu estava me martirizando desde que ouvi os boatos. Não sabia como contar à senhora que eu sou a culpada de sua ruína. De todos nós! Eu devia ter sido mais prudente. Um homem como aquele procurando uma amor não correspondido?

— É mesmo surpreendente que ele saiba amar — pensei com meus botões.

Minha assistente deu leve batidinhas nas bochechas para secá-las.

— Agora que sei do que ele é capaz, consigo entender a fuga da moça. Se é que ele não inventou toda a história.

Uma sirene disparou em minha mente.

— Fuga?

— É bem provável que nada do que ele me disse seja verdade, sra. Clarke. Ele me julgou uma tola, e pelo visto é o que eu sou. — Fez uma careta desgostosa. — O que ele me disse foi que perdeu o contato com a família da moça há algum tempo... — Ela começou a narrar a história, e, quanto mais eu ouvia, mais um pensamento insistia em martelar meus miolos.

Aquele filho da mãe!

39

Se você está pensando que eu ia fazer algo estúpido, lamento informar, está absolutamente errada. Não por falta de vontade, é bom dizer. Após ouvir a história de Anelize, deixei a fábrica com toda a disposição de passar por cima do senador com o meu faetonte e fazer perguntas depois. Mas, antes, pretendia ir para casa contar a Ian tudo que havia descoberto...

O vento carregava o perfume do bosque que emoldurava a antiga mansão dos Romanov. A imponente construção azul e branca em estilo neoclássico se esparramava sobre o terreno. O que um dia fora um belo e pomposo jardim lutava por ganhar vida em meio a terra recém-adubada, pequenos brotos já despontando nos canteiros que cercavam a trilha de tijolos e a escadaria da entrada.

Ana Laura avistou Alexander ajoelhado diante de um dos canteiros, trabalhando em novas mudas. Daquela distância não soube precisar de que espécie eram. Mesmo se estivesse mais perto não as teria identificado, não apenas porque seu conhecimento em botânica era ínfimo, relacionado somente a plantas medicinais, mas porque a paisagem foi eclipsada pelo homem completamente nu da cintura para cima. Ela nunca imaginou que um dia acharia interessante ver gotículas de suor, mas, diante da maneira como cintilavam nas costas, pequenos cristais líquidos dançando na pele bronzeada de sol, ela ficou sem fala.

Sem um comando consciente, seus pés atravessaram parte do passeio. Ela nunca perdeu de vista o dorso em um trapézio perfeito, assombrada por aqueles ombros terem quase duas vezes a largura dos seus. Certamente já notara a força dele; os trajes não faziam um bom trabalho para escondê-la, e aquela tarde no riacho, com as roupas ensopadas, apenas uma névoa diáfana... Bem... restara pouco para a imaginação. Ou assim ela pensava, já que não conseguia apartar o olhar de toda aquela pele exposta, das saliências e depressões esculpidas à perfeição.

Talvez tenha ofegado ou feito algum outro som de apreciação, pois ele se virou e a flagrou. E mesmo assim ela não conseguiu desviar a atenção do pedaço de pele próximo ao amuleto de cobre, as sombras que os pelos castanhos produziam no peito, descendo em uma linha fina para o abdome esculpido por uma fascinante trama de músculos e...

Dessa vez ela se ouviu arquejar. Sem pensar no que fazia, tocou a marca na linha do umbigo, acompanhando com o indicador o círculo cortado ao meio por marcas de sutura. Dez pontos no total.

Sentiu Alexander estremecer sob seu toque. Buscando o rosto dele, se deparou com o maxilar travado, as sobrancelhas quase unidas, o cinza se perdendo na escuridão das íris.

Mortificada, ela recolheu o braço.

— É uma marca de bala, não é? — indagou, vermelha da cabeça aos pés.

— Uma bobagem sem importância. — Puxou a camisa presa no cós da calça e a correu pelo peito suado, ainda mais fascinante que as costas.

Não olhe! Não olhe. Não olhe!

— O que veio fazer aqui? — Ele se enfiou na camisa, sacudindo os braços para ajeitá-la nos ombros.

E de que adiantava? Ela ainda conseguia ver além do tecido branco.

— Tanta coisa aconteceu nas últimas horas. Não consegui pensar em nenhum outro lugar para ir.

Ele abriu um sorriso jocoso.

— Então sou sua última alternativa, é?

Não, era a única. Ela não soube como interpretar o pensamento.

— O que estava plantando? — tentou se distrair.

— Lavandas. Gostam de muito sol e pouca água. Além disso, atraem as abelhas. Estou contando que elas ajudem a manter a polinização quando eu não estiver mais por perto.

— Ah.

Ana Laura já havia antecipado sua partida. Ainda assim, ouvi-lo dizer em voz alta que pretendia ir embora deixou um gosto amargo em sua garganta.

Alexander dobrou-se para recolher as ferramentas e atirá-las dentro de um balde, dando uma boa visão do traseiro pequeno e arredondado.

Pare de olhar! Pare! Pare com isso!

Quando ele se endireitou, ela fingiu admirar um dos canteiros.

— Vamos entrar. — Resvalou o indicador no braço dela. — Vou preparar um refresco para você. O dia está quente.

Pensando na maneira como o pedaço de pele que ele tocara ardia, teve que concordar. Os dois seguiram pelo trajeto de tijolos a passos lentos. Analu se esforçou para manter as vistas longe dele. Bem que tentou. Havia algo de diferente em Alexander... estava mais sério, distante. Por que ela mesma estava tão tensa e irrequieta?

— O que a abalou a ponto de me procurar? — ele questionou um tempo depois.

— Minha mãe. Ricardo Chagas, o sr. Marques, Nina... — Suspirou, mortificada. — Ou posso admitir a verdade de uma vez por todas e revelar que estou furiosa comigo mesma. Eu procurei Samuel e pedi que ele me ajudasse a afastar Marina e Diogo. Desde então estou me sentindo a pior pessoa deste planeta. Pelo menos meu primo teve o bom senso de me ignorar. Você já sabia disso.

— Humm... Não. Eu não sabia. Não sou mais capaz de prever o futuro. — Apertou um dos olhos ante a claridade. — A visão se foi.

Por isso ele não a vira chegar?

— Por que isso está acontecendo? — Ela entortou o pescoço.

— Porque eu sou um maldito idiota. — Fitou o chão de tijolos.

Se escondendo de mim, ela lamentou ao subirem as escadas em L. O ar fresco do hall a recepcionou, e Ana foi entrando. A mansão permanecia exatamente como ela se lembrava, quando a mãe viera se despedir de Lady Catarina. Os lambris brancos e o papel de parede turquesa cuja riqueza de detalhes provocou a mesma sensação de estar adentrando um dos palácios da grande czarina Catarina, da Rússia. A sala era quase uma joia arquitetônica, combinando mobília folheada a ouro e veludo vermelho.

Entretanto, não foi a exuberância do salão, a solidão que emanava das paredes ou a falta de empregados que a fez interromper as passadas e o coração saltar para a garganta. Foi a maleta marrom sobre o tapete felpudo.

— Eu não tenho mais como ajudar, Ana. — A voz dele ressoou perto demais de seu ouvido. — Se não posso prever o futuro, minha presença aqui não é mais necessária, eu devo partir.

Um pouco atônita com a proximidade, e muito aborrecida com o que acabara de ouvir, ela girou sobre os calcanhares.

— Em outras palavras, tudo o que importa para você são suas visões — satirizou.

— Ana...

Céus, ele iria tocá-la. Estava tão certa disso quanto de que sua pulsação beirava um ataque cardíaco. Ele chegou a erguer o braço, a mão em direção ao seu rosto, porém no último instante desistiu, e apenas a encarou com uma estranha melancolia.

— Estou fazendo a coisa certa, para variar — disse ele. — O que eu devia ter feito desde o início: cuidando de você da maneira certa. Por isso preciso partir. Para que você tenha a ajuda de que precisa.

— Eu não preciso da sua ajuda! — Seu nariz apontou para o teto. — Não sou a garota indefesa que todos pensam. Se quer ir embora, vá de uma vez. Siga seu caminho como bem entender, mas tenha a decência de não me usar como desculpa.

Beirando o descontrole, ele correu os dedos pelos fios curtos e espetados.

— Eu não estou fazendo isso, cacete! Você não compreende? Tudo o que vejo são frações, cenas sem sentido. Noite passada, por exemplo, só vi que o sr. Marques partiria quando ele já havia falecido. E ter que me afastar de você, não poder consolá-la, emprestar meu ombro, ou só segurar sua mão enquanto sofria daquela maneira... — Ele esfregou o peito, como se a pele ardesse. — Entrou para lista das cinco piores noites da minha vida, e olha que já tive muitas. Mas serviu para que eu entendesse o motivo para a minha cegueira.

— E qual é a razão? — Ana engoliu com dificuldade ao vê-lo pressionar os lábios. — Me conte! Eu mereço saber por que vai desaparecer. Me dê a verdade, ao menos uma vez!

— Eu nunca fui tão honesto quanto estou sendo agora — murmurou a meia-voz.

Analu riu sem vontade.

— Nisso eu posso acreditar. Afinal seria impossível mentir se você não me diz coisa alguma.

Apoiando os punhos nas laterais dos quadris, ele abanou a cabeça.

— Não está sendo justa. Você sabe mais sobre mim que qualquer pessoa. Aliás, por que está tão brava comigo?

Ah, audácia!

— Porque eu sou uma tola que pensou significar mais do que... Que sentisse a mesma... Você só precisava de mim para executar o seu plano. Você não me quer por perto!

Em uma batida de coração ele estava a dez centímetros dela, tão perto que as botas foram engolidas pelo volume das saias. Tão próximo que Ana sentiu o hálito dele se misturar a sua respiração.

— Não a quero por perto?! — As íris cinzentas faiscaram, alucinadas. — Eu não a quero?!

— Não! Você só...

Rosnando baixinho, Alexander se curvou e a silenciou com os lábios.

Por um instante, Ana não soube o que fazer, não com ele, mas consigo mesma. Assim que as bocas se uniram, foi inundada por um profundo alívio, ao mesmo tempo em que algo feroz despertava, tomando posse de cada célula de seu corpo. Não sabia como nomeá-la, mas foi a responsável por ordenar que se comprimisse à muralha quente de músculos. Alexander deixou escapar um gemido rouco, a língua abrindo caminho para dentro dela. Atordoada com a carícia, com o som que ele emitia, a maneira como cingiu sua cintura com um braço e a segurou com tanta intensidade que seus pés saíram do chão... Ana não sabia que beijos podiam ser assim violentos, tão inebriantes. Inexperiente e curiosa, ela deixou a língua roçar na dele. Devia ter feito alguma coisa certa — ou muito errada —, já que Alexander rosnou se dobrando sobre ela, e, céus, ela era feita de chamas agora!

Inesperadamente, Alexander a soltou, retrocedendo alguns passos, bateu as pernas na poltrona e caiu sentado no estofado.

— Ah, cacete! Isso é ruim. Muito, muito ruim!

As sensações despertadas pelo beijo escorreram para a sola dos pés de Analu. Incapaz de encará-lo, ela fitou uma das paredes.

— Eu não sabia o que fazer. — Sua face ardeu com a humilhação. — Não sabia como tornar agradável para você. Eu nunca tinha sido...

— Não, não, não! — Em uma batida de coração, ele saltou da cadeira estofada e abrigou o rosto dela entre as palmas. — Ana, foi perfeito. Se fosse mais agradável do que foi, eu correria o risco de ficar inteiro azul.

— Eu... não sei se o entendi.

Apoiando a testa na dela, ele balançou a cabeça, a expressão de alguém em profunda agonia.

— Eu a quero como jamais quis qualquer coisa nesta maldita vida. E *isso* é ruim. Eu não posso querer você. Essa é a única regra que eu nunca ousei quebrar. — As íris de metal a perfuraram. — Eu não posso me distrair desse jeito, Ana.

A dor em sua voz a alarmou.

— Por que não?

— Porque toda vez que eu me distraio alguém se machuca!

A expressão atormentada, alquebrada... Ana já o tinha visto naquele estado antes.

— A moça que se afogou. — Ela tentou engolir e não conseguiu. — Você deveria tê-la ajudado.

— E eu falhei. — Tomado de desespero, ele a soltou e foi se empoleirar na mesa de centro.

Ela não se lembrava de ter se movido, mas a próxima coisa que soube era de se encolher no sofá de veludo, entorpecida com a própria incapacidade de não poder fazer nada além de observá-lo esfregar a boca para organizar os pensamentos.

Eventualmente, Alexander acabou falando.

— O nome dela era Barbara, a filha mais nova de um pequeno fazendeiro falido. A pobrezinha teve a infelicidade de cativar um barão tão rico quanto violento, que nunca ouvira um não como resposta. O pai dela sabia disso e por uma soma exorbitante concordou que a filha se casasse com o sujeito. Barbara tinha verdadeiro horror ao barão, e ao pai por vendê-la, e decidiu fugir poucas semanas após o casamento. Minha tarefa era ajudá-la a encontrar Magnus, um estudante de direito que a protegeria com a própria vida, se fosse necessário. Era o que deveria ter acontecido, se eu não tivesse me distraído.

Ciente de que o que estava prestes a ouvir doeria em ambos, ela prendeu o fôlego e esperou que ele prosseguisse.

— Lembra o que eu disse sobre transitar pelo tempo? — ele perguntou. Ela fez que sim, mordendo o lábio. — Eu geralmente não presto atenção. Para a frente ou para trás, tanto faz para mim. É tudo a mesma coisa, nada me prende. Exceto que o mundo de Barbara, o tempo dela, era o mesmo que o meu, o de antes de eu saber que a vida que levo hoje existia. — Enredou o amuleto se balançando no pequeno V do colarinho aberto. — E, nesse mundo, a minha Helen ainda estava viva, e eu tive essa ideia estúpida de que poderia salvá-la.

— Helen era sua namorada?

Ele fez que sim, o olhar viajando para terras longínquas.

— Nós tínhamos acabado de noivar quando ela se tornou mais um número entre as vítimas da epidemia, assim como meus pais e irmãos. Eu negligenciei Barbara para procurar Helen. Sabia que seria punido por isso, que não se pode alterar algo que já foi concretizado, mas fui mesmo assim. Como deve imaginar, não consegui encontrá-la...

Então ele explicou que a flexibilidade do tempo não se aplicava à própria história. Não era possível retornar além do ponto de onde partira, da vida que tinha antes. Ele podia ir para a frente quanto quisesse, mas para trás, apenas até o momento em que abandonara sua vida "comum" para escolher a que tinha agora.

— Imagino que seja um jeito de manter a ordem — contou com uma careta. — Para idiotas feito eu não provocarem um apocalipse. Mas não escapei da punição. Voltei a procurar Barbara. Ela havia mudado seus planos, e já não planejava escapar do canalha. Ela planejava escapar de si mesma. Não pude ver a tempo.

A devastação dele a atingiu na boca do estômago.

— Eu sinto muito, Alexander.

— Agora entende? — Ele a estudou, tomado de angústia. — Eu sou o responsável pela morte de Barbara. Não cheguei ao rio a tempo de salvá-la porque me distraí.

— Não é verdade. Barbara fez a própria escolha, como o sr. Marques — Ana adicionou com suavidade.

Alexander riu sem humor.

— Ela não teria que escolher se eu tivesse feito meu trabalho em vez de tentar salvar meu coração partido. Não posso e não vou repetir o mesmo erro.

Sentindo a dor dele como se fosse sua, Ana levou um tempo maior do que de costume para conseguir ler as entrelinhas. E quando, enfim, compreendeu, ofegou.

— Você está tentando me dizer que eu o distraio como Helen?

As íris cinzentas nunca se apartaram do rosto dela ao anuir devagar.

— Eu passo grande parte do tempo pensando em uma maneira de me aproximar de você sem causar um dano. — Deu um sorriso tão triste que ela quis chorar. — E, se estamos juntos, fico protelando, roubando mais um instante. Por um tempo menti para mim mesmo que só estava me divertindo um pouco, que não havia mal algum em uma dança, um passeio pelas ruas à luz do dia. Fingia que a cada encontro eu não me encantava um pouco mais com sua inteligência e bom humor. Menti para mim mesmo que não era seu sorriso acordando as coisas que julguei estarem mortas dentro de mim. Só que é, Ana. Você é um novo mundo. E eu quero me refugiar nele, desbravá-lo, mergulhar de cabeça.

Inquieto demais para se manter sentado, ele se levantou e caminhou pela ampla sala sem parecer ver nada a sua frente.

— Entendi por que não tenho mais acesso ao seu futuro. Essa é a regra inquebrável. — Parou e fitou as palmas abertas. — Ter o futuro de todos em minhas mãos, exceto o meu próprio futuro. E quando eu percebi que tinha por você mais do que um sentimento de dever... Eu me meti no seu destino. — Abriu os braços, exaurido. — A verdade é que estou perdendo a batalha, a um passo de mandar tudo à merda. Por isso preciso me afastar.

Mordendo o lábio, corada de alto a baixo, ela conseguiu proferir:

— E se eu não quiser que você vença a batalha?

Grunhindo, ele pressionou a ponte do nariz com o polegar e o indicador.

— Por favor, não me olhe desse jeito. Não preciso de mais nenhum encorajamento para desejar beijá-la de novo. Me ajude! Eu não sou o tipo de homem que tem escolha, que pode ambicionar algo para si.

Inúmeras linhas de pensamento se atropelavam na mente dela, mas havia uma em particular, insistente e exigente, se recordando da noite no labirinto. Estiveram tão em sintonia quanto duas almas poderiam estar.

Criando coragem, ela ficou de pé e se aproximou dele tanto quanto seu bom senso ousou permitir.

— Mesmo assim, você deseja. — A voz dela mal era um sussurro.

— Tanto e com tanta frequência que fico procurando desculpas para furtar qualquer migalha que você possa me oferecer. — Abriu os braços, exaurido. — Um resvalar de dedos, um esbarrão de ombros. Digo bobagens apenas para poder ouvir seu riso, um bufar irritadiço, qualquer coisa. Dois dias atrás, no riacho, eu quis tanto beijá-la que saí correndo feito um idiota. — Ele se encolheu, o olhar no chão. — Acho que magoei você.

— Bem, sim. Pensei que eu o tivesse afugentado, como sempre faço. Doeu, porque você é o único que eu já desejei que ficasse.

— Meu Deus, Ana Laura. — Gemendo, ele a abraçou pela cintura e uniu as testas. — Não sou o homem certo para você, pequena. Você merece o mundo. Tudo o que eu tenho a oferecer são fragmentos, segundos roubados. Eu preciso ir embora. Se eu ficar, vou colocá-la em perigo.

Pelos cristais cinzentos, ela assistiu à luta que ele travava consigo mesmo. Era tão violenta que o dilacerava, uma parte dele implorava pela rendição, a outra atacava; ceder não era alternativa.

Apavorada com qual dos lados venceria, ela decidiu fazer parte daquela batalha também.

— Não tem mais como afirmar tal coisa. Você mesmo disse que perdeu a visão do futuro.

Ele endireitou as costas e revirou os olhos.

— Você não escutou uma palavra do que eu acabei de dizer?

— Eu ouvi. — A determinação se infiltrou em seus ossos. Ela não iria recuar um único centímetro. Nunca mais. — Mas estou farta de todos decidirem o que será da minha vida, o que posso ou não ser, ter e fazer. E isso inclui você.

Ele começou a protestar. Ana ficou na pontinha dos pés e permitiu que os sentimentos confusos a guiassem: ela o beijou. Imóvel sob seu toque, Alexander tentava refrear os próprios impulsos. Talvez ela devesse fazer o mesmo, pensou, um tanto embriagada com as próprias emoções. Ficou em pânico quando ele a pegou pela cintura. Se ele a empurrasse, sabia que o perderia para sempre.

Em vez disso, com um gemido, metade angústia, metade libertação, ele a abraçou mais forte e se rendeu por completo, e Analu se tornou vítima da própria armadilha. De começo, o beijo foi intenso, exigente, urgente até ela temer perder os sentidos, e ainda assim se recusar a se afastar.

Quando tudo se acalmou, ele resvalou os lábios em sua testa, cada uma das pálpebras, a pontinha do nariz. As muralhas que ele erguera ruíram, revelando o todo, de que até então Ana tivera apenas vislumbres. O desejo, a paixão, uma urgência desesperada.

— Por que você? — ele perguntou, aflito, acariciando sua bochecha. — De todas as mulheres do mundo, por que tinha que ser você, a única pela qual eu nunca poderei sequer lutar?

— Quem determinou isso?

— Seu destino, Ana. — Suspirou. — Não é o mesmo que o meu.

— Bem, como sabe, eu não acredito em destino. Apenas em mim e em minhas escolhas. E eu escolho...

Antes que pudesse concluir, ele tomou sua boca novamente, e, céus, foi ainda mais glorioso que os assaltos anteriores. Delicado, profundo, cálido. Ana se entregou àquele homem como alguém faminto se abandonaria diante de um naco de pão.

Tinha que haver alternativa. Tinha que existir uma maneira de...

Abruptamente, ele se afastou, os olhos abertos do tamanho de pires. Sem fôlego ou equilíbrio, ela se escorou no encosto da poltrona. Alexander não pareceu vê-la se mover, piscando algumas vezes como se avistasse algo invisível. E terrível.

— Algo está errado — ele murmurou em uma voz sombria.

— De que maneira?

— Eu não sei ao certo. Está embaçado, um foco muito fechado. Marina está... — Ele agitou a cabeça, como se tentasse deixar os pensamentos mais nítidos. Ao voltar a falar, a voz foi tomada pela urgência. E pelo medo. — Você precisa ir para casa, Ana. Agora!

40

Eu não sabia o que me esperava em casa.

Ana Laura saltou as escadas da entrada aos tropeções, o coração batendo alto nos ouvidos, e não era devido à corrida tresloucada da propriedade dos Romanov até sua casa. Não sabia o que iria encontrar. O próprio Alexander não sabia o que havia visto, mas realmente importava? A maneira como ele perdera a cor ao pronunciar o nome de Marina tinha sido o bastante para que ela soubesse que havia perigo.

Ao entrar na sala, não encontrou exatamente o que esperava. Samuel estava no sofá, as pernas escarranchadas.

— O que aconteceu? — Apressada, deixou a bolsinha sobre a mesa de apoio. — Onde está Nina?

— O sr. Gomes me disse que ela está no banho. Por que essa cara? Devia ter acontecido alguma coisa?

— Não! Quer dizer... — Espalmando o peito, ela se sentou na beiradinha da poltrona para não acordar o gatinho dorminhoco. — Não sei. Pensei que houvesse um problema.

Esfregando a nuca, seu primo abriu um sorriso estonteante.

— Pode ser que logo exista. Tem uma boa chance de que seu pai queira me fazer de alvo depois que eu falar com ele. Encontrei isto no jardim. — Ele indicou com o nariz o livro sobre a mesa de apoio. — Acredito que seja seu.

Sem se permitir se distrair, ela focou toda a atenção no primo.

— Por que papai iria usá-lo como alvo? E por que você parece tão contente com a possibilidade? — Na verdade, Sam parecia exultante.

— É tão óbvio assim? — Ele mostrou uma coleção de dentes perfeitos. — Bom, não é todo dia que um homem descobre que a mulher por quem é louco desde os nove anos também o ama.

O choque a fez ofegar e ficar de pé com tanta rapidez que acordou o gato. Bartolomeu arreganhou as presas antes de se espichar, a coluna vertebral em um arco impossível para um ser vertebrado. Ela quis se desculpar com Bartô, mas, céus, *esse* era o milagre que ela andava esperando.

— Minha irmã disse que o ama?!

— Mais de uma vez. — O sorriso dele ficou impossivelmente maior.

Ah, meu Deus!

— O que aconteceu entre vocês?

— Algo que exige que eu me apresente ao seu pai imediatamente. Acaso sabe se ele guarda a chave aquele par de pistolas?

Minha nossa! Ela sabia! Sabia que Sam era o milagre que implorara ao universo. Ele havia conseguido o que Ana não... não...

Seus pensamentos seguiram por uma linha inesperada, a lembrança vívida da conversa com o primo no jardim inundando sua mente. Tentou muito se esquivar da culpa, mas foi atingida por ela com a força de uma vigota. A sala começou a rodar, o estômago ameaçou devolver o café da manhã.

O que foi que eu fiz?

— Você atendeu ao meu pedido, não é? — Passou os braços ao redor do corpo para deter o tremor e o frio que cercou seu coração. — Você fez o que eu pedi.

Um pequeno V surgiu entre as sobrancelhas grossas do primo.

— Sobre o quê?

— Deixar minha irmã em dúvida com relação ao noivado com Diogo para salvá-la do futuro que Alexander avistou. — Meu Deus, ela ia vomitar. — Você fez o que eu pedi, de maneira que Marina não tenha alternativa exceto se casar com você e se ver livre do perigo. Você a seduziu para me ajudar a afastá-la de Diogo.

— O quê?! — ele cuspiu, revoltado, ficando de pé. — Ana Laura, que diabos de homem você pensa que eu...

— Isso é verdade? — O tom sepulcral se espalhou pela sala.

Tanto Ana quanto Samuel se viraram. Sob o arco de entrada do corredor, Marina os encarava, o cabelo solto e úmido caindo sobre parte da face, o olhar cercado por uma muralha intransponível. Ana conhecia a irmã mais que a si própria para saber que a fúria borbulhava na tênue linha entre a superfície e as profundezas. Marina tinha ouvido cada palavra.

— Isso é verdade, Ana? — ela repetiu, entrando na sala principal, mantendo-a sob sua mira. — Você pediu ao Samuel para me afastar de Diogo?

Naquele instante, Ana poderia ter inventado uma desculpa qualquer. Mas Marina estava atenta, em guarda, e detectaria qualquer traço de mentira. Além disso, Ana não suportava mais o fingimento, a dissimulação.

— Sim, eu pedi, Nina. — Duas lágrimas se desprenderam dos cílios e rolaram pelas bochechas.

— Você pediu.

Horrorizada, Ana assistiu a irmã se entregar ao choro sem nem sequer lutar.

— Nina, por favor... — Espalmou a barriga. — Não é o que está pensando.

— Você não faz ideia do que se passa na minha cabeça agora! — Esfregou os dedos nas bochechas molhadas, se afastando quando Samuel tentou se aproximar. — Não ouse me tocar.

— Não faça isso — ele suplicou, transtornado. — Eu não tenho nenhuma participação no plano de Ana Laura. Nem sequer levei a sério o pedido dela. Eu juro!

— É verdade! — A voz de Ana tremeu. — O Sam foi inflexível. Se recusou a me ajudar e ainda tentou me fazer desistir da ideia.

— Se você me deixar explicar... — ele começou.

— E o que restou para ser explicado? — Marina atalhou, aos berros. — Minha irmã o procurou pedindo ajuda, uma ajuda de que eu nunca precisei. E você, como sempre, se elegeu meu herói. Você me usou, Sam, da maneira mais... — Cerrou os punhos nas laterais do corpo. — Como vocês dois puderam? Que direito tinham de brincar com meus sentimentos dessa maneira?!

— Eu nunca faria nada que a ferisse! — Sam pressionou a ponte do nariz, transtornado. — Você sabe disso.

— Minha irmã. — Ana tentou abraçá-la. E estremeceu ao ver Nina se esquivar. Doeu. — Eu estava com muito medo e fui estúpida de sugerir a Sam que me ajudasse a convencê-la de que Diogo não é o seu destino. Eu tentei falar com você primeiro. Tentei convencê-la de que corre perigo.

— Porque um charlatão a convenceu disso. Eu me lembro. — A voz dela mal passou de um sussurro sem vida.

— Ele não é charlatão. — Ana gemeu em desolação. — E, sim, tentei outras maneiras de afastá-la de Diogo. Desde tentar fazê-lo mudar de ideia quanto à compra da casa de veraneio dos Amina até fler... humm... — Cravou os dentes no lábio inferior para se impedir de continuar.

Ainda assim, a irmã ouviu as palavras não ditas.

— Flertar com ele? — Nina completou, incrédula.

Analu não respondeu, apenas corou, o fluxo de lágrimas aumentando rapidamente à medida que a suspeita estreitava os olhos de Marina.

— Sua melancolia ao saber do noivado... A maneira como sempre se esquiva de Diogo. Você simpatizava com ele antes, mas mudou quando eu o aceitei. Você... — Ela perdeu a cor. — Meu Deus, está apaixonada por Diogo Fontes.

— Não! — Enterrou o rosto rubro nas mãos, desejando que o chão se abrisse e a engolisse. — Nunca agi de acordo com o que sinto por ele. Tudo o que eu pretendia era afastar você do perigo! Apenas isso. Nada mais.

As saias da irmã chiaram ao se aproximar. Marina esperou que ela erguesse o rosto. A vida pareceu abandonar os olhos de chocolate, Ana constatou, o coração se partindo em tantos pedaços que duvidava um dia ser capaz de reuni-los novamente.

— Você não precisava ter elaborado planos para me afastar de Diogo. — Nina se abraçou, os ombros se sacudindo de leve. — Bastava ter me dito que o amava. Eu teria me retirado da disputa, independentemente de ele merecê-la ou não. — Secando o nariz nas costas da mão, ela fez a volta e começou a se afastar.

— Nina — Samuel chamou, marchando atrás dela.

Seu corpo não tinha mais forças, e Analu caiu sentada na poltrona, se entregando a um choro convulsivo enquanto o desespero a dominava. Conhecia bem a irmã. Vira o medo, a angústia no fundo de seus olhos. Também vira a traição arder nas íris castanhas. Marina nunca iria perdoá-la. Ana havia perdido a irmã para sempre.

Passando um dos braços sobre o peito, ela tentou fugir da dor, mas a culpa se alimentava de sua carne como um verme, despedaçando-a de dentro para fora, e Ana se perguntou como era possível que seus pulmões ainda funcionassem quando tudo o que vinha de seu coração era silêncio.

41

Só que, quando cheguei, não dava mais pra fazer porra nenhuma.

— Nina! Marina, espere! — Samuel chamou, seguindo-a pelo corredor.

Ela apertou o passo até estar praticamente correndo. Precisava chegar ao quarto e trancar a porta antes que ele a alcançasse. Seus pensamentos se atropelavam. Ana Laura formulara um plano para sabotar seu noivado. Amava o sujeito asqueroso que ameaçava enviá-la para a prisão. Grande parte de Nina estava furiosa com a irmã, mas a outra, a que agora conhecia do que Diogo era capaz... tocou a bochecha ainda escaldante... já não estava tão cética quanto às previsões do tal vidente. Ainda assim, Analu agira pelas suas costas! Como ela pôde?!

E Samuel, o homem a quem se entregara sem pudor ou ressalvas, era parte do plano da irmã? Tudo não passara de uma grande mentira? Cada toque, cada beijo, cada jura proferida no auge da paixão... Por isso o teatro acerca do anel que ele comprara na Europa? A bile queimou o fundo da garganta, a vergonha, a raiva e o desespero açoitando-a por todos os lados.

Conseguiu entrar no quarto e começou a fechar a porta. Samuel se enfiou entre o painel de madeira e o batente, impedindo-a. Nina soltou a maçaneta e se afastou, até dar com as costas na cômoda. Ao adentrar o aposento, Sam tinha no rosto um misto de desespero e fúria, como alguém atropelado por uma parelha de cavalos que sobrevivera para sentir cada osso quebrado.

— Não pode realmente acreditar que a noite de ontem foi um artifício para enganá-la. — Uma veia pulsou em sua têmpora. — Não pode estar de fato pensando que eu seria capaz de seduzi-la e usá-la dessa forma. Que seria capaz de tal coisa.

Aprumando a coluna, ela secou o nariz nas costas da mão.

— Justamente porque eu o conheço é que sei que não hesitaria em fazer o que fosse necessário se acreditasse que eu estava em perigo. Você e Ana me traíram!

A postura de Samuel mudou. Ainda parecia ferido, mas havia agora uma espécie de agressividade que com muito esforço ele lutava para manter sob controle.

— Você é ainda mais cega com os sentimentos alheios do que com os próprios — cuspiu entredentes. — Se estivesse mais atenta, teria entendido há muito tempo que Ana não a traiu. Foi o contrário.

— O que isso deveria significar?

— Até eu, que vivi sete anos longe da vila, sei que Ana Laura se apaixonou por Fontes durante a quermesse beneficente. — Samuel se fechou, a mandíbula tão apertada que poderia pulverizar pedregulhos. — Quem você acha que a presenteou com a fita verde que ela não tirava do pescoço? Tente enxergar com seu coração.

Ela não queria enxergar com o coração, pois teria que enfrentar a lembrança de Ana Laura e seus olhos vermelhos e desesperados ao descobrir sobre o noivado.

Não. O que ele dizia era simplesmente impossível. Sua irmã amar Diogo desde a adolescência, e ela nunca ter desconfiado de nada? Tentou se recordar da última vez que vira Ana com o acessório, mas não o via desde... Fazia quanto tempo mesmo?

"Eu me apaixonei por alguém que nunca poderei ter", a voz melancólica da irmã ecoou por seus pensamentos ao explicar que o rapaz não retribuía seus sentimentos.

Ou porque você o aceitou, uma vozinha zumbiu em sua mente.

— Não que faça diferença agora — ele completou. — Ana Laura amou Fontes durante toda a adolescência. Ao que parece, ela superou essa paixonite e se apaixonou por alguém ainda pior.

— Quem?

— O homem que você chama de charlatão. — Ele suspirou, exaurido. — Ele é um homem perigoso, Nina. Não confio nele.

Agora ela tinha certeza de que Samuel estava tentando manipulá-la de novo. A prudente Ana Laura, se encantar por alguém perigoso?

— Eu não sei o que mais me machuca, Samuel. Se ter me enganado com tanta frieza ontem à noite ou sua tentativa de continuar me enganando agora. Ana queria me afastar de Diogo porque o ama. — E definitivamente não deveria. Não depois que Nina viu sua verdadeira face. Seu braço ainda latejava.

Dois olhos castanho-claros como topázios imperiais perfuraram a alma dela.

— Não, Nina. Ana fez esse amontoado de tolices porque ama você. E eu também.

Conforme ele avançava, ela se encolhia, temendo que fosse sacudi-la e gritar, como Diogo. Mas aquele era Samuel, e ele encaixou delicadamente os polegares na linha de sua mandíbula.

— O pedido que Ana Laura me fez foi tão absurdo que nem o registrei — proferiu, urgente. — Eu sabia que não era ela mesma naquele momento, era o medo falando por ela. Não participei de nenhum plano maluco. Eu nem sabia que Analu estava tentando separar você de Fontes até ela me procurar na tarde de ontem. E você sabe tão bem quanto eu que essa loucura que existe entre nós começou muito tempo antes, na biblioteca dos Amina.

Samuel precisava parar de falar. Ela tinha que continuar com raiva, odiá-lo, caso contrário sua determinação ruiria e tudo estaria perdido.

— Eu entendo que esteja furiosa e se recuse a me ouvir. — O polegar dele acariciou sua bochecha úmida. — Compreendo e aceito. Mas duvidar do que sinto por você, do que compartilhamos na noite passada, isso eu não posso, não consigo. Eu me dei inteiro para você, Nina. Todas as partes intactas, todas as partes quebradas de mim.

Por um breve instante, por um louco e maravilhoso momento, ela se permitiu sonhar que eles teriam uma chance. Mas o sonho do coração não durou mais que um segundo, etéreo e irreal, se dissolvendo nas sombras que forrariam sua vida a partir do dia seguinte.

Ah, por favor, não me deixe fraquejar agora.

— Eu me caso com Diogo amanhã — Nina sussurrou em uma voz sem vida.

— O quê?! — Sam a soltou de súbito, como se ela fosse feita de metal quente.

— Eu o encontrei no caminho para casa. É o melhor a ser feito. No fim das contas, sua participação no plano de Ana apenas reforça que tomei a decisão certa. — Se ela continuasse repetindo em voz alta, quem sabe em algum momento se convencesse.

— Não pode estar falando sério — ele balbuciou, perplexo. — Não depois de tudo o que aconteceu entre nós.

Ela passou os braços ao redor da cintura.

— Eu já tomei minha decisão.

Mesmo com raiva de Analu, tanta que seu corpo tremia de dentro para fora, Nina não conseguiria abandoná-la à própria sorte. Ana ainda era sua irmã. Não podia permitir que algo acontecesse a ela por ter uma irmã impulsiva e inconsequente que só fazia o que lhe desse na telha.

Por quê? Por que Nina nunca ponderava antes de agir?

— Não vou mudar de ideia — falou baixinho, e ainda assim sua voz tremeu. — Já está decidido.

— O diabo que está! — Ele esfregou a boca, bufando. — Você não ama Fontes. E nem tente me convencer do contrário. Eu também estava naquele laboratório ontem à noite. Durante a madrugada. Esta manhã! Você não ama nem nunca amou Fontes.

A verdade escorregou para a ponta da língua. Mas ela tratou de engoli-la.

Por Ana. Preciso fazer isso por Ana.

— Esta conversa não vai nos levar a lugar nenhum, Sam. Eu me caso amanhã de manhã, e nada vai me fazer mudar de ideia.

— Você está tentando me punir? Pois é a única razão em que consigo... — Ele se interrompeu, os olhos argutos se estreitando conforme os minutos se passavam. E, enfim, desvendou o mistério. — Hélio Fontes voltou a coagi-la.

Ou quase desvendou.

— Não. — Desviou o olhar para o tapete aos pés da cama. — Por favor, vá embora. Eu tenho providências a tomar.

Em vez de partir, Samuel se aproximou tanto que ela pôde sentir o cheiro do sabonete que usara naquela manhã.

— É isso, não é? — ele insistiu, os ombros se enrijecendo. — Você encontrou Fontes no caminho de casa, e ele contou sobre alguma ameaça feita pelo tio.

Abanando a cabeça freneticamente, ela começou a se afastar.

— Diabos, Nina, ao menos olhe para mim! — Sam envolveu os dedos em seu braço para fazê-la girar. Sua pressão era suave, mas ainda assim a queda e a brutalidade de Diogo não paravam de pulsar, e ela gemeu baixinho. Infelizmente, Samuel ouviu, e foi o que bastou para que a soltasse de imediato, paralisado de horror ao fitar o ponto em que tocara. — Me desculpe. Eu não pretendia machucá-la. Pensei que tivesse sido delicado. Me deixe dar uma olhada.

— Estou bem. Não, Sam!

Com movimentos lentos, como se temesse que até mesmo o vento pudesse feri-la, ele estendeu um dedo trêmulo para afastar as golas da camisa dela, revelando o ombro e parte do braço. Nina sabia o que ele veria. Uma sequência de marcas arroxeadas — cinco, para ser mais precisa — que a cada hora adquiria um aspecto mais escuro. Os dedos longos tremeram ao pairar sobre o hematoma, acompanhando-o sem jamais tocá-la. De imediato, ele ergueu o rosto para ela, franzindo as sobrancelhas. Afastando-se, Nina puxou a gola de volta ao lugar. Não percebeu que Sam tinha outra ideia até ele usar dois dedos e afastar a cortina de cachos que ela mantinha estudadamente sobre a lateral do rosto. Ao avistar a marca carmim na bochecha esquerda, ele deu um pulo para trás.

— Eu caí — ela disse em uma voz miúda, e definitivamente deveria ter mantido a boca fechada. Foi como borrifar uma fogueira com aguardente.

A expressão dele foi do desespero absoluto à mais assustadora ira.

— Você *caiu* — ele mastigou as palavras. — Sabe quantas vezes eu "caí", Marina? Sabe de quantas formas eu "caí"? Está vendo essa cicatriz? — Ele afastou a gola da camisa, deixando à mostra a marca longa e reta no meio do ombro. — Foi porque eu caí da charrete. As outras nas costas? Eu caí no cabo de uma vassoura repetidas vezes. A marca na perna é porque eu caí da porra da cadeira. O calombo que tenho na barriga foi quando eu caí sobre a bota do meu tio. Um calo ósseo de uma costela fraturada que calcificou errado, porque eu não tinha como procurar ajuda nem podia contar a ninguém, ou iria "cair" de novo!

— Sam... — Ela deu um passo para trás, a visão embaçada.

— Eu vou destroçar Fontes. — O olhar dele relampejou, implacável, violento, descontrolado. — Pedaço por pedaço.

Samuel deu a volta, indo para a porta. Ela se atirou em seu caminho, bloqueando a passagem.

— Não, por favor! — suplicou, trêmula. — Por favor, não faça nada.

— Marina, saia da minha frente.

— Você não pode ir atrás dele. Diogo vai destruí-la ainda mais depressa!

Marina se arrependeu antes mesmo de concluir a frase. E soube o exato momento em que as engrenagens da mente dele se encaixaram.

— Não foi a mim que ele ameaçou. Foi Ana Laura — proferiu em um tom sombrio. — Você vai se casar com aquele maldito para proteger sua irmã.

Encolhendo-se dentro das roupas, ela desejou ficar tão pequena que pudesse desaparecer no ar sem deixar rastros.

— Eu não tenho alternativa. Diogo pretende acusá-la de exercício ilegal da medicina, de ser a culpada pela morte do sr. Marques caso eu não me case com ele amanhã. Metade da vila sabe que ela o visitava com frequência.

Desde que Diogo a deixara no bosque, não parava de procurar alternativas para manter a irmã a salvo sem ceder à chantagem. Como poderia provar que Analu nunca se passara por médica? Seria a palavra dela contra a de Diogo, cujo tio era um dos membros do conselho de cirurgiões brasileiros e certamente tomaria partido do sobrinho. Sua irmã não teria a menor chance.

Suspeitou de que os pensamentos de Samuel seguissem por aquela mesma linha, pois ele esfregou o rosto, como se quisesse abrir a própria pele e arrancar dali de dentro o que o consumia.

— Marina, me deixe passar.

— Por favor, Sam, não vá atrás de Diogo.

Chegando mais perto, ele envolveu a cintura dela com um braço e a trouxe para seu peito. Atordoada com a proximidade e a saudade, ela baixou a guarda.

— Não se preocupe, Nina. Não estou indo atrás do maldito. — Sem que ela pudesse prever, ele inverteu as posições e escapuliu.

Contudo, ouviu-o murmurar "ainda" em um tom atemorizante conforme seguia a passos largos pelo corredor, sentindo a costumeira pontada no peito ao assisti-lo se afastar, aquela que a torturava toda vez que Sam partia. O coração gritou para que fosse atrás dele, mas por causa dele, seu coração, havia se metido naquela confusão. Tinha que pensar antes de agir dessa vez. Não podia arriscar a segurança de Analu.

A porta do quarto ao lado se abriu e a irmã saiu para o corredor, os olhos inchados, o nariz vermelho, os dedos em um nó tenso na altura da barriga.

— Podemos conversar com mais calma, por favor?

Marina quase cedeu à súplica. Antes que cometesse outro erro, aprumou os ombros e vestiu sua armadura.

— Não tenho tempo. Preciso encontrar o vestido adequado para o meu casamento.

— O que... Do que está falando? — Ana piscou algumas vezes.

— Diogo e eu decidimos antecipar a data. Vamos nos casar amanhã bem cedo.

A notícia atingiu a irmã com violência, a ponto de cambalear, tendo que buscar amparo nos lambris de madeira. Sacudiu a cabeça diversas vezes antes de conseguir se aprumar, e então vir agarrar suas mãos.

— Nina, por favor, não faça isso. Não se case com Diogo. Por favor, me escute, minha irmã. Ou ouça Alexander! — Ana engoliu em seco. — Ele explicará tudo, pode provar que realmente é capaz de prever o futuro. Você precisa escutá-lo!

— Eu já tomei minha decisão. — Desvencilhando-se das mãos frias da irmã, se apressou para o quarto, passando a chave depois de fechar a porta.

— Nina! — *Tum-tum-tum.* — Nina, por favor, abra! Me escute. Me deixe entrar. Nina!

Fitando a porta, como se a visão pudesse atravessar a madeira e ver a irmã e seu desespero, Marina foi se encolher aos pés da cama, abraçando as pernas. A dor a atingiu de todas as maneiras, esmagando os pulmões e pulverizando seu coração, todos os pilares que a sustentavam ruindo em uma cascata caótica, até não sobrar nada de pé, apenas ruínas, estilhaços e pó.

42

Não importa quanto tempo eu viva, minha amiga. Nunca serei capaz de me perdoar por ter ido para a fábrica naquela manhã. Eu devia estar em casa. Eu devia tê-la protegido.

Não, não, não. Ana Laura perambulava pelo quarto, os olhos grudados na porta à espera de que a irmã aparecesse a qualquer momento. E então Marina iria ouvi-la. Não podia ter feito tudo o que fizera para nada, perdido a confiança e o amor da irmã para que no dia seguinte ela se entregasse ao destino tenebroso cimentado ao se casar com Diogo.

Em meio à tormenta de aflição, a voz de Alexander ecoava como um mantra. "Algo mudou."

Como algo podia ter mudado se Nina pretendia se casar com Diogo na manhã seguinte? Antecipar o casamento não mudava o resultado previsto por Alexander, apenas acelerava sua conclusão.

Analu balançou a cabeça para deter a linha de raciocínio, sem suportar as imagens que sua mente teimava em desenhar. Ela tinha que fazer alguma coisa! Qualquer coisa, por mais estúpida, equivocada ou errada que fosse.

Bartolomeu, até então espichado no tampo da penteadeira observando-a ir e vir, ficou sobre as quatro patinhas e miou todo manhoso para a janela, fazendo-a virar-se. Ofegou ao ver Alexander empoleirado no parapeito, os traços moldados em uma expressão cautelosa. Já ela havia deixado a prudência escondida no armário e tentou se mover, se esconder no peito dele, porém seu corpo gelado não respondeu ao comando.

Desconfiou de que ele percebeu, pois as botas bicolores encontraram o linóleo. O gatinho se apressou a farejar sua canela e então se esfregar na perna da calça. Alexander se abaixou e fez um carinho apressado no bichano. Em cinco largas passadas puxava Ana para si, passando um dos braços sob seus joelhos. Sem ânimo ou desejo de resistir, ela se permitiu ser carregada para a cama, apertando a bochecha contra o peito maciço, concentrando-se nas batidas estrondosas. Ouviu-o suspirar, não de tristeza — embora houvesse um pouco disso também —, tampouco de resignação, mas de alívio. Um alívio tão intenso quanto o que ela sentia ao estar com ele outra vez?

Delicadamente, ele a depositou sobre o colchão, esticando-se ao seu lado. Ana escondeu o rosto na curva do pescoço largo, e liberou a dor e a raiva que esmagavam seu peito. Sentiu as patinhas macias afundarem em sua barriga, antes de a bolota de pelos quentes escorrer por suas costas e ali permanecer. Levou um tempo para Analu perceber que Alexander murmurava alguma coisa em um inglês tão perfeito que ela poderia jurar ser sua língua materna.

Bastaram alguns versos para que ela reconhecesse a canção. Era a mesma que lhe fizera companhia na noite anterior, confortando-a a distância. Ele mentira naquela manhã. Lamentara não ter tido a chance de consolá-la, mas a verdade era que Alexander estivera com ela na carruagem, abraçando-a e beijando suas lágrimas, a seu próprio modo.

Tanto precisava ser dito — o que aconteceria com eles? Alexander ainda pretendia partir? —, mas a irmã ocupava cada cantinho de sua mente. Seu coração teria que esperar.

— Você pode salvá-la — ela murmurou. — Pode explicar tudo a Nina, como fez comigo na vila, adivinhando as ações antes de acontecerem. Você pode fazê-la acreditar e desistir do casamento!

Alexander se converteu em um bloco de mármore.

— Ana, o futuro dela está além do meu alcance agora.

Secando o rosto com a ponta dos dedos, ela se ajoelhou no colchão. Bartolomeu se sentou sobre as patas traseiras, mantendo-a em foco.

— Por favor, Alexander, me ajude. — Uniu as mãos sobre o peito. — Eu faço sem questionar qualquer coisa que me pedir ou ordenar. Eu juro que não vou...

Em um átimo de segundo, ele se ergueu para derrubá-la de costas no colchão. A fúria retorcendo seus traços assustou o gatinho, que saltou da cama e foi se empoleirar em algum lugar.

— Não faça isso. — As íris cinzentas eram dois círculos de metal incandescente e, ainda assim, tão frias quanto o Ártico. — Jamais se curve diante de ninguém.

— Me ajude! — ela gemeu sob ele. — Você é o único que pode ajudá-la! Por favor, estou implorando.

— Eu. Não. Posso! — Trincou o maxilar.

— Por que não? Você me disse que não consegue mais prever o futuro, mas ainda esta manhã viu algo sobre Nina. Por que se recusa a me ajudar quando eu mais preciso de você?

— Porque Marina não é a minha missão, inferno! Você é, Ana! — esbravejou. — Você é minha missão, meu propósito. Eu vim para ajudá-la, não a Marina. A *você*. — A voz dele foi se abrandando, e não era nada além de um sibilo desesperado ao murmurar: — Sempre foi você.

— Mas... O... Eu...

Enquanto ela lutava com as palavras, Alexander cerrou as pálpebras com força e deixou a testa pender em sua garganta. Então rolou para o lado, sentando-se na beirada da cama e se mantendo de costas.

Erguendo-se sobre os cotovelos, ela observou os ombros largos arriarem. Ele estava zombando dela outra vez? Certamente ele não a enganara esse tempo todo, manipulando-a a seu bel-prazer, brincando com seus sentimentos. Seria cruel demais, e Alexander não era cruel.

— Por que está brincando comigo dessa maneira? — ela murmurou. — Você me garantiu que veio ajudar Marina. Disse com todas as letras!

— Não, eu afirmei que vim ajudar *você* a ajudar Marina.

Se eu fosse você, não confiaria no que ele diz, a voz do primo ecoou em sua mente confusa. *Tudo o que esse homem faz é para o próprio benefício.*

Como numa peça teatral, ela trouxe à memória cada encontro com Alexander, do primeiro ao último, reavaliando cada palavra dele.

Acredita em destino, senhorita? Pois suspeito que foi ele quem a trouxe para mim.

Gostaria de não ter interferido em sua trajetória. Me perdoe.

Você pode escolher não fazer nada, mas eu não tenho essa alternativa.

Marina não abriria mão dele, ou de qualquer outra coisa, por nada neste mundo. Exceto por uma pessoa: você.

Fazer com que Fontes se apaixone por você é a única saída.

Saltando da cama tão depressa que por pouco não tropeçou na barra do vestido, espalmou o sobe e desce em sua barriga ao encarar Alexander.

— Sua intenção não era separar Nina de Diogo. Era me unir a ele? — Não podia ser. Perplexa, observou-o anuir, soturno. Meu Deus! Ele mentira o tempo todo!

Devia ter notado a maneira como ele parecia sempre escolher as palavras. Ter percebido antes que a insistência dele em aproximá-la do noivo da irmã tinha outros motivos. Mas estava muito assustada com o destino de Marina no início, e depois encantada demais com Alexander para prestar atenção nas entrelinhas.

Isso significava que Nina nunca estivera...

Lutando para controlar as emoções e não deixar transparecer quanto estava ferida, ela passou um dos braços ao redor da cintura. Uma parte dela quis flutuar em direção ao céu. A irmã não corria perigo. Nunca correra. Alexander havia inventado tudo para manipulá-la e conseguir o que queria.

No entanto, sua outra metade, a maior, essa morria. Ela era um trabalho, uma missão. Alexander a procurara, se aproximara dela com o único propósito de ajudá-la a conquistar outro homem! As palavras dele na tarde anterior, o beijo naquela manhã que a levara ao céu agora a atiravam no inferno. A conexão que ela pensara experimentar não existia de verdade. Ele a forjara para se aproximar. Provavelmente todas as coisas que ela julgara terem em comum também não passavam de uma produção muito bem orquestrada para que se sentisse segura com ele, confiasse nele e aceitasse fazer parte do plano que ele arquitetara. Alexander não sentia por ela as mesmas coisas barulhentas e confusas que aconteciam em seu peito. Ela não era sua Helen coisa nenhuma. Ora bolas, Helen talvez nem sequer existisse! Alexander desempenhava um papel naquela história, nunca chegara a enxergá-la como mulher, alguém digna de afeto.

— Está enganada. — A voz grave a arrancou do transe violento.

A raiva ardeu no peito dela e foi se alojar na garganta.

— Se equivocou na construção da frase, senhor. Não é "Está enganada". O correto é "Você foi enganada".

Em uma batida de coração ele estava de pé, curvando-se para alinhar os rostos.

— Ana, não é o que está pensando.

— Então você não me usou da maneira mais sórdida? Não é o culpado por minha irmã não me olhar nos olhos agora? Não é culpa sua que Sam esteja sofrendo também? Que todos estejamos? Você me fez acreditar que minha irmã morreria ao se casar com o homem que escolheu. — Ela piscou para desembaçar a vista. — Eu agonizei esse tempo todo por uma mentira!

— Eu não menti sobre isso! — Baixou as sobrancelhas. — Eu vi o lago e Nina no fundo dele. Eu realmente tentei ajudar sua irmã.

— A mim. Você tentou *me* ajudar. — Apontou o indicador para o próprio peito. — Nunca foi Nina, lembra-se?

Bufando, ele friccionou o cabelo curto.

— E que diferença faz, diabos? Ajudando uma, eu fazia o mesmo pela outra. Vocês são quase uma coisa só.

— Não somos mais, graças a suas mentiras!

— Eu não podia contar a verdade! — ele objetou entredentes. — Droga, Ana Laura, ainda não posso. Não posso correr o risco com você. Nem com Nina.

A única coisa que a impediu de atirar alguma coisa nele foi ouvir o nome da irmã. Inspirando fundo algumas vezes, conseguiu reunir um pouco de controle.

— Me diga uma coisa, e pela primeira vez tente não mentir. — Elevou o queixo para enfrentá-lo. — Marina corre perigo real ao se casar com Diogo?

— Eu já disse, não tenho mais como saber. — Massageou a têmpora. — Só sei que algo mudou, sinto um perigo iminente à espreita. Mas não sei por que, quando, com quem... Tudo o que vejo são borrões indistintos.

Maldição! Então ela não poderia arriscar. Não se havia uma chance de Marina não estar fora de perigo.

— Agradeço a informação. — Tragando saliva, ela deu um passo para trás. — Agora saia do meu quarto. Eu tenho muito a fazer.

Os olhos cinzentos se estreitaram.

— Você vai tentar impedir o casamento. Ana, por favor, não faça nenhuma besteira.

Ah, a ousadia de Alexander em conhecer seus planos quando ela própria os desconhecia.

— Eu já fiz uma grande besteira ao acreditar em você.

Fitando o teto, ele soprou uma áspera lufada de ar antes de se dirigir à janela. Mas parou ao passar por Ana.

— Não posso mais adivinhar seu futuro. Então, por favor, tenha cuidado.

Abraçando-se com mais força, ela assentiu devagar. Bartolomeu pulou no parapeito antes que Alexander pudesse passar por ele. Miou alto, entortando a cabecinha peluda.

— Eu sei, amiguinho — ele cochichou. — Também estou preocupado. Cuide dela por mim.

O homem que revirara seu mundo de cabeça para baixo passou uma das pernas pelo vão da janela e desapareceu de vista. Algum órgão vital se partiu dentro dela. Que tola tinha sido. Chegara a fantasiar que seu coração havia encontrado um igual, uma parte que faltava, enquanto o tempo todo Alexander tentava atirá-la nos braços de outro homem. Ela não conseguiria ser mais estúpida nem se tivesse tentado muito.

A bolota de pelos atravessou o quarto em um borrão e saltou para os braços dela, lambendo suas bochechas molhadas.

— Eu também amo você, Bartô. — Beijou o focinho em formato de coração.

Então tratou de secar o rosto e empurrar para um canto da alma toda a dor que sentia. Ela não tinha tempo para se entregar à tristeza. Sua irmã pretendia se casar com Diogo na manhã seguinte, o que significava que Ana tinha pouco mais de doze horas para descobrir como impedir que isso acontecesse. Nina poderia nunca perdoá-la pela intromissão, mas, entre o bom senso, o amor-próprio, o orgulho ou qualquer outra coisa, Ana sempre escolheria Marina. Precisava de um bom plano.

Duas horas depois, porém, ela continuava no ponto em que havia começado, andando de um lado para o outro sob o escrutínio de seu gatinho, e decidiu não ser muito exigente. Não precisava ser um *bom* plano. Apenas um plano. Quando nem isso conseguiu, reconsiderou que um péssimo plano ainda era um plano. Ia ter que servir.

Abriu o armário e começou a atirar algumas peças de roupa sobre a cama. Vestidos. Elas iriam precisar de pelo menos dois cada. E muita roupa de baixo também. Uma só escova de cabelos seria o suficiente — Nina não era muito amiga do objeto. Sem saber por quanto tempo ficariam no chalé da família, nas montanhas, incluiu também algumas echarpes e duas peliças. Ao terminar, examinou a pilha considerável sobre o colchão, então a pequena valise aberta sobre o tapete, ocupada por uma bolota de pelos pretos, e suspirou desanimada. Não ia caber. E jamais conseguiria escapulir de casa com uma mala maior sem atrair a atenção dos empregados.

Muito bem, ela podia pensar nessa parte depois. No momento ia se concentrar em como chegariam ao chalé. Havia dois pequenos problemas: Ana não se recordava bem do caminho, e, como seu plano era tirar Marina do perigo, não colocá-la de frente para a morte, era melhor não exibir sua habilidade na condução de um veículo.

Será que Rebeca estaria disposta a ajudá-la a sequestrar...

Um silvo ecoou pelo quarto. Bartolomeu saltou da maleta bufando alto, as presas arreganhadas e os pelos em pé. Mantendo os olhos desalinhados nela, disparou a toda a velocidade.

— Bartô, não! — Assustada, tudo o que ela teve tempo de fazer foi proteger o rosto com os braços. Sentiu as patas afiadas em suas saias, depois no antebraço, no ombro. E então o rosnado seguido de um grito muito humano.

Congelada de horror, ela se virou a tempo de ver o homem lutar contra o gato. Antes que pudesse fazer alguma coisa, o sujeito conseguiu se livrar de Bartolomeu, atirando-o na parede.

— Não! — ela ofegou, desesperada, correndo para seu amigo peludo.

Seu coração voltou a bater ao ver Bartolomeu dar com as patas no reboco e se impulsionar para a cômoda, já tramando um novo ataque.

Antes que Ana pudesse pegá-lo e correr, a mão larga tapou sua boca, o braço grosso prendendo-se a sua cintura, arrastando-a. Ela lutou como deu, assim como fez Bartolomeu, mas o agressor era forte, e nenhum dos dois conseguiu impedi-lo de empurrá-la pelo vão da janela. Ana caiu, sentindo o impacto nas costelas e num ponto da têmpora. Estrelas dançaram atrás de suas pálpebras, girando sem controle ao redor da silhueta que se curvava sobre ela.

— Perdoe-me. Queria que fosse de outra forma. — Foi a última coisa que registrou antes de ser sugada para a inconsciência.

43

Eu devia estar com ela.

Em vez disso, estava animada com a possibilidade de ter encontrado uma salvação para a fábrica. É engraçado como aquilo que consideramos problemas impossíveis de uma hora para a outra se torna insignificante. Basta que a vida nos lembre o que realmente importa.

Seria capaz de eu mesma atear fogo na Infinito se isso pudesse impedir.

Uma lágrima se desprendeu do meu nariz e pingou na carta, borrando a palavra "vida", uma forma de punição que eu mesma me infligia. Eu devia estar com ela. Devia ter ficado em casa. Devia tê-la protegido com minha própria vida, se fosse necessário. Não havia nada que importasse mais que minha família. Queria não ter me distraído tanto, não menosprezado os sinais, ficado mais atenta.

Mas tudo o que eu ouvira Anelize contar em meu escritório me lançou em uma espécie de animação tão grande que eu ainda tremia ao chegar em casa ao mesmo tempo em que Ian chegava. Ele desmontava Storm, e me atirou um sorriso curto ao me ver entregar as rédeas a um dos empregados e praticamente pular sobre meu marido. Um tanto estarrecido, um tanto maravilhado, ele me recebeu de braços abertos, afundando o rosto em meu pescoço e inspirando fundo.

— Pensei que ficaria em casa o dia todo — comentei.

— Era o que eu planejava, mas precisei ir até o agente dos correios.

— Eu tenho novidades — dissemos em uníssono. Então rimos juntos como antigamente, antes de eu descobrir que...

Bom, agora eu me lembrava, e meu humor murchou. Eu me afastei dele com alguma relutância — de ambas as partes. Apesar da expressão melancólica, sua voz era suave ao dizer:

— O que pretendia me contar?

— Você tinha razão. Alguém confirmou para o senador que os recibos não tinham assinatura. Foi a Anelize...

Enquanto eu repetia tudo o que ouvira da minha assistente, ele espalmou minhas costas e me levou para dentro de casa. Segurou minha mão para que eu me acomodasse no sofá antes de se sentar ao meu lado e me ouvir com um minúsculo sorriso embasbacado, que ia se espichando lentamente à medida que eu dividia com ele as minhas suspeitas.

— Anelize acha que ele inventou essa história de procurar um antigo amor, mas sei lá. Fiquei pensando na filha desaparecida do seu Rui. E se o senador for o cara de quem a moça fugiu? Ou o que a raptou. E se a história não for toda falsa? Ele teria que saber da fuga da moça para ter inventado algo... Por que está sorrindo desse jeito? — Arqueei as sobrancelhas.

— Porque eu teria poupado tempo e dinheiro se tivesse deixado você no comando de tudo. — Ele enfiou a mão no paletó e me entregou uma carta. — Chegou esta manhã. É de Isaac.

— Isaac? Ele não está visitando a namorada? — Desdobrei o papel, mas continuei a encarar meu marido.

— Ele fará isso depois. No momento, a razão de sua viagem é outra. — O sofá estalou sob seu corpo conforme ele mudava de posição. — Pedi que ele nos ajudasse a encontrar o paradeiro da sra. Afonso. Infelizmente ele não conseguiu encontrá-la, mas descobriu o cartório de registros em que a nova escritura da Céu Azul foi lavrada. Acontece que não se trata de um contrato de venda.

— O que quer dizer? O senador está mentindo sobre ser o novo... — Apressada, corri os olhos pela letra um pouco ilegível de Isaac e fiquei de pé ao ler o nome do herdeiro dos Afonso. — Augusto Cândido de Pompeu Chagas?

— Surpreendente, não?

— Ai, meu Deus, Ian! — Eu me lembrava de ouvir seu Rui se gabar do casamento que arranjara para a filha com um homem importante e rico da região.

E esse homem era o crápula do senador Chagas?! — Aquele filho da... — Então algo me ocorreu. — Espere. Isso significa que a dona Gina morreu?

— Creio que não, já que Isaac afirma que a assinatura dela está na nova escritura. Ela o tornou seu herdeiro quatro meses atrás.

Merda. Então ela não ia me ajudar.

— Tô lascada, não é?

— Não exatamente. — Ele me deu aquele sorriso capaz de arriar calcinhas. Mas algo atrás de mim atraiu sua atenção. — Algum problema, Marina?

Arrastando os pés pela sala, o cabelo caindo em uma das faces... ela nunca me pareceu mais triste. Ou determinada. Ah, não...

— Não, nenhum problema, papai. Mas pensei que gostariam de saber que Diogo e eu antecipamos o casamento para amanhã de manhã. Bem, é isso.

— O que quer dizer com anteciparam o casamento para amanhã? — Ian se levantou.

— Ô-ô-ô. Peraí! — eu disse ao mesmo tempo. *Que raios aconteceu enquanto estive fora?* — Por que vão se casar assim, a toque de caixa?

— O estado de saúde do sr. Fontes se agravou. — Ela deu de ombros, aproximando-se da poltrona, mas não chegou a sentar. — Não há motivo para uma festa. Partiremos para a casa no lago logo após a cerimônia.

— O que eu quero saber é por que raios você vai se casar com Diogo se está apaixonada pelo Samuel.

Ian arqueou as sobrancelhas para mim.

"Te explico depois", fiz com os lábios, voltando a atenção para nossa filha, que estreitava os olhos e enrubescia.

— Ana Laura é simplesmente incapaz de parar de se intrometer na minha vida, não é? — grunhiu ela.

— Ainda não falei com a sua irmã. — E deveria. Só esperava que ela me desse a chance de me explicar. Não seria uma conversa fácil. Não quando eu tinha tanta maluquice a contar. — Mas basta olhar pra vocês dois juntos pra entender. Nina, vocês são loucos um pelo outro desde sempre. Então, por que vai fazer uma bobagem dessas? Mesmo que Samuel não retribua, o que eu acho muitíssimo improvável...

— Samuel precisa seguir a vida dele — ela atravessou, o dedo acompanhando as linhas e cantos do livro sobre a mesinha de apoio. — E eu devo fazer o mesmo...

Minha filha disse mais alguma coisa, mas não cheguei a ouvir. Minha atenção estava colada na capa colorida do livro que ela tocava, mais especificamente no título gravado na lombada. Devagar, como se o mundo tivesse desacelerado e eu estivesse aprisionada em uma bolha sufocante, o pulso martelando nos ouvidos, comecei a me mover.

Era um engano. Uma ilusão de ótica. Um efeito de luz ou cansaço das noites maldormidas, eu repetia para mim mesma ao ser atraída para o volume. Era só uma ilusão.

Estendi o braço e toquei a capa com ilustrações de atores hollywoodianos queridinhos do fim da década de 1980. Quando meus dedos fizeram contato com o papel brilhante e ele não se transformou em uma profusão de bolhas de sabão, alguém começou a gritar.

Eu mesma, notei, assim que Ian se colocou entre mim e a mesa. Ao perceber que não havia nenhum perigo iminente do outro lado, relaxou os ombros. Por que ele estava relaxando? Não havia entendido ainda?

Incapaz de falar, tremendo sem controle, apontei para o volume a suas costas.

Confuso como nunca, meu marido girou e o pegou, folheando algumas páginas. Imaginei que se recordava de uma cena muito semelhante, na qual eu mostrava a ele minha cópia esfrangalhada de *Orgulho e preconceito* e indicava a ficha catalográfica e uma data do século XXI, pois ele parou na folha de rosto. Eu sabia o que ele encontraria em *A princesa prometida*: uma data qualquer dos anos 1980.

De imediato, os olhos de Ian procuraram os meus.

— Talvez signifique outra coisa. — Ele engoliu com dificuldade, tornando a examinar o livro. — Talvez seja...

— Alguém pode explicar o que está acontecendo? — Minha filha bufou. — E por que um livro assustou tanto a mamãe a ponto de fazê-la chorar?

Analu!, meu coração bateu dolorido.

Disparei para o quarto da minha caçula, o coração pulsando no ritmo de minhas passadas urgentes. Abri a porta com tanta pressa que ela bateu na parede e ricocheteou, por pouco não acertando Ian, que me seguia de perto, tão aterrorizado quanto eu estava.

Bartolomeu miava da janela, como se chamasse alguém. Procurei Ana na escrivaninha, na poltrona e parei na bagunça de roupas amontoadas sobre a cama, uma mala aberta no chão. Meu sangue escorreu para a sola dos pés.

— Não. Ela não pode... Ela não... — Recuei, assustada, dando com as costas em Ian, que me puxou pela cintura, me abraçando com força.

— Marina, onde está sua irmã? — Seu coração pulsava desvairado contra minha bochecha molhada.

— Eu não sei, pai. Pensei que estivesse aqui.

— Filha, isso é muito importante. Me conte o que aconteceu enquanto sua mãe e eu estivemos fora. Quando viu Ana pela última vez?

— Nós brigamos, a última vez que a vi ela estava aqui. — Então ela falou de coisas sem sentido, como um afogamento na propriedade dos Amina, videntes e minha caçula ter pedido que Samuel seduzisse Nina para impedi-la de se casar com Diogo porque Ana estava apaixonada pelo noivo da irmã. — Eu não sabia. — Marina fitou as próprias mãos. — Nunca desconfiei que ela tivesse sentimentos por ele. Sam acredita que ela já o esqueceu, que está encantada pelo vidente e...

— Que vidente? — atalhei, secando o rosto.

— O homem que disse a ela que eu correria perigo se me casasse com Diogo. Eu não acreditava, mas agora... não sei mais. Acho que o nome dele é Alexander.

Meu coração errou uma batida ao ouvir o nome nos lábios de Marina. Aquela conexão que existia entre mim e Ian se reergueu novamente, um entendimento mudo se passou entre nós.

— Ele a encontrou faz algum tempo. — Ele esfregou a testa, sem entender. — Talvez no casamento de Tommy, pouco depois de você ouvi-la tocar aquela música. Meu Deus, quando eu a interpelei, pedindo que me contasse caso alguém de fora da vila a procurasse, ela já conhecia Alexander. E ela não me contou nada. — Seu olhar foi encoberto por uma névoa tempestuosa.

Espere. Ian tinha falado com ela sobre Alexander?! Pedira para ser alertado?

— Talvez estejamos tirando conclusões precipitadas e Ana não foi a lugar algum — meu marido assegurou, se para si mesmo ou para mim e Nina não tive certeza. — Ela pode estar dando um passeio para se acalmar, após a briga com a irmã. Vou procurá-la pela propriedade.

— Vou visitar tia Elisa — Marina se ofereceu. — Ela pode ter ido procurar Rebeca.

— Vá para a vila — Ian me sugeriu. — Talvez ela esteja com Akin, ajudando no funeral.

Tentei ser otimista ao entrar no faetonte e seguir para a vila, mentir para mim mesma, ignorar o aperto no peito e meu sexto sentido. Visitei seu Amina. Depois padre Antônio, madame Georgette e até mesmo Clarissa Herbert. Ninguém na vila tinha visto minha filha naquele dia. Depois de vagar por horas sem obter nenhuma faísca de esperança, voltei para casa e escrevi para cada conhecido, vasculhei o terreno nos arredores da casa e até na margem do riacho em busca de qualquer coisa que me garantisse que minha filha não havia sido levada para outro tempo.

Minhas esperanças esmoreceram quando voltei para casa, a noite espichando seu manto sobre a paisagem, não permitindo ver muito mais que poucos metros à frente. Parei diante das escadas, e Madalena e Gomes, de mãos unidas sob o umbral da porta, me deram um sinal negativo. Marina chegou logo depois. Ana não visitara os tios. Elisa chegou a pensar que ela estivesse com Samuel, que partira sem dizer seu destino, mas os horários não batiam. Eles também ajudariam na busca e enviariam notícias assim que pudessem.

Esperei o retorno de Ian em uma angústia nauseante, me levantando do sofá a cada mínimo ruído lá fora. Assim que o ponteiro do relógio marcou uma da madrugada e meu marido entrou em casa sozinho, pálido feito a parede atrás dele, meu mundo desabou de uma única vez.

— Não! — Afundei o rosto entre as mãos.

— Não fique assim. — Ele veio me abraçar, mas sua voz falhou. — Ela vai voltar. Vamos encontrá-la. Ela vai voltar.

Não, se ela não soubesse como. Meu desespero e abandono se engrossaram e tomaram outro rumo.

— É culpa sua. — Empurrei Ian com força. — Minha filha está desaparecida porque você não me deixou fazer nada!

— Sofia, por favor... — Ele estendeu as mãos para me tocar.

— Não! — Eu me esquivei. — Não quero ser consolada. Quero minha filha aqui comigo!

— Por que está fazendo isso? — O pomo em sua garganta convulsionou. — Por que você está me abandonando?

— Foi você quem me deixou sozinha, Ian. Durante vinte anos.

Abraçando-me, deixei a sala. Estava na metade do corredor, mas o ouvi murmurar:

— Não, meu amor. Eu me deixei sozinho.

Forcei-me a seguir em frente e fechar a porta do quarto de Analu. Atirei-me na cama, afundando o rosto no travesseiro. O cheiro adocicado de lavanda me apunhalou o peito.

Ela vai voltar, eu dizia a mim mesma. Ela não podia ter desaparecido da minha vida daquela maneira. Não podia ter sumido com raiva de mim. Minha filha não podia nunca mais voltar para casa. Ana ia voltar.

— Por favor, fada madrinha. Me ajude!

Mas tudo o que ouvi foi o som do meu coração se quebrando em um milhão de pedaços.

Em algum momento entre o choro desesperado e a luta para não me render aos pensamentos sombrios, devo ter adormecido por uns instantes, pois a próxima coisa de que me lembro foi de acordar aos gritos, com medo de ser sugada pelas flores do jardim, um reflexo de como me sentia. Drenada, vazia. Sozinha.

Fui para a cozinha atrás de um copo de água e encontrei seu Gomes preparando um chá no fogão apagado. Ele falou comigo a respeito de Ian, a lealdade e o amor pelo garoto que vira crescer eram realmente lindos. E irritantes. Mas numa coisa ele tinha razão. Eu queria estar com Ian.

Contudo, ao me plantar diante da porta do nosso quarto, a mão pronta para bater, eu vacilei.

Falar com Ian — estar com ele — era o que eu mais desejava. Ou o que metade de mim queria, pelo menos. Sim, eu estava louca para abrir aquela porta, me aninhar no abraço reconfortante do meu marido, me sentir segura de novo e ouvi-lo dizer que tudo ficaria bem. O problema estava na outra parte minha... a machucada e ferida de morte, ainda soluçando sobre os cacos do que restava do meu coração.

Recolhi a mão, dando um passo para trás. Cheguei a andar por dois metros antes de ouvir o *clique* sutil da maçaneta reverberar pelo corredor escuro.

— Sofia. — A voz de Ian espiralou no ar e veio me abraçar. — Alguma notícia?

Prendi o fôlego antes de me virar para o homem que eu amava iluminado por um feixe de luz bruxuleante que escapava do quarto. Ele ainda estava vestido com as roupas da noite anterior, embora o casaco e a gravata tivessem sumido. Ele deixara os primeiros botões da camisa desabotoados, as mangas enroladas até a altura dos cotovelos, o cabelo da cor de nanquim uma bagunça devido às inúmeras vezes que correra uma das mãos por ele. Ian sempre fazia isso quando estava nervoso ou tenso.

Era de esperar que após vinte e dois anos ao seu lado eu já estivesse acostumada aos efeitos de sua presença, mas não. Eu ainda sentia tudo: os tremores, as palpitações, o fogo nas entranhas. Mesmo naquele instante, machucada a ponto de não conseguir respirar, ele ainda me deixava fora de órbita.

— Não. Nenhuma notícia ainda — respondi.

A angústia nublou sua expressão e eu desviei o olhar para meus dedos entrelaçados na altura da barriga. Não ia suportar se ele também desmoronasse.

— Não vamos perder a fé. — Ouvi o farfalhar de suas roupas conforme ele chegava um pouco mais perto. — Alguém deve aparecer com novidades a qualquer momento.

Ian ficou em silêncio por tanto tempo que tive de espiá-lo. Parecia esperar a visão se ajustar à semipenumbra, e, assim que aconteceu, meu marido escrutinou cada linha em meu rosto, o maxilar endurecendo diante do que via.

— Você parece exausta — constatou, melancólico. — Devia tentar descansar um pouco.

— Não consigo. Sou assombrada por pesadelos toda vez que fecho os olhos.

Estendendo o braço para afastar uma mecha dourada que me caía na lateral do rosto, ele a enroscou atrás da orelha com o mais delicado dos toques.

— Eu quis dizer que devia descansar um pouco aqui, em nosso quarto. Comigo. — Sua voz baixou várias oitavas ao acrescentar: — Me deixe tomar conta de você, Sofia.

— Como fez nos últimos vinte anos? — ironizei. — Ou podemos chamar o que fez pelo nome real: uma grande mentira.

Ele soltou um suspiro magoado, a mão caindo ao lado do corpo.

— Eu não contei tudo o que sabia, não é o mesmo que mentir. Ou não contei o que pensava que sabia. Não passava de deduções. Como eu poderia ter certeza? Antes de você, eu não sabia que coisas como Alexander existiam.

— Antes de encontrar você eu também não sabia! — retruquei, furiosa. — Mas ele existe. Sabe o que eu mais odeio? Lembrar do seu sorriso toda vez que eu notava sua inquietação e perguntava o que estava acontecendo, e você me respondia "não é nada", quando na verdade era tudo. Você quebrou a promessa que me fez tantos anos atrás, de nunca mais guardarmos segredos um do outro. Você a quebrou... — Minha voz falhou. Limpei a garganta. — Ainda não sei se o que mais me machuca é você ter me enganado todo esse tempo ou a descoberta de que é capaz de mentir para mim sobre um assunto tão importante.

— Sofia... — Ele tentou me tocar.

Eu recuei.

— Você não tinha o direito de esconder de mim, Ian. Mesmo se não tivesse certeza, mesmo se fossem apenas suspeitas, devia ter me contado, dividido o medo comigo, me alertado.

Consternado, ele pressionou a ponte do nariz com o polegar e o indicador.

— Inferno, Sofia! E de que isso serviria, além de que ambos teríamos passado as últimas duas décadas sem dormir?

— Eu teria preferido isso a ficar no escuro. — Empinei o queixo, lutando para manter sob controle a umidade em meus olhos. — Por mais que a verdade doa por um tempo, a mentira dói muito mais e para sempre. Você é tão pai dela quanto eu sou mãe, e não tinha o direito de esconder de mim algo dessa proporção. Droga, você é meu marido! Meu amante, meu melhor amigo. Eu pensei que eu fosse tudo isso para você também.

Meio fora de si, ele esfregou o rosto com as duas mãos.

— E você é! Pelo amor de tudo o que é mais sagrado, não pode duvidar disso. Tudo o que eu fiz foi tentar protegê-la do pavor de algo que podia nunca acontecer.

— Só que aconteceu! E agora nossa filha sumiu do mapa, e nem eu nem você podemos fazer merda nenhuma porque você decidiu "não contar tudo o que sabia", droga! — Perdi a batalha, e as lágrimas desceram pelas minhas bochechas.

O pomo em sua garganta convulsionou conforme ele engolia grosso, e abriu os braços para me abraçar. Eu me afastei, testemunhando a dor se assentar em cada célula dele.

Merda. Apesar da angústia e fúria que me atravessavam o peito, a última coisa que eu queria era magoar Ian.

— Olha, acho que agora não é o melhor momento para discutirmos qualquer assunto. — Massageei a têmpora latejante. — Não até nossa filha voltar pra casa.

— Tem razão. — Ele me encarou, a determinação pulsando na maneira como trincava o maxilar. — Mas saiba que eu não vou desistir de nós assim tão facilmente.

Depois de me observar por mais um instante, ele deu a volta e retornou para o quarto, deixando a porta escancarada; um convite para que eu me juntasse a ele. Meus pés se rebelaram, loucos para segui-lo; ameacei cortá-los caso não estacassem. O medo do que poderia ter acontecido à nossa filha, a raiva e o rancor que eu sentia com as mentiras de Ian... Havia coisas demais acontecendo dentro de mim.

A verdade é que uma parte de mim queria mais que tudo estar com ele. A outra o culpava pelo sumiço de Analu. Por que ele não me contou antes, quando ainda havia tempo? Eu sabia que ele amava Ana com a mesma intensidade que eu. Não passara toda uma vida sendo um pai protetor? Por que tinha mudado de ideia agora? Eu não conseguia entender.

O desespero pelo desaparecimento de nossa filha não me deixava pensar direito. Sentia que ia sufocar se não tivesse notícias em breve.

* * *

... e aí aqui estou eu, escrevendo a carta mais longa da história, na esperança de que algo subitamente ilumine a minha mente, procurando nas entrelinhas da minha própria história alguma pista do paradeiro de Ana Laura. Não consigo parar de pensar que ela está enfrentando o que eu enfrentei, perdida em outro tempo, sem ninguém que conheça. Ela encontrou um Ian para ajudá-la? Ou seria alguém co

Ouvi um ruído no corredor e soltei o grafite de imediato, correndo para a porta. *Ana!*

Mas era Ian, e por pouco não o atropelei. Ele estava todo vestido, ainda que a barba não houvesse sido aparada e não tivesse se dado o trabalho de colocar a gravata. Ele estava de saída.

Ou acabava de chegar, corrigi, notando a lama fresca em suas botas.

Olhei para dentro do quarto, só então percebendo que os primeiros raios de sol tingiam o céu enquadrado na janela em tons de laranja. Bartolomeu agora andava de um lado para o outro no parapeito, ansioso.

— Alguma coisa? — Tentei ignorar as meias-luas escuras sob seus olhos. Ele também não tinha dormido.

— Nada. — Esfregou a boca, abatido. — Vasculhei toda a propriedade outra vez, cada canto, atento a pegadas ou ao sinal de algum veículo. Encontrei Elisa e Lucas no caminho. Devem chegar a qualquer momento. Os empregados deles também não tiveram notícias.

A porta do quarto de Nina se abriu. Ainda vestia as roupas da noite anterior, o rosto cansado me alertando que ela também passara a noite sem dormir.

— Nenhuma notícia dela? — Estalou os dedos, tensa.

— Não. — Ian conseguiu manter o temor longe da voz. — Vamos encontrá-la logo. Eu prometo, Marina.

— Não suporto mais esperar. Preciso fazer alguma coisa ou vou acabar enlouquecendo. Vou para a vila. Talvez eu tenha sorte.

Ian e eu assentimos ao mesmo tempo. Ela passou por nós e beijou meu rosto antes de sumir em direção à cozinha.

— Vou tomar um banho e vestir roupas limpas, então vou procurar a guarda. — Ian correu uma das mãos pelo cabelo. — Quem sabe conseguiram alguma pista.

— Eu... posso ir com você?

— Sabe que sim.

— Só preciso pegar um vestido limpo no nosso quarto, se... não tiver problema pra você.

Ele não se dignou a me direcionar mais que um olhar enviesado e, exaurido, começou a andar. Eu o segui até nosso quarto, mas me detive ao passar pela porta. Enquanto Ian se enfiava no banheiro, observei, boquiaberta, que cada mínima coisa estava exatamente como eu deixara. O vestido pendurado acima da banqueta do toucador, a bagunça sobre ele, os sapatos tombados num canto, o livro que eu andava lendo ainda aberto sobre a mesinha de cabeceira. Na cama, os mesmos lençóis em que tínhamos dormido juntos pela última vez.

Como quando desapareci da vida dele.

Tragando saliva, comecei a recolher minha bagunça. Depois fui trocar os lençóis. Ao puxar um dos travesseiros, o caderno que eu dera a Ian havia décadas caiu sobre meus tênis gastos. Eu me abaixei para apanhá-lo, folheando algumas páginas. Ian o preenchera com sua arte, a nossa história em gravuras... Eu grávida de Marina. Depois, de Ana. Os rostinhos de nossas filhas ainda bebês, rechonchudos e corados. Enquanto as meninas cresciam e eu me tornava mãe. Muitos retratos meus, em todas as fases. Sentada atrás da mesa na fábrica. Apontando para uma das máquinas. No meu faetonte. Deitada na cama, olhando diretamente para fora da página. Nua, semicoberta por lençóis. Outro em que eu dormia. Eu já os vira muitas vezes. Exceto pelos três últimos.

No primeiro, um retrato do meu rosto, os olhos vítreos com lágrimas e dor. O segundo tinha um plano mais aberto, com o jardim ao fundo, mas meu olhar estava perdido, refletindo a mesma angústia do desenho anterior. No último deles, o mais impactante, uma imagem minha de corpo inteiro, distante do observador, envolta por uma cortina sombreada.

Minha visão embaçou, a gravura se sobrepondo ao sonho de horas antes, onde Ian se afastava e eu era sugada para as sombras.

Meu marido retornou ao quarto sem paletó e estacou ao me ver com o caderno entre as mãos.

— Por que estou nas sombras? — murmurei, irrequieta. — Por que me desenhou sendo sugada pelas sombras?

Encarando a ponta das botas, ele enfiou as mãos nos bolsos da calça.

— Não é você quem está perdida nas sombras, mas o observador. Você está tão distante que ele não consegue mais alcançá-la. — Sua voz diminuiu várias oitavas.

— Ele está desistindo? — Minha garganta parecia cheia de areia.

Em duas largas passadas ele cruzou o quarto, ficando a meio metro de mim.

— Não até a última batida do meu coração, Sofia.

A pergunta que eu andava sufocando desde que descobrira sua mentira ganhou vida própria.

— Por que você não tentou impedir Alexander? — perguntei, os olhos marejados. — Eu não compreendo, e isso está me matando. Como pôde não fazer nada, Ian?

Devagar, ele chegou mais perto até que tudo o que nos separava eram meros centímetros.

— Pensa que eu não quis apanhar Ana pela mão e levá-la para algum lugar do mundo onde estivesse a salvo de Alexander? — Sua voz continha o mesmo desespero que eu vislumbrava em seu olhar. — Pensa que não estou morrendo por dentro com tudo isso? Que esse tormento não me persegue há duas décadas?

Abri os braços, desamparada, em um "Então por quê?".

— Eu pensei muito, Sofia. Em maneiras de impedir que ele alcançasse Ana Laura. Já estive onde você está agora. Até que me dei conta de que o mais importante não era o que eu queria, mas o que Ana quer e precisa. Nós dois temos histórias diferentes, você e eu. Você foi enviada para cá, um experimento, antes de ter a escolha de voltar ou ficar em seu tempo. Eu não tive. — Ele engoliu com dificuldade, os olhos nunca deixando os meus. — Eu conheci você, a amei desde o primeiro olhar, o primeiro toque. E então você desapareceu da minha vida e tudo o que me coube foi esperar, viver de lembranças e rezar para que um dia eu pudesse encontrá-la de novo, mesmo que por apenas um instante. Não me foi dada uma escolha.

— Eu sei. — Minha garganta começou a doer, lágrimas descendo pelo rosto.

Delicadamente, ele apanhou uma delas com a pontinha do polegar.

— Eu nunca pensei que você não aguentaria — prosseguiu a meia-voz. — Ao contrário, você é a pessoa mais forte que conheço. Ocultar o que eu sabia foi mais difícil do que consigo expressar... Foi a coisa mais difícil que eu já fiz ou farei. Mas na época me pareceu a única alternativa. Você havia passado por tanta coisa em tão pouco tempo... o sumiço de Elisa, minha memória, depois a pneumonia... E mais tarde, quando você estava forte outra vez e acordava feliz todas as manhãs, brincava com as meninas e adormecia tão serenamente em meus braços, não consegui me obrigar a destruir sua felicidade. Eu não tentava poupar meus sentimentos. Tentava proteger os seus, como estou tentando proteger...

— Os de Ana — compreendi, enfim.

Ian encaixou a palma em meu rosto. Fechei os olhos, saboreando um instante de alívio em meio àquele pesadelo.

— Sim, estou tentando proteger os sentimentos de Ana Laura, colocando-os muito além dos meus. Pois não suporto imaginar como teria sido minha vida se você não tivesse me encontrado. Se alguém a tivesse impedido de vir me encontrar. Tudo o que temos... o amor que compartilhamos durante todos estes anos não existiria. Eu queria que fosse diferente, meu amor. Que o destino da nossa menina fosse aqui, debaixo deste teto. Mas e se o destino dela estiver longe? Em algum lugar no mundo, no tempo? Eu não posso tirar isso de nossa filha. Não posso roubar a felicidade dela porque não tolero pensar em nunca mais vê-la. Mas e se o coração de Ana Laura anseia por algo que ela ainda não conheceu? E se alguém está agora mesmo esperando para conhecê-la, para amá-la louca e ardentemente por uma vida inteira e talvez além, da mesma maneira que eu passei vinte e um anos da minha vida esperando para conhecer e amar você? Eu quero que ela tenha a chance de um dia ter o que nós temos. Tivemos — corrigiu, atormentado.

Entortei o pescoço para encará-lo. Meu nariz raspou de leve em seu queixo. Medo, desespero, dor comprimidos dentro das íris de ônix enevoadas.

— Temos — minha voz embargou. — Sempre teremos, Ian. Mesmo nos piores momentos, como agora.

— Eu não a perdi para sempre? — perguntou, em um misto de perplexidade e esperança desmedidas.

Sorri de leve.

— Nem o tempo foi capaz de me impedir de encontrar você. Eu...

Sua boca esmagou a minha com desespero, saudade, paixão, até tudo ao meu redor girar e eu sentir que minha vida começava a se encaixar outra vez, voltava a fazer sentido. Tentei absorver tudo dele, o calor, seu gosto, as batidas de seu coração contra o meu.

Quando ambos ficamos sem fôlego, ele interrompeu o beijo, mas suas mãos não deixaram meu corpo, ainda matando a saudade.

— Pensei que tivéssemos nos perdido para sempre. — Ian uniu nossas testas.

— Eu também. Você me machucou de verdade.

— Eu sei. — Ele apanhou com os lábios uma lágrima que me descia pela bochecha. — E não sei como posso apagar a dor que causei. Me perdoe por ter ocultado que algo dessa proporção estava a caminho. Magoar você era a última coisa que eu queria, Sofia. Tudo o que eu tentei fazer foi protegê-la, o que é uma grande contradição, pois você é a pessoa que menos precisa de proteção que eu conheço. E, mesmo sabendo disso, não consigo me impedir. Eu a perdi tantas vezes, de tantas maneiras diferentes... — Ele se curvou para que nossos olhares ficassem na mesma altura. — Sei que fiz tudo errado, que estilhacei sua confiança, mas, se me permitir, vou passar o resto da vida tentando convencê-la de que ainda pode confiar em mim.

— Sem mais mentiras.

— Juro pela minha vida. No caso, juro por você. — Ele me beijou outra vez, e o segundo assalto foi ainda mais avassalador.

Eu ainda estava machucada. Uma ferida não fecha de uma hora para outra. Mas podia entender seus motivos, ainda que não concordasse com suas atitudes. Eu mesma já havia especulado se meu desespero para deter Alexander era relacionado a Ana ou a mim mesma. A verdade é que ser pai ou mãe é um constante conflito de emoções. Eu queria que minhas filhas encontrassem a felicidade a todo custo e não percebi que a pessoa que tentava impedi-las de alcançar tal plenitude era eu mesma.

Ian e eu nos afastamos no instante em que ouvimos Bartolomeu começar a miar, descontrolado, no quarto no fim do corredor.

— Ana! — dissemos ao mesmo tempo, nos movendo feito uma coisa só.

Passamos pela porta do quarto de Ana Laura a tempo de ver alguém se infiltrando pela janela. Meu coração congelou. Não era Ana. Era meu pior pesadelo dentro de um terno claro. Nunca esqueci aquele homem, embora seu rosto fosse um borrão disforme. Agora, a recordação se sobrepunha à curva da boca sarcástica, à cicatriz perto da sobrancelha, aos olhos frios da cor de uma barra de prata...

— Alexander — ofeguei.

Antes que eu pudesse piscar, Ian atravessou o quarto em um átimo e empurrou o rapaz contra a parede.

44

Eu pensava que isso era coisa de Hollywood, mas pelo jeito o criminoso volta mesmo à cena do crime!

— Seu maldito filho da mãe — Ian cuspiu entredentes, sacudindo Alexander com tanta força que seus dentes bateram, e mesmo assim o rapaz teve a audácia de sorrir.

— Eu esperava uma recepção calorosa, mas nem tanto, Ian.

— Diga o que fez com Ana Laura. — Ian torceu o colarinho dele entre os dedos. — Ou juro que vou me esquecer de que um dia me ajudou e liberar o medo que me fez sentir todos estes anos.

Lutei para separá-los. Teria sido mais eficaz se eu tivesse tentado ler pensamentos.

— Ian, ele não vai conseguir falar se você continuar a esganá-lo. — Não que eu fosse contra dar umas porradas no sujeito. Mas Alexander precisava da boca para nos dar respostas.

Meu marido deve ter compreendido minha lógica, pois, mesmo a contragosto, com um safanão soltou o sujeito que sumira com Ana Laura. Alexander tombou contra a parede, buscando apoio na cômoda de Analu. Bartolomeu, que havia subido ali para observar a cena mais de perto, saltou para os braços dele.

— Onde está Ana Laura? — Ian rosnou. — O que você fez com ela?

Fingindo confusão, afagando um dengoso Bartô, o rapaz buscou meu rosto, o de Ian e então se voltou para mim outra vez.

— Ana não está em casa?

Tive que me convencer de que acertá-lo com um dos pesados livros empilhados sobre a cômoda não iria nos ajudar a encontrar minha filha.

— Não me venha com essa conversa mole! — Apontei um dedo imperioso para ele. — Sabemos que você se aproximou dela no casamento de Tommy e Lola. Me conte para onde enviou minha filha, ou eu juro que...

— Espera, Sofia. — Ele encrespou o cenho. — Está me dizendo que Ana Laura desapareceu?

Foi aí que Ian perdeu a paciência e avançou para ele. Eu me coloquei em seu caminho, espalmando seu peito antes que se atracasse com o sujeito.

— Alexander, não sei se você sabe, mas de nós dois Ian sempre foi o que tem melhor controle. Então pare com o joguinho e comece a falar.

Parecendo abalado, ele balançou a cabeça dando um muxoxo, me entregou Bartolomeu e começou a se virar na direção da janela. Ah, não! Ele não ia escapar!

Deixei o gatinho no chão e corri para Alexander. Eu me atiraria em cima dele se fosse necessário. Ian devia ter tido a mesma ideia, pois o alcançou primeiro, empurrando-o contra a poltrona.

— Puta que pariu, Ian! — Alexander caiu sentado, fuzilando-o. — Me deixe ir. Eu tenho que encontrar Ana.

— Você sabe onde ela está. — Ian mastigou as palavras. — Assim como sempre soube onde Elisa estava, quando ela se perdeu no tempo de Sofia!

— Só que dessa vez eu não sei! — Socando os braços da poltrona, ele ficou de pé. — Eu não tenho nada a ver com o sumiço de Ana. Não me obrigue a tirá-lo do meu caminho.

Um sorriso perigoso espichou os lábios do meu marido.

— Eu gostaria de vê-lo tentar.

Antes que os dois rolassem pelo chão, decidi me interpor entre eles.

— Você realmente não levou ela pra algum lugar? — Meu coração batia cada vez mais depressa, porque, se eu o analisasse além da lente de fúria e medo, teria que admitir que ele parecia preocupado de verdade.

— Eu já falei que não. — Pressionando a ponte do nariz, Alexander suspirou. — E vocês estão me fazendo perder tempo. Eu preciso encontrá-la.

Mas aquilo não fazia sentido. Não de acordo com a experiência que eu tinha tido. Se ele era a fada madrinha de Analu, não devia saber cada passo que ela dava, cada pensamento, feito um stalker mágico?

Como se lesse meus pensamentos — e talvez lesse mesmo —, Alexander riu sem nenhum vestígio de humor.

— Perdi minha visão — confessou, aborrecido. — Não consigo mais predizer o futuro dela, nem o que está pensando, nem merda nenhuma.

— Por que não? — Estreitei os olhos.

— Porque... Porque eu... Cacete! — Alexander esfregou o rosto, como se tentasse arrancar a própria pele. Ou o desespero que havia sob ela. Ao me encarar, tudo o que havia dentro dele era desolação. — Porque eu me apaixonei por Ana Laura. É isso.

Precisei de um minuto inteiro para encontrar minha voz.

— Você... — comecei.

— Você o QUÊ? — Ian esbravejou ao mesmo tempo, tão alto e furioso que Bartolomeu silvou em apoio em algum lugar do quarto.

Por um momento, desconfiei de que Ian fosse arrancar o pescoço do cara a dentadas, levando em consideração a maneira como trincou a mandíbula. Seus dedos se fecharam em punhos tão apertados que as juntas ficaram brancas. Eu não iria detê-lo.

Qual é? Alexander era uma fada madrinha, pelo amor de Deus! Todo mundo sabe que fadas madrinhas realizam desejos, não desejam.

Humm... Tá, não parecia justo. Ainda assim, ele não tinha o direito de querer se pegar com a minha filha!

— Então era isso que você queria com Ana Laura. — A voz de Ian era baixa, calma, e por isso mesmo tão assustadora.

Deduzi que Alexander compreendeu que sua integridade física corria risco e foi inteligente a ponto de recuar até bater a parte de trás dos joelhos no braço da poltrona, as mãos espalmadas na altura do peito.

— Calminha aí, pessoal. Não é nada disso. Me envolver com alguém é a única regra que eu nunca ousaria quebrar!

— Mas quebrou ainda assim — rosnei, enquanto meu marido parecia debater internamente se devia esganar Alexander bem devagarinho ou de uma vez só.

Coçando a cicatriz, o rapaz contornou a poltrona, deixando a mobília entre nós. Não que fosse me deter. Eu estava a um fiapo de perder o controle e socar o nariz do cara. No entanto, sem aviso, a imagem de Analu sentada ao piano invadiu minha mente. Seu sorriso secreto e os suspiros ao dedilhar a música da década de 1990, que só podia ter sido apresentada por Alexander, o brilho em seu rosto durante o café da manhã, a maneira como os olhos cintilavam feito diamantes azuis...

Ah, merda!

— E ela retribui, não é? — indaguei, sob o olhar transtornado do meu marido.

Não percebi que prendia o fôlego até meus pulmões começarem a arder, esperando pela resposta. Levou um tempo, mas por fim Alexander anuiu, abrindo os braços, infeliz.

— Para a minha perdição, Sofia.

Puta merda.

Meu primeiro pensamento foi: como raios Alexander tinha permitido que minha filha se apaixonasse por ele? O segundo correu em direção a Analu, na bagunça que devia estar seu coração. Ela sabia o que Alexander era? Conhecia sua verdadeira natureza e não se importava? Ou ele andara mentindo e ela se apaixonara por uma fantasia? E se ele tivesse sido honesto e ainda assim ela não tivesse visto impossibilidades? Como aquilo poderia funcionar? O que aconteceria com o coração da minha filha?

Suspeitei que os pensamentos de Ian seguissem com os meus, pois ele afundou os dedos no cabelo preto.

— Por Deus! — murmurou.

— Acreditem, ninguém está mais surpreso do que eu. — Alexander cerrou os punhos sobre o encosto da poltrona. — Nem mais desesperado. Não era para ser assim.

— E como deveria ser? — meu marido exigiu antes que eu o fizesse, emanando por cada poro uma espécie de ira, só que ainda mais violenta. — Você tem observado minha filha desde que ela era uma...

— Não! — Alexander atravessou, ficando meio verde. — Que raios de doente pensa que eu sou?

Cruzei os braços.

— Um doente que entra pela janela do quarto de uma garota feito um maníaco?

— Romeu não é muito popular nesta família, né? — brincou, estendendo a mão para tocar o ombro de Ian, e recuou ao perceber que não era boa ideia. — Escutem, não estou aqui para levar Ana embora. Nem sabia que aquela noite na ópera o torturaria dessa maneira, Ian. Pensei que saber que sua filha seria assistida por alguém como eu traria algum conforto — explicou. Como Ian puxou uma grande quantidade de ar, ele fez uma careta. — É, agora eu percebo que não foi boa ideia.

— Não, não foi. — Ian nem sequer piscou. — Eu quase destruí meu casamento por sua causa.

— Não pode me culpar por isso. É você quem tem a mania de guardar tudo para si enquanto tenta salvar o mundo. — Ele ostentou uma coleção de dentes perfeitos, a cicatriz quase desaparecendo na testa lisa...que não ganhara uma única ruga desde a última vez que eu o vira, duas décadas antes, era bom acrescentar. O que será que ele usava no rosto?

Foco, Sofia.

— Como pôde permitir que ela se envolvesse com você? — Trinquei os dentes. — Que raios de fada madrinha você é?

Meio enraivecido, ele tornou a erguer as mãos.

— Olha, vamos pôr um ponto-final nesse assunto: eu não sou um maníaco perturbado que ficou espionando a Ana durante décadas. Eu nem sequer sabia como ela era até vir para cá. Havia uma boa chance de que Ana Laura não precisasse da minha ajuda. Mas aí ela decidiu não fazer nada, e Marina, sim. Vim atrás de Analu com o único propósito de ajudá-la. Só que, assim que a vi pela primeira vez... — Coçou o pescoço, um dos cantos da boca se espichando involuntariamente. — Como eu podia ficar indiferente diante daquele cérebro, daquele sorriso, daquele coração? Não sei em que momento a admiração passou a ser algo mais. Só percebi que havia me perdido pelo caminho quando notei que Ana também tinha se envolvido. Bastante estúpido, não? — Ele riu, abatido. — Me apaixonei pela minha missão. Então, não precisam ficar com essas caras de quem está tramando meu assassinato. Eu amo Ana e nunca poderei tê-la. Nenhum castigo será pior que esse.

Tá legal, aquela última parte deixou um gosto amargo em minha língua.

— Por que não podem ficar juntos? — eu me ouvi perguntar e ganhei outro olhar atravessado de Ian.

O quê? Eu queria entender os motivos.

Alexander reassumiu a fachada irônica.

— Norma número um de um APAM...

— APAM? — Entortei o pescoço, sem entender.

— Assistente pessoal para assuntos místicos — Alexander e Ian disseram em uníssono.

— Como eu ia dizendo — o rapaz retomou o raciocínio —, diretriz número um dos APAMs: jamais se envolva com o protegido. A firma é bem rigorosa com essa regra. — Ele tentou fazer graça, mas não foi capaz de ocultar o próprio desespero. — Se eu ceder ao que sinto, perco Ana para sempre. E, se continuar com o meu trabalho, também a perco para sempre. Não importa o que eu faça, o resultado será um só. Eu não tenho...

— Escolha — Ian completou por ele, arqueando as sobrancelhas.

Pela rigidez que dominou meu marido, eu sabia o que se passava em sua mente naquele instante. Era o mesmo que se passava na minha.

— É. — Alexander encarou as próprias mãos. — Sou mais ou menos como você, Ian. Conheci alguém que trouxe sentido para a minha vida. Só que ninguém se preocupou em perguntar o que eu quero. Já decidiram por mim, como uma boa tragédia.

De imediato, Ian buscou meu rosto, a dor da separação ainda visível no fundo de sua alma, e eu tinha certeza de que ele vislumbrava o mesmo em mim. Ambos carregávamos a marca, uma recordação da sorte que tivemos ao conseguir uma segunda chance. Alexander não teria a mesma sorte.

Nem Analu.

— Ela sabe disso tudo? — Traguei saliva, a fúria se escondendo atrás da preocupação com o coração da minha filha.

— De grande parte. Eu tentei ser tão sincero quanto pude. E mesmo assim ela teima em... bom, teimava. — Ele riu outra vez, daquele jeito sombrio. — Ana me enxotou da vida dela na noite passada.

— Sabe como eu quero arrebentá-lo neste exato instante? — Estreitei os olhos para ele.

Um pouco abalado, ele riu, tristonho.

— Acredite, não mais do que eu quero que você me arrebente, Sofia.

Um pouco trêmula, puxei a cadeira e me sentei à escrivaninha. Ian preferiu continuar de pé e encarar Alexander com uma expressão assassina. É, eu também queria esganá-lo, mas meus pensamentos se voltaram para a pergunta que Ian me fizera dias antes, sobre a ida à faculdade não ser o motivo que arrastava seres mágicos de volta para nossa vida.

— Por que está aqui, afinal?

Um minuto inteiro se passou antes que Alexander abrisse a boca e me respondesse.

— Para fazer o mesmo que fiz com Ian duas décadas atrás: vim acertar as coisas. — Ele tomou fôlego antes de, em uma voz morta, anunciar: — O destino de Ana Laura está interligado ao de Diogo Fontes.

Ah. Obviamente seria algo como minha filha caçula estar apaixonada pelo noivo da irmã. O que mais seria?...

— Meu bom Deus! — Ian respirou fundo e veio se apoiar no tampo da escrivaninha, a mão buscando a minha.

— Eles deviam ter se aproximado no casamento de Tommy e Lola — Alexander prosseguiu, visivelmente mexido. — A amizade devia evoluir e, antes que o mês acabasse, ele terminaria o noivado com Marina. Faria de tudo para agradar Ana, inclusive dar o que ela mais deseja. Era como devia ter sido. Mas algo aconteceu. É quase como se eu enxergasse uma miragem em vez do futuro. — O pomo em sua garganta subiu e desceu ao engolir com dificuldade. — Não sei mais o que esperar.

Muito sério, Ian questionou:

— Não há nada que possa fazer para mudar tudo o que acabou de nos contar?

Por mais que o assunto o consternasse, Alexander conseguiu sorrir.

— Você estava tentando me matar dez minutos antes, e agora quer me ajudar a encontrar um jeito de ficar com sua filha?

— Não se anime. Ainda não desisti da ideia de decorar seu corpo com uma bala. Mas tudo o que me importa é que Ana seja feliz. — Meu marido fitou nossas mãos entrelaçadas. — Ainda me lembro de como é despertar no meio da noite com o peito apertado, como se a respiração tivesse sido roubada. Me recuso a aceitar que minha filha experimente esse mesmo desespero.

— Nem eu quero, Ian. — Alexander saiu de trás da poltrona. — Acredite ou não, Ana é tudo o que me importa, e não apenas por ser minha missão. Ou por ter sido. Já não sei mais. Estou apavorado porque não consigo mais prever o que vai acontecer com ela. Eu pretendia me afastar para tentar recuperar minha visão, mas ontem tive um vislumbre de alguma coisa. Algo está errado. Não consigo entender o que é. Só sinto que seja lá o que tenha me trazido para cá está se aproximando.

A brisa que entrou pela janela sacudiu meus cabelos, arrepiando-me de alto a baixo.

— Peraí. Quer dizer que você não sabe mesmo onde Analu está? — Fiquei de pé.

Se Alexander não era o responsável pelo desaparecimento de Ana, então quem era?

— Eu não disse isso. — Ele estalou a língua.

— O que está dizendo, então? — Ian se endireitou, também impaciente.

— Não posso afirmar, mas acho que sei aonde ela pode ter ido. Eu a alertei que era péssima ideia, mas, bom... ela é filha de vocês dois. — Alexander encolheu os ombros, exaurido. — Quais as chances de ela ter me escutado?

— Foco, Alexander — demandei, o coração pulsando na garganta.

Coçando a cicatriz, Alexander soltou uma longa lufada de ar antes de começar a falar.

— Ana tinha um plano maluco. Suspeito que ela tenha resolvido pô-lo em prática, já que Nina decidiu antecipar o casamento. Ela pretendia...

Um urro sacudiu as vidraças. Antes que eu pudesse entender o que estava acontecendo, um borrão atravessou o quarto e se agarrou ao pescoço de Alexander.

— Como tem coragem de aparecer aqui outra vez?! — Lucas esbravejou, os dedos fechados na garganta de Alexander. — Eu vou matar você, canalha!

Era só o que faltava!

Tentei puxar meu cunhado pela manga ao mesmo tempo em que Ian se interpunha entre os dois e empurrava cada um para um lado.

— Lucas! — Elisa gritou da porta e então paralisou ao reconhecer o rapaz que seu marido atacava. — Alexander.

— Saia da minha frente, Ian. — Lucas resfolegou. — Esse é o maldito que seduziu Elisa.

— Ele nunca me seduziu e você sabe disso! — protestou minha cunhada, corando. Alheio à possibilidade de um homicídio iminente, Bartolomeu foi saudá-la, se esfregando em suas saias.

— Lucas, solte-o — Ian demandou.

Ignorando-o, Lucas continuou a apertar e sacudir o sujeito.

— Você é o responsável pelo sumiço da minha sobrinha, maldito?

— Lucas, para! — Eu o puxei com mais força, e ouvi o som de costuras se abrindo.

— Já chega, Lucas. — Ian o empurrou para longe de Alexander, que caiu sentado na poltrona com o tranco, ofegando em busca de ar.

Ainda possuído pela raiva, o médico tentou passar pelo meu marido. Quando não conseguiu, bufou, esfregando o cavanhaque.

— Mas que inferno, Ian. Alguém pode me explicar o que esse maldito faz no quarto da minha sobrinha?

Dando uma sacudidela nas lapelas para ajeitar o paletó, Alexander ficou de pé.

— O que há de errado com esta família? Será que podem parar de me socar? É cansativo e nem um pouco original.

Desconfiei de que a emoção era demais para Elisa, já que foi se sentar na beirada da cama. Bartolomeu a seguiu, pulando em suas coxas. Esfregou o focinho em sua barriga e disparou um *prrrrrr* contínuo.

— Pensei que não voltaria a vê-lo — ela murmurou para Alexander.

— E não devia ver, Elisa. — O rapaz abriu os braços, exaurido. — As coisas saíram de controle.

— Elas sempre saem de controle quando você está por perto. — Os olhos azuis eram apenas duas fendas. Mas minha cunhada estava mais pálida que o normal ao perguntar: — Oh, não. Se você está aqui, é porque Sofia está com problemas, não é?

— Não do jeito que você está pensando — me apressei, soltando o paletó de seu marido quando julguei ser seguro. — É a Analu quem precisa de assistência. Só que, em vez de Alexander ajudá-la, ele acabou se apaixonando por ela. — Eu o fulminei. O rapaz se encolheu.

Já Lucas...

— O *quê*?! — Deu a Ian um olhar transtornado.

Meu marido correu uma das mãos pelo cabelo, respirando fundo.

— Acredite, eu sei, Lucas. Mas, no momento, tudo o que eu quero é trazer Ana Laura para casa. E Alexander estava quase nos dizendo como quando você entrou e começou a agir feito um selvagem.

Arqueei uma sobrancelha para Ian, que pelo visto se esquecera de que minutos antes tentava fazer de Alexander parte do reboco. Ele apenas deu de ombros.

Ficando de pé com Bartolomeu nos braços, Elisa se aproximou.

— E onde está minha sobrinha, Alexander?

O silêncio engoliu o aposento. Os únicos sons que eu ouvia eram o ronronar de Bartolomeu e minha própria pulsação martelando nos ouvidos. Alexander estudou cada um dos rostos, garantindo que tinha nossa total atenção antes de começar a falar.

— Ana Laura sequestrou Marina para impedir o casamento e a levou para o chalé nas montanhas, onde pretende ficar até convencer a irmã a desistir de se casar com Fontes.

— Não... — O chão pareceu se abrir sob meus pés. Senti os braços de Ian enredarem minha cintura, me amparando, mas seu próprio coração martelava de encontro ao meu ombro.

Atento a nossa reação, um pequeno V se instalou entre as sobrancelhas de Alexander.

— O que foi? Por que essas caras?

Tentei responder, mas não consegui fazer muito mais que tremer. Me apertando com mais força de encontro ao corpo, Ian engoliu grosso antes de murmurar:

— Ana Laura não sequestrou a irmã, Alexander. Marina está em casa. Estava — se corrigiu. — Faz menos de um quarto de hora que ela foi para a vila em busca de alguma pista do paradeiro da irmã.

Por um instante, Alexander pensou que estivéssemos brincando ou algo semelhante. Mas aos poucos, à medida que o olhar ia de um rosto ao outro, a emoção que o dominou o tingiu de vermelho.

— Mas que diabos! Por que não me contaram antes? Não percebem que me fizeram perder tem... — Ele se calou subitamente, piscando depressa.

O tempo pareceu desacelerar conforme eu assistia aos olhos metálicos dardejarem e a cor deixar sua face, como se Alexander estivesse dentro de um filme de horror. Minha pulsação zunia nas orelhas quando ele recobrou o foco e encarou primeiro a mim, depois a Ian.

— Está acontecendo. Está em pleno curso! — Seus olhos quase saltaram das órbitas. — Cacete!

Antes que qualquer um de nós pudesse formular uma palavra, ele correu para a janela.

Nunca descobri como consegui me mover. Tudo que me lembro é de me esticar e agarrá-lo como deu. Infelizmente, a barra do paletó deslizou pelos meus dedos. Por sorte, Ian foi mais ágil e conseguiu segurá-lo pelo braço.

— O que está em pleno curso? — exigiu, a respiração curta. — Por tudo o que é mais sagrado, Alexander, nos diga!

— A mudança que eu não conseguia entender, Ian! É isso que está acontecendo. Não é Marina no lago, é Ana! — Sem perder tempo, Alexander passou uma perna pelo parapeito e saltou.

Como se tivesse sido atingido por uma locomotiva, Ian se virou para me observar. Não era preciso que ele me dissesse coisa alguma. A voz de Marina, alta e nítida, repercutiu por minha mente. A briga com a irmã, a previsão de um vidente sobre o suposto afogamento de Nina no lago na casa de veraneio dos Amina...

Não era Marina. Era *Ana*.

Acho que Ian também se recordou, perdeu a cor e por um momento pensei que tombaria feito uma árvore oca. Eu mesma corria esse risco. Mas existe uma força maior que as limitações físicas, uma força que guia todo pai e toda mãe: o amor sem limites. Foi nele que nós dois nos escoramos, nos equilibrando nos alicerces que havíamos criados juntos durante todos aqueles anos.

— O que ele quis dizer com isso? — Lucas interpelou, confuso e alarmado. — Quem levou Ana Laura?

— Não sei — balbuciei. — Mas quem quer que seja a levou para algum lugar próximo à casa de veraneio dos Amina.

Mesmo que não explicasse muito, Lucas e Elisa compreenderam nossa urgência.

— Peguem a nossa carruagem — minha cunhada foi dizendo, nos empurrando para a porta. — Será mais rápido que esperar que preparem um veículo.

Ian e eu já estávamos em movimento antes que ela terminasse a frase.

45

Não sei se algum dia senti mais medo.

Marina passou pela entrada da casa dos Fontes sem esperar o convite do mordomo, que correu atrás dela para bloqueá-la, mas tropeçou no tapete do hall ao ver o que ela tinha nas mãos. Na sala, o dr. Hélio entregava um copo ao irmão, enquanto Diogo estava acomodado de pernas cruzadas em uma das poltronas, lendo o periódico.

Bem, facilitava as coisas para ela.

— Quem é? — O noivo não se dignou a baixar o jornal.

Estendendo o braço, Nina apertou um dos olhos para conseguir uma boa mira e puxou o gatilho.

O coice da pistola deslocou seu braço para trás, e a explosão ribombou na sala ampla. Enfim Diogo abandonou o jornal para se atirar no chão, se arrastando para trás da poltrona, como o grande covarde que era. Os dois homens mais velhos apenas a encararam, petrificados no meio do movimento.

Nina lançou um sorriso de apreciação para a pistola que pegara no escritório do pai. Vovô John Clarke, de fato, tinha bom gosto para armas.

O topo da cabeça de Diogo surgiu detrás do encosto da poltrona.

— Mulher maluca! Poderia ter ferido alguém. — Ele se levantou, consternado. — Por sorte você errou o tiro.

— Não errei, não. — Indicou com o queixo o busto horroroso de Diogo e o pequeno furo na testa de granito. Elevou o outro braço e mostrou a segunda pistola, igualmente bela e carregada. — O próximo será no original, se não me disser onde está minha irmã e o que fez com ela.

— Senhorita, abaixe a arma, por favor — ouviu o dr. Hélio suplicar. — Vai se meter em problemas.

— Eu já me meti ao aceitar seu sobrinho asqueroso. — Ela podia ter que dar explicações à guarda, ser trancafiada em uma cela com outros infratores, não importava.

Analu não estava com os tios, com os Moura Clarke nem com o dr. Almeida. Lola ainda não respondera ao seu bilhete, mas o sexto sentido lhe dizia que a irmã não estaria com os Amina nem com o tal vidente. Diogo a havia raptado para garantir que Nina se casasse com ele, estava certa disso.

Tudo o que ela queria era a irmã em segurança. Já não havia espaço para mágoa dentro dela, apenas um amor profundo. Ana deveria ter se aberto, tentado meter em sua cabeça dura que Diogo nunca fora seu destino. A irmã se colocara em tamanho sofrimento... Nina não conseguia mensurar quanto ela andava sofrendo em silêncio. E agora tinha desaparecido, e tudo o que restava era aquele peso em seu peito. Ana era a mais inteligente das duas, sem dúvida alguma. Mas Nina era a dona da força física.

Ana estava bem. Tinha que estar, caso contrário... Deus, ela não conseguia nem pensar no assunto. Ou se perdoar pelas coisas que havia dito à irmã. Uma parte sua não conseguia deixar de pensar que estava sendo punida por ter sido tão injusta, por não ter ouvido, por sempre seguir sua fúria e nunca a razão. Ao menos naquele instante sua imprudência servia de algo.

Havia uma única coisa da qual Marina não se arrependia: ter aceitado o canalha. Seu estômago revirava só de pensar naquele sujeitinho asqueroso perto de Ana Laura. Contornando a poltrona, Diogo a avaliou de cima a baixo, ignorando o cano que nunca o perdia de vista.

— Que trajes são estes? Não é o que eu esperava que minha noiva vestisse.

— Servirá muito bem para o seu funeral se não me contar o que fez com minha irmã! Onde está Ana Laura?

— Diogo! — Hélio ofegou. — O que você fez à menina?

— Não se meta nisso, titio. — Abriu um sorriso cínico para a noiva. — Não está esquecendo que temos um compromisso esta manhã?

Incapaz de deter o tremor, Nina teve que fazer um esforço hercúleo para manter a mira entre as sobrancelhas do crápula.

— Se você encostou em um fio de cabelo dela... — começou, engolindo com dificuldade.

— Fique descansada. Não toquei em Ana Laura. Tem minha palavra. Agora me dê essa arma. — Estendeu o braço.

— Sua palavra vale tanto quanto uma vela queimada. — Puxou o cão da pistola quando ele tentou se aproximar. — Onde. Está. Ana?!

— Pensei que seria mais prudente depois dos eventos de ontem. — Cruzou os braços. — Afinal se recorda do que acontece sempre que eu me aborreço, não é, Marina?

— O que aconteceu com o "minha pérola"? — caçoou, ao mesmo tempo em que ouviu um dos Fontes mais velhos gemer alto. O sr. Edgar, suspeitou. Não se atreveu a perder Diogo de vista, cuja expressão abandonou a ironia.

Ah. Ali estava o verdadeiro Diogo.

— Tem certeza de que quer testar minha paciência? — ele inquiriu. — Tem certeza de que vale a pena arriscar?

A ameaça implícita a levou a encaixar o dedo no gatilho. Mas então duas coisas lhe ocorreram. A primeira era que Diogo não poderia contar onde escondera sua irmã se estivesse morto. A segunda foi que ele não iria abrir a boca antes de conseguir o que queria. Por isso parecia tão seguro de si: sabia que Nina estava encurralada.

Foi estranho, uma experiência extracorpórea, como se ela flutuasse sobre a sala, uma simples espectadora enquanto se via abaixar a arma.

— Espere um momento. — O dr. Hélio se interpôs entre eles, boquiaberto. — Diogo, você está forçando esta jovem a se casar com você?

— Já pedi para não se intrometer nos meus assuntos! — ele esbravejou.

O médico levou as mãos à cabeça, virando-se para o irmão.

— Pelo amor de Deus, Edgar. Não pode permitir que essa loucura prossiga...

Marina não chegou a ouvir o restante do apelo do dr. Hélio. Escutou um zumbido vindo da entrada da casa e então um arrepio subiu por sua nuca, se espalhou pelo corpo com a rapidez de um relâmpago e foi se alojar no centro do peito. Não era necessário que se virasse para confirmar que Samuel acabava de entrar naquela sala; seu coração já sentia a presença dele. Mas girou mesmo assim, metade dela torcendo para que seu primo estivesse longe e não pudesse testemunhar sua entrega aos caprichos de um homem odioso. A outra metade precisava dele ali, bem ao seu lado, ajudando-a a reunir forças para fazer o que fosse necessário para trazer Ana para casa.

Os olhares se encontraram: calor, amor, aceitação, cumplicidade. Depressa, ele se concentrou no dr. Hélio, para impedi-la de ler o que ele estava pensando. Sam só se esqueceu da ligação que compartilharam a vida inteira, e foi ela que a deixou ciente de que o melhor amigo tramava algo potencialmente estúpido. Isso e o fato de ele estar acompanhado por um cavalheiro baixinho e arredondado, cujos olhos estrábicos ficavam ainda maiores atrás das lentes dos óculos ao examiná-la — a arma em sua mão, mais especificamente. O terceiro homem Marina já vira algumas vezes, em jantares. O sujeito grisalho com um chapéu alto e uma insígnia no topo era o sr. Rosenberg, o chefe da guarda.

Que raios Samuel estava tramando?

— O que faz aqui? — bramiu Diogo, fuzilando Samuel. — Você não é bem-vindo em minha casa. Leve-o para a guarda, sr. Rosenberg. Terei prazer em denunciá-lo por invasão de domicílio.

— Lamento, sr. Fontes. — O policial se balançou para a frente e para trás. — Mas o dr. Samuel e o professor me procuraram para acompanhar o caso.

— Além do mais — o homem baixinho empurrou os óculos para cima —, não é uma invasão se a guarda é uma das visitas, é?

Ainda estudando o primo, que agora enfrentava Diogo Fontes, Marina percebeu que ele não pretendia fazer uma estupidez. Seria uma *grande* estupidez, se continuava a evitá-la daquela maneira.

— Professor Bartolomeu! — exclamou o dr. Fontes, bestificado.

— Reitor agora, caro dr. Hélio. — Fez uma mesura curta. — Perdoem-nos pela visita inesperada, mas o dr. Samuel insistiu que eu averiguasse sua denúncia. Como membro do conselho de medicina, é meu dever examinar o caso.

De tudo o que o reitor havia dito, apenas uma palavra se agarrou em seu cérebro, e Nina engoliu um grunhido. Não. Samuel não seria assim tão tolo...

— Não pode dar crédito a esse aspirante a cirurgião. — Diogo meio riu, meio bufou, alisando a gravata. — Ele mal sabe o que faz com um bisturi, que dirá avaliar a conduta do meu tio.

Pela visão periférica, Nina acompanhou as sobrancelhas do reitor surgirem detrás dos óculos dourados.

— Mas a denúncia não é contra seu tio, meu rapaz.

Dessa vez ela gemeu. Era óbvio que Samuel seria assim estúpido. Por que ela perdia tempo com esperanças vazias?

— A denúncia foi feita contra o próprio dr. Samuel de Castro Soares — o reitor anunciou em voz alta o que ela já havia compreendido. — Ele me procurou na noite de ontem e confessou ter dúvidas quanto ao atendimento prestado ao seu pai, sr. Fontes. Como presidente do Conselho Brasileiro de Medicina, é meu dever verificar se houve alguma negligência na conduta.

— O diabo que houve! — esbravejou Marina.

Enfim, Samuel a encarou. *Que raios está fazendo?*, os lábios dele se moveram sem som.

Ah, a ousadia dele! O que *ela* estava fazendo? *Ela?!*

Que raios você *está fazendo, Samuel?*, objetou, com um comprimir de sobrancelhas. Como sempre, ele conseguiu ler sua mente, pois soprou um silencioso "Confie em mim".

Ora essa, de que jeito poderia confiar nele, se fazia a asneira de se denunciar por um erro que nem sequer existia?

— Compreendo sua indignação, senhorita. — O reitor ergueu as mãos na altura dos ombros. — Eu mesmo fiquei espantado com a autodenúncia. É a primeira vez que acontece. Mas poderia apontar a arma para o outro lado, por gentileza?

— Ahhhh... — Então se deu conta de que mirava a pistola carregada no pobre homem. Depressa, ela abaixou o braço.

O chefe da guarda contornou o reitor para examiná-la com mais atenção, o peito estufado.

— Srta. Clarke, há alguma razão para que porte duas pistolas a esta hora da manhã?

— Eu... Hã...

Como sempre, Samuel vestiu sua armadura reluzente e veio ao seu socorro, embora a censura estampasse as faces dele. Ora, como se Sam estivesse agindo com muita prudência.

— Como expliquei no caminho, reverendíssimo — Samuel enfiou as mãos nos bolsos, distraindo o chefe da guarda e ganhando a atenção da pequena plateia —, temo ter sido descuidado no caso do sr. Fontes. E no do sr. Marques. Por isso gostaria que abrisse a investigação. Não posso continuar a clinicar enquanto não souber a verdade. Estou pronto para entregar meu certificado caso seja o culpado em um dos acontecimentos. Ou em ambos.

Marina já havia passado do ponto de se questionar se Samuel havia perdido o juízo. Agora tinha certeza de que ele havia enlouquecido. Só que, por mais que desejasse censurá-lo, ela sabia o que ele estava fazendo. Sam se voluntariava para a linha de frente, a fim de proteger Ana de uma acusação mentirosa, libertando assim Marina da chantagem do noivo.

— Ele está mentindo. — Diogo espumou. — Está se acusando para acobertar a prima! Foi Ana Laura Clarke quem matou o sr. Marques. Foi ela quem cuidou do mordomo, se passando por médica sem ter pisado em uma escola de medicina nem um dia sequer. Tenho testemunhas.

— O que tem são boatos. — Nina resistiu à vontade de bater nele com o busto horroroso. — O sr. Marques faleceu porque se recusou a ser tratado. Samuel conseguiu convencê-lo, mas já era tarde demais. Nem Sam nem Ana têm culpa nenhuma.

Nina, não, Samuel implorou com o olhar.

Bem, ele devia conhecê-la melhor que isso. Em que mundo ela permitiria que ele se incriminasse para salvá-la? Além do mais, ela não pretendia mentir.

— E como sabe disso, minha cara? — Curioso e atento, o reitor foi se sentar na beirada do sofá.

— Porque Ana Laura é minha irmã, reitor Bartolomeu. — Ela ocupou a poltrona, mantendo Diogo em seu campo de visão. — O sr. Marques foi mordomo da minha melhor amiga, Damilola. Era um sujeito muito teimoso. Nunca permitiu que nenhum médico se aproximasse. Meu tio, meu primo Samuel ou o dr. Almeida. Eles tentaram inúmeras vezes. A única pessoa que ele consentia em visitá-lo era minha irmã Ana.

O acadêmico cruzou os dedos sobre a barriga pontuda.

— Sabe se ela aplicou algum tratamento?

— Exceto se considerar chá de folhas de salgueiro um tratamento. — Deu de ombros. — E isso o próprio sr. Amina e Damilola também faziam. Se preferir não acreditar em mim porque sou irmã de Ana Laura e prima do dr. Samuel, os Amina e seus empregados confirmarão tudo, decerto.

— É evidente que confirmarão — riu Diogo. — Afinal agora os Amina e os Clarke são parentes. Eles jamais se colocariam contra a acusada.

— Na verdade, a única acusação é a do dr. Samuel contra ele mesmo — corrigiu o reitor, ajeitando os óculos. — Meu rapaz, você não deveria ter interesse em resolver este mal-entendido, antes que o nome da família de sua noiva seja envolvido?

Trincando o queixo, Diogo não conseguiu dar uma resposta. Satisfeito, o reitor se dirigiu ao médico mais velho.

— Dr. Hélio, o que pode me dizer sobre a conduta do dr. Samuel, já que assumiu os cuidados de seu irmão?

— O que posso dizer é que, se existe um responsável pelo estado de saúde do meu irmão, essa pessoa não é o dr. Samuel.

O dr. Hélio se pôs a explicar sua opinião sobre a conduta de Sam, que ora, era bastante lisonjeira, deixando-a muito confusa. Mas por que, se antes o acusara de ser o culpado pelo estado de Edgar? Ela se lembrava muito bem de tê-lo ouvido dizer que o culpado deveria ser punido e...

Tocando a bochecha ainda dolorida, ela se virou para o sr. Edgar, encolhido no sofá, um rabisco do homem que havia sido semanas antes. Um calafrio lhe subiu pela espinha.

Não. Diogo não podia ser tão cruel assim...

— Seu cretino de merda. — Diogo rosnou para Samuel. — Não conseguiu suportar a ideia de que Marina me escolheu, não é?

Um tanto debochado, Sam arqueou uma sobrancelha.

— Tem certeza de que ela o escolheu, Fontes? Marina não me parece uma noiva feliz. Na verdade, quando chegamos tive a impressão de que ela apontava uma arma para a sua testa.

O agente da guarda enrolou os indicadores nos passantes e a observou.

— De fato, é uma boa observação, dr. Samuel — disse um desconfiado sr. Rosenberg. — Srta. Marina, ainda não me explicou por que veio visitar seu noivo portando armas.

Antes que ela pudesse inventar uma desculpa, Diogo estava ao seu lado, erguendo-a da poltrona pelo braço repleto de hematomas.

— Minha noiva pretendia me ajudar a aprimorar minha pontaria. — Arreganhou os dentes daquela maneira que lhe causava calafrios.

— Tire as mãos dela — rugiu Samuel entredentes, pronto para avançar.

O chefe da guarda agiu depressa, segurando-o pela cintura.

— Calma, doutor. — Virou-se levemente para examiná-la. — É verdade, senhorita?

— Diga a eles, minha pérola, para que possamos ir à igreja nos casar. — Os dedos de Fontes se converteram em um torniquete inescapável. — Sabe que alguém muito especial deve estar impaciente com nossa demora, não?

Como ela desejou enterrar o punho naquele nariz esnobe e alojá-lo dentro do cérebro, depois correr para os braços de Samuel e esquecer que Diogo um dia existira. Mas o canalha estava com Ana e continuava a ameaçá-la.

— Eu... — Espiando Samuel, Marina vislumbrou o desespero dele ao compreender o que ela pretendia fazer. *Me perdoe*, mentalizou. *Me perdoe, Sam, não tenho escolha.* — Era isso, sr. Rosenberg, eu pretendia ensinar meu noivo a atirar.

— Aí está. — Diogo afrouxou o aperto, mas não a soltou. — Se isso é tudo, peço que nos deem licença, pois o padre está nos aguardando.

Samuel se adiantou um passo, engolindo em seco.

— Por que está fazendo isso? — perguntou a ela.

Com um puxão bruto, Diogo a empurrou para trás.

— Porque ela me ama, doutor — ele tripudiou. — É melhor entender isso de uma vez.

— Não — a voz frágil zumbiu pela sala.

Marina se virou a tempo de acompanhar o sr. Edgar Fontes se firmar com dificuldade sobre as próprias pernas e encarar o filho em total desespero.

— Ela não o ama. A menina se casará com você porque a está coagindo.

Arrastando-a pelo braço, Diogo atravessou a sala até estar sobre o pai.

— Não se meta nos meus assuntos! — Ele o empurrou com tanta força que seu pai perdeu o equilíbrio e caiu.

De pronto, Hélio se atracou ao sobrinho, empurrando-o para longe do irmão. Nina sentiu o tranco, a dor na carne ao escapar dos dedos brutos do noivo, e viu Samuel se apressar para acudir o sr. Edgar, mas não chegou a registrar mais do que isso. O paletó do sr. Fontes se abrira na queda, a camisa sob ele escapando do cós, revelando...

— Meu Deus... — Marina ofegou.

Depressa, o homem puxou o tecido para baixo. E de que adiantava se cobrir se, por mais que ela piscasse, as manchas roxas, verdes e azuis na pele branca do abdome flácido não desapareciam de sua retina?

O som áspero que saiu da garganta de Samuel a fez piscar e relancear a sala à procura de... O quê? Um milagre que o impedisse de distinguir os hematomas? De compreender o que via?

Mas era tarde. Tarde demais para pegá-lo pela mão e fugir daquela casa agourenta. Ela prendeu o fôlego conforme os dedos longos do melhor amigo se transformavam em pedra, pairando imóveis sobre os pontos exatos em que as marcas se escondiam.

— Não se martirize mais, dr. Samuel — explodiu Hélio Fontes, no outro canto da sala. — Não cometeu nenhum erro clínico, nem meu irmão sofreu um ataque apoplético. Foi meu sobrinho quem deixou Edgar nesse estado!

— Não... — A voz frágil do sr. Fontes pai mal tinha som.

Engolindo em seco, evitando registrar a expressão no rosto de Samuel, Nina se abaixou ao lado dele a fim de ajudá-lo a acomodar Edgar de volta no sofá. Assim que soltou o homem, Sam recuou alguns passos, o olhar atravessando Marina, o sofá, a realidade e retornando a... Céus, ela tinha muito medo de onde ele pudesse estar naquele instante.

— Já chega, Edgar. — O médico mais velho apontou um dedo para o irmão. — Isso foi longe demais. Eu não suporto mais assistir calado ao que esse garoto faz com você. Estou farto das ameaças desse moleque, de sua violência. Eu suportei quieto todos estes anos, mas basta! — E, concentrando-se no dr. Bartolomeu e no chefe da guarda, explicou: — Diogo atacou o pai depois de mais um de seus ataques de fúria. Por isso mandou me buscar. Sabia que qualquer outro médico perceberia o que havia acontecido ao examinar Edgar. Como sempre, ele me chamou para limpar a sujeira. — Fez uma careta desgostosa.

Marina sentiu, mais do que viu, Diogo Fontes se aproximar e puxá-la pelo braço. A atenção dela estava em Samuel, cujo peito a cada segundo subia e descia mais depressa.

— Meu adorado tio quer me desmoralizar, sr. Rosenberg. Ele está mentindo! — Diogo extravasou sua contrariedade no braço de Marina, arrancando dela um gemido de dor.

Então aconteceu. Um urro ecoou pela sala. Antes que ela pudesse averiguar se saíra de seu próprio peito, Samuel já saltava sobre Diogo. Para desespero de Nina, o canalha agiu depressa e puxou uma das pistolas presas ao cós de sua saia, apontando-a para Sam.

— Não! — ela gritou, o chão se abrindo sob seus pés, ameaçando engoli-la. — Abaixe a arma, Diogo.

— Solte-a, Fontes. — Além da camada de cólera, as íris de topázio estavam inundadas de vergonha e nojo.

Meu Deus! O coração dela se apertou de tal maneira que Marina chegou a pensar que poderia implodir. Samuel olhava para Diogo e enxergava seu próprio monstro.

— Não ouse me dizer o que fazer — cuspiu Diogo. — Você é o culpado disso. Você é o culpado de tudo isso. Se não tivesse saído do buraco em que se escondeu todos estes anos, nada disso estaria acontecendo.

Descontrolado como ele estava, Nina não duvidou de que apertaria o gatilho a qualquer momento.

— Diogo, abaixe a arma. — A voz dela tremeu. — Samuel não tem nenhuma relação com o que está acontecendo. Vamos para a igreja, por favor. Vamos encontrar Ana Laura.

— Ana Laura foi localizada? — o chefe da guarda inquiriu. — Por que não fui avisado?

Marina não soube dizer qual foi a reação do sr. Rosenberg, já que seu olhar estava cravado em Sam, que de súbito ficou confuso.

— Analu está desaparecida? — Um pequeno V se instalou entre as sobrancelhas grossas do primo.

— Desde o início da noite passada.

A conexão que unia os dois pela vida inteira se fortaleceu, e ela pôde precisar o instante exato em que ele, enfim, compreendeu o que estava acontecendo — as ações dela, a gravidade da situação. Era como se Samuel tivesse se dividido em dois: um assustado pelo que havia acontecido com a prima. O outro sedento por fazer justiça com as próprias mãos.

Suspeitou de que Samuel não tinha sido o único a compreender suas entrelinhas, já que o chefe da guarda, em tom duro, ordenou:

— Sr. Fontes, abaixe a arma. Não arranje mais problemas. Já tem o suficiente. Me entregue a pistola e me conte onde escondeu Ana Laura.

— Ele não sabe.

De súbito, Marina fitou o dr. Hélio, ajoelhado diante do irmão, avaliando as articulações do ombro. Ela precisou de um instante a mais para reconhecer que a voz trêmula e baixa era de Edgar.

— Meu filho não pode estar com a srta. Ana Laura. — Ele pressionou um ponto na barriga. — Pois passou a tarde de ontem em casa, se felicitando por conseguir adiantar o casamento. Depois se trancou no escritório para se encharcar de ópio. Ele desmaiou logo após o jantar. Diogo não deixou esta casa ontem à noite.

O quê?! Ele mentia para forçá-la a se casar enquanto a irmã estava desaparecida e precisava de ajuda?

Marina quis chutar o próprio traseiro. Como não lhe ocorreu que ele podia estar mentindo, que a estava manipulando novamente? Vendo tudo vermelho, ela o contemplou, desejando que sua raiva pudesse de fato queimá-lo de dentro para fora.

— Seu filho da mãe! — Travou o maxilar.

— Não pode me culpar por ter me aproveitado da situação, minha pérola. — Sorriu daquele jeito desprezível que a fazia desejar entrar em uma banheira de éter.

— Marina, não! — ouviu Samuel alertar.

O aviso chegou com atraso. Ela já se atirava sobre Diogo. Sem esperar o ataque, ele se desequilibrou e os dois caíram. Nina conseguiu encaixar um golpe no nariz esnobe. O problema foi que ele dobrou o braço e a acertou com o cotovelo no ombro, atirando-a de costas no chão. Ela bateu a coxa em algo duro e então ouviu os estilhaços. Protegeu o rosto como pôde, os sons de luta ecoando em seus ouvidos. Ao abaixar os braços, se viu cercada de cacos do que um dia fora o horroroso busto de Diogo. Ao fundo, Samuel lutava com o canalha. O coração dela parou por um instante ao vislumbrar Fontes ainda em posse da arma. Já se preparava para se lançar sobre eles quando Samuel acertou um golpe nas costelas do cretino, que se dobrou, derrubando a pistola. Marina se apressou em rastejar sobre os pedaços de mármore para apanhá-la. Ao conseguir encaixar o dedo no gatilho, mirou o ombro de Fontes. Mas Samuel havia dominado Diogo e o acertara no queixo. No nariz. De novo o nariz.

— Me ataque! — Sam esbravejou, tomado por uma fúria tão violenta que se sacudia de alto a baixo a cada golpe. — Revide, maldito! Ou só é valente com pessoas com a metade do seu tamanho?

O chefe da guarda se meteu entre eles, enrolando o braço ao redor do pescoço de Diogo e arrastando-o por alguns metros. Piscando algumas vezes, o peito subindo e descendo rápido demais, Samuel relaxou os ombros e correu para ela, ainda caída no chão, a arma apontada para Diogo.

— Ele a machucou? — Sam se agachou, apanhando delicadamente a arma e fazendo-a desaparecer no cós da calça, para em seguida correr os dedos hábeis por Nina, à procura de ferimentos. Ainda estava tenso ao tocá-la no ombro. — Preciso examinar esta clavícula.

— Estou bem. Eu sei cair, lembra? — Esboçou um sorriso. — Você está...

— Eu vou matá-lo assim que tiver a chance! — Diogo berrou para Sam enquanto era contido pelo chefe da guarda. — Saiba disso.

Tomando extremo cuidado, Samuel a ajudou a ficar de pé antes de se voltar para o sujeito, agora algemado.

— Não, não vai — ele proferiu em um tom glacial. — É covarde demais para enfrentar alguém de igual para igual. Você prefere aterrorizar pessoas vulneráveis, já que é a única maneira de se sentir importante. Mas cada golpe que desfere revela quanto é perverso e medíocre. No fundo, sabe que na verdade suas vítimas é que são... — Ele se interrompeu, franzindo o cenho.

— Valentes e fortes — Marina encorajou, envolvendo os dedos nos deles

— Valentes e fortes — repetiu, surpreso, devolvendo o aperto. — É necessário um bocado de bravura e força para sobreviver a uma humilhação como a que você impõe, à dor que quebra o corpo e a alma. Já você é o fraco nesta história. Tão insignificante que o único sentimento que consegue despertar nas pessoas é desprezo. E mesmo isso já não consigo sentir por você, Duarte.

O nome pareceu ganhar vida própria na sala dos Fontes. O coração de Marina martelou na garganta conforme Samuel se dava conta do equívoco, petrificado com o que havia saído de sua alma.

Alguém disse alguma coisa, mas Nina já não tinha o menor interesse. Tudo o que importava a ela era Samuel, a maneira como ele começou a tremer, como se se libertasse daquela parte de si mesmo que o torturava havia muito tempo. Desprendendo-se dela, ele a contemplou, aparvalhado, e foi para a porta.

— Sam!

Ela teria ido atrás dele se o sr. Edgar não tivesse se esticado e agarrado sua saia.

— Me perdoe.

Penalizada, ela deitou a mão sobre a dele.

— Eu é que lamento, sr. Edgar. Mais do que o senhor pode imaginar.

Então correu atrás do seu destino, deixando os Fontes para trás. Correria até o fim do mundo se fosse preciso para alcançar Samuel. Por sorte, não teve que ir muito longe, só até o fim do quarteirão.

— Diabos. — Ele andava de um lado para o outro, relâmpagos e trovoadas sombreando seu semblante. — Eu mal consigo respirar ao pensar em tudo o que o sr. Edgar sofreu nas mãos daquele monstro.

— Eu sei. E me revolta e entristece saber que, quando o perigo mora sob o mesmo teto, ninguém protege essas pessoas, não existe lugar para onde possam ir. Não deveria ser assim. Não pode ser assim.

Uma veia pulsou no maxilar ovalado.

— Tudo em mim implora para que eu retorne e acabe com aquele maldito.

— Mas você não vai fazer isso, porque o último pedacinho do mal que o atormentava acaba de ser expurgado.

O olhar raivoso a atravessou.

— Se você soubesse as coisas que estão se passando em minha mente agora, não diria tal bobagem.

— Não é bobagem. Você quer estraçalhar a cara de Diogo tanto quanto eu quero. Mas não vamos fazer isso, porque não somos animais irracionais. Bom, pelo menos você não é. — Ela revirou os olhos. — Eu não posso garantir nada, caso um dia cruze com ele outra vez. Posso perder o controle de Amora de repente e, digamos, passar em cima dele uma vez ou cinco.

As nuvens turvas começaram a se dissipar, um dos cantos dos lábios cheios se espichando de leve.

— Você é extremamente irritante, sabia? Não percebe que estou tentando me manter furioso e não estou conseguindo porque você não para de dizer asneiras?

— Que espécie de melhor amiga eu seria se não proferisse um bocado de asneiras?

Dessa vez ele sorriu com vontade, e ela soltou um sonoro suspiro. Contudo, ainda havia um assunto a resolver. Marina mordeu o lábio para impedir que tremesse.

— Sam, ontem eu falei coisas horríveis. Imaginar que você se envolveu comigo por conta de um plano foi a coisa mais dolorosa que já enfrentei. Mais que a chantagem de Fontes.

— Você deveria saber que eu jamais a enganaria dessa maneira. — Ele se enrijeceu. — Que nunca usaria seus sentimentos contra você.

— Eu sei disso. Sempre soube. Não consegui sustentar por mais de cinco minutos a ideia absurda de que tinha me usado. Mas eu precisava me agarrar a isso, ou não ia conseguir me casar com Fontes, e Ana iria para a cadeia. Eu sei que fiz tudo errado.

— Nina...

Ela ergueu as mãos em uma súplica.

— Espere, por favor. Me deixe terminar, ou eu vou perder a coragem.

— Você está com medo? *Você?* — caçoou.

— Como nunca estive antes. — Ah, que ótimo. Ela ia começar a chorar bem diante da vila toda. — Ontem, quando tentou me pedir em casamento, eu não podia dizer o que realmente queria. Que estou com muito medo do que sinto por você, porque esse sentimento é tão grande que não cabe dentro de mim. Você é o amor da minha vida, Sam. Eu amo tudo em você. Todas as partes bonitas, todas as que você considera feias, cada cicatriz, cada centímetro seu. Você é perfeito para mim. E eu me pergunto se, mesmo depois de tudo o que eu disse ontem, você ainda quer se casar comigo.

Atravessando os poucos centímetros que os separavam, Samuel se curvou para alinhar os rostos e deu a ela um olhar frustrado.

— Acha que meu amor por você é assim tão frágil? — Ele envolveu os pulsos dela e apertou-os contra o peito. — Que palavras ditas no calor do momento apagariam o que sinto por você, o que você significa para mim? Sim, você me magoou. Mas eu também a magoei de tantas maneiras, sobretudo ao ir embora e ocultar meus sentimentos. Parte da culpa também é minha, Nina. Além disso, não quero mais olhar para o passado, apenas para o que tenho diante de mim. E tudo o que eu vejo é você.

— Por que está sendo tão maravilhoso?

— Pensei que eu sempre fosse maravilhoso. — Então mostrou *o* sorriso. Aquele sorriso especial, que lhe permitia vislumbrar sua alma, aquele que Samuel reservava apenas para ela.

Meio rindo, meio gemendo, ela se abraçou a ele, afundando o rosto no pescoço largo, inspirando a pura essência de Sam. Ainda ria quando ele buscou sua boca. Nos lábios dele, Nina encontrou a mais prazerosa agonia. Amor e aceitação, desespero e euforia, medo e êxtase, um desejo incontrolável de permanecer eternamente suspensa naquela teia invisível que atara seu coração ao dele desde o princípio.

No momento mais inoportuno possível, ela se comportou como uma das heroínas de romance açucarado e sentiu os joelhos vacilarem. Sam firmou uma das mãos em sua cintura, e se afastou para, com a mão livre, remover o anel de rubis e o atirar longe. Ao tatear os bolsos, fez uma careta, grunhindo.

— Inferno. Teria mais efeito se eu tivesse trazido o anel, desculpe.

A alegria se apoderou de cada célula dela. O peso que a acompanhava desde que dissera sim àquele sujeito execrável se dissolvendo como fumaça numa tarde ventosa de agosto.

— Tem certeza de que quer fazer isso, Sam? Eu sei que não sou uma pessoa...humm... fácil.

— Bem, vamos ver... — Ele afastou alguns cachos que lhe caíam ao redor do rosto. — Eu tinha nove anos quando a menina mais bonita que eu já tinha visto me convidou para brincar de fazendinha, e depois de mais ou menos vinte minutos eu sabia que queria passar o resto da vida com ela. Então, sim, eu tenho bastante certeza.

— Você devia ter me proposto naquele instante. Eu teria dito sim.

— Com certeza teria. — Riu baixinho, apanhando com a pontinha do polegar uma lágrima que descia pela bochecha dela. — Você tinha cinco anos. Con cordaria em ir para a lua se eu tivesse convidado.

— É bem provável. Mas apenas porque iria com você. Você é a minha pessoa favorita no mundo desde aquela tarde.

Sam a beijou de novo, sôfrego, entregue, e em seu âmago ela sentiu as linhas de sua alma se costurando às da alma dele. No entanto, sob a correnteza de euforia que a dominava, algo sombrio fluiu sob a superfície, e interrompeu o beijo. Através da corda invisível que os atava desde sempre, Samuel soube qual era o rumo que os pensamentos dela tomavam.

— Ana — disse, apreensivo. — O que aconteceu, afinal?

— Honestamente, não sei, Sam. Ela estava no quarto e depois não estava mais. Sei que ela não saiu de casa sozinha, porque jamais deixaria uma pilha de vestidos jogados sobre a cama. Alguém a levou. Eu acreditei que talvez Fontes...

— Não. Nunca mais voltaria a pensar naquele sujeito. — Meus pais desconfiam do vidente, mas não sei. Não faz sentido. Depois de tudo o que Analu fez, ficou provado que ela confia nesse homem. Por que ele a tiraria de casa à força, se tinha todas as oportunidades para atraí-la para uma armadilha?

— A menos que tenha sido um rapto romântico — Sam pensou alto.

— Ainda assim, não muda nada. Ele ainda tinha chance de ludibriar Ana da maneira que bem entendesse. Ela gosta dele, seja da maneira que for. Se fosse alguém como o... — Ela se interrompeu à medida que uma ideia se formava. E ofegou, enfurecida por não ter pensado nisso antes. — Não! Aquele idiota!

— Quem? — Ele encrespou o cenho, sem entender. — Você sabe quem a levou?

— Sim! — Cerrou os punhos até os dedos estalarem. — E, raios, a responsável pelo rapto sou eu.

— O que você quer dizer com... — O olhar dele a perpassou, atento à esquina. Nina se virou para entender o que tanto lhe chamara a atenção e avistou um cavalheiro em um traje claro dobrar o quarteirão e disparar a toda a velocidade rua abaixo. — Devemos segui-lo. Vamos. — Samuel começou a arrastá-la até seu cavalo, preso a poucos metros.

— Por quê? — Ela o encarou, confusa, quando ele lhe entregou as rédeas. — Quem é aquele homem?

— Quem vai nos levar até Analu. Aquele é Alexander.

46

Eu não entendo, Nina. Como podia ser possível? Como Alexander tinha se enganado tanto? Não percebeu que era Ana, e não Marina, quem corria perigo? Que raios de fada madrinha ele é?

O cheiro dos lençóis despertou Ana Laura. O perfume não estava certo, assim como os calombos no colchão e o travesseiro duro demais. Ela ergueu as pálpebras e encarou vigas escuras com teias de aranha nos cantos, que definitivamente não pertenciam ao seu quarto.

Apoiando-se nos cotovelos, gemeu, tocando a têmpora latejante. Na lateral direita havia um galo do tamanho de uma tangerina.

— Lamento muito por isso.

A voz grave a assombrou, e ela se encolheu na cama de imediato. Não foi boa ideia. Sua tangerina começou a pulsar no mesmo ritmo acelerado do coração ao vislumbrar o homem alto de cabelo ondulado sentado na poltrona sob a janela.

— Sr. Chagas?! — Tocou a têmpora latejante. — O que está acontecendo?

— Calculei mal seu peso e não consegui segurá-la de maneira adequada na queda. Me perdoe. — Um sorriso penalizado se espalhou pelo rosto angular. — Mas a criada trouxe uma salmoura para o galo. — Indicou a mesa de cabeceira com o queixo quadrado.

Se ela havia aprendido alguma coisa com Marina, era não desviar o olhar de um possível predador. Se permitiu uma espiada rápida para a janela e, pela posição do sol, percebeu que passava e muito das oito. Raios! Àquela altura sua irmã devia estar a caminho da igreja para se casar com Diogo! E o cadeado prendendo a vidraça ao parapeito era um enorme problema.

— Onde estamos? — exigiu.

— Na casa do meu irmão mais velho. Para meu azar, ele não sabia que viríamos e saiu ontem à noite em uma de suas andanças. Ele é um sacerdote muito dedicado, vai gostar dele. — Comprimiu os lábios ao vê-la se retrair. — Não tenha medo de mim, srta. Ana Laura. Não pretendo lhe fazer mal algum.

— É difícil acreditar nisso, já que me sequestrou.

Elevando o queixo de um jeito presunçoso e determinado, ele riu.

— Não é um sequestro, de maneira alguma. É uma *fuga romântica*. Sei que as damas apreciam o gesto.

Ela o contemplou com tanta raiva que chegou a pensar que poderia fritá-lo.

— Não, não apreciamos! Uma fuga consiste em uma ação de retirada em comum acordo. O que fez foi um rapto. Eu não quero estar aqui, não concordei em acompanhá-lo. O senhor me tirou de casa à força. — Pulando da cama, ela se manteve perto da mesinha de apoio, com a pequena tigela de salmoura ao alcance da mão. — Ordeno que me deixe ir embora! — Empinou o queixo para disfarçar o medo que sentia.

— Não fique tão agitada. Odeio saber que estou lhe causando aflição, mas não me restou alternativa. A senhorita não me aceitaria de outra forma. Sua irmã me contou que você estava inclinada a aceitar outro cavalheiro. Tive que agir depressa.

— Ela contou? — *Que raios, Nina!*

Ficando de pé, ele se aproximou da cama, estendendo o braço para tocá-la. Ana deu um pulo para trás, batendo as coxas na mesinha e agarrando a tigela antes que tombasse.

— Fique longe de mim, sr. Chagas. Não se aproxime.

Ricardo arqueou uma sobrancelha, se divertindo.

— Do contrário o quê? Vai me temperar?

— É uma ideia. — Não muito boa, mas, se conseguisse mirar bem nos olhos...

— Compreendo que esteja zangada, por isso não levarei a mal suas ações. — Ricardo girou o anel de ouro no mindinho. — Assim que perceber quanto eu a adoro e que serei o melhor marido que você jamais sonhou em ter, vai mudar de ideia. Talvez até venha a me amar um dia.

— De que maneira pretende ser um bom marido, sr. Chagas? Me mantendo trancafiada em um quarto para que eu não fuja?

Uma expressão desgostosa o fez recuar e se virar para a janela, os braços cruzados atrás das costas. Ana aproveitou para espiar o lado de fora. A modesta casa paroquial brigava por espaço com um pequeno jardim de roseiras, azulzinhas e samambaias gigantescas. Alexander teria adorad...

Não, refreou o pensamento. Ela não tinha tempo de pensar nele, em suas ações ou em como a ferira. Não enquanto estivesse enclausurada naquele quarto com um lunático. O que via lá fora não dava nenhuma pista de onde raios estavam.

Pense, Ana!

Ela se sobressaltou quando a porta se abriu, e uma mulher alta de cabelo grisalho entrou com uma bandeja. Pensou em arriscar uma fuga mas, raios, Ricardo estava mais próximo da passagem. Ele a pegaria antes que conseguisse escapar.

— Eu trouxe o café para a jovem. — A empregada sorriu. — E a velha cruz do padre Demétrio, caso queira rezar antes da cerimônia, meu bem. Sua cabeça melhorou? Que transtorno ter se machucado durante a viagem.

— Eu não me machuquei durante a viagem, senhora — Ana proferiu entredentes. — Foi ao ser arrancada da minha própria casa por este homem contra a minha vontade!

— Largue a comida e nos deixe a sós, Eulália. — O rapaz deu um sorriso enviesado. — Me avise assim que Demétrio retornar.

— Sim, senhor.

Mal ela saiu, Ricardo foi passar a chave na porta, guardou-a no bolso do paletó e voltou a se acomodar na poltrona. Um cão de guarda sem nenhum lugar para ir, ao que parecia.

— Meu irmão sacramentará nossa união antes de voltarmos à vila — ele afirmou, contente. — Então vou procurar seu pai e explicar tudo. Pode ser que eu o encontre resistente, mas vai acabar aceitando nosso casamento. Não haverá alternativa. Quanto ao meu pai... — Sua expressão ficou vaga ao girar o anel no dedo. — O senador vai perceber, enfim, que eu não sou um imprestável e se desculpar por cada desaforo que já me endereçou. Afinal vou conseguir o que ele mais deseja, já que você é uma das herdeiras de Sofia Clarke. Uma parte da fábrica lhe pertence, e como seu marido assumirei meu posto de direito na Infinito Cosméticos.

Os músculos do braço começaram a protestar, implorando que ela abaixasse a tigela. Ana se forçou a manter a posição. Então tudo aquilo tinha a ver com a fábrica?

— Nenhum pároco em sã consciência nos casará assim, de modo tão repentino. — Tentou trazê-lo à razão. — Mesmo que ele seja seu irmão. Existem leis. É necessário que corram os proclamas por três domingos consecutivos e...

— E que ninguém acuse um impedimento, eu sei. Mas sempre é possível conseguir uma sentença de dispensação depois. — Ele se esticou na poltrona, cruzando os tornozelos. — O arcebispo e meu pai costumam pescar com frequência. O reverendíssimo não se importará em nos conceder essa pequena regalia.

Ah. Então era assim que os poderosos resolviam os inconvenientes.

— Eu nunca serei sua esposa. — Ela começou a tremer, se de medo ou raiva não soube precisar. — Direi um grande e sonoro *não* diante do padre, do juiz ou de quem mais tentar me forçar a aceitá-lo.

Nem um pouco comovido, Ricardo uniu as mãos, admirando-a com um pequeno sorriso presunçoso.

— Você é uma moça sensata. A esta altura compreendeu que a vila toda já sabe da nossa fuga...

— Sequestro! — corrigiu aos berros. — O nome do que fez é *rapto*.

— ... e se casar comigo é sua única alternativa, afinal passamos a noite juntos.

Metade dela queria continuar gritando. A outra perdeu as forças, e a tigela caiu com um baque surdo, a salmoura empapando a barra da saia, muito ciente de que ele tinha razão. Se seu sumiço fosse de conhecimento geral, não haveria mais uma reputação para se preocupar.

Por mais que se considerasse uma utopista, de alguma forma ela sempre soubera que manter suas convicções seria uma bravata árdua. Aprendera aos treze anos, ao contar ao boticário que um dia seria médica e ele gargalhar até lágrimas descerem pelo rosto dela. Seu futuro era designado por outros, por leis, por regras de etiqueta, nunca por ela mesma. Estava farta de não ter alternativa, nem mesmo com relação à escolha de um marido.

"Para haver mudança", dissera Alexander, "alguém tem que pagar o preço. Não vejo ninguém se voluntariando."

Bem, ela acabava de rabiscar seu nome no topo da lista. Reuniu toda a força de que ainda dispunha para encará-lo de cima.

— Nunca me casarei com você. Assim que conseguir sair desta casa, irei à guarda denunciá-lo por sequestro!

Sem pressa, ele puxou um lenço do bolso do paletó, cuspiu e então o esfregou em uma das botas.

— Faça isso. Apenas facilitará as coisas para mim. Pois assumirei total responsabilidade quanto ao rapto e me colocarei à disposição para restaurar seu nome. Logo sua denúncia deixa de existir, como garante a lei.

— Está mentindo. — Tinha que estar.

Satisfeito com o polimento do calçado, Ricardo guardou o lenço no paletó e tornou a exibir os dentes.

— Não estou. É a lei. Preciso alertá-la de que, caso você seja teimosa e se recuse a me aceitar como marido, sua queixa também deixará de ter valor. Veja bem, é como se nós já fôssemos casados! — Esfregou as mãos.

Ela não respondeu. Não sabia como. Casar-se com o sujeito que a raptara ou então deixá-lo impune? Eram essas suas alternativas?

— Por isso só nos resta esperar pelo meu irmão e seguir com os planos do casamento — ele prosseguiu. — Tenho certeza de que logo irá se esquecer do sedutor que tentou manipulá-la. Me empenharei nisso. Tem minha palavra, srta. Ana Laura.

Examinando o homem sentado na poltrona, e a segurança que emanava graças às leis que protegiam a ele, não a ela, sentiu-se febril ao compreender que podia contar apenas consigo mesma, a própria força e o cérebro. Mas se havia algo que ela jamais desistira era de um desafio.

Adoraria ser mais semelhante a Marina e à mãe, usar os punhos ou o pesado crucifixo para apagar a alegria despropositada no rosto de Ricardo, mas sabia que não conseguiria atacá-lo, não apenas porque era fisicamente menor. No entanto, ela tinha algo mais forte que músculos: a mente.

Mantendo os olhos bem abertos por quase um minuto inteiro, até as retinas arderem e as lágrimas fazerem seu papel para umedecê-las, torceu para que Alexander não houvesse mentido ao menos quanto àquele assunto.

— Ohhhh, sr. Chagas, está coberto de razão. — Atirou-se na cama, escondendo o rosto na dobra do braço. — Estou arruinada! Me encantei por um sujeito que mal conhecia por causa de meia dúzia de palavras bonitas. — Mais choro fingido. — Pensei que ele me amasse, mas fui só mais uma conquista. Deve me achar tão tola!

Em duas largas passadas, ele atravessou o quarto e se ajoelhou ao lado do colchão, agarrando uma de suas mãos.

— Não, srta. Ana. Bem sei que alguns cavalheiros brincam com damas inocentes como a senhorita. Foi o sr. Montoya, não? — ele arriscou. Como ela assentiu, Ricardo limpou a garganta. — Qual o tamanho do dano que ele lhe causou?

Fungando, ela o espiou por entre as dobras da manga amarela.

— Eu deixei que... deixei que ele... Oh, céus, sr. Chagas! — Ela o abraçou, escondendo o rosto na curva do ombro dele. — Não ouso dizer em voz alta.

— Pois diga, minha amada. — Afagou suas costas lentamente. — Eu não a julgarei. O sujeito tomou liberdades com a senhorita?

— S-Sim. Ele... Ele... — Ana se afastou o suficiente para que ele pudesse ver suas lágrimas. — Ele... segurou minha mão!

— Ahhhh. — Ele franziu a testa.

— E fica pior! Ele a beijou, e eu nem usava luvas! O senhor não pode se casar com uma moça sem honra como eu.

O silêncio no quarto era ensurdecedor enquanto ele deliberava.

— É de fato preocupante — ele disse por fim, grave. — Mas não a ponto de impedir o nosso casamento. Nenhum dano maior ocorreu.

Mas que raios. Por que ela não pensou em dar uma desculpa que o fizesse desistir? Sentando-se para estudá-lo, culpou o próprio desespero pelo deslize.

— Ainda quer me desposar depois de saber que eu permiti que um rapaz segurasse minha mão por quase cinco minutos? — Ela piscou algumas vezes. — Por que seria tão generoso?

— Não sei ser de outra forma, minha amada. — O peito dele subiu e desceu com uma respiração longa. — É o que estou tentando dizer desde que acordou. Sou um homem surpreendente. Se me conhecer melhor, tenho absoluta certeza de que irá se encantar por mim.

— Eu não mereço tanta afeição e generosidade. — Ela o espiou por entre as pestanas úmidas. — O senhor é a própria magnificência.

— Bem... — Ele alisou a gravata. — Eu estaria mentindo se fingisse nunca ter ouvido algo semelhante antes.

Tanta modéstia a forçou morder o interior da bochecha para prosseguir no papel de donzela indefesa.

— Sr. Chagas, longe de mim me queixar de qualquer coisa. Meu único arrependimento foi me deixar ludibriar pelos poemas do sr. Montoya e não ter dado ao senhor a devida atenção. Mas eu estava pensando, como poderíamos nos casar dessa maneira? — Tocou a saia suja de terra e o que parecia ser grama. — Serei a pior noiva de todas. O senhor merece tão mais que um vestido imundo...

— Não se atormente. Eulália providenciou um traje para você. — Indicou o vestido verde-claro pendurado na porta do armário que só agora ela notava. — Foi da filha dela.

— Oh. — Baixou a vista para a colcha de retalhos. — É... um vestido muito bonito.

A estrutura da cama estalou à medida que ele se esticava para tocá-la no queixo e incitar que elevasse o rosto.

— Por que ficou tão tristinha, minha pombinha? O vestido não a agrada?

— Sim, certamente agrada. Foi muito cuidadoso de sua parte pensar em um traje. É apenas... Ah, não devo dizer. — Tornou a balançar a cabeça. — O senhor já está sendo benevolente ao se oferecer para me salvar da minha própria estupidez. Não devo lamentar, apenas agradecer.

— Me diga, minha amada! O que a aborreceu?

Dessa vez a perplexidade que Ana expunha no rosto era genuína. Não podia ser assim tão fácil... Ou será que podia?

— É que... — Ela alisou uma das dobras da saia. — Eu tinha essa ideia romântica de um dia me casar usando uma coroa de flores no cabelo, um belo buquê... — Suspirou, sonhadora. — Mas o vestido é mais que suficiente, sr. Chagas. Não precisamos de pompa, afinal não estou em posição de fazer nenhuma exigência. Sou muito grata por ter tido a sorte de merecer seu afeto. Isso me basta.

Ele enrugou o nariz, ponderando.

— Eu poderia providenciar algumas flores. Isso a deixaria feliz?

— Se deixaria? — Ela fingiu empolgação e logo tratou de suspirar com total desânimo. — Mas não quero incomodá-lo.

— Não será incômodo algum! — Ficando de pé, ele assentiu para si mesmo, satisfeito. — Está decidido. Irei até o vilarejo e conseguirei as flores mais exuberantes que puder encontrar. Assim terá tempo de se arrumar em paz. Voltarei o mais rápido que puder, minha amada.

Com uma mesura, ele deixou o quarto, trancando a porta após passar por ela.

De imediato, Ana secou o rosto e apurou os ouvidos até não ouvir mais os passos de Ricardo. Pulou do colchão e foi se espremer contra o vidro da janela, atônita ao constatar quão bem a tática havia funcionado. Alguém devia ter ensinado a ela aquele truque antes.

Atenta à movimentação do lado de fora, não conseguiu ver muita coisa além de um arbusto e algumas galinhas cacarejando, mas ouviu o ruído inconfundível de uma carruagem se afastando. Esperou o veículo não ser mais ouvido para ir buscar o crucifixo.

— Perdoe-me, mas não tenho alternativa.

Erguendo-o acima da cabeça, preparou-se para golpear a vidraça. No entanto, capturou um vislumbre do próprio rosto. A determinação e a valentia que sempre apareciam em forma de uma covinha na testa de Marina e da mãe também marcavam seu cenho agora. Ana nem sequer sabia que também a possuía. Sentiu a coragem das duas mulheres mais importantes de sua vida se unir à própria força, encorpá-la, elevá-la. Respirando fundo, ela bateu com a base do crucifixo no próprio reflexo. O painel transparente se transformou em uma teia de aranha, se desprendeu da base e repicou no chão. Ana sufocou um gritinho e pulou para trás, desviando-se da chuva de cacos. Usou a peça de ferro para terminar o serviço e quebrar as pequenas lanças que se mantiveram presas à estrutura. Empurrava a poltrona para baixo da janela quando ouviu a tranca da porta se desprender da fechadura.

Ricardo entrou e por um segundo a mágoa o tomou de assalto.

— Algo me disse que eu devia voltar — murmurou, sisudo. — Você quase me enganou.

Em desespero de causa, Ana atirou o crucifixo nele. A física não estava ao seu lado, já que o peso do ferro diminuiu a aceleração e a peça caiu a dois metros de Ricardo. Sem tempo a perder, ela passou pela janela, praguejando ao abrir um talho na palma.

Sem se dar ao luxo de parar para respirar, correu por entre as galinhas o mais rápido que suas saias pesadas permitiram, parando apenas ao encontrar um cavalo musculoso e de aparência arredia pastando na entrada da casa. Precisou de três tentativas para conseguir se encaixar em seu lombo e agarrar as crinas. Provavelmente fez algo errado, pois o animal se rebelou com o comando desajeitado, corcoveando. A montaria decidiu disparar em linha reta no instante exato em que Ricardo alcançou o pequeno pátio e deslizou sobre o cascalho.

— Ana Laura! Pare!

Se ela soubesse como, talvez até tentasse. Agarrada aos fios ásperos com tanta força que o corte se abriu mais um pouco, ela travou as pernas na barriga do cavalo, concentrada em não fazer nenhum movimento brusco, assustá-lo e ser esmagada por ele. *Sobretudo* não ser esmagada por ele.

Sem saber para onde o animal a carregava, tentou se localizar. A paisagem não ajudava muito; árvores, arbustos, mais arvoredos... O vilarejo e a pequena floresta surgiram, e no horizonte estava o espelho d'água refletindo o céu ensolarado, uma dissonância da imagem sombria que a perseguia em pesadelos fazia semanas.

A propriedade dos Amina... dos Fontes, se corrigiu, não devia estar muito distante. Se ao menos conseguisse alcançar as rédeas se arrastando na estrada, ou se lembrar do comando para fazer o animal diminuir a velocidade...

— Ana Laura!

Olhando por sobre o ombro, viu Ricardo colocar meio corpo para fora da janela da carruagem. O cavalo devia ter interpretado seu movimento sutil como um comando e modificou a trajetória, resfolegando pelo esforço exigido, lufadas de vapor subindo das narinas.

— Não. Não. Não! — O queixo batia sem controle, e se agarrou à crina com mais vontade, evitando a visão das patas pesadas golpeando com violência a estrada de terra. O animal agora seguia em direção à ponte que margeava um dos lados do lago. Ah, céus, aquilo não parecia boa notícia.

Por entre os vultos das árvores que passavam apressadas, ela avistou uma nuvem fina esbranquiçada se erguer, como se tivesse vida própria. A bruma mudou a rota, fazendo uma curva. Então ela deixou a floresta, emparelhando-se com sua montaria. A primeira coisa que Ana notou foi o cavalo baio e, sobre ele, o cavaleiro cujo rosto cinzelado em uma expressão de fúria preencheu seu peito com calor.

Alexander!

Um solavanco a forçou a se abraçar ao pescoço do cavalo e olhar para a frente. Alexander esticou o braço para tentar apanhar as guias. Ah, meu Deus, aquele maluco pretendia se matar?

O cavalo sob ela se rebelou com a proximidade, abaixando a cabeçorra. Ana começou a escorregar e, num gesto reflexo, puxou a crina com tudo.

— Ana, não! — o grito de Alexander rasgou o ar.

De imediato, ela se arrependeu de não ter prestado mais atenção nas aulas de equitação de Nina. Porque, se tivesse absorvido algum conhecimento, saberia que puxar de maneira abrupta as rédeas (ou a crina) de um cavalo em alta velocidade o deixa perdido. Também ignorou o trabalho do sr. Newton. Mas as leis da física, implacáveis e inabaláveis, agiram apesar de Ana se esquecer delas. O cavalo hesitou com o comando desajeitado, tentou frear e, por conta do peso e da velocidade, seguiu se arrastando sem controle pela ponte, até colidir contra a mureta. Tudo o que ela teve tempo de fazer foi recolher as pernas e saltar para não ser esmagada pelo animal.

Em pleno ar, encarando as águas estáticas à medida que a gravidade agia sobre seu corpo, ela prendeu o fôlego e esperou o impacto. Mas, quando ele veio, não foi da direção que Ana esperava.

47

Uma parte de mim morreu no instante em que vi minha filha desaparecer no lago.

A paisagem se abriu para o lago, e meu coração parou. Agarrei a mão de Ian enquanto assistia, em câmera lenta, ao cavalo bater contra a mureta da ponte e minha filha saltar em direção ao lago profundo. Alguém pulou atrás dela, não cheguei a ver quem era.

— NÃO! ANA! — gritei, abrindo a porta da carruagem em movimento.

— Por Deus, Sofia! Tudo o que não precisamos agora é que você seja atropelada. — Ian me puxou para trás, socando o teto da carruagem.

O cocheiro de Elisa escutou o comando e parou o veículo. Nós dois saltamos e disparamos pela ponte, correndo tão depressa que meus pulmões ameaçaram arrebentar.

"Meu Deus", meu marido ofegava entre uma passada e outra. Eu teria rezado também, se me lembrasse como.

Na metade da ponte, próximo do ponto onde Analu saltara, uma carruagem estacionava e alguém descia e pulava na água. Não me preocupei em ver quem era. Na verdade, nem sequer me lembro de me mover, mas a próxima coisa que eu me lembrava era de passar uma das pernas sobre a mureta. Braços fortes se prenderam a minha cintura, me puxando de volta para a ponte.

— Ian, Ana...

— Não posso arriscar perder vocês duas — ele exclamou, alucinado, e então se empoleirou no parapeito. Antes que mergulhasse, uma voz ecoou do meio do lago.

— Eu a peguei! Eu a peguei, Ana!

Meus joelhos se esqueceram de sua função e ameaçaram encontrar as tábuas. Alexander tinha nos braços um bolo de tecido amarelo misturado a fiapos verdes.

Por favor, se mexe. Por favor, por favor, por favor, respira, filha.

E então Ana se moveu, enrolou um dos braços no pescoço de Alexander. Ian e eu suspiramos ao mesmo tempo enquanto o rapaz a levava com dificuldade até a margem. Depressa, Ian trouxe as pernas para dentro da ponte e começou a correr. No entanto, ouvi gemidos vindos do lago. Dez metros distante de Alexander e Ana, Ricardo Chagas se debatia, cuspindo água, e então desapareceu. O filho do senador era o responsável pelo sequestro?!

Confesso que por um instante cogitei deixá-lo à própria sorte. Ainda não tinha ideia do que ele fizera a Analu, e minha empatia havia ficado em casa. O problema era que... mesmo querendo esganá-lo com minhas próprias mãos, eu não era esse tipo de pessoa.

E nem Ian.

— Mas que maldito inferno! — Antes que eu pudesse piscar, meu marido subiu na mureta e mergulhou.

— Ian! — Eu me debrucei sobre a amurada, prendendo a respiração como se quem estivesse submersa fosse eu. Um minuto se passou antes de meu marido irromper à superfície, segurando pelo colarinho um pálido Ricardo, e eu me entreguei ao alívio.

Dei a volta na ponte, chegando à margem a tempo de ajudar Alexander a tirar Analu da água. Caí de costas na terra úmida com minha filha entre os joelhos e a abracei pelos ombros, apertando a bochecha em seu cabelo ensopado. A emoção que me dominava era semelhante à do momento em que o dr. Almeida a pôs pela primeira vez em meus braços e vi seu rosto. Enquanto assistia a Ian cortar o lago em largas passadas com Ricardo a reboque, me concentrei na respiração dela, no calor fraco em sua pele, nas batidas de seu coração contra meu peito. Meu próprio coração voltou a bater naquele instante.

— Eu tive tanto medo. Meu Deus, tanto medo, Analu! — Beijei seu cabelo. — Você está bem? Você se feriu?

Minha filha cobriu um dos meus braços, e arqueou o pescoço para trás, para ver meu rosto.

— Eu estou bem, mamãe. Não fique tão aflita.

Fria, Analu se aconchegou mais em mim, mas mirou as íris azuis no rapaz deitado de costas ao meu lado, cujos ombros estremeciam, como se risse. Como se chorasse. Talvez as duas coisas.

— Alexander... — Minha filha cerrou as pálpebras e sorriu como se tivesse acabado de encontrar a tal biblioteca de Alexandria e fosse toda sua. — Você me encontrou.

Os olhos cinzentos se acenderam de tal maneira ao mirá-la que pareciam duas estrelas perdidas na Terra.

— Um maldito perseguidor, lembra? — Ele fez uma careta, puxando a mão dela para beijá-la, e então a pressionar contra o peito. — Ana, por que eu tenho essa visão de você depredando uma casa com um crucifixo?

O som mais lindo do mundo ecoou pela planície: o riso de minha filha.

— Não foi uma casa, *só* uma janela.

Os dedos deles se enroscaram, ambos suspirando em uníssono com o contato, como se só então pudessem fazer o ar entrar nos pulmões. Eu os observei por um instante... a sintonia que pareciam partilhar...

Ele me flagrou e fitou o céu, mas eu tinha visto o que tentava esconder. Ah, não. O que eu testemunhava não parecia ser uma paixonite de férias ou algo passageiro. Era verdadeiro, o tipo de fascínio e encanto que eu encontrava no rosto de Ian desde o dia um.

Fui arrancada da especulação ao ouvir passos. Me virei em tempo de ver Marina deixar a ponte e correr para se juntar a nós. Minha filha mais velha caiu de joelhos na lama. Como diabos ela nos encontrara?

— Ana! Ana! — Marina se dobrou sobre a irmã e eu, nos sufocando em um abraço desajeitado.

— Nina... — Ana soprou os cachos escuros da irmã para longe da boca.

— *Shhhhh...* Não diga nada ou eu vou a-acabar chorando. E v-você s-sabe que eu n-nunca cho-choro.

Tonta de alívio, não me dei o trabalho de perguntar como Marina descobrira o paradeiro da irmã. A alegria de ter minhas filhas em meus braços, bem e saudáveis, era intoxicante. Samuel chegou minutos depois, a maleta inseparável pendendo de uma das mãos, e por pouco não colidiu com Ian, que saiu da água arrastando Ricardo pelos braços antes de soltá-lo na areia com pouca cortesia. Meu sobrinho se abaixou sobre o rapaz, que cuspia uma grande quantidade de água. Já Ian avançou para mim e nossas filhas. Nina chegou para o lado para dar espaço a ele, que se curvou para beijar a testa de Analu e proferir alguma coisa. Uma prece, pensei.

Um minuto depois, meu sobrinho deixou a maleta na parte seca da margem e pediu que abríssemos espaço para ele examinar Ana Laura. Ian me ajudou a levantar, mas se afastou do grupo, ficando de costas. Pela maneira como seus ombros estremeciam... Caminhei até ele, abraçando-o pela cintura, minha roupa parcialmente úmida absorvendo a umidade da dele. Como eu queria ser capaz de fazer o mesmo com o sentimento que o fazia tremer de alto a baixo.

— Acabou — sibilei em seu ouvido, acariciando seu cabelo molhado. — O pesadelo acabou, Ian.

— Eu pensei que ela nunca sairia da água. — Ian me apertou ainda mais contra seu corpo, seu coração martelando de encontro ao meu. — Pensei que tivéssemos chegado tarde demais.

— Eu também. Mas Alexander conseguiu. Ele cumpriu sua tarefa e protegeu Ana. Ele chegou a tempo. Ela está bem, está segura. Acabou.

Não sei por quanto tempo ficamos assim, nos consolando, nos aparando mutuamente, deixando a tensão dos últimos dias — das últimas duas décadas — ser levada pela correnteza. Quando Ian estava mais composto, voltamos para perto de nossas filhas. Sam havia encontrado um talho na palma de Ana. Precisaria de uma sutura e de um lugar mais salubre para isso. Por isso começou a enfaixar o ferimento, me deixando abismada com sua habilidade em uma situação tão pouco favorável.

Marina travava uma batalha de olhares com Alexander. Havia quanto tempo eu não saberia dizer.

— Pensei que fosse mais velho — ela constatou, contrariada. — Bem mais velho.

— E sou. Perdi duas décadas de vida na últimas duas horas. — Esfregou o cabelo curtinho. A outra mão ainda segurava a de Ana. Ian também notou. Ao contrário do que pensei, ele não fez nenhum comentário nem vestiu aquela máscara de pai protetor.

A poucos metros, ainda caído na lama, Ricardo começou a tossir.

— Pelo menos ele está sofrendo? — perguntei a Samuel.

— Especialmente quando respira — meu sobrinho resmungou, sem erguer a vista.

— Que bom — falei.

— Ótimo — Ian, Nina e Alexander disseram em uníssono.

Dando a volta para não atrapalhar Samuel, Marina se abaixou às costas da irmã e verbalizou a questão que martelava minha mente desde que eu vira o rapaz afundar na água.

— O que houve, Ana? Como Ricardo conseguiu tirá-la de casa?

Minha caçula estremeceu, se de frio ou com a lembrança não consegui desvendar. Ian começou a tirar o paletó, mas parou ao se dar conta da maneira como pingava. Imediatamente, Alexander se arrastou para perto dela e a abraçou, recostando a bochecha em seu cabelo, se mantendo meio curvado para evitar que as roupas encharcadas a tocassem, tentando aquecê-la como podia, e eu o agradeci em silêncio por isso.

— O sr. Chagas pensou que uma fuga seria um evento romântico. Erroneamente concluiu que, se eu me casasse com ele, uma parte da fábrica lhe pertenceria e ele ganharia a admiração do senador, ou algo semelhante.

— Ele queria a fábrica?! — Eu me abracei.

— Não faça isso — Ian cochichou em meu ouvido. — A culpa não foi sua. — Então observou nossa filha. — Como conseguiu se libertar?

— Eu... — Ela se concentrou nas ataduras em sua mão. — Humm... Bem, Alexander me ensinou como... ééééé... seduzir.

— Ele te ensinou o quê? — Ian mastigou as palavras, encarando o rapaz.

— Foi assim que ela conseguiu escapar — lembrei a ele.

Meu marido esfregou o rosto e, fosse lá o que pretendia gritar para Alexander, engoliu e se concentrou em bufar. Minha filha mais velha exibia um humor semelhante; a maneira como trincava o queixo bem desenhado era um reflexo ambulante do pai.

— Ele vai pagar por tudo o que fez. — Nina estalou a língua. — Por cada segundo de aflição que trouxe para nossa família.

Analu ergueu as duas safiras brilhantes para Ian.

— Papai, Ricardo me explicou que, se eu denunciá-lo às autoridades, ele vai se oferecer para restaurar a minha honra e a queixa deixa de existir. Se eu me recusar, ela também deixa de existir. Isso é verdade?

— O quê? Isso é sério? — Fitei Ian, esperando que ele me dissesse que Ricardo Chagas era tão cínico quanto o pai. Mas a maneira como ele inspirou fundo, furioso e ainda assim resignado, foi resposta mais que o bastante. — Tá de brincadeira? A lei vai proteger esse traste em vez de proteger a Ana? Não vai haver justiça?

— Não pelos meios legais. — Um lampejo perigoso cruzou o rosto de Marina.

— Ô-ô-ô, calminha aí, Nina. — Eu me estiquei para agarrar as saias dela, só por precaução. — Você não vai se meter em encrenca hoje. Meu coração ainda não se recuperou do sumiço da Ana. Por favor.

— Mas, mãe, não podemos deixar que esse canalha saia impune!

— E não sairá — Ian anunciou em um tom sombrio. — Vou levá-lo à guarda e contar o que aconteceu.

— Mas, se a lei está do lado dele... — comecei.

— Na questão de um rapto romântico — meu marido se apressou. — Mas o fato de ele usar a fábrica como argumento para raptar Ana Laura muda tudo. E, sem nem saber, quem vai nos ajudar a provar isso é o próprio senador, com o documento que o sr. Raposo lhe entregou. — Ele me deu um sorriso selvagem.

Retribuí, me abraçando a ele para lhe sapecar um beijo. É óbvio que Ian corou, um dos cantos da boca se elevando daquele jeito que fazia tambores batucarem em meu peito.

Apertando a faixa na mão de Ana em um nó firme, Samuel fechou sua maleta e ficou de pé, voltando-se para Ian.

— Assim que eu terminar a sutura, vou encontrá-lo, tio Ian. Suspeito de que o sr. Rosenberg vá precisar do meu depoimento para manter Fontes na cadeia.

— Peraí. Diogo foi preso?! — Encarei meu sobrinho, depois Marina, a apreensão que me dominava desde que eu soubera do noivado esticando o pescoço, muito alerta.

— E por quê? — Ian perguntou de chofre.

— O sr. Edgar não teve um ataque apoplético, sofreu nas mãos do filho. — Um brilho perigoso chispou no rosto do meu sobrinho. — Imagino que Marina também vá denunciá-lo por coerção, já que ele a estava ameaçando para forçar o casamento.

— Coerção? — Ian quis saber, uma veia pulsando no maxilar.

— O quê?! — Incrédula, busquei os olhos no tom exato dos meus. — Marina, era por isso que você insistia no noivado?

Minha mais velha se encolheu, concordando com a cabeça.

— Ele ia denunciar Analu, inventando uma acusação falsa sobre ela exercer a medicina sem um certificado.

— Nina! Por que não contou nada pra gente?

— Fiquei com medo de que ele descobrisse e fizesse algo contra Ana. — Ela elevou o queixo de um jeito muito familiar. — Na verdade, eu estava certa de que ele era o responsável pelo sequestro dela. Por falar nisso, preciso dizer que o nariz de Fontes está quebrado, só que dessa vez, infelizmente, a culpada não sou eu. Ah, e, papai, desconfio de que o sr. Rosenberg confiscou suas pistolas. Não se preocupe! — ela se apressou ao ver a expressão do pai. — Só atirei naquele busto horroroso, que, graças aos céus, não existe mais.

— Caramba, Nina. — Massageei a têmpora, subitamente latejante. — Isso é...

— Eu sei! — Ela sorriu, orgulhosa, mas franziu o cenho ao escutar a irmã bufar. — Que foi, Ana? Por que está irritada?

— Será que o motivo é saber que minha irmã ia se casar com um homem violento para me proteger?!

— Humm... Por acaso não era você quem tentava seduzir esse mesmo homem para me salvar?

Talvez fosse a noite insone e o cansaço, mas começava a ficar muito difícil acompanhar aquela conversa.

— Tá legal, é melhor a gente conhecer todos os detalhes dessas histórias em casa — sugeri. — Analu precisa se aquecer, comer alguma coisa, e Sam ainda precisa dar os pontos.

— É melhor eu me adiantar, então. — Ian tocou meu cotovelo. — Vou me informar sobre a situação de Fontes e fazer o que puder para que a justiça cuide dele.

Até então calado, concentrado em Analu, Alexander soltou a mão dela e ficou de pé.

— Eu faço isso, Ian. Você já enfrentou coisas demais por um dia. Esteja certo de que vou me assegurar de que a justiça cuide dos dois, da maneira mais rígida que puder. Vou avisar ao chefe da guarda para ir procurá-lo e formalizar as queixas.

— Obrigado. E não apenas pela oferta. — Inesperadamente, Ian estendeu a mão para ele. Meio desconfiado, Alexander uniu as palmas. A voz do meu marido tremeu com emoção ao murmurar: — Eu temi tanto o seu retorno. Quis tanto que ficasse longe... E agora não consigo sentir nada além de gratidão por você estar aqui.

— O mesmo vale para mim. — E fui abraçá-lo. — Não faz ideia de quanto estou grata por cuidar de Ana, Alexander.

Surpreso, o rapaz se manteve imóvel por alguns segundos, antes de dar leves tapinhas em meu ombro.

— Bem, em algum momento todos acabam se sentindo gratos pela minha presença — gracejou e eu o soltei, rindo. Mas ele estava sério ao continuar: — Não me agradeça, Sofia. É minha missão manter Ana em segurança.

Minha caçula se encolheu, fingindo examinar o curativo na mão com mais atenção, tentando ocultar a dor ao ouvir Alexander se referir a ela como *missão.* Ele acabara de cumpri-la, me dei conta, o coração aos pulos.

Não fui a única a notar a angústia de Analu.

— Ei, não. — Alexander se agachou para encaixar as mãos sujas de terra na linha de seu maxilar, e incentivou que erguesse o rosto. Ao atendê-lo, foi recepcionada com um sorriso inteiro, muito embora um resquício de tristeza tenha se refugiado nas íris cinzentas.

Desviei o olhar para Ian, para dar privacidade a eles. Meu marido teve a mesma ideia.

— Vou até sua casa depois de resolver essa questão com Ricardo Chagas — ouvi Alexander dizer.

— Tenho sua palavra?

— Tem mais que isso, Ana.

Pela visão periférica, eu o vi apanhar uma das mãos dela e pressioná-la contra o peito.

Ian encrespou a testa. *O que acontece agora?*, as íris de ônix questionavam, refletindo meus próprios pensamentos.

E agora o quê? Quando a princesa se apaixona pela fada madrinha, o que acontece?

— Bom, é melhor eu ir me livrar do lixo de uma vez por todas. — Alexander começou a se afastar.

— Sabe de uma coisa? — Marina o observou partir. — Eu começo a simpatizar com ele.

— Por favor, não o deixe saber. — Samuel fez uma careta antes de anunciar que iria na frente. Marina pareceu em dúvida quanto a se juntar ao primo, mas meu sobrinho beijou a mão dela, cochichando alguma coisa em seu ouvido, e ela nos acompanhou até a carruagem.

Fiquei com Ana em um dos assentos, no outro Ian se mantinha colado a Marina. Eu ri ao pensar que parecíamos dois guardiões do mistério mais sagrado. E, no fim das contas, o que são a maternidade e a paternidade senão a vigilância do amor?

Sacolejamos enquanto a carruagem dava a volta. Analu dobrou as pernas sobre o assento, recostando a bochecha em meu peito, como se não suportasse a visão do lago enquadrado na janela. Eu não suportava. Ian devia sentir algo semelhante, pois travou o olhar no meu. Até Marina estava mexida, deitando a cabeça no ombro do pai.

— Então... — começou Nina, espichando as pernas na cabine apertada, uma bota enlameada aparecendo sob a barra da saia. — Qual de vocês vai nos contar como e onde conheceram um vidente?

Eu a observei, depois a Ana Laura, que visivelmente tinha um milhão de perguntas a fazer, mas apenas esperou pela resposta. Me voltei para Ian.

A decisão é sua, seus olhos me diziam. *É a sua história.*

Só que era isso que eu demorara para entender aquele tempo todo. Não era a minha história; era também a de Ian, Elisa e Lucas, Nina e Rafa. Valentina e Leon. De Marina e Analu. Era a história da nossa família, e, por mais que me apavorasse que minhas próprias filhas me vissem como uma maluca, elas precisavam saber, conhecer a própria origem, o nosso legado.

Obviamente, é muito mais fácil tomar uma decisão do que pô-la em prática. Mordisquei a unha do polegar, sem ter ideia de como começar.

— Não pode ser tão terrível assim. — Nina elevou o rosto para o pai. — Pode?

— Depende do ponto de vista — retorquiu ele, um dos cantos da boca se espichando. — Eu, por exemplo, acho magnífica.

Sorri de volta para ele, não pude evitar.

— Bom, não é nada assim tão terrível. É só... Eu tenho medo de que não entendam ou... ou que me vejam de um jeito diferente ou... — Meu Deus, como é que eu ia fazer aquilo? Tomei fôlego uma vez. E mais três depois dessa. — Tá legal, tentem manter a mente aberta e... humm... não se apegar muito à linha de tempo como vocês conhecem.

Minhas filhas se entreolharam, confusas, mas assentiram ao mesmo tempo.

Então eu comecei a contar a nossa história.

48

Toda ela, Nina, do momento em que tomei aquele porre federal com você e o Rafa até nosso retorno ao presente, a doença de Rafael, o esquecimento de Ian, minha ligação genética com Valentina e Lady Catarina... Não percebi como eu precisava que elas soubessem até começar a falar.

De banho tomado e trajando as roupas de baixo, Ana Laura se sentou ao toucador, acompanhada de perto por Bartolomeu, e encarou o próprio reflexo. O galo na têmpora começava a arroxear. Entretanto, não era o calombo que chamava atenção, era o brilho em seu rosto. Ela quase não se reconhecia: bochechas rosadas, olhos brilhantes, até a pele branca parecia ter alguma cor. E a razão de suas próprias cores se revelarem ainda não aparecera, como havia prometido. Por que Alexander estava demorando tanto? Samuel havia retornado na companhia do chefe da guarda fazia mais de uma hora. Por que ele não os acompanhara?

Toc-toc.

A cabeça da irmã apareceu entre o batente e a porta.

— Eu trouxe um lanche para você. — Um pouco atrapalhada com a bandeja, Marina conseguiu equilibrá-la na mesinha de cabeceira sem que nada entornasse. — E gostaria que levasse em consideração como foi difícil não derrubar nada e bater na porta, caso não tenha reparado que eu bati dessa vez.

Ana mordeu a bochecha para não rir.

— Obrigada, Nina. Foi mesmo um feito e tanto. Samuel ainda está falando com papai?

— Sim. — Ela soltou o ar com força ao se empoleirar na cama, se abraçando ao dossel. — Estou ficando preocupada com tanto silêncio. Não consigo mais pensar em desculpas para ir e vir pelo corredor para tentar ouvir alguma coisa. A falta de gritos é animadora, porém.

Levantando-se para pescar um morango polpudo da bandeja, Ana se ajeitou ao lado da irmã, procurando entender o que havia de diferente nela. Marina parecia mais madura, adulta.

— Ainda não acredito que estava mesmo disposta a se casar com um homem horrível para me salvar de uma acusação, Nina. — Ela correu a pontinha da unha pelas folhas delicadas do morango. — O que mais me assusta é saber que você teria ido até o final.

— Eu teria — murmurou, sombria. Contudo, sua expressão voltou à costumeira zombaria ao acrescentar: — Mas não pense que eu não planejava dar um jeito de afogar Diogo no mingau assim que tivesse a chance.

— Pare de brincadeira.

— Estou falando sério. — Então ela ergueu os olhos de chocolate para a irmã. — Ana, eu sinto muito por não ter te ouvido antes. É que, francamente, a história do vidente era demais para mim. Bom, depois de ouvir a mamãe, o fato de alguém poder prever o futuro parece coisa à toa.

Ana tinha que concordar. A história que a mãe contara era a mais impossível e mais maravilhosa que já ouvira. Ela havia suspeitado de que a própria mãe tivesse recebido ajuda de Alexander. Não errara por muito. De certa forma, fora reconfortante ouvir que ele não era único, que havia outros como Alexander. Parecia diminuir a solidão que o cercava, ao menos um pouco.

Por mais que sua mente curiosa tenha se deleitado ao ouvir a mãe narrar como havia sido viajar no tempo, a existência de fadas madrinhas, de todas as coisas que ela dissera, havia uma que não parava de ressoar dentro de Ana Laura: sua mãe tivera escolha. Voltar para o século XIX ou continuar sua vida em seu próprio tempo.

— Pode acontecer o mesmo comigo! — Ana se iluminara dentro da carruagem, a caminho de casa. — Talvez eu possa escolher que Alexander fique. Acha que é possível, mamãe?

— Eu não sei, Ana. — Sua mãe se encolhera. — Mas realmente espero que seja. Você parece...

— Brilhar igual um diamante perto dele — Marina ajudara. — Mas, mãe, isso de andar pelo tempo... Você não vai mais, não é? Não vai embora para o tempo em que nasceu.

— Não, meu amor, eu não vou a lugar algum. O meu tempo agora é este, com vocês. — Abrira um largo sorriso, mas logo ficara tensa ao se virar para a filha mais nova. — Ana, eu nasci no período errado e temi que você também tivesse nascido. Fiquei em pânico quando te ouvi tocar uma canção do meu antigo tempo, a possibilidade de que Alexander a levasse pra um lugar inacessível para mim. Por isso fiz o acordo com o senador. Não foi por duvidar da sua capacidade. Eu só estava apavorada demais que alguém pudesse levar um dos meus bebês para outro século! — Por mais que ela tenha se esforçado, o lábio inferior tremeu. — A verdade é que eu pensava que vocês não conseguiriam chegar aonde queriam se eu não ajudasse. Não quis ver que já são duas mulheres inteligentes que sabem muito bem cuidar de si mesmas. Eu estou tão, tão orgulhosa de vocês duas.

— Ah, mamãe! — Ana rodeara com o braço a cintura dela, pressionando o rosto contra seu peito.

Marina atravessara a cabine, curvada para não bater a cabeça no teto, e se sentara no assoalho, deitando a cabeça sobre os joelhos da mãe.

— Não chore. Me dá vontade de chorar também. E você sabe que eu odeio chorar.

Rindo, ela beijara a testa de sua caçula, depois se dobrara para beijar a têmpora da primogênita.

— Vocês estão à vontade com tudo o que ouviram? — perguntara, insegura.

— E por que não estaríamos? — Ana a fitara demoradamente.

— Bom, sua mãe nasceu em outro século, pra começar...? Não me acham estranha?

— Você sempre foi meio estranha. — Marina achara graça. — De um jeito maravilhoso, mãe.

Aliviada, Analu acompanhara a mãe dar um sonoro suspiro, os ombros arriando como se acabasse de soltar as alças de uma carroça carregada. No assento em frente, o pai abrira um largo sorriso convencido.

— Eu alertei para não subestimá-las.

— É, você disse, sabichão. — Sua esposa mordera o lábio inferior. — Talvez eu devesse te escutar de vez em quando.

— Deveria. — Ele arqueara uma sobrancelha. — Mas então não seria mais a minha Sofia.

— Ah, não! — De imediato, Nina se levantara, secando os olhos, e voltara a sentar com o pai. — Vou pular da carruagem em movimento se vocês começarem com essa baboseira romântica. Por favor!

— Dessa vez concordo com a Nina. — Ana ajeitara a tala em sua palma, engolindo um gemido ao sentir o ferimento latejar. — Mamãe, eu tenho algumas perguntas.

Rindo, sua mãe secara o rosto e dera a ela um sorriso radiante.

— Eu ficaria *muito* surpresa se não tivesse nenhuma, Analu.

Então sua mãe respondera todas as questões que o cérebro de uma moça do século XIX que se apaixonara pela própria fada madrinha ousara formular. Ao menos em um mundo, mesmo que não fosse o seu próprio mundo, garotas como ela tinham o direito de sonhar com mais que um bom casamento e filhos, Ana se consolou.

— Analu, tem uma coisa que me atormenta. — A voz da irmã a arrancou da abstração, trazendo-a de volta ao quarto. — Como é que eu nunca percebi que você gostava de Diogo Fontes? Quando descobriu que estava apaixonada por ele?

— Ah! — Ela se concentrou nos laços do espartilho. — Foi na quermesse para arrecadar fundos para a igreja, logo depois de conhecê-lo.

A boca de Nina se abriu em um *o* mudo. *Tanto tempo assim?*, pareceu indagar.

— Na época você estava devastada com a partida de Samuel para Londres — Ana explicou. — Não estava atenta a muita coisa.

— Quer parar de arranjar desculpas para mim? — Bufando, Nina se levantou e começou a andar pelo quarto. Do tampo da penteadeira, Bartolomeu esticou o pescoço, mas não achou a movimentação interessante o bastante para interromper seu cochilo e voltou a deitar. — Eu devia estar mais atenta. Devia ter percebido e cuidado de você. Eu sou a irmã mais velha, afinal.

— Minha irmã, não minha mãe. — Ana devolveu o morango à bandeja.

— Sou a primeira na linha de sucessão quando a mamãe não está por perto. — Interrompeu o vaivém, pressionando os olhos. — Sinto muito, Analu. Se eu soubesse, nunca teria aceitado Diogo. Por que nunca me contou que o amava?

— Porque não havia nada para contar. Eu me encantei por um jovem bonito que não me enxergava. Eu tenho algum orgulho, sabia? Mas, a partir do momento em que eu soube do noivado, fiz o possível para sufocar meus sentimentos e só concordei com o plano de Alexander, de seduzir seu noivo, porque ele me deu provas de que conhecia seu futuro.

— Mas na verdade o que ele via era o *seu* futuro. — Abriu os braços. As mãos caíram nas laterais das coxas com um estalo. — Como ele pode ter se confundido tanto?

— Não sei. Estou esperando que ele apareça e possa me explicar. — Onde ele estava? — De toda forma, eu não fiz nada além de tentar entabular uma conversa com Diogo, Nina. Fui um desastre tão grande que tenho certeza de que ele jamais desejaria estar no mesmo ambiente que eu. Se Diogo Fontes fosse quem eu pensava que era. Pobre sr. Edgar. — Ela só conseguia imaginar o sofrimento dele e se entristeceu.

É no silêncio que se espreitam os piores pesadelos. Se o perigo mora sob o mesmo teto, a sociedade prefere virar o rosto em outra direção. Finge não enxergar crianças pobres como um dia foi Sam. Ignora a existência daqueles que não se encaixavam nos limites predeterminados, como o sr. Marques. Prefere varrer para debaixo do tapete toda a feiura para proteger um nome, o orgulho, uma posição social, como aconteceu com o sr. Edgar. Até mesmo Ricardo Chagas parecia ser vítima de tal violência, Ana se deu conta ao lembrar a maneira como o senador tratava o filho em público. O que não lhe dizia em particular? Fora fruto de uma vida inteira em busca de aceitação que o motivara a sequestrá-la?

O que mais a mortificava era o conhecimento de que Nina havia sofrido nas mãos de Diogo, e Ana nem sequer suspeitara, mesmo que os sinais estivessem todos lá: na maneira como Diogo tentara afastar Marina do melhor amigo, como depreciara o trabalho da irmã no estábulo, como a intimidara, então a agressão verbal, depois a física. Analu tremia ao pensar até onde ele teria ido se Nina tivesse se casado com ele. Agora compreendia o silêncio das vítimas. Como elevar a voz, se ela lhe foi arrancada? O que não conseguia compreender era o silêncio da sociedade. A conivência é tão cruel quanto a mão que agride.

— De certa maneira — a voz da irmã penetrou seus ouvidos —, fico feliz de não ter identificado seus sentimentos e aceitado Diogo. Não suporto pensar naquele crápula perto de você.

— Nem eu suporto saber o que ele fez com você. Se eu soubesse, juro que teria passado por cima dele com a carruagem, e teria gostado muito disso.

— Eu fico grata, Analu, mas prefiro que você não conduza um veículo ou um cavalo pelos próximos tempos. Ainda não me recuperei da última vez.

Apesar do tema delicado, o clima estava leve, descontraído, e tudo o que Ana queria era mantê-lo assim. Mas ainda havia um assunto entre elas, por isso tratou de contar do bilhete falso que enviara a Sam, detalhou a proposta terrível que fizera ao primo e como ele havia rejeitado sem pestanejar.

— Pode parar. Samuel me explicou tudo. Queria que tivesse sido você, Ana. — A irmã brincou com uma mecha dourada pendendo sobre seu ombro. — Também queria não ter perdido a cabeça e saído correndo daquela maneira após ouvir sua confissão. Eu fui... a completa idiota impulsiva que nunca pensa nas consequências, como sempre.

— Impulsiva, sim. Idiota, só de vez em quando — brincou, e Marina revirou os olhos. — Mas é justamente a sua impulsividade que a torna tão extraordinária. É uma das coisas que eu tanto admiro em você. Eu a amo muito, Nina.

— Eu também amo você, Ana. Muito mesmo. Mas, se contar a alguém que me ouviu dizer isso em voz alta, eu vou alegar que a queda durante o sequestro deixou sequelas.

Rindo alto, Ana a puxou para um abraço apertado, inspirando longamente a mistura familiar de lavanda, algo mais doce e cavalo, seu mundo se encaixando outra vez.

Assim que se separaram, Marina foi apanhar o traje verde-claro pendurado na porta do armário e o balançou de leve.

— Humm... Um vestido fino para um dia comum. Esse tal Alexander deve ser mesmo importante.

— Acha que é demais? — Ela jogou as pernas para fora da cama. — Talvez eu devesse...

— Se acalmar — a irmã atalhou. — Você vai ficar linda, como uma princesa de conto de fadas.

— Não quero ser uma princesa. — Ela franziu o cenho. — Quero ser uma mulher de verdade.

— Bom, talvez você possa ser os dois e não precise escolher entre um e outro. Como a mamãe fez.

Ponderando por um instante, Analu deu um sorriso largo.

— Acho que posso.

— Então. — Marina pendurou o vestido de volta no lugar. — Você ama Alexander de verdade, não é?

— Como jamais pensei que fosse possível amar alguém. Agora percebo que o que eu senti por Diogo era apenas um sopro em meio à ventania que é Alexander. Mas não sei se temos uma chance. — Enroscou o dedo no cadarço do espartilho.

Em uma batida de coração, Marina estava ao seu lado, segurando sua mão.

— Você não viu o jeito como aquele rapaz olha para você. Ele vai mover céus e terra se for preciso para ficar por perto. Tenho tanta certeza disso quanto de que, depois que eu arrebentar o nariz dele por ter nos metido em tanta confusão, serei capaz de amá-lo como meu irmão.

— Nina, já basta de narizes quebrados.

Nesse instante foram interrompidas por uma batida. Ana se sobressaltou e tratou de entrar no traje o mais depressa possível, antes de Nina atender a porta. Mas o sr. Gomes não anunciou a chegada de Alexander: eram o dr. Almeida e um amigo. Também avisou que Marina estava sendo convocada para se juntar a Samuel e aos pais no escritório.

— Ah, isso não pode ser bom! — Sua irmã empalideceu. — Me deseje sorte, irmãzinha.

— Você não precisa de sorte. Já tem tudo de que precisa aí dentro.

Era Ana quem precisava de sorte. Toda a sorte do mundo.

Na sala, o dr. Almeida conversava com um sujeito estrábico. O antigo professor de Lucas, de quem seu gato herdara o nome, Ana se deu conta, depois que as apresentações foram feitas.

— Querida, fiquei intrigado com o que meu amigo Alberto me contou. — O reitor Bartolomeu se sentou na beirada do sofá para examiná-la com atenção. — Por que uma dama como a senhorita, bem-nascida e provida de beleza, está tão interessada na medicina?

— É tão excêntrico assim que uma mulher se interesse por mais que bailes e casamento?

— De fato é. — Ele empurrou os óculos para cima. — Um pouco, pelo menos.

Como poderia fazê-lo entender?

— Reitor Bartolomeu, sei que o caminho de um cirurgião, seja ele homem ou mulher, não é fácil. É necessário renunciar a muita coisa, a começar pelo tempo. Mas também é de uma beleza ímpar, a cura pelas mãos e a ciência, a capacidade de compreensão e empatia, de oferecer conforto e esperança. Eu sinto que foi para isso que nasci: ajudar pessoas, oferecer esperança e simpatia, especialmente àqueles que já não têm nenhuma. — *Como o sr. Marques e tantos outros excluídos*, quase acrescentou.

— Mas para tanto é necessário ter conhecimentos mais profundos, como em aritmética. Bem diferente dos exercícios que você deve ter aprendido com sua tutora. Por exemplo... — abanou a mão no ar — encontrar a raiz cúbica de 0,0093 a cinco casas decimais...

— 0,21029 — ela respondeu prontamente.

— ... ou dizer qual é o logaritmo de 1 em qualquer base...

— Zero.

Os óculos escorregaram pelo nariz conforme arqueava uma das sobrancelhas.

— Leônidas, Pausânias, Lisandro?

— Generais no comando do exército de Esparta em diferentes períodos da Guerra do Peloponeso — respondeu ela, sem precisar se esforçar.

Bestificado, o reitor Bartolomeu se virou para o dr. Almeida.

— Incrível, Alberto!

— Ana Laura Clarke é um fenômeno. — O velho médico a admirou com orgulho. — Sei que parece excêntrico, mas me questiono se ela não nasceu com um cérebro masculino.

Um cérebro masculino?!

Antes que pudesse ficar ofendida, o dr. Almeida deu uma piscadela, uma expressão de indisfarçado triunfo. Ah! Ele usava a lógica do reitor contra ele próprio, não é?

— Me pergunto até onde ela poderá ir se tiver acesso ao conhecimento adequado — sugeriu seu velho amigo e tutor.

— De fato, Alberto, é uma ideia intrigante. — O reitor começou a torcer alguns fios das pestanas peludas. — Minha querida, se importaria se eu lhe aplicasse um teste? O mais complexo que eu puder criar. Gostaria de conhecer melhor seu intelecto. Admito que a ideia não é minha. Fiquei curioso sobre a senhorita depois de um encontro muito interessante com sua irmã. E então o visconde de Brum também a mencionou, quando o encontrei na confeitaria pouco antes de visitar Alberto.

— Visconde de Brum? — Ana balbuciou, atônita.

— Um cavalheiro muito distinto, devo acrescentar. Se um visconde lhe deu crédito, quem sou eu para não ouvi-la, não é mesmo, querida?

Sentindo o coração dobrar de tamanho, Ana Laura não conseguiu evitar que os lábios se abrissem. Então era por isso que ele ainda não aparecera; ainda estava cuidando dela. No entanto, uma linha de pensamento sombria lhe ocorreu. Esse seria o último ato? O que faria Alexander concluir sua missão?

Não. Ela não ia pensar nisso ainda. Iria honrar o esforço dele em conseguir a atenção do reitor, e depois... Bem, ela iria viver apenas no presente, para variar.

49

Existe algo mais magnífico que ser aceito por quem você ama, do jeitinho que você é? Com defeitos e tudo?

Empurrando a porta do escritório do pai com cuidado, Marina deu uma espiada lá dentro. Samuel ocupava o sofá de couro, uma das pernas se sacudindo nervosamente. Ficou de pé assim que a viu, a boca se esticando de maneira tão deslumbrante que teria feito chover no deserto. Se ele sorria daquela maneira, então não havia motivos para ela se preocupar, não é?

Com um suspiro, ela empurrou a porta e entrou. Encontrou o pai de braços cruzados apoiado na mesa de trabalho, a mãe diante da janela, as cortinas esvoaçando ao seu redor como asas diáfanas.

— Mandaram me chamar? — ela perguntou, apreensiva.

— Sim, Marina. Sente-se. — O pai indicou com o queixo o sofá.

Um pouco hesitante, ela fez o que ele pediu. O couro da mobília rangeu quando Samuel se arrastou para junto dela. Pelo menos ele não corria o risco de ganhar alguns buracos pelo corpo. Ela relanceou a caixa sobre o armário onde o pai guardava as pistolas, agora vazia.

A mão quente e larga do noivo (ainda não oficial, ele se lembrava?) se fechou sobre seus dedos.

— O que está acontecendo? — Ela entortou o pescoço, examinando os três rostos.

Com um suspiro, o pai endireitou a coluna, observando-a fixamente.

— Samuel me contou que, antes mesmo de descobrir o verdadeiro caráter de Diogo Fontes, você pretendia desmanchar o noivado, pois ama seu primo.

— Sim, está correto, senhor juiz — ela caçoou, e sua mãe se engasgou com o riso.

— O quê? — Abriu os braços quando o marido lhe deu um olhar comprido. — Você tá parecendo mesmo um juiz diante de bandidos perigosos. Foi mal.

— Só estou tentando entender os fatos, Sofia. Em especial, o motivo de Samuel querer marcar a data do casamento para o mais breve possível. — Ele começou a circular pelo escritório. — A meu ver, existem duas hipóteses. A primeira, vocês estão loucamente apaixonados e não querem esperar nem mais um segundo para ficar juntos...

— Esse é exatamente o motivo — respondeu Marina, sem pestanejar.

— ... ou o alívio no rosto do meu sobrinho neste momento — o pai parou diante do sofá de couro, a atenção na filha — se deve ao conhecimento de que minhas armas estão na sede da guarda. Um grande indicativo de que eu *deveria* tê-las por perto.

— Hã... Não. Nem imagino por que pensou algo semelhante, papai. — Ela não ousou piscar.

O pai curvou uma das sobrancelhas. Porcaria. Toda vez que ele lhe dava aquele arquear era porque estava *muito* encrencada.

— De fato, Marina? Talvez eu tenha pensado algo nessa linha após Miguel ter me perguntado por que você e Samuel terão que se casar depois de dormirem juntos no laboratório.

Bem, ia acontecer em algum momento. Ela pressionou os lábios. Estava espantada que os tios não tivessem procurado seus pais ainda.

— Papai... — Soltou o ar com força.

Ao mesmo tempo, Samuel ficou de pé.

— Tio Ian, tia Sofia, eu sou o culpado. — Elevou o maxilar sombreado pela barba curta. — Assumo total responsabilidade e estou pronto para pagar por isso da maneira que julgarem mais conveniente.

Cobrindo a testa com as duas mãos, Marina gemeu. Obviamente que ele sairia em sua defesa, como um cavalheiro em um cavalo branco. Quando foi que Samuel não agiu como um príncipe encantado? E prendeu o fôlego ao ver o pai dar um passo à frente, ficando nariz a nariz com Sam, o braço se erguendo. Mas, em vez de chacoalhá-lo, como ela temia, ele apenas apertou o ombro do sobrinho e sorriu.

— Se é capaz de lidar comigo, tenho certeza de que você sobreviverá a Marina. Eu diria bem-vindo à família, Samuel, mas você é parte dela faz tempo.

Visivelmente aliviado, Samuel assentiu uma vez.

— Obrigado, tio. Prometo ser o homem que Marina merece. Não medirei esforços para fazê-la feliz.

— Tenho certeza disso. Afinal pretendo ir à guarda recuperar meu par de pistolas. — Deu dois tapinhas em seu ombro. — Nunca as perca de vista.

Sua esposa deu risada, revirando os olhos ao mesmo tempo em que Samuel engolia grosso.

— Pronto, já chega de interrogatório. — Ela foi abraçar o sobrinho. — Estou tão feliz por vocês dois. Cheguei a pensar que nunca se entenderiam.

— Pra ser honesto, tia Sofia, eu também pensei. — Ele massageou a nuca. — Não é fácil chegar a um consenso quando um é sensato e o outro um cabeça-dura.

Marina cruzou os braços.

— Que bom finalmente ouvi-lo admitir que é um cabeça-dura. Eu já estava quase desistindo. — Então fitou os pais. — Não era bem a reação que eu esperava de vocês dois. Pensei que ficariam furiosos. Quer dizer, ainda nesta manhã eu iria me casar com outro homem.

— Eu ficaria se você levasse adiante a ideia estúpida de casar com alguém que não ama. — Sua mãe a abraçou com força. Ao soltá-la, olhou diretamente para sua alma. — É isso o que você quer, Nina? Tem certeza?

Na primeira vez que a mãe lhe fizera aquela pergunta, Marina estava tão perdida dentro de si que não conseguira encontrar resposta. Agora tinha uma estampada bem no centro do peito.

— Como nunca tive em toda a minha vida, mãe. Samuel é quem eu quero ao meu lado hoje, daqui a vinte anos, cinquenta. Sempre foi o Sam. — Voltou-se para o homem ao seu lado, cuja mão havia capturado a sua e a apertava de leve.

Sempre foi você, ele lhe disse com o olhar, e ela se sentiu feita de lava.

Esticando-se, a mãe deu um beijo estalado em sua bochecha.

— *Essa* é a resposta certa, filha.

Após discutirem sobre a data do casamento e concordarem que uma quinzena devia ser suficiente, os dois foram liberados e Marina procurou a irmã para lhe dar a boa notícia. Encontrou-a na sala principal com o dr. Almeida e o reitor Bartolomeu, já de partida.

— Bem, senhores — o reitor se dirigiu aos pais das jovens —, estou impressionado. Absolutamente embasbacado. Acreditem, não acontece com frequência.

Vou apresentar à reitoria da escola de medicina o teste que apliquei na jovem Ana Laura. Espero que sejam receptivos, mas é tudo o que eu posso prometer. Quando penso que já vi de tudo... Uma mulher com um cérebro masculino. Quem teria imaginado tal anomalia! — Riu, encaixando o chapéu na cabeça ao acompanhar o dr. Alberto até a carruagem.

— Cérebro masculino? — Marina fez uma careta assim que o veículo zarpou. — Ele pensa que isso é um elogio?

— A melhor maneira de provocar um homem como o reitor é fingir acreditar nas mesmas crenças que ele. — Mas a voz veio do hall.

Marina não chegou a espiar quem chegava. Nem foi preciso, dada a maneira como a irmã se iluminou.

— Alexander. — O nome dele soou como um suspiro nos lábios de Analu.

Já Nina foi bem mais direta.

— E vai funcionar? — exigiu.

— Não sei, Marina. Estou tão perdido quanto vocês. De toda forma, cumpri o que me foi ordenado.

A vida e as cores pareceram abandonar Ana à própria sorte.

— E agora está pronto para seguir para a próxima missão — ela concluiu, trêmula.

— Na verdade eu tinha pensado em tirar uma folga do trabalho e levá-la ao jardim botânico na cidade. — O olhar dele foi para um ponto às costas de Nina. — Se seus pais não se opuserem, evidentemente.

Girando, Nina chegou para o lado quando os pais passaram por ela. Sam veio abraçá-la pela cintura, curvando-se para murmurar em seu ouvido:

— O que ele está fazendo?

— Escolhendo, eu acho. — Fosse lá o que acontecesse com alguém como ele agora, Alexander escolhia Analu, e isso era tudo o que importava.

Um sorriso bobo começou a se espalhar pelo rosto de Nina. Mas ficou tensa conforme os pais trocavam um olhar, ponderando sobre o pedido de Alexander. Espiou Analu, prestes a explodir dentro da própria pele enquanto retorcia os dedos, à espera de uma resposta. Imaginou que os pais chegaram a um consenso, pois as bochechas de sua mãe se ergueram de leve ao mesmo tempo em que Marina ouviu seu pai suspirar pesadamente.

— Muito bem, levem a carruagem — anunciou ele, surpreendendo a todos. — Mas não voltem muito tarde. Isaac ainda não retornou, e Gregório não é tão experiente na estrada.

— Eu... ah... agradeço. — Alexander piscou algumas vezes antes de retomar seu eu irritante habitual. — Consegui convencê-lo de que eu não sou má pessoa, né? Isso significa que desistiu de torcer meu pescoço?

— De maneira alguma. Eu ainda tenho imagens vívidas do ato.

— Mas... — O rapaz ergueu um dedo. — Tem um *mas* aí. Eu posso sentir que tem.

— Mas... — ele suspirou, exasperado — minha filha e minha esposa nunca me perdoariam. Ao que parece, mesmo que eu não compreenda o motivo, Ana Laura parece gostar muito de você. — Sua expressão era grave ao acrescentar: — Faça por merecê-la.

Quando Alexander assentiu em um juramento taciturno, ele deu a volta, desaparecendo no corredor, sob o olhar admirado de sua esposa, que rapidamente se recompôs, e foi beijar a bochecha de Analu, aproveitando para sussurrar alguma coisa em seu ouvido. Nina podia jurar ter ouvido a mãe dizer "não pense demais".

Ao passar por Marina, ela ajeitou uma dobra na manga da filha mais velha.

— Nina, seu pai está lidando com tudo isso muito melhor do que eu imaginava. Mas talvez seja legal não testar os limites dele.

— Vamos procurar o padre Antônio agora mesmo — ela prometeu, ganhando um assentir de Samuel em concordância.

— Sem nenhum furo no corpo! — Alexander balbuciou depois que Sofia se retirou, tocando o próprio peito. — De fato, é mesmo impressionante.

— É melhor não se vangloriar do sucesso ainda. — Marina o observou a distância. — Sou muito grata por tudo o que fez por Analu... e por mim e Sam — adicionou depressa. — Mas minha gratidão termina aí. Se você brincar com a minha irmã, eu juro por tudo que é mais sagrado que vou encontrá-lo, e nenhuma vidência vai preveni-lo do que eu pretendo fazer com você.

— Ela só está brincando. — Ana deu risada, nervosa.

— Não, não está. — Alexander coçou a cicatriz, mas anuiu, e Nina se permitiu respirar fundo.

— Muito bem. — Samuel a pegou pela mão, encaixando seus dedos na dobra do cotovelo — Agora que todas as ameaças foram desveladas, creio que podemos retornar ao cronograma original.

Eles deixaram a casa e tomaram a montaria de Samuel, voltando à propriedade dos Guimarães para contar as boas novas antes de irem procurar o pároco e oficializar o noivado.

Sentada de lado na sela, Marina nunca imaginara que se sentiria tão feliz em não ser aquela que cuidava das guias. Dessa forma, podia aproveitar melhor o abraço de Sam. O cabelo dela chicoteava ao sabor do vento, o calor do homem sobre a sela a envolvendo como um cobertor. Ela se apertou mais contra ele. Talvez Samuel também desejasse que a casa dos pais estivesse a muitos quilômetros de distância, pois afrouxou as rédeas, diminuindo o trote. E então pararam de vez ao passarem pelo carvalho. Todo cavalheiresco, ele a ajudou a descer e a levou para a sombra da jovem árvore, deixando que o animal pastasse livremente.

— Pensei que estivéssemos com pressa. — Ela o estudou, um tanto confusa.

— E estamos, mas antes eu preciso te dizer uma coisa. — Suas mãos escorregaram pelas costas dela. — Bem, imagino que, enfim, compreendeu que sou ferozmente apaixonado por você há mais de uma década. O que você ainda não sabe é que esse sentimento tem piorado muito desde que você me aceitou nesta manhã. É provável que em algum momento eu a admire com cara de paspalho apaixonado.

— Eu tenho péssimas notícias. — Ela enlaçou seu pescoço. — Você tem essa exata expressão agora mesmo.

— Então é pior do que eu temia. — Ele estalou a língua, preocupado. — Estou desconfiado de que não poderei fazer muito a respeito. Aliás, suspeito de que o estado vá se agravar depois do casamento, por isso achei que era melhor alertá-la sobre a minha condição clínica. Acredita que possa conviver com ela?

— Vou fazer um esforço, doutor — brincou, esticando-se para beijá-lo.

Ela não pretendia se demorar. Mas o que podia fazer se Sam enredou os braços por sua cintura e aprofundou o beijo?

Entregue e ofegante, ela sentiu o metal gelado deslizar pelo anular da mão direita. Afastando-se, trouxe a mão para perto do rosto e se encantou com a delicadeza da joia. Não parecia fora de lugar, tampouco a tragava para as entranhas da Terra. Encaixava-se perfeitamente, como se tivesse sido forjada em seu dedo.

— Gostaria de ter talento com as palavras, como os poetas. — A voz dele estava grossa, profunda, a respiração saindo aos trancos. — E ao menos tentar fazê-la entender um décimo do que sinto, de como eu a amo. Sempre amei, Marina. Sempre vou amar. Então pensei que, em vez de me envergonhar criando poemas ou rimas, talvez eu possa te mostrar, todos os dias pelo restante de nossas vidas, que eu sou completamente louco por você.

Afundando os dedos em seus cachos, ela arqueou o pescoço, apenas uns poucos centímetros entre os rostos.

— Eu nunca fui uma entusiasta de poesia, sabe?

Os dois topázios fulguravam ao se curvar para beijá-la novamente. Sem pressa, sem medos. Apenas eles dois e a paixão que os incendiava. Mais tarde as bocas se separaram, mas continuaram grudados um ao outro, os olhares perdidos no futuro que os esperava.

— Nina, existe uma outra coisa que eu gostaria de dividir com você. — Ele empurrou uma de suas mechas para longe do rosto. — Enquanto eu trabalhava no Royal Hospital, testemunhei um pouco da crueldade humana. Não levou muito tempo para que eu compreendesse que o pior problema é justamente aquele que não se pode ver. No silêncio. Muitas pessoas temem procurar ajuda por vergonha, medo, problemas financeiros, não ter para onde ir. Como eu não tinha, antes de encontrar Elisa. O que você disse esta manhã não para de martelar meus miolos. Quando um anjo não atravessa o caminho dessas pessoas, como aconteceu comigo, quem as protege? Onde podem buscar abrigo?

— Sam... — Ela engoliu com dificuldade.

— Não, tudo bem. Pensar no meu passado não me aterroriza mais. Ao contrário, agora eu sei o que fazer com as sombras que me acompanharam por tanto tempo. Vou transformá-las em luz.

Confusa, ela entortou o pescoço, acompanhando Samuel dar alguns passos e parar de costas para ela, fitando o horizonte.

— Eu quero criar um centro de acolhimento aqui na vila e ajudar pessoas como um dia eu fui. Para que homens como o sr. Marques não precisem sofrer humilhações, para que mulheres que não tiveram a mesma sorte que você, de escapar de um casamento violento, tenham onde se refugiar até encontrarem um novo caminho, planejarem uma nova vida. — Ele se virou para ela. A maneira como os olhos dele cintilavam lhe tirou o fôlego. — Nina, podemos fazer mais que acolhê-los! Dar a eles algo que jamais poderá ser tirado: conhecimento, uma ocupação, um novo caminho. Não sei ainda o que, exatamente. Pensei em um pouco de tudo. Cultivo, costura, música, medicina...

— Doma de cavalos — ela acrescentou. — E como selá-los, cuidar da saúde dos animais. Aposto que consigo formar cavalariços e adestradores que serão disputados a tapas. Eu sou uma ótima instrutora. Minha única falha foi Analu. — Ela suspirou, desgostosa, fazendo-o rir.

— Eu não diria isso. Ana Laura conseguiu se libertar do cativeiro e fugir sem ajuda. Creio que sua influência sobre ela tenha sido um sucesso.

Bem, se analisasse a situação daquela perspectiva...

— Eu fiz uma boa fortuna na Europa — ele continuou. — Será o suficiente para esse projeto e para vivermos com conforto por um bom tempo. Além disso, não pretendo me afastar do consultório. O dr. Almeida já não consegue clinicar, e meu pai precisa dar continuidade a suas pesquisas.

Olhando bem dentro das íris castanho-claras translúcidas, para a alma dele, sua garganta doeu tamanhos o orgulho e o amor que sentia por aquele homem, brilhante feito o próprio sol.

— Diga alguma coisa, Nina. — Suas sobrancelhas quase se uniram. — Acha a ideia ruim?

Folhas e galhos finos estalaram sob as botas dela ao atravessar os poucos metros que os separavam.

— Não, Sam. — Enrolou os braços no pescoço dele e ficou na pontinha dos pés. — Eu não poderia pensar em nada mais perfeito.

50

Não consigo parar de pensar em Ana e na situação impossível dela e de Alexander. Fadas madrinhas também têm direito a um final feliz?

Um frenesi se apossava de Analu conforme a cidade se enquadrava na janela da carruagem. Era inusitado estar tão empolgada com um passeio. Sendo franca, a inquietude não era pela visita ao jardim botânico — visitara-o pela primeira vez aos oito anos —, mas pelo homem que a guiaria pelas trilhas. Seu coração bateu mais depressa só de pensar em todo o tempo que teriam lado a lado. Quem sabe os dedos resvalando, ou mesmo um beijo roubado atrás de uma árvore...

No banco oposto, Alexander a admirava, fascinado e algo mais urgente que até alguém inexperiente como ela compreendeu.

— Seja lá o que estiver se passando na sua mente agora, parece agradável. — Ele entortou a cabeça para observá-la com intensidade. — A julgar pelo seu sorriso.

Oh, que ele não tenha acesso aos meus pensamentos neste instante. Ela corou violentamente, fingindo desamassar uma prega na saia verde-clara.

— Estava pensando que nunca estive tão longe de casa sozinha.

Sentiu o olhar cinzento se fixar em seu rosto e o coração saltou para a garganta, o rubor colorindo as faces e o pescoço. Não pôde se impedir de ajeitar as ondas que encobriam um dos olhos. Gemeu baixinho ao esbarrar no galo.

— Foi ele que fez isso, não foi? — A voz de Alexander tinha uma nuance sombria.

De imediato, ela puxou a mecha de volta ao lugar para esconder o hematoma.

— Devo ter batido a cabeça quando ele me tirou de casa.

— Você não faz ideia de como quero arrancar cada membro do corpo daquele maldito. — Fechou as mãos em punhos, as juntas perdendo a cor.

— Mas não vai fazer isso, porque sabe que é a justiça quem deve cuidar dele. Aliás, obrigada por ter ido à delegacia. E por ter ido me encontrar no lago.

A tristeza fez das íris cinzentas um refúgio.

— Não me olhe desse jeito, Ana. Como se eu fosse um maldito herói. Devia estar furiosa comigo, por não ter compreendido que a mudança era sobre você.

— Desculpe desapontá-lo, mas não estou nem um pouco irritada. Goste ou não, você foi, sim, um herói ao ir ao meu socorro e me ajudar a sair da água. Não é o que importa?

— Sim. — Deu um suspiro exasperado. — Tudo o que importa é que você está falando bobagem comigo.

Analu não queria estragar o clima dentro da cabine, mas já havia evitado o assunto por tempo demais. Não poderia fugir para sempre.

— Há uma coisa que eu não compreendo — começou, cautelosa. — Você disse que meu destino era Diogo Fontes. E, se eu compreendi toda a história de Barbara, você tentou salvá-la de um homem exatamente como Diogo. Por que buscou me unir a ele?

A cicatriz na têmpora esbranquiçou, tamanha a força com que friccionou a testa.

— Acredite, eu também não consigo parar de pensar nisso. Eu não tinha acesso a Diogo. Tudo o que via era o seu futuro com ele. E, juro, o que eu via era um final feliz.

— Compreendo.

A amargura deve ter ficado evidente em sua voz, pois a postura dele se alterou.

— Ana, acha que não me rasgou ao meio ver você com outro homem, mesmo que fosse apenas um vislumbre etéreo do que poderia ser o futuro? Pensa que não morri por dentro ao entender meus sentimentos e o que teria de fazer? — Cerrou os dentes com tanta força que a mandíbula estalou. — Mas a questão aqui nunca teve a ver comigo. No futuro que eu vi, você e Diogo deveriam ter se apaixonado no casamento do seu primo. Ele a amaria tão ardentemente que faria qualquer coisa para agradá-la, inclusive se tornar patrono da escola de medicina só para que você pudesse estudar.

— O *quê?!*

— Agora que sei quem é ele, me pergunto se o que me foi mostrado era uma vertente da realidade ou apenas uma fantasia. Não menti quanto ao futuro de Nina, tampouco o seu. O que vi era tão real quanto eu e você. E, por mais que eu pense e pondere e tente encontrar uma resposta que faça sentido, não consigo entender por que minha visão me pregou essa peça. Não faz sentido. Nunca aconteceu antes.

Uma ideia tão perigosa quanto extasiante atravessou a mente dela.

— Acredita ter perdido seu dom para sempre? — Ela ofegou, tentando muito não ficar feliz com a infelicidade dele. Bem que tentou.

— Não sei. E não estou preocupado com isso neste momento. Tudo o que quero agora é me divertir ao lado de uma bela dama. — Deu um sorriso que por pouco não a distraiu. Ele também estava com medo, concluiu ela, ao vê-lo espiar a janela, ansioso. — Chegamos. Podemos fazer um acordo? Esta tarde eu serei Alexander, só Alexander, e você será você, apenas Ana. Não temos passado nem futuro. Apenas o agora.

É tudo o que eu tenho a oferecer, seus olhos pareceram dizer.

— É o bastante para mim, Alexander.

A resposta o incomodou, mas ele a ajudou a descer da carruagem e então passaram pelos altos portões de ferro, seguindo pelo passo central, margeado por palmeiras gigantescas. Não passou despercebida a ela a maneira como os cavalheiros com quem cruzavam lhe faziam uma mesura e sorriam. Porcaria, Nina tinha errado a respeito do vestido.

— Que foi? — Alexander perguntou, ao vê-la puxar a sombrinha mais para o lado. — Por que está tentando se esconder?

— Creio que me arrumei em excesso para uma atividade ao ar livre.

— Não é seu traje que chama a atenção de metade dos cavalheiros. É o que está dentro dele. E não posso culpá-los. Você está tão estonteante que mal consigo manter a linha de raciocínio. — Seu timbre de barítono enrouqueceu.

Desviando o olhar para as pedras cinzentas, Ana corou de prazer. Era a primeira vez que ele se referia a sua aparência de maneira tão direta. Não tardou para que ela se esquecesse da atenção indesejada dos outros cavalheiros, sobretudo porque tomaram um caminho menos movimentado, perfumado por flores exuberantes em tons cor-de-rosa, lilás, violeta, e Alexander começou a discorrer sobre cada espécie, origem e cultivo, adubação.

— Há quanto tempo estuda botânica? — Ela resvalou os dedos em uma flor cuja cor lembrava a do vinho tinto.

— Eu havia concluído o primeiro ano da faculdade de botânica quando minha família se foi, e desisti do curso. Mais tarde, depois da tragédia que foi o caso de Barbara, fui afastado das minhas funções, obviamente. Precisei encontrar um passatempo para não enlouquecer. Reencontrar a botânica me fazia sentir conectado a alguma coisa enquanto esperava... bem, encontrar você. — Deu de ombros, se desculpando.

Ana transferiu a sombrinha de um ombro ao outro para poder vê-lo melhor.

— Quanto tempo teve que esperar?

— De maneira linear, alguns anos, mas juro que para mim foi uma eternidade.

— Como você... — Ela mordeu o lábio.

Naturalmente, ele compreendeu a pergunta não verbalizada, e se abaixou para apanhar uma folhinha ressequida do chão.

— Muitas pessoas desapareciam todos os dias no meu mundo. — Acompanhou com o indicador cada nervura da folha. — A gripe afugentou alguns, outros caíram doentes, ou pereciam com o frio ou a fome. Minha família pretendia deixar a cidade em que vivíamos, mas não houve tempo; todos adoecemos. Depois de uns dias, consegui reunir forças para ir atrás de Helen... Ela e sua família tiveram o mesmo destino que a minha. Perdi todos a quem amava em uma única semana. — Ele cerrou o punho, a folhinha se desfazendo em estalos suaves. — Você precisa entender que eu estava morto por dentro, não via mais uma saída. No terceiro aniversário de falecimento da minha mãe, cheguei a ir para uma das pontes que cortavam a cidade disposto a... — Ele coçou a cicatriz, tenso. — Eu não queria morrer, Ana. Mas tampouco queria viver. Não foi meu melhor momento.

O desejo de abraçá-lo a fez apertar o cabo da sombrinha com força, já que ele ergueu o rosto e tornou a falar.

— Foi quando essa mulher atravessou meu caminho. Ela se parecia com um anjo... ou a minha ideia de um anjo, pelo menos. Afirmou que eu cometeria um erro e que podia me ajudar. Me ofereceu isso. — Ele enfiou dois dedos pelo vão do colarinho e balançou o medalhão de cobre. — Garantiu que, caso eu o aceitasse, me sentiria melhor. O que eu tinha a perder? Caso não funcionasse, a ponte continuaria no mesmo lugar, me esperando. Então eu aceitei. Eu me tornei o que ela era.

— Uma fada madrinha.

Os ombros esculpidos pelo trabalho na terra subiram e desceram em uma respiração derrotada.

— Tudo bem, acho que você pode chamar assim se quiser. Juro que senti o momento em que a magia fluiu para dentro de mim. Cinco minutos depois, imagens de pessoas que eu não conhecia pipocavam em minha mente, futuros embaralhados me dando dor de cabeça. Levei um tempo para conseguir desembolar tudo. E a mulher tinha razão, de certa forma. Eu me senti melhor ao ter um propósito. Não fui capaz de fazer nada pela minha família e Helen, mas podia fazer algo por esses estranhos em apuros. Ajudei tantos quanto pude, ficando mais confiante a cada sucesso. Até negligenciar Barbara e ser afastado da minha função. O restante você já sabe.

Avistaram um banco entre as sombras de árvores altas, ele a ajudou a atravessar o terreno acidentado. Ao se sentar, Ana fitou uma das imensas vitórias-régias flutuando sobre as águas da lagoa, absorvendo tudo o que ouvira.

— Então é o colar que te dá o dom da vidência — concluiu.

— É mais como um símbolo. — Ele apoiou uma das botas no banco, o braço esticado sobre o joelho. — A minha aceitação foi o que me fez abrir os olhos para esse outro mundo, me tornar parte dele. Foi mais fácil do que imaginei, me adaptar a diferentes períodos, culturas, idiomas. Eu vi coisas que a maioria das pessoas nem sonharia.

— O futuro — ela adivinhou.

— Para você é o futuro. Para mim é... Como te explicar de um jeito que você entenda? — Ele cravou os dentes no lábio inferior. — Pense nisso como um país diferente, costumes distintos. A verdade é que o mundo muda o tempo todo, a ciência avança, as roupas entram e saem de moda, mas o que as pessoas sentem, isso não se altera com os séculos. Eu nunca me arrependi de ter aceitado essa missão. Até te encontrar — adicionou a meia-voz.

A pele dela queimou, dessa vez não de embaraço.

— Alguma outra fada madrinha já se envolveu com o protegido? — *Por favor, diga sim*, ela quase implorou. *E que tudo acabou bem.*

No entanto, a expressão dele mitigou qualquer esperança que Ana ainda nutrisse. Agora era ela quem morria.

— O que mais faz para passar o tempo? — Mudou de assunto para se distrair do rasgo que se abrira em seu peito.

— Leio. Cozinho... Pães são minha especialidade. Eu ajudava muito na cozinha quando era pequeno. Adorava comer massa crua de pão...

Ajudando-a a se levantar, ele a levou por um novo caminho, falando de como se manteve ocupado enquanto esperava o momento de ir procurá-la. Mas se interrompeu ao avistar alguém descansando em um banco pouco mais à frente.

— Ah. Ali está ela! — Ele abriu um sorriso esplêndido.

— Quem?

— Você vai ver. — Se apressou em conduzi-la até a senhora vestida de preto dos pés à cabeça.

Conforme se aproximava, Ana não deixou de se surpreender com a maneira como a mulher se vestia. As saias eram parcialmente cobertas por uma casaca masculina; no pescoço, em vez de um colar, uma gravata-borboleta arrematava o colarinho da camisa branca, o cabelo curtíssimo oculto embaixo da meia cartola.

Ao vê-los, a mulher, que estava na casa dos cinquenta anos, se levantou com a ajuda de uma bengala.

— Pensei que não viessem. Estava quase indo embora.

— Perdoe-nos, madame Durocher. — Alexander fez uma elegante mesura. — Nós nos distraímos com a beleza do cenário.

— O que importa é que vieram. — A mulher com alguns fios escuros despontando no queixo e no buço avaliou Ana Laura de alto a baixo. — Então essa é a menina. Não vai durar mais que um quarto de hora, com esse aspecto delicado.

— Perdoe-me, senhora, eu não compreendo... — Suas bochechas ficaram quentes.

— O sr. Brum me explicou sobre seu desejo de um dia ser cirurgiã. — Ela bateu a bengala, apoiando ambas as mãos no cabo. — Nunca será levada a sério se sua aparência gritar fragilidade. É por isso que eu prefiro os paletós e gravatas. Numa profissão masculina, eu me visto como tal. Além do mais, me serve de proteção nas noites em que preciso ir socorrer alguém.

— A senhora é médica? — Seus olhos quase saltaram das órbitas.

— Parteira, de acordo com o que diz meu certificado. Na prática, cuido da saúde de mulheres e bebês como um todo. — A mulher apontou a bengala para o banco.

Bestificada, Ana a acompanhou, ouvindo madame Durocher contar sobre sua aventura na escola de medicina: a única no curso de parto, o único que aceitaram que ela fizesse. Desde então, mulheres a procuravam com frequência, com os mais variados males; muitas delas preferiam a morte a serem examinadas por um homem. Os pensamentos de Ana se voltaram para o sr. Marques, mas ela logo tratou de se concentrar no que a mulher dizia, suas técnicas preferidas e quanto aprendera com um amigo médico. A luta para conseguir concluir o curso e depois ser levada a sério por seus pares.

— Que bom que caras feias nunca me assustaram. — Deu uma risada grave. — O jovem sr. Brum me explicou que você está encontrando resistência, como é esperado, por isso pedi a ele que a trouxesse para me ver, srta. Ana. Existem muitas formas de o mundo nos dizer não. E ainda um sem-número de maneiras com que podemos trapacear contra isso. Eu dei o meu jeito. Vamos ver como você se sai. — Ela piscou, ficando de pé. — Espero ter trazido um pouco de alento ao seu coração, e torço para que encontre o seu caminho. Agora, me perdoem, mas eu já me demorei demais.

Conforme ela se afastava, o queixo alto, a bengala marcando suas passadas, Ana não foi capaz de esconder o arrebatamento provocado por aquela viúva e sua tenacidade. Percebeu com algum atraso que também era observada. Alexander emanava um misto de arrebatamento e algo mais profundo. E assim ela compreendeu o que ele estava fazendo.

Por falar em tenacidade...

— Este não é um simples passeio, não é? Você ainda está empenhado em conseguir a minha admissão em alguma escola de medicina. Madame Durocher é a verdadeira razão de estarmos aqui.

— Não vi mal algum em unir o útil ao agradável. — Ele encolheu os ombros. — Pensei que ouvir a madame a inspiraria a encontrar seu próprio caminho. Lamento não poder fazer mais.

— Você não tem ideia do quanto esse encontro significou para mim. Uma de nós conseguiu, seja oficial ou não. Eu não vou desistir.

— Era tudo o que eu precisava ouvir, Ana. — Encaixou a mão dela na curva do braço e retomaram o passeio.

Corando de prazer, ela o acompanhou a passos lentos, sem conseguir se impedir de sorrir. Se Alexander ainda se empenhava em ajudá-la a chegar à universidade, então a missão dele não havia terminado, e isso era tudo o que *ela* precisava ouvir.

51

E então a calmaria. Você também fica receosa quando o vento para de soprar de repente, né? Eu estou. Mas vou me agarrar a este momento tanto quanto puder.

Embrulhada no roupão, contente por estar de volta ao nosso quarto, examinei meu reflexo no espelho do toucador. Eu não estava no meu melhor momento. Olheiras tão profundas que meus olhos pareciam esbugalhados, cabelos ainda pingando e, *argh!*, outro fio branco. Virei o rosto de um lado para o outro. Pensei em puxá-lo, mas me surpreendi ao notar que... bom, eu não gostava dele exatamente, mas também não o odiava. Na verdade, agora que eu o observava com mais atenção, fosse porque eu chegara à casa dos quarenta ou por causa da lenda segundo a qual os problemas embranquecem a cabeleira, aqueles dois fios da cor de um diamante contavam minha história, não? Eu não queria apagá-la.

Em vez de escondê-los, deixei exatamente onde estavam, apertei o cinto do roupão de seda, apanhei o caderno de memórias de Ian e fui procurá-lo. Eu o encontrei em seu escritório, analisando documentos. Erguendo o rosto ao me ouvir fechar a porta, meu marido me admirou dos pés descalços aos cabelos úmidos, me absorvendo. Um delicioso arrepio me sacudiu de alto a baixo.

— Eu... ah... pensei que iria para a fábrica. — Ele corou de leve, e eu odiei que ainda existisse alguma barreira entre nós. E era justamente por causa dela que eu estava ali, não?

— Não hoje. Quero ficar com a minha família. Pensei que você fosse criar caso com Alexander. Você sempre foi superprotetor com Ana Laura.

A cadeira rangeu quando ele se recostou ao espaldar alto.

— Porque eu não sabia o que a esperava. Decerto não era ver minha filha se apaixonar pelo seu APAM. Mas, se existe alguém capaz de mantê-la a salvo, infelizmente tenho de admitir que é Alexander.

— Eu estou preocupada. — Contornei a mesa para me sentar no tampo, abraçada à capa de couro marrom. — Alexander parece tão perdido quanto... bom... quanto eu estive um dia. Eu quero fazer alguma coisa por eles... *qualquer* coisa. Só não sei como ajudar.

Eu nunca vira minha caçula assim antes. Reluzente, solta e livre de suas próprias regras. Ana irradiava luz própria. E a maneira como Alexander olhava para ela, com admiração, fascínio e uma outra coisa em que eu preferi não colocar um nome... Ele realmente a amava. Torci para que Alexander estivesse errado quanto a não poder ficar e conseguisse encontrar um jeito de aquela história ter um final feliz. Afinal ele era a fada madrinha de Analu, certo? Ele tinha que fazê-la feliz.

— Creio que essa seja uma daquelas situações em que nossa filha precisa encontrar o caminho sozinha — disse Ian ao afastar a cadeira para me examinar com atenção. Franziu a testa ao reconhecer o caderno que eu abraçava. — Então, nós só rezamos para que eles possam encontrar um modo de existir. Pelo menos não temos que nos preocupar com Marina. Ela finalmente está em paz.

— Não é? Eu nunca a vi tão serena como agora. É como se a ventania dentro dela tivesse... não cessado, mas se concentrado em um único ponto. O amor realmente opera milagres.

— Também nos faz agir como tolos. — Ele cravou aqueles incríveis olhos pretos em mim, ainda cautelosos.

Puta merda, era como se estivéssemos em um campo minado, cada um se concentrando em não pisar em uma bomba. Apesar de termos nos entendido, havia uma ferida ainda aberta. Tá certo, ele me machucou de verdade. Porém, minha raiva desaparecera quando ele me abraçara na noite em que Ana desaparecera. Eu só não tinha percebido ainda, até ver meu retrato envolto em sombras, na tristeza que senti ao constatar como havíamos nos afastado. Uma ferida não desaparece em um passe de mágica. E eu temia que ela permanecesse entre nós dois para sempre.

Por isso deixei o caderno na mesa e fui me aconchegar em seu colo, abraçando-o pelo pescoço. Ian pareceu surpreso de começo, e novamente odiei que ele se surpreendesse. Ao menos sua hesitação não durou mais que um átimo de segundo, e me envelopou com os braços.

— Eu sei. — Inspirei seu delicioso aroma. — E lamento muito por ter demorado tanto para compreender isso. Logo eu, que vivo metendo os pés pelas mãos.

— Eu odeio tê-la magoado. Verdadeiramente odeio. Detesto saber que você esperava algo de mim e que não correspondi como você sonhava. Eu apenas não sabia como...

Pressionei um dedo sobre seus lábios.

— Você estava tentando proteger nossa filha, da mesma maneira que eu tentei. Não existe certo e errado, e foi isso que eu demorei tanto pra compreender.

— Não sei se eu mesmo me ouviria se estivesse no seu lugar. — Beijou meu dedo quando tentei abaixá-lo. — Eu devia ter sido mais objetivo, ter mostrado meu ponto de vista.

— E eu devia ter insistido mais para que me contasse o que tanto te atormentava. Eu sempre soube que você escondia alguma coisa. Só tinha muito medo de descobrir o que era. Se a gente ficar nesse jogo de "eu devia" isso ou aquilo, esse desentendimento vai ficar entre nós pra sempre. Eu não quero isso, Ian.

— Eu tampouco. — Delicado, ele empurrou uma das minhas mechas úmidas para trás da orelha. — Tudo o que quero é que volte a me olhar da mesma maneira de antes de tudo isso acontecer.

— Como estou olhando agora?

Apertando as sobrancelhas, ele olhou para dentro de mim, e sei exatamente o que viu. O mesmo amor que nos levara até aquele instante, forte o suficiente para superar todas as diferenças que nos separavam. Sólido o bastante para ultrapassar as barreiras do tempo, costumes, ideais. É fácil amar aquilo que nos convém, que se acomoda em nossa caixinha de conforto. Amar o oposto, as diferenças e dissemelhanças, que te arrancam da própria caixa e apresentam ideias opostas, essa é a parte complicada. Também a mais maravilhosa. É na discordância que o amor se fortalece, aprofunda as raízes para crescer e se tornar forte o bastante para, quando a ventania chegar, ele ainda permanecer de pé.

Ian viu tudo isso dentro de mim, da mesma maneira que eu avistava dentro dele uma aceitação semelhante.

— Sofia... — murmurou, meio embasbacado.

Foi natural nossas bocas se procurarem, com tanta urgência que nossos dentes se chocaram. O desespero de estar juntos, de pertencer e possuir, nos deixou afoitos. Não era o mesmo desejo que nos guiara a vida toda. Era outro, um que eu já experimentara ao retornar para ele tantos anos antes.

— Senti tanto sua falta — ele murmurou em meus lábios. — Houve dias em que eu não consegui respirar direito.

— Não consegui dormir desde que fui pro quarto de hóspedes.

A cadeira gemeu um protesto assim que ele escorou as costas na base para me fitar.

— É mesmo? — Beijou minha palma antes de comprimi-la contra a face.

— Você sabe disso. Não devia sorrir desse jeito. Eu tô um trapo.

— Ao contrário, você está linda. Você é e sempre será a coisa mais linda em que eu já pus os olhos. Entenda isso de uma vez por todas. — O jeito como ele me admirou, como se estivesse diante de algo sagrado, indescritivelmente belo, não era fingimento. A maneira como aquele olhar me fazia sentir também não era invenção.

Ele começou a se curvar. Espalmei seu peito.

— Espera. Tem algo que eu queria que você fizesse por nós — revelei, ganhando um arquear de sobrancelha.

Precisei tomar fôlego algumas vezes. Tá legal, eu não era exatamente tímida nem nunca fui, sobretudo com Ian. Afinal estávamos casados havia tempo suficiente para que ele conhecesse sardas em meu corpo que eu mesma não sabia que tinha. Ainda assim, senti as bochechas sapecarem ao sair do colo dele e lhe entregar o caderno.

— Eu quero que você me desenhe. — Puxei o cinto e sacudi os ombros. A seda do roupão acariciou minha pele antes de se amontoar aos meus pés. — Assim.

Um silvo áspero vibrou em seu peito, as íris de ônix tomadas por relâmpagos prateados.

— Nua.

— Sem nenhuma barreira entre nós dois — expliquei, meio sem jeito. Meu marido já havia me desenhado sem roupa antes, mas de cabeça. Eu nunca posara para ele, nem mesmo vestida.

— Certo. Certo. — Um pouco corado (e não exatamente por acanhamento), ele correu uma das mãos pelo cabelo com outra respiração irregular.

— Eu... onde devo ficar? — perguntei, tensa.

— Na minha cadeira. — Ele se levantou depressa. Depressa *demais*, e acabei rindo.

Pigarreando, ele tateou a mesa para encontrar um toco de grafite. Depois observou o escritório, parecendo não saber o que fazer a seguir. Bom, pelo menos eu não estava sozinha nessa.

— Hã... Luz. — Ian foi até a cortina diáfana, cerrando-a, e então apanhou o castiçal no alto do armário para dispô-lo no centro da mesa. Tirou o paletó e a gravata, antes de enrolar as mangas até a altura dos cotovelos.

Enquanto isso, eu me acomodei na cadeira, buscando uma posição confortável. Foi bem mais difícil do que eu imaginei que seria. No entanto, quando Ian apoiou uma das pernas na mesa, o caderno sobre a coxa e fixou a atenção em mim, minha inibição se dissolveu na admiração quase divinal, na paixão contida atrás de suas retinas.

Mais relaxada, cruzei as pernas, dobrei o braço e encaixei o queixo em uma das mãos. Ian umedeceu os lábios antes de posicionar o grafite no papel e começar a rabiscar. Cada ponto que seu olhar me tocava ganhava vida. A curva do queixo, o arco do lábio inferior, a base do pescoço, ao longo da clavícula, o vale entre meus seios... Não era o olhar do artista diante de sua musa; Ian já fazia amor comigo. Não sei por quanto tempo permanecemos suspensos naquele jogo de olhares — horas, dias, milênios —, mas me dei conta de que era exatamente do que precisávamos. Cerzir o rasgo que havia entre nós, religar a conexão maravilhosa que compartilhamos desde o primeiro instante. No entanto, quando ele soltou uma longa baforada e abriu um dos botões da camisa, o rosto sombreado por um sentimento inconfundível, eu cheguei ao limite.

— Talvez a gente pudesse terminar mais tard...

— Graças aos céus!

Antes que eu pudesse piscar, ele se avolumava sobre mim, passando um dos braços sob minhas pernas ao mesmo tempo em que me beijava, liberando a urgência que com muito custo ele controlara até então. A próxima coisa que eu soube era de estar sobre a mesa, Ian entre minhas coxas, me dedilhando, conferindo se cada centímetro meu estava exatamente como na última vez que estivemos assim tão juntos. Meus dedos também passearam por todo ele, sedentos, saudosos, ansiosos. Não era apenas o desejo que me guiava, nem porque havia muito mais dias do que eu poderia suportar que não partilhávamos a cama, que eu não sentia sua pele na minha. Era mais que saudade ou tesão. Minha alma precisava tocar a dele.

Visivelmente, meu marido tinha a mesma necessidade, e mesmo assim tentava se segurar, ir devagar, se deleitar com cada instante, mas estava tão perto do limite quanto eu. Eu precisava dele, e ele de mim. Ian interrompeu o beijo para puxar a camisa pela parte de trás. Praguejou quando a peça se enroscou em sua cabeça. Rindo, eu o ajudei a se livrar da camisa. Em vez de voltar a me beijar, os ombros largos e nus se avultaram sobre mim, o sorriso arrebatador iluminando-o de dentro para fora.

— Esse é o som que eu mais amo no mundo. — Seu peito se expandiu em uma pesada exalação. — É o que mais me fez falta. O mundo se tingiu de cinza sem seu riso.

— Senti saudade de você todo. — Afastei os cabelos que lhe caíam na testa, escorreguei as palmas pelos ombros generosos, e, ah, meu Deus, como era bom poder tocá-lo outra vez. — Eu amo você, Ian.

Saboreando as palavras, ele cerrou as pálpebras, como se as ouvisse pela primeira vez e não pela bilionésima. Ao abrir os olhos, divisei o amor crepitando com violência dentro dele; não era preciso que dissesse que me amava. Mas ele disse mesmo assim, e me beijou daquela maneira afoita, urgente, e não foi nenhuma surpresa darmos continuidade ao que havíamos começado.

Quando tudo o que havia entre nós eram nossas próprias peles, Ian começou a tremer, indefeso, perdido na imensidão do que sentia, exatamente como acontecera tantas décadas antes, na noite em que retornei para ele. E fiz exatamente o mesmo que naquela noite: eu o abracei com braços e pernas, e o ajudei a encontrar o caminho de volta para mim. Ao finalmente nos encaixarmos, ele proferiu meu nome, uma súplica, uma prece, e experimentei a mesma sensação da nossa primeira noite. Eu, enfim, voltei para o meu lar — bem ali, no centro do peito de Ian.

* * *

A cortina do escritório se tornara uma espécie de tela em tons de laranja e rosa à medida que o sol começava a escorregar para a linha do horizonte, filtrando os raios mornos que tocavam minha pele nua. Minha cabeça subia e descia com os movimentos da respiração de Ian, tão lânguido quanto eu, esticado no centro do tapete do escritório, um dos braços dobrados atrás da cabeça, a outra mão enterrada em meu cabelo embaraçado.

— A gente vai ter que sair daqui em algum momento? — choraminguei, desejando nunca mais me mover.

Ele riu, fazendo minha cabeça vibrar.

— No que depender de mim, você jamais vai deixar este tapete.

Como eu amava aquele plano. O problema era que havia coisas nos esperando do outro lado da porta.

— Nós precisamos ir à delegacia — eu o lembrei, deitando de lado para encará-lo. — O seu Rosenberg está nos aguardando.

Fitando as vigas no teto, meu delicioso marido deu um pesado suspiro.

— Você já parou para pensar que a sua tendência a atrair confusão pode ter algo hereditário, e que nossas filhas a herdaram? Vou ficar de olho em Leon na próxima vez que o encontrar.

— Ei! — Belisquei sua cintura e ele se contorceu, rindo.

— Bem, é melhor ir à guarda e resolver essa história de uma vez, para que possamos deixá-la para trás o mais rápido possível. — Curvou-se para beijar minha testa antes de, com um gemido, se sentar. — Vou tomar um banho. Você vem?

Tudo o que eu queria era segui-lo. Mas sabia, pela maneira como o olhar dele estava impossivelmente mais escuro e meu baixo-ventre se retorceu, que se eu o acompanhasse nunca chegaríamos à delegacia. Então tive que recusar, ajudando-o a entrar nas roupas. Depois ele fechou os botões do meu vestido e deixou o escritório, a camisa para fora da calça, o paletó revirado do avesso pendendo do ombro, o cabelo em uma deliciosa bagunça sexy.

Tá legal, uma ou duas horas não fariam tanta diferença assim... Comecei a ir atrás dele, mas fui interceptada por um seu Gomes muito irritado.

— Sra. Clarke, perdoe-me, mas há uma visita à sua espera na sala.

— Quem?

— A senhora não vai gostar. Eu não gostei. Vou servir os biscoitos que sobraram da semana passada. Espero que estejam embolorados e provoquem uma bela disenteria. — Com um *hunf*, ele partiu para a cozinha.

Só compreendi a irritação do seu Gomes ao chegar à sala principal e dar de cara com o sujeito que eu queria pegar pelo pescoço por tantas razões diferentes.

— É muito cara de pau aparecer aqui, senador, depois de tudo o que seu filho fez com Analu.

— Acredite, o desprazer é todo seu. — Fez uma mesura jocosa. — Não vai me convidar a sentar, madame?

— Não. O que faz aqui?

O bigode se espichou conforme ele sorriu.

— Ora, eu vim cobrar o que me deve.

— Eu *não* devo nada a você — enfatizei, à beira de perder a paciência.

Já ele parecia estar apreciando cada segundo e cruzou os braços atrás das costas.

— Minha cara, como você não apresentou nenhuma prova de que a dívida foi amortizada, é meu papel reaver o que me é de direito.

— Tem certeza de que é seu direito? Em algum momento pretendia me contar que é o genro do sr. Afonso?

— Não sou genro daquela gente — replicou, injuriado. — A justiça anulou o casamento.

— E mesmo assim você ficou com tudo o que era deles. Como convenceu uma mulher sensata como a dona Gina a passar tudo para o seu nome, senador? Alguma coisa parece fora do lugar.

— Sim, seu nariz enxerido. — Tive o prazer de vê-lo empalidecer. Ele se recuperou e me estudou daquele seu jeito desprezível. — Não se desvie do assunto, madame. Como seu marido... digo, seu advogado, não apresentou uma nova proposta de acordo, me cansei de esperar. O sr. Raposo redigiu o documento em que passa a Infinito para o meu nome em troca da dívida. — Ele puxou um papel de dentro do paletó e me estendeu.

— Eu não vou assinar porcaria nenhuma. — Não me movi um único centímetro.

— Eu temia que me dissesse isso. — Ele colocou a papelada sobre a mesinha de centro. — Por isso me antecipei e acertei nossa audiência com o juiz. Espero que depois de amanhã seja um bom momento. — Bateu na pança. — Grande homem, o dr. Guilhermino Carvalho. Tivemos uma excelente conversa ontem à noite. Ele ficou empolgadíssimo para desfrutar de uma temporada em minha casa, na belíssima Veneza. Até se ofereceu para antecipar a audiência para amanhã, mas chegamos ao consenso de que uma boa caçada seria mais prazeroso.

Em outras palavras, o juiz estava do lado dele. Que ótimo.

— Mas... — prosseguiu ele, com um sorriso irônico — eu posso mudar de ideia e esquecer que existe uma dívida. Tudo o que precisa fazer é retirar a queixa contra Ricardo.

Comecei a rir.

— Ah. É disso que se trata. O senhor veio aqui para livrar a cara do seu filho. Manter a sua reputação de pai zeloso e tal.

A maneira como ele jogou a cabeça para trás e gargalhou enviou um arrepio pela minha espinha.

— Acaso pensa que me importo com o paspalho? Não, madame. Isso não tem a ver com meu filho. Tem a ver com tê-la de joelhos aos meus pés.

— A esta altura, senador, já devia saber que eu não sou mulher de me ajoelhar diante de ninguém, muito menos de um sujeitinho sem escrúpulos feito você.

— Mas vai, de uma maneira ou de outra — disse, tomado por uma raiva quase homicida. — Eu removi a cláusula em que cobrava o débito em espécie. Sua escolha agora é perder a fábrica ou libertar o homem que sequestrou sua filha.

Toquei a testa no ponto exato em que a ferroada começava a se intensificar.

— Por que está fazendo isso? Por que está tão empenhado em me destruir?

— O nome é justiça. É tudo o que eu busco. Seja qual for sua escolha, acredite, estarei lá para vê-la tombar sobre os joelhos.

Estática, acompanhei o homem encaixar o chapéu na cabeça e ir embora. Esperei até não poder mais ouvir os ruídos da carruagem para inspirar fundo e, trêmula, me soltar na poltrona.

Filho da mãe. O maldito queria que eu rastejasse, não é?

— Sofia, quem era? — Ian passou pelo batente, terminando de amarrar a gravata, o cabelo ainda úmido do banho.

— O senador. Conseguiu agendar a audiência com o novo melhor amigo, o juiz Guilhermino, para daqui a dois dias. — Indiquei o documento sobre a mesinha.

— Pensei que o juiz fosse justo, incorruptível. — Abandonando as pontas da gravata sobre as lapelas, ele veio apanhar a papelada, pondo-se a ler. Então me encarou, tenso. — Ele não quer mais o pagamento em espécie. Quer a fábrica.

— A menos que a gente desista de formalizar a queixa contra Ricardo — contei, enojada.

— O quê? — ele meio riu, meio rosnou.

Fiquei de pé, andando de um lado para o outro, vendo tudo vermelho.

— Estou tão... tão... *Argh!* Sabe quantas pessoas tiveram que ouvir proposta semelhante de um homem rico ou poderoso para limpar a barra de alguém como o senador? Sabe quantas são silenciadas pelo poder, medo, chantagem, coação?

— Centenas de milhares. — Ian se colocou em meu caminho, as mãos descendo pelos meus braços. — O que quer fazer, Sofia? Eu a apoiarei, seja lá que decisão tome.

Massageei a têmpora, tentando aliviar a dor de cabeça.

— Não existe uma decisão a tomar. É como Ana me disse: ele não quer um acordo, deseja a minha dignidade, minha força. E não vai tê-las, Ian. Isso eu juro.

Ele pode ficar com a minha fábrica se quiser. Com o meu faetonte, até com as roupas que eu tenho no corpo, mas nunca vai conseguir me calar. Agora é a minha vez de falar. E eu vou ser ouvida.

Os olhos de Ian faiscaram com indisfarçado orgulho.

— Como pretende fazer isso, meu amor?

Era uma excelente pergunta. Como raios eu me faria ouvir?

52

Eu sabia que a paz não ia durar muito.

O sol já havia baixado na linha do horizonte quando a carruagem atravessou a vila, e Ana Laura se perguntou o que havia de errado com o tempo. Perdera o traço da hora, arrebatada por aquele homem, e não prestava atenção em mais nada. Mesmo a confeitaria elegante aonde ele a levara para jantar antes de tomarem o rumo de casa era apenas um borrão em sua mente. Mal se lembrava do que havia comido, só sabia que era delicioso, embora o sabor e o prazer da companhia se misturassem dentro dela.

Queria que esta noite nunca tivesse fim, se flagrou desejando, sobretudo porque, diferentemente da ida, dessa vez Alexander se sentara bem ao seu lado. A carruagem deu um sacolejo brusco ao transpor uma valeta, de modo que foi lançada para a esquerda. Deixou escapar um som desconexo, parte gemido, parte surpresa, ao ter o corpo praticamente achatado ao dele.

— Perdoe-me. — Ela começou a recuar.

Depressa, Alexander cercou com os braços sua cintura e a trouxe mais para perto.

— Não — ele implorou em seu cabelo. — Espere mais um pouco, Ana. Me deixe desfrutar dessa alegria desmedida, ter você a salvo em meus braços. Só mais um instante, por favor.

Aliviada, ela relaxou, abraçando-o de volta, e ficaram assim por um longo tempo. O silêncio na cabine não era do tipo inquietante, que faz as mãos suarem em busca de um assunto qualquer para quebrar o constrangimento. Ao contrário, era confortável, bem-vindo e tranquilizador, como quando se deita na cama após um dia exaustivo e tudo o que se ouve é o som da própria respiração.

Recostando a cabeça em seu peito, ela assistiu aos últimos raios de sol desaparecerem no horizonte, um cintilar espocando no veludo preto do firmamento.

— Muitos chamam aquele corpo celeste de estrela d'alva — ela comentou, deliciando-se com o calor que a envolvia. — Na verdade é o planeta Vênus. Foi Galileu Galilei quem fez a descoberta, no século XVI. Ele conseguiu observar que Vênus tem fases, como a nossa lua.

— Ou as mulheres, se levarmos em conta seus humores. Talvez por isso Vênus seja a única garota do sistema solar. Bem, ela e a Terra.

— Às vezes penso se alguém está observando o céu de outro planeta, especulando se existe vida lá fora. Espere! — Ela se sentou e o encarou. — Você sabe se existe vida em Vênus, por conta das suas viagens no tempo?

— Sinto muito desapontá-la — pressionou os lábios em uma pálida linha fina —, mas, até onde tive acesso, a ciência ainda não conseguiu confirmar a existência de seres vivos fora da Terra. Infelizmente.

Ela ponderou por alguns minutos antes de voltar a se aconchegar nele e acrescentar:

— Bem, não significa muito. Ninguém nunca provou a existência de fadas madrinhas, e no entanto...

— E no entanto... — Ele beijou o topo de sua cabeça, antes de fechar os dedos sobre os dela e começar a murmurar alguma coisa. Uma canção. *A* canção, ela logo reconheceu, a voz de barítono se distorcendo com emoção. — *Someday I'll wish upon a star and wake up where the clouds are far behind me, where trouble melts like lemon drops high above the chimney top... That's where you'll find me. Oh why, oh why can't I?*

A súplica melancólica produziu um calombo na garganta dela. "Um dia eu vou fazer um desejo a uma estrela e acordar onde as nuvens estão bem atrás de mim, onde os problemas derretem como balas de limão acima da chaminé. É onde vai me encontrar. Oh por que, oh por que não posso?"

— Você está triste. — Ana recuou para espiá-lo.

— Não exatamente. Eu só imaginei que não me restasse coisa alguma. Que meu coração estivesse selado para sempre, e não havia nada além de sombras em mim. Eu estava errado. Estava errado sobre tantas coisas... — Os olhos de aço se demoraram no rosto dela, como se fosse capaz de desnudar sua alma. Como se o estivesse marcando a ferro na memória. — Encontrei você, brilhante feito o próprio sol, que afastou as sombras, me lembrou de que ainda restava muito do homem que eu um dia fui e que pensei não mais existir. Você o trouxe de volta à vida.

O aperto no peito a impedia de raciocinar, de respirar. *Não*, agitou a cabeça. Nada estava perdido ainda. Alexander estava ali.

— Você também despertou a mulher que eu sou, não a que esperavam que eu fosse. Me ensinou a não temê-la, a acreditar nela. Alexander, eu amo...

— Não. — Tomou seu rosto nas mãos em concha, torturado. — Não diga, por favor. Eu não suportaria, pois não existe um mundo em que eu possa lhe contar como me sinto, Ana. Se existisse, então eu diria que...

Respirando com dificuldade, Alexander tentou domar a tormenta refletida nas íris cinzentas, pressionando a palma dela contra o peito, como se pudesse incorporá-la ao próprio corpo. E foi com o toque que ele perdeu a batalha.

— Eu diria que quero conhecer seus sonhos, desejos, tentar realizá-los — proferiu com urgência. — Nesse mundo livre, eu gostaria de contar que eu nunca pensei que um dia voltaria a me sentir assim de novo, grato só por estar na presença de alguém. Nesse mundo, eu diria que você não me sai da cabeça desde o momento em que acordo até o adormecer. E mesmo nos sonhos você está lá, com sua luz me guiando para onde eu quero estar: seu coração. — Resvalou os lábios em sua bochecha, então em cada uma das pálpebras úmidas, a pontinha do nariz, a curva do maxilar, embebedando-se com cada toque e carícia.

Ela própria se sentia embriagada com o arrebatamento e veneração faiscando nas íris metálicas, aquecendo-a de dentro para fora. Num impulso, porque precisava dele mais que de ar, ela esticou o pescoço e o beijou. Alexander não hesitou, e correspondeu, apossando-se de sua boca, devorando-a. Não se tratava de um encontro físico. Era mais que matéria; era um encontro profundo, uma espécie de fusão indissolúvel de essências.

Agora ela compreendia por que tantos poetas dedicavam uma vida inteira a idolatrar a paixão, e falhavam. Palavras não conseguem aprisionar a magnitude do amor. Ela não estava preparada para visitar um plano diferente do que conhecia, metafisico e etéreo, feito de estrelas e luz. Não estava preparada para que Alexander se rendesse tão completamente, se prendesse a ela com tamanho desespero e abandono. Não estava pronta para ela própria se sentir tão indefesa e entregue, e ainda assim mais forte que nunca. E, quando Alexander aprofundou o beijo e a envolveu em um abraço protetor e um tanto possessivo, como se tentasse protegê-la de si próprio ao mesmo tempo em que a reivindicava, se apossava de seu coração e alma, ela finalmente compreendeu a loucura de Romeu por sua Julieta. Analu poderia morrer se Alexander lhe fosse arrancado naquele instante.

Afoito, ele se dobrou sob ela, uma das mãos se enredando em sua coxa. Ana ofegou.

Inesperadamente, ele se afastou, batendo as costas na estrutura da cabine, deixando-a fria e confusa.

— Perdoe-me. Eu preciso de um momento, ou vou acabar fazendo uma besteira — falou sob a respiração curta.

Também sem ar, ela ficou imóvel. Levou alguns minutos para que ambos encontrassem uma cadência — quase — natural. Ao se endireitar, o fogo ainda o consumia por dentro.

— Deus do céu, Ana, você é minha perdição.

— Acho que posso afirmar com bastante convicção que você é a minha. — Tocou a bochecha escaldante.

— Essa é a coisa mais bonita que alguém já me disse. A mais estúpida também. Não preciso que me dê mais do que já deu. — Ele beijou sua testa, demorando-se muito mais do que a sociedade tolerava, muito menos do que ela precisava. — Obrigado, Ana. Por me dar o dia mais bonito de toda a minha vida.

Preferindo ignorar o tom melancólico, ela tentou ajeitar o penteado. Céus, ele havia feito uma tremenda bagunça ali.

— Podemos ter muitos outros. — Enfiou os fios de volta nas forquilhas da melhor maneira que o sacolejar do veículo permitiu. — Mamãe me contou o que aconteceu com ela quando conheceu alguém como você.

— Ela não devia ter contado. — Ele a olhou de viés.

— Mamãe faz muita coisa que não devia. Mas eu estava pensando...

Surpresa ao perceber que a carruagem havia parado, ela espiou pela janela e avistou a própria casa. Alexander saltou para ajudá-la a descer. Não. Não estava pronta para se separar dele ainda. Se é que um dia estaria. Por isso, em vez de entrar, ela o pegou pelo braço e começou a afastá-lo da mansão, seguindo pelo jardim de rosas.

— Eu acho que tenho um plano — confidenciou.

— A esta altura você já devia ter entendido que planos não são exatamente o seu forte. Eles nunca terminam bem. — Havia uma reserva em seu tom que ela nunca ouvira antes.

Ainda assim, ela enrolou o braço ao dele e continuou seguindo pela trilha de cascalho.

— Este pequeno detalhe não vai me desanimar. Mamãe me contou que depois da experiência com o papai, neste século, lhe deram uma escolha: voltar ou não para ele. Eu terei essa opção, não? E não preciso pensar na resposta. Eu já a tenho agora mesmo.

— Ana... a experiência de cada um é diferente. O que aconteceu com a sua mãe não é regra. A interferência ocorre de inúmeras maneiras. Pode não haver escolha.

— Ah. — Murchou um pouco, mas logo tratou de se recuperar, guiando-o para dentro do caramanchão. — Bem, na hipótese de não acontecer... minha família tem uma casa nas montanhas, poderíamos usá-la por uns tempos. Tenho algum dinheiro guardado, economias que planejava usar para comprar equipamentos, caso tivesse a chance de ir para a escola de medicina. Podemos usá-lo até... até tudo se acalmar e...

— A primeira falha desse plano — ele a interrompeu, as sobrancelhas abaixadas. — Eu quero te dar coisas, não arrancá-las. Eu jamais permitiria que gastasse suas economias comigo. Tenho dinheiro o bastante para nos sustentar.

— Melhor ainda! Mas creio que nenhum de nós conseguiria ficar ocioso pelo resto da vida. Você é bom com plantas, poderia conseguir trabalho nessa área. Eu sei bordar e costurar muito bem. Talvez arranje uma vaga em algum ateliê. Também sei preparar infusões, cataplasmas, emplastros, chás medicinais. Tio Lucas me ensinou tudo.

Mostrando um arremedo de sorriso, ele se desprendeu dela e foi se sentar no banco iluminado apenas pela luz da lua.

— Você tem mesmo um plano.

— Você vai adorar a casa. — Ela se atirou ao lado dele, as saias se inflando feito um balão ao redor dos quadris. — Tem janelas azuis, um jardim muito bem cuidado e uma cachoeira não muito distante. E, quando as crianças chegarem...

— Um menino e uma menina — ele completou, absorto. — Os dois teriam esses seus olhos, e eu nunca conseguiria educá-los. Me desarmariam toda vez que eu tentasse passar uma bronca.

Ele finalmente começava a entender, o que só alimentou ainda mais a necessidade dela de continuar falando.

— Toda noite após o jantar podemos nos reunir na sala para a leitura, como sua família fazia. Você vai ocupar uma poltrona. E eu me sentarei...

— Em meu colo. — Suas pálpebras tremularam, como se contemplasse a cena. — Balançando um dos pés no ar enquanto enrola no dedo uma mecha de cabelo, atenta à leitura. Eu mal ouviria o que estava sendo lido, ainda me perguntando que raios de tão espetacular eu fiz para ser digno do seu amor.

— E eu provavelmente vou fingir que leio, porque seu olhar me desconcentra. — Tocou o pingente de cobre por cima da camisa. — Mas então uma das crianças reclamaria que o irmão está implicando e teríamos que conseguir um acordo de paz. Nós dois os colocaríamos na cama, depois recolheríamos a bagunça e prepararíamos o que fosse necessário para o dia seguinte. Estaríamos exaustos ao nos deitar.

Alexander deu um sorriso curto, mas não foi o bastante para apagar a tristeza em seu timbre ao proferir:

— Você se esticaria para me dar um beijo de boa-noite. E eu perderia o controle de minhas emoções e nos manteria acordados madrugada adentro. Uma vida completa e perfeita. — Ele engoliu com dificuldade e abriu os olhos, as íris de metal líquido cristalizadas pela umidade que ele continha com algum custo. — Você faz alguma ideia de como eu amo você, Ana Laura?

Ela puxou uma grande quantidade de ar. Já havia entendido que ele a amava, mas ouvi-lo dizer as palavras provocou um alvoroço em seu peito.

— Eu o amo, Alexander. Muito mais do que consigo expressar.

A emoção o dominou, fervilhando no fundo de sua alma. *Tão linda,* Ana suspirou, elevando o rosto para encontrá-lo. Foi um beijo diferente dos outros que haviam partilhado. Apesar de a mesma intensidade que os fizera companhia no trajeto até ali ainda estar presente, era outro sentimento que sobressaía. Mais doce e profundo, inquebrável.

Uma espécie de zumbido a alarmou. Ana observou as flores do caramanchão à procura do enxame de abelhas. E ficou confusa ao perceber que o *buzzz buzzz buzzz* insistente vinha do paletó de Alexander.

— O que é isso?

Uma veia se elevou no pescoço largo, tamanha a força com que apertava a mandíbula.

— Eles me encontraram — murmurou entredentes, puxando do bolso interno do paletó uma caixinha metálica prateada.

Sem fazer ideia do que o objeto significava, mas muito ciente do desespero que trouxera ao rosto do homem a quem amava, Ana a pegou e atirou longe. Infelizmente, a coisa continuou a zunir no gramado.

— Vamos fugir! — sugeriu, afoita. — Podemos pegar a carruagem da minha família. Depois enviarei um bilhete explicando tudo. Se sairmos agora, podemos despistá-los. Você pode me escolher. Todo mundo tem escolhas, Alexander.

— Não alguém como eu. Me escute. — Segurou seu rosto entre as palmas. — Você está destinada à grandeza. Lute pelo seu lugar. Eu vi, Ana. Sua mente, seu coração, sua bravura. Me prometa que nunca permitirá que nada nem ninguém apague a luz que existe em você.

— Então fique e me ajude a mantê-la acesa. — Uma lágrima escorreu por sua bochecha. — Você prometeu que ficaria do meu lado enquanto eu precisasse de você. Eu preciso, Alexander. Sempre vou precisar.

Curvando-se, ele apanhou a gota salgada com os lábios.

— Tudo de que precisa está aqui dentro. — Beijou sua testa. — E aqui. — Espalmou a mão sobre o coração dela, perdido em profunda agonia. A mesma que ela avistava em Alexander. — Nunca se esqueça disso, Ana.

Tentando convencê-lo a mudar de ideia, ela se curvou para capturar sua boca em um beijo afoito, violento. Era como se ela tentasse engoli-lo e guardá-lo dentro de si. Alexander fazia algo semelhante, mas a maneira como ele a tocava, como parecia tentar absorver tudo o que pudesse... Ele lhe dizia adeus, não é?

Delicadamente, ele a segurou pelos punhos e a afastou. Ana se recusou a soltá-lo. Foi o mesmo que tentar deter o curso do mar com uma peneira; Alexander escorreu por entre seus dedos e foi apanhar a peça prateada. Encrespou o cenho para o retângulo que zumbia feito uma colmeia ao se endireitar. Sem saber o que fazer, o que aconteceria a seguir, ela se aproximou devagar, espiando por sobre o ombro largo. Leu algo na parte escura do objeto.

Jornada concluída com sucesso.

— Que porra é essa? — ele esbravejou.

— O que foi?

— A mensagem. Está errada. Não é o que eu recebo ao concluir uma missão. Isso é o que as pessoas que são socorridas recebem. Não eu. *Nunca* eu. — Ele esfregou os olhos e leu novamente. — Isso é ridículo. Essa merda não faz sentido.

— Não mesmo?

Ana girou em direção à nova voz. Um calafrio percorreu sua coluna de alto a baixo ao reconhecer a mulher parada do lado de fora do caramanchão, observando-os em silêncio.

— Sra. Eulália? — ela balbuciou.

No entanto, a empregada do padre Chagas parecia diferente naquele traje fino cinzento, o cabelo prateado na altura do queixo esvoaçando livremente com a brisa na ausência da touca. Mas foram os olhos — que, pela primeira vez Ana notava, eram do mesmo tom dos de Alexander — que a fizeram dar um passo e se colocar entre ele a mulher.

De nada serviu, já que Alexander veio ficar ao seu lado, os punhos cerrados ao encarar a senhora.

— Você a conhece? — Os olhos dele quase saltaram das órbitas. Como Ana fez que sim, a ira impetuosa o dominou ao se voltar para a mulher. — Que merda está fazendo, Abigail?

Abigail?

— Ora, você já sabe a resposta, meu amigo. Mesmo que não queira admitir. Você me viu chegar.

— É diferente dessa merda que me enviou. Pare com essa brincadeira agora — demandou.

— Não estou brincando, meu querido.

Encarando o perfil duro de Alexander, Ana sentiu as lágrimas se amontoarem nos olhos. A emoção que o dominara enquanto ela fantasiava estupidamente um futuro feliz ao lado dele era um adeus. Também compreendeu outra coisa: aquela mulher estava ali para levá-lo.

— Não! — ela murmurou.

Alexander pressionou a curva do nariz entre dois dedos antes de fulminar a mulher.

— Estou aqui por Ana Laura, não por mim. — Ele apontou o objeto para Abigail, avançando alguns passos. — Sempre foi por ela! Tem que ser por ela. Diga que isso é brincadeira, por favor.

A mulher sorriu com tristeza.

— Acredite, não foi fácil manter esse segredo longe de você por todos estes anos, meu amigo. Vou sentir sua falta.

— NÃO! — Ele girou, os olhos esbugalhados ao estender a mão para Ana, que de imediato tentou alcançá-lo, mas não chegou a dar um passo. A violenta explosão a atirou no chão, a luz branca devorando Alexander, o caramanchão, o coração de Analu.

Depressa, sem a visão, ela engatinhou pelo tablado chamando por ele, atrapalhada com o volume das saias. Tudo o que seus dedos encontraram foi a perna do banco.

— Não. Não. Não! Por favor, não!

— Ana, o que foi isso? — Escutou os passos, e então o vento suave quando alguém se abaixou ao seu lado. A mãe, reconheceu pelo toque em seu rosto. — Ana! Por favor, fale comigo, filha. O que está acontecendo? Onde está Alexander?

Ainda cega pela luz, ela enterrou o rosto na saia da mãe.

— Ele se foi, mamãe! Ele se foi!

53

Está acontecendo de novo, Nina. Só que eu estava errada. Analu não replicava a minha história. Era a de Ian!

Eu mal conseguia me manter na cadeira da sala de jantar, esperando que Ian retornasse do quarto de Analu com alguma notícia. Ela ter comido alguma coisa já acalentaria meu coração.

Na cadeira oposta, Marina encarava seu café da manhã intocado, um furinho de preocupação surgindo no meio da testa. Esse também era meu estado agora.

— Já chega! — Ela empurrou a cadeira para trás e ficou de pé. — Ana vai comer alguma coisa, nem que para isso eu tenha que enfiar a comida goela abaixo.

— Espere um pouco, Nina. Seu pai pode ter conseguido algum progresso. Quem sabe essa demora signifique que ele enfim conseguiu convencê-la a comer.

— É melhor que tenha mesmo. Eu já não suporto ver minha irmã desse jeito. É como... como se ela não estivesse mais aqui, mãe.

— Eu sei.

Minha caçula não ouvia nada nas últimas quinze horas. Não comera nem dormira, o olhar perdido na janela, esperando que Alexander aparecesse da mesma maneira inesperada como sumira.

Ao menos já não chorava, tentei me consolar. E não funcionou. Após encontrá-la caída no caramanchão, Ana ficou tão apática que por várias vezes me flagrei concentrada no sobe e desce de seu peito, me certificando de que ainda respirava.

E Ian... Eu suspeitava de que ele vivesse uma espécie de inferno pessoal. Não sofria apenas por nossa filha. A súbita partida de Alexander era tão parecida com a separação que experimentamos pouco mais de vinte anos antes. Merda, era como se nossa história se repetisse. Ian, melhor do que ninguém, sabia exatamente o que Analu sentia naquele momento.

Pelo pouco que minha filha conseguira explicar nas últimas horas, a mensagem que vira no celular de Alexander era a mesma que eu recebera ao concluir minha jornada, segundos antes de ser atirada de volta ao século XXI. Então ele era a pessoa a confrontar o próprio destino, e não Analu? Como podia ser possível? Ele ao menos sabia?

Pela maneira como Ana descrevera o encontro com Abigail (que eu desconfiava ser minha fada madrinha), ele não fazia a menor ideia. De certa forma, explicava seu engano quanto a Diogo e Ana, e ao menos uma parte minha estava aliviada por saber que o maldito nunca tinha feito parte do futuro de minha filha. Alexander é quem fazia. *Faria*, me corrigi. Ele teria a escolha de voltar? Ele *escolheria* voltar? Quando Ian e eu nos perdemos, alguém como Alexander nos ajudou a recuperar o nosso final feliz. Quem o ajudaria agora?

Quem ajudaria Analu?

Não percebi que prendia o fôlego até expelir o ar em um longo sopro. Eu queria ajudá-la, mas aquela não era minha história, era a de Ana.

Fada madrinha, chamei mentalmente, me sentindo idiota. Se isso ajudasse minha filha, então tudo bem para mim. *Por favor, eu preciso da sua ajuda mais que nunca. Cuide da minha filha. Por favor, ajude Ana!*

Tudo que ouvi era minha própria pulsação martelando nos ouvidos e o bufar impaciente de Marina.

Ansiosa demais para ficar parada, me levantei e fui para o quarto de Ana Laura, encontrando a porta semiaberta. Espiei pela fenda, avistando minha filha empoleirada no parapeito da janela, a têmpora recostada ao vidro e Bartolomeu aninhado aos pés descalços. Ian se espremia ao lado dela, meio curvado, girando uma maçã entre as mãos. Sua expressão me disse tudo de que eu precisava saber.

Engolindo em seco, segurei a maçaneta pronta para pôr a ideia de Nina em prática e enfiar a comida goela abaixo caso ela não colaborasse, mas, sem entonação, Ana balbuciou:

— Você tentou ir em frente depois que a mamãe desapareceu?

Eu me detive, assistindo a meu marido encher o peito de ar.

— Queria dizer que tentei, mas não posso. Quando se experimenta um amor como o que eu sinto por sua mãe... — A velha tristeza embargou sua voz. — O coração continua batendo, Ana Laura, mas é apenas um movimento biológico involuntário. Eu já estive onde você está agora, acredite. E me arrependo de todo o sofrimento que causei a Elisa nesse período. Ficar sem comer não é a solução. — Ele estendeu a fruta.

Analu apanhou a maçã. Em vez de mordê-la, observou a casca rubra, como se estivesse diante de um espelho. Era quase irônico como eu havia me preparado para o momento em que Alexander reapareceria em nossas vidas, temendo que ele pudesse levá-la para outro tempo, e confabulara todo tipo de maluquice para poder impedi-lo. Agora quase preferia que ele tivesse conseguido levá-la. Doía vê-la daquela maneira, tão... sem vida.

— Fico procurando sinais de que ele esteve aqui, papai. — Ela deslizou um dedo fino pelo talo da fruta. — Mas a cada segundo se torna mais difícil não me convencer de que tudo não passou de um sonho.

Por um segundo, eu tinha vinte e quatro anos outra vez, dirigindo pelas ruas da metrópole onde vivia em busca de qualquer indício que me garantisse que Ian realmente existira.

Pisquei, escapando da recordação quando meu marido tornou a falar.

— Eu sei. Por que acha que tem tantos retratos de sua mãe pendurados nas paredes desta casa? Escute, filha. Se aprendi alguma coisa durante o período em que sua mãe e eu fomos forçados a nos separar, é que o amor não se apaga, não morre, não escorre por entre os dedos. Ele não está em uma casa, nos objetos que tocou, nos lugares por onde andou. Está dentro de você, e irá acompanhá-la aonde quer que for. O amor não é prisioneiro do tempo. Não entende medidas como "nunca" e "jamais", não há obstáculo que não atravesse. Se Alexander a ama tanto quanto você o ama, ele vai fazer o impossível para encontrá-la outra vez.

Tateando o bolso interno do paletó, ele puxou de lá um retângulo amarelado, uma das margens serrilhada devido ao puxão brusco. Reconheci o papel de imediato. Era parte das memórias que ele desenhava.

— Eu fiz esse um pouco antes de você nascer — contou a ela. — Alexander não mudou muito.

Prendendo a respiração, acompanhei Analu apanhar o papel e desdobrá-lo, ofegando ao se deparar com os traços de Ian. Eu sabia o que ela via: um retrato sombreado de meio-corpo do rapaz que entrara em nossas vidas e nos salvara de tantas maneiras diferentes. Os olhos dela marejaram ao delinear com a pontinha do indicador uma parte do desenho. A cicatriz na têmpora, talvez? Ou o perpétuo ar debochado da boca?

— É perfeito. Obrigada, papai. — Sem jamais apartar a vista do papel, um minúsculo sorriso adicionou lindas covinhas a suas bochechas e ela (obrigada, meu Deus!) deu uma dentada na maçã.

Eu me afastei da porta sem fazer barulho. Pensei que Ian ficaria mais um pouco com ela, mas ele despontou no corredor, e veio me encontrar.

— Ao menos está comendo uma maçã — murmurou, sombrio. — É mais do que eu esperava.

— Não sei como ajudá-la. Por mais que tenhamos vivido algo semelhante, qualquer coisa que eu diga parece tão... pouco. Eu só quero que ela fique bem.

— Eu também. — Ele me abraçou, beijando minha testa. — Vamos torcer para que Alexander encontre, seja lá onde estiver, um jeito de voltar para ela. — Então se enrijeceu. — Isaac! Quando chegou?

Olhei para a entrada do corredor, avistando o filho do seu Gomes se apressar, ajeitando o paletó marrom, o chapéu ainda em uma das mãos.

— Não faz nem cinco minutos, patrão. E trouxe boas notícias comigo. — Deu um sorriso significativo.

— Graças ao bom Deus! — Meu marido relaxou os ombros. — Eu já estava perdendo as esperanças. Onde ela está?

— Na sala, patrão.

— Bom trabalho, Isaac! — Sem um minuto a perder, Ian enlaçou minha mão e começou a andar em direção à entrada da casa.

— O que está acontecendo? — Tropecei em meus próprios pés ao tentar acompanhá-lo. — Quem está te esperando?

Detendo o passo, ele ficou de frente para mim, me segurando delicadamente pelos ombros.

— Meu amor, escute — começou, apreensivo. — Antes que pense que eu menti ou escondi algo de você, queria que entendesse que não é nada disso. Eu tinha algumas suspeitas, mas não queria criar esperanças de algo que podia ser apenas teoria da conspiração.

— Você tá me deixando nervosa.

— Não fique. Dessa vez é uma boa notícia. Espero. Nós descobrimos que o senador foi casado com a única filha do sr. Rui Afonso, mas o casamento foi anulado pouco depois do sumiço da esposa, não é? — Os olhos dele faiscaram, empurrando seu nervosismo para um canto remoto. — Não soa estranho que a sra. Gina Afonso tenha elegido como seu herdeiro o homem a quem a própria filha abandonou? Por que uma dama sozinha e desamparada ia se desfazer de todos os bens e concedê-los ao sujeito que a própria filha rejeitou?

Uau. Essa versão de Ian, perspicaz e levemente agressiva, era sexy pra caramba. Eu sabia que não devia reparar nesse tipo de detalhe, mas reparei mesmo assim.

— Eu também pensei nisso. — Me obriguei a recuperar o foco. — Não parece fazer sentido.

— E não faz. Coincidentemente, depois de passar todo o patrimônio ao senador, a sra. Gina também desapareceu.

Sem convite, a voz do senador irrompeu em meus pensamentos. "Toda a negociação foi intermediada pelo meu advogado, como devem supor", dissera ele quando o procuramos na esperança de conseguir encontrar dona Gina. "Sou um homem muito ocupado para perder tempo com velhas tagarelas."

Velha tagarela. Como raios eu não percebi antes que ele a conhecia? Como pude deixar a informação passar?

Espalmei o estômago, onde uma onda gélida começou a se espalhar, me deixando enjoada.

— Ai, meu Deus, Ian. Está me dizendo que o senador é o responsável pelo sumiço delas?

— De uma delas, pelo menos — corrigiu. — Vamos ver o que ela nos diz.

Tornando a segurar minha mão, ele avançou comigo até a sala. Meu All Star apitou com a parada brusca conforme eu encarava a mulher corpulenta vestida de preto com o nariz adunco apontando para o teto.

— Sra. Afonso! Meu Deus, como é bom vê-la! — Corri para abraçá-la, aliviada por ela estar em um pedaço só e não em uma vala sinistra cavada pelo senador.

Ela deu um tapinha gentil em minhas costas. Quando a soltei, ela me ofereceu um sorriso afetuoso repleto de rugas e, com seu forte sotaque italiano, me disse:

— Ora, sua alegria é contagiante, sra. Clarke. É uma recompensa depois desta longa viagem. *No* que eu esteja me queixando. Eu já *no* sabia mais como fugir daquele lugar. Seu marido é um verdadeiro anjo por ter mandado aquele jovem gentil me resgatar.

— Resgatá-la de onde?

— Da casa de saúde em que aquele *schifoso* me trancafiou! — Sua pele branca subitamente ganhou um tom arroxeado ao estreitar os olhos amendoados. — Eu sabia que *no* devíamos confiar nele. Mas Rui me ouviu? Pensou que eu estava sendo implicante. *Ma sei stupida, Dio mio?!*

— Está falando do senador, dona Gina? Ele a trancou num asilo?!

Se acomodando no sofá, as pernas escarranchadas transformando as saias em uma pequena tenda, ela semicerrou os olhos.

— E de quem mais seria? Primeiro, ele subornou *mia* criada de quarto. *Mia* própria criada de confiança! Ela me entupiu de ópio até eu *no* saber mais se estava neste mundo, me fez assinar documentos que passavam tudo para ele, depois me internou em uma casa de saúde! Se o sr. Clarke *no* tivesse enviado o belo *signor* Isaac para me resgatar, eu ainda estaria naquele asilo.

— Ai, meu Deus... — Caí sentada na poltrona. A mão de Ian pesou em meu ombro.

— *Sì, mia* cara. Quando o *signor* Isaac me contou que você enfrentava problemas, resolvi acompanhá-lo. Afinal sou a culpada de Chagas ter elaborado essa vingança contra a *signora*.

— Uma vingança? — Elevei o rosto para Ian, que me deu um aceno compadecido ao apertar meu ombro gentilmente.

— Eu temia que fosse assim. Que a perseguição que vem sofrendo fosse fruto de uma vingança bem arquitetada pelo senador. Lamento muito, meu amor. — E para a mulher: — O que não compreendo, sra. Afonso, é por quê.

— É uma longa história, caríssimo, e eu vou adorar contá-la assim que me arranjar uma taça de *vino* para limpar a poeira da garganta.

Mal ela terminou de falar e o senhor Gomes apareceu com uma bandeja. Depois de pedir o vinho a ele, Ian e eu esperamos a sra. Gina se fartar com os biscoitinhos de nata de Madalena, e empurrar tudo garganta abaixo com meia garrafa de vinho. Meu marido se acomodou no braço da poltrona que eu ocupava quando a mulher espanou os farelos da saia. Compreendi por que ela precisava tanto de uma bebida tão logo começou a falar.

Sua filha tinha horror ao senador, e nunca quisera o casamento. A união fora um pesadelo para a moça. Estremeci ao ouvir dona Gina narrar a crueldade que o senador dedicara a sua filha. Infelizmente, a violência doméstica não era somente aceita no século XIX: era incentivada entre os supostos "cavalheiros". Ian segurou minha mão, apertando meus dedos, também mexido enquanto ela detalhava os castigos físicos que Chagas infligira à filha.

— Nenhuma *mamma* aguentaria calada uma coisa dessas. — Ela fungou, abanando a cabeça. — Mas quem detinha o poder sobre ela era o *marito*, fiz o que *il mio cuore* ordenou. Peguei o dinheiro de alguns pagamentos da Céu Azul e ajudei *mia figlia* a fugir do bastardo!

— A senhora roubou seu próprio marido? — Ian indagou, meio aparvalhado, enquanto eu secava os olhos nos pulsos.

— Eu *no* teria que roubá-lo se ele tivesse me escutado. Mas eu fui esperta. Usei o dinheiro da sra. Clarke para repor o que tinha pegado. Rui e ela sempre estiveram nos melhores termos, *mia* palavra de que ela havia pagado o fornecimento foi o bastante.

Agora eu começava a entender a perseguição do senador. Nunca tivera a ver com dinheiro ou a Infinito, ele me queria na mesma posição que a esposa o deixara: de joelhos.

— Por isso a senhora não quis assinar os recibos na época do pagamento. — Não era uma pergunta. — Não queria despertar suspeitas do seu Afonso. Mas o senador desconfiou, provavelmente encontrou o livro-caixa da Céu Azul e deduziu que eu tivesse ajudado a senhora na fuga de sua filha.

Dona Gina me observou com alguma cautela e fez que sim.

— *Perdonami*. Eu estava desesperada para ajudar *mia bambina* a escapar daquele *maledetto*. Rui nunca desconfiou de nada, eu garanto, sra. Clarke. Mas o *demone* chamado Augusto começou a fuçar nos documentos após a morte do *mio* Rui, esperando encontrar uma pista de *nostra figlia*. Quando o senador encontrou os recibos sem assinatura, veio atrás da *signora*.

— Bem que eu queria levar o crédito pela fuga da moça — pensei alto. — Se soubesse o que ela enfrentava nas mãos do senador, eu mesma teria dado o dinheiro e uma carona pra ela.

— Que coisa mais generosa de se dizer. — Ela secou o nariz curvado para baixo. — Sempre a admirei. E fico feliz em testemunhar que *no* errei em meu julgamento. Por isso estou aqui, caríssima, para consertar as coisas. — Me deu um sorriso fraco antes de dirigir a atenção a Ian. — Sr. Clarke, pelo que seu empregado me contou, o *signor* é advogado.

— Quase sem uso. — Ian encolheu os ombros, se desculpando.

— Vai servir. O *signor* vai me ajudar a recuperar tudo o que me pertence. Depois irei atrás daquele... — Ela liberou um longo e criativo desfile de palavrões em italiano. — O *signor* vai me ajudar, *no* vai?

— Certamente, sra. Afonso. Não vou descansar até que recupere suas posses. — Mas seu olhar estava em mim. "Nós o pegamos", pareceu dizer com uma piscadela.

Sim, se tivéssemos mais tempo e um juiz que não estivesse naquele exato momento caçando na companhia do homem que queria me destruir a qualquer custo. Por mais que dona Gina fosse uma chama tremulando na escuridão, eu não confiava no juiz Guilhermino.

Eu precisava de algo que o senador não fosse capaz de corromper. Algo que fizesse o mundo... Levantei-me em um salto, uma ideia se desenhando em minha mente a toda a velocidade, uma parte minha querendo bater a cabeça na parede. Por que raios não pensei naquilo antes?

— Ian, preciso ir para a cidade imediatamente. Não posso permitir que o senador tenha tempo de criar uma armadilha — falei em um fôlego só. — Eu tenho que detê-lo agora.

Meu marido não perguntou o que eu planejava, apenas me deu um sorriso esplêndido, meio orgulhoso, e assentiu ao ficar de pé.

— Estou pronto quando você estiver.

Apressada, dona Gina apanhou alguns biscoitos de nata e os enfiou no bolso.

— Então, o que estamos esperando?

— Não prefere ficar e descansar? — sugeri. A mulher parecia estar na casa dos setenta e tantos e já havia enfrentado muito tempo na estrada. — Afinal foi uma longa viagem.

— Sra. Clarke, se eu suportei ficar naquela casa de saúde sendo submetida a todo tipo de tortura, posso muito bem aguentar um pouco de cansaço. Além do mais, se o que está planejando vai irritar o *schifoso* do meu ex-genro, *no* vou querer perder isso por nada.

54

Ok, Nina, Ian e eu vamos para a audiência em meia hora. É tudo ou nada.
Me deseje sorte!

Está bem, tudo vai dar certo. Tudo vai ficar bem, eu repetia ao deixar o quarto naquela manhã, alisando a saia do vestido cor de vinho, conferindo se a trança estava no lugar. Eu não queria ter uma aparência assustada diante do senador e do juiz. Não daria esse gostinho a ele.

Tá, eu tinha que admitir que estava nervosa. Era a primeira vez que me apresentaria num tribunal. Uma parte minha achava engraçado que fosse acontecer logo no século XIX, mas a outra gemia, alegando que até que demorara bastante.

Meu nervosismo também tinha relação com a tarde do dia anterior. Eu havia procurado o maior jornal da cidade, que circulava por toda a região, para contar a verdade a respeito do senador e sua chantagem, incluindo o sequestro de Ana. Não cheguei a mencionar dona Gina e sua filha, mas a italiana tinha o próprio plano, e assim decidiu me ajudar, preenchendo com a própria história os hiatos da minha narrativa e comovendo o jornalista — muito embora eu desconfiasse que "estelionato e senador" fossem as palavras que realmente o emocionaram. Eu não fazia ideia se o artigo seria publicado. O próprio jornalista custara a nos dar crédito e só parou para nos ouvir quando dona Gina mostrou a ele o documento que anulava o casamento da filha e do senador Chagas. De toda maneira, mesmo que o artigo fosse esquecido no fundo de uma gaveta, e ninguém além do jornalista a conhecesse, ao menos eu tinha tentado.

Fiz um desvio ao passar pela sala de música e avistar Marina ali dentro. O fato por si só já era preocupante. Mas assim que entrei vi Analu sentada na banqueta do piano, e deixei escapar um pesado suspiro.

— Você saiu do quarto! — Eu a abracei por trás.

Um pouco surpresa, como se não tivesse se dado conta antes da minha presença, ela piscou algumas vezes.

— Mamãe, está tudo bem?

Não. Não mesmo. Toquei o rosto dela, sentindo a tristeza daqueles olhos azuis me abrir por dentro.

— Espero que fique, Ana. — Beijei sua testa. Então fui até Nina, espichada na cadeira, as botas sujas aparecendo na barra da saia azul-marinho, igualmente enlameada. — Estamos indo para a audiência.

— Boa sorte, mamãe. Coloque aquele cretino no lugar dele.

— Prometo que seu pai e eu vamos nos esforçar para isso. Como conseguiu convencer Analu a sair do quarto?

— Ameaçando afinar o piano eu mesma. — Ela ajeitou a fivela do cinto, empurrando com impaciência a bolsinha para o lado. — Aí ela se sentou e só ficou ali, sem escutar uma palavra do que eu digo. Ela não notaria nem se eu estivesse pegando fogo.

— Vamos dar um tempo a ela, Nina. O que ela está sentindo é...

— Dilacerante — completou com um suspiro.

Concordei com a cabeça, beijando sua bochecha antes de ir procurar Ian. Eu o encontrei na sala principal, dando uma última lida nos documentos em que passara a madrugada debruçado. Uma espécie de argumento — que tinha outro nome, mas ele usara tantos termos jurídicos para me explicar o que pretendia que não cheguei a guardar quase nada. Eu bem que me esforçara, mas Ian andava de um lado para o outro pelo quarto madrugada adentro, treinando o discurso que apresentaria ao juiz, vestindo nada além das calças que teimavam em escorregar pela cintura estreita, me distraindo a toda hora. Ele embasara minha defesa na não existência da dívida, já que o senador sequer era o herdeiro legal da propriedade, mas um estelionatário safado que surrupiara uma idosa.

Dona Gina também havia se preparado para nos acompanhar, o traje preto volumoso e o chapéu largo de onde uma pena saltitava davam à expressão austera um ar ainda mais grave.

— Ah, *mia cara*, essa cor fica muito bem em você — ela comentou ao me ver.

— Valeu, dona Gina. Não queria passar a impressão de que estou assustada, embora esteja.

— Fique descansada. Você parece uma *donna* prestes a torcer as orelhas de alguém.

Achando graça, Ian começou a se aproximar, um papel enrolado em uma das mãos.

— Não sei se concordo com a definição da sra. Afonso. Mas você parece tudo menos frágil. Isso chegou faz pouco tempo. — Ele me entregou o documento, que não era um documento afinal, mas o periódico que eu tanto esperava.

— Você já leu? — ofeguei. — A matéria foi publicada?

— Suspeito que você vai gostar. — Ele abriu um sorriso indômito.

Minhas mãos tremiam ao desenrolar o jornal e vasculhar as colunas, afoita por encontrar a matéria. Ah, ali estava o título: "AUGUSTO CHAGAS: SENADOR E ESTELIONATÁRIO".

O jornalista seguia narrando a história de dona Gina, até chegar a mim e à Infinito, e à procura de Ian pela mulher desaparecida, à descoberta de como fora enganada e escondida em uma casa de saúde, ao roubo de sua fortuna, à proposta que o senador me fizera para limpar a barra do filho. Estava tudo ali.

— Uau. Ele realmente tem jeito com as palavras — comentei ao abaixar o jornal.

— Eu teria apreciado mais se ele tivesse se valido de termos melhores para nomear o *demone* — comentou dona Gina, soprando a pena para longe do rosto.

— O que acontece agora? — perguntei a Ian.

— Bem, creio que a sociedade vai começar a especular sobre o caráter do senador e...

Botas pesadas martelando nas escadas da frente nos fizeram virar em tempo de ver o próprio demônio em pessoa passar pela porta, o jornal pendendo da mão direita.

— Você! — Pela maneira como o senador Chagas me observava, parecia debater se me esganava ou fazia picadinho de mim. — Acordei com sete jornalistas parados diante da minha casa por causa dos absurdos que você vomitou neste jornaleco!

— Só sete? Poxa, que decepção. Pensei que você fosse um pouco mais importante, já que se acha tão invencível.

Bufando feito um touro bravo, ele avançou dois passos. De imediato, Ian se plantou a minha frente, e o homem vacilou.

— Você vai fazer uma retratação, madame — ele demandou. — Vai dizer que teve um surto...

— Histérico? — completou a voz grave com o sotaque carregado. Tive o prazer de ver o senador perder a cor ao encarar a sra. Gina. — Como vai, *mio* genro imprestável? *No* vai me dizer que sentiu *mia* falta?

— Eu sabia que tinha esse seu dedo podre nessa história! — Ele se recuperou, adagas saindo de seu olhar para perfurar a idosa. — Só podia ter.

— Bem que eu gostaria de levar o crédito, mas essa bela ideia foi da *signora* Sofia. Eu apenas colaborei. Me diga, Augusto, tem se divertido bastante com *mia* fortuna? Aproveite bem, pois em breve me devolverá cada centavo que me roubou, *schifoso!* — Apontou um dedo imperioso para o político.

Eu ainda não tinha descoberto o significado de *schifoso*, mas devia ser uma baita ofensa, já que o rosto e pescoço do senador ficaram da cor de uma berinjela. O homem deu ares de que pretendia avançar sobre dona Gina. Eu me coloquei em seu caminho... e Ian no meu. Tive que contorná-lo (ouvindo um suspiro exaurido vindo do meu marido) para poder olhar na cara do canalha.

— O que veio fazer aqui, senador? Esqueceu da nossa reunião com o juiz Guilhermino? Ou seu melhor amigo ficou com medo de atirar a carreira no lixo ao se associar a um estelionatário espancador de mulheres?

Furioso, ele agitou o jornal diante do meu rosto.

— Ninguém em sã consciência vai dar crédito aos delírios de uma dama histérica e caprichosa!

— Então por que está suando, senador?

— Porque ele foi e sempre será um covarde — resmungou dona Gina.

O senador ouviu, e dirigiu a ela uma carranca colérica.

— Modere a língua, madame, ou vai acabar morrendo com o próprio veneno.

Calmamente, ela ocupou o sofá daquele seu jeito despachado e o observou de alto a baixo.

— Suponho que *no* corro tal risco, já que você continua falando e vivo, infelizmente.

— Onde aquela maldita está?! — ele esbravejou tão alto que as janelas sacudiram de leve.

Estava se referindo a sua ex-mulher, constatei, irritada. Dona Gina, porém, não se deixou abalar.

— Se *Dio* existe, a salvo de você, seu... — E libertou um criativo desfile de palavrões em italiano. Cheguei a pensar se o senador estava à beira de um ataque cardíaco, pela maneira como fumegava.

— Sua... — Ele tentou passar por mim.

Me preparei para o confronto, mas meu marido estava em guarda, e se colocou entre mim e o político.

— Já chega! — A voz de Ian era baixa e calma, e por isso mesmo tão ameaçadora. — Saia desta casa, e não me obrigue a colocá-lo porta afora. Porque eu vou gostar de fazer isso. Vou gostar muito.

— Você está descontrolado, rapaz! — O senador teve o bom senso de se afastar um metro. — Todos estão, especialmente essa velha, e provarei isso!

— Se *no* calar-se vai conhecer a força da minha palma descontrolada. — Gina pareceu satisfeita quando o senador se encolheu de leve, e gostei dela ainda mais. — Tente provar que estou fora de mim. Será divertido vê-lo espernear ao ser arrastado para a cadeia. Você vai pagar por cada segundo de agonia que infligiu a *mia bambina*, nem que seja a última coisa que eu faça nesta vida.

O senador enfrentou a idosa, depois a mim, a raiva fervilhando por cada poro.

— Vocês duas pensam que essa história vai dar em alguma coisa? Eu sou um político importante! Eu faço a lei. Eu *sou* a lei.

— Apenas por mais dois meses — Ian lembrou a ele, atento a cada movimento do sujeito.

Cruzei os braços atrás das costas e sorri para o verme.

— Agora que minha entrevista foi publicada, acho bem improvável que você tenha apoio popular tão logo se espalhe a notícia de que você espanca e chantageia mulheres, roubou e castigou uma idosa solitária. Até que me saí bem, não acha, senador? Para alguém a quem Deus não deu barba nem nada — citei, enfurecendo-o ainda mais.

— Você é um demônio...

— Histérico e caprichoso? — ajudei, arqueando uma das sobrancelhas.

Chiando feito uma gaita de fole, ele tentou me esganar. Ian não pensou duas vezes: armou o punho e atingiu o nariz de Chagas. O sujeito cambaleou, choramingando ao cobrir o nariz e avistar sangue nas palmas.

— Que beleza, *signor* Clarke! — Uma empolgada dona Gina bateu palmas. — Faça de novo!

Ian, no entanto, não chegou a ouvi-la. Fulminava o senador de um jeito tão assustador que até eu me encolhi.

— Saia desta casa. Deixe minha esposa e a sra. Afonso em paz, ou, eu juro, não serei tão paciente como estou sendo agora. A próxima vez que as verá será em um tribunal. E sugiro que arranje um bom advogado. Não vou descansar até que você pague por cada um dos seus crimes. Farei o mesmo com seu filho.

Segurando o nariz em concha, ele observou Ian, depois a mim, como se estivéssemos cobertos de escorpiões. E deve ter compreendido que meu marido não blefava pois girou sobre os calcanhares e saiu batendo os pés.

— *Dio mio*! — Dona Gina espalmou o peito volumoso. — Já *no* tenho idade para tanta *emozione*. Mas que é divertido ver o *stronzo* sair correndo feito um *cane* assustado, ah, isso é.

Diante da porta, Ian observava com os ombros ainda tensos o político entrar na carruagem e bater a porta com força antes de o veículo desaparecer de vista. Eu o abracei pelas costas e beijei seu ombro.

— Já pode relaxar. Ele vai nos deixar em paz agora.

Ele girou para poder ver meu rosto.

— Como pode ter tanta certeza?

— Porque ele vai estar ocupado demais tentando salvar a própria reputação para ser idiota a ponto de piorá-la. E, se isso não acontecer, a gente sempre pode voltar àquela minha ideia de passar com o faetonte por cima dele.

Rindo, ele enfim relaxou e beijou a pontinha do meu nariz.

— Suspeito que nossa reunião com o juiz tenha sido adiada.

Pela visão periférica, divisei dona Gina ficando de pé.

— Espero que *no* se incomodem em me hospedar por mais um tempo, pois eu *no* tenho outro lugar para ir e nenhum recurso.

Ian me soltou para fazer uma mesura à idosa.

— Será um prazer tê-la conosco pelo tempo que desejar, sra. Afonso. Gostaria que soubesse que, enquanto eu viver, terá minha eterna admiração e gratidão. A senhora é uma dama extraordinária. *Grazie mille.*

— Ora, *no* me faça corar. — Abanou a mão. — Nesta idade, os médicos costumam pensar que estou com gases. Eu é que sou grata por ter se dado o trabalho de me procurar. Ninguém mais procurava por mim.

Sorrindo, fui oferecer o braço à mulher, que tinha dificuldade em alcançar a bengala escorada na mesinha de apoio.

— O que acha de a gente abrir uma garrafa de vinho e brindar a sua saúde, dona Gina? — sugeri.

— Cara sra. Clarke, *no* é à toa que sempre gostei de você. — Ela apertou minha bochecha com gosto. — *Vino e pane* são remédios para quase todos os males. Só vou tirar este chapéu. Esta pena está me dando nos nervos.

Apoiando o corpo arredondado na bengala, ela foi para o quarto de hóspedes.

— Como sabia que a sra. Afonso estava em um asilo? — perguntei a Ian, quando ele foi até a mesa de bebidas e tirou a tampa de uma das garrafas, inspirando o aroma.

— Não sabia. Mas suspeitei de que o senador pudesse ter escondida a sra. Afonso em um local semelhante, depois que Isaac escreveu contando o nome do herdeiro. Pedi que ele modificasse as buscas, procurasse em casas de saúde. Eu torcia para estar errado.

— Mas estava certo. — Por que sua inteligência e perspicácia ainda me embasbacavam era um mistério para mim. Ian sempre fora um homem diferente dos de seu tempo, uma das razões de eu amá-lo tanto.

— Precisamos dar uma bela gratificação para o Isaac. — Eu me enrolei ao meu marido. — Valeu, Ian. Por ter me ajudado a salvar a fábrica e encontrar a dona Gina. Eu não teria conseguido sem você.

— Certamente teria. Afinal você foi a primeira a suspeitar de que havia algo de errado com o desaparecimento da sra. Afonso. O que importa é que agora você está livre do senador e de qualquer ameaça. Pode ter um pouco de paz. — Entortou a boca. — Isto é, depois de planejar o casamento de Marina.

Argh! Tinha me esquecido desse detalhe.

— Então... — Eu o espiei de rabo de olho. — Ainda vou ver o meu advogado de novo, né?

— Provavelmente, até que eu consiga recuperar a herança da sra. Afonso. Por quê? Você não gosta dele? — Arqueou uma das sobrancelhas.

— Ao contrário, gosto muito. — Mordi o lábio inferior, circulando com o dedo o botão de sua camisa. — Eu amo todas as suas versões. E estava pensando que essa eu ainda não conheço muito bem.

Meio sem jeito, porém muito interessado, ele tornou a vestir a expressão inflexível que usara na noite anterior ao treinar seu argumento em nosso quarto.

— Creio que isso possa ser arranjado, sra. Clarke.

Eu ainda ria ao seguirmos para o quarto. Pensei que, enfim, teríamos um dia tranquilo. Depois de tanta tensão, era tudo com que eu sonhava. Só que visitas apareceram no meio da tarde, e, honestamente, nada podia ser mais perfeito.

— Valentina! — Corri escada abaixo assim que a carruagem alugada estacionou diante da casa.

— Ah, Sofia, meu Deus, como senti saudade! — Ela me abraçou com força enquanto Leon cumprimentava Ian com tapas estalados nas costas. — Chegamos esta manhã.

— Pretendíamos aportar antes — completou Leon. — Mas tivemos um imprevisto.

— Não sei se enfrentar uma embarcação pirata disposta a furtar sua carga pode ser chamada de imprevisto. — Valentina revirou os olhos. Ao me encarar, parecia tensa. — Elisa nos hospedará, mas eu tinha pressa em ver você. Ela nos contou que você estava com problemas. Fiquei preocupada.

— Já foi resolvido. Está tudo bem agora. — *Ou quase*, por pouco não acrescentei, me recordando da expressão de Ana Laura quando a convidei para o lanche e ela nem sequer me ouviu.

— Ao menos até o próximo problema encontrar minha esposa. — Ian fez uma careta engraçada.

Leon Navas Alonzo riu, dando um tapinha solidário em seu ombro.

— Sei exatamente o que quer dizer. Você deve estar exausto. Samuel me contou histórias perturbadoras sobre as jovens Alonzo Clarke. Ian, você já parou para pensar que essa tendência a confusão pode ser um traço de família?

Ian e eu nos entreolhamos. E então rimos em uníssono.

— Sabe de uma coisa, capitão? — Enlacei um braço ao da minha tataravó, conduzindo-a escada acima. — Você não poderia estar mais certo.

55

Se não fosse pela sua ausência e a do Rafa, minha família estaria completa, Nina. A visita de Leon e Valentina me deu a desculpa perfeita para fugir de Madalena e das milhares de perguntas sobre o cardápio do casamento. Você ia amá-los, especialmente Leon. Mas tem uma coisa que aprendi sobre ele: nunca, jamais vou voltar a apostar que aguento mais bebida que aquele marujo. Meu cérebro dói toda vez que pisco.

Sentada no banco sob a janela na sala de leitura, Marina Clarke fulminava a última página do livro de cara feia.

— Esta história não tem final. Não tem final, Ana! — Ela se virou para a irmã, sentada no recamier, um livro aberto no colo, mas a visão se perdia em um ponto do papel de parede.

Honestamente, Nina começava a odiar Alexander. Desde seu desaparecimento, a irmã parecia ter perdido a alma, um corpo inabitado se locomovendo através das horas. Já não sabia como trazê-la de volta.

Sua preocupação foi interrompida pela entrada do sr. Gomes.

— O dr. Samuel, seu futuro marido, está aqui para vê-la, srta. Marina — ele anunciou, estufando o peito.

Discretamente, ela escondeu o livro atrás das costas. Um instante depois, Sam surgiu acima da careca lustrosa, elegantemente vestido em um traje cinza-escuro, e deu um tapinha nas costas do mordomo.

— Gostei da apresentação, sr. Gomes.

— Não mais do que eu ao saber que logo serão um casal perante Deus e os homens. — O querido mordomo sorriu, as rugas mais evidentes. — Eu soube desde que vocês me atormentavam roubando as rosas do jardim!

Samuel cravou os dentes no lábio inferior polpudo.

— Então imagino que vá querer usar o par de óculos que eu lhe trouxe, dessa forma não perderá nenhum detalhe da cerimônia.

— E para que eu precisaria de olhos de vidro se os meus funcionam perfeitamente? — Ofendido, ele fez uma mesura curta para um vaso e deixou a sala.

Com um suspiro, Samuel abanou a cabeça e começou a se aproximar da noiva.

— Acha que vou conseguir dobrá-lo em algum momento?

— Duvido muito. — Nina empurrou a almofada do encosto sobre o romance que a prendera a tarde toda e foi recebê-lo. — Seu pai está tentando há meses e até agora não conseguiu nem fazê-lo se sentar na cadeira do consultório.

— Já se perguntou se a teimosia dos Clarke na verdade não é um traço genético, mas algum fator externo? — Apanhando a mão dela, ele beijou o dorso demoradamente, os lindos topázios imperiais se abrasando, e Marina achou muito difícil encontrar a própria respiração. — Talvez algo esteja contaminando a água...

Ela o beliscou de leve no estômago achatado. Samuel riu, e com um sutil puxão fez os corpos se moldarem daquela maneira perfeita que a deixava zonza. Curvando-se, ele buscou sua boca, mas parou no último instante ao ouvir um suspiro vindo de dentro do cômodo. Espiou Ana, respirou pesadamente e soltou sua noiva.

— Não se preocupe com o que Ana possa pensar — ela disse, desanimada. — Duvido que ela tenha visto ou ouvido muita coisa. Ao menos não fica mais trancada no quarto e come de vez em quando. Acha que em algum momento a ciência vai encontrar uma cura para um coração partido?

— Não sei, mas, se alguém encontrar, garanto que se tornará muito, muito rico. — O jovem médico observou demoradamente a prima mais nova. — No momento, Analu é a única que detém essa cura.

Também atenta à irmã, Marina foi se escorar na lateral de uma estante.

— Ana não parece tentar se curar, Sam. — Ela cruzou os braços. — É como se ela tivesse parado de respirar ou algo semelhante. Acho que ela espera que Alexander volte. Você estava a certo ao dizer que ele era perigoso. Veja o que fez com ela!

— Eu posso te ouvir, Nina. — Ana fechou o livro com um movimento brusco.

— Pode mesmo? Nos últimos dias eu tenho a impressão de que você já não vive, apenas existe.

— Não culpe Alexander pela minha tristeza. Ele foi o primeiro a tentar impedir que eu me aproximasse demais. Mas o coração nunca escuta a razão, não é? — Ela abriu um arremedo de sorriso ao primo. — Você parece alguém que acabou de descobrir a cura para todas as doenças do mundo.

Rindo de leve, Samuel esfregou a nuca, sem graça.

— Bem... é tão bom quanto. Vim buscar sua irmã. Padre Antônio está nos aguardando para a confissão. Não que eu esteja empolgado para proferir meus pecados, mas o sacrifício significa que em breve sua irmã será minha esposa. Depois vou visitar uma propriedade. Pode ser que eu tenha encontrado o lugar perfeito para ser o abrigo.

Pela primeira vez em muitos dias, Marina viu um respingo de vida colorir as faces de Analu.

— Marina me contou sobre o projeto — sua irmã disse. — A ideia é maravilhosa, Sam. Fico muito feliz por você e por todos que vai ajudar.

— Eu pensei que poderia contar com a sua ajuda.

— Sabe que eu teria me voluntariado mesmo que não me quisesse por perto. — Ana suspirou, desalentada. — Ainda que seja apenas para cuidar de curativos e manter o lugar limpo.

Forçando-se a ignorar a apatia da irmã, Marina se concentrou no noivo.

— Sam, eu... hã... estava pensando. Será que poderíamos falar com o padre Antônio mais tarde? Eu marquei hora na modista. Preciso encomendar meu vestido. Essas coisas tomam tempo, sabe? Eu e Ana estávamos quase de saída quando você entrou.

Pela visão periférica, ela acompanhou Ana franzir o cenho.

Por favor, não diga nada, irmãzinha.

Samuel também estranhou.

— Está preocupada com um vestido? — Ele se curvou para alinhar os olhares. — Quem é você, impostora? Onde está minha melhor amiga?

— Eu posso me comportar como uma garota, se quiser. Só que nem sempre quero. — Ela tocou a gravata torta. — Podemos nos encontrar na igreja depois que eu terminar no ateliê? Devo demorar uma hora, no máximo.

— Tudo bem. Vou avisar o padre Antônio que nos atrasaremos um pouco. — Ele enlaçou sua cintura e se aproximou lentamente, os lábios se esticando sobre os dentes brancos perfeitos. — Ana Laura, é melhor se virar para o outro lado, pois vou beijar sua irmã.

Marina nunca soube se Ana ouviu o conselho ou não.

Então Samuel se foi, com a promessa de que a esperaria no consultório para irem juntos à igreja. Assim que ficaram sozinhas, Ana deixou o livro sobre a mesa de leitura e a examinou com reprovação.

— Por que mentiu para ele? Você não tem hora nenhuma com a madame Georgette.

— Antes que pense que eu estou aprontando alguma, eu só pretendo ir visitar o sr. Edgar, e não sei como Sam reagiria. Não quero despertar lembranças que talvez o magoem. Nem que ele ouça minha conversa com o sr. Edgar.

— E por que não? — As sobrancelhas de Analu quase se uniram.

— Eu posso estar errada e fantasiando coisas. — Deu de ombros. — Não quero dar a ele falsas esperanças. Também não quero voltar àquela casa sozinha. Mas preciso averiguar se minhas suspeitas estão certas. Então pensei se você não gostaria de ir comigo. Por favor, Ana, só quero descobrir a verdade sobre a história de Sam.

— Porque nenhuma dor é pior do que viver uma vida inteira de mentiras.

A perplexidade arrancou um arquejo de Marina. Ora essa, a irmã voltava a citar gente morta! Era motivo para comemoração. Mas, pela maneira como a luz foi se apagando e o lábio inferior tremeu levemente, ela soube que não só o autor da frase estava vivo como desaparecido.

Respirando fundo, Nina foi abraçá-la.

— Como você está de verdade?

— Sinceramente não sei, Nina. Uma parte minha sabia que terminaria assim. Mas a outra, a sonhadora, essa insiste que não pode ser apenas isso. Não faz sentido. Nenhum sentido.

Espiando-a por entre os cílios escuros, Marina mordeu o lábio, procurando encontrar as palavras certas.

— Minha irmã, por mais que pareça horrível dizer isso, será que não seria melhor para você se... se tentasse esquecê-lo?

— Seus sentimentos por Sam mudaram enquanto ele esteve na Europa? — Duas safiras brilhantes a atravessaram.

Muito bem, Analu tinha um ponto.

— Desculpe. É que eu odeio ver você desse jeito. Eu daria tudo para ajudá-la a encontrar Alexander.

— Eu sei, e isso é o bastante para mim. — Então cruzou os braços. — Mas, ao que parece, você não aprendeu nada nessa história, não é? Não devia ter mentido para Samuel. Vocês já se perderam tantas vezes antes.

— Não será mentira se eu for ao ateliê depois de falar com o sr. Edgar. — Espiando a porta, ela baixou a voz. — Ana, estou ficando preocupada com minha sanidade, porque estou mesmo aflita com a história do vestido. Eu quero o mais bonito que a imaginação da madame Georgette puder criar. E fica pior, porque quero sapatos que combinem!

Sua irmã riu. De verdade, aquele som repicado e agudo como havia dias Marina não escutava. Puxou uma longa e aliviada respiração.

— Não ria! — prosseguiu, fingindo ressentimento. — Não sei o que está acontecendo comigo. Eu me tornei uma... uma... Ah, céus, Ana Laura, eu me tornei uma mocinha sensível! — Fez uma careta e foi recompensada com outra gargalhada.

Muito bem, talvez ela devesse admitir de uma vez por todas que era mesmo uma mocinha sensível, pois, ao ouvir Analu voltar a rir, sentiu um alívio tão grande que por pouco os olhos não começaram a vazar.

— Não é nenhuma novidade para mim. — Analu tentou se recompor. — Você sempre foi sensível, com as botas enlameadas, o cheiro de cavalo e tudo. Só gosta de fingir que não é.

— Que ótimo! — Atirou as mãos para o alto e tratou de arrastar a irmã para o estábulo, antes que ela pudesse mudar de ideia.

Em pouco mais de dez minutos, a carruagem estacionava diante da casa em que Marina jurara nunca mais pôr os pés. Diogo fora liberado para aguardar o fim da investigação no caso de agressão contra o pai e de coerção a Marina. Infelizmente, a última notícia que se tinha era de ele ter tomado a diligência para a cidade e desaparecido depois disso. Nina desconfiava de que ele fugira do país e não retornaria tão cedo. O que a consolava era que ao menos Ricardo Chagas continuava detido, e a irmã teria um pouco de justiça. Tão logo o relato de sua mãe e da sra. Afonso fora publicado no jornal, a imprensa não dera paz ao senador, que, numa tentativa de se livrar de qualquer coisa que pudesse piorar sua imagem, tratou de retornar à cidade para salvar o pouco de apoio que ainda lhe restava.

Analisando o sobrado mais uma vez, ela desejou sair correndo. No entanto, a dúvida a comia por dentro. Ela tinha que solucionar aquele mistério, ou nunca se perdoaria.

Sentindo a tensão no ar, Ana Laura entrelaçou os dedos aos seus, um apoio que Nina agradeceu com um gesto soturno e forneceu coragem para bater na porta. O mordomo de cara amarrada as acompanhou escadas acima, e então até o quarto do dono da casa. Não se surpreendeu ao ver o dr. Hélio sentado à escrivaninha, um charuto pendendo entre os dentes. Edgar estava na poltrona perto da janela, admirando a vista. Uma rápida análise foi o suficiente para que ela percebesse que o homem se recuperava depressa. Seu corpo, pelo menos. A tristeza no fundo do olhar dele a fez tragar saliva.

— Querida! — Ele se iluminou ao vê-la. — Você veio! Pensei que nunca mais voltaria a esta casa. Srta. Ana Laura, como é bom vê-la. Vamos, sentem-se. — Indicou a cama.

A irmã ainda segurava sua mão ao se acomodarem no cantinho do colchão.

— Eu precisava vir, sr. Edgar. E lhe pedir desculpas — Marina admitiu, envergonhada.

— Querida, mas por quê?

— Cheguei a pensar que o senhor e seu irmão estivessem tramando para que eu mantivesse o noivado, depois que o senhor percebeu que eu amava meu primo. Porque o senhor percebeu, não é?

Dando um muxoxo, ele olhou pela janela. As sobrancelhas espetadas eram quase uma só ao voltar a atenção para ela.

— Sim, querida. Percebi, e, acredite, tudo o que eu fiz foi justamente para evitar que você conhecesse o verdadeiro Diogo. Não queria que ele... enfim, fizesse o que acabou fazendo. Sinto muito por não tê-la prevenido quanto ao meu filho. Eu sou pai. — Deu um sorriso triste. — Achava que Diogo merecia uma chance e que você seria a pessoa que o faria mudar. Sinto muito.

— Eu também, sobretudo porque o senhor deveria saber que ninguém é capaz de mudar ninguém. É decisão da própria pessoa. O que eu não consigo compreender é por que o senhor demonstrou um certo... rancor — concluiu, para evitar um sinônimo menos educado — em relação a Samuel.

Mais bem-humorado, o homem abanou um dedo em riste.

— Você é uma mocinha muito perspicaz, srta. Marina. Minha reação ao ver seu primo foi um lapso, a confusão de um homem velho cujas memórias às vezes se embaralham.

— Não sei se o compreendo, sr. Edgar.

— Eu sei. — Voltando-se para o irmão, que fingia estar atento a algum documento, tentando dar privacidade, ela supôs, Edgar disse: — Hélio, existe uma caixa marchetada na última gaveta. Poderia pegá-la para mim?

Abanando a cabeça, Hélio girou a chave da gaveta e vacilou por um instante antes de puxar dali de dentro uma pequena caixinha de madeira em tons castanhos. Ao levá-la para o irmão, este fez que não, e indicou Marina. Seus dedos tremiam ao segurar a pesada caixa, incerta quanto ao que havia ali dentro, mas esperançosa de que pudesse ser o que tanto buscava.

— Poderia providenciar um lanche para as senhoritas? — Edgar pediu ao médico. — Receio que esta será uma longa conversa.

56

É incrível como as últimas semanas passaram depressa e ao mesmo tempo se arrastaram. É como se eu estivesse presa num relógio maluco.

A sala de música da mansão dos Clarke havia se transformado em uma floricultura. Maços de flores, velas e lanternas se espalhavam por cadeiras, sobre e sob o piano, em mesas rebocadas de outros cômodos. Acomodada em uma cadeira estreita, Valentina habilmente trabalhava com as fitas, cortando e então produzindo laçarotes perfeitos para serem usados nos arranjos. Elisa estava triste por não poder ajudar, mas a família Guimarães ganhara um novo membro havia uma quinzena — a nova priminha, sobre cujo nome os tios ainda não tinham chegado a um consenso, era uma trouxinha de cabelos pretos espetados e gorduchas bochechas cor-de-rosa.

Já estavam sem espaço novamente, pensou Ana Laura, sentada no chão entre os arranjos, examinando o trabalho que fizera com a lanterna, entremeando fitas de seda nas alças para arrematar os pequenos buquês de margaridas.

Sua mente a apresentou a um buquê diferente, de cíclames enrolados a um alfinete de gravata. Agitando a cabeça, acomodou a lanterna sob o piano, junto de outras dez, e retomou o trabalho. Ainda havia muito a ser feito. Ela se agarrava à ideia como um náufrago. Precisava se ocupar, e o casamento da irmã proporcionava a desculpa perfeita para evitar os próprios pensamentos, se lembrar do que perdera. Ainda assim, ela falhava, como naquele momento, em que os dedos continuavam a se mover em movimentos repetitivos, e a mente vagava para terrenos perigosos.

Havia cinco semanas que Analu se sentia um espectro de luz desbotado, perdido em um infinito vazio. O mais doloroso era assistir ao empenho dos pais na tentativa de animá-la, o jeito como Marina tentava entretê-la com alguma conversa boba ou um passeio pela propriedade, onde tudo a lembrava dele. O riacho, a estrada, a campina. Então ela fingia, para não preocupar ninguém. Por dentro, Ana agonizava com uma ferida purulenta nunca cicatrizada, deixada pela expressão desesperada de Alexander um segundo antes de ser tragado pela luz. De maneira doentia, ela aceitava a dor quase com alegria. Tornara-se uma lembrança física de que eles haviam mesmo vivido tudo aquilo. As últimas palavras dele ainda rondavam seus pensamentos, e, por mais que se esforçasse, a conclusão a que chegara era a de que Ana não era a única a ter uma fada madrinha. Abigail zelava por Alexander. Onde ele estaria agora? Sozinho em uma casa sem família, sem amigos, sem um amor? Havia um teto sobre sua cabeça e comida para aquecer seu estômago? Ele a procurava e a qualquer momento retornaria? Ela precisava acreditar que sim, caso contrário, o que lhe restaria além de um coração sangrando?

— Como é ser esposa de um marinheiro? — perguntou a Valentina para se distrair.

— Um pouco nauseante. — Abriu um sorriso, e Ana se espantou ao perceber como se assemelhava ao seu próprio sorriso. — Estou sendo literal. Eu enjoo muito quando estamos em alto-mar. Mesmo depois de tanto tempo, meu estômago ainda não conseguiu se acostumar. Mas também é maravilhoso conhecer lugares diferentes, outros costumes e comidas.

— Parece uma aventura e tanto.

— E é, Ana Laura. Leon ampliou meu mundo, e não me refiro apenas à geografia.

Ana Laura assentiu, compreendendo-a por completo. Alexander também implodira todos os limites que a cercavam.

— Qual é seu lugar preferido, dos que visitou?

Enquanto Valentina discorria sobre suas melhores viagens, elas trabalharam nos arranjos, e Ana agradeceu a delicadeza da bela mulher de fugir de qualquer assunto que envolvesse passeios românticos ou jantares. A mãe provavelmente contara a ela que estava de coração partido.

Um tempo depois, Damilola passou pelo batente com um caixote de margaridas (as favoritas de Marina) e procurou um lugar onde deixá-lo. Como não encontrou, empurrou-o para baixo de uma das cadeiras.

— Creio que esta seja a última, Analu.

Valentina observou a nova carga e riu.

— Bem, preciso fazer uma pausa. Minhas costas estão me matando.

— Pode deixar que eu ajudo Ana Laura, sra. Navas — ofereceu Lola, assumindo o assento. Quando ficaram sozinhas, a nova prima observou os arranjos prontos e abriu um sorriso deslumbrante. — Você vai transformar o jardim em algo saído das páginas de Shakespeare. Pensei que Marina estaria aqui, ajudando com os preparativos.

Terminando um buquê, Ana deu risada.

— Ela se escondeu no estábulo assim que as flores foram entregues. Não vai sair de lá tão cedo. Nem mamãe da fábrica. Ambas têm a mesma fobia de arranjos.

— Tanto melhor. Nos poupa o trabalho de ter que refazer tudo. — Damilola segurou a saia para se ajoelhar entre as margaridas, e pegou um punhado, enrolando o pedaço de fita nos talos. — Nunca vi sua irmã tão radiante.

— Você também parece radiante, Lola. Você tem luz própria.

Empurrando algumas tranças para longe do trabalho, a jovem dedilhou as pétalas brancas.

— Tommy tem me ajudado a superar a perda do sr. Marques. Não que eu tenha ficado espantada, mas a maneira como ele cuida de mim, das minhas emoções e explosões de choro... Ah, Ana, a cada dia que passo ao lado dele eu o amo mais.

— Fico muito feliz por vocês dois. Seu pai concordou em se mudar para a cidade com vocês?

— Não. — Ela suspirou, deixando o buquê cair sobre as saias cor de lavanda. — Papai decidiu ficar. Diz que aqui tem mais tranquilidade para continuar suas pesquisas, mas não sei se acredito. Acho que ele está se agarrando ao último fiapo de lembrança da mamãe.

Sem saber o que responder, Analu mordeu o lábio inferior. Ela compreendia o sr. Amina mais do que gostaria.

A prima deve ter percebido, pois subitamente fingiu empolgação.

— Eu soube de uma peça que acaba de estrear na cidade. *Crispino e la Comare.* Conhece?

— Não tenho acompanhado o periódico nos últimos dias, desculpe. — Ana se encolheu.

— Também não sei do que se trata, mas fiquei empolgada. Tommy prometeu me levar. Por que não nos acompanha? Aliás, você poderia ficar conosco por uns tempos! Há tanta coisa que poderíamos fazer na cidade...

A voz grave e aveludada com um toque de irreverência ecoou no fundo do peito de Ana, suplicando que ela abraçasse o convite. Abanou a cabeça para silenciá-la.

— Eu agradeço o convite. Mas não quero me afastar da vila neste momento — explicou, sem ter certeza quanto a quem respondia.

Damilola fez um biquinho desanimado.

— Bem, se mudar de ideia, basta entrar na carruagem. Tommy e eu aguardaremos você. E espero que resolva nos visitar, pois vovó Cassandra está fazendo planos de ficar conosco por uns tempos, para me ajudar a engravidar! Analu, estou com medo de que ela planeje dormir na mesma cama que eu e seu primo!

Decerto Ana sabia o que a amiga fazia: tentava distraí-la com seu bom humor, e amou aquela garota ainda mais por isso. As duas trabalharam até o meio da tarde, quando Tommy apareceu, pedindo socorro à esposa para fugir da avó. No entanto, Ana não ficou sozinha por muito tempo.

Recostando-se à porta, a sra. Afonso a observou com uma expressão tristonha e deu um suspiro antes de entrar.

— Está fazendo um bom trabalho, *bambina*. Sabe, eu sonhei com um casamento assim para *mia figlia*. Sorrisos, alegria, muito *vino*. O casamento dela mais parecia um funeral. — Apoiada na bengala, ela foi se sentar em uma das cadeiras. Ana conseguiu salvar os arranjos antes que fossem esmagados. — *Mia* pobre Emanuele.

— Emanuele? — O nome repercutiu dentro dela, as mãos subitamente trêmulas derrubando as flores.

Em uma batida de coração, Ana Laura estava de volta ao quarto abafado do mordomo dos Amina, ouvindo a voz doce e afadigada do sr. Marques ao lhe contar sua história.

Com o coração batendo nas orelhas, Ana observou a sra. Afonso, pela primeira vez analisando o formato do nariz e tudo o que sabia do passado da mulher, e de maneira perfeita uma história começou a se encaixar na outra.

"Eu não esperaria gentileza de uma cria do senador Chagas", lhe dissera o sr. Marques em um tom soturno. "Tenha cuidado, srta. Ana Laura. Aquele homem não é o que parece."

Na época, o mordomo rira quando ela perguntara se já o conhecia. Mas o sr. Marques o conhecia bem, não? Fora casado com o senador!

Os Afonso eram os pais do sr. Marques!

Abalada, Analu virou o rosto em direção às lanternas acabadas e tentou controlar as emoções.

— Se um dia tiver seus próprios *figli* — ouviu a mulher segredar —, talvez compreenda como é dolorido para uma *mamma no* saber onde um deles está. Ela nunca mais deu notícias. Emanuele era diferente. *No* sei se consegui compreendê-la um dia. Mas a amei mesmo assim, mesmo sem entendê-la, porque é o que uma *mamma* faz. Creio que ela se ressinta de mim, por eu *no* ter impedido o casamento. Mas o que uma esposa pode fazer se o *marito* é quem decide o destino *dei bambini*, nossa própria vida? *No* espero que ela me perdoe. Mas morreria contente se um dia soubesse pelo menos que ela conseguiu ser feliz.

Diante da dor no tom da mulher, Ana se sentiu tão pequena que poderia se perder junto aos grãos de pólen presos em sua roupa. Havia tanta tristeza naquela família, tantos desencontros...

— Eu conheci Emanuele — ela se ouviu dizer. A bengala em que a idosa apoiava uma das mãos tombou sobre as flores. — Faz algum tempo. Sinto muito, sra. Regina. Mas Emanuele se foi... para longe — acrescentou, incapaz de se permitir partir o coração da idosa. — Não sei para onde.

Um minuto inteiro de silêncio se fez.

— Como ela lhe parecia? — A sra. Afonso tentou manter a postura, mas os olhos amendoados a traíram. — Feliz?

Sem jamais perder de vista a promessa que fizera ao amigo, Analu escolheu bem as palavras e disse:

— Emanuele conseguiu ser quem realmente era, obter aceitação e respeito. Creio que não exista maior alegria que ser livre para ser quem se é, não é?

— Uma aceitação que nunca teve de mim. — O peito da mulher subiu e desceu em uma pesada exalação. Os olhos amendoados estavam úmidos ao se concentrarem nela novamente. — *Grazie, signorina* Ana. Essas foram as palavras que eu tanto desejei ouvir por muitos anos.

Entendendo que ela queria ficar a sós com Emanuele, Ana amontoou os buquês sobre o piano e a deixou com suas lembranças. Ela própria se viu perdida em recordações, no sorriso do sr. Marques, sua gentileza e a alegria que alardeava, mesmo doente. E se flagrou pensando que todos os romances que lera estavam errados. Não é o final feliz que importa. Encontrar a si mesmo e viver em sua magnitude é o que conta. E Ana estava seguindo esse ensinamento à risca. Ela não iria para a faculdade. Mas ter feito o teste, derrotado a arrogância do reitor Bartolomeu, sido mesmo que por um momento considerada uma igual, isso era o importante. Perdera Alexander, mas, enquanto tivera a chance, o amara completa e perdidamente. E disso, mesmo que o coração ainda doesse e nunca se recuperasse, ela jamais se arrependeria.

57

Tá legal, eu sei que já devia ter terminado esta carta, mas, Nina, eu tinha que te contar. Minha filha se casa hoje com o melhor amigo! Você sabe o que isso significa? Em poucas horas eu serei uma SOGRA! Argh!

O jardim da propriedade dos Clarke se vestira para a festa. Havia bandeirolas brancas se agitando nas cordas, lanternas decoradas com margaridas pendiam das fitas de cetim. O tecido que adornava as colunas do caramanchão esvoaçava de leve enquanto Marina observava a festa, sentada no banco, especulando se aquilo estava mesmo acontecendo ou havia se perdido dentro de um dos romances açucarados de Analu. Se fosse o caso, ela não iria fechar o volume nunca. Tudo o que via parecia perfeito. Os arranjos de margaridas sobre as mesas, enroscados às colunas do caramanchão, os risos e sorrisos da sua família e amigos, o anel perfeito adornando seu dedo. Até o traje que ela vestia, um corpete de seda nem branco nem verde, mas uma mistura dos dois, sobre a saia da mesma cor bordada em fios prateados e cristais, borboletas flutuantes que batiam asas toda vez que se mexia, também parecia saído diretamente de um sonho.

E então havia o principal: ela admirou o belo homem imponente do outro lado do jardim, conversando com o capitão Navas. A parte mais importante de seu sonho, o sonho de toda uma vida: Samuel. Sorriu ao pensar que precisaria se habituar à nova nomenclatura para ele. Seu melhor amigo era agora seu marido. Aquele homem lindo em um traje preto, cuja gravata estava torta e frouxa de um jeito todo dele, com os cachos arrumados naquela bagunça ordenada que ela tanto amava, era seu marido fazia três horas. Seu coração quase não suportava tamanha felicidade e fazia coisas estranhas toda vez que os olhos castanho-claros, ainda mais translúcidos na luz do entardecer, se voltavam para ela: acelerava, quase parava, pulava batidas e então repetia tudo outra vez. E Sam a olhava o tempo todo, não importava com quem falasse. Como naquele instante. Ele a flagrou observando-o e abriu um sorriso cheio de significados e promessas. A pele dela esquentou de dentro para fora.

No entanto, sua visão foi bloqueada por uma infinidade de tecido cinza.

— Foi uma belíssima cerimônia, meu bem.

Sobressaltada, Marina chegou para o lado e deu espaço à mulher alta de cabelo grisalho, equilibrando em uma das mãos um prato de bolo, tomando cuidado para não deixar cair o jornal que apertava debaixo do braço.

— Uma das mais emocionantes que eu já vi.— Ela comeu uma garfada do bolo e gemeu. — Sabe, eu sonhava em provar um dos bolos de Madalena fazia tempo. É realmente tudo o que dizem.

Marina não se recordava de ter sido apresentada à mulher. Talvez fosse uma amiga de Valentina, ou uma parente de Leon que viera visitá-los antes de partirem para a Europa. Os Navas pretendiam ficar na vila até o fim do mês.

O jornal que a mulher segurava desajeitadamente escorregou e caiu sobre as pedras. Marina se dobrou para apanhá-lo e o dispôs no espaço entre elas.

— Obrigada, meu bem. É para espantar as abelhas, sabe? — Indicou o periódico com o queixo fino. — Tenho medo delas desde que uma conhecida foi picada e não sobreviveu para contar a história. É melhor prevenir que remediar, eu sempre digo. — Ela lambeu os lábios para pescar os resquícios de glacê, e examinou Marina com atenção. — Alguém já mencionou que você fica muito parecida com a sua mãe quando sorri?

— Já, embora eu ache que minha irmã seja de nós duas a mais parecida com a mamãe.

— Você tem bastante do seu pai. Mas tem muito de Sofia aí dentro. — Cutucou-a com o cabo do garfo e piscou. — É uma das noivas mais lindas que já vi, sem dúvida. É possível enxergar sua felicidade a quilômetros de distância.

— Deve ser porque estou mesmo feliz. — Tão feliz que a avalanche de amor que a preenchia irritantemente ameaçava transbordar pelos olhos desde o momento em que se vira diante do altar, diante de Samuel, e ele a admirara como se fosse a coisa mais majestosa que existisse no mundo. Como se ela fosse o próprio mundo. Foi tão cheio de...

— Doçura e paixão em uma combinação sublime — a mulher de cabelo cinzento comentou, como se lesse sua mente. — Morango e chantili. — Apontou para o prato, agora vazio.

— Madalena é especialista em bolos. Quer mais um pedaço? Posso pegar para a senhora.

— Ah, não se incomode, meu bem. Eu... — Ela se virou para trás, e parecia um pouco agitada ao ficar de pé. — Eu preciso me exercitar ou acabo com dor nas juntas. Com licença. — E com isso ela deixou o caramanchão e começou a ir na direção contrária à festança.

Apanhando o jornal que ela esquecera, Marina se levantou e pretendia ir atrás dela, mas... Observou os arredores, procurando. Ora essa, um segundo antes a senhora estava perto da casa, e no segundo seguinte não estava em parte alguma.

— Mas... — Para onde ela tinha ido?

— Quem está procurando?

Nina se virou para a voz da irmã, assistindo Analu ocupar o lugar da mulher.

— Uma senhora que queria pegar mais bolo. Ela estava aqui agora mesmo... — Foi se ajeitar ao lado da irmã, esfregando o couro cabeludo latejante.

— Pare de se coçar desse jeito. — Ana a olhou de viés. — Seu penteado vai despencar.

— Não acho que seja possível. Todas as forquilhas já fabricadas pela humanidade estão na minha cabeça neste momento. — Massageou um ponto particularmente dolorido, tentando aliviar a tensão dos fios. — Nenhum dos convidados vai se espantar se me vir descabelada, sabia? Surpresa vai ser se eu não estiver.

Analu deu um tapinha em sua mão para impedi-la de destruir a obra de arte.

— Ai, Analu!

— Não seja resmungona. Usei apenas seis forquilhas! Pelo menos no dia do seu casamento você vai se parecer com uma dama. Bom, quase uma dama — implicou, sorrindo para as velhas botas de couro aparecendo por baixo da saia.

Recostando-se ao banco, emburrada, Nina voltou a observar a festa. Os pais estavam do outro lado do jardim, se entreolhando de um jeito que a fez sorrir.

— Quase dá para pensar que eles são os noivos, não é? É incrível como parecem ter acabado de se apaixonar, todo dia.

Pela maneira como Ana estremeceu, o olhar perdendo o foco, Marina soube exatamente em que direção vagavam os pensamentos dela e teve vontade de arrancar alguma coisa. A própria língua comprida, de preferência.

— Ana, eu nunca a agradeci por tudo o que fez.

— Não me agradeça. Adorei cuidar do seu casamento. Foi divertido, de verdade.

— Não estou falando da decoração, embora eu esteja grata também. Sobretudo pelo cardápio alternativo. Mas eu me referia a Sam — explicou em voz baixa. — Se você não tivesse me forçado a enxergar meus próprios sentimentos, eu ainda estaria lutando contra o que sinto, e aí não poderia dizer agora que sou a criatura mais feliz deste mundo. Você e Alexander me fizeram enxergar meu coração. Gostaria de poder agradecê-lo também.

Apanhando o jornal entre elas, Analu começou a torcê-lo em um longo canudo, sem se dar conta do que fazia.

— Ele sabe, Nina. — Seu olhar estava a eras de distância. — Se estivesse aqui, diria com um sorriso convencido e irritante que seus métodos não tradicionais sempre foram eficazes, e então se gabaria do êxito por um quarto de hora ou mais. — Ela tentou sorrir, mesmo que a voz tenha vacilado.

Marina sentiu o tormento da irmã no próprio peito.

— Eu queria ser capaz de doar metade da minha felicidade para você agora. — Enrolou o dedo num cacho dourado que pendia sobre a orelha de Ana. — Apagar um pouco da sua tristeza.

— Eu estou feliz, Nina. De verdade. Por você e Sam, e por mim mesma também. Sempre amei Samuel como meu irmão, e agora ele é, oficialmente. — Ela baixou as safiras brilhantes para o canudo de papel. — Não sinta pena de mim, por favor. O fato de minha história com Alexander ter sido interrompida não anula tudo o que vivemos e sentimos. Ele me ensinou a acreditar mais em meu potencial, a entender que não tem nada errado em mim por querer coisas quando o mundo me diz não. Eu não tenho que mudar. O mundo é que tem. Ele também me ajudou a encontrar esse lado meu que eu não sabia que tinha, mas de que gosto e muito. Eu já *senti* essa felicidade que você descreve. É óbvio que eu gostaria que tivéssemos tido mais tempo. Mas o que eu experimentei com ele foi único e...

— Mágico — Nina completou, comovida.

Sua irmã ergueu o rosto e anuiu.

— É o bastante para que hoje eu saiba como é ser amada por tudo o que sou.

Isso Marina podia entender. Mesmo que sua história com Sam tivesse tido outro desfecho, ela não abriria mão de nenhum momento que partilhara com ele.

— Se pelo menos a resposta do reitor Bartolomeu tivesse sido uma afirmativa... — pensou alto.

— Eu já esperava a negativa. — Analu deu de ombros, mas dessa vez seu sorriso era genuíno. — Por isso não quero que você se entristeça com isso, pois eu não estou triste. Fazer o teste e provar ao reitor e a mim mesma que sou tão capacitada quanto qualquer outra pessoa foi a coisa mais extraordinária que poderia ter me acontecido. A escola de medicina pode não me permitir estudar, por causa do meu sexo ou por qualquer outra desculpa, mas já não pode pôr em xeque o meu intelecto. Vejo isso como uma grande vitória, Nina. A maior delas.

Se Marina sentisse mais orgulho daquela jovem mulher destemida, corria o risco de explodir. Por isso abraçou a irmã pela cintura, deitando a cabeça no ombro dela.

— Tem certeza de que não quer vir conosco, Ana? — espiou-a por entre as pestanas. — Sabe que Sam jamais se oporia.

A irmã deu risada.

— Tenho absoluta certeza de que Samuel se oporia a carregar a cunhada para a própria lua de mel. Não se preocupe comigo. Eu ficarei bem. Tenho seis livros novos.

Por mais que tenha tentado soar descontraída, Marina sabia o que motivava Ana Laura a não arredar pé da vila. Talvez pressentisse que o assunto seria mencionado, pois a irmã tratou de mudar de conversa e indagou:

— Já falou com Samuel sobre a casa?

— Não. Pretendo levá-lo até lá após a festa. — Seu estômago ameaçou virar do avesso. De começo, pensou que a surpresa seria uma boa ideia, mas agora começava a reconsiderar. E se ele odiasse?

Absortas em seus próprios mundos, nenhuma das duas ouviu que alguém se aproximava, até Valentina se plantar diante do banco, fazendo sombra nas irmãs.

— Marina, eu a vi de longe conversando com uma dama. Alta de cabelos grisalhos. Para onde ela foi?

Endireitando-se, Nina encarou a bela mulher de cabelo cortado na altura do queixo.

— Eu não sei. Me distraí por um segundo e ela desapareceu de vista.

— Eu podia jurar que era alguém que conheci muito tempo atrás. — Ela piscou repetidamente.

Marina continuou a observá-la, reparando no tom de cabelo, no corpo esguio que se movimentava com a mesma graça de Analu. Até a maneira como mordia o lábio inferior era semelhante à da irmã. Como Ana podia ter herdado tanto de Valentina? Como era possível que aquela mulher tão jovem fosse sua tataravó?

— Conhecia quem? — A orgulhosa mãe da noiva se juntou a elas, o vestido verde-musgo ressaltando ainda mais a beleza da pele branca salpicada de pequenas sardas.

Observando Valentina e Sofia lado a lado, Nina não foi capaz de encontrar alguma semelhança. A mãe — e ela própria, desconfiava — havia herdado a genética do capitão Navas.

— Uma pessoa que conheci há muito tempo, Sofia — disse Valentina com ar saudosista, e então riu. — Devo ter abusado do vinho. Tentar acompanhar Leon é um erro que cometo com frequência.

— Nem me lembre! — Massageou a têmpora com uma careta. Mas a expressão da mãe era quase melancólica ao observar as filhas lado a lado.

— O que foi? — Nina indagou, confusa. — Eu ainda estou apresentável. Contra a minha vontade, devo acrescentar.

O comentário trouxe uma faísca ao olhar de sua mãe, mas ela tornou a suspirar.

— Sabe de uma coisa? Eu pensei que estivesse preparada. Mas não estou coisa nenhuma. Ver vocês duas tão crescidas e independentes... — Tentou manter a firmeza da voz e falhou. — Eu me sinto meio sem utilidade.

— Pensei que eu fosse a única a me sentir assim. — Valentina tocou o braço dela, solidária.

As duas jovens se entreolharam e então ficaram de pé para abraçar a mãe.

— Nós sempre vamos precisar de você, mamãe — sussurrou Ana, derrubando o canudo de jornal.

— Nem sempre, meu amor — resmungou, meio chorosa.

Marina meio riu, meio fungou.

— Bem, nós sempre vamos querer você e o papai por perto.

Soltando um longo suspiro, ela admirou as filhas com um brilho indisfarçável de orgulho.

— Isso eu posso aceitar. Mas tenho uma coisa para as duas. Pensei que deveriam ser as primeiras a conhecer, já que o nome foi inspirado em vocês. — Do bolso do vestido de tafetá, ela retirou dois frascos.

Marina se surpreendeu com a riqueza de detalhes do vidro de cristal trabalhado, os desenhos ondulantes na tampa prateada.

— Mamãe, nossa! — Analu abriu o vidrinho e inspirou a rica essência, uma mistura de algo frutado, doce e levemente apimentado. — É delicioso.

— Indomada. — Nina leu no centro do desenho na tampa e ergueu o rosto. — É para ser um elogio, não é?

— Sim. — Sua mãe riu, batendo o indicador em seu nariz, como se ela ainda tivesse cinco anos. — Um baita elogio, Nina.

— O que uma velha amiga precisa fazer para ganhar um desses? — Valentina entortou as sobrancelhas.

O clima ficou mais leve, a conversa se voltando para Valentina e a saudade que sentia do irmão caçula e do filho mais velho, desde que se mudaram para a capital da Argentina para se dedicarem aos estudos. Naturalmente, o assunto capturou a atenção de Ana Laura.

— Ana nunca vai mudar. — Marina abriu um sorriso largo, ouvindo-a disparar dezenas de perguntas para Valentina.

— Ainda bem. — Sua mãe a puxou pelo braço, se afastando alguns metros para não interromper a conversa. Acabou pisando no canudo de jornal e se curvou par pegá-lo, tentando desamassá-lo ao escrutinar o semblante luminoso da filha. — Nunca te vi assim antes. Nem quando conseguiu ficar em cima da Amora pela primeira vez.

— Às vezes temo que meu coração vá parar de bater, mãe. É tudo tão *muito*. Se Ana não estivesse sofrendo tanto... — cochichou para que a irmã não a ouvisse. — Às vezes penso que o melhor para ela seria esquecer esse tal Alexander de uma vez. Sugeri que ela nos acompanhasse. Mudar de ares seria benéfico. Mas Ana recusou. É como se ela esperasse o retorno dele.

Sofia observou a filha mais nova demoradamente, uma expressão condoída retorcendo os belos traços.

— Ela espera, Nina. Como seu pai um dia me esperou.

— Acha que ele vai voltar?

— Eu não sei. — Ela abanou a cabeça, os gomos da trança dourada capturando os raios de sol. — Mas torço para que eles tenham a chance que eu e seu pai tivemos.

Marina também torcia de todo o coração para que a irmã pudesse reencontrar a felicidade.

Do outro lado do gramado, Samuel disse alguma coisa para o capitão e o pai de Nina, e começou a dizimar a distância que existia entre eles. Presa nos topázios preciosos, pediu licença à mãe e foi encontrá-lo, ouvindo as três mulheres a suas costas rirem alto. Provavelmente da cara de paspalha que exibia, Nina ponderou, nem um pouco incomodada.

— Você parecia triste de onde eu estava. — Samuel deixou a palma escorregar pela coluna de sua noiva, em um toque para lá de enlouquecedor. — Não me diga que já se arrependeu de ter me dito sim.

— Se tem esperanças quanto a isso, lamento frustrá-lo. Eu me casei com o meu melhor amigo. O que significa que você conhece bem cada um dos meus defeitos irritantes, e ainda assim está aqui.

— Bem, você também conhece cada um dos meus, e aceitou colocar um anel com meu nome no seu dedo, o que significa que ou você me ama ou é atoleimada da cabeça, algo que eu sempre considerei uma possibilidade — zombou, e ela revirou os olhos. Samuel a trouxe para mais perto, até ela se colar ao peito rijo. — Eu conheço todas as suas expressões. O que foi? Por que está tão abatida?

— Ana. — Ela suspirou. — Queria que ela também encontrasse o que temos.

— Talvez um dia ela encontre.

— É nisso que estou me apegando. — Ela se abraçou a ele, encaixando a bochecha em seu ombro e inspirando seu cheiro preferido em todo o mundo: o perfume quente de Samuel.

— Nossa bagagem já está na carruagem. Estarei pronto quando você estiver. Eu tenho uma surpresa para você. — Revelou em seu ouvido. — Enviei ao hotel, na cidade.

Subitamente nervosa, ela endireitou a coluna.

— Eu estou pronta. E tenho uma surpresa para você também.

— É mesmo? — Ele encrespou a testa. — E o que é?

— Você sabe como as surpresas funcionam, doutor? — ela provocou, recebendo uma careta reprovadora.

Em menos de vinte minutos eles estavam na carruagem, seguindo em direção à cidade. No entanto, Samuel estanhou assim que o cocheiro tomou um desvio e adentrou uma estrada apertada.

— Para onde estamos indo? — ele inquiriu.

— Para a minha surpresa.

Não demorou para que a casa rosada se enquadrasse na janela, imensa e imponente com suas inúmeras vidraças. Seu marido se inclinou para observar a construção, sem entender.

Ela começou a suar. E se estivesse cometendo um grande engano? E se, em vez de alegria, provocasse tristeza e dor?

Era tarde demais, percebeu ao sentir o veículo parar. Samuel saltou primeiro, ajudando-a a descer e espiando, curioso, a caixinha marchetada que ela puxou de debaixo do assento. Tornou a estudar a mansão — o velho balanço de madeira se movendo preguiçosamente sob um dos galhos do ipê-roxo.

— Que estranho. — Ele ofereceu o braço em L a sua noiva e começou a se aproximar da casa. — Tenho a sensação de já ter estado neste lugar antes, mesmo que nunca tenha posto os pés aqui. É gigantesca. Parece ter mais de uma dúzia de quartos.

— São vinte e seis no total, sem contar o sótão, antigamente destinado aos empregados, mas podemos remodelá-lo, transformar em um grande consultório, uma pequena enfermaria ou mais quartos, se for necessário.

— Ah! — Ele finalmente entendeu. E começou a sorrir. — Você estava procurando um local para a casa de apoio.

Abraçando-se à caixinha, Marina mordeu o lábio.

— E nossa casa também. Há uma área enorme no final do primeiro andar, antigamente usada como galeria. Podemos transformá-la em um pequeno apartamento para nós. Não estamos longe da vila, o que facilitaria sua ida ao consultório, e eu poderia continuar trabalhando no estábulo. O proprietário faleceu, e o herdeiro quer se livrar dela o mais rápido possível.

Tornando a examinar a construção imponente que mais parecia um castelo, ele franziu a testa.

— Parece perfeito, Nina. — Então a encarou, confuso. — Mas não parece combinar com você.

— Você só diz isso porque ainda não viu o tamanho do estábulo. É duas vezes maior que o da minha família.

Samuel esticou o pescoço ao ouvir a carruagem começando a se afastar.

— Para onde ele está indo?

— Nos dando privacidade. Eu tenho uma história para te contar. — Suas bochechas se inflaram ao soltar o ar em uma longa lufada, e indicar o balanço com um gesto de cabeça.— Por que não nos sentamos?

Curioso, Sam arqueou uma das sobrancelhas, a atenção disparando para o objeto que ela carregava. O tapete de flores roxas que cobria parte do gramado estalava sob seus pés ao levá-lo até o balanço e o fazer sentar. Depois se encaixou ao lado dele, correndo o indicador pelos desenhos da tampa da caixa, apreensiva.

— Confesso que estou ficando um pouco nervoso com toda essa sua cerimônia. — Samuel escrutinou seu rosto. — Você nunca é assim, exceto quando o assunto é importante.

— É importante. Muito. — Ela tomou fôlego antes de começar. — Como eu disse, o proprietário faleceu há pouco tempo. Os herdeiros vivem mais ao norte e não têm interesse na região, por isso decidiram se desfazer desta propriedade. O imóvel não tem valor sentimental para eles, está na família há pouco tempo, uns vinte anos mais ou menos. Foi comprado de um sujeito endividado, que perdeu quase tudo nas mesas de jogo. Como precisava de capital com urgência, a vendeu por um terço do valor. Ele não devia ter feito isso, nem era o herdeiro de direito.

— Então você me trouxe até aqui para... me contar a história da casa? — indagou, sem entender.

— De certa forma — riu, nervosa, para depois prosseguir com a narrativa. — Antes de esta propriedade cair nas mãos desse sujeito endividado, pertencia a uma família muito abastada. O marido fez fortuna com tecidos. Trazia centenas de metros de fazenda de diversos países da Europa e da África. Era respeitado e admirado em seu círculo social e conseguiu atrair a atenção da dama mais cobiçada da cidade. A beldade tinha inúmeros pretendentes, e o pai dela escolheu o mais rico, de uma família de nome e tradição, sem se importar com os sentimentos da filha. A jovem havia se apaixonado perdidamente pelo comerciante de tecidos e abandonou tudo, a reputação, a família e o noivo que ela mal conhecia, para viver esse amor. Compraram esta casa e começaram uma família. Foi aqui que o primeiro e único filho deles nasceu. — Abrindo a caixa, tirou de lá de dentro a pequena moldura dourada e a colocou na mão de Samuel. Precisou limpar a garganta antes de acrescentar: — Foi aqui que você nasceu, Sam.

Encarando-a por um segundo eterno antes de baixar a vista para o retrato, Samuel piscou algumas vezes, meio entorpecido. Não era muito diferente do que ela própria exibira ao ouvir o sr. Fontes narrar a mesma história.

Marina tremia quando ele acariciou a moldura pequenina, ainda menor em sua palma larga, o olhar se vitrificando, a respiração saindo em trancos ao admirar a bela morena de pele branca e pálida cujos olhos castanho-claros pareciam irradiar luz própria, como acontecia com os de Sam toda vez que ele sorria.

— Essa... — Ele esfregou o maxilar recoberto pela barba rala. — Essa...

— É a sua mãe.

A boca de Samuel se moveu, formando sílaba atrás de sílaba, mas nenhuma lhe escapou. O pomo em sua garganta convulsionou conforme delineava a face da mãe com a pontinha do indicador. Precisou inspirar fundo antes de conseguir balbuciar:

— Como... — Ele piscou algumas vezes. — Como você...

— O noivo que ela abandonou era o sr. Edgar Fontes. Seu avô enviou esse retrato a ele quando firmaram o noivado. Sinto muito, mas não encontrei nada do seu pai. No entanto, pelo que me disse o sr. Edgar, tudo o que precisa fazer para conhecer o rosto do seu pai é se olhar no espelho. Logo que você chegou de Londres, no baile do meu noi... — Ela abanou a cabeça. — O sr. Edgar pensou estar diante de seu pai.

— Ah, caramba... — Ele tremia ao aproximar do rosto o retrato da mãe. — Ela é linda.

— Muito! Ela tem seus olhos. — Tocou o queixo áspero. — Nossos pais me ajudaram a encontrar esta casa. Seu tio a vendeu após o falecimento de seus pais e se julgou herdeiro, não tutor. Papai me explicou que legalmente ele não poderia ter feito isso, já que a propriedade era sua herança. Eu gostaria de poder ter mais a contar a respeito do amor de Beatrice e Caetano, mas isso é tudo que consegui descobrir de seus pais. Talvez possamos encontrar mais juntos. Se for o que você quer — adicionou, insegura.

Soltou uma longa lufada de ar assim que ele anuiu uma vez, voltando a atenção para o retrato da mãe, o queixo tão travado que uma veia saltou da têmpora, tamanha a determinação de que ele se valia para controlar as emoções. Por isso ela o abraçou pela cintura e apertou a face contra o algodão macio da camisa, ouvindo as batidas violentas de seu coração se embaralharem com as de Sam, dando privacidade a ele como podia.

Um soluço reverberou na garganta de seu marido, e Nina o abraçou mais forte.

Está tudo bem, ela quis dizer. *Todo mundo chora quando encontra a mãe pela primeira vez*. Mas acabou ficando em silêncio, temendo estragar aquele reencontro. Havia um pouco de melancolia nele, como ela temera... pelo que poderia ter sido e nunca fora. Mas também havia uma espécie de alívio. Ficou surpresa quando, meio rindo, meio fungando, Samuel a puxou para seu colo, de modo que as pernas se encaixassem ao redor dos quadris dele, e amparou seu maxilar.

— Você tem alguma ideia de como eu a amo, Marina Clarke Soares? — A maneira como as íris ardiam, como se estivesse diante da mais perfeita criação divina, fez o coração dela dançar.

— Tenho — ela confessou a meia-voz. — Mas ainda espero que me mostre.

Com um gemido quase selvagem, ele tomou a boca de Marina e mostrou a profundidade de seu amor. E, mesmo que ela vivesse cem anos ou mil, estava certa de que jamais se esqueceria daquele balanço.

58

Estou tão, mas tão feliz por Nina e Sam, minha amiga! Vou soar meio dramática se disser que a casa parece maior sem ela? Silenciosa, definitivamente.

Lembra de quando eu retornei para o nosso tempo e você e eu procuramos Ian? Depois de muita andança sem dar em nada, ainda me recordo da sua cara ao me dizer que queria muito que eu sumisse de novo e se sentir uma péssima amiga por isso. Na verdade, foi a maior prova de amor que você poderia ter me dado! Agora, ao ver como Analu se arrasta pela casa aos suspiros, sempre perdida em pensamentos, entendo mais do que nunca como você se sentiu.

A festa terminara havia algumas horas, mas nossos amigos continuavam firmes, a comemoração deixando o jardim para se instalar na sala principal de nossa casa. Ao meu lado no sofá, Leon e Ian debatiam algo sobre corrida de cavalos enquanto Lucas embalava a bebezinha e pedia que falássemos mais baixo. Na poltrona, tia Cassandra roncava alto, para divertimento de Thomas. Teodora o cutucava e cochichava alguma coisa com Valentina.

Elisa me acompanhava no licor, mesmo que eu já tivesse ultrapassado o limite da sobriedade. Bom, eu brindava à felicidade de minha filha mais velha, e afogava a tristeza de saber que nada mais seria como antes, que ela deixara o ninho para sempre. É, eu sabia que era assim com todo mundo, e eu não era a única mãe a enfrentar aquele sentimento agridoce. Também bebia por Ana e seu coração quebrado.

Um pouco zonza, observei minha filha sentada na janela, brincando com seu gatinho. Ela cuidara da festa, chegara a dançar uma vez ou outra, mas foi tudo.

Malditas fadas madrinhas que só apareciam para trazer problema!

Os dedos quentes de Ian se encaixaram em meu joelho. Examinei seu perfil e suspirei, contente. Ele ficava tão lindo sorrindo daquele jeito.

Benditas fadas madrinhas que me trouxeram até ele!

Pressentindo que eu o observava, ele virou o pescoço e me flagrou comendo-o com os olhos. E me deu aquele sorriso capaz de fazer flores brotarem em pedras.

— Vou pegar alguma coisa para você comer, ou vai estar de ressaca amanhã.

Meu marido começou a se levantar, mas o segurei pela manga do paletó. Ele estava se divertindo muito com o meu tataravô.

— Pode deixar, Ian. Eu pego.

Tropeçando de leve, fui até Ana a fim de perguntar se ela também queria... queria... O que eu queria mesmo?

Caí sentada no parapeito da janela, e minha caçula riu.

— Você parece feliz e infeliz ao mesmo tempo, mamãe. — Ela agitou o canudo de jornal. Bartolomeu o atacou com um salto.

— Não sei. Estou achando a casa muito quieta. Você podia pelo menos fazer um pouco de barulho.

— Sabe que Nina vai voltar, não é? Ela não foi embora para todo o sempre. Mas eu também estou estranhando o silêncio. Devíamos ter insistido mais que Rebeca e os gêmeos ficassem.

— Ah, sim. É quase impossível pensar com aqueles dois por perto. — Sem querer esbarrei o joelho no canudo de papel. Como Ana não o segurava com muita firmeza, ele saiu voando, para desespero do gato. — Ah, desculpa, Bartô.

Foi realmente uma aventura me curvar para pegá-lo. É incrível como o corpo reage de maneiras diferentes em cada fase da vida. O meu, por exemplo, fazia pirraça com três... não, quatro garrafas de vinho. Ao me erguer, a sala começou a realmente rodar, e me segurei no caixilho da janela para não tombar do lado de fora. Depois de conseguir recuperar o controle, trabalhei no canudo para desamassá-lo.

— Vi você na festa com este jornal para cima e para baixo. Não me diga que estava lendo no casamento da sua...sua... — Espremi a vista para o cabeçalho do periódico e encontrei a data daquele mesmo dia sob um logotipo em que se lia *The Sun* junto ao nome Nova York.

Definitivamente bêbada, constatei, desembrulhando o rolinho, porque, até onde eu sabia, o *The Sun* era um famoso jornal da Inglaterra. Um furioso Bartolomeu começou a miar, reivindicando o brinquedo. Eu só queria ter certeza de que...

Fiquei de pé num salto, a descarga de adrenalina varrendo o torpor do álcool.

— Ana, onde conseguiu este jornal?

— Uma convidada o esqueceu no banco depois de cumprimentar Marina. — Ela me observou, espantada. — Por que está com essa cara? Há algo errado?

Depressa, sem conseguir organizar meus próprios pensamentos embotados, agitei a cabeça (definitivamente não foi boa ideia) e o entreguei a ela, batendo com o indicador no cabeçalho.

De início, Ana Laura não pareceu entender o que lia. Então compreendeu o que eu tentava dizer e também se levantou.

— Mamãe, este jornal é da cidade de Nova York. — Desdobrou o folhetim, o olhar voando pelas letras. — E tem a data de hoje!

— Algum problema, Sofia? — Valentina surgiu de algum lugar.

Fiz um gesto de cabeça muito confuso, entalhando ainda mais fundo o pequeno V entre as sobrancelhas da minha tataravó. Ana Laura tinha uma expressão muito semelhante ao congelar o olhar no meu.

— Como isso pode ser possível? — minha filha ofegou.

— Não pode. Não *neste* século!

Devo ter falado alto demais, pois de súbito todos nos cercavam, preocupados. Ian me alcançou primeiro, suavemente encaixando a mão na minha cintura.

— Meu amor, o que aconteceu?

— Aconteceu isto. — Apontei para o jornal que Ana Laura segurava, um tanto trêmula. — É de Nova York, Ian. De *hoje*!

Em um átimo, ele fez a associação. Sei disso porque Ian estava lívido ao me encarar.

— Onde conseguiu esse periódico?

— Uma mulher entregou pra Nina.

— Ela o esqueceu no banco — corrigiu nossa filha, entorpecida.

— Não se ela for quem eu estou pensando, filha. — Troquei um olhar significativo com meu marido.

Os dedos em minha cintura se prenderam em mim com mais energia, como se Ian temesse que eu saísse voando a qualquer instante.

— Acredita que possa ser ela?! Que ela possa estar aqui?

— Está tudo bem, Ian. Ela não me procurou diretamente, como das outras vezes. Foi direto para Nina, o que me leva a crer que esteja aqui por outro motivo. Como nossa filha mais velha e Sam não poderiam estar mais felizes... acho que ela está tentando ajudar Analu — adicionei a meia-voz.

— Ela quem? — Lucas quis saber, tapando um dos ouvidos da bebê na tentativa de que a algazarra não incomodasse seu sono.

Não sei se Ian chegou a ouvi-lo, perdido em uma espécie de tormento. Antes que eu respondesse ao meu cunhado, meu marido trincou a mandíbula, uma veia pulsando no pescoço, e rosnou:

— Da última vez que um deles tentou nos ajudar, nossa filha teve o coração partido.

— É, mas e se dessa vez for a conclusão? — Espalmei seu peito. — Se ela estiver tentando corrigir um erro, como aconteceu com Elisa? Ian, ela não aparece por acaso. Há uma razão para essa visita, e precisamos descobrir o que é.

— Não sei se bebi além da conta — o capitão se posicionou ao lado da esposa —, mas, Sirena, deixei de acompanhar esse diálogo umas seis falas atrás.

— Também não estou conseguindo. Acho que tem relação com o periódico de Nova York que uma dama esqueceu no jardim.

— Tem certeza de que era ela? — Ian observou o jornal, mas ele chegara à mesma conclusão que eu. Como um jornal de Nova York chegaria à vila no mesmo dia da publicação?

— Tem que ser ela. Eu tenho implorado ajuda.

— Ah, meu Deus! — Elisa arfou, e, pela maneira como tapou a boca, percebi que ela havia ligado os pontos.

E não foi a única. Minha filha tateou a parede, escorando-se até encontrar o parapeito e cair sentada, o jornal escorregando de suas mãos. Bartolomeu se espichou e saltou atrás dele.

— Você tem? — A voz aguda e meio culpada de Ana Laura me partiu em três.

— Todo santo dia, filha, desde que ele desapareceu. Mesmo antes disso. — Eu me curvei para pegar o folhetim e evitar que Bartolomeu o destruísse. — Eu preciso encontrar uma coisa neste jornal.

— Que é...? — Leon arqueou as sobrancelhas de um jeito muito familiar.

Abanei a cabeça. Eu não tinha tempo para investigar minha semelhança com meus antepassados. Havia uma chance de que minha fada madrinha tivesse respondido aos meus apelos.

— Aí é que tá, Leon. — Comecei a espalhar as páginas com marcas de dentinhos afiados nas bordas. — Ainda não sei o que estou procurando, mas, já que estão aqui, vocês podem nos ajudar.

Navas esfregou a nuca.

— Sofia, se eu entendi direito, está me pedindo para ajudá-la a encontrar uma coisa que você ainda não sabe o que é? — Meu tataravô arqueou uma das sobrancelhas.

— Não é a primeira vez — Ian garantiu a ele, cravando os olhos na página em suas mãos.

— Procurem qualquer coisa esquisita — indiquei.

— Esquisita de que maneira? — Valentina aproximou o rosto do papel, e então o afastou até o limite que o braço permitia. — Podiam fazer letras maiores.

— Algo que possa se associar a Sofia, Valentina. — Mas Elisa observava o marido de um jeito muito expressivo.

Ao enfim compreender o que estava acontecendo, Lucas arregalou os olhos e correu para aninhar a bebezinha no carrinho, no centro da sala, antes de voltar e pegar um pedaço do jornal.

A única que se mantinha estática era Ana Laura, ainda na janela, o olhar vidrado sem ver nada à frente.

— Abigail está me ajudando? — Sua voz mal passou de um sopro.

Contudo, Valentina, assim como eu, também ouviu e de imediato abaixou o papel.

— Então era ela? — Piscou por alguns segundos, abanando a cabeça. — A mulher que conversava com Marina era a sra. Abigail. Eu estava certa.

— Você a conhece? — perguntei, num tom agudo demais.

— Foram ela e o irmão que me resgataram no mar, muito tempo atrás. Nunca deixarei de ser grata aos dois. Alexander, o irmão dela, se mudou logo que cheguei, e depois foi a vez de Abigail. Gostaria de agradecê-los, mas nunca mais soube de nenhum dos dois.

— Ai, cacete! É óbvio! — Dei um tapa na testa. E tapei a boca assim que Lucas me atirou um olhar enviesado, indicando a bebê dormindo em seu carrinho.

Mas é que... se Valentina e eu tínhamos uma ligação genealógica e a vida dela estivesse em risco, minha fada madrinha tentaria ajudar. Do contrário, o que aconteceria comigo se Valentina e Leon não tivessem se conhecido e se apaixonado?

Eu me virei para Ian, pronta para despejar minhas especulações sobre ele, mas não foi necessário. A compreensão estampava seu semblante, e ele tornou a ler, resoluto.

Nosso pequeno exército (confuso, admito) vasculhou as páginas com avidez, mas não havia nada particularmente ligado a Alexander, magia ou algo do gênero. Propriedades à venda. A inauguração de um porto. O nonagésimo aniversário da matriarca de uma família com ares de importante. A história de um morador que perseguia um arco-íris e acabou sendo atropelado por uma carruagem. Ok, essa última era estranha, mas não parecia ter nenhuma ligação com o que eu procurava. Terminei de examinar minha página e elevei o rosto para ver se alguém esboçava qualquer sinal de que pudéssemos ter encontrado alguma coisa.

— Eu acho que encontrei — Ian anunciou em tom cauteloso. — Mas não tem relação nenhuma com Alexander, Ana Laura.

Trêmula, minha filha apenas fitou a página que o pai estendia, sem esboçar algum sinal de que iria pegá-la. Eu a apanhei, procurando o artigo que Ian me apontou.

— "O segredo do sucesso é a vingança" — li o título em voz alta, seguindo pelo artigo que narrava a luta de uma inglesa chamada Elizabeth Blackwell para conseguir ser aceita no Geneva Medical College, de Nova York, desde a humilhação de colegas até culminar na entrega do diploma de cirurgiã, que Elizabeth receberia no início do próximo ano. — Ai, meu Deus! — Não tinha a ver com Alexander. Minha fada madrinha nos mostrava os caminhos que levariam Ana à universidade. Eu me virei para ela. — Você tem uma chance, filha. Você tem uma chance real! Se aceitaram essa garota, podem aceitar você também.

— Em Nova York? — Leon me examinou como se eu tivesse perdido o juízo. — Sozinha? Sofia, aquela cidade é uma loucura.

— Não parece ser na grande Nova York, Leon, só no estado. Acho que Geneva é uma cidade.

— E o fato de ir sozinha pode ser resolvido facilmente — Lucas falou baixinho para não incomodar a pequenina. — Marina e Sam podem acompanhá-la. Tenho certeza de que vão ficar felizes em ir com Ana Laura.

— Lucas, é uma excelente ideia! — Elisa tocou o braço dele. — Eles poderiam ficar com Ana em Nova York enquanto a casa é reformada para se adequar ao abrigo.

— Mas onde Ana ficaria? — questionei.

Leon coçou a sobrancelha com o polegar.

— Bem, tenho uma prima que mora em Nova York — ele explicou. — Estou certo de que ela ficará feliz em receber Ana Laura. E depois certamente a ajudará a encontrar uma boa casa de família para se hospedar em Geneva.

Valentina mordeu a unha do polegar.

— Nós poderíamos levá-la até lá antes de seguirmos para a Espanha. Não seria um desvio tão grande assim.

— A questão não é essa. — O tom grave de Ian, até então perdido em pensamentos, fez as especulações cessarem. Ele encarou nossa filha. — Mas o que Ana Laura quer.

Desviando a vista para fora da janela, ela se abraçou, como se o ato pudesse impedi-la de tomar uma decisão. Meus ombros arriaram. Ela não iria. Se recusaria a deixar a vila na esperança de que Alexander retornasse, não é?

Sempre com uma presença de espírito além do normal, Elisa pediu que os demais nos deixassem sozinhos para debatermos o assunto em família.

Esperei que todos saíssem da sala para começar a falar.

— Analu, eu sei que você não quer se afastar agora...

— Tem razão, mamãe. Eu não quero — ela atravessou delicadamente. — Mas, se Alexander me visse neste momento, diria algo como: "Que diabos está esperando pra dizer sim?" Ele fez o impossível para me dar a possibilidade que se abre diante de mim agora. Fiz uma promessa a ele: não permitir que nada nem ninguém apague a luz dos meus sonhos, e isso inclui a mim mesma. Também prometi ao sr. Marques lutar pelo que eu quero e não aceitar que o mundo me diga o que devo desejar. — Ela ficou de pé, as mãos se retorcendo na altura da cintura. — É por isso que preciso ao menos tentar. Eu quero ir.

Ian enroscou o mindinho no meu e, feito uma coisa só, envolvemos nossa filha, que tremia com violência. Ele nos puxou para mais perto, envelopando com um braço cada uma de nós.

— É isso mesmo que você deseja, Ana Laura? — Ele engoliu com dificuldade. — Mesmo que seja aceita, você ouviu o que dizia o artigo. Não foi fácil para a sra. Elizabeth. Não será fácil para você também.

— Eu sei, papai. Mas eu tenho o sangue dos Alonzo e dos Clarke, não é? — Espiou a mim, depois o pai, e sorriu timidamente. — Desistir não é uma palavra que eu conheça.

Dando risada, beijei seu cabelo perfumado quando ela encaixou a cabeça no arco do pescoço do pai.

— Nova York, então, é? — Recostei a cabeça no peito de Ian, cuja pulsação corria na mesma cadência alucinada que a minha. Em parte pelo medo do desconhecido que ela enfrentaria, em parte pela aventura que se abria diante dela feito um tapete.

Inspirando uma grande quantidade de ar trêmula e assustada com a enormidade do que a esperava pelo caminho que acabara de escolher, minha filha assentiu.

— Nova York — repetiu.

59

Tudo aconteceu rápido demais, Nina. Antes que eu pudesse piscar, o dia do embarque chegou. Me diz como fazer isso, minha amiga? Como vou dizer adeus a minha filha?

Eu contemplava o imenso navio atracado sacolejar suavemente rente ao cais, o corre-corre da tripulação de Leon ajustando os últimos preparativos para zarparem. Samuel estava entre os marujos, ajudando com cabos e coisas cujo nome eu não fazia ideia, empolgado para mais uma temporada no navio. Marina o observava do cais, a cor em sua face me dizendo que estava louca para se juntar ao marido. Sarah seguia um dos marujos, despejando centenas de questões sobre ele, ignorando a careta que o homem lhe dirigia. Leon e Lucas estavam perto das cabines, debatendo algo, enquanto Valentina e Elisa permaneciam aos pés da prancha, em uma conversa sussurrada para não acordar a bebê, que finalmente ganhara um nome: Beatrice, como a mãe de Samuel.

A poucos metros, Ian ajudava um dos marinheiros a erguer o baú de Ana. Minha caçula também estava atenta à embarcação, os dedos enluvados brincando com a alça da bolsinha de crochê, irrequieta.

— Pegou os casacos? — perguntei a ela.

— Estão na bagagem. — Ana indicou o último baú que o marinheiro e Ian carregavam rampa acima. — Conferi duas vezes.

— Não esqueça de comprar botas para a neve logo que chegarem. Dizem que Nova York é muito fria no inverno. Seus sapatos não vão dar conta. Se lembrou de colocar uns cremes extras na bolsa? Porque a pele de Nina resseca muito no inverno. Duvido que sua irmã tenha colocado um hidratante na mala.

Aproximando-se por trás, Ian riu e envolveu um braço em minha cintura.

— Meu amor, elas sempre podem comprar o que precisarem em Nova York. Sabe que existe comércio por lá também, não?

— Eu sei. Só... — *Não sei como fazer isso.* — É preocupação de mãe, acho.

A resposta à carta de interesse que Ana enviara ao Geneva Medical College chegara no começo de janeiro. Toparam avaliá-la, mas foram enfáticos: a aceitação só aconteceria depois de uma sabatina e caso todos os alunos do curso concordassem.

Valentina e Leon resolveram prolongar a estadia até a resposta da universidade. E, quando a afirmativa chegou, entraram em contato com a tal prima. Eles mesmos acompanhariam Ana até a casa da parente, o que me deu algum alívio.

Marina agiu como esperado. Assim que soube da novidade ao retornar da lua de mel, minha primogênita e o marido nem se deram o trabalho de se oferecer para acompanhar Ana; simplesmente começaram a fazer planos, como se todos já soubessem que iriam juntos.

Nos últimos três meses, eu tentava não pensar muito no momento da separação, me ocupando com o guarda-roupa adequado para uma gelada Nova York, revendo o roteiro da viagem até a pequena Geneva. Pelo que Ian conseguira encontrar no mapa, a cidadezinha ficava muito próxima da fronteira com o Canadá.

Agora eu me via diante do momento de me despedir de Ana Laura e, francamente, não sabia como faria isso.

— Ficaremos bem, mamãe. Eu juro. — Minha caçula sorriu, mas os lábios tremeram.

Me adiantando, eu a abracei apertado, inspirando fundo seu perfume adocicado. *Não chora, não chora, não chora. Não torne isso pior para ela.*

— Estaremos sempre por perto, Analu. Escreverei para você todos os dias contando as novidades da vila. O tempo vai passar depressa. Antes que perceba, estaremos juntas outra vez. — Eu não sabia se tentava convencer minha filha ou meu coração.

Ao me soltar, Ana foi se agarrar ao pai. Ian beijou o topo da cabeça dela.

— Você será uma grande cirurgiã, não tenho dúvida, Ana Laura. Estou indescritivelmente orgulhoso.

Encabulada, ela ergueu o rosto.

— Ainda não fiz nada, papai.

— Fez, sim. O mais difícil é sempre o primeiro passo, e esse você já deu. Agora é só continuar colocando um pé na frente do outro até chegar aonde quer. — Ele puxou do bolso um estojo de veludo verde-escuro e entregou a ela. — Eu e sua mãe encomendamos isto.

Ao soltar a fita e espiar os instrumentos cirúrgicos, ela ofegou. Marina desprendeu a atenção do navio para cutucar as costelas da irmã.

— Tem seu nome gravado em cada peça. Foi ideia minha.

— Não poderiam ter me dado nada que eu amasse mais. — As lágrimas que Ana andava retendo escaparam ao se abraçar ao estojo.

Ok, não chora, não chora, não chora ainda.

— Por favor, tome cuidado. — Beijei sua bochecha molhada. — Sabe que, se as coisas ficarem duras demais, sempre pode voltar pra casa, não é?

— A qualquer momento — Ian completou, firme. — Sem ter de explicar coisa alguma.

Ela fez que sim uma vez. Valentina e Elisa se juntaram a nós, e minha tataravó, tão verde quanto um pé de alface, deve ter lido em minha expressão todas as minhas emoções, pois disse:

— Não se preocupe, Sofia. A prima de Leon está empolgada com a chegada de Ana Laura. Leon e eu vamos providenciar tudo para que elas cheguem a Geneva com segurança. Cuidaremos pessoalmente da estadia, acompanhantes apropriados. Prometo cuidar de suas meninas como se fossem sangue do meu sangue.

— Eu sei disso. — Ainda que Valentina não soubesse da nossa ligação sanguínea, parecia pressentir. Eu sabia disso porque ela olhava para minhas filhas da mesma maneira derretida de Elisa.

Não demorou para que Samuel descesse do navio e viesse procurar Marina. Parou ao lado da mãe, que também tinha problemas em manter os olhos secos.

— Não cresça muito enquanto eu estiver longe, Beatrice. — Brincou com a mão rechonchuda da irmãzinha e sorriu de lado para a mãe. — Não precisava ter dado a ela o nome da minha mãe biológica.

Minha cunhada tocou a cabeleira preta da filha, admirando-a apaixonadamente. Tinha o mesmo olhar ao contemplar Samuel.

— Sua irmã herdou o nome de uma mulher incrivelmente corajosa, que me deu o presente mais precioso que eu ousaria desejar. — Tocou a bochecha dele. — Não demore tanto para voltar para casa dessa vez, filho.

Um dos tripulantes deu um assobio alto. Leon veio se debruçar na mureta.

— Estamos prontos — anunciou. — Mas tomem o tempo de que precisarem.

— Certo. — Esfreguei o nariz.

Ser mãe é tão mais complicado do que eu havia imaginado. Pensei que o pior havia passado, a infância e as centenas de machucados, doenças de crianças em um tempo em que o medicamento mais moderno era o unguento. Mas não. Era agora: vê-las abrir as asas e voar por conta própria. Também era um dos momentos mais lindos de minha vida.

Dizer adeus foi tão dolorido quanto arrancar meu coração do peito a sangue-frio. Ian segurou minhas mãos enquanto Valentina abraçava Ana e as duas subiam a rampa. Sam e Nina foram logo atrás. Meu coração pulsava na garganta ao assistir a minhas filhas se empoleirarem na mureta. Mesmo depois que a âncora foi levantada e a embarcação começou a se afastar, Ian e eu não nos movemos, ficamos ali, acenando mesmo quando tudo o que podíamos ver era um pontinho ao longe e, então, nada mais.

Boa sorte, rezei em silêncio, libertando, enfim, as lágrimas que andava retendo com um esforço hercúleo. Ian me abraçou, aninhando meu rosto de encontro ao seu coração, que batia rápido também. Se ele tentava me consolar, ou suplicava por consolo, eu não saberia dizer. Talvez fosse um pouco dos dois.

— É ao mesmo tempo apavorante e apaziguador, não é? — ele murmurou em meus cabelos. — Este momento é tão difícil quanto eu suspeitei. Só não previ que também estaria feliz ao vê-las guiando a própria vida com tamanha coragem. Não poderia estar mais orgulhoso de nossas filhas.

— Sei exatamente o que quer dizer. — Funguei, secando o nariz nas costas da mão. — Uma parte minha sabe que elas vão ficar bem. Mas a outra insiste que elas ainda são apenas meninas e precisam de mim.

Ele me deu um meio sorriso lindo.

— Certamente precisam. Você é a mãe delas.

— Queria ter feito mais por elas — pensei alto.

Espalmando minhas costas, Ian encaixou o indicador em meu queixo, incitando que eu o encarasse.

— Meu amor, você fez tudo o que podia, e até o que não era sensato. Mas, o mais importante, você ensinou nossas filhas a lutarem, a não se deixarem dominar pelo medo, a escolherem o próprio destino. É o que elas estão fazendo.

— Fizemos um bom trabalho com elas, não foi? Ana Laura será aceita, eu sinto.

— A resposta do reitor do Geneva College deu mostras de que ele é um homem justo. E as cartas de indicação do reitor Bartolomeu, do dr. Almeida, de Lucas vão ajudar. Samuel também pretende advogar por ela. Ana Laura vai conseguir o que quer. Quanto a Marina... — Ele coçou a nuca, fazendo uma careta engraçada. — Se ela não for presa no exterior, já me darei por satisfeito — concluiu, e eu gargalhei alto.

Em pouco tempo, tudo o que havia no horizonte era um oceano escuro, e Ian começou a me guiar para a área em que Isaac nos esperava. Nos despedimos de Elisa e Lucas, e então ele me ajudou a entrar na carruagem.

— Vai ser estranho, né? Só nós dois em casa. — Deitei a cabeça em seu peito assim que a carruagem começou a se mover. — Será a primeira vez. Sem Elisa e as meninas. Estou preocupada que eu acabe te enlouquecendo.

Existe um limite até onde a pessoa pode aguentar, e sempre temi que em algum momento Ian atingisse essa marca.

— Ah! — Ele estalou a língua, achando graça. — Você me contou que veio de outro século, minha irmã e eu nos perdemos nele, nossa filha caçula se apaixonou por uma fada madrinha. Se eu não perdi o juízo até agora, creio que posso afirmar, com alguma segurança, que não vou enlouquecer facilmente.

Humm... pensando dessa maneira...

Eu soltei um suspiro exausto, o indicador brincando com um dos botões de sua camisa, e dei uma última espiada na janela, para o mar escuro onde agora minhas filhas flutuavam rumo aos seus destinos. Como sempre, Ian parecia ter acesso direto aos meus pensamentos, pois os braços em minha cintura se estreitaram.

— Elas são suas filhas. Vão ficar bem. — Então se curvou para murmurar em meu ouvido: — Você ficou.

Arqueei o pescoço e admirei meu marido, meu melhor amigo nos últimos vinte e dois anos, meu amante e conselheiro, meu amor. Sendo franca, não foi fácil a jornada até ele. Mas quando é que algo que realmente vale a pena é fácil? Eu não mudaria uma única linha do nosso relacionamento, mesmo as mais difíceis ou infelizes. Elas me levaram para onde eu queria estar.

O meu mundo — o século XIX, pois era ali que Ian estava — não foi tão convidativo assim para uma garota que nasceu no século XXI. Apesar disso, eu estava me saindo muito bem. Conseguira o coração do príncipe encantado, criara a partir do nada uma empresa que a cada ano se provava mais lucrativa, fora abençoada com duas filhas que eu admirava e amava mais que minha própria vida, cultivara amigos, aos poucos ganhando o respeito da sociedade na qual escolhi viver, despertando o ódio de alguns outros, é verdade. Bom, era como Ian uma vez me disse: ninguém bate em árvores que não dão frutos.

Então, é, Ian tinha razão. Eu fiquei bem.

Minhas filhas também ficariam.

60

É hoje, Nina! A avaliação de Analu pelo Geneva College! Puta merda! Não acredito que vou precisar esperar três meses para a carta dela chegar contando o resultado.

A carruagem parou diante do prédio de dois andares. Ana Laura se curvou para dar uma boa olhada na construção de tijolos alaranjados, onde alguns pássaros se empoleiravam no domo do campanário abobadado para absorver o calor do sol daquela manhã fria. Apesar de a primavera começar a se aproximar, havia nevado na noite anterior, de modo que um manto branco se amontoava sobre a pequena Geneva, decorando os beirais das janelas do imenso prédio, e nos galhos secos das árvores que margeavam a trilha de tijolos até a entrada do prédio. Ela se encolheu dentro do paletó de lã. Não se lembrava de sentir mais medo. Ou mais excitação.

— Tem certeza de que não quer que eu a acompanhe? — Samuel insistiu pela décima vez.

Dirigindo a atenção ao cunhado, sentado a sua frente, ela deu um aceno firme.

— Eu agradeço a oferta, Sam. Mas você não vai estar aqui para me proteger no restante do curso, caso me aceitem. Vou enfrentar os alunos sozinha, para o bem ou para o mal. Você já fez mais que o bastante me apresentando ao reitor.

Ao seu lado, Marina se atrapalhou com a peliça, e acabou atirando-a no banco para remexer no laço azul-marinho que Ana usava sob o colarinho da camisa, fazendo as vezes de uma fina gravata.

— Eu poderia ajudá-la, sabe? — a irmã disse. — Caso alguém seja grosseiro com você, sempre posso quebrar alguns narizes.

Um pouco da tensão de Analu se dissolveu em uma gostosa gargalhada.

— Nina, tenho certeza de que quebrar o nariz de um dos alunos não vai me aproximar da sala de aula. Não se preocupem comigo. Eu me preparei para este momento. Estou confiante de que vou me sair bem no exame. — Ao menos era o que ela dizia a si mesma desde que embarcara e deixara o Brasil.

— Nunca tive a menor dúvida quanto a isso. — Nina assentiu, segura. — Estaremos bem aqui quando terminar.

— De maneira alguma. Isso pode levar horas. Voltem para a pensão. Eu tomarei uma caleche mais tarde.

Prometendo que não se arriscaria no tempo rigoroso, Ana inspirou fundo, se cobriu com a capa de lã e então desceu da carruagem de aluguel. O ar congelante pinicou suas bochechas, e ela se encolheu conforme atravessava a trilha de pedras amarelas. Ainda se sentia fria ao entrar no prédio e ser levada a uma espécie de anfiteatro, onde as aulas práticas aconteciam. Notou a mesa de cirurgia no fundo do círculo, cercado pela arquibancada. Os estudantes empoleirados ali a examinavam com curiosidade, e ela teve que se policiar para não tocar o cabelo preso em um coque sério.

No centro do tablado, o reitor Allen a recebeu com um cumprimento galante, o mesmo que usara durante o teste admissional, três dias antes. Ana tirara a nota máxima e por isso estava ali agora, para que o corpo docente e os estudantes julgassem se ela era digna de ser admitida como aluna. Ele explicou isso à turma.

— Vocês terão que votar a favor ou contra a admissão da srta. Clarke, como fizeram com a sra. Elizabeth Blackwell — ele anunciou aos presentes. — A decisão precisa ser unânime.

— Isso é ridículo! — Um rapaz magro e muito branco ficou de pé na primeira fileira. — Damas não deveriam nem estar aqui. A sra. Blackwell nunca deveria ter sido admitida. Foi um erro!

— Todos votaram a favor, sr. John. Inclusive o senhor — lembrou o reitor, arqueando uma sobrancelha.

O rapaz ficou vermelho e espalmou as mãos na madeira amarelada que separava os assentos do centro da sala.

— Porque pensamos que se tratasse de uma piada, reitor Allen!

— Assim como suas notas, meu jovem.

Alguém gargalhou. Ana Laura não chegou a ver quem era, concentrada demais em manter a expressão serena.

— O caso da srta. Clarke não é o mesmo da sra. Blackwell — o loiro avermelhado retrucou. — Elizabeth é viúva, já conhece um pouco do mundo. Não é uma jovem solteira inocente saída do fim do mundo. Me diga, dr. Allen, observe esta moça delicada e me diga se ela poderá participar das aulas de anatomia sem desmaiar.

— Essa é uma questão que também me preocupa. — O reitor arqueou uma sobrancelha, o olhar vagando para Analu.

Naquele instante, sob tantos pares de olhos, ela compreendeu o que madame Durocher havia lhe dito sobre as vestimentas. E puxou as mangas do paletó antes de se dirigir aos estudantes.

— Meu tio é cirurgião, assim como meu cunhado. — Tragando saliva, uniu as mãos na altura da cintura para que ninguém notasse como tremiam e inclinou levemente o queixo. — Eu acompanhei os dois em algumas cirurgias. Sangue, nervos, tendões não serão um problema para mim. Ao contrário, existe algo de fascinante no aspecto de um tendão, a beleza da composição. Mas temo que não seja com isso que estão preocupados. E gostaria de salientar que visitei uma exposição de arte no ano passado, com esculturas de mármore bastante realistas de nus masculinos, e nenhuma delas me fez cair desmaiada. Sendo franca, não encontrei nada realmente chocante que pudesse provocar uma síncope.

Algumas risadas foram ouvidas. O reitor arqueou uma das sobrancelhas, como se tal ideia nunca tivesse ocorrido antes. Ana suspeitou que sua resposta o satisfez, pois se dirigiu ao rapaz de cabelo praticamente branco.

— Algo mais, John?

— Eu sou o único que entende que vamos cometer um erro? — Ele buscou o rosto dos colegas. — Pelo amor de Deus, primeiro Blackwell, agora essa Clarke. Logo o campus estará dominado pelas mulheres, e o que nos restará? Me digam!

— Sugiro mais empenho se quiser acompanhá-las. — O reitor circulou pelo pequeno tablado e parou diante do aluno. — Especialmente em botânica. Se suas notas não melhorarem, não conseguirá seu certificado.

O rapaz bufou outra vez, mas resolveu se sentar ao escutar outra explosão de gargalhadas ecoar pelo auditório. Ana não se importava. Os olhares debochados, os cochichos, os risos. Nada disso realmente a incomodava, desde que tivesse sua chance.

— Bem — o reitor se voltou para a plateia —, agora que todos os argumentos do sr. John Rider foram expostos, e já que ninguém parece ter mais nada a acrescentar a este caso, anuncio a abertura da votação. Peço a todos os que forem a favor da matrícula da srta. Clarke no Geneva College que levantem a mão.

Ela prendeu o fôlego e escrutinou os rostos, que naturalmente devolviam o favor. Alguns cochichos se seguiram, e então uma mão solitária se ergueu na última fileira. E outra se juntou a ela. E mais uma, até que todas estavam no ar, mesmo a de John, visivelmente contrariado, mas tentando agradar o reitor.

Sorrindo de um jeito curioso, o dr. Allen estendeu a mão a ela.

— Bem-vinda ao Geneva Medical College, srta. Clarke.

Enquanto envolvia os dedos dele e os apertava, como faziam os cavalheiros, ela sentia um peso sutil em seu ombro. Os dedos invisíveis dos pais, de Nina e Sam. Do tio Lucas e do querido dr. Almeida. Do sr. Marques. Mais forte do que nunca, sentiu a presença de Alexander.

Você cumpriu sua missão, Alexander, ela mentalizou, esperando que, onde quer que ele estivesse, pudesse ouvi-la. *Estou de volta ao caminho traçado para mim. Você conseguiu.*

Em um instante de delírio, ela pôde jurar que sentiu os braços dele rodeando sua cintura e o sopro do hálito quente no ouvido.

Não, Ana. Você *conseguiu.*

* * *

Ainda tonta de felicidade, Ana ignorou a existência da neve ao deixar o prédio do Geneva Medical College, mas foi rapidamente lembrada ao enfiar uma das botas em um montinho fofo. A camada de gelo que recobria o pavimento era um indício de que deveria tomar uma caleche, como prometera à irmã. Mas o sol havia saído, transformando os montículos brancos em uma nuvem cravejada de brilhantes, cristais de orvalho pendendo dos galhos das árvores. Preferiu não perder o espetáculo e decidiu caminhar até a pensão em que haviam se instalado. Um pouco de exercício a manteria aquecida, afinal. E certamente a sra. Vilard, uma viúva bem-humorada que encontrara grande alegria em hospedar Ana até que concluísse seus estudos, se prontificaria a partilharem uma xícara fumegante de chá tão logo chegasse ao Hermitage.

Puxando o capuz de lã sobre o cabelo, escondeu os livros que o reitor lhe dera no interior da capa grossa e se apressou tanto quanto ousou pelas calçadas escorregadias. Não levou mais de dez minutos para chegar à rua principal de Geneva. Ao passar diante de alguns comércios que começavam a abrir as portas, captou um vislumbre do próprio reflexo em uma vitrine. Bochechas rosadas, olhos reluzentes, e bem atrás da própria imagem, um arco colorido desaparecendo atrás de uma chaminé. Ana parou de andar, girando sobre os calcanhares, assombrada com a intensidade das cores do arco-íris. Não era de espantar, afinal o fenômeno ocorre quando gotículas de água suspensas no ar refratam a luz do sol em seu espectro natural. Toda aquela neve, cristais de gelo e o ar úmido eram fonte mais que suficiente para intensificar a refração. Mesmo sabendo disso, ao vivo e em cores, ela ficou sem fôlego. Seguindo até a esquina para ter uma visão mais ampla, sorriu para os pássaros azulados sobrevoando a chaminé de um prédio amarelo de dois andares.

Com um suspiro melancólico, se forçou a abandonar a cena e retomar seu rumo. Distraída, não se deu conta de que uma fina película de gelo recobria a calçada e vacilou. Ao tentar manter o equilíbrio, ouviu um *tec*, o pé se desestabilizou de vez e seu corpo começou a tombar de lado. Em seu desespero, tentou se agarrar a qualquer coisa por perto e encontrou um paletó. Mas já não havia nada a ser feito.

— Ai! — ela gritou assim que o traseiro encontrou o chão, as muitas camadas de saias fazendo pouco para amortecer a queda.

Um *urf!* seguiu-se a uma pancada seca e uma chuva de flocos de gelo se ergueu, salpicando Analu por inteiro. Rindo, ela cuspiu um pouco de neve, arrancou alguns flocos presos aos cílios e sacudiu o capuz, um pequeno oásis de gelo agora. O sujeito soterrado no manto branco gemeu, e ela tratou de se ajoelhar e ajudá-lo.

— Desculpe, senhor. Não tive a intenção de derrubá-lo. Eu lamento...

— Não fique tão aflita, senhorita — respondeu ele, em um inglês perfeito. — Estas calçadas se tornam armadilhas nesta época do ano. Acontece a todos nós.

Seu timbre, as nuances em cada sílaba a fizeram recolher a mão à medida que ele afastava a neve do rosto e parte por parte era revelada. Orelhas levemente abertas, cabelo escuro raspado, a boca larga curvada com um ar irônico, as linhas duras dos malares. A cicatriz na têmpora esquerda empalidecida pelo frio.

— Alexander! — ela arfou, mergulhando em dois lagos profundos e... azuis?!

Cuspindo um pouco de neve, ele entortou as sobrancelhas.

— Bom Deus, faz quase um século que ninguém me chama ass... *Urf!* — Ele resfolegou quando ela se atirou contra ele com tanto ímpeto que acabaram no chão outra vez.

Dominada pela saudade, sem parar para respirar — ou pensar por que os olhos dele estavam diferentes —, ela o beijou, sem se importar com a neve que começava a encharcar as roupas, ou que estivesse fazendo um belo espetáculo no meio da rua. Tudo o que existia era o homem quente e forte sob seu corpo. Analu se perdeu em seu cheiro, no gosto dele, absorvendo seu calor e as batidas potentes no peito amplo, entrando em compasso com o dela. Alexander estava ali. Ela o encontrara!

Com um pouco de atraso, percebeu que, em vez de retribuir, ele havia se transformado em um boneco de neve, imóvel e frio. Recuou depressa para dar espaço para que Alexander se sentasse.

— Não me entenda mal, senhorita. — A voz dele estava áspera. — Eu jamais me oporia a ter uma bela mulher sobre ou sob mim, me atacando com beijos tão doces. Mas acredito que esteja me confundindo com alguém. Tristemente — adicionou com um sorriso enviesado, as íris da cor do céu relampejando.

Por que estavam diferentes? Por que ele a observava daquela maneira, como se não a reconhecesse?

Atordoada, ela ficou de pé, nunca o perdendo de vista. Alexander também se endireitou, soprando o chapéu para se livrar da neve, depois estapeou o pesado casaco preto.

— Você está bem, senhorita? Parece pálida.

Ela... fora totalmente apagada de sua memória? Era por isso que ele agia como se aquele fosse o primeiro encontro deles?

— Senhorita?

— Eu... o confundi com alguém — conseguiu balbuciar. Tudo havia desaparecido? — Me desculpe.

— Acontece o tempo todo. Devo ter um rosto muito comum.

Por que ele não se recordava? Havia se esquecido dela? Deles?, se perguntou, recuando um passo. Uma de suas botas oscilou.

Ele percebeu e estalou a língua.

— Temo que você possa ter quebrado um dos saltos na queda. Me deixe dar uma olhada. — Então se aproximou, a mão espalmada indo para as costas dela.

Reconsiderou no último instante e a abaixou, indicando com o queixo um banco pouco mais à frente. Como ainda olhava fixamente para ele, Ana tropeçou em alguma coisa pelo caminho. Um dos livros que carregava, percebeu ao se abaixar para recolhê-lo.

Dedos largos e quentes se prenderam com delicadeza em seus pulsos. Mesmo com as luvas grossas, ela sentiu o toque no centro dos ossos.

— Uma dama como você não deveria se curvar diante de ninguém.

Ao ouvir as palavras que ele proferira naquele primeiro encontro na vila, Ana prendeu o fôlego, e as rugas de confusão na testa dele se acentuaram.

Por favor, se lembre, o coração dela implorou. *Eu sei que ainda está aí. Se lembre de nós!*

Em vez disso, ele sacudiu a cabeça e se curvou para pegar o volume antes de acompanhá-la até o banco diante de uma loja. Ana jamais soube que tipo de comércio era, atenta a cada movimento dele. Alexander espanou a neve das ripas de madeira e esperou que ela se sentasse antes de se abaixar em um joelho.

— Permita-me. — Ele serpenteou uma das mãos por baixo da barra da saia, buscando o pé dela.

Ora, Alexander estava corando?

Muito bem, Ana Laura passara os últimos meses idealizando aquele reencontro. Em nenhuma fantasia ele não se recordava dela, muito menos demonstrava um recato que jamais exibira.

Esses pensamentos foram soprados de sua mente tão logo sentiu os dedos grossos envolverem seu tornozelo. Ana prendeu a respiração. Mesmo com a meia de lã encorpada, sentiu a descarga impetuosa disparar por seu corpo com a intensidade de um relâmpago. Alexander franziu a boca, como se tivesse sido atingido também, mas ela não pôde ter certeza, pois ele logo se concentrou na bota que acomodara sobre o joelho.

— Isso é interessante. — Ele deu um meio sorriso, acompanhando com o indicador o bordado de rosas no veludo verde-escuro, e ergueu o rosto, apertando um dos olhos ante a claridade. — As rosas são de origem asiática, sabia? Da China, mais precisamente. Os primeiros relatos datam de mais ou menos cinco mil anos. Mas há quem diga que a planta é quase tão velha quanto a vida. Os românticos, como deve suspeitar.

Bestificada por já tê-lo ouvido contar aquela história antes, se perguntou o que aquilo significava. Ele se recordava? Mesmo que apenas em parte?

— O senhor é um deles? — Ela escrutinou o rosto angular à procura de algum vislumbre de reconhecimento.

Devolvendo o pé dela ao chão, ele puxou algo debaixo da bota com um tranco sutil antes de erguer o pequeno triângulo de madeira.

— Apenas um tolo acredita no amor. Seu tornozelo se safou, mas o salto não teve a mesma sorte. Se quiser, posso deixá-lo como novo. Está vendo aquele prédio na esquina? — Indicou algo mais à frente. Como ela assentiu, embora não tenha chegado a olhar, ele prosseguiu. — É a minha sapataria. Posso consertar sua bota em menos de um quarto de hora, se não se incomodar com um pouco de caos. — Ficou de pé, escondendo as mãos nos bolsos do casaco de lã.

Uma sapataria. Era essa sua ocupação antes de a magia encontrá-lo?

Como não estava pronta para se afastar dele até conseguir respostas, disse:

— Acredite quando digo que o nome do meio da minha irmã deveria ser desordem. Consigo lidar com o caos.

Indicando que ela fosse na frente, Alexander riu, um som grave e poderoso que fazia cócegas por toda a sua pele, e se manteve perto dela o tempo todo. Para segurá-la caso escorregasse? Porque qualquer distância parecia insuportável?

— É uma incrível coincidência. — Ele girou o salto de madeira quebrado entre dois dedos. — Essa é uma das minhas botas. Eu mesmo a produzi, incluindo os bordados.

— Está brincando! — Seus olhos quase saltaram das órbitas, porque, tão logo vira o veludo verde e as rosetas delicadas, não conseguira mais apartar o olhar da peça.

— Não estou, não. — As bochechas bronzeadas adquiriram um tom rosado escuro. — Mas eu a repassei a algum parceiro. Não me recordo qual.

— Eu comprei na cidade de Nova York logo que aportamos.

Enquanto atravessavam a rua, ele a espiou por entre os cílios longos e escuros, o sorriso atrevido de que ela sentia tanta falta fazendo uma aparição.

— Estão sendo vendidas, então. É bom saber. De onde vinha quando chegou a Nova York, senhorita?

— Uma pequena vila do Brasil.

— Uma brasileira — respondeu em um português fluido, animado. — Percebi que não era daqui assim que a vi escorregar. Meu avô paterno veio dos Açores para a América. Aprendi a falar português antes do inglês.

Analu não sabia disso. Não sabia de muitas coisas, àquela altura. Por que os olhos dele agora eram azuis?

— Imagino que no Brasil não tenha tanta neve. — Ele coçou o nariz. — Você não parece habituada a tombos.

— Sinto muito por tê-lo derrubado. E pelo... que eu fiz depois. — Ela cravou as vistas na calçada de pedras, as faces afogueadas, e não era pelo frio cortante.

— Ei, não fique tão constrangida. Foi... interessante. Especialmente no dia de hoje.

Seu tom distraído a fez espiá-lo. Mesmo que as íris tivessem outra cor, elas cintilavam de um jeito que ela conhecia bem.

— Hoje é um dia especial? — se ouviu perguntar.

— De certa forma. — O rapaz apertou os lábios, pondo um ponto-final no assunto.

Chegaram ao prédio amarelo que ela admirava havia pouco. Alexander pareceu sem jeito ao parar diante da entrada.

— Eu não esperava visitas e não exagerei ao mencionar o caos, então tente não dar muita atenção à baderna. — Ele abriu a porta de vidro e esperou que Ana passasse.

O calor de um aquecedor a abraçou, o perfume de couro e algo mais acre saturando o ar. A sapataria era pequena, alguns pares expostos na vitrine diante de um recamier laranja e um tapete felpudo. Então um largo biombo preto separava a pequena loja da área dos maquinários. Não exatamente grande, mas aconchegante o bastante e bem iluminado pelas altas vidraças. Sapatos de todas as cores e tamanhos se espalhavam por cada superfície, misturados a livros. Pilhas e pilhas deles, Ana notou, comovida.

Depressa, Alexander começou a recolher alguns pares de suas criações e ferramentas deixadas pelo caminho, procurando onde deixá-los. E não encontrou lugar.

— Desculpe. — Empurrou tudo para dentro de um armário. — Não costumo receber visitas nesta área.

— Mas deveria. Tem personalidade.

Ele elevou as sobrancelhas, mas foi educado em não contradizê-la, enquanto espanava a cadeira com um pano encardido. Ana ocupou o assento e deixou no chão os livros que o reitor lhe dera, cruzando as pernas para desamarrar o calçado. Assim que ela suspendeu a bainha e um pedaço de panturrilha ficou visível, Alexander se virou de costas.

— O que a trouxe à fria Geneva? — Empurrou o paletó pelos ombros, em seguida pendurou-o em um gancho atrás de uma das máquinas e se pôs a enrolar as mangas da camisa. — Não pode ter sido a neve.

— Eu acabo de ser admitida no Geneva Medical College — anunciou, orgulhosa e emocionada por dizer aquelas palavras em voz alta pela primeira vez. E que fosse ele a escutá-las, mesmo que não se lembrasse quanto a ajudara a chegar até aquele instante.

— Pensei que mulheres não fossem aceitas na escola de medicina.

— E não são. Ou não eram. Uma inglesa, Elizabeth Blackwell, acaba de conseguir o certificado de cirurgiã. Espero ser a próxima.

— Não tenho certeza de que já ouvi falar dela. — Passou um avental de couro marrom pelo pescoço, atando-o pouco abaixo da cintura, atraindo o olhar dela para o traseiro pequeno e bem-feito. Ele se virou e a flagrou.

Corando, Ana voltou a trabalhar rápido nos cadarços.

— Quer dizer que veio estudar em um país estranho, sozinha. Isso é o que eu chamo de coragem. — Ele se recostou em uma das máquinas, apoiando um braço na barra de ferro. — E alguns cavalheiros se gabam de participarem de corridas de cavalos.

— Não sou tão corajosa assim. Minha irmã e meu cunhado vieram comigo. A verdade é que eu estou apavorada com a possibilidade de falhar.

— É bom sentir medo. É assim que distinguimos os corajosos dos loucos. "Muito antes de morrer, morre o covarde; só uma vez o homem forte prova a morte" — citou. — Ou a mulher — acrescentou com uma piscada.

Ponderando, Ana mordeu o lábio inferior.

— Não sei se posso concordar com o sr. Shakespeare desta vez.

— O que só confirma meu argumento! — Ele arqueou uma das sobrancelhas. A da cicatriz. — É necessário um bom tanto de coragem para contradizer Shakespeare. Por que escolheu um caminho tão difícil?

Descalçando a bota, ela correu o indicador pelo bordado delicado que ele criara. Por um momento fantasiou que o tinha criado para ela.

— A resposta curta para isso é que eu decidi não aceitar um *não*.

— E a longa? — Alexander a contemplou com aquela intensidade toda dele, e eram apenas os dois outra vez, a energia pulsante vibrando entre eles.

Ana teve que agarrar-se ao assento para não acabar se jogando sobre ele novamente.

— A longa é um pouco mais dolorida. Perdi alguém que eu realmente amava porque a sociedade não aceitava o modo de vida dele. Sua vida poderia ter sido salva se o mundo fosse mais justo. Então acho que é o que estou fazendo aqui. Procurando um pouco mais de justiça, creio eu.

Chegando mais perto para apanhar o sapato, tomando cuidado para que os dedos não se tocassem, ele a admirou com algo entre o assombro e deslumbramento.

— E você ainda tem dúvidas quanto a sua coragem?

As bochechas dela tornaram a arder. Pela visão periférica, viu quando ele correu os dedos pelos fios curtos ao se afastar. Parecia mais composto ao encaixar a bota numa espécie de suporte.

Aproveitando que ele estava distraído, Ana resolveu desbravar a sapataria, o pé descalço em ponta. Parou diante de uma das janelas para apreciar a vista. Dali era possível avistar um pedaço do lago Seneca por entre algumas casas. No banco sob a vidraça, uma pilha alta de livros se elevava, um vaso com uma planta jovem de folhas pequeninas rajadas em vários tons de verde começava a florescer. O galho solitário sustentava asas de borboletas brancas com um toque de vermelho. Prendendo a respiração, Ana roçou as costas do indicador enluvado em uma das pétalas, e mais que nunca desejou acreditar que o cíclame estava ali para ela, que uma parte dele ainda se lembrava. Mas a verdade era que Alexander sempre fora um amante da botânica, e as flores deviam estar na sapataria como fonte de inspiração para os bordados dos calçados.

Pela primeira vez se preocupou com o que teria acontecido com as lembranças dele, como Alexander justificava as lacunas a si próprio.

Cedo demais, ele deixou o martelo sobre a máquina, um tinido agudo ressonando pelo ambiente.

— Nova, como prometido — anunciou.

— Tão depressa? — Mas o que ela queria realmente questionar era: "Você ainda me ama?"

— Não fique tão espantada. — Soltou as tiras do avental e o pendurou em um prego, limpando as mãos em uma tolha manchada. — Não descobri a cura para uma doença, só consertei um salto.

— A importância de cada coisa depende muito das circunstâncias.

Mancando, ela retornou à cadeira para calçar a bota. Ao terminar, recolheu seus livros e os abraçou, ficando de pé, impressionada com a solidez do salto. Entretanto, não conseguiu se mover. Tampouco fez ele. Era impressão ou ele também parecia avesso à ideia de vê-la partir? Ah, como queria acreditar nisso...

— Quanto eu lhe devo? — Ela tentou manter o tom sereno.

— Eu ficaria ofendido se tentasse pagar por algumas marteladas e um prego. Foi um prazer poder ajudá-la. — Ele coçou a cicatriz com o polegar. — Mas tenho um pedido a fazer. Eu sei que você é brasileira, está no caminho de se tornar cirurgiã, tem um gosto refinado para literatura e sapatos, obviamente.

Pretende revelar seu nome em algum momento, ou vai me deixar nessa angústia por mais algum tempo?

— Meu nome é Ana Laura Alonzo Clarke. Meus amigos me chamam de Analu.

— Ana. Ceeerto... — Esfregou o cabelo curtíssimo, rindo.

Céus! A maneira como seu nome rolou na língua dele a fez estremecer de prazer. Fazia tanto tempo que o ouvira pela última vez...

— William Alexander de Brum, a sua disposição, senhorita. — Fez uma mesura, as íris azuis jamais a perdendo de foco.

— Visconde William de Brum?! — se espantou.

Alexander achou graça.

— Em meus sonhos, talvez. Sou apenas um sapateiro cujos pais não conseguiram chegar a um consenso sobre literatura. Meu pai era grande entusiasta do sr. Pope; já minha mãe, fanática pelo trabalho de Shakespeare. Acabei herdando o nome dos dois poetas ingleses.

Engolindo com dificuldade, Analu tentou domar o que acontecia dentro de seu peito. Ele não mentira sobre seu nome. Sobre nenhum dos dois.

Trocando o peso de uma perna para a outra, ele escrutinou o rosto dela.

— Srta. Ana, perdoe-me por ser tão direto, mas estou curioso. Como sabia meu nome do meio? Minha mãe era a única que me chamava de Alexander.

— Eu o confundi com outra pessoa. — Não ousou piscar.

Uma pausa.

— Alguém que se parece comigo e tem o mesmo nome? — Arqueou as sobrancelhas.

— Pois é...

O ceticismo que ele emanava em ondas saturou o ar. Mas, por educação ou algum outro motivo, Alexander resolveu não insistir. Então, tudo o que havia era o som da respiração deles e o crepitar de madeira em algum lugar. Ir embora era a última coisa que ela queria. Mas continuar ali, fingindo para ele que não o amava, mentindo para ele, foi mais do que pôde suportar. Ensaiou um adeus, mas não conseguiu se obrigar a se despedir dele outra vez, por isso apenas fez uma mesura e se apressou para a calçada. No entanto, parou na entrada da sapataria e lançou um último olhar. Alexander estava parado diante do maquinário, ainda a observando com as sobrancelhas contraídas. Acenando timidamente, ela abriu a porta e foi para a rua.

Do lado de fora, a temperatura parecia ter caído. Ou talvez fosse ela que estivesse fria. Era difícil manter o calor quando havia deixado o coração dentro daquela sapataria. Alexander não se lembrava dela, dos beijos, dos risos e suspiros. Nada. O único consolo ao qual ela se agarrava era saber que ele estava bem instalado e retomara sua vida. Uma vida da qual Ana não fazia parte, nem mesmo como uma lembrança.

Andou por algumas quadras, se abraçando aos livros para rebater o tremor. De quantas formas diferentes ela teria que perdê-lo?

Absorta em seu próprio inferno, não escutou alguém chamá-la, até que um sujeito de bigode longo usando uma cartola se plantou a sua frente.

— Senhorita, creio que o cavalheiro esteja tentando atrair sua atenção.

Girando sobre o salto novo, ela avistou Alexander na metade da quadra, o casaco se abrindo a cada passada larga, uma névoa branca saindo da boca e das narinas.

— Espere, srta. Ana! — Acenou com uma das mãos. — Por favor, espere.

Uma esperança desmedida se apoderou dela. Alexander a alcançou, inspirando fundo para recobrar o fôlego. Ana mal respirava conforme os lábios dele se moviam.

— Você esqueceu o livro na sapataria.

— Ah. — Engolindo a vontade de cair no choro, apanhou o volume que ele lhe estendia. E encrespou a testa ao não reconhecer o título. — Mas este não é meu.

— Eu tinha esperança de que você não notasse o fato. — Ele estalou a língua, abrindo os braços. O casaco se abriu de leve, já que ele não se dera o trabalho de abotoá-lo, como se tivesse saído com pressa. — Este é um dos meus livros favoritos, pensei que você gostaria da leitura. E assim eu teria uma chance de... bom... vê-la outra vez, quando retornasse para devolvê-lo.

Seu coração ameaçou abrir caminho por entre as costelas. Ele queria vê-la outra vez?!

Delicadamente, ele envolveu a mão em seu cotovelo e a afastou da passagem dos outros pedestres. A lã grossa da capa não foi capaz de conter a rajada eletrizante produzida pelo toque, perpassando cada nervo, cada músculo e tendão. Ele também a sentira?, ela se perguntou ao se abrigarem sob o toldo de um comércio.

— Srta. Ana, não quero alarmá-la nem deixar a impressão errada. Mas você mentiu sobre meu nome e o tal conhecido. Você já me viu antes. Eu sei disso porque também já a vi antes de nos esbarramos esta manhã.

— Você... se lembra de mim?

Frustrado, ele fez que não, pressionando os lábios em uma linha fina.

— Não exatamente. Eu sonho com lugares onde nunca estive — foi dizendo em um fôlego só. — Um mundo tão diferente do que conheço que poderia muito bem pertencer a outra era. Posso descrever o gosto de comidas que nunca provei, o sabor de bebidas que nem sequer existem, melodias de músicas que ninguém nunca ouviu. Você está em muitos desses sonhos. Procurei um médico assim que a realidade e o sonho começaram a se embaralhar. Ele sugeriu que eu parasse de ler, que esse tipo de desarranjo acontece quando se lê demais. De toda a literatura, *Dom Quixote* é o último personagem que eu me... Esse não é meu ponto. — Inspirou fundo antes de recomeçar. — Eu me convenci de que esses sonhos eram uma maneira que meu inconsciente criou para escapar da minha própria realidade. Mas aí você apareceu esta manhã. Desde então estou me questionando se perdi a cabeça de vez. Sendo franco, existe uma boa possibilidade.

Como Ana encontrou dentro de si a energia para rir era um mistério. Tudo nela estava paralisado, retesado, especialmente os pulmões, que já não sabiam o que fazer.

— Com o que sonha? Sobre mim.

— Por favor, não fique alarmada, mas eu sei que seus olhos ficam da cor da tempestade se está infeliz e se iluminam feito o mar de verão ao sorrir, como agora. Eu posso descrever como é sentir sua pele sob meus dedos... — Suas mãos ficaram a centímetros do rosto dela, mas no último instante ele as abaixou. — Eu sei que você é forte, embora pense que não. Que é gentil e tem um coração generoso. Eu *conheço* você. Ainda há pouco, ao vê-la deixar a sapataria, foi... diabos, foi como se alguém tivesse aberto meu peito com uma talhadeira cega e depois colocado meu coração em um torno. Eu conheço você — ele repetiu com intensidade. — Eu conheço você.

Nesse ponto, lágrimas desciam pelas bochechas de Ana. Ela não tentou escondê-las. Nem sequer pensou nisso. Ainda estava lá: o amor, a ligação que partilhavam, a paixão, fulgurando dentro das íris azuis.

Estalando a língua, ele tateou o casaco.

— Inferno. Me perdoe. Por favor, não chore. — Ofereceu um lenço a ela. — Eu não devia ter dito nada. Juro que não sou um lunático nem um psicopata. Eu...

— Eu também sonho com você, Alexander. — Em vez de apanhar o lenço, ela envolveu os dedos na mão dele, surpreendendo-o. — Todas as noites. E ao acordar sinto que deixei meu coração com você, no sonho.

Chegando tão perto que as botas dele desapareceram no volume de suas saias, Alexander recolheu com as costas de dois dedos as gotas salgadas que lhe desciam pelas bochechas. Ambos inspiraram fundo com o contato, como se precisassem daquilo mais que de ar.

— Como isso é possível? — A voz dele era baixa, rouca. — Como é possível que você não seja apenas uma fantasia?

— Eu não sei. Seus olhos estão diferentes — pensou alto. — Do meu sonho.

— A maneira como eu a vejo, não. — Ele atirou aquele seu sorriso atrevido. Mas estava tomado pela urgência ao voltar a dizer: — Eu quero conhecê-la aqui e agora, acordado. Isto é, se uma dama fina como você não se importar em ser vista com um simples sapateiro, porém terrivelmente charmoso.

Rindo, ela inspirou fundo o calor fragrante que ele exalava. Ali estava o seu Alexander.

— Esqueceu de acrescentar absurdamente modesto. — Mordeu o lábio inferior.

— De fato, esqueci. Que lapso imperdoável. — Deu um tapa na testa. Mas a diversão foi logo substituída por algo solene. — Posso acompanhá-la até sua casa, ou seria atrevimento demais?

— Eu adoraria, Alexander. Quer dizer... William. De Brum. Sr. Brum. — Ela se enrolou.

— Alexander — ele segredou, encaixando a mão dela em seu braço. — Eu gosto de como você diz meu nome.

O peito dele se expandiu à medida que o sorriso se ampliava, e então se pôs a guiá-la pela calçada a passos lentos, os olhares nunca se apartando. Um floco gelado se colou ao nariz de Ana. Ela riu, estremecendo, e admirou o céu. Voltava a nevar.

— Sabe que estou andando sem rumo, não? — ele comentou depois de um tempo. — Ainda não me disse onde está hospedada.

— Com a viúva Vilard, no Hermitage. Você conhece a pensão?

— Em uma cidade deste tamanho, um castelo se torna atração muito depressa. Eu não moro muito longe do Hermitage. Como nunca nos cruzamos antes?

— Cheguei faz apenas uma semana.

Ainda refém do escrutínio intenso das íris azuladas, Ana conjecturou se a vida de cada indivíduo se desenrolava de acordo com algo místico, forças ocultas e imutáveis. Implacáveis. Uma árvore cujo tronco cresce torto está fadada a seguir pelo mesmo ângulo até o fim da vida? O que acontece se alguém aparece e utiliza escoras, cordas, direcionando-o em um novo ângulo? Seria rebeldia aceitar ajuda, ou alguns diriam que, na verdade, era a interferência em si que estava predestinada?

Tão logo surgira em sua vida, Alexander a apresentara a um destino. Ela poderia ter abraçado aquele futuro, seguido por ele. Em vez disso, preferiu desafiá-lo, escrever a própria história, mestra das próprias vontades, responsável por qualquer erro, acerto e consequência. Por muito tempo Ana se sentiu como a árvore torta, sem alternativa exceto seguir pelo caminho designado, até que algo novo surgiu e deu a ela a chance de espichar os olhos em outra direção, se questionar, se arriscar. Encontrara dentro de si uma coragem que não sabia possuir, e se aventurou pelo desconhecido, dando as costas para o que fora traçado e desenhando o próprio percurso. E no final da estrada estava Alexander. Então, sim, ela ainda estava convencida de que tal coisa como ser refém de um plano traçado por forças além da compreensão humana era inconcebível. Mas naquele instante, presa no olhar do homem que a ajudara a encontrar a própria força, soube — sentiu — que tudo estava exatamente no lugar devido, e especulou se as pessoas não haviam compreendido errado, e o destino atuava de outra maneira. Em vez de uma imposição inflexível, apresentava uma cartela de escolhas cujo resultado dependeria de cada decisão.

A mão de Alexander cobria a dela, repousada no braço poderoso, o polegar se insinuando pela fenda entre a luva e a manga do vestido, Ana sentia em cada terminação nervosa que foram suas escolhas que a levaram até ele. Até Geneva, até o amor.

Subitamente, Alexander parou de andar, encarando algo mais adiante. Seu olhar seguiu naquela direção, e Analu vislumbrou a ponte que cortava o rio Seneca. Estremeceu violentamente ao reconhecer a mulher parada diante de uma das colunas da ponte, observando-os.

— Eulá... Abigail — murmurou em um fiapo de voz.

De imediato, ela se virou para Alexander, preocupada com o que se inflamava no fundo de seus olhos azuis. Pesar e culpa, tristeza profunda.

O coração começou a pulsar nos ouvidos conforme um pensamento atemorizante a arrepiava de cima a baixo. Por isso se colocou diante dele, forçando-o a encará-la.

— Mais cedo você disse que hoje é um dia importante.

— De certa forma, é mesmo. — Sua expressão ficou sombria. — Hoje faz três anos que minha mãe partiu. Ela foi a última que a gripe me roubou.

O dia em que ele fora para aquela ponte. O dia em que Abigail o impedira de cometer uma loucura. O dia em que ele abdicara da própria vida e se tornara uma fada madrinha.

Então era por isso que ele não se lembrava? Alexander havia retornado para o ponto de onde fora arrancado, se deu conta. Como poderia se lembrar de algo que não tinha acontecido ainda? Então essa era a responsável pela mudança em seus olhos, a falta da magia correndo por ele? Isso significava que Alexander estava naquele exato momento diante de sua própria história... meu Deus, de sua escolha!

— Eu... ahhhh... não vim por este caminho — ela improvisou, tremendo de alto a baixo. — É melhor retornarmos. — Tentou dar a volta.

Alexander a impediu, prendendo a mão dela entre o braço e as costelas, o olhar ainda perdido na ponte.

— Este é o trajeto mais curto para o Hermitage. — E se virou para ela, escrutinando seu rosto.

Um milênio inteiro se passou enquanto os olhares se enfrentavam. O que ele via? O que procurava? Ela se flagrou prendendo o fôlego quando ele lhe abriu um sorriso largo.

— Confie em mim. Conheço esta cidade como a palma da mão. — Ele recomeçou a andar.

Zonza, assustada e confusa, não teve alternativa a não ser segui-lo. Gostaria de ter tido tempo para analisar com calma o que havia acabado de acontecer, mas Abigail começou a se aproximar deles. Discretamente, Ana segurou os livros pela lombada, para o caso de precisarem de uma arma.

— Sabia que faria a escolha certa, meu querido — anunciou Abigail, em um tom suave.

— Eu... ah... — Alexander trocou o peso de uma perna para outra, coçando a cicatriz.

— A gravata! — Abigail deu risada. — Ficou muito bem em você. Onde comprou? Meu marido tem a compleição semelhante, e quero fazer uma surpresa para ele.

— Perdoe-me, senhora, mas eu não me recordo. Já faz muito tempo que a tenho.

— Ah, não faz mal. Posso pensar em outra coisa. Apenas trate de ser feliz. — Tocou seu ombro, antes de cravar as íris cinzentas em Ana. — Vocês dois.

Então, ela começou a se afastar da ponte sem pressa, seguindo pela rua por onde eles haviam chegado. Alexander a observou até a mulher desaparecer no fim da quadra.

— Mulher estranha — comentou ele. — Simpática, mas muito estranha. — E voltando-se para a Ana. — Sabe, nunca acreditei em forças superiores, na existência de algo maior regendo nossa vida. Mas começo a acreditar. Eu planejei estar nesta ponte hoje. E nada saiu conforme meu plano. — Deu um sorriso torto, aliviado. — Ainda bem.

Era isso? Ele havia feito sua escolha?

Ainda atenta a Alexander, Ana Laura recuou um passo para poder analisar a expressão dele com mais atenção, por isso não viu uma poça congelada. Sua bota deslizou pelo gelo, e ela começou a escorregar em direção ao parapeito e ao rio profundo.

Antes que pudesse gritar, braços fortes envolveram sua cintura e a puxaram de encontro ao corpo quente e maciço. Analu deixou escapar um arquejo quando o calor dele perpassou a capa de lã, penetrou o espartilho e a chemise e foi se acomodar no centro do peito.

— Eu te peguei — proferiu com intensidade em seu ouvido. — Eu te peguei, Ana. Você está segura.

As palavras que ele lhe dissera ao tirá-la do lago a fizeram rir de leve, e ela se segurou nos braços firmes para girar e encará-lo.

— Eu sei. Estou a salvo com você.

A respiração dele saía em golfadas de vapor ao notar como os rostos estavam próximos. Ana parou de respirar quando ele cravou o olhar em sua boca.

— Srta. Ana. — Umedeceu os lábios, as íris azuis se inflamando e então derretendo daquele jeito maravilhoso que ela amava. — Recorda-se de que eu mencionei ainda há pouco sobre ser atrevido?

— Sim.

— Ordene que eu me afaste, por favor, pois estou prestes a ser tremendamente atrevido.

Com cuidado para não escorregar de novo, ela ficou na pontinha dos pés, os narizes quase se tocando.

— Então não me faça esperar mais — ela sussurrou.

Os braços dele encontraram o caminho da cintura fina por baixo da capa. Cercados pelos minúsculos flocos de neve, os corações tão juntos batendo como apenas um, as bocas se encontraram. Foi sublime, delicado e urgente, como acontece quando duas pessoas que se amam se reencontram depois de muito tempo perdidas.

Enquanto ele a redescobria, ela afogava a saudade e os dois se conectavam novamente, uma pequena parte dela ponderou que Alexander podia não se lembrar do que viveram, mas o amor continuava dentro dele, conduzindo as mãos afoitas e famintas, martelando no coração pressionado ao dela. Ele ainda não a conhecia, mas o coração não a esquecera. Ele a ajudara a encontrar o próprio caminho, e agora era ele quem precisava de socorro, como se tivessem invertido as posições.

Tudo bem, pensou ela, perdida nos braços do homem a quem seu coração pertencia. Era a vez dela de ajudar Alexander a voltar para casa. Para seu coração.

Epílogo

Nina, Analu o encontrou!

Alexander vive em Geneva, no estado de Nova York, e cuida da sapataria da família. Ele não se lembra de nada a respeito de fadas madrinhas, magia ou mesmo Ana Laura, mas seu coração a reconheceu. Por tudo que ela contou na última carta, fiquei com a impressão de que Alexander retornou ao ponto exato de sua própria história antes de aceitar embarcar nessa coisa de fada madrinha. É meio maluco pensar que ele atuou no futuro de tantas pessoas sem perceber que atravessava a própria jornada. Sinceramente, já desisti de entender essas coisas, e daqui em diante espero que a única mágica que eu encontre pela frente sejam os truques de ilusionismo que Miguel está tentando aprender. Enfim.

Eles estão tão apaixonados que Alexander a pediu em casamento quinze dias depois de se reencontrarem. Analu recusou. Bom, na verdade adiou. Ela quer terminar os estudos antes de se casar — acho que é uma questão de princípios relacionada a mulheres solteiras na faculdade. E quer saber? Eu adorei.

Já sua xará retornou ao Brasil e está empolgadíssima com a reforma do Abrigo Manuel Marques. Consegue acreditar nisso? Ela e Sam já conseguiram comprar equipamentos para um pequeno centro cirúrgico e agora dão os últimos retoques no apartamento onde vão morar. É a cara da Nina. Tem uma sela bem ao lado da cama. Samuel mandou gravar o nome dos dois e deu a ela no dia do casamento. Minha primogênita parece ter finalmente encontrado a paz dentro de si. Sam também. Tenho um amor e uma admiração profundos pelo meu genro, não apenas pela maneira enlouquecida como ele ama minha filha nem por ser meu sobrinho querido. Samuel tinha tudo para odiar o mundo. Em vez disso, escolheu fazer a diferença. Quanta coragem é necessária para isso?

Bom, Ian os ajuda sempre que pode. Eu não sou a única a sentir o ninho vazio. Verdade seja dita, desconfio de que ele se enfie no abrigo em reforma para fugir das inúmeras pessoas que batem à nossa porta, interessadas em seus talentos advocatícios. Ter provado que o senador tentava me extorquir, e depois ajudado a dona Gina a recuperar sua herança, fez dele um popstar do mundo das leis aqui no século XIX. O problema é que ele detesta tudo isso e gosta mesmo é de se sujar no estábulo. Uma vida simples e descomplicada. Não é um mistério que ele tenha se casado comigo?

Quanto a nós dois, bem, nos acertamos completamente. Eu o perdoei de verdade, coisa que não pensei que conseguiria. Ainda que não concorde com o que ele fez, eu mesma fiz as maiores bobagens para proteger nossa filha, então como eu poderia continuar a culpá-lo por ter feito o mesmo? Não sei se já estivemos mais em sintonia que agora.

Ah, e aí vai a grande novidade. Não, eu não estou grávida!

Eu vou pra Nova York!

Apena pairou sobre o papel, e eu contemplei a janela do quarto sem realmente vê-la, tantas palavras girando dentro de mim em uma espiral de felicidade alucinada. Não só seria minha primeira viagem internacional como eu veria Ana Laura depois de seis meses.

Um mês antes, eu não sabia o que Ian planejara quando deixei a fábrica e o encontrei no estábulo, escovando a pelagem brilhosa de seu cavalo preferido. Desci do faetonte e subi em uma das tábuas do cercado.

— Ele ainda parece tão imponente como a primeira vez que o vi. Nem parece ter a idade que tem.

Deixando o trabalho, Ian veio me beijar demoradamente e meus joelhos ameaçaram fraquejar.

— Bem-vinda de volta, meu amor. — Ele acariciou meu pescoço com as costas dos dedos levemente ásperos, provocando todo tipo de sensação em mim. Então se virou para Storm. — Ele ainda é magnífico, mas chegou a hora de se aposentar, não é, amigo?

O corcel relinchou outra vez, e, se ele e Ian não se entendessem tão bem, teria dado um coice pela mera sugestão. Storm gostava de aventura, não de sossego.

— Já conseguiu escolher outra montaria? — especulei.

— Ainda não. Vou precisar de mais tempo para me ajustar. Ele me deixou mal-acostumado. Eu estava pensando em um último passeio com Storm antes de anunciar sua aposentaria, se estiver interessada.

Obviamente, ele não precisava pedir duas vezes. Ian me pegou pela cintura e me fez voar sobre a cerca, me carregando no colo até o cavalo gigantesco. Me ajudou a subir na sela, depois tomou impulso e se acoplou a minhas costas com aquela elegância toda dele.

Bem que meu marido tentou manter um ritmo lento, mas Storm ainda era uma força da natureza e ignorou a própria idade, o comando e se atirou em uma cavalgada acelerada pela propriedade. Só reduziu a velocidade ao alcançarmos a campina. Ian me ajudou a descer antes de soltar as rédeas do animal, que de imediato começou a correr em círculos, empinando antes de voltar a correr. Talvez a ideia da aposentadoria começasse a soar um pouquinho interessante para ele, afinal.

Com os dedos embolados aos meus, Ian me levou até o nosso lugar preferido: a sombra do carvalho exuberante. Nós nos sentamos ali, ele recostado ao tronco, eu entre suas pernas, assistindo a Storm fazer seu show, enquanto ele indagava sobre meu dia.

— Finalmente consegui pôr tudo em ordem. — Recostei a nuca em seu ombro. — E fechei dois contratos grandes com uma loja francesa. Deixei Anelize a cargo de tudo. Tô querendo um pouco de sossego.

— Quer dizer que você pode se ausentar da fábrica por uns tempos? — Arqueou uma das sobrancelhas.

— Espero que sim. Ando precisando de umas férias.

— Que bom que disse isso. — Abrindo um sorriso largo, ele se remexeu para pegar alguma coisa no bolso do paletó e me estendeu.

— O que é isso? — Apanhei o envelope.

— Nossas férias. Nossa lua de mel com muito, muito atraso. — Ele se abraçou a minha cintura, encaixando o queixo na curva da minha garganta. — Chame como preferir.

Desdobrando o papel, encontrei duas passagens, com data de embarque para o fim do mês.

— NOVA YORK?!

— Pensei que iria gostar, já que mencionou a cidade algumas vezes. Além disso, poderíamos ficar com Ana Laura por algumas semanas e depois seguir para Niagara Falls. Fica a pouco mais de dois dias de viagem de Geneva. Acho que enfim é hora de termos a nossa lua de mel.

Arqueei o pescoço para poder vê-lo.

— Mas nós tivemos uma. E aquela viagem à praia?

— Aquilo não foi uma lua de mel, foi um resgate com benefícios. — Beijou a ponta do meu nariz. — Se pensar bem, nunca tivemos uma. Depois do casamento veio Marina, a expansão da fábrica, Ana Laura... Acabou ficando para depois. E agora *é* o depois.

Eu começava a gostar de como aquilo soava. E do jeito como o olhar dele faiscou prateado.

— Ian, tá falando sério?

— Muito sério.

— Ah, meu Deus, finalmente terei uma lua de mel de verdade. Em Nova York! Eu não sei direito o que tem por lá neste período, mas espero que a Broadway já exista. — Ok, tá legal, eu sabia que *O fantasma da ópera* não estaria em cartaz e que, se existisse alguma coisa, provavelmente seria só um pequeno teatro apertado com um musical em italiano de que eu não ia entender porcaria nenhuma. Ainda assim... Broadway! — A gente pode passear pelo Central Park? Esse eu acho que já existe.

Ele riu de leve.

— Faremos tudo o que você quiser, pelo tempo que desejar. Já enviei uma carta ao hotel reservando a suíte. Pedi que providenciassem o transporte para Geneva algumas semanas após a nossa chegada. Mas a data é negociável. Podemos ficar quanto tempo você quiser.

Tornei a observar as passagens. Não acreditava que a primeira vez que iria sair do Brasil seria no século XIX. Ah, a ironia...

Beijei Ian, depois tornei a me recostar a ele, vendo Storm se cansar de correr e balançar a crina longa. Tanta coisa se passava em minha mente. O primeiro encontro ali, naquela mesma campina. Quando voltei para ele. Nosso casamento, o nascimento de nossas filhas, ele me apoiando em cada decisão que tomei. Tantos anos juntos se desenrolando como uma fita de cinema.

— Não acredito que chegamos tão longe. — Entrelacei os dedos aos dele, ficando meio de lado para observá-lo. — Em tudo o que vivemos. Eu não mudaria nada.

— Nem eu. — Sorrindo, ele começou a se curvar, chegando tão perto que seu hálito sapecou minha pele e senti seu gosto na ponta da língua. Só que, droga, no último instante ele recuou. — Mas, Sofia, por tudo o que é mais sagrado, chega de magia nesta família, está bem? Já basta de coisas inexplicáveis.

— Você sabe que eu não tenho como controlar essas coisas.

— Sim, eu sei. — Ele correu uma das mãos pelo cabelo preto, rindo. — Mas também sei que você tem uma atração incontrolável por confusão. Não que eu não aprecie. De fato, torna minha vida mais animada. Mas estou ficando velho demais para toda essa agitação.

— Não me pareceu nem um pouco velho ontem à noite. — Tracei com a ponta do polegar a linha da mandíbula bem desenhada. — Ou esta manhã.

— Eu disse velho, não morto. — Mordiscou meu lábio inferior. — Será que de agora em diante podemos nos concentrar só na parte do viveram felizes para sempre?

— Fechado.

Enroscando os dedos em minha nuca, ele começou a dizimar a distância entre nossa boca.

Espalmei seu peito.

— Peraí. Só pra não deixar nenhum mal-entendido, você se refere às coisas com magia, certo? Tipo, as surpresas. Porque eu tenho a impressão de que não consigo me afastar totalmente de problemas. Não é que eu procure por eles. Geralmente tropeço neles. Ou eles tropeçam em mim.

— Como eu tropecei vinte e dois anos atrás. — As íris muito escuras faiscaram de tal forma que meu coração dobrou de tamanho. — E sempre vou ser grato por esse seu traço desequilibrado. E meio estabanado. E não vamos nos esquecer de que é perdida geograficamente.

Gemi, desanimada.

— Tá legal, eu começo a achar essa coisa de não mentir um pro outro uma grande furada.

Em um movimento que não previ, ele me puxou para seu colo, o polegar acompanhando a linha do meu queixo, o arrebatamento que eu avistara em seu olhar no nosso primeiro encontro ainda ali.

— Também é o amor da minha vida — proferiu, solene. — Desta e de todas as outras que eu vier a ter. Agora, caso não tenha notado ainda, minha sra. Clarke, estou tentando beijá-la apropriadamente.

— E eu estou esperando que você me faça fechar a...

Com um rosnado, ele tomou minha boca e eu me perdi naquele beijo lento e úmido, que fazia meus joelhos adquirirem a firmeza de fumaça e meu coração virar um balão. Ian também se entregava sem ressalvas, inteiro, sem muros. Apenas ele e eu.

Suspirando, pisquei algumas vezes, escapando da lembrança doce, e relanceei a imensa pilha de cartas que andava escrevendo para Nina nos últimos meses. Teria que enviá-las dentro de uma caixa. Batuquei as unhas na escrivaninha, antes de retomar a escrita e finalmente me despedir.

Sabe, já não penso tanto no futuro como antigamente. Na verdade, exceto por você e Rafa, não penso nele absolutamente. Eu sei o que você tá pensando. Logo você, que tinha horror a falta de energia, completamente adaptada ao século XIX. Pois é, ninguém tá mais surpresa que eu. Faz tempo que não penso no século XIX como o de Ian; é o nosso, a nossa história, a nossa vida — tá, o meu banheiro contribuiu muuuuito para essa parte, admito.

Não sei o que esperar agora que nossas filhas começaram a seguir os próprios rumos, e pela primeira vez na vida isso não me preocupa. Ensinei tudo a elas (aprendi muito também) e sei que vão se sair bem. Elas estão prontas.

Quanto a mim, bom, estou onde deveria e quero estar. Nesta jornada maluca, descobri muito sobre mim. Sou uma romântica no fim das contas. Sou também uma esposa muito amada, uma mãe cheia de falhas tentando seu melhor, uma empresária de sucesso, uma amiga devotada, uma mulher loucamente apaixonada. No fim das contas, acho que me saí bem. Não que tenha sido fácil, Nina, mas, se eu pudesse voltar no tempo, faria as mesmas escolhas, incluindo aquela nossa noite de bebedeira que me deixou com a pior ressaca da história. Nunca agradeci a você e ao Rafa pelo porre. Se não fosse por vocês dois, eu nunca teria encontrado Ian nem descoberto que meu coração estava escondido no passado.

Sinto que desta vez cheguei de verdade na parte do felizes para sempre, minha amiga. É quase uma sensação física. Eu olho para Ian e vejo tudo o que vivemos. Como um dia ambos estivemos perdidos em mundos diferentes, sozinhos e com o coração à espera. Como ultrapassamos todas as barreiras — do corpo, da alma, coração, mente e destino — e juntos criamos nossa própria magia, sem fadas ou gnomos. É um amor para toda a vida. Para muitas vidas, como Ian sempre afirma. Sei disso porque meu coração bate dentro do peito dele, e eu guardo o dele dentro do meu. Um nunca vai deixar de gritar Ian. O outro sempre vai sussurrar

— Sofia! — Ian passou pela porta, sorrindo aquele sorriso que ele reservava só para mim. — Meu amor, você está pronta?

— Só preciso de um minuto.

Curvando-se, ele me beijou na junção entre o ombro e o pescoço antes de murmurar em meu ouvido:

— Não demore muito.

Estremecendo de prazer, apanhei a pena e rabisquei depressa:

Eu preciso ir agora. Meu "feliz pra sempre" tá me esperando na sala para começarmos nossa lua de mel. Obrigada por me escutar e estar sempre comigo. Te amo muito, minha irmã do coração!

Sempre sua,
Sofia

Coloquei a carta junto das outras, beijei dois dedos antes de pressioná-los contra os papéis e então deixei o quarto, encostando a porta sem fazer barulho.

Nota da autora

Apesar de *Indomada* ser uma obra ficcional, tomei a liberdade de ignorar a linha do tempo e inserir no enredo algumas personalidades que alteraram para sempre o curso da história e me inspiraram profundamente.

A história do dr. James Barry foi uma delas. O relato de Samuel é real. O renomado cirurgião teve uma carreira brilhante, chegando a ocupar o posto de inspetor-geral dos hospitais militares britânicos na era vitoriana. Infelizmente, os temores de Sam se concretizaram, e o dr. Barry é mais lembrado pela revelação de seu sexo biológico do que pela contribuição que deu à medicina. Pouco se sabe da vida particular do dr. Barry, e por esse motivo é a dra. Elizabeth Blackwell quem detém o título de primeira mulher cirurgiã. Depois de uma série de recusas, a inglesa conseguiu se matricular no Geneva Medical College, nos Estados Unidos, mas sua aceitação dependia do consentimento dos estudantes, que pensaram se tratar de uma piada e votaram a favor de Elizabeth. Ela se formou em 1849, como a primeira da turma de medicina. E foi ainda mais longe, criando a Clínica de Nova York para Mulheres e Crianças Indigentes e mais tarde fundando a primeira faculdade em solo americano voltada a mulheres, a Woman's Medical College of the New York Infirmary.

O dr. James McCune Smith teve uma trajetória similar à de Elizabeth. Nascido em Nova York em 1813, filho de uma mulher escravizada que conseguiu comprar a própria liberdade, o jovem tentou ser admitido em diversas universidades dos Estados Unidos, mas foi recusado por todas elas devido à cor de sua pele. Contudo, encontrou aceitação na Universidade de Glasgow, na Escócia, onde conseguiu cursar o bacharelado e o mestrado em medicina, tornando-se, até onde se sabe, a primeira pessoa negra a obter o diploma nessa área. Retornou ao seu país para atender pessoas negras e brancas, e fez da igualdade um propósito de vida. Na época, sua voz foi uma das mais importantes e ativas na luta contra o racismo e a escravidão.

Em terras brasileiras também temos nossos heróis e heroínas. A francesa Marina Josefina Matilde Durocher chegou ao Rio de Janeiro aos sete anos e foi a primeira mulher a receber educação superior no Brasil. Foi a única aluna do curso de partos da Faculdade de Medicina do Rio de Janeiro, formou-se em 1834 e dedicou a vida a cuidar de mulheres de todas as classes sociais. A revolução que ela provocou na saúde feminina lhe rendeu o título de primeira ginecologista do Brasil. No início do século XX a Academia Nacional de Medicina reconheceu a importância e influência de Madame Durocher na ginecologia e obstetrícia criando o Prêmio Durocher, que até hoje contempla estudos na área.

Embora não seja citada neste romance, a história da dra. Maria Augusta Generosa Estrela se mistura com a de Analu. Em 1875, a jovem Maria Augusta descobriu uma maneira de trilhar os caminhos da medicina depois de ler no jornal a história de uma moça que fora aceita no New York Medical College and Hospital for Women. A inteligência e o talento de Maria Augusta atraíram a atenção do Imperador Pedro II, que decidiu custear uma bolsa de estudos para ela e acompanhar de perto seu desempenho. Coincidentemente, em 1879, ano em que a dra. Maria Augusta se formou em medicina com honra e distinção, Dom Pedro emitiu um decreto permitindo às mulheres, enfim, o acesso ao ensino superior.

Apesar de o senador Chagas ser um personagem inteiramente fictício, a fala: "A questão é se as meninas precisam de igual grau de ensino que os meninos. Tal não creio. Para elas, acho suficiente a nossa antiga regra: ler, escrever e contar. Não sejamos excêntricos e singulares. Deus deu barbas ao homem, não à mulher", foi dita em 1827 pelo senador Visconde de Cairu, quando foi aberto no Senado o debate para decidir o grau de instrução que seria aplicado às meninas nas escolas de primeiras letras.

Abordar o tema violência doméstica não foi fácil, sobretudo no século XIX, já que por muitos séculos essa prática foi vista como um método educativo. Tristemente, quase dois séculos depois, a nossa sociedade ainda faz vista grossa para tais crimes, e talvez por isso no Brasil os números sejam tão assustadores. Segundo dados do Ministério da Mulher, da Família e dos Direitos Humanos, 67% da violência contra crianças e adolescentes acontece dentro de casa, e os maus-tratos contra idosos mais que dobraram nos últimos dois anos. Conforme pesquisa realizada em 2020 pelo IPEC (Inteligência em Pesquisa e Consultoria), a cada minuto vinte e cinco brasileiras são vítimas de violência doméstica. De acordo com a ONG Transgender Europe, pelo décimo segundo ano consecutivo o Brasil ocupa a terrível primeira posição no ranking de países que mais matam pessoas trans. Segundo relatório publicado em 2019 pelo Grupo Gay da Bahia, a cada vinte e três horas uma vida é tirada da população LGBTQIA+.

Por isso, caso você se encontre em uma situação de medo, por favor peça ajuda. Existem muitos canais para isso, e deixo aqui alguns que podem ser acessados de qualquer cantinho do nosso país:

Disque 190 para toda ação que requeira intervenção imediata.

Disque 180 caso você sofra ou presencie algum tipo de violência contra a mulher ou procure um dos milhares centros de referência da mulher espalhados por todo o Brasil. Neles a vítima encontrará ajuda de advogados, psicólogos e assistentes sociais.

O Disque 100 é o canal para casos de violência contra crianças, idosos, crimes de racismo, homofobia, trabalho escravo ou quaisquer outros atos criminosos que violem os direitos humanos. As denúncias são feitas de maneira totalmente anônima. O Disque Direitos Humanos também disponibiliza um número para denúncias via WhatsApp, que funciona em todo o território nacional e no exterior. Anote aí: +55 61 99656-5008.

Não podemos mais nos calar. Ao contrário, precisamos nos fazer ouvir, pois é do silêncio que a violência se alimenta. Então, gritemos!

Agradecimentos

Uma parte de mim ainda não consegue acreditar que este momento chegou. Me despedir da Sofia e de tantos personagens que me acompanharam durante a última década deixou uma sensação agridoce. Por um lado, há a alegria de ter chegado tão longe, ter tido a chance de contar essa longa história que idealizei em seis longos capítulos. Do outro lado, existe a despedida. Vai parecer muito estranho se o primeiro agradecimento for para a minha Sofia? A verdade é que ela entrou na minha vida e, tal como fez com Ian, mudou-a para sempre. Obrigada por ter me dado tanto, Sofs!

Existe uma outra pessoa que também mudou o curso da minha vida para sempre: você, leitor(a) querido(a). Saiba que, sempre que me sinto cansada demais ou sem ânimo, é você quem recarrega minhas energias com demonstrações de amor e carinho. Obrigada! Obrigada! Obrigada! Espero que tenha conseguido sentir meu abraço bem apertado em cada linha deste romance!

Minha querida editora é parte da minha trajetória, e, Raïssa Castro, eu nunca vou conseguir expressar minha gratidão por você ter lutado pelo meu trabalho e acreditado tanto nele. Muito obrigada!

À Verus e esse elenco brilhante de quem sou fã incondicional, meu eterno agradecimento, em especial a Ana Paula Gomes, Raquel Tersi, Lígia Alves, Manoela Alves e Rane Souza. O talento e a dedicação de vocês são o sonho de qualquer autora!

Cinthia Egg e Raquel Areia, seus conselhos são preciosíssimos e significam muito para mim! Obrigada pelas palavras sempre tão certeiras, minhas amigas!

Papai, mamãe e irmãzinha, vocês fazem ideia de como me sinto sortuda e abençoada por tê-los sempre comigo? Amo muito vocês!

E, por fim, meu Adri e minha Lalá, sem cujo apoio incondicional e inspiração eu jamais teria concluído este livro ou qualquer outro. A maneira como acreditam em minha capacidade quando eu mesma a questiono é algo com que nunca vou me acostumar nem deixar de me maravilhar. Vocês dois são minha casa, a razão de cada sorriso meu, e me inspiram muito além das páginas de um romance. Por isso, como sempre, escrevi este livro para vocês!

Impresso no Brasil pelo Sistema Cameron da Divisão Gráfica da
DISTRIBUIDORA RECORD DE SERVIÇOS DE IMPRENSA S.A.